LA BIBLIOTHÈQUE ARABE

collection
Les littératures contemporaines

Sindbad
est dirigé par Farouk Mardam-Bey

VILLES DE SEL

DU MÊME AUTEUR

À L'EST DE LA MÉDITERRANÉE, Sindbad, 1985.
UNE VILLE DANS LA MÉMOIRE, Sindbad, 1996.

Titre original :
Mudun al-Milh
Éditeur original :
Al-Mu'assasa al-'arabiyya lil-dirâsât wa al-nashr, Beyrouth-Amman, 1984
© Succession Abdul Rahman Mounif, 2013

ABDUL RAHMAN MOUNIF

Villes de sel

L'errance

roman traduit de l'arabe
par France Meyer

Sindbad
ACTES SUD

À Ali Mounif, trop tôt disparu.

1

Wadi al-Ouyoun…

Soudain, au cœur d'un désert hostile, impitoyable, surgit cette tache verte, comme jaillie du ventre de la terre ou tombée du ciel, en contraste parfait avec ce qui l'entoure, ou pour être exact, sans aucun lien avec l'environnement. Incrédule et émerveillé, on se demande alors comment l'eau et la végétation ont pu naître en un tel endroit. Puis un mystérieux sentiment de respect succède à l'effet de surprise. Ainsi s'expriment parfois le génie et l'opiniâtreté de la nature, et ces rares manifestations demeurent rétives à toute explication.

L'oasis de Wadi al-Ouyoun peut sembler spectacle banal à ses habitants et, le temps passant, ne plus les étonner. Les palmiers qui se pressent dans le lit de l'oued, les sources qui jaillissent ici et là de l'hiver au début du printemps leur sont familiers. Ils savent cependant, malgré la force de l'habitude, qu'une puissance bienfaitrice les protège et les fait vivre. Mais les caravanes, couronnées de nuages de poussière, anéanties par la fatigue et par la soif, forcent le pas de la dernière étape pour toucher plus vite au but et cèdent à une effervescence presque insensée. En apercevant l'eau, les voyageurs modèrent l'allure, conscients que celui qui a créé le monde et l'homme a aussi créé Wadi al-Ouyoun à cet endroit précis pour les sauver d'une mort certaine dans un désert traître et maudit. Quand la caravane s'immobilise enfin, se déleste de son chargement, et que chacun s'abreuve, une torpeur délicieuse, proche de la béatitude, s'installe. Est-ce le climat ambiant, la douceur de l'eau, l'impression d'avoir échappé au danger ? Le fait est que cette euphorie gagne aussi le troupeau, qui, soudain moins docile, renâcle à se laisser bâter et à poursuivre sa route.

Pour les caravanes, et pour ceux qui la voient pour la première fois, l'oasis de Wadi al-Ouyoun est un fait d'exception, un miracle, un spectacle inoubliable, et ce nom revient sur toutes les lèvres, à chaque étape du chemin : "Quand atteindrons-nous Wadi al-Ouyoun ?" "Combien de jours y ferons-nous halte avant de repartir ?" "Où es-tu, Wadi al-Ouyoun, ô paradis ?" Fascination bien naturelle, l'oasis représentant à la fois le salut des caravanes et celui des voyageurs, puisque c'est là qu'ils trouvent bien des réponses à leurs questions : quand est passé le dernier convoi, où va-t-il, que transporte-t-il, en quelle quantité… Quels sont les prix pratiqués, à qui appartient quoi, et autres éléments à la lumière desquels les nomades évaluent leurs besoins en marchandises et les tractations à venir, et décident s'ils doivent vendre ici ou ailleurs, se remettre en chemin, s'attarder quelques jours, ou… reposer les mêmes questions.

Laisser Mut'ib al-Hadhal parler de Wadi al-Ouyoun, c'est écouter un conte de fées. Car il ne s'en tient pas à la fraîcheur de l'air, à la douceur de l'eau qui coule à longueur d'année, à la beauté des nuits… Il ajoute mille détails fabuleux et, d'après les anciens, cite des faits qui remontent au Déluge ! Entre Mut'ib al-Hadhal et Wadi al-Ouyoun existe un lien particulier, une passion rare. Mais ceux qui vivront deux époques, celle de l'oasis telle que l'a connue Mut'ib et la suivante, diront tout autre chose. Ils diront de cette oasis, avec ses palmiers et ses sources désaltérantes auprès desquelles

les nomades faisaient halte plusieurs jours pour se reposer et se ravitailler avant de reprendre la route vers d'autres lieux hospitaliers, ils diront de cette oasis qu'elle était essentielle. Si elle n'avait pas existé, il n'y aurait eu ni homme, ni vie, ni piste caravanière, ni caravane, et ni Mut'ib al-Hadhal ni sa tribu des Atoum n'auraient vécu dans cette partie du monde.

L'oasis s'étend sur une largeur de cinq kilomètres, s'étirant jusqu'à n'être plus qu'un étroit ruban semé de quelques palmiers malingres et clairsemés, nourris par le filet d'eau qui coule jusqu'à eux, ou par ce que laissent les hommes et les bêtes qui s'aventurent là. En cette extrémité, la végétation s'éclaircit visiblement de loin en loin. Au-delà du dernier palmier s'ouvre une aire de sable et de sel, un espace particulier et caractéristique qui relève à la fois de l'oasis et du désert, puisqu'il s'incurve soudain et s'élève peu à peu pour faire corps avec l'erg qui lui succède. Quand le vent souffle, le sable s'engouffre dans cette dépression et vient buter contre les tamaris, les jujubiers et les buissons d'absinthe, plantés serré en bordure d'oued. Là, la terre est plus sombre, retenue par la végétation qui sert d'écran et tient le sable à distance, l'empêchant de tout ensevelir.

L'oasis est cernée par des collines, éminences sablonneuses et mouvantes dominant les vastes étendues alentour, mais que la direction des vents et la nature du terrain ont stabilisées. Elles servent de repères et ont chacune un nom : à l'est s'élève Al-Zahra, au nord Al-Watfa et Oum al-Athl. Celles qui s'étendent à l'ouest et au sud sont de moindre importance, pour les voyageurs comme pour l'oasis, mais elles ont aussi un nom, tant il est essentiel dans le désert de nommer les choses. Ces noms ne relèvent ni d'un simple désir ni d'un caprice humain. Ils sont dictés par l'environnement et définissent les caractéristiques et l'importance de chaque colline.

Ceux qui connaissent bien la région savent que d'un côté, la mer est à quelque sept ou huit jours de marche de Wadi al-Ouyoun. Mais la piste caravanière n'y conduit pas, même si, de puits en oasis, elle s'en approche ou s'en éloigne. Quant à dire où le désert prend fin de l'autre côté, nul ne s'y risquerait – cela reste un mystère.

Les bonnes années, c'est à Wadi al-Ouyoun qu'apparaissent les premiers signes de prospérité. Non seulement l'eau jaillit en abondance et remplit les trois bassins qui entourent la source, mais elle coule là où on ne s'y attend pas. Ces années-là, on sème et on plante à profusion, et l'herbe pousse dru dès les premières pluies. Les oasiens en sont transformés, et les nomades, pourtant coutumiers de la halte, n'en croient pas leurs yeux. Car leurs hôtes insistent pour qu'ils s'attardent parmi eux, poussent la vertu à donner plus qu'ils ne prennent, s'acharnent à retarder leur départ. Ces années-là, la générosité frise le gaspillage, et les voyageurs incrédules reprochent aux sédentaires de ne pas songer à l'avenir et d'oublier avec désinvolture les rigueurs du passé.

Mais pendant les années de sécheresse – de loin les plus fréquentes –, les oasiens semblent abattus, refermés sur eux-mêmes, et laissent les voyageurs agir à leur guise, sans s'y intéresser ni s'en agacer. Si on leur offre quelque marchandise en échange de leurs dattes, de leur eau et autres services, ils acceptent avec reconnaissance, toutefois peu prolixes. Ils n'ont qu'une seule requête, c'est que la caravane emporte ceux de leurs hommes qui depuis longtemps se préparent à partir. L'oasis tout entière s'en voit soulagée et reprend confiance, parce qu'elle se déleste d'un lourd fardeau et met son espoir en ceux qui ne manqueront pas de revenir un jour. Ce soulagement, cette lueur d'espérance, le flux régulier de l'eau et des caravanes lui rendront sa puissance et sa notoriété. Elle ne redoutera plus rien, ne tremblera plus devant rien, car elle trouvera moyen – elle y parvient toujours – de faire face à ses problèmes et de les résoudre.

À Wadi al-Ouyoun, le flux des hommes ressemble au flux des eaux. S'ils sont trop nombreux, s'ils atteignent un certain niveau, ils débordent et s'éparpillent ; cette crue puis cet exil lui sont nécessaires depuis des lustres. L'oasis soudain ne peut plus les faire vivre, et les jeunes, qui en sont conscients, partent en quête d'autres lieux où s'établir et faire fortune. Cet irrésistible élan peut sembler étrange, mystérieux, sans rapport toujours avec les pluies et les saisons, comme c'est le cas pour certaines migrations. Car la pluie a beau tomber dru une année, les pâturages croître autour de l'oasis, les sources jaillir et l'eau courir sur des distances inespérées, une vision fatale s'empare des cœurs à leur insu. Une soif que connaissent bien les anciens, qu'ils taisent et combattent, qui somnole puis s'éveille dans l'âme des garçons et des mères de famille, impérieuse pour les premiers, accablante pour les secondes. Mais l'envie de voir le monde, le rêve de faire fortune, ce désir d'ailleurs sont si forts chez les jeunes que, perdant patience et indifférents aux conseils des anciens, ils prennent seuls la route, aussi ardue soit-elle.

Aucun des hommes de l'oasis n'échappe à cette envie d'ailleurs, et rares sont les adultes qui ne sont jamais partis. Bien sûr, durée et objectifs varient, ces pérégrinations pouvant se prolonger plusieurs longues années, prendre parfois toute une vie ou ne durer que quelques mois, les voyageurs s'en revenant triomphants ou déçus, mais toujours nostalgiques, lourds d'idées neuves et de souvenirs, et du désir de repartir. L'influence de ces périples sur les hommes de Wadi al-Ouyoun ne peut se résumer en quelques mots. À chaque voyageur ses références et ses attentes. Les avis divergent souvent. La réussite et l'échec, la richesse et la pauvreté n'ont pas le même sens pour tous. On en voit qui reviennent auréolés de souvenirs, d'anecdotes et d'historiettes brillant au firmament des rêves, et cependant restent pauvres, ou presque, et continuent malgré tout – et les autres avec eux – d'évoquer les tâches accomplies, les sommes passées entre leurs mains puis envolées, et la précarité de l'existence.

Ces récits sont monnaie courante à Wadi al-Ouyoun. Ils enflamment les imaginations, soulèvent un enthousiasme irrépressible. Et les jeunes qui promettent de revenir bientôt, au printemps prochain ou à l'automne, se doutent que leurs aînés ne les croient pas, même s'ils le prétendent et opinent avec une sorte de désespoir résigné. Si on en vient à évoquer la mort, si une mère verse une larme ou si un père prononce un mot de trop, l'imminence du départ, ce souffle diabolique, rend parfois les enfants cruels et inflexibles. Mais, vite, ils se reprennent et se radoucissent.

À Wadi al-Ouyoun, chacun songe tôt ou tard à partir et ne se défait jamais de ce désir. Petits et grands le savent, et, coutumiers du fait, ne s'en attristent plus, ne s'y opposent plus. Même les mères qui préféreraient garder leur progéniture auprès d'elles jusqu'à la mort, parce qu'elles redoutent l'inconnu et n'imaginent pas de meilleur endroit pour vivre que cette oasis, finissent à un moment ou à un autre par se résigner, cédant à l'impuissance et au découragement, tout en gardant l'espoir que leurs fils reviendront un jour, leur appétit d'ailleurs à jamais rassasié.

*

Les gens de Wadi al-Ouyoun conjuguent de façon singulière l'affabilité et un brin de folie. Pacifiques et heureux de vivre, toujours prêts à rendre service sans rien attendre en retour, ils se révèlent parfois indolents et rêveurs. Les caravaniers, qui pourtant ne s'attardent guère dans l'oasis, connaissent leurs défauts et tolèrent un comportement qu'ils ne permettraient pas ailleurs. Ils disent : "Ce sont de grands enfants, un mot les ravit ou les tue, il faut savoir leur parler mais aussi savoir les prendre." Les nomades se comportent donc de manière particulière, parfois même au-delà des paroles échangées, parce que les oasiens étudient avec attention les faits et gestes des autres. S'ils acquièrent une certitude ou se forgent une opinion, ils n'en démordent plus. Il est extrêmement rare qu'ils changent d'avis ou d'attitude, et s'ils ne sont pas d'accord sur un sujet quelconque, il s'en trouve toujours un pour dire : "Ne vous pressez pas! Nous avons vu passer des milliers de gens, et la vie nous a beaucoup appris. Attendez!" Ce genre d'injonction met un terme à bien des discussions, et, les paris étant ouverts, seul le temps finit par départager celui qui a tort de celui qui a raison.

Les voyageurs s'appliquent et s'encouragent mutuellement à traiter les oasiens comme des gens à part, car la plus infime erreur ou la moindre attitude irréfléchie peut affecter la caravane tout entière et influencer longtemps ses relations avec les sédentaires. Ceux qui d'habitude insistent pour dormir près de leur marchandise et de leur bien, qui ne la quittent pas un instant des yeux et la veillent sans fléchir, ceux qui n'en confieraient la garde à personne, ceux-là même accordent une confiance absolue aux oasiens et se sentent parmi eux en parfaite sécurité. Pour ces derniers, toute tractation commerciale doit s'effectuer rapidement, sans marchandage ni discussion, car ils considèrent toute polémique comme un manque de confiance et d'honnêteté, surtout lorsque les membres de deux caravanes entament d'interminables palabres où transparaît souvent la feinte volonté de ne rien acheter, ou un vaste écart entre le prix demandé et le prix offert. Si l'acheteur et le vendeur parviennent à un accord, l'un se pliant aux conditions de l'autre, les oasiens scandalisés poussent parfois des exclamations incrédules et désapprobatrices. Et les sourires satisfaits qui illuminent les visages des deux parties en amènent certains à conclure : "Ces marchands sont des diables d'hommes ! Ils n'ont aucune notion du bien et du mal !"

Si on leur fait remarquer que commercer, c'est marchander, négocier, puis s'entendre, et que les bénéfices qui en résultent sont aussi licites que l'eau du ciel, les oasiens rétorquent à voix haute ou songent en silence, mi-apitoyés mi-railleurs : "Comment comparer celui qui travaille toute l'année pour gagner son pécule à celui qui empoche la même somme en un instant ?"

Les caractéristiques qui singularisent les gens du *wadi** se retrouvent chez les Bédouins de la tribu des Atoum. Car l'endroit où ceux-ci ont choisi de vivre, la colline d'Al-Zahra, et les liens qui les unissent à la vaste confédération des clans éparpillés dans le désert ont forgé le regard qu'ils portent sur l'existence et influencé leur comportement. Rien ne les oblige à accueillir les caravanes dès leur arrivée ; celles-ci se dirigent naturellement vers le puits et le caravansérail attenant. Perchés sur la hauteur, les Atoum les épient, mais ils ne vont à leur rencontre qu'après mûre réflexion. Forts du sentiment de puissance et de confiance en eux que leur confère leur appartenance à une constellation de tribus, ils considèrent les choses et l'argent avec hauteur, parfois même un certain mépris. Ils savent que la vie, aussi dure soit-elle, n'aura jamais raison d'eux, et arborent souvent un masque revêche qui frise l'impolitesse. Mais s'ils accordent leur confiance ou leur amitié, ils donnent sans compter et se satisfont d'un rien sans amertume.

Les Atoum de Wadi al-Ouyoun sont les plus pauvres mais les plus orgueilleux des gens, deux traits sans doute liés car,

---

* En français "oued", mot d'origine arabe, cours d'eau temporaire dans les régions arides. Le mot désigne aussi le lit, la vallée, ou la gorge du cours d'eau. Dans le texte, Wadi al-Ouyoun, la Vallée des Sources, est le nom de l'oasis.

quoi qu'ils fassent, ils ne s'enrichissent jamais. À un moment ou à un autre de leur existence, ils dilapident tout ce qu'ils ont gagné, sans regret ni remords, puis ils repartent de zéro, avec une ardeur qui ne souffre ni trêve ni lassitude, jusqu'à ce que, fortune refaite, ils s'adonnent au même petit jeu.

Misérables, les oasiens le sont aussi, mais ils semblent contents de la vie qu'ils mènent et la louent parfois à outrance. S'il leur arrive de se plaindre, c'est que les dattes sèches, le lait aigre et ce pain dur qu'ils sont tenus d'ingurgiter des mois durant les plongent dans une anxiété qu'avivent les douleurs d'estomac, la déshydratation des visages et des corps, la faiblesse et les vertiges qui en résultent. Sans parler des enfants, maigres et le teint cireux, qui succombent en été à des crises alternées de diarrhées ou de vomissements… Quand ces phénomènes se renouvellent et s'amplifient, la peur s'installe, et on se prend à rêver du pain frais et du peu de viande qui permettraient de s'aguerrir et de résister. Tout le *wadi* attend alors la prochaine caravane, promesse de changement et occasion peut-être d'égorger quelques moutons grâce aux gains récoltés. Si elle tarde à venir, on invente un prétexte pour abattre un chameau et nourrir la tribu. Et la vie en est transformée.

Changent alors la nature et le comportement des gens, les langues se délient, les veillées se prolongent. Les soirs d'été, on ne se contente plus de palabrer autour d'un café, on chante, et on danse parfois. Ces nuits-là se prêtent aux épanchements, aux souvenirs ; le désir ou l'agressivité se réveillent au ventre des hommes, pour des raisons obscures ou sans raison aucune, et dès que la faim renaît au creux des entrailles, dès la première tournée de lait aigre, il s'en trouve un pour clamer haut et clair :

— De la viande… oui, de la viande ! Ce soir, c'est de la viande qu'il nous faut !

Plus d'une fois, au beau milieu de la nuit, de manière subite et tout à fait inattendue, la décision est prise d'égorger à l'aube un chameau. Dès les premiers préparatifs, l'adresse et l'ingéniosité fleurissent, on s'épaule, on s'entraide, un groupe va chercher du bois, un autre rassemble les marmites, un autre encore pétrit la pâte à pain ; on propose d'égorger, de dépecer, de découper. En un rien de temps, l'oasis tout entière bruisse d'activité. Fébrilité particulière, désir de tenir tête et de résister, volonté de combattre la pauvreté et le malheur.

Cette vie a façonné le physique des oasiens. Plutôt grands, bien charpentés, les membres déliés, les épaules solides, les hanches et les flancs étroits, on dirait des chevaux de course réformés, efflanqués, mais encore puissants et beaux. Leur visage plutôt long respire la sérénité, grâce à des traits harmonieux et symétriques, des lèvres fines, des pommettes hautes sans être saillantes ni anguleuses, à l'inverse des habitants des régions alentour dont le corps est souvent marqué par de profonds stigmates.

Et parce qu'ils se ressemblent tous, même silhouette, même mode de vie, seul l'âge ou la sagesse permettent de les différencier, ainsi peut-être que leur affiliation à leur ancêtre Aoun, considéré par tous comme le patriarche du *wadi* et sa figure de proue. Bien qu'il soit mort depuis longtemps, son courage légendaire, sa générosité, et la magnanimité qui imprégnait ses moindres faits et gestes en font encore pour son clan un être d'exception.

Si Ibrahim al-Aoun et sa tribu des Atoum vinrent des confins du désert s'installer à Wadi al-Ouyoun, c'est bien parce que la nature et les éléments obéissent à des lois impénétrables.

Le clan des Aoun, auquel appartenaient Jazi al-Hadhal et son père Mut'ib, prit racine ici comme un vigoureux palmier. Bien que tenaillés par l'envie de retourner chez eux et le désir de changer d'horizon, ces deux-là se sentirent investis d'une mystérieuse mission. Quarante à cinquante ans plus tard, les gens se souviendraient encore de Jazi al-Hadhal, de ses exploits contre les Turcs, de l'enfer qu'il leur fit vivre en occupant Wadi al-Ouyoun et en disparaissant sporadiquement. Comme il ne subsistait pas la moindre trace de lui, on le croyait chaque fois mort, assassiné, et tout le monde, Turcs inclus, finissait par l'oublier. Il réapparaissait brusquement, massacrait, pillait, brûlait, et s'emparait de tout ce dont il pouvait s'emparer, avant de s'évanouir dans le désert, le temps de s'effacer des mémoires. Puis il revenait un beau jour mettre l'oasis à feu et à sang.

Jazi razzia plusieurs fois la région, avant même que les Turcs deviennent "l'ennemi", et il continua ainsi jusqu'à leur retrait. Les deux expéditions menées contre lui par les autorités turques pour le poursuivre et l'arrêter se soldèrent par la mort des responsables et la défection de soldats qui s'étaient ralliés à sa bande, reconvertis en pilleurs et bandits de grands chemins, et dont on dit qu'ils lui restèrent fidèles jusqu'à la fin.

Cette mission, qui obséda et tortura le clan des Hadhal, s'imposa à eux de plusieurs manières et prit diverses formes, et sans doute fut-elle à l'origine de leur implantation en cet endroit stratégique, carrefour des voyageurs. Ils vivraient ici une période unique de l'histoire et transmettraient à la postérité le récit des événements exceptionnels et stupéfiants dont ils seraient témoins.

2

Ce jour-là, un jour lointain et semblable à mille autres, naquit le dernier fils de Mut'ib al-Hadhal. C'était à la fin du printemps, en fin d'après-midi. La chaleur s'était intensifiée depuis quelques semaines, les dattes bourgeonnaient et s'arrondissaient sur les régimes. Mut'ib se hâtait de placer les derniers tuteurs sous les lourdes grappes et de les attacher solidement, pour retrouver tôt sa femme à Al-Zahra et préparer le café. Mais quand il vit accourir son fils Fawaz, le visage radieux, il comprit que l'enfant était né et qu'il s'agissait d'un garçon. Il resta à demi suspendu en haut de son palmier et attendit son fils en contemplant l'oasis. Wadi al-Ouyoun lui sembla plus verte que jamais. Cette année-là, les pluies avaient été bonnes.

— Papa, papa, une bonne nouvelle! lui cria Fawaz bien qu'il fût encore loin.

"Nous y sommes…" songea Mut'ib.

Comme pour ses autres enfants, il n'hésita pas un instant sur le prénom du nouveau-né ; il l'avait choisi depuis longtemps. À peine ses pieds touchaient-ils terre et ses yeux plongeaient-ils dans ceux de son fils, dont le visage était maculé de poussière et de sueur, qu'il dit d'un ton ferme :

— Alors, fiston, Mouqbil est arrivé ?

L'enfant le considéra d'un air perplexe et, pensant qu'il n'avait pas compris, annonça en reprenant son souffle :

— J'ai un petit frère, papa…

Mut'ib posa sa large main sur la tête du gamin :

— Tu veux dire que Mouqbil est né, hein?

Et il ajouta en éclatant de rire :

— Dieu te bénisse, mon petit!

Il défit sa sangle, laissa retomber les pans de son *thawb**, secoua la poussière de ses mains, et ils rentrèrent ensemble d'un pas paisible à Al-Zahra. Ils cheminaient en silence, mais Mut'ib se sentait brûler d'un feu secret, proche de l'effervescence. Al-Zahra lui semblait plus loin que jamais. Il faillit presser le pas, se mettre à courir, mais il se ravisa : "Si encore il s'agissait de mon premier fils… ou d'une autre année!" songea-t-il, et il éclata de rire. Fawaz jeta un regard surpris alentour.

— On le mariera à Shakra Moubarak! prophétisa Mut'ib.

Ce soir-là, Mut'ib égorgea un mouton et convia ses proches à un fastueux repas. Puis, dans la nuit qui s'avançait, après le départ de ses hôtes, il s'assit au clair de lune et déroula sous ses yeux le fil de sa vie. Il en revit les nuits et les jours. Il revit son enfance, ses premiers voyages, sourit au souvenir du premier fils que lui avait donné Wadha. Heureuse alors d'avoir triomphé d'une épreuve qu'elle appréhendait, elle l'avait regardé en pleurant de joie. Aujourd'hui, elle avait posé sur lui un regard fatigué, sans une larme, sans un rire… Mut'ib sentit l'envie irraisonnée de creuser de ses ongles nus la terre battue sous le tapis, pour y tracer un signe indélébile, y laisser son empreinte. Plus tard, il décida de tirer quelques salves pour célébrer l'événement. L'idée lui en était venue d'un coup, éclair de lucidité. Il l'avait fait pour chacun de

---

* Longue chemise blanche à manches longues, vêtement traditionnel masculin dans la péninsule Arabique.

ses fils. La première fois pour Thouwayni, son premier-né, mort des années auparavant. Il avait brandi son fusil devant ses hôtes réunis et, dans la joie et l'allégresse, avait brûlé plusieurs cartouches, aussitôt imité par tous ceux qui étaient armés. Il se souvenait qu'Ibn Moubarak al-Houwayzi avait tiré de longues rafales, aussi bien pour son premier-né que pour son deuxième fils, Sha'lan, et que le fusil d'Al-Qahtani s'était enrayé dès la première balle ! En de telles occasions, les hommes laissaient toujours éclater leur joie. Et la nuit où son premier fils était né avait été exceptionnelle ; chacun avait mangé, bu et festoyé longtemps. Pourtant Thouwayni était mort peu après. Aujourd'hui, Al-Qahtani avait dit en riant que Mouqbil lui porterait chance, mais personne n'avait brandi son arme, lui-même n'y avait pas songé, et il pensa avec un rien de nostalgie : "C'était le bon temps !"

En cherchant son fusil, il fit exprès de faire du bruit, pour ne surprendre ni effrayer personne. Il s'arrêta près de la couche où reposait Wadha. Sa sœur Sara berçait le nourrisson et semblait lui avoir tout juste donné la traditionnelle goutte de miel.

Les deux femmes le regardèrent. Wadha était épuisée, à moitié endormie, et quand elle aperçut l'arme, elle sursauta légèrement, assaillie par un brusque mélange de joie et d'appréhension. Elle se souleva à demi et le considéra avec attention. Mut'ib sentit la fierté l'envahir et frappa le sol de la crosse, comme s'il donnait un ordre imaginaire. Sara calmait l'enfant, qui s'était mis à pleurer : "C'est pour ton bien, mon petit, tu vas grandir et t'aguerrir, tu seras bientôt un homme, et les hommes doivent agir en hommes…" En entendant le coup de crosse, elle se retourna et considéra tour à tour Mut'ib et Wadha d'un air étonné.

— Écoutez… commença Mut'ib en détachant ses mots comme s'il se préparait à un long discours.

Puis, voyant les deux femmes regarder le fusil avec perplexité, il continua d'un ton enjoué :

— On dit qu'un enfant, c'est la clé de l'éternité. Et c'est bien vrai !…

Il se tut un bref instant, hocha plusieurs fois la tête, et d'une voix émue :

— Dieu accueille nos pères et nos grands-pères dans sa miséricorde…

Il leva lentement son fusil, le chargea, se détourna et sortit.

Le silence. La lune. Et Mut'ib al-Hadhal, seul, dans l'immensité du désert. Il contempla le ciel troué d'étoiles et inspira profondément. Il voulait accomplir un geste mémorable.

— À nous deux, nuit profonde ! lança-t-il d'un ton nerveux et presque dur.

Il pointa son fusil vers la lune et tira. La détonation déchira le silence et l'odeur de la poudre emplit ses poumons. Il ramena le verrou, éjecta la douille vide. L'âcre parfum lui monta au nez, plus intense. Il se souvint de jours lointains et pria en silence : "Dieu, accorde-nous la force et la patience, et que l'avenir nous soit clément !" Lorsqu'il fit jouer la culasse et chambra une nouvelle cartouche, il entendit remuer dans la maison. Ce ne pouvait être ni Wadha, ni Sara. Un des enfants avait été réveillé par la déflagration. Il tendit l'oreille, ne distingua rien tout d'abord, sonda l'obscurité et vit se profiler Sha'lan, qui semblait ahuri, presque effrayé.

— Eh bien, fiston, je t'ai fait peur ? dit Mut'ib en posant son fusil.

Sha'lan sourit, stupéfait, puis, voyant son père si calme, secoua la tête.

— Quand tu es né, on a tiré des salves jusqu'à l'aube… ajouta Mut'ib, le visage radieux sous la lune.

Le garçon opina avec fierté et Mut'ib reprit :

— Aujourd'hui, tu as un petit frère…

L'enfant éclata d'un rire entendu.

— S'il respire l'odeur de la poudre, il n'en aura jamais peur.

Sara intervint de l'intérieur, comme si elle suivait leur conversation :

— Rassemble tes forces, Abou Thouwayni*, encore un coup et tous les gars du *wadi* vont rappliquer !

— Qu'ils soient bienvenus… Le café est prêt.

— S'ils viennent, on en a pour la nuit !

Sha'lan l'interrompit, tout excité :

— Prête-moi ton fusil, papa !

Mut'ib lui tendit l'arme d'un geste fier, heureux de partager ce jeu mystérieux, et bouillant d'une exultation qui le rendait léger comme l'air. Sha'lan leva le fusil et tira. Le coup résonna dans toute l'oasis. La déflagration sembla plus forte, plus profonde, et le parfum de la poudre se répandit, presque suave. Lorsque le silence retomba, la voix de Sara retentit :

— Le meilleur reste à venir, Abou Thouwayni… et il y a plus d'ans à venir qu'il n'y en a d'écoulés…

— Remets-t'en à Dieu, Sara, la vie est longue !

Et, quand retentit le troisième coup :

— Suffit, fiston !

Puis il ajouta en riant aux éclats :

— Nos hommes, je les connais ! Qu'il fasse grand jour ou nuit noire, encore un coup et ils seront tous là !

Mut'ib était hilare. Il s'adressait autant à lui qu'aux autres, et il lui semblait que son monde se métamorphosait. La lune, les étoiles, tout lui paraissait différent des jours précédents. Il se sentait revigoré par la bouffée d'air frais qui soufflait sur

---

* Dans les pays arabes, les mots *Abou…* (Père de…) et *Oum* (Mère de…), suivis généralement du prénom du fils aîné, correspondent au surnom ou nom d'usage. Abou Thouwayni et Oum Thouwayni sont donc respectivement les surnoms "Père de Thouwayni" et "Mère de Thouwayni", du nom de leur premier fils décédé.

l'oasis, et il s'étendit pour que son corps s'épanouisse aussi pleinement que son âme, et que jaillissent les mots qui imprégneraient les mémoires et s'incrusteraient dans les cœurs. Il regarda tour à tour la lune, le visage de Sha'lan, la porte dans l'encadrement de laquelle se tenait Sara, et dit, sentencieux :

— Si ton fils grandit, traite-le comme un frère.

— L'espoir fait vivre ! rétorqua Sara, émue par son bonheur et son enthousiasme. Avec un peu de chance, une poule peut pondre un œuf sur un piquet de tente…

— Et si je me débrouille bien, l'âne pissera sur le lion ! répliqua Mut'ib en s'esclaffant de plus belle.

La voix lasse de Wadha leur parvint de la maison :

— Que Dieu vous entende, vous autres !

3

Mouqbil, le fils de Mut'ib al-Hadhal, était né à Wadi al-Ouyoun, c'était un fait certain. Ce dont on était moins sûr, c'était de son année de naissance. L'oubli, la complexité des événements entretenaient le doute. Sa tante Wasma assurait qu'il était né l'année des sauterelles, une année sombre et âpre, et que ce jour-là, Mut'ib avait prédit la fin de la famine et le retour à la prospérité. Elle ajoutait que cette même année, son frère Sa'ad était revenu après une longue absence, avec assez de sucre, de farine et d'étoffes pour éviter à leur famille l'exil auquel tant d'autres avaient été contraintes. Elle affirmait, sûre d'elle, qu'elle portait une des tuniques qu'il lui avait données quand elle avait pris le nouveau-né dans ses bras, et qu'il lui avait fait pipi dessus. Trouvant l'incident de bon augure, elle avait annoncé, radieuse, des jours meilleurs.

Sara, la mère de Thounyan, prétendait qu'il était né l'année des inondations, trois ans après l'année des sauterelles dont parlait Wasma. Elle se souvenait que les nomades étaient arrivés tard à Wadi al-Ouyoun, parce qu'il avait beaucoup plu, que le désert était clément et que les puits étaient pleins. Elle ajoutait que jamais on n'avait vu autant de truffes de sable, de mauve et de fourrage que cette année-là. Quant au prénom de Mouqbil, c'était elle qui l'avait proposé et qui avait insisté pour qu'on le choisisse, alors que Mut'ib hésitait entre Thouwayni et Dhiyab, Thouwayni, du nom de son fils défunt, et Dhiyab – le Loup – en souvenir de l'incident du mouton dévoré dans l'oued.

Le différend qui opposait les deux femmes ne se régla jamais, car chacune affirmait avoir raison, et leurs témoins respectifs ne pouvaient s'engager à revenir sur leurs déclarations, ni accepter que leur mémoire pût les trahir, ce qui eût été le seul moyen de les départager.

Être né à Wadi al-Ouyoun n'avait rien de remarquable et n'était pas en soi un sujet de discorde, mais ce qui compliquait les choses, c'était que le gouvernement avait envoyé à l'époque une équipe de trois hommes recenser les hommes et les nouveau-nés, et que cette équipe avait arpenté le désert de long en large, munie de registres et d'épais dossiers, sans que les gens sachent la vraie raison ni le but de leur opération. La peur avait incité les oasiens à faire preuve d'une extrême prudence : ils avaient dissimulé une foule d'informations, n'avaient pas parlé des membres de la tribu qui étaient en voyage, ni mentionné les filles, et n'avaient déclaré qu'une partie des garçons. Plus encore, ils avaient demandé aux gamins âgés de huit à quatorze ans de rester aux champs toute la journée, et les pères avaient délibérément donné des indications très vagues sur l'année de naissance de leurs fils.

Tous, ou à peu près, avaient réagi ainsi, parce que quelques semaines avant l'arrivée de la délégation, la rumeur avait couru que l'armée voulait enrôler les jeunes. Cependant, deux ou trois individus avaient fait exactement le contraire. Ils avaient enregistré tous les mâles, absents inclus, sans hésiter à y ajouter les morts des dernières années. Ils avaient entendu dire par un des délégués, de manière confidentielle et sous le sceau du secret, qu'une certaine quantité de farine, de sucre et d'étoffes allait être distribuée dans l'oasis et la région, indexée sur le nombre des habitants recensés. Mais la majorité des oasiens s'était moquée de la rumeur et avait assuré aux crédules que ce n'était que mensonges destinés à les piéger, parce que jamais le gouvernement n'avait agi ainsi auparavant, même les années où les gens mouraient de soif.

Aussi, quand on demanda à Soulayman al-Hadib de confirmer la date de naissance de Mouqbil, il hésita. Et quand on lui fit valoir que les registres d'État ne se trompaient pas, qu'ils ne se fondaient pas sur de simples souvenirs, il sourit d'un air moqueur et dit après avoir secoué plusieurs fois la tête : "Si on se fie à leurs registres, on a plus de chance de se fourvoyer que d'être exact !" Car il se souvenait bien de la manière dont les oasiens avaient accueilli la délégation cette année-là…

La tante Wad'a, matriarche du *wadi*, racontait tout autre chose. Elle prétendait que Mouqbil avait huit ou neuf ans de plus qu'Anoud, parce qu'il avait le même âge que Halima, qui était morte à un an, et qu'elle, Wad'a, avait porté deux enfants entre Anoud et Halima. Selon elle, Mouqbil était né l'année de la Grande Guerre, au cours de laquelle Hazza', son mari, avait été arrêté et fait prisonnier en Égypte, pour avoir refusé de vendre ses moutons et avoir tenté de les faire sortir en douce du pays. Hazza' se souvenait – et Wad'a confirmait – que cette guerre entre Allemands, Italiens, Anglais, Indiens et Sénégalais avait failli l'expédier à Tripoli, en Libye, qu'elle avait duré des années, et que Halima était née cinq mois après son départ.

Wad'a défendit longtemps et avec insistance sa version des faits, parce qu'elle voyait en Mouqbil un bon parti pour Anoud. Mais l'attente s'éternisa et Mouqbil hésitait à se décider. Aussi, lorsqu'un garçon de la tribu de Hazza' vint demander la main de la jeune fille et que son père la lui accorda, Wad'a perdit de son assurance et prétendit qu'elle ne se souvenait plus très bien de l'âge de Mouqbil. Elle finit par donner raison à sa sœur Wasma, affirmant du même coup que

Sara avait tort, et qu'elle racontait des balivernes dans le seul but de marier le garçon à quelqu'un de sa famille.

Il était donc vain de fouiller le passé pour établir une fois pour toutes la date de naissance de Mouqbil. L'affaire était compliquée et somme toute triviale. Qu'importait qu'il fût né l'année des sauterelles, celle des inondations ou même une autre. Il était né en tout cas avant les tumultueuses années qui avaient bouleversé la région. Le *wadi*, les routes caravanières, les oasiens et les nomades avaient connu par la suite une rude période de famine, de misère et d'attente. Les rumeurs d'un univers lointain leur parvenaient parfois, colportées par les caravanes ou les proches dont les revenus avaient dramatiquement baissé et qui rentraient au bercail pour échapper à la conscription.

Les échos et les événements du monde extérieur se mêlaient et s'entrecoupaient. À l'époque, Fawaz était adolescent et admis dans le cercle des hommes. Sara en était sûre, parce qu'elle se souvenait qu'un soir où poèmes et anecdotes rivalisaient avec les hurlements assourdis des chacals, elle avait entendu dire pour la première fois qu'il voulait partir.

Si l'arrivée d'une caravane représentait un événement pour petits et grands et ne laissait personne indifférent, les hommes, qui affectaient le calme et la pondération et se retenaient de gagner le puits et le caravansérail, en savaient long avant même de l'avoir vue, grâce aux enfants qui couraient en tous sens avec l'agilité des chats, et les informaient du nombre de caravaniers et de chameaux, de ce qu'ils transportaient, de leur provenance, de leur destination. Aiguillonnés par leur insatiable curiosité, les gamins se précipitaient pour tout apprendre et tout voir de leurs propres yeux, puis revenaient le raconter aux grands. Il en allait ainsi pour chaque caravane. Les adultes les écoutaient attentivement, mais sans rien en laisser paraître, déjà renseignés par les caravanes précédentes, par un messager passé là quelques jours plus tôt, ou par le laps de temps qui s'était écoulé entre deux voyages, entre deux étapes. Puis, une fois rendus au point d'eau et au caravansérail, ils observaient scrupuleusement jusqu'aux crottins des bêtes, pour peser chaque détail et parfaire leur savoir.

Cette année-là, Fawaz s'abstint de galoper avec les gamins et se retint comme les adultes d'aller au puits. Il trouvait pourtant que son père attendait trop longtemps. Irrité, il finissait par partir avant lui, impatient d'agir quand la caravane avait déjà fait halte deux ou trois jours et se préparait au départ. Car il voulait aider les voyageurs et, ce faisant, prouver à son père et aux autres qu'il en était capable. Chaque ballot soulevé pour charger les chameaux, chaque corde attachée pour arrimer la marchandise témoignait de sa force et de son adresse, et il ne cessait de vouloir convaincre, par tous les moyens. Car quand l'heure du départ sonnait, que les mains brunes trempées de sueur se tendaient, franches mais aussi désinvoltes, pour les adieux, Fawaz brûlait de rage et d'amertume de ne pas être du voyage, et se promettait de saisir sa chance à la prochaine occasion.

— Dans deux ou trois ans, tu seras en âge de partir, répétait Mut'ib al-Hadhal à son fils.

Puis, voyant que Fawaz s'obstinait, de plus en plus têtu, et jouait à l'adulte dès qu'une caravane s'ébranlait :

— Mon fils, il n'y a pas de plus bel endroit que cette oasis…

Et après un court instant de réflexion :

— Voyager, c'est tuant…

Mais devant l'insistance de Fawaz – il avait vu des garçons de son âge et même plus jeunes se joindre à la caravane qui venait de lever le camp et à celle qui était partie deux semaines plus tôt –, Mut'ib capitulait :

— Wadha, disait-il alors à sa femme, Sha'lan n'est pas encore revenu, mais Fawaz veut déjà s'en aller… Prépare ses bagages et que Dieu nous aide !

En réalité, Mut'ib s'effaçait pour que sa femme entre en lice. Car s'il se montrait prêt à transiger et prétendait se rendre aux arguments de son fils, il était certain du refus inconditionnel de Wadha. Son tempérament, sa force secrète, son regard accablé et son œil triste de circonstance faisaient battre Fawaz en retraite, et il remettait à plus tard sa décision. Elle lui faisait valoir que dans quelques années il serait plus fort, plus apte à subir l'épreuve d'un voyage qui pouvait durer plus de dix ans, et que pour l'instant, avant que la moustache lui pousse, il devait se contenter d'espérer. Elle lui citait en exemple son père et les hommes de sa famille, évoquait leur longue absence, et les soucis et les peines qu'ils avaient endurés. Elle ne cessait de parlementer et d'argumenter jusqu'à ce qu'il soit convaincu – du moins en apparence. Et lorsque venait l'heure d'aller faire boire les bêtes, Mut'ib lui disait d'un ton plein de défi :

— Puisque tu es grand et fort, vas-y donc… et reviens-nous sain et sauf !

Pour qu'un garçon de son âge conduise un troupeau au point d'eau, il fallait qu'il soit solide et agile, car à la tombée du jour à Wadi al-Ouyoun, la corvée d'eau était la tâche la plus ardue et la plus dangereuse. Mener le troupeau à l'heure dite et en temps voulu, maîtriser les bêtes et ne pas les laisser se mêler aux autres, gérer les palabres et parfois les rixes qui s'ensuivaient, seuls les adultes ou les adolescents les plus aguerris y parvenaient, et il fallait souvent plus d'un homme pour mener à bien la besogne sans incident.

Aussi, lorsque Mut'ib al-Hadhal dit un jour à son fils d'y aller seul, Fawaz se rengorgea, et comme sa mère lui faisait signe d'emmener son frère Ibrahim, d'un an son cadet, il refusa vigoureusement et dit d'un ton plein de défi :

— Seul ! Je ne veux personne, et je serai le premier rentré.

Fawaz partit donc seul, mais il ne revint pas aussi tôt qu'il l'avait promis. Il revint tard, très tard ! Quand il se remémorerait cette première fois où il avait mené seul les bêtes à l'eau, il se souviendrait que ce n'était pas faute d'en avoir été capable, mais qu'une autre raison l'avait retardé, une raison plus importante, une raison qui l'obligerait par la suite à annuler son départ.

Une fois le soleil couché et l'ombre légère du crépuscule étendue sur toutes choses, moutons et chameaux bêlant et blatérant sans cesse dans la lumière déclinante où se fondaient les couleurs du jour, cerné par la masse mouvante et lourde des troupeaux qui se bousculaient pour rentrer et les voix indistinctes qui résonnaient, Fawaz se sentit à la fois brave et terrifié, comme assiégé. Car malgré les cris aveugles qu'il lançait devant lui pour accélérer le rythme lent des bêtes, elles progressaient d'un pas pesant. Et il regretta un peu tard d'avoir cédé à un désir secret, et de s'être attardé plus d'une heure parmi les animaux et les petits cercles d'hommes rassemblés près du campement d'Ibn al-Rashid. En approchant d'Al-Zahra, il aperçut sa mère assise à l'écart, comme si de cet endroit, à même le sol, elle voulait sonder le lointain et la nuit, de même que de jour, dressé sur ses pieds ou assis sur une colline, la main en visière au-dessus des yeux, on affûte le regard pour discerner une silhouette, un mouvement. Elle attendait ainsi dans les ténèbres, son angoisse initiale devenue effroi. Sans dire mot, Ibrahim se mit à virevolter autour de son frère, l'air goguenard, voulant témoigner de son importance et du rôle utile qu'il aurait pu avoir s'il l'avait accompagné.

Fawaz continua sur sa lancée sans une excuse pour expliquer son retard, mais avec des gestes fébriles, il pressa les moutons de rentrer dans l'enclos, et se hâta de faire baraquer les chameaux et de les entraver. Peu après, il cria à Ibrahim, qui tourniquait encore autour de lui, de s'occuper du reste.

Il n'avait pas envie de se justifier tout de suite, il voulait aller raconter à son père ce qu'il avait vu et entendu. Mais à la lueur du feu qui rougeoyait encore, les yeux de Mut'ib al-Hadhal brillèrent d'un sourire à la fois déçu et railleur, lui intimant en silence de ne plus s'entêter à vouloir partir. "Tu es encore trop jeune, tu devras attendre!" semblaient-ils lui dire. Quand il les baissa et se mit à tisonner les braises, Fawaz sentit que l'homme ne souffrirait ni excuse ni explication. Il continuait de remuer les cendres d'un geste léger et précis pour préparer le café.

Fawaz, découragé, se laissa tomber à terre. Sa mère, qui l'avait guetté sur la piste, les pirouettes provocantes et moqueuses d'Ibrahim, le regard bref, lourd de reproches et déçu de son père, le silence tendu qui régnait depuis son retour contribuaient à son sentiment de frustration et de profonde injustice. Pendant l'heure qu'il avait passée à déambuler entre les tentes d'Ibn al-Rashid et les troupeaux, et à scruter les traits étranges de ses mystérieux hôtes, il s'était demandé plusieurs fois, avant de courir s'assurer que les bêtes étaient abreuvées et n'avaient rien endommagé, s'il devait rester là pour étudier ce phénomène ou se hâter de rentrer. Il dit à son père, qui semblait absorbé par sa tâche :

— Y a des étrangers au campement d'Ibn al-Rashid…

Les mots ricochèrent sur les braises et le cliquetis des ustensiles. Son père continua de s'activer comme s'il n'avait rien entendu ou qu'il ne tolérait pas d'excuse pour ce retard.

— Des Blancs… et ils parlent arabe! reprit Fawaz avec un accent de défi, d'un ton dur et hargneux.

Son père leva sur lui des yeux inquisiteurs, attendant qu'il poursuive. Ils étaient assis de part et d'autre du foyer où chauffait la cafetière.

— Deux Bédouins d'Al-Zour, et trois étrangers… qui parlent arabe…

Puis, changeant de ton pour faire plus d'effet :

— D'une drôle de façon, pas comme nous… mais on les comprend.

Il vit alors son père se transformer, le regard attentif, perçant et aiguisé, comme s'il voulait lire dans les yeux de son fils ce qu'il avait vu, les détails qui y restaient gravés, et en déduire de quel genre de visiteurs il s'agissait.

— Tu sais d'où ils viennent et ce qu'ils veulent ? fit-il lentement.

— Les gars du campement disent qu'ils sont chrétiens.

— Et ils veulent quoi ?

— J'ai entendu Ibn al-Rashid demander à l'un d'eux de répéter : "Il n'y a de dieu que Dieu et Muhammad est son prophète", et il l'a fait.

— Mais ils sont là pour quoi ?

— Il paraît qu'ils cherchent de l'eau…

— Oui, mais toi… toi, tu les as entendus dire quoi ?

— Il y avait beaucoup de monde autour, je n'ai saisi que quelques mots par-ci par-là.

Avec dans le regard la même étincelle qu'y avait allumée l'évocation des étrangers, Mut'ib ravala sa déception et sa rancœur, et bondit lestement sur ses pieds.

— Il faut que j'aille voir ça !

En un rien de temps, ils sellèrent deux chevaux. Mouqbil eut beau s'accrocher à eux pour qu'on l'emmène, Mut'ib le repoussa fermement.

— Attrape le petit et emmène-le ! lança-t-il à sa femme.

Puis, une fois en selle et prêt à partir :

— Je ne sais pas quand on reviendra… Peut-être qu'on dormira là-bas.

Ils s'éloignèrent, chevauchant en silence. On n'entendait que l'écho étouffé des sabots sur le sol. Lorsqu'ils atteignirent les tentes d'Ibn al-Rashid, Mut'ib alla s'asseoir non loin des étrangers, et Fawaz rejoignit les garçons de son âge, à l'orée du campement.

4

Mut'ib al-Hadhal avait vite décidé de passer la nuit et la journée suivante au camp d'Ibn al-Rashid, pour interroger les Bédouins, épier les trois étrangers, leur parler et réfléchir aux raisons de leur venue. Le retour lent et maussade, les haltes et les discussions qui le ponctuèrent, la façon dont son père s'adressa à lui et son comportement, tout cela ferait de Fawaz un homme avant l'heure et laisserait en lui un souvenir indélébile.

Mut'ib avait choisi de rentrer à Al-Zahra par le chemin le plus long, un chemin qu'il empruntait rarement. Ceux qui le croisèrent le trouvèrent méconnaissable. Il semblait perplexe, abattu, et s'exprimait d'une manière bizarre – ton de la voix, choix des mots, multitude de questions dont il assaillait son fils alors qu'elles étaient adressées à lui-même et à tout venant. Fawaz s'efforçait de garder le silence. Les propos de son père lui semblaient si étranges qu'ils le marqueraient à jamais : "Sûr qu'ils ne sont pas là pour l'eau, ils cherchent autre chose. Mais qu'est-ce que ça peut bien être? Qu'y a-t-il d'autre dans ce désert que la faim, le sable et le vent? Ils prétendent vouloir s'installer ici, mais comment vivront-ils? On dirait des poules quand ils mangent… Quant à leurs questions insidieuses! Quels menteurs, nous faire croire qu'ils sont différents des autres! «Vous avez vu passer des étrangers dans la région ? Des Anglais, ou des Français ? Ils sont restés longtemps ? Qu'est-ce qu'ils ont fait ? » Ils ont peur. Peur de ce qu'ils fomentent. Tu sais bien que les traîtres ont peur des autres. S'ils étaient honnêtes, s'ils étaient venus pour l'eau, eh bien... tout le monde sait où elle est, l'eau ! Ils ne veulent pas s'installer, qu'ils disent, ils veulent juste faire un tour, partir et revenir, et d'autres suivront... « Un peu de patience, bientôt vous serez tous riches ! » Mais que nous veulent-ils ? Qu'est-ce que ça peut leur faire qu'on soit riches ou non ? Regarde bien leurs yeux, écoute-les, observe-les, de vrais diables, personne ne peut leur faire confiance. Ils sont plus maudits que des juifs, et ces bâtards savent le Coran par cœur ! Incroyable..."

S'il s'interrompait pour demander l'avis de Fawaz, celui-ci restait silencieux, parce qu'il ne comprenait pas grand-chose à ce qui se passait. Certes, il avait entendu les sarcasmes des autres garçons, il les avait vus montrer du doigt les intrus et se gausser d'eux, il avait vu que les étrangers mangeaient et s'exprimaient d'une drôle de façon, mais il ne saisissait toujours pas.

De retour à Al-Zahra, Mut'ib raconta aux hommes du *wadi* ce qu'il avait découvert, et encouragea plusieurs fois son fils à confirmer ses dires. Il lui avait appris au cours des années précédentes à garder le silence en présence d'adultes, à rester debout devant ses hôtes, à ne jamais être impoli. Or ce jour-là, il changea du tout au tout : "Écoutez ça, les gars, c'est incroyable ! Y en a un, leur cheikh sans doute, qui parle arabe, mais qui ne veut pas qu'on le sache. J'en suis sûr. Je l'ai vu tendre l'oreille et nous épier comme un faucon. Je lui ai demandé s'il nous comprenait, il m'a dit : « Un peu, un peu... » Fils de chien, il en sait bien plus que les autres, mais c'est un imposteur, il pose les questions dans sa langue et fait traduire... Quant à l'eau, Wadi al-Ouyoun en a bien assez, on n'en veut pas plus… S'ils cherchaient de l'eau, s'ils voulaient vraiment se rendre utiles, ils iraient ailleurs."

Les jours suivants, Mut'ib se chargea lui-même de la corvée d'abreuvoir et, pour tester ses arguments, demanda à tous les oasiens d'aller voir de leurs propres yeux les étrangers. Mieux, il confia à Fawaz la tâche de ramener les troupeaux, afin de pouvoir s'attarder auprès d'Ibn al-Rashid. Il revenait chaque fois plus sûr de lui, ses doutes confirmés, de plus en plus convaincu que ces diables-là ne leur vaudraient rien de bien.

Ils passaient leurs journées à s'agiter, s'aventurant là où personne ne s'aventurait jamais. Ils ramassaient des choses absurdes, se promenaient avec des objets en métal dont nul ne savait ce dont il s'agissait ni à quoi ils servaient, et rentraient le soir avec des sacs remplis de sable et de cailloux. Ils rapportaient même des branches de tamaris, de santoline et d'artémise qu'ils taillaient d'une drôle de manière, et sur lesquelles ils collaient des bouts de papier avec des inscriptions bizarres. Ce n'était pas tout. Ils plantaient des repères en bois ou en fer partout où ils allaient, écrivaient dessus, et prenaient des notes auxquelles on ne comprenait rien… Cependant, ces repères disparaissaient ou changeaient de place dès qu'ils avaient le dos tourné. C'était l'œuvre des gamins de l'oasis, et les adultes laissaient faire. Fawaz lui-même en rapporta plusieurs, glanés au hasard des pâturages, et son père les étudia attentivement, avec un rien d'appréhension. Il les cogna contre une pierre, les tapa l'un contre l'autre, les écouta longuement résonner et décréta qu'il ne fallait surtout pas les approcher du feu.

Et l'eau? Où était l'eau? Comment les étrangers la trouveraient-ils? Le gouvernement savait-il qu'ils étaient là et ce qu'ils manigançaient? Quand Mut'ib interrogea Ibn al-Rashid, celui-ci répondit qu'ils avaient un laissez-passer de l'émir, chez qui ils étaient restés une semaine et qui avait embauché deux guides pour les accompagner.

L'humeur de Mut'ib s'assombrissait de jour en jour, ses peurs grandissantes aiguisaient ses sarcasmes, et il ne parla bientôt plus que des intrus. Si les oasiens se joignaient volontiers à lui, ils ne partageaient pas toujours son opinion, mais ils le laissaient parler et pester comme bon lui semblait, par respect pour son âge et son rang,

Mut'ib pressentait qu'une chose terrible allait leur arriver, sans savoir quoi ni quand, et les commentaires éclairés des uns et des autres n'y faisaient rien. Car la seule vue des étrangers, leur incessant va-et-vient, les outils qu'ils transportaient, les sacs de sable et de cailloux qu'ils ramenaient, les symboles qu'ils y traçaient et les informations qu'ils s'appliquaient à consigner dans leurs carnets, ces palabres qui commençaient au coucher du soleil et s'éternisaient après dîner, les feuillets qu'ils noircissaient plus tard, les maudites questions qu'ils posaient sur les tribus, leurs dialectes, leurs différends, ou sur la religion et ses écoles, sur les pistes, les vents et la saison des pluies, tout cela l'effrayait et éveillait en lui la certitude chaque jour grandissante que ces gens-là leur voulaient du mal. Quant à ceux qui avaient d'abord traité les étrangers par le mépris et s'étaient gaussés de les voir charrier du sable et des cailloux, ils s'étonnèrent bientôt de découvrir que ces trois-là en savaient long sur le désert, la vie des Bédouins, leurs clans et l'islam. La profession de foi qu'ils ânonnaient à la demande, leurs vastes connaissances historiques et religieuses poussèrent bon nombre d'oasiens à réfléchir et à se demander si les trois compères étaient musulmans ou djinns, parce que des créatures qui en savaient autant sur tout et qui parlaient arabe, mais qui pourtant ne priaient pas, ne pouvaient être que surnaturelles.

Ibn al-Rashid était transformé depuis l'arrivée des étrangers, et débordait ouvertement d'attentions et de générosité, comme s'il avait toujours su qu'ils viendraient ou qu'il se conformait aux ordres de l'émir que lui avaient transmis les guides. Il pensait qu'il y avait gros à tirer de ces gens-là et exagérait en tout, paroles et actions. C'était plus que ne pouvaient en supporter l'oasis et les oasiens. Si beaucoup au début avaient voulu montrer, flattés, qu'ils savaient recevoir, comme si le *wadi* baignait dans le bien-être et l'opulence, le doute les assaillit bientôt, et ils se demandèrent s'ils pouvaient continuer ainsi, d'autant que le séjour des étrangers semblait vouloir s'éterniser.

L'attitude d'Ibn al-Rashid choqua profondément Mut'ib et le plongea dans une violente colère. Il avait beau apprécier la générosité, savoir se montrer prodigue et offrir à ses hôtes le meilleur qui fût, dût-il affamer sa famille, il ne comprenait pas pourquoi Ibn al-Rashid affectait cette soumission craintive face aux intrus.

— Écoute, Ibn al-Rashid, lui dit-il quelques jours après l'arrivée des Américains. On peut manger de la terre et offrir à nos hôtes nos propres enfants, mais il n'y a pas de raison qu'on obéisse comme des esclaves dès qu'ils ouvrent la bouche…

Ibn al-Rashid lui sourit pour tâcher de le calmer, mais il poursuivit :

— Ni même que tu leur souries ou que tu les regardes comme tu le fais. Ce sont des hommes, comme nous, et s'ils n'étaient pas recommandés par l'émir, on les aurait renvoyés depuis longtemps dans leur pays. Les gens commencent à t'en vouloir. L'oasis a bien assez d'eau et on n'a besoin de l'aide de personne…

Il s'interrompit un bref instant, le visage fermé, puis secoua plusieurs fois la tête et reprit :

— Parle-leur d'homme à homme, traite-les en homme, Ibn al-Rashid !

— Allons, Abou Thouwayni, pourquoi es-tu si dur ?

— Parce que depuis qu'ils sont là, tu ne fais que rigoler comme un gamin.

— Ces gens ne sont pas faits comme nous, argumenta Ibn al-Rashid, l'air finaud. Il nous faut être généreux pour qu'ils sachent que nous sommes arabes.

— Arabes, on l'est, pas besoin de certificat, répliqua vertement Mut'ib.

Puis, se radoucissant :

— Tue un mouton en leur honneur, ris avec eux, parle-leur à ta guise... mais d'homme à homme!

Les caravanes continuaient de passer par Wadi al-Ouyoun. Mais une fois posées les questions rituelles, Mut'ib ne parlait plus aux nomades que des étrangers, ces traîtres perfides, venus là sans qu'on sache pourquoi ni comment, ni quelle serait l'issue de leur visite. Il ne s'arrêtait pas là. Il encourageait tous les chameliers à aller voir de leurs propres yeux les trois larrons et à l'aider à résoudre l'énigme de leur présence. Leurs réactions venaient en tout point confirmer ses soupçons : "On en a croisé plusieurs sur la piste de Wadi al-Ouyoun. On aurait dit des moutons écorchés vifs à cause de la chaleur. Ils couraient de tous les côtés au milieu de nulle part! Il y a cinq jours, quand on a vu l'émir, il nous a menacés : « Ceux qui leur mettront des bâtons dans les roues entendront parler de moi. Ce sont nos frères, et ils sont là pour nous aider! »" Et si Mut'ib leur demandait en quoi ces diables pouvaient leur être utiles, alors qu'ils ne manquaient de rien, les nomades échangeaient des regards perplexes et restaient silencieux.

S'ils rencontraient les Américains et venaient à leur parler, leurs soupçons et leurs peurs grandissaient, car les questions qu'ils leur posaient sur des endroits impossibles où jamais personne n'était allé prouvaient que les étrangers n'étaient pas là pour l'eau.

Tel fut l'événement qui marqua cette année-là. Quant à savoir pourquoi Mut'ib al-Hadhal réagit de la sorte et posa un regard si hostile et appréhensif sur les visiteurs, c'est que depuis quelque temps, une sorte d'état de grâce – une intuition de prophète – habitait son âme et son existence.

Contre toute attente et à la surprise générale, Hadib et Sha'lan revinrent un beau jour de voyage. Ils étaient restés trois ans absents. On se souviendrait longtemps de ce retour, car l'annonce de leur arrivée, colportée par les gamins qui avaient aperçu la caravane sur la route d'Al-Khibra al-Sharqiya, avait été vague et ambiguë. Ils proclamèrent d'abord que Khoush était de retour, trompés sur la personne et sur le nom par leur mémoire d'enfant. Or, à peine la nouvelle parvint-elle à Wadi al-Ouyoun et à la mère de Khoush que celle-ci se mit à danser, à pleurer, à rire et à crier de joie tout à la fois. Elle hésitait entre partir à la rencontre de la caravane et se préparer à recevoir son fils, courait en tous sens et revenait comme folle. Quand la caravane fit halte et qu'on s'aperçut qu'il s'agissait en fait de Sha'lan et de son oncle Hadib, tout changea. Un silence accablé s'abattit, puis la tristesse s'installa, exacerbée par la douleur de la mère de Khoush, plus anéantie que jamais par son chagrin. Mut'ib aurait voulu pouvoir se réjouir, mais, terrassé par la lassitude, il en était incapable. En son for intérieur, il souhaitait que les deux compères ne soient jamais revenus.

Le soir tombé, devant les hommes réunis, Mut'ib exprima sa surprise. Il avait douté du retour des deux voyageurs et avait fini par se faire à l'idée qu'ils ne reviendraient jamais. Aujourd'hui, il se souvenait comment Hadib et lui avaient péniblement réuni la somme nécessaire à l'achat de trois chameaux, chargés de marchandise, à un oasien qui avait renoncé à suivre la caravane.

Mut'ib parlait en regardant son fils Sha'lan qui l'écoutait, impassible, comme si ce récit ne le concernait pas.

— Sha'lan n'était pas là, il n'a rien su, rien entendu de la transaction. Mais plus tard, en voyant son oncle se préparer, il est devenu comme fou et a juré de l'accompagner.

Mut'ib éclata de rire et ajouta qu'il n'avait rien pu faire pour l'en dissuader.

— J'ai dit à sa mère : "Regarde bien, Oum Thouwayni, c'est à ton frère et à ton fils qu'on confie notre argent et celui de la tribu. Si on meurt de faim, si on en vient à maudire ce jour, ne t'en prends qu'à eux, pas à moi!"

Puis, avec aigreur, en désignant d'un geste bref Hadib et Sha'lan :

— Je lui ai dit : "S'ils font comme certains gars de Wadi al-Ouyoun, qu'ils plantent un arbre là où ils passent et qu'ils attendent d'en récolter les fruits, inutile d'espérer. Mais s'ils pensent à nous et reviennent dans un an ou deux, ce sera merveilleux, on n'aura plus à s'inquiéter de rien!"

Il eut un rire joyeux, plein d'assurance. Il raconta que Wadha avait pris les choses en main et préparé les bagages des deux voyageurs en les suppliant, à chaque geste et chaque pas, de revenir, et de revenir vite. Sha'lan, qui lui promettait de lui obéir et tenait à ce que son père l'entende, s'était empressé de rassembler ce qu'il croyait être indispensable et ce qu'il avait vu les autres emporter. Quelques heures avant le départ, comme une profonde mélancolie s'était abattue et que les mots étaient désormais inutiles, éteints avant même d'être entendus, Mut'ib avait décidé de quitter Al-Zahra pour le *wadi*. Il avait résolu de partir de bonne heure et avait dit à sa femme :

— Le pays réclame ses fils… Hadib et Sha'lan sont comme Khoush, ils pourraient être absents pendant des années.

Et comme Wadha l'assurait que son frère lui avait promis de ne s'absenter que le temps nécessaire à un aller-retour, il avait rétorqué, sarcastique :

— Si tu vois un jour les enfants de Sha'lan, remercie le Seigneur!

Wadha avait pleuré en silence. Au fond, elle était tout à fait d'accord avec son mari et sans doute plus angoissée que lui.

Aujourd'hui, le retour inespéré de Sha'lan et Hadib suscitait autant de surprise que de joie. Et si le sourire de Wadha était mouillé de larmes, c'est qu'elle ne savait si elle riait, sanglotait ou rêvait.

Mut'ib parla beaucoup, et se tourna intentionnellement vers son second fils, Fawaz, comme s'il le chapitrait ou du moins le mettait en garde. Il menait la conversation avec brio et précision, guidé par une force secrète, déterminé à interroger au plus vite les deux voyageurs sur les diables qui étaient arrivés les jours précédents, sur ce qu'ils en avaient appris et ce qu'en disaient les membres des autres tribus.

Mut'ib al-Hadhal et son beau-frère Hadib al-Hamad entretenaient une relation particulière, faite autant d'affection que de défi et de rivalité. Mut'ib considérait que l'âge seul conférait la sagesse, et il portait sur les plus jeunes un regard méfiant, parfois incrédule. Il ne s'en cachait pas. Hadib, lui, pensait que l'exode, la découverte de nouveaux horizons, le hasard des rencontres forgeaient l'esprit de l'homme et lui inculquaient le savoir.

Ce soir-là, comme son beau-frère s'entendait à répéter avec les autres que les voyages forment la jeunesse, Mut'ib s'esclaffa :

— Allons, cousin, on n'apprend bien qu'en vieillissant!

Quand les rires s'éteignirent, il reprit :

— Que penses-tu d'Al-Draybi?

— Al-Draybi?

— Oui, Al-Draybi... Celui dont on dit qu'il est allé aux quatre coins du monde et qui parle égyptien comme s'il était né en Égypte... tu vois qui?

Comme Hadib opinait, Mut'ib poursuivit :

— Avant-hier, il est parti avec un groupe d'amis à Al-Khibra al-Sharqiya. Et voilà que soudain ils se sont aperçus qu'il avait disparu. Envolé, le Draybi! Fondu comme du sel dans l'eau! Sans la miséricorde divine et la sagesse d'un âne du *wadi*, il serait mort là où il était...

Hadib haussa les épaules avec un sourire narquois.

— Tu sais qui l'a ramené à Wadi al-Ouyoun? demanda Mut'ib.

Comme Hadib ne répondait pas, Mut'ib reprit en riant :

— L'âne d'Ibn al-Moudawwar! C'est lui qui l'a sauvé...

Puis, après un court silence et sur un autre ton :

— La pierre, cousin, enseigne mais n'apprend pas. Il n'y a que l'homme qui puisse faire les deux. Tout lui est prétexte à apprendre et il ne s'en lasse jamais...

Mut'ib al-Hadhal attendait l'occasion d'interroger et de savoir. Il voulait étudier l'impact qu'avait eu le voyage sur les deux hommes. Il jetait de temps à autre un regard à son fils Sha'lan pour déceler sur son visage et dans ses yeux les traces de son long périple. Les voyageurs entreprirent d'évoquer les gens et les lieux, les maux et les épreuves, le froid glacé de la nuit et les caravanes perdues et disparues à jamais. Ils parlèrent de l'épidémie qui avait frappé l'Égypte, de leur détention avec des centaines d'autres dans un camp spécial cerné de fil barbelé, des soldats armés qui les empêchaient d'entrer ou sortir. Ils racontèrent qu'arrivés en bonne santé, ils avaient quitté la quarantaine au bout d'un certain temps, affaiblis et affamés, amaigris et malades. Puis ils parlèrent de la nourriture, des fruits, et de l'eau fraîche qui jaillit en permanence dans les rues de Damas… Mut'ib écoutait avec attention, exprimait son étonnement, réclamait une foule de détails, demandait de temps à autre qu'on lui répète certains faits, certains noms, s'étonnait de la disparition de la caravane qui avait emmené Untel et Untel, se disait désolé de la mort d'un autre qu'il connaissait bien et avec qui il avait un jour voyagé… Il en vint bientôt au sujet qui lui tenait le plus à cœur, la présence et les intentions des étrangers. Hadib, qui en savait plus que Sha'lan, répondit d'un ton assuré :

— C'est un fait, Abou Thouwayni, ils sont partout. On raconte qu'ils vont creuser et retourner la terre de fond en comble. Et personne ne sait pourquoi…

Il s'interrompit un instant et secoua tristement la tête avant de reprendre :

— Il y a quelques jours, on en a vu plus de dix, installés dans quatre tentes, accompagnés par des gars de chez nous. Quand on leur a demandé l'hospitalité, ils ont répondu : "Buvez, mais allez camper ailleurs." C'est ce qu'on a fait, mais on s'en est plaints à l'émir, qui nous a dit : "On sait tout ça. Ce ne sont pas vos affaires."

Ces mots provoquèrent la stupeur et la rage de Mut'ib, qui s'écria d'un ton dur :

— Des mécréants, des sans pitié! Si on les laisse faire, ils vont retourner tout le *wadi* et nous y enterrer!

— C'est l'affaire du gouvernement, papa, commenta Sha'lan avec une ombre de reproche. S'il est au courant et que l'émir nous dit que ça ne nous regarde pas, il n'y a rien à faire.

Mut'ib considéra son fils comme s'il venait de s'apercevoir de sa présence. Il n'en croyait pas ses oreilles. Mais une fois les mots incrustés en lui, il rétorqua :

— Mon fils, ton oncle prétend que les voyages forment l'esprit, mais moi je vois que tu n'as rien appris !

Les mots s'abattirent sur le crâne de Sha'lan comme des pierres anguleuses ou un jet d'huile bouillante. S'il savait depuis longtemps répondre du tac au tac, d'un ton acerbe et cassant, parfois irascible, son père le paralysait. Humilié par ce sarcasme, il demeura muet. Un lourd silence tomba sur l'assemblée. Il eut l'impression d'étouffer et, n'y tenant plus, sortit.

Mut'ib était dans une telle rage qu'il aurait pu faire une folie, et Hadib, qui s'en aperçut, tâcha de détendre l'atmosphère :

— Abou Thouwayni, qu'on le veuille ou non, le diable va débarquer chez nous, on n'y peut rien.

— Le diable est déjà là, rétorqua nerveusement Mut'ib. Il est déjà là !

— Et que voudrais-tu faire ?

— Aller voir l'émir et lui en parler, et pour le reste, Dieu y pourvoira.

— Je pense que c'est perdu d'avance, Abou Thouwayni… dit Hadib d'un ton morose.

— Que proposes-tu ?

— De s'en remettre à Dieu…

Puis, d'une voix étouffée :

— Les gens ne sont pas comme nous, Abou Thouwayni. Ils se rangent à l'avis de l'émir et d'Ibn al-Rashid. Ils sont craintifs et ambitieux… Tu le sais mieux que moi, quatre-vingt-dix aiguilles ne valent pas une alêne, et ce gouvernement est sans pitié.

— Mais qu'est-ce qu'on a à voir avec ces bêtises et avec le gouvernement ?

— C'est lui qui décide, répondit tristement Hadib.

— Écoute, Hadib, ce ne sont pas Ibn al-Rashid et ses semblables qui nous gouvernent. Le gouvernement sait parfaitement que Wadi al-Ouyoun appartient à ceux qui y vivent et que cette histoire d'eau enflamme la région. Si le problème est résolu et que tout rentre dans l'ordre, Ibn al-Rashid se taira.

— Ibn al-Rashid n'est qu'un pion, cousin, il ne fait que répéter ce qu'il entend.

— Mais aujourd'hui, l'émir et lui ne font plus qu'un, et tu sais bien que si les bergers sont amis, les moutons sont perdus.

— Abou Thouwayni, Ibn al-Rashid n'est rien. Le problème, ce sont les autres, là-bas.

— Ibn al-Rashid est responsable de cette calamité! Il passe des journées entières à se plaindre à l'émir : "Wadi al-Ouyoun a besoin d'eau, les Bédouins l'ont mis à sec, l'oasis meurt de soif, il faut creuser un nouveau puits, personne ne fait plus halte à Wadi al-Ouyoun, Wadi al-Ouyoun par-ci, Wadi al-Ouyoun par-là…" Si Ibn al-Rashid quittait Wadi al-Ouyoun, on s'en porterait beaucoup mieux!

— Mais cousin, même l'émir n'y peut rien, et Ibn al-Rashid brasse de l'air. Le problème les dépasse tous les deux.

— Si on leur envoyait un messager?

— La poule est en cage, Abou Thouwayni. Ils sont persuadés que Wadi al-Ouyoun leur appartient, ils ne la lâcheront pas… Un messager ou cent n'y changeraient rien. Ils ont une idée en tête et ils s'y tiendront, c'est inéluctable.

Chacun y alla alors de son commentaire. Ils avaient tous leur mot à dire. Sha'lan, qui était revenu déconfit et blessé, sortit bientôt du silence pour étayer ses propos et expliquer en détail son point de vue. Il ne s'adressa pas directement à son père, mais sa voix, sa façon de s'exprimer et les regards timides qu'il lui jetait de temps à autre disaient combien il voulait qu'il l'entende et l'approuve. Mut'ib, lui, ne perdait pas une occasion de jurer ni d'égrener les maux qu'allaient subir Wadi al-Ouyoun et la région. Écrasé de tristesse, il aurait voulu que Sha'lan ne soit jamais revenu et n'ait jamais parlé.

— Un peu de patience…, commença un vieillard pour clore le débat et apaiser la colère de Mut'ib.

Puis, comme tous les regards se tournaient vers lui :

— Notre terre, on la connaît, et des diables, elle en a vu d'autres.

Il eut un rire rauque qui ressemblait à une toux rocailleuse et ajouta :

— C'est honteux de vous disputer et d'argumenter avant même que ces diables soient là. Si vous continuez, ils vous mettront en pièces et dormiront sur vos cadavres…

— Il faut qu'on les empêche d'arriver jusqu'à nous, marmonna Mut'ib dans sa barbe. Et s'ils débarquent, on les brûle et on les enterre… et au diable leurs ancêtres!

6

Dix-sept jours plus tard, les Américains repartirent avec les
deux guides, non pour s'en retourner d'où ils venaient, mais
pour s'enfoncer à l'intérieur des terres. Mut'ib al-Hadhal, qui
voyait en cela une autre cause d'inquiétude, décréta ce soir-là,
en présence d'Ibn al-Rashid et d'un bon nombre d'oasiens :

— Ils ont quelque chose en tête... L'eau n'est qu'un
prétexte...

Puis, avec un rire sarcastique :

— Ils courent après le diable... ou les djinns, qui sait!
Mais soyez-en certains, s'ils trouvent ce qu'ils cherchent,
aucun de vous n'y survivra.

Ces mots et cette mise en garde étrange n'étonnèrent personne. L'effet de surprise des premiers jours avait fait place à
une sourde perplexité, si bien qu'on ne parlait que des Américains, à toute heure et en tout lieu, sans avoir besoin d'entrée
en matière. Le fil de la discussion était désormais ininterrompu
et on pouvait le suivre et le reprendre d'un groupe d'hommes
à un autre, parce que tout ce qui se passait se savait et se propageait dans l'instant, et parce que le comportement des nouveaux venus ne cessait d'éveiller les soupçons. Les pièces d'or
anglaises et ottomanes distribuées avec largesse pour le service
le plus insignifiant, le prix fort qu'ils payaient pour les caisses
et les sacs où ils entassaient quantité de sable et de cailloux, et

enfin la somme qu'ils avaient versée à Ibn al-Rashid pour deux chameaux, tout cela inquiétait les oasiens au plus haut point. Même les plus conciliants, qui recommandaient de ne pas juger les étrangers trop vite, doutaient qu'ils fussent là pour l'eau.

Pour les habitants de Wadi al-Ouyoun, qui avaient coutume de voir passer les caravanes et défiler toutes sortes d'hommes, les trois Américains étaient des êtres singuliers, différents de par leur mode de vie, leur comportement, les questions qu'ils posaient, et cette libéralité qu'aucun autre voyageur n'affichait jamais.

Ibn al-Rashid, qui avait commencé par prendre leur défense, certain que l'émir les envoyait et qu'ils venaient là en amis pour les aider, manquait soudain d'enthousiasme. Mieux encore, il assura aux oasiens qui l'interrogeaient sur les habitudes ou la vie privée des étrangers qu'ils avaient des mœurs extrêmement bizarres et une odeur particulière, que les parfums et encens qu'ils utilisaient ne servaient qu'à neutraliser. Ils ne se couchaient jamais avant d'avoir écrit des pages entières – de sorcellerie peut-être. Souvent ils faisaient une pause, échangeaient quelques mots, puis se remettaient à l'ouvrage, surtout celui qui ne parlait pas arabe, le plus acharné, qui surveillait le remplissage des caisses de sable et y inscrivait en couleur des signes tout à fait étranges. Le matin, ils priaient d'une drôle de façon. Ils lançaient d'abord les bras et les jambes en l'air, puis tout leur corps s'agitait, droite gauche, droite gauche, et ils ne s'arrêtaient que lorsqu'ils étaient trempés de sueur et à bout de souffle.

— Tu ferais bien de fouiller le sable sous leur lit, Abou Muhammad… conseilla quelqu'un à Ibn al-Rashid. Ils ont peut-être laissé un truc ensorcelé !

Mut'ib, qui écoutait en secouant la tête, s'en mêla :

— Ibn al-Rashid devrait aller remonter ses tentes ailleurs, parce que le diable s'y est glissé dès l'arrivée des infidèles…

Voyant qu'on était attentif et qu'on semblait l'approuver, il changea de ton :

— Diable ou pas, ils puent à en estourbir les oiseaux !

— Ah, mes amis... Mieux vaut vivre dans le désert qu'ici... soupira un homme en se levant.

Ibn al-Rashid était perplexe. Il ne pouvait plus défendre ses hôtes comme il l'avait fait, mais il ne pouvait pas davantage se montrer inhospitalier.

— Vous avez raison, trancha-t-il. Je préfère le désert... Qu'ils soient maudits, et maudit le jour de leur arrivée ! Dieu merci, nous en voilà débarrassés !

— Il suffirait que tu te retournes pour les voir réapparaître ! le mit en garde Mut'ib.

— Assez ! Plutôt voir le diable... répliqua nerveusement Ibn al-Rashid.

Il ne s'écoula pas dix jours avant que ressurgisse l'Américain qui ne parlait pas arabe, et tout son chargement. Il passa la nuit à Wadi al-Ouyoun avec son guide et reprit la route le lendemain matin. Des deux autres, on n'entendit plus parler pendant longtemps.

Peu à peu, la vie reprit son cours normal. Le souvenir des Américains s'estompa et disparut, sauf de la mémoire de Mut'ib al-Hadhal, le seul à rester en alerte. S'il n'était pas homme à poser des questions à tout propos, il mit un point d'honneur à aller à la rencontre de chaque caravane qui faisait halte à l'oasis. Qu'elle vînt de la côte ou de Syrie, il demandait innocemment si les voyageurs avaient remarqué quelqu'un ou quelque chose d'inhabituel. Qu'elle vînt de l'intérieur, et il les interrogeait sur deux diables d'hommes qui avaient arpenté le désert puis disparu sans laisser de traces, en souhaitant secrètement qu'on lui dise qu'ils étaient morts de soif ou dévorés par les chacals. Il voulait tout savoir de ces deux monstres, et une seule réponse ne lui suffisait pas. À la moindre rumeur, il interrogeait les gens et posait toutes les questions possibles. Alors seulement s'abîmait-il dans ses pensées et ses réflexions. Wadha, que bien d'autres choses préoccupaient ici-bas, sombra bientôt dans l'enfer qu'avait inventé Mut'ib. Lassée par ses questions, ses sautes d'humeur et son comportement erratique, elle le supplia presque avec tristesse :

— Oublie donc le passé… Le gouvernement en sait plus long que nous!

— C'est ça, railla-t-il, le gouvernement sait mieux que…

Il ne finit pas sa phrase. Il hésitait encore. Peut-être que le gouvernement ignorait tout de ce que tramaient ces diables.

*

L'été s'écoula, et une partie de l'automne. Le souvenir des étrangers qui étaient passés là des mois auparavant disparut tout à fait. On ne s'interrogeait plus, ils étaient oubliés. Mut'ib al-Hadhal, toujours anxieux et dans l'expectative, sentit que d'en parler sans cesse décuplait ses peurs, d'autant que les autres s'impatientaient devant ses questions et ses doutes, et considéraient le simple fait de mentionner les intrus de mauvais augure. Il tenta donc de clore ce chapitre, mais il ne put triompher des rêves et des cauchemars qui le taraudaient la nuit. Son sommeil se troubla, si bien qu'il préféra ne dormir que quelques heures entrecoupées, de préférence dans la journée. Wadha et les autres s'en alarmèrent et, devinant qu'il y perdrait la santé, s'évertuèrent à lui parler dans la seule intention de l'aider à oublier, le traitant avec égards et commisération. Mais cette empathie et ce comportement, au lieu de le soulager et de lui occuper l'esprit, l'exaspérèrent, et il se mura, irascible, dans ses pensées.

Lorsque Ibn al-Rashid eut vent de son état, il dit tristement à deux ou trois hommes qui se trouvaient là :

— Avec les Atoum, c'est toujours pareil. Vieillir les rend séniles ou les incite au meurtre…

Puis, dans un murmure :

— Mut'ib ferait mieux d'aller garder les moutons ou de jouer avec les gosses !

Beaucoup le prirent en pitié, et se mirent à épier ses moindres faits et gestes. Hadib était le plus inquiet de tous. Il s'imaginait que s'il n'occupait pas Mut'ib d'une manière ou d'une autre, la prophétie d'Ibn al-Rashid se réaliserait. Il lui dit un soir d'automne, alors qu'une douce brise tempérait une journée torride :

— Je pense que l'année sera bonne, Abou Thouwayni…

Mut'ib, qui humait l'air frais à pleins poumons, sursauta et se tourna vers lui. Hadib tendit le cou comme pour sonder l'horizon et reprit :

— S'il pleut beaucoup à la saison prochaine, la vie des gens et l'oasis en seront transformées.

— Dieu t'entende, cousin.

— Mais dans l'état où est ta maison, j'ai bien peur que la pluie et le vent l'emportent !

Ainsi, dans un élan de solidarité, et avec l'aide d'une bande de jeunes recrutés parmi les amis et les proches de Sha'lan, un chantier s'épanouit sur la colline d'Al-Zahra, résonnant de cris et de plaisanteries. Mut'ib y participa avec enthousiasme, âpre et infatigable à la tâche. On lissa le pisé des murs, on agrandit l'enclos, on refit l'étanchéité des terrasses, on changea quelques piliers de bois et on répara les gouttières. Dans le feu de l'action, Mut'ib se piqua d'ajouter une pièce, Wadha lui ayant fait remarquer une nuit que Sha'lan avait grandi et qu'il faudrait bientôt le marier. On se mit à la tâche en faisant des allusions discrètes à l'imminence d'un changement important au sein du foyer de Mut'ib, allusions sans grand mystère pour les jeunes ouvriers, qui, en damant le pisé ou en charriant les pierres, échangeaient des sourires entendus. Mut'ib accueillait leurs insinuations avec joie et fierté.

Il changea aussi radicalement qu'il l'avait fait auparavant. Il se remit à manger et à dormir tout son soûl sans interruption. Il retrouva ses forces et sa confiance, et si ses rêves le hantaient toujours, il était si épuisé et si préoccupé par son projet qu'il en oubliait le reste.

Deux ou trois jours avant la fin des travaux, Wadha vint servir le thé, comme chaque matin et chaque soir, pour redonner des forces aux pauvres travailleurs assoiffés et épuisés.

— Abou Thouwayni a bien rajeuni! lui dit Hadib en prenant la théière et les verres.

— Il serait plus fringant que tous ces jeunes si ces bâtards ne lui avaient pas tourné la tête.

— Ils sont partis, espérons qu'ils ne reviendront pas.

— N'en parlons plus. Faisons comme s'ils n'avaient jamais existé…

Le dernier jour, Mut'ib égorgea un mouton sur le seuil de la nouvelle pièce, et dans un concert de cris et d'exclamations, les travailleurs considérèrent tour à tour Sha'lan et son père en échangeant des regards malicieux.

— La litière est prête, il ne manque plus que le cheval! claironna l'un d'eux.

Mut'ib éclata de rire :

— Croyez-moi, ça sent la noce dans moins d'un an!

— Pour Sha'lan ou son père? fit Hadib, malicieux.

— Pour les deux, cousin! rétorqua Mut'ib.

À ces mots, une vague de bonheur souleva l'assemblée, et ce fut une des plus belles nuits de Wadi al-Ouyoun.

Sa maison pouvant désormais faire face aux éventuelles intempéries, Mut'ib alla labourer et planter son arpent de terrain dans l'oasis, sans qu'il fût besoin de l'encourager. Il retourna la terre deux fois, y creusa des sillons, arracha les mauvaises herbes et les épineux, répandit du fumier, l'incorpora soigneusement et nettoya la seguia septentrionale, qu'obstruaient la terre et le sable, en prévision des pluies qu'il espérait plus abondantes cette année-là. Il songeait en travaillant avec ardeur : "Cette terre recèle un trésor. Pour le mettre au jour, il faut qu'il pleuve, et s'il pleut tôt et beaucoup, c'est une vraie merveille." Il se souvint des bonnes années, des années fastes, et levant la tête au ciel, il sourit et inspira profondément.

À cette époque-là, Mut'ib se sentit plus fort que jamais et se fustigea de s'être laissé troubler par les bâtards des mois passés. "Ils sont venus et repartis, se répétait-il. Ce *wadi* a tout vu et tout entendu. Il a accueilli autant de voyageurs que de grains de sable, et pas un n'a laissé son empreinte… On finira peut-être par oublier ces bâtards !" Il se sentit plus que jamais lié à cette terre, à ses palmiers, à ses figuiers, et aux hommes et femmes qu'elle nourrissait. Il dit au petit Mouqbil, qui tourniquait autour de lui et épiait chacun de ses gestes :

— Tu vois ce palmier… le quatrième à gauche ? Il a ton âge, fiston, et il grandit chaque jour avec toi. Bientôt tu planteras un palmier pour ton fils, et ton fils un palmier pour son fils, et au fil des ans, l'oasis continuera de prospérer… Les voyageurs y feront halte pour y boire, honorer les morts et se reposer à l'ombre des arbres en disant : "Que Dieu bénisse ceux qui ont planté ces palmiers et ces champs !"

Mouqbil tournicotait comme un jeune chiot autour de son père, le taquinait, grimpait sur son dos lorsqu'il se baissait, et à la nuit tombée, il se serra contre lui en agrippant un pan de son *thawb*, fermement décidé à ne pas s'en séparer ni s'en éloigner. Quand ils atteignirent la source, les enfants avaient fini d'irriguer et rentraient à Al-Zahra. Mut'ib rinça son visage et ses bras à l'eau qui jaillissait, en chantonnant avec sérénité et gratitude. Puis ils reprirent leur route et grimpèrent la colline, Mut'ib pépiant sans cesse, en sachant que son fils ne le comprenait qu'à demi.

Wadha dit à Hadib, en regardant leurs silhouettes approcher :

— Dieu soit loué! Le voilà redevenu lui-même…

— Travailler ressuscite un homme… murmura Hadib d'une voix à peine audible.

La vie semblait avoir repris son cours normal dans le *wadi*. Cependant, les peurs, et puis ces rêves qui hantaient les nuits de Mut'ib, perduraient.

7

Lorsqu'une caravane faisait halte ou qu'un messager arrivait, la même question venait à l'esprit de chacun et affleurait aux lèvres : Avait-on des nouvelles de Khoush ? Elle avait été si souvent posée qu'elle avait revêtu un sens particulier et se démarquait des dizaines d'autres dont on assaillait les nomades. Car Khoush était connu de tous, même de ceux qui ne l'avaient jamais vu. Il est vrai que le souvenir de ses traits variait dans les mémoires, et que son nom résonnait en chacun différemment, mais tous ceux qui vivaient au *wadi* ou y faisaient halte cultivaient de près ou de loin un lien avec cet homme.

Pourquoi cette image de Khoush ? Était-il de chair et de sang ou une invention de l'esprit ? S'il était un homme comme un autre, pourquoi tant de questions et pourquoi cette aura mystérieuse ? Parce qu'il était parti ? Parce qu'il n'était pas revenu et qu'on était sans nouvelles ? Mais à Wadi al-Ouyoun, on comptait plus d'émigrés que d'habitants, et il n'était pas un seul foyer de l'oasis, d'Al-Zahra ou des environs où ne manquât un homme ou deux ! L'absence de certains s'éternisait, et d'autres on restait longtemps sans nouvelles, mais ils finissaient toujours par revenir, ou du moins par écrire, et par envoyer l'incontournable coupon de tissu bariolé qu'aucun voyageur n'aurait oublié de remettre à son destinataire.

Quelque chose singularisait donc Khoush et le différenciait des autres. Au *wadi*, chacun pouvait y aller de son commentaire ; et si chaque commentaire était différent, tous n'en étaient pas moins vrais. Certains louaient son courage exemplaire – et même légendaire ; c'était la vérité. D'autres le disaient d'une rapidité spectaculaire, capable de courser et de ramener une bête emballée, même à une demi-journée de distance, et on l'avait vu plus d'une fois agrippé à la queue d'un chameau qui le traînait comme une chiffe molle, léger comme l'air ; c'était bien vrai. Et quand on évoquait la combativité de l'être humain, et son aptitude à triompher de la soif et la faim, les aventures de Khoush étaient les plus frappantes. Mais si ces hauts faits, tant ressassés, tant entendus, avaient peu à peu perdu de leur prestige et leur éclat, sauf lorsqu'on les racontait à des étrangers, ou que l'oasis traversait des périodes difficiles, ce qui restait fascinant dans l'histoire de Khoush, c'était sa disparition.

Depuis qu'il était parti avec la caravane d'Al-Salimi et avait atteint Al-Jawf, personne ne l'avait vu. Il avait disparu sans prévenir, sans raison apparente. Si les nomades n'avaient pas juré qu'il les avait accompagnés pendant sept jours, de Wadi al-Ouyoun à Al-Jawf, on aurait pu penser que la terre l'avait englouti ou qu'un fauve l'avait dévoré. Naturellement, personne n'avait voulu croire à sa disparition. Pourtant on l'avait apprise de source sûre, et les bouleversements qui s'en étaient suivis avaient eu des témoins. Les caravanes qui revenaient d'Al-Jawf rapportaient des faits alarmants et contradictoires, ce qui ne faisait qu'attiser les doutes, et bien que nombre de voyageurs se soient évertués à demander des nouvelles de l'absent et que d'autres en aient donné spontanément, aucun n'avait apporté de réponse définitive ou simplement rassurante. Brusquement, on n'avait plus entendu parler de lui.

Cette disparition et ce silence n'auraient pas suscité autant d'intérêt, puis de chagrin, s'il n'y avait eu cette mère – sa mère. Il était son fils unique, et depuis la mort du père, survenue bien des années auparavant, elle avait pris des allures masculines et se comportait souvent comme un homme. En sus de quelques palmiers, qui étaient toute sa richesse depuis son veuvage, elle possédait trois ou quatre chèvres et quelques poules, et elle vendait son lait et ses œufs aux voyageurs, leur rendait de menus services, réparait les cordages, reprisait les chemises et ramassait tous les objets qu'ils abandonnaient pour les réparer patiemment ou en faire autre chose d'utile. Ainsi avait-elle élevé Khoush, âpre à la tâche et obstinée, et ce fils, trop jeune pour avoir souffert de la mort du père, ne s'était jamais senti orphelin, bien des enfants de son entourage vivant comme lui, leur père étant en voyage ou décédé.

Le temps passa, malgré l'adversité. Khoush grandit, et sa mère, si patiente et endurcie, trouva consolation en l'homme qu'il était devenu, un gaillard robuste et courageux que les oasiens admiraient. Certains dirent, et Mut'ib avec eux, qu'elle s'en trouva plus belle et rajeunie. Mais elle, qui ne comprenait rien à ces remarques, garda ses distances. Les gens l'aimaient pour cette réserve, et avec l'âge, la vie qu'elle avait menée, les épreuves qu'elle avait vécues, lui attirèrent le respect et la vénération de tous.

Cet épisode de l'histoire du *wadi* sombra presque dans l'oubli, car ce qui suivit imprégna les esprits et les cœurs, comme l'eau vive se rue dans les sillons des vallons. Car avec la mystérieuse disparition de Khoush, toute joie s'éteignit et une tristesse inconsolable y succéda. Cette femme qui avait commencé par questionner en vain tous les voyageurs se mit à attendre à l'orée du *wadi* la plus grande part du jour, dans l'espoir qu'une caravane lui porterait des nouvelles de son fils. Au début, elle posait ses questions avec retenue, comme s'il s'agissait de banalités, mais le temps passant, elle changea du tout au tout. Elle se fit plus insistante, interrogea toutes les caravanes et tous les nomades sans exception, et sembla prendre plaisir à parler de l'absent de longues heures durant à ceux qui ne le connaissaient pas et ne l'avaient jamais vu.

Au début, les oasiens s'attristèrent autant qu'elle de la disparition de Khoush, et se montrèrent aussi curieux d'avoir de ses nouvelles et aussi prompts à demander aux voyageurs de se renseigner. Ils écrivirent à leurs proches et à leurs connaissances, en quête de toute information, mais les jours passaient et rien ne venait, rien. Ceux qui auraient pu l'oublier, tout préoccupés qu'ils étaient de gagner leur vie et de faire face à l'adversité, étaient contraints, en posant les yeux sur sa mère, de s'en souvenir chaque jour. Il était plus vivant que les hommes qui vivaient là, et sa présence allait en s'affirmant depuis que la vieille avait sombré dans le chagrin, puis changé de telle sorte qu'on ne savait plus comment la regarder ni l'aborder. Sa quête incessante peinait autant les oasiens qu'elle les faisait parfois sourire, car la vieille se noyait dans le flot des questions et ne tardait pas à sangloter ou à proférer des mots sans suite, allant même jusqu'à réciter des poèmes ou chanter.

Elle le faisait sans peur ni honte, avec ferveur et à voix haute. Comme si elle s'adressait à une vaste assemblée. D'autres fois, elle parlait des heures entières à ses chèvres ou à ses poules, comme si elle leur contait une histoire sans fin.

À l'entendre, un étranger aurait pu croire d'abord qu'elle était parfaitement saine d'esprit. Car elle commençait par évoquer le départ de son fils comme si cela ne la concernait pas, et les infimes détails inscrits dans la mémoire lointaine et oubliée du *wadi* surgissaient brusquement comme s'ils dataient de la nuit précédente. Elle continuait ainsi un moment, puis soudain elle changeait de ton et de voix, jetait des regards effrayés autour d'elle, labourait la terre de ses doigts comme si elle redoutait de la voir se fendre, et s'écriait :

— Écoutez-moi, gens du *wadi*, le sommeil ne ment pas! J'ai vu trois anges vêtus de blanc. Ils m'ont dit que Khoush serait là jeudi. Le plus grand ange lui ressemblait et riait comme lui, le plus petit avait sa force, et le troisième... je ne sais pas... il me tournait le dos...

Quand on lui disait de se taire et de se montrer patiente, elle répliquait avec mépris :

— Gens du *wadi*, vous êtes cruels et sans merci. Vous traitez vos fils comme des bêtes. Au bout d'un certain temps, vous en choisissez certaines pour les égorger, et celles qui n'en valent pas la peine, vous les chassez du *wadi* pour qu'elles crèvent dans le désert... Je ne veux pas devenir comme vous...

Et elle continuait de répéter en chantonnant :

— Jeudi... jeudi... ce jeudi...

Les gens se regardaient, la regardaient, les questions se mêlaient aux sourires apitoyés. "La vie ne l'a pas épargnée, songeaient-ils. Il n'y a pas plus terrible que d'attendre quelqu'un qui ne viendra pas..." Mais personne n'aurait osé dire à la vieille une chose pareille ; elle en serait morte. Ils la laissaient donc attendre. Et attendaient avec elle qu'un miracle se produise.

Les lettres, les dirhams, et les coupons de tissu bariolé que les émigrés envoyaient, liaient de manière invisible les absents aux présents, ressuscitaient les voix, les traits et les visages des voyageurs, et rendaient la vie supportable à ceux qui ne se lassaient pas d'attendre. Voilà ce qu'espérait la mère de Khoush : une lettre, quelques mètres d'étoffe. Khoush aurait bien pu alors rester où il était. Mais demeurer là sans savoir, sans que personne ne dise un mot de lui, c'était plus terrible que la mort. Pourtant, elle gardait confiance, persuadée qu'il reviendrait. Et si elle accueillait tout nouveau venu avec effusions, se précipitait dès qu'une caravane arrivait et restait à ses côtés jusqu'à ce qu'elle reparte, c'était parce qu'elle voulait qu'on lui dise que Khoush était en vie, que quelque part il commerçait, achetait et vendait, et avait acquis un immense cheptel.

Une fois la caravane repartie, la vieille errait dans l'oasis de l'aube au crépuscule ou à la nuit, chapitrant sans cesse petits et grands, s'adressant aux arbres et aux bêtes, et demandant à tous ceux qu'elle croisait s'ils avaient vu son fils ou s'ils en avaient entendu parler. Si ailleurs de tels êtres blessés s'attiraient d'ordinaire les railleries et les sarcasmes, et s'exposaient aux quolibets et même aux attaques des gamins, à Wadi al-Ouyoun ce n'était pas le cas. Nul n'aurait pu dire du mal d'elle. Bien au contraire, chacun l'entourait d'affection et d'égards. Elle entrait dans les maisons du *wadi* ou les tentes d'Al-Zahra comme si elle s'y trouvait chez elle, et y était toujours bien reçue. Hommes et femmes l'écoutaient parler et lui répondaient comme si elle avait toute sa tête. On n'avait pas eu à se concerter ; c'était la règle au *wadi*, où chacun se considérait membre d'une grande famille. Bien sûr, il y avait à la base des liens familiaux plus ou moins distants, mais d'autres liens, tissés par le quotidien, prévalaient. Lorsqu'un époux ou un frère s'en allait, c'était ses amis qui s'occupaient de ses palmiers et de ses champs. Et ce fut cette coutume qui prévalut pour le lopin de la mère de Khoush. Tout accaparée par son malheur, elle fut vite incapable de s'occuper de ses arbres ou de cultiver son champ. Ceux qui s'en chargèrent le firent en silence, sans rien lui demander en retour, comme s'ils travaillaient pour eux. Quand ils vendaient quelques dattes aux voyageurs de passage, ils lui remettaient aussitôt sa part. Elle considérait les piécettes au creux de sa main et s'écriait avec une ferveur enfantine : "C'est

Khoush qui m'envoie ça !" Comme son interlocuteur se taisait par crainte de la blesser ou de la faire pleurer, elle restait un moment silencieuse, les traits de son visage marqués par le chagrin, puis s'écriait soudain : "Avec cet argent et ce que j'ai déjà, je peux marier mon fils !" Elle s'abandonnait alors à un bref instant d'euphorie, riait, poussait quelques youyous, se laissait emporter, rêvassait, puis fondait en larmes. C'était d'abord de gros sanglots étouffés, qui ressemblaient bientôt à un appel au secours, un cri insupportable qui faisait fuir les hommes, tandis que femmes et enfants la regardaient avec une tristesse consternée, certaines pleurant avec elle en silence, jusqu'à ce qu'elle se calme et qu'un lourd et douloureux silence s'installe. Les Bédouins et les oasiens de Wadi al-Ouyoun n'avaient pas la larme facile et s'étonnaient le plus souvent de voir les gens pleurer, mais un tel spectacle les émouvait et les plongeait dans une sombre perplexité.

Un lien bizarre fut établi plus tard, sans que nul ne pût l'expliquer, entre ce malheur et les calamités qui s'abattirent par la suite sur l'oasis. Ils étaient plus d'un à avoir entendu Mut'ib al-Hadhal s'écrier, suite aux crises d'hystérie, de rires et de larmes que provoquaient les rencontres entre la mère de Khoush et ceux qui s'occupaient de ses champs et de ses palmiers : "Seigneur tout-puissant, ô Dieu du ciel, toi qui vois clair en nous, protège cette oasis et épargne-lui l'infortune !"

Mut'ib se souvenait comme tant d'autres du jour où un Bédouin venu d'une région reculée était apparu, un homme dont il avait remarqué le strabisme et les dents écartées. Il avait remis à la mère de Khoush une somme d'argent mais, indifférent à sa joie et à ses questions, avait refusé d'en dire plus avant d'avoir réuni plusieurs oasiens, dont Mut'ib, autour de lui. Il avait alors expliqué qu'il avait poignardé le père de Khoush, Abdallah al-Maktoum, plus de vingt ans auparavant, qu'il venait régler sa dette de sang et voulait que ce fût fait en présence de témoins.

Or quelques semaines à peine après cet événement qui suscita autant d'espoir que de tristesse, l'oasis fut frappée d'un mal mystérieux qui emporta un grand nombre d'hommes et de bêtes, et dont on dit qu'il s'attaqua même aux arbres.

Plus tard, lorsque les trois étrangers arrivèrent, Mut'ib se souvint du fléau et sut, sans pouvoir expliquer pourquoi, qu'une nouvelle calamité les menaçait. Ce n'était pas une certitude, mais un lourd pressentiment qui l'écrasait et dont il ne pouvait se défaire. Il répétait que si un Bédouin à l'œil torve avait pu provoquer une telle catastrophe, trois étrangers aux yeux bleus pouvaient anéantir l'oasis tout entière !

Bien peu au début partagèrent ses pensées, ses convictions et les visions qui le hantaient, mais nul ne put lui prouver qu'elles n'étaient pas fondées. Et lui, qui ne pouvait les justifier, était incapable de s'en défaire. Pour les oasiens qui avaient accueilli les étrangers avec méfiance et circonspection, la curiosité l'emportait sur les réticences. Mais Mut'ib était différent, ce qui expliquait en partie ses états d'âme.

Sa réaction ne cessait d'étonner, et très vite les murmures et les questions fusèrent : "Mut'ib n'était pas comme ça... Ces diables finiront bien par s'en aller... Mais lui, qui sait quand il redeviendra lui-même !" Certains se taisaient, d'autres renchérissaient : "Le voilà comme la mère de Khoush ; impossible de le raisonner."

Celle-ci arpentait l'oasis d'un bout à l'autre, de plus en plus échevelée, éperdue et chagrine, et répétait des mots étranges : "Avant l'an prochain... l'oasis en flammes... la révolution..."

On se souvenait que, dès l'arrivée des étrangers, elle s'était incrustée dans le campement d'Ibn al-Rashid et n'en avait pas bougé pendant vingt-quatre heures. Elle brûlait d'avoir des nouvelles de Khoush – l'avait-on vu, en avait-on entendu parler – mais les intrus ne lui accordaient aucune attention et ne songeaient qu'à se renseigner sur la saison des pluies ou les mois les plus chauds, l'emplacement des puits, le mouvement des dunes et la direction des vents, la fréquence des arrivées et des départs des caravanes, la durée des étapes, et autres questions essentielles. Elle épiait chacun de leurs mouvements d'un œil médusé et s'écriait de temps à autre : "Dites-moi, mes braves, avez-vous des nouvelles de Khoush ?" En butte à leur silence, elle criait encore plus fort : "Bonnes gens, si vous avez des nouvelles, donnez-les-moi, ne craignez rien !"

Les oasiens, qui avaient entendu ces questions mille fois sans avoir de réponse, ne savaient comment réagir ou l'éloigner, et les étrangers, que ces suppliques tiraient de temps à autre de leurs préoccupations, n'y comprenaient rien et ne savaient si la vieille, qui à première vue semblait méfiante et presque apeurée, s'adressait à eux ou à d'autres. Ibn al-Rashid finit par lui lancer :

— Suffit, vieille folle, ces trois-là ne connaissent pas Khoush et ne savent rien de lui !

La vieille se leva, s'avança vers lui, le toisa d'un œil méprisant, puis considéra les trois hommes, qui avaient reculé d'un mouvement instinctif, comme pour se protéger. Elle darda sur eux un long regard accusateur, en un moment qui sembla s'éterniser, tandis qu'un silence lourd et menaçant s'abattait sur l'assemblée. Ibn al-Rashid, redoutant que la situation ne s'envenime, cria à ses hommes :

— Emmenez-moi cette folle loin d'ici !

D'un geste vif, la vieille noua ses mains derrière son dos, comme pour échapper aux bras imaginaires qui allaient l'enserrer, regarda à droite puis à gauche, recula calmement à petits pas, sans cesser de tancer Ibn al-Rashid avec dédain, puis, reculant toujours, cracha par terre en sifflant :

— Cette oasis va brûler… et il n'y a pas plus fou que toi !

— Emmenez cette femme… emmenez-la donc! répéta Ibn al-Rashid avec un rire nerveux, en s'efforçant de se maîtriser et de dissimuler son trouble.

Les Bédouins qui assistèrent à la scène se souviendraient qu'elle s'était mise à arpenter le *wadi* en jurant avec colère. Puis, lassée d'errer ainsi, elle s'était installée non loin du camp, à bonne distance toutefois pour ne pas s'exposer aux rebuffades et aux insultes. Là, elle avait espéré pouvoir interroger les étrangers, mais Ibn al-Rashid redoutait qu'elle importune ses hôtes, et ceux-ci, méfiants, s'étaient éloignés autant que possible de cette "mauvaise" femme. Elle ne put donc jamais leur poser sa question ni avoir de réponse.

Tant que les étrangers furent là, l'oasis ne se préoccupa que d'eux et les questions la balayèrent comme une tornade le désert. Puis, peu après leur départ, la vie reprit son cours normal, et l'oasis guetta d'ouest en est l'arrivée des caravanes, des pluies, et des nomades. Mais le maudit spectre que la plupart des oasiens avaient enfoui dans leur cœur continua de narguer et de hanter deux personnes : Mut'ib et la mère de Khoush.

Elle était persuadée que les étrangers étaient venus parler aux oasiens d'une affaire qui concernait son fils, que c'était la raison pour laquelle on l'avait tenue à l'écart, et qu'on ne voulait pas qu'elle les interroge ni qu'elle sache quoi que ce soit. Sinon pourquoi cette peur sur leurs visages quand elle s'en était approchée chez Ibn al-Rashid, et pourquoi n'avaient-ils rien dit? Avaient-ils tué Khoush et étaient-ils venus payer le prix du sang? Puisque Abdallah al-Maktoum n'était plus là, c'était à elle et à personne d'autre qu'ils devaient payer leur dette. Mais personne ne lui avait rien demandé, personne ne lui avait parlé. Même s'ils ne l'avaient pas tué, ils savaient sûrement quelque chose! Peut-être que Khoush était devenu riche, qu'il avait amassé une fortune colossale, et qu'il avait envoyé ces gens dire aux oasiens où il était? S'ils avaient parlé des richesses de son fils, ne devait-on pas lui en parler à elle? N'était-elle pas sa mère, celle qui lui avait donné le sein? Qui le connaissait mieux qu'elle? Qui l'aimait davantage? Pourquoi se partageaient-ils ses biens alors qu'il était vivant, et s'il était vivant, pourquoi ne le savait-elle pas?

Elle était persuadée qu'il lui était arrivé malheur. Avant, Ibn al-Rashid, Al-Souhaymi et Abdallah al-Ma'youf la taquinaient: "Patience... la patience est la clé du succès... Demain Khoush reviendra, tu le marieras, tu fêteras ça, et tout le *wadi* avec toi... Il suffit que tu t'en remettes à Dieu..." Voilà ce qu'ils disaient, et bien plus encore. Ils lui demandaient, goguenards, si elle comptait se remarier après le retour de Khoush, et si elle esquissait une grimace de mépris, ils ajoutaient avec assurance: "Allons, tu passeras tes mains et tes pieds au henné et tu danseras sept jours et sept nuits d'affilée! Et même si Khoush revient marié, tu n'auras de cesse de le remarier." Ces mots la faisaient rêver, les images tourbillonnaient dans sa tête, elle souriait, regardait au loin, presque euphorique, puis elle tressaillait soudain, revenait à elle, considérait ses interlocuteurs, une lueur sauvage au fond des yeux, comme si elle cherchait à savoir ce que leurs paroles cachaient. Les hommes alors détournaient vivement la tête en redoutant de croiser ce regard qui les effrayait.

Mais à présent, ni Al-Souhaymi, ni Al-Ma'youf, ni personne ne bougeait quand elle interrogeait les étrangers; ils laissaient Ibn al-Rashid la chasser comme un chien. Ils avaient oublié ce qu'ils lui disaient, oublié le temps où Abd al-Maktoum était vivant, oublié son fils tout à fait... Non, ils n'avaient rien oublié. Les trois diables étaient venus leur annoncer que Khoush était mort, ou qu'il ne voulait pas revenir. S'ils leur avaient dit autre chose, on le lui aurait rapporté. Il avait peut-être décidé de rester où il était, et de se marier. S'il était pauvre, son père l'avait été avant lui, il n'y avait pas de honte à cela. Elle avait beaucoup enduré ; elle était encore forte et capable d'en supporter davantage. S'il était mort, qui l'avait enterré ? Où l'avait-on enterré ? Pourquoi ne le savait-elle pas ? Se pouvait-il que ce soit ces trois diables qui l'aient tué ? Savaient-ils qui l'avait tué ? S'ils ne l'avaient pas tué, pourquoi payaient-ils à prix d'or un bout de tissu et quelques caisses en bois de palmier ? Étaient-ils donc complètement fous ?

Bien des gens au *wadi* pensaient que c'en était fini de la vieille :

— Avant, il lui restait l'espoir, mais maintenant… fit un homme.

Et joignant le geste à la parole, il porta le pouce à la bouche, l'appuya contre ses dents et fit claquer son ongle d'un coup sec pour signifier qu'elle n'avait plus rien.

Cette femme qu'on regardait désormais d'un drôle d'œil, chacun l'évitait, détournait la tête sur son passage, se taisait quand elle s'asseyait non loin. Certains demandaient même discrètement aux gamins de la chasser. Et eux, qui avaient commencé par hésiter ou craindre de la blesser, mettaient de plus en plus d'enthousiasme à leur obéir, tant ils redoutaient d'être punis. Ils inventaient mille prétextes pour l'éloigner, et tout leur était bon pour la provoquer : "Khoush est revenu… on l'a vu à la source…" "Une caravane est arrivée, et quelqu'un cherche la mère de Khoush…"

Tout cela provoquait à la fois d'irrésistibles crises de rire et une infinie tristesse, car cette femme que le seul nom de Khoush faisait courir comme une chienne croyait tout ce qu'on lui disait. On aurait dit une petite fille quand elle s'élançait ainsi, un grand sourire aux lèvres, jusqu'à ce qu'elle se heurte au vide, à l'absence, à la désillusion, et se laisse tomber à terre en sanglotant. Elle pleurait alors à vous briser le

71

cœur, et les gamins, qui l'avaient pourtant fait courir et avaient couru avec elle en riant et en s'égosillant, étaient bouleversés de la voir s'effondrer et se ratatiner, secouée de sanglots.

Le seul qui ne la regarda pas de travers et ne changea pas d'attitude, mais qui au contraire lui témoigna un regain d'affection, fut Mut'ib al-Hadhal. Il s'efforça d'être le plus souvent possible à ses côtés pour la protéger, chasser les gamins, et l'empêcher de succomber aux crises de larmes qui la terrassaient.

Il lui parlait avec douceur pour qu'elle se ressaisisse, lui tapotait affectueusement les épaules en lui demandant de ne plus verser ces larmes qui ne lui valaient rien, ou prétendait que si Khoush la voyait dans cet état, il se mettrait en colère. Et peu à peu, elle se calmait, retrouvait bientôt sa sérénité et sa tête, l'écoutait parler, et il arrivait même qu'elle évoque les choses du passé et se mette à réciter sans hésiter quelque poème.

8

Hadib ne s'était pas trompé et Mut'ib vit ses espoirs comblés, puisque des pluies précoces et abondantes s'abattirent sur Wadi al-Ouyoun et la région. Les oasiens se réjouirent, convaincus que l'année serait bonne, et leur optimisme alla grandissant lorsque les nomades qui firent étape dès la fin de l'automne assurèrent qu'il avait plu des jours durant, que l'eau coulait dans les oueds et que les gueltas étaient pleines. Ils étaient d'autant plus heureux que les prix des marchandises n'avaient pas augmenté, contrairement aux autres années. Le temps se rafraîchit, l'air devint plus humide, et certaines nuits, les vents légers de l'ouest et du nord exsudaient un parfum de fertilité qui ravivait l'âme et le corps. Tout en était transfiguré, les hommes, les bêtes, et même la nature sauvage et pétrifiée. Wadha se souvenait que, cet automne-là, Sha'lan lui avait fait part pour la première fois de son désir de se marier. Elle n'avait dit ni oui ni non, mais elle avait ri de bonheur, et avait promis qu'une fois libérée de Hadib qui l'épuisait et hésitait encore à se décider, elle s'occuperait de lui, et lui choisirait la plus jolie fille de Wadi al-Ouyoun. Et si aucune ne lui plaisait, elle n'hésiterait pas à aller à Oujra demander à une parente d'intervenir.

Mut'ib avait beaucoup changé, surtout depuis qu'il avait tant plu, et passait le plus clair de ses jours dans son champ, bien qu'en cette saison où il y avait peu à faire, qu'il y soit ou non n'avait guère d'importance. Mais il aimait regarder les gouttes s'enfoncer dans la terre et s'y tapir avant de déclencher le phénomène le plus insensé et incroyable qui soit. Car après quelques jours de pluie, la terre était parcourue d'un long tressaillement, comme si elle s'ébrouait pour se tendre et se répandre. C'est ce qu'il expliquait à Hadib, en regardant les graines qu'il avait semées quelques semaines plus tôt commencer à jaillir de terre, hisser leur petite tête, et grandir à tout instant. Et dans son désir de le convaincre et d'exprimer une émotion qu'il avait souvent ressentie, surtout quand la terre lui semblait s'ébattre, il compara pour lui ce long tremblement à une union charnelle, et au moment d'extase qui s'ensuivait.

Bien qu'il fût tout à fait sincère, il employa ces termes et cette image pour inciter sournoisement Hadib à se marier, comme Wadha et lui l'avaient décidé. Quand celle-ci lui avait chuchoté à l'oreille que Sha'lan voulait lui aussi prendre femme, il avait éclaté d'un rire sonore et décrété qu'il avait été bien inspiré de construire une nouvelle pièce et qu'elle leur porterait chance.

Les caravaniers perçurent avant tout le monde le sentiment de plénitude qui régnait sur l'oasis. Même la mère de Khoush semblait apaisée. Ibn al-Rashid, qui n'épargnait à personne ses commentaires et réflexions acerbes et avait répété à qui voulait l'entendre que Mut'ib était un homme fini et qu'il ferait mieux d'aller garder les moutons, rendit un jour visite à ce dernier dans son champ, puis à Al-Zahra, se montra parfaitement aimable, et ne prononça pas un mot qui pût être interprété comme une critique. On en déduisit que la relation qui unissait les deux hommes était plus solide qu'on ne l'avait imaginé. Et lorsque Mut'ib évoqua les Américains, Ibn al-Rashid s'écria avec une pointe d'exaspération :

— Tout ça, c'est du passé, Abou Thouwayni…

Par la suite, il proclama à plusieurs reprises que si on laissait le *wadi* tranquille, il continuerait à vivre en paix et resterait une halte importante et incontournable pour la plupart des caravanes.

Ce fut aussi à cette époque que Hadib accepta de se marier. Il le fit de manière détournée, en disant à Mut'ib et Wadha qu'il ne s'opposait pas à cette idée, et qu'il pourrait convoler dès le lendemain ou le surlendemain s'il trouvait celle qu'il lui fallait. Wadha ne se le fit pas dire deux fois et s'écria, soucieuse d'en finir :

— Pour la fille, faites-moi confiance!

Ils éclatèrent de rire, et elle se mit à passer silencieusement les candidates en revue, hésitant et tergiversant jusque tard dans la nuit, au point qu'elle décida de remettre sa décision au lendemain.

Mut'ib, qui passait de longs moments à contempler les arbres et les champs et avait cessé de fréquenter les nomades et le campement d'Ibn al-Rashid, sentait qu'il n'avait plus besoin d'avoir de nouvelles de personne, et que si on lui en donnait avec un ou deux jours de retard, cela ne changerait rien à rien. Lorsque Ibn al-Rashid lui fit dire que son absence pourrait être mal interprétée quand lui était venu le voir deux fois, il répondit par l'intermédiaire de Sha'lan que c'était son champ qui le retenait, et qu'il viendrait dès que ses plantations seraient sur la bonne voie.

Ainsi alla la vie ; l'automne s'écoula, et la moitié de l'hiver. Il était clair que l'eau resterait abondante, et qu'elle irriguerait le *wadi* tout entier. Au nord la seguia débordait, et tout le désert verdoyait. Les bêtes s'arrondissaient et on prévoyait que les brebis mettraient bas plus d'un agneau chacune. Quant aux chiens, petits et grands s'amusaient de les voir se battre, se poursuivre, s'accoupler et se défier à nouveau! Fawaz, qui avait rappelé à son père sa promesse de le laisser partir bientôt, s'entendit répondre, un soir de fortes pluies où Mut'ib tuait le temps en grillant du café :

— Attends qu'on ait marié ton frère et que l'orge soit moissonnée… Après ça, on verra…

Puis, voyant briller dans les yeux de son fils une lueur de protestation :

— Le caravansérail est plein à craquer, les gens s'y entassent depuis des jours et des jours et remettent leur départ par crainte des inondations, et toi, tu t'entêtes à vouloir partir ?

Sans un mot, et d'un clin d'œil discret mais péremptoire, Hadib signifia à Fawaz de clore la discussion, il se chargerait de tout arranger. On changea de sujet ; cette question, et bien d'autres encore, serait remise à plus tard.

*

Environ dix jours avant la fin de l'hiver, sans qu'on s'y attendît, l'Américain qui était parti des mois auparavant réapparut brusquement avec quatre étrangers et plusieurs hommes de l'émir. Mut'ib l'avait surnommé "la Plaie", tandis que les oasiens l'appelaient "le Corbeau", mais cette fois il réapparut sous le nom d'Abdallah. Pourquoi ce nom, et qui le lui avait donné, nul ne le savait. Les hommes de l'émir l'appelaient ainsi, et si quelqu'un lui adressait la parole ou lui posait une question, il se frappait la poitrine une ou deux fois en répétant : "Abdallah… Abdallah…"

En quelques jours, tout changea à Wadi al-Ouyoun, les hommes, la nature et les bêtes. Car peu après l'arrivée de l'Américain, de ses acolytes, et de son escorte, une foule disparate déferla dans l'oasis. Des créatures incroyables, de toutes sortes et de toutes couleurs, dont un gars trapu, bedonnant et roux, un autre si grand qu'il pouvait cueillir les dattes en tendant le bras, un noir comme la nuit, des blonds et des auburn… Leurs yeux bleus, leur corps gras comme des moutons bons à être égorgés, leurs silhouettes bizarres suscitaient la peur et les questions. Ils étaient venus à chameau et à cheval, avec une multitude de caisses, de bagages et de tentes, et en un rien de temps, ils avaient installé leur camp non loin de la source. Cela s'était passé comme dans un rêve, et Mut'ib, qui, reclus dans son champ, n'avait pas réagi tout de suite, bondit lorsqu'il apprit la nouvelle, le visage exsangue, et fila en un clin d'œil au campement d'Ibn al-Rashid pour en avoir le cœur net.

Bien des oasiens se souvenaient de l'avoir vu surgir, tremblant comme une feuille, tendu comme un chacal à l'affût, et considérer les tentes que l'on dressait, un flot ininterrompu d'injures jaillissant de sa bouche et s'abattant sur les intrus comme une pluie battante. Il aurait voulu tout casser, tout détruire, mais on l'en empêcha… Beaucoup diraient bien plus tard : "Mut'ib avait raison… oui, tout à fait raison !"

*

Une fois le camp monté, les bagages déchargés et rangés, le terrain alentour arpenté et délimité avec des petits piquets blancs reliés par un fil de fer, une drôle de substance répandue sur son pourtour, et la terre arrosée d'un liquide à l'odeur puissante, les étrangers ouvrirent une énorme caisse, et en sortirent un bloc de métal noir. En un rien de temps, une sorte de roulement de tonnerre monta de l'engin, terrorisant hommes, bétail et oiseaux. Après quelques minutes de ce brouhaha infernal, un des Américains fit signe à un autre, et la machine se tut, imprimant pour longtemps dans les oreilles des oasiens l'écho de son vacarme assourdissant.

La scène avait eu la brièveté d'un tour de magie, et les oasiens restèrent plantés là dans un silence effaré, jusqu'à ce que le soleil décline à l'horizon. Wadi al-Ouyoun vivait une soirée d'exception. Mais à peine le crépuscule résonnait-il des bêlements des troupeaux que l'engin vrombissait de nouveau, effarouchant bêtes et gens, accompagné cette fois d'un flamboiement aveuglant, et en un instant des dizaines de petits soleils éblouissants s'allumèrent, inondant les lieux d'une lumière si forte qu'elle en était irréelle et inimaginable. Petits et grands reculèrent, s'assurèrent que les lumières étaient toujours là, et échangèrent des regards perplexes et inquiets. Les moutons et chameaux qui s'étaient approchés battirent en retraite, bêlèrent et blatérèrent en se bousculant, effrayés. Mut'ib, qui se tenait non loin de là, s'écria d'une voix forte pour dominer la peur ambiante et le vacarme de l'engin :

— Reculez tous ! Sinon ce feu vous réduira en cendres et il ne restera plus trace de vous !

Ce spectacle extraordinaire, et qui sembla tout d'abord irréel, fit peu à peu partie du quotidien. Les hommes, qui étaient demeurés un temps silencieux, prostrés dans un mélange de curiosité et de peur, s'habituèrent à l'engin. Ibn al-Rashid s'enhardit même à demander au Corbeau d'où venaient cette lumière et ce bruit, mais l'exposé eut beau être long et les explications détaillées, personne n'y comprit quoi que ce soit.

Ce premier soir, chacun s'attendit au pire comme on s'attend à voir tomber la foudre après l'éclair ; mais il ne se passa rien. La nuit s'écoula, d'autres suivirent. L'angoisse restait ancrée, tenace, dans les cœurs. Mais on n'eut guère le loisir de s'interroger sur la mystérieuse effervescence qui régnait partout, car chaque branle-bas et chaque pause étaient immanquablement suivis par autre chose. Ces êtres qui s'agitaient, vociféraient, gesticulaient, et se comportaient de manière surprenante, semblaient insensibles à la présence et la perplexité des gens qui les entouraient. Ils étaient complètement absorbés par leur tâche. Parfois, en allant d'un endroit à un autre, ils se retrouvaient nez à nez avec un homme ou un enfant. Ils posaient leurs mains sur leurs épaules, leur donnaient quelques tapes amicales, ou leur flattaient la joue d'un geste mutin, un peu comme on caresse un animal ou une créature singulière.

Ceux qui virent Mut'ib la première nuit se souviendraient de l'insistance qu'il mit à tenir les gens à l'écart et à les encourager à faire le guet, tant il était convaincu qu'il leur arriverait malheur avant le lever du jour. Il écarta aussi les femmes et les enfants et les renvoya à Al-Zahra. Il s'attendait à tout instant que l'endroit explose, et que ces diables en jaillissent, l'arme à la main, pour les exterminer après avoir bloqué toutes les issues.

Il avertit les oasiens qu'il avait vu de drôles de choses derrière les fils de fer, et qu'il n'avait pas relâché sa garde un seul instant, car un grand être noir le surveillait et attendait le moment opportun pour bondir, tuer et semer la ruine. Les yeux de Mut'ib, insensibles au sommeil, ne s'étaient pas fermés une seconde et avaient empêché la créature de passer à l'acte. Aux premières lueurs du jour elle avait disparu, et à sa place, il ne restait qu'un pilier!

Comment les oasiens accueillirent-ils cet événement, et comment réagirent-ils? Quelles peurs et quelles appréhensions les étreignirent? Et la situation fut-elle meilleure pour les habitants d'Al-Zahra?

Ces questions, et tant d'autres avec elles, ne pouvaient se résumer en quelques mots, car les mots les rendaient triviales ou les altéraient. La peur, elle, enflait à tout instant. L'incertitude paralysait les gens, seul l'effet de surprise se répétant sans cesse.

Après avoir passé trois jours et trois nuits à monter la garde sans vraiment fermer l'œil et en mangeant et buvant le strict minimum, Mut'ib revint à Al-Zahra transformé. C'était un autre homme. Il descendit de cheval en titubant, l'œil égaré, dans un état d'épuisement extrême, malade peut-être, et s'effondra sur le seuil de sa maison. Impuissante à le relever et à le faire bouger de là, sa femme lui apporta une natte et un coussin pour qu'il dorme et récupère. Elle aurait voulu qu'il se rince le visage ou qu'il boive une tasse de café ou deux, mais elle ne put l'en convaincre. Il était aussi entêté qu'affaibli, et semblait éperdu de fatigue et de tristesse, comme si la fin du monde était arrivée. Quand il se décida à parler, il fut à la fois volubile et désespéré : "On vous a parlé du Jugement dernier? Eh bien, nous y sommes! On a dit qu'on verrait le fer marcher sur le fer? Eh bien, moi, je l'ai vu!" Il se tut pour réfléchir quelques instants, puis reprit d'un ton plus dur : "Il y a longtemps qu'on aurait dû agir, Wadha, dès qu'ils sont arrivés, la première fois... Je savais qu'ils reviendraient et qu'ils feraient des choses qu'aucun génie ni aucun être humain ne peut imaginer. On y est. Je les ai vus de mes propres yeux. En un clin d'œil, ils ont lâché des dizaines de diables et de djinns. Ces djinns-là s'enflamment et vrombissent jour et nuit, et des roues qui ressemblent à des moulins à grain tournent toutes seules, infatigables... Que va-t-il se passer? Comment les tuer avant qu'ils ne nous tuent?"

Son entêtement paraissait stupide, sans commune mesure avec son âge et sa position. Si c'était affaire de force, les gens du *wadi* et d'Al-Zahra étaient si nombreux et féroces que nul n'eût songé à les attaquer ou à les piller. Si c'était affaire d'intelligence ou de jugement, il ne se passait pas une semaine sans que quelqu'un des Atoum, des Souhaymi, des Marzouq ou des Rawdan ne vînt requérir l'intervention des oasiens pour rendre justice. Quant aux étrangers qui avaient envahi le *wadi*, planté leur tente et entrepris de les envahir, il y avait sûrement moyen de s'en débarrasser ou de s'entendre sur la question de l'eau, d'autant que cette fois, et contrairement au tout début, les hommes de l'émir étaient d'accord avec eux.

Dans la dernière heure de la nuit, Mut'ib fut tiré du sommeil par un rêve qui le terrifia. Sans rien dire à personne, il saisit son fusil, enfourcha lestement son cheval, et descendit vers le *wadi*.

9

Aucun meurtre ne fut commis cette nuit-là, ni les nuits suivantes. Car la stupéfaction qui prévalut d'abord et la période
d'attente qui s'ensuivit remirent tout à plus tard. Mut'ib al-
Hadhal prenait rarement son fusil, sauf quand il partait en
voyage, quand il entendait rôder un chacal près de la bergerie, ou quand quelqu'un le provoquait, ce qui n'arrivait
pas souvent. Wadha fut donc aux cent coups de le voir s'en
aller ainsi, non parce qu'elle était femme, qu'elle avait peur
des armes et qu'elle préférait la paix à tout prix, mais parce
que l'état de son mari l'inquiétait, l'effrayait même. Elle dit
à Fawaz, que le départ de son père avait réveillé :

— Suis-le, ne le lâche pas d'une semelle, et ne te fais ni voir
ni entendre…

Puis, sur un autre ton :

— Il pourrait avoir besoin de toi.

Wadha savait prendre les décisions qui s'imposaient, même
si, à la voir si placide, on aurait pu la croire inefficace. Ces
mots brefs et précis en cette fin de nuit surent donner des
forces à Fawaz, malgré son inquiétude, et sans attendre, il
partit en silence sur les traces de son père.

Contrairement à son habitude, Mut'ib descendit vers le
wadi par le chemin le plus long et le plus difficile, comme
s'il voulait ainsi embrasser tout le paysage du regard. Après

avoir observé le campement depuis la colline d'Al-Zahra, il scruta la vallée et la colline avoisinante du côté opposé, redoutant peut-être une embûche ou un piège. "S'il tire, songea Fawaz, tout le *wadi* se mobilisera. Nous ne serons pas seuls. Les oasiens ne laissent personne se battre seul, ils se battent ensemble jusqu'au bout, et ce n'est qu'après la bataille qu'ils s'inquiètent de savoir pourquoi…" Cela, il l'avait souvent entendu ; jeunes et vieux s'en vantaient, et les enfants qui n'avaient pas connu la guerre ni vécu ces périodes tourmentées dont parlaient les adultes adoraient ces récits. Mais si les jeunes suggéraient d'exterminer les infidèles, les vieux les regardaient, surpris, avec une lueur de reproche, et rétorquaient qu'on n'attaquait pas ses amis, que les étrangers avaient été envoyés par l'émir, et qu'ils étaient donc leurs amis. Il est vrai que leur retour inquiétait tout le monde, que soupçons et insinuations habitaient les esprits et les cœurs, mais personne ne songeait à prendre les armes… Mais maintenant que Mut'ib se glissait dans l'ombre, le fusil à l'épaule, il allait forcément arriver quelque chose.

Il n'était sûr de rien et se sentait hésitant et cerné, car la première leçon que le désert enseigne à l'homme, et qui consiste à ne jamais menacer quiconque de son arme, ni jouer avec, non parce qu'il en a peur, mais parce que le respect qu'il lui voue lui proscrit de l'utiliser à ces fins, cette leçon se brouillait et s'estompait dans son esprit comme s'il ne l'avait jamais apprise. Mut'ib réprimandait aussi bien ses enfants que tous les oasiens qu'il surprenait à pointer leur fusil sur une cible imaginaire pour s'amuser. Il avait dit un jour à Sha'lan : "Ne joue jamais avec ton arme, jouer une fois, c'est jouer toujours. Le brave respecte l'homme et l'arme qui tuent, mais il méprise celui qui joue avec son arme." Et une autre fois : "Si tu lèves ton fusil, tire… sinon ne le lève jamais."

Il avança dans la pénombre de l'aube, puis s'immobilisa un long moment à l'orée du *wadi*, tapi dans un coin, son cheval à ses côtés – son fils était tapi non loin, à guère plus de cent mètres. De temps à autre, il levait son arme, la pointait vers le campement, puis la baissait, comme vaincu, résigné. S'il la relevait dans un sursaut d'énergie, il la baissait aussitôt, encore plus découragé. Il resta là à faire les mêmes gestes, à se relever, à s'asseoir, à pointer son canon dans une direction, puis une autre… Ce fut tout. Lorsque le soleil levant illumina le monde, Fawaz comprit que son père ne tenterait rien, et, ne pouvant rester caché, il se redressa et l'appela. Mut'ib se retourna et se figea sur place, effaré, avili. Il aurait voulu mourir, se tuer, tirer sur son cheval ou sur le campement, il aurait voulu que la terre se fende et l'engloutisse à l'instant. Fawaz s'avança et le vit pâle, l'œil hagard, la lèvre inférieure agitée par un tressaillement nerveux. Sa main caressait d'un geste rapide et presque convulsif le canon du fusil et il n'aurait pu prononcer un mot. Quand Fawaz demanda s'il pistait un chacal ou quelque ennemi, il secoua négativement la tête et resta silencieux, le regard plus éloquent qu'un blâme et plus sévère qu'un reproche. Ses yeux disaient : "J'aimerais disparaître sous terre, je ne veux pas que tu me voies dans cet état et que tu saches ma faiblesse."

L'instant s'éternisa ; un hostile et profond silence se dressait entre les deux hommes. Puis la main de Mut'ib courut de nouveau, éperdue, sur le canon du fusil, et sa voix lasse s'éleva :

— Tu as fait boire les bêtes ?

Il interrogea son fils et l'écouta répondre sans le regarder.

— Aujourd'hui, c'est le tour de Sha'lan et Ibrahim.

Mut'ib leva pour la première fois un regard triste et lourd de questions muettes sur son fils. "Depuis combien de temps es-tu là à me surveiller ? Qui t'a demandé de venir et qu'est-ce qui t'amène à cette heure ?"

Il détourna les yeux et baissa la tête, dérouté, éreinté. Il avait mille choses à dire, et il ne voulait rien dire.

Lorsqu'un homme se sent nu ou tout près de commettre un crime, quand il ne veut ni se montrer ni être vu, il est cruel et insensé envers lui-même et envers l'autre. Il dit à Fawaz d'un ton rude, presque agressif :

— Prends ce fusil et file à Al-Zahra !

Sans attendre et d'un geste impatient, il fit glisser la culasse, retira le chargeur et lui lança le fusil comme on lance un bâton. L'arme atterrit aux pieds de Fawaz. Il la laissa là un instant avant de la ramasser.

— Allez, emporte-le et disparais de ma vue ! reprit Mut'ib en se détournant.

Fawaz eut soudain l'impression que son père était un homme fini, qu'il avait sombré dans un puits sans fond, qu'il ne voulait plus entendre ni voir quiconque, et que même le cheval qui attendait à l'ombre près de lui, confiant et docile, comme s'il ne voulait jamais quitter son maître, semblait l'irriter par sa présence. Car à peine Fawaz eut-il saisi l'arme et fait un pas qu'il ajouta d'un ton acerbe :

— Va attacher mon cheval sous cet arbre !

Il lui montra sans se retourner un palmier éloigné, et se recroquevilla sur le côté comme s'il entrait au royaume du sommeil et de l'inconscience, peut-être de la mort.

*

Mut'ib al-Hadhal ne se montra à Al-Zahra ni ce jour-là, ni le suivant, et cette absence attisa le sentiment de culpabilité et de chagrin qui tenaillait Fawaz. S'il ne l'avait pas vu faible et désespéré, il en aurait été tout autrement. Si son père avait suivi son idée, le *wadi* se serait peut-être enflammé et les choses auraient changé, mais puisqu'il avait déserté son

foyer, Dieu savait pour où et pour combien de temps, sa blessure ne guérirait jamais.

Certains dirent l'avoir vu deux fois rôder près du campement. Fou de colère et de haine, il insultait sans vergogne
les Américains pour les provoquer, mais ceux qui l'entendaient levaient un instant la tête, lui jetaient un bref regard
et retournaient à leurs occupations. Le soir, au campement
d'Ibn al-Rashid, il ne tarissait pas d'injures et n'épargnait
personne. Il disait que Wadi al-Ouyoun s'était embrasée le
jour où ce maudit diable d'Al-Nahhas y avait mis les pieds.
Que les gens devraient s'insurger avant qu'il ne dévore tout
jusqu'à la dernière racine, et que s'ils ne bougeaient pas, s'ils
continuaient d'attendre en silence, ils couraient à la ruine. Il
disait encore que si personne ne réagissait, lui se chargerait
de prendre les choses en main. Et lorsqu'un des anciens de
la tribu proposa d'envoyer une délégation auprès de l'émir,
il secoua la tête et rétorqua, sarcastique :

— Chaque flèche n'atteint pas sa cible... L'émir a beau
être des nôtres, il n'y pourra rien !

Le sujet fut abordé maintes fois, vaines palabres qui
n'aboutissaient pas. Le *wadi* bouillonnait d'une activité incessante. Ibn al-Rashid y passait quelques jours, puis disparaissait
mystérieusement. Mut'ib avait beau l'invectiver, le menacer et
l'insulter, il redoutait plus que tout son absence, et s'inquiétait des efforts qu'il déployait pour encourager les oasiens à
partir. Il ignorait tout de ce qu'Ibn al-Rashid concoctait lors
de ses déplacements, et craignait que ses visites à l'émir ou à
d'autres n'attirent sur l'oasis quelque calamité.

On alla ainsi d'espoir en désespoir, d'appréhension en soulagement. Si l'émissaire d'une des parties arrivait, Mut'ib le
prenait à part, l'interrogeait sur ce qu'il avait vu et entendu,
et, quelque peu rassuré, s'en ouvrait à sa manière aux oasiens.
Si le suivant, venu d'ailleurs, donnait d'autres nouvelles,

Mut'ib y cherchait une lueur d'espoir. Et s'il la trouvait, il était pendant plusieurs jours incapable de tenir en place et d'exprimer ses sentiments. Si plus tard Ibn al-Rashid revenait, qu'il entreprenait de parler des diables aux oasiens et évoquait les travaux qui commenceraient dans quelques jours ou quelques semaines, Mut'ib lui sautait dessus et ne le lâchait pas avant de l'avoir menacé tout son soûl et abreuvé d'injures. Ibn al-Rashid lui opposait un silence amusé et railleur, mais ne tardait pas à haranguer à son tour les oasiens, à les exhorter à la sagesse et la lucidité, à les encourager à ne pas s'entre-déchirer, et à cesser d'écouter les jérémiades de ce vieux fou. Et si ces propos venaient aux oreilles de Mut'ib, celui-ci le vilipendait jour et nuit en dénonçant les boniments que le *wadi* avait dû entendre au fil des ans. Ainsi s'embrasa la querelle entre les deux hommes, une querelle nourrie de fiel et de défi, que suivaient avec exaltation les gens du *wadi*.

Ibn al-Rashid se taisait, et se contentait de glisser un mot ici ou là en réponse aux allégations de Mut'ib. Si les choses dépassaient les bornes, il contre-attaquait, mais de manière sournoise et sarcastique, en le menaçant à demi-mot :

— Ne crains rien, Ibn al-Hadhal, aie confiance en Dieu et ce qui t'est dû te reviendra… Tu sais qu'un bienfait n'est jamais perdu…

Si Mut'ib s'entêtait et le tournait en dérision, il changeait de ton :

— Tu es le cheikh du *wadi*, Ibn al-Hadhal, et le plus sage de nous tous, tu dois donc savoir que le gouvernement régit ou sévit…

— C'est une menace, Ibn al-Rashid?

— On te l'a déjà dit, Ibn al-Hadhal, ce sont eux qui décident… Nous, on écoute, et on obéit. Tu nous mets dans le pétrin… soumission et obéissance… On a à peine résolu un problème que tu recommences. Je te le dis, cousin, arrête tes bêtises et laisse le gouvernement gouverner.

— Et sinon, Ibn al-Rashid ?

— La colère rend fou, et on finit par regretter…

— Cette région est à nous, Ibn al-Rashid. On connaît ses hommes, son passé, ses secrets, toi mieux que personne. Tu ferais bien de les prévenir, eux… là-bas.

— Si tu veux la guerre, cousin, demande la lune.

— Bon Dieu, Ibn al-Rashid, on finit tous dans un linceul, et tu me connais !

Ibn al-Rashid mit fin à une discussion qui tournait en rond, en ironisant d'un ton badin :

— On ne peut pas en vouloir à l'annonceur d'annoncer, Abou Thouwayni. À toi d'être patient, et à nous de respecter nos engagements.

Une fois le camp monté, l'atmosphère resta lourde et tendue pendant plusieurs semaines. Car en début d'après-midi, les Américains s'allongeaient au soleil, un short pour tout vêtement, sans se soucier le moins du monde des jeunes gens et des hommes qui les entouraient, comme s'ils étaient sous leur tente, à l'abri des regards.

La chose en époustoufla plus d'un, et suscita un puissant sentiment de colère et de haine. Ibn al-Rashid, qui prenait d'ordinaire la défense d'Abdallah, tenta plusieurs fois de lui faire comprendre que les oasiens étaient choqués de voir des gens dans cette tenue. Mais en vain. Et si les hommes et les enfants continuèrent de passer près du camp, les femmes, qui avaient coutume d'aller puiser l'eau à la source, s'en abstinrent, prises d'une réelle frayeur. Soudain Mut'ib leur parut à tous plus sage et plus perspicace.

Ce furent d'abord des murmures, puis des menaces, puis on reparla d'envoyer une délégation à l'émir : "Nous voulons bien qu'ils prennent l'eau à la source, mais plutôt mourir que de les voir y camper. Nos femmes, Excellence... Notre dignité, Excellence... Si vous voulez bien résoudre le problème... sinon nous nous en chargerons..."

Tels étaient les propos qui animaient les tentes. Certains hommes, à la fois choqués et effrayés par ce qu'ils voyaient, imaginèrent le pire, interdirent tout bonnement à leurs femmes d'aller puiser de l'eau, et chargèrent les enfants de cette corvée, en leur recommandant de ne pas s'arrêter et de ne pas regarder du côté des étrangers.

Mut'ib al-Hadhal était à Al-Zahra, loin de là, mais eût-il été plus près, il n'eût rien changé à ses convictions. Quant à ceux qui vivaient près de la source, au cœur de l'oasis et en lisière des champs, ils sentaient que l'affaire était plus grave qu'ils ne l'avaient envisagé, et qu'elle ne souffrait plus d'être ajournée, d'autant que les hommes de l'émir qui accompagnaient les étrangers ne pouvaient rien faire, sinon transmettre les doléances des oasiens à l'interprète, un être plus arrogant et grossier que les Américains eux-mêmes.

La peur s'empara du *wadi* ; les hommes devinrent irascibles et impétueux. Mut'ib leur semblait soudain indispensable. S'il quittait l'oasis un seul jour pour passer la nuit sur la colline, on se languissait de lui qui seul disait à voix haute ce que chacun pensait tout bas.

Dans cette atmosphère de désordre latent, la confusion régnait en maître. Malgré des nuits de grands discours, de menaces, de conciliations et de promesses, la peur altérait les journées et les comportements. Car dès l'aube, un accord tacite poussait les hommes à remettre au lendemain l'envoi d'une délégation. On espérait que les choses s'arrangeraient dans les heures à venir, et que le *wadi* serait libéré de l'angoisse qui l'oppressait. Lorsqu'une caravane arrivait, les oasiens oubliaient un temps leurs préoccupations ; vente, achats, échanges, les accaparaient. Mais plus tard, à la veillée, les langues se déliaient et les nouvelles fusaient, largement dominées par la question des fameux étrangers. Elle suscitait autant d'intérêt que de doute et de peur. Le plus souvent, c'étaient les nomades qui avaient la parole – ils avaient voyagé et vu, ils étaient donc à même de raconter. Cependant, les oasiens avaient aussi un tas de choses à dire, surtout sur ces diables qui avaient débarqué brusquement, et dont on ne savait ni ce qu'ils fabriquaient, ni quand ils s'en iraient. Les nomades leur prêtaient une oreille attentive, car ils transmettraient à leur tour ces nouvelles à ceux qui, loin d'ici, n'avaient jamais entendu parler de ces démons.

Ces diables-là, on commençait par les évoquer de manière générale et neutre, mais les conversations se teintaient vite de réflexions acerbes. Chaque étranger était gratifié d'un adjectif particulier qui se changeait en surnom et lui collait à la peau à une vitesse prodigieuse. C'était chose courante au *wadi* d'attribuer de manière souvent involontaire des surnoms à ceux qu'on avait longtemps fréquentés. Mais dans la situation présente, il était indispensable d'identifier ces créatures, qui se ressemblaient tellement qu'on avait du mal à les différencier. Une mise en observation infatigable, obstinée et continue, avait vite permis de les rebaptiser. Le surnom de Corbeau ou d'Enfant de malheur s'abattit sur le premier arrivé des étrangers, celui qui se faisait appeler Abdallah. Puis il y eut le Nègre, le Gros, le Rat, le Boiteux, la Toupie, la Poule, le Renard et bien d'autres, choisis on ne savait pourquoi ni par qui. Même ceux qui ne s'appliquaient pas vraiment aux personnages s'imposèrent si bien qu'on en oublia leur incongruité.

Ainsi se répandirent anecdotes et commérages sur le fameux groupe, bien que la plupart des diables, après une courte trêve, se soient mis à passer le plus clair de leur temps à l'abri des regards, absorbés par leur mystérieux labeur.

Confinés sous leur tente, ils dessinaient, écrivaient, échangeaient de temps en temps de grandes feuilles de papier, les étalaient parfois par terre, et les étudiaient longuement avant de prendre des mesures avec de petits bâtons. Ils s'activaient, indifférents aux yeux curieux qui, au-delà des barbelés, guettaient leurs moindres faits et gestes. Enfants et adolescents étaient les plus assidus, et montraient chaque mouvement du doigt, en criant d'excitation à l'idée de ce qui allait suivre.

Ces propos fusaient d'une maison à l'autre, d'une tente à l'autre, et les nomades des caravanes écoutaient avec attention, brûlant d'envie d'aller voir de leurs yeux ce que les oasiens leur racontaient. Dès que le jour se levait, ils s'approchaient du camp et se mettaient à l'observer, en se remémorant les histoires entendues la veille, curieux de reconnaître le Boiteux ou le Rat, souvent ravis de pouvoir s'écrier, d'un ton aussi assuré qu'incrédule, en montrant un des étrangers : "Celui-là, c'est le Gros !" ou "Lui, c'est le Boiteux, j'en mets ma main à couper !" Si la description correspondait, l'homme se tournait vers les autres avec un air de triomphe et une joie enfantine, tout excité. Et si l'objet de ce tumulte, alerté par les exclamations, levait un regard étonné, la joie atteignait des sommets insoupçonnés, car les cris redoublaient, et jeunes et vieux gesticulaient en tous sens, et se complimentaient avec des pitreries inattendues.

C'était là une des distractions qui permettaient de vaincre l'appréhension et l'angoisse, et d'oublier l'anxiété qui grandissait de jour en jour. Mais lorsque la caravane repartait, les oasiens, rendus aux soucis et aux peurs de la cruelle réalité, se mettaient à réfléchir au moyen d'affronter le fléau qui s'avançait et les cernait.

10

Les jours passaient, lourds et lents. La chaleur s'intensifiait, forçant les Bédouins, qui avaient quitté l'oasis en quête de pâturages au début de l'hiver, à s'en rapprocher, le désert se changeant dès la fin du printemps en un invivable enfer. Les bergers aguerris, familiers des points d'eau où abreuver les bêtes pour les maintenir en vie, savaient exactement où et quand faire halte quelques jours, quand se remettre en route et où aller. Et les oasiens, habitués à ces migrations saisonnières, savaient que les nomades affluaient au *wadi* pendant tout l'été et une partie de l'automne. Même les caravanes qui, à la saison fraîche, pressées de repartir, s'en tenaient à un ou deux jours de halte, prolongeaient désormais séjour et palabres, attendant la pleine lune pour voyager de nuit et éviter l'ardent soleil de la journée. En conséquence, le nombre de bêtes qui s'abreuvaient au puits ou à la source redoublait, et les troupeaux s'agglutinaient sans relâche autour des points d'eau, provoquant d'inévitables chicanes, différends et querelles. Les oasiens, malgré leur bonté légendaire, devenaient acerbes et hostiles, et affichaient ouvertement leur impatience. Le sourire désertait leur visage, leur curiosité s'émoussait, et ils perdaient le goût de bavarder.

C'était donc une période d'attente, avant l'assaut de l'été et ses chaleurs torrides, une attente que l'irruption de ces diables et leur installation près de la source rendaient plus ardue. Car on ignorait ce qu'ils allaient faire et ce qu'il adviendrait des réserves d'eau s'ils continuaient ainsi à en tirer des dizaines de litres par jour, et à la gaspiller comme si elle coulait à profusion et n'avait aucune importance.

Quelques jours s'écoulèrent ; on vit revenir les premiers émigrés. À la grande inquiétude des anciens, la date de la visite annuelle de l'émir passa sans qu'on le vît, et sans qu'un signe permît d'établir s'il viendrait. Et lorsque Mut'ib, repris par ses lubies, relança avec insistance l'idée de lui envoyer une délégation, on commença par ne rien dire, puis on appuya sa requête et on finit par l'approuver. Au campement d'Ibn al-Rashid, on convint enfin d'aller en nombre exposer à l'émir la situation.

L'émir résidait à trois jours de marche de l'oasis. Mais comme il avait l'habitude d'aller chasser en cette saison, et faisait halte au *wadi* à l'aller et au retour, les anciens proposèrent de l'attendre. Une délégation n'aurait pas autant d'effet que s'il voyait de ses propres yeux ce dont ils se plaignaient. L'endroit que les diables avaient choisi pour s'installer, leurs corps nus exposés aux regards de tous à longueur de jour, leurs va-et-vient éhontés, ces maudites machines et le ronflement incessant qui terrorisait les bêtes et avait semé à plusieurs reprises la panique dans les troupeaux de chameaux, forçant leurs propriétaires à leur courir après, ces choses-là se résumaient mal en quelques mots, et étaient difficiles à imaginer. Il fallait les voir de près, dans toute leur incongruité, pour mesurer l'ampleur des soucis qu'elles causaient. Pourtant, en dépit de ces arguments, il fut décidé qu'une délégation partirait.

Les hommes se promirent mutuellement, et avec insistance, de rester calmes et mesurés dans leurs propos, et choisirent de laisser parler Ibn al-Rashid, car il était leur aîné et s'y connaissait en discours. En outre, il savait tout des Américains qu'il avait accueillis, et l'émir et lui étaient amis. En réalité, ils voulaient avant tout empêcher Mut'ib de parler et d'agir à sa guise, car l'irritabilité qui le caractérisait, les insultes dont il abreuvait les étrangers jour et nuit, le fait qu'il incitât sans répit les oasiens à se rebeller contre ces diables, à prendre les armes et à aller voir le sultan à la capitale… bref, le tempérament de Mut'ib les effrayait et les faisait réfléchir. S'ils avaient pu l'empêcher de les suivre, ou lui demander d'attendre que l'émir vienne à l'oasis, ils l'auraient fait. Mais tous pensèrent que Mut'ib ne décolérerait pas, qu'il causerait toutes sortes d'ennuis et irait même jusqu'à provoquer les Américains si on le tenait à l'écart. Qui sait, peut-être saurait-il émouvoir l'émir ? Malgré son caractère, c'était un homme avisé et bien éduqué, coutumier des réunions et de ce qui s'y disait ou pas. L'appréhension et les réserves exprimées par les anciens eurent donc un effet inverse. Il valait mille fois mieux qu'il fît partie de la délégation, et mille fois mieux qu'il parlât à l'émir. Quant aux ultimes recommandations qu'échangeaient à présent les délégués en arrivant chez lui, elles étaient une sorte de mise en garde, qui s'avérerait utile, ou non.

L'émir sembla deviner l'objet de leur visite avant même qu'Ibn al-Rashid eût parlé. Car il déclara, dès qu'on eut évoqué la chasse et l'air du temps :

— Vous serez bientôt les plus riches et les plus heureux des hommes… comme si Dieu n'avait d'yeux que pour Wadi al-Ouyoun !

Et, en changeant de ton :

— Vous avez souffert et attendu longtemps… mais je vous le jure… vous allez croire rêver… et le passé vous semblera un autre monde…

Puis, reprenant sa voix du début :

— Ici, mes braves, quand ça tombe, ça tombe !

Ibn al-Rashid avait préparé ce qu'il voulait dire, la façon dont il aborderait le sujet et mènerait la conversation au point sensible. À défaut de convaincre l'émir, il voulait semer le doute dans son esprit, l'inciter à venir voir le plus tôt possible ce qu'il en était, et vérifier de ses propres yeux qu'on lui disait la vérité. Or, avec une telle entrée en matière et le tour que prenait leur entrevue, Ibn al-Rashid, désorienté, ne savait plus par où commencer pour aboutir à ses fins.

— Excellence, dit-il dans un élan désespéré, vous savez que l'argent ne fait pas le bonheur en ce monde. La dignité, l'éthique et nos traditions passent avant tout…

Il aurait voulu continuer sur sa lancée, mais le rire tonitruant qui jaillit de la gorge de l'émir changea de nouveau la donne et le plongea dans la perplexité.

— On a beau dire, Excellence, reprit-il embarrassé, la sagesse naît de l'expérience et il vaut mieux voir qu'entendre.

L'émir se redressa, l'air soudain dur et déterminé.

— Pour ce qui est de l'éthique, Ibn al-Rashid, nous sommes les premiers à la révérer, et si tu parles de religion, il n'y a pas plus respectueux que nous.

— Mais il faudrait que vous veniez vous rendre compte par vous-même…

— Vous n'avez rien à craindre… Et je veux que vous apportiez aux étrangers tout votre soutien, parce qu'ils sont venus du bout du monde pour nous aider.

— Qu'ils aillent au diable! intervint Mut'ib al-Hadhal avec colère. On ne veut pas d'eux et on ne veut pas les aider.

— Nous, si! rétorqua l'émir, sarcastique. Et toi, si tu n'en veux pas, la terre est vaste!

— En effet! La terre est vaste…

— Mais que veulent-ils, Excellence? demanda Ibn al-Rashid pour calmer les esprits.

— Eux, rien! répondit l'émir sans se départir de son ton railleur. C'est nous qui leur avons demandé de venir nous aider.

— Mais pourquoi ? insista Ibn al-Rashid avec candeur.

— Sous nos pieds, il y a une mer de pétrole, une vraie mer d'or. Nos frères sont là pour l'exploiter.

Ibn al-Rashid considéra l'émir en hochant la tête, d'un air ingénu et surpris, puis se retourna pour voir l'effet qu'avaient eu sur ses hommes les paroles de l'émir. Puis il reprit du même ton naïf :

— Et comment l'avez-vous su, Excellence ?

— Grâce à eux, pardi ! asséna sèchement l'émir. Ils nous ont dit : "Sous cette terre dort une véritable bénédiction", et comme ce sont de braves gens – et des amis –, ils ont pensé qu'on avait besoin d'aide, et ils sont venus.

— Et cet or-là est à Wadi al-Ouyoun, Excellence ?

— À Wadi al-Ouyoun, ici, et partout ailleurs dans ce pays béni ! Quand Sa Majesté s'est battue sabre en main pour l'arracher aux infidèles, il savait très bien ce qu'il faisait !

— C'est nous qui nous sommes battus, et ce sont nos sabres qui l'ont conquis pied par pied ! l'interrompit Mut'ib d'un ton glacial.

Cet accent de défi déplut à l'émir, qui, ignorant sa remarque, reprit :

— Il s'agit de remercier Dieu des bontés qu'il nous accorde, pas de créer des problèmes et de chercher noise à tout le monde…

Puis, changeant de ton :

— Vous êtes les plus âgés et les plus sages des oasiens, votre devoir est de faciliter la tâche de nos amis et d'être entièrement à leur service. À la fin de l'année, si Dieu veut, vous aurez de l'or jusqu'aux oreilles.

— En réalité, Excellence, avant que ces diables n'arrivent, tout allait très bien pour nous, railla Mut'ib. Mais depuis qu'ils sont là, la vie pue la pisse de chameau, et c'est de pire en pire.

— Écoute bien, Ibn al-Hadhal, fit sèchement l'émir, et écoutez bien, vous autres, et faites passer le mot : le premier qui crée des problèmes tâtera de celui-là !

Il montra le sabre suspendu au mur en agitant le doigt d'un geste menaçant et reprit :

— Qu'en dis-tu, Ibn al-Hadhal ?

Mut'ib eut un rire bref, comme s'il voulait rassembler des forces tapies au plus profond de lui. Un lourd silence tomba.

— Alors, tu dis quoi ? insista nerveusement l'émir.

— Vous êtes le gouvernement. Vous avez des soldats et des armes. Vous obtiendrez ce que vous voulez, dès demain peut-être, dès que les chrétiens auront extrait l'or de la terre, et vous serez encore plus forts… Mais sachez, Excellence, que les Américains ne font pas ça pour rien…

Il aurait voulu poursuivre, mais l'émir l'interrompit froidement :

— Épargne-nous tes discours et répondez à ma question : vous avez compris ce que je vous ai dit ou non ?

Mut'ib durcit le ton :

— Écoute, Abou Radwan, je pourrais être ton père, inutile de hausser le ton, il n'y a pas de sourd parmi nous… Tu as beau rouler de gros yeux, ils ne font pas peur à tout le monde… Et on vient seulement raconter ce qu'on a vu.

Ces mots firent une si forte impression sur l'émir et sur l'assemblée que Mut'ib lui-même se sentit soudain puissant et invincible, capable de dire le fond de sa pensée quel que soit le prix à payer, sans la moindre peur. De tels discours frappaient vite et juste. Il poursuivit :

— Notre douar est petit, Abou Radwan, et on se connaît tous. On honore ceux qui nous honorent, et on châtie les bandits. Depuis que les trois étrangers sont passés et que les autres se sont installés, on n'a que des ennuis…

Puis, changeant de ton :

— On est à la fin du printemps, les nomades et leurs troupeaux fuient le désert et reviennent à Wadi al-Ouyoun. Je ne crois pas que nos puits y suffisent. Comment peut-on laisser les infidèles tirer des litres et des litres d'eau et la gaspiller sans rien dire ?

L'émir éclata de rire pour tenter de reprendre la situation en main, et répondit en se frottant le nez :

— Écoute, Ibn Hadhal, si c'est l'eau qui t'inquiète, réjouis-toi ! Parce qu'à la place de vos trois puits, on en creusera des centaines, au même endroit ou ailleurs, à vous de voir, c'est un détail... Ne crains rien, désormais personne n'aura plus jamais soif. L'oasis ne va pas rester éternellement un enclos à bestiaux. Les frères veulent creuser, et vous y gagnerez !

— En effet, Excellence, c'est bien l'eau qui nous inquiétait le plus... opina Ibn al-Rashid.

Mut'ib, qui sentit là l'ébauche d'une capitulation, l'interrompit sèchement :

— Allons, Ibn al-Rashid, il n'y a pas que l'eau, tu le sais très bien. J'habite à Al-Zahra, et mes femmes ne descendent plus à la source. Mon champ est petit, je pourrais l'abandonner et partir. Mais ce qui compte pour nous, c'est l'éthique et l'honneur. On ne veut personne sur notre dos, et surtout pas ces porcs d'infidèles. On sait ce qu'ils nous font aujourd'hui, Dieu sait ce qu'ils nous feront demain.

L'émir, qui percevait à la fois la rigueur et les faiblesses de ces arguments, répondit :

— Braves gens, le gouvernement est plus instruit et plus puissant que vous. L'éthique et la religion, ça nous connaît... Et pour l'eau, vous n'avez rien à craindre.

— Le problème, Excellence, insista Mut'ib découragé, c'est qu'on ne peut pas cohabiter. Si c'était pour un jour ou deux, passons, mais davantage, c'est impossible. Jusqu'à présent, personne n'a pris les armes, mais demain, qui sait...

L'émir retrouva son agressivité :

— On t'a laissé dire tout ce que tu avais sur le cœur, Ibn Hadhal, laisse parler les autres !

Ibn al-Rashid déclara, comme s'il récitait sa leçon :

— Nous sommes tout à fait d'accord avec le gouvernement, Excellence. Tout ce qu'il fait est bien fait. Si vous voulez garantir l'approvisionnement en eau, creuser de nouveaux puits et la distribuer aux voyageurs, aux Bédouins et aux agriculteurs, nous fermerons les yeux et nous ne nous occuperons plus des chrétiens.

— C'est simple, Excellence, renchérit Salim al-Maktoum, quand on s'est aperçu que vous ne veniez pas chasser, on s'est dit qu'il fallait aller aux nouvelles pour nous assurer que vous vous portiez bien. Vous nous avez dit plus qu'il n'en fallait, Excellence.

— S'il y a de l'or sous Wadi al-Ouyoun, ajouta Abid al-Souwaylimi, c'est que les entrailles de la terre sont plus riches que ce qu'il y a dessus, et nous n'avons plus qu'à souhaiter longue vie à Sa Majesté.

— C'est ça, persifla Mut'ib, la terre est plus riche dessous que dessus, et les oasiens n'ont qu'à choisir : l'or ou l'eau…

Après un court silence, il reprit :

— On dirait que c'est chose faite… et ils ont choisi l'or !

Les déclarations d'Ibn al-Rashid et d'Al-Souwaylimi, ponctuées par cette étrange affirmation, ressemblaient à un accord tacite. Les hommes avaient dit ce qu'ils avaient à dire, même si ces mots laissaient en Mut'ib un goût amer inaltérable. Il se souviendrait longtemps de la scène, et se moquerait à jamais de l'émir et de la volte-face des oasiens qui avaient dit tout le contraire de ce dont ils étaient convenus.

Avant la fin de l'entrevue, dans la joyeuse effervescence qu'avait fait naître ce dénouement, l'émir convia la délégation à dîner.

C'était une façon de leur donner honorablement congé, et il exprimait ainsi sa satisfaction. Il tenta d'effacer toute trace d'amertume dans le cœur de Mut'ib :

— Promets-moi que si tu as autre chose à dire sur les étrangers, tu attendras la fin du repas! plaisanta-t-il.

— Ce que j'ai à dire ne vous plaira pas, Excellence, rétorqua Mut'ib. Mais puisque vous êtes satisfait et eux aussi, ça suffit comme ça.

— Tu t'entêtes, Ibn Hadhal?

— Vous m'avez posé une question, j'y réponds. Si vous ne voulez pas m'entendre répondre, je vous laisse, et tout le monde sera content.

— Je suis content… Je voudrais que tu le sois aussi.

— Ça, on ne sait plus ce que ça veut dire, Excellence. On veut juste vivre en paix et en sécurité. La paix, je pense qu'on l'a perdue le jour de l'arrivée des étrangers. Il ne nous reste que la sécurité. Et vous savez bien qu'on ne peut jamais prédire quand ni où on mourra…

— Aie confiance en Dieu, mon brave.

— Je m'en remets à lui.

La conversation aurait pu continuer ainsi et prendre un autre tour, mais l'émir s'était levé, et cet échange de formules toutes faites et pour la plupart dénuées de sens marquait la fin de l'entretien. Ils remercièrent et prirent congé.

Un sentiment mêlé de perplexité, de surprise, de joie et d'expectative régnait sur les membres de la délégation. Mais Mut'ib sentait le monde se refermer sur lui. Malgré le brouhaha environnant, le silence l'emplissait tout entier et le vide l'enserrait. Il se sentait seul pour la première fois de sa vie, grain de sable qui n'avait pas de raison d'être et n'intéressait personne. Les mots qu'il avait prononcés l'irritaient autant qu'ils avaient irrité les autres, et l'émir en particulier, car il en mesurait la futilité et l'inanité. Il aurait voulu s'exprimer comme il en avait l'habitude. Crier, dire ce qu'il avait sur le cœur. Soudain il avait peur, tout son être s'engourdissait. Ce qu'il avait dit n'avait eu aucun impact, ramassis de sons aveugles. Sinon Al-Maktoum, Al-Souwaylimi et les autres n'auraient pas abondé dans le sens de l'émir. Pourquoi les avait-il accompagnés ? Qu'avaient-ils en commun désormais ? L'or ? Il n'en désirait pas une once. Pourquoi les infidèles le distribueraient-ils gratuitement ? Et s'il fallait leur donner quelque chose en échange, que serait-ce ?

Ces pensées, questions, émotions, et bien d'autres choses traversaient son esprit. Et si les hommes qui étaient avec lui préféraient, gênés, garder le silence ou échanger de brèves banalités, il ne les voyait plus, ne les entendait plus. Il était distant et préoccupé, perdu et épuisé. Lorsque Ibn al-Rashid proposa d'aller au souk et de faire quelques visites de courtoisie, il répondit, exaspéré, comme s'il poursuivait son discours :

— Je ne veux plus vous voir, je n'irai pas. Je prends mon chameau et je retourne à Wadi al-Ouyoun.

Il ne céda ni aux regards des autres ni à leurs supplications. Partir précipitamment et refuser l'hospitalité de l'émir provoqueraient la colère et le ressentiment de leur hôte. Jusque-là, tout s'était bien passé. L'entretien s'était achevé de manière positive, et chacun avait exprimé sa satisfaction. Le départ intempestif de Mut'ib, sans un mot d'excuse ni d'explication, ne manquerait pas de compliquer l'affaire. Mais Mut'ib al-Hadhal n'était pas enclin à parlementer. Il enfourcha sa chamelle blanche, et s'en alla sans un regard en arrière, insensible aux appels de ses compagnons et à leurs dires.

11

Quelles affres Mut'ib al-Hadhal connut-il dans ce désert maudit, pendant les deux jours et deux nuits que dura le trajet du
retour ? Quels élans désespérés l'incitèrent peut-être à chanter ou pleurer ? Nul ne le sut jamais. Car Mut'ib al-Hadhal
s'en irait en emportant à jamais son secret. Il ne s'en ouvrit
à personne, ne souffla rien de ses pensées. Il sombra dans un
silence proche de l'hébétude, et montra autant de talent à se
taire qu'il en avait eu à parler. Les hommes autour de lui le
harcelaient, l'interrogeaient, le pressaient de questions, mais
il était absent à toute voix et à tout geste, n'entendait pas, ne
répondait pas. Les émotions qu'on lit parfois sur le visage de
l'autre, quand bien même il s'applique à les dissimuler, ou
s'il n'a pas saisi le sens de la question posée, avaient tout à
fait déserté ses traits. Il restait de pierre ; il était pierre. Pâle,
glacé, figé. Sans l'œil qui brillait par intermittence, on eût
dit un mort-vivant. Les efforts que chacun déployait, Wadha
incluse, pour le faire parler se soldaient par un échec parfait.
Si les bavardages des autres l'ennuyaient, ce qui était fréquent
depuis son entretien avec l'émir, il se repliait doucement sur
lui-même, et agissait comme s'il était seul au monde. Il s'éloignait ou allait se coucher.

Wadi al-Ouyoun dut attendre le retour de la délégation
pour en savoir plus. Mut'ib étant rentré seul et se murant

dans le silence, un sentiment d'amertume et de peur planait sur les oasiens. S'ils guettaient, pour soulager leur détresse, une lueur à laquelle se raccrocher, un mensonge, une chimère, fussent-ils inefficaces, le visage de Mut'ib dissipait toute illusion et soufflait tout espoir. L'idée du retour des autres, qui hantait les pensées de certains, finit elle aussi par vaciller et s'éteindre, laissant place à un abattement proche du désespoir. Qu'auraient changé les mots de Mut'ib al-Hadhal s'il avait parlé? Ses expressions, ses yeux étaient plus cruels et plus éloquents. Ce qu'il aurait pu dire aurait tué les oasiens. Il avait vécu bien des épreuves, mais ce mal-là l'achèverait. S'il avait dit autre chose que ce qu'on lisait dans ses yeux, ce n'aurait été que mensonges. Or Mut'ib ne mentait pas. Il ne connaissait pas la peur… Eux, si.

Après le retour de Mut'ib et devant son silence hagard, tous sentirent qu'un dénouement terrible les guettait, et qu'une calamité menaçait de s'abattre à tout instant. Impuissants face au destin, ils ne pouvaient qu'attendre. Ils en venaient à regretter les chagrins qu'ils avaient connus, même les plus douloureux, et les appelaient de leurs vœux, car le désespoir absolu et tenace, en éteignant toute émotion, figeait le temps et changeait leur vie en calvaire.

— S'il survit à cette fièvre, il vivra cent ans! soupira Wadha, en jetant sur lui une épaisse couverture, malgré la chaleur qui s'installait. Et elle secoua la tête, l'air anxieux et dubitatif.

Lorsque Hadib et ses enfants l'interrogèrent, elle haussa les épaules pour signifier qu'elle ne savait rien et que peu lui importait. Elle se contenta de marmonner, après un court silence, et comme à part soi :

— Depuis l'arrivée des trois bâtards, c'est le diable qui l'habite, et au lieu de s'en débarrasser, il le couve comme une poule son œuf… Cette fièvre qui le tient, c'est la fièvre du diable.

Ils ne surent pas très bien ce qu'elle voulait dire, mais aucun n'osa reposer sa question. Nerveuse, soucieuse, elle courait d'un endroit à l'autre, et la peur se lisait dans chacun de ses gestes. Quant à la réponse qu'elle donna par la suite, elle la répéta si souvent qu'elle prit une ampleur dramatique :

— Le gars est foutu... c'est fini... à moins que Dieu n'en fasse un nouveau Job !

Quand la délégation revint, cinq jours plus tard, le chaos régnait, la fièvre déchiquetait Mut'ib, et aucun des hommes qui se réunirent au campement d'Ibn al-Rashid n'était prêt à croire la moindre syllabe de ce qui serait dit. Les mots "richesse" et "or" se dissipèrent comme fumée au ciel, et une bannière noire où s'inscrivait ces lignes flotta en étendard sur les esprits : "Mais alors... ils sont là pour rester ?" Ibn al-Maktoum, Al-Souwaylimi et Ibn al-Rashid semblaient s'agiter dans le vide et leur discours sonnait comme un mensonge : "L'or ? D'où viendra-t-il si personne ne court en tous sens et ne s'escrime à le trouver ? Le pétrole ? On en a bien assez pour allumer ces lampes qui empestent plus qu'elles n'éclairent !"

12

Les détails s'affadissent, s'estompent, puis disparaissent, même ceux que la volonté ancre dans la mémoire, ou qui naissent du feu de l'imagination. Car on ne peut ressusciter les choses, les traits, les lieux, sans se heurter à l'oubli qui souffle comme un vent chaud et change tout en rêve.

C'est une tragédie d'un genre particulier, comme de retrouver la mémoire après une longue amnésie, et d'affronter le chaos des souvenirs dans toute sa maudite complexité. Et si la vie de Mut'ib avait eu pour certains son importance, et que Wadi al-Ouyoun avait existé un temps avant de sombrer dans les limbes du passé, seuls ses derniers instants demeureraient vivaces, et peut-être seraient-ils les seuls à avoir vraiment existé.

À l'aube de cette nuit de fin d'été ou de début d'automne, un vacarme dément emplit brusquement l'oasis. C'était comme un roulement de tonnerre lointain, comme une multitude d'outres d'eau qui s'écrasaient sur la surface parcheminée d'une sebkha. L'air en tremblait, et les oreilles malmenées peinaient à deviner l'origine du tumulte. Depuis son retour, Mut'ib al-Hadhal avait décidé de se cantonner à Al-Zahra, repoussant avec une rigueur intraitable toute tentative de le faire descendre au *wadi*. Ce refus, l'isolement qui en résulta, et les effets de la maladie qui ne désarmait pas, conduisirent les oasiens à une sorte d'accord tacite : oublier l'homme, le considérer comme mort ou absent. Ainsi la vie reprit son cours normal. Bien sûr, il y eut quelques problèmes cet été-là. Mais on y remédia, et les préparatifs de la première phase étant achevés, l'équipe des prospecteurs de pétrole sembla vouloir commencer les travaux.

Qu'importe ce que furent vraiment ces débuts. Car l'événement qui s'incrusta dans les esprits fut le vacarme qui résonna en cette nuit de fin d'été ; lui seul conduisit Mut'ib à sortir de sa réclusion et à descendre à l'oasis.

Des incidents de toute sorte l'avaient sans doute précédé, des broutilles qui avaient toutes leur importance, mais aucun n'avait fait réagir Mut'ib. Nombre de ses proches et de ses connaissances avaient tenté de lui faire vendre, pour une somme rondelette à l'époque, le modeste champ qu'il possédait dans l'oasis. Mais en vain.

Il se contentait de secouer la tête en signe de refus, et les rares fois où on avait tenté de faire pression sur lui, il avait ri d'un rire railleur, et avait quitté l'assemblée. Quand on lui rapportait les propos de l'émir – qui soutenait qu'Ibn al-Hadhal vendrait, de gré ou de force –, il hochait la tête, l'air de dire : "On verra bien." Voilà pourquoi ce vacarme nocturne provoqua en lui une telle réaction. Il rêva sans doute qu'une explosion avait détruit le camp, qu'il se passait quelque chose de crucial, d'où ce tumulte, bref, il lui fallait voir de ses propres yeux. D'autres pensées peut-être lui traversèrent l'esprit. Comment expliquer autrement l'enthousiasme qui le conduisit à rompre sa solitude et à se précipiter au *wadi* ?

À la lueur de l'aube naissante, d'énormes créatures métalliques avançaient dans un vacarme assourdissant qui emplissait le désert tout entier. Ces créatures étaient si étranges et si gigantesques qu'elles défiaient l'imagination. Des faisceaux de lumière en jaillissaient comme des comètes. Elles suivaient en convoi la piste qu'empruntaient les caravanes, et en un rien de temps, le vacarme s'amplifia et se rapprocha, et les créatures atteignirent l'oasis.

Nul ne saurait décrire ce moment de l'irruption des engins, ni comprendre l'émotion qui étreignit les oasiens tandis qu'ils regardaient ces énormes masses jaunes avancer en rugissant et s'immobiliser à l'orée du camp. Nul n'en aurait été capable, la chose était inénarrable. Mut'ib al-Hadhal, qui avait gagné l'oasis avec l'agilité d'un chat et observait attentivement la scène, à bonne distance de ces créatures étranges, redoutant de s'en approcher de peur qu'elles ne commettent quelque mouvement fatal ou d'encourir leurs foudres, sentit au plus profond de lui, lorsque le vacarme cessa, que la fin du monde était là.

Dès que les machines s'immobilisèrent, des hublots et des trappes s'ouvrirent, d'où s'échappèrent des êtres poussiéreux qui se mirent à observer alentour. Un silence stupéfait s'abattit : d'où venaient ces hommes ? Comment avaient-ils pu entrer et sortir de ces monstres ? Étaient-ils hommes ou diables ? Que faisaient-ils là ? Que leur voulaient-ils ? Et ces masses de métal jaune, pouvait-on les approcher en toute sécurité ? À quoi servaient-elles ? Que faisaient-elles, et comment fonctionnaient-elles ? Broutaient-elles comme les bêtes, ou ne mangeaient-elles jamais ?

Les gamins furent les plus rapides à s'aventurer près des engins et n'hésitèrent pas à y poser leurs doigts, puis leurs mains, partout. Ils tendirent d'abord un index craintif pour les effleurer, puis, sentant la rigidité du métal, ils s'enhardirent et se mirent à frapper de petits coups, comme s'ils frappaient à une porte qui finirait inévitablement par s'ouvrir. Quelque peu rassurés, ils se mirent à tourner autour et à en explorer tous les recoins, en s'armant parfois d'un petit bâton, puis l'un d'eux – un effronté – leur lança une pierre.

Les oasiens, qui avaient commencé par guetter nerveusement ce manège, redoutant que ces jeux ne provoquent un malheur, l'approuvèrent. Ce geste audacieux leur permettrait peut-être de savoir pourquoi ces machines étaient là et ce qu'elles s'apprêtaient à faire.

Il y eut un moment de suspense tendu, mêlé d'appréhension et de surprise. Lorsqu'une poignée d'ouvriers sortirent du camp pour voir ce qui se passait, suivis des diables qui avaient jailli des engins, les oasiens et les enfants reculèrent de quelques pas et se figèrent, anxieux, dans l'expectative. Les nouveaux venus firent le tour des machines avec arrogance, en ouvrirent et en soulevèrent les trappes d'un geste sûr, sous le regard attentif des autres. Puis un des diables bondit à l'intérieur d'un des engins, et en un éclair, le vacarme reprit et la masse s'ébranla. Le monstre tournoyait de façon diabolique, se soulevait et s'abaissait, rugissait et grinçait. Les oasiens avaient reflué au loin et observaient la scène, terrifiés et éberlués, la langue nouée, s'attendant que s'ouvrent les portes de l'enfer pour engloutir tout ce qui se trouvait ici-bas.

Pour la première fois depuis de nombreux mois, ils entendirent résonner la voix de Mut'ib al-Hadhal.

— Les diables ont débarqué. Il faut se battre. Si on reste plantés là comme des piquets, on sera dévorés jusqu'au dernier.

Il voulait peut-être en dire plus, ou dire autre chose, mais le silence qui s'abattit lorsque les engins s'arrêtèrent, et les regards craintifs de ceux qui l'entouraient lui firent sentir que c'était inutile. Aucun ne le comprenait. Aucun ne l'épaulait. Ses mots resteraient vains. Avec un hochement de tête douloureux et désabusé où se lisait la colère, il recula, comme s'il regrettait d'avoir parlé. Ses mots lui avaient échappé. Certains tendirent le bras pour le retenir, anxieux de comprendre la nature et les intentions de ces créatures étranges, mais il se dégagea d'un geste brusque, comme s'il ne supportait pas qu'on le touche ni qu'on lui parle. Les oasiens, habitués qu'ils étaient à un tel comportement, ne s'en étonnèrent pas et s'éloignèrent. Ils n'attendaient plus rien de lui. Mut'ib gagna le haut d'une colline, et assis là à bonne distance, ni trop près ni trop loin, il se mit à réfléchir, fébrile, l'œil aux aguets, comme s'il assistait au crépuscule d'une longue éternité.

C'était la fin d'un monde, ou la fin d'un des cycles qu'avait connus ce lointain désert oublié. Cela, seul Mut'ib se risquait à le proclamer. Les autres, à Wadi al-Ouyoun ou alentour, en étaient conscients, mais n'osaient ni le dire ni le penser. Un sentiment de haine, de rancœur et de crainte les possédait, et ils échangeaient des regards perplexes. Mais ils ne savaient pas, ne comprenaient pas ce qui leur arrivait, et peut-être espéraient-ils quelque miracle qui viendrait au dernier moment changer le cours de l'histoire, redonner au *wadi* sa vie d'antan et mettre fin à ce long cauchemar.

Malgré les heures qui s'écoulaient, interminables pour ceux qui attendaient, les Américains restaient silencieux, confinés dans leur camp. Un groupe passait parfois d'une tente à l'autre, rompant la monotonie, et des cris s'élevaient, des chants ou quelque mélopée ; mais cela ne durait pas, et le camp retombait aussitôt dans le silence. Les oasiens étaient accroupis en grappes à l'ombre des figuiers et des palmiers, comme s'ils étaient intimement convaincus qu'il allait se passer quelque chose, à tel point que certains envoyèrent leurs enfants chercher à manger, et préparèrent le café en plein air, loin de leurs foyers. Ils voulaient tout voir, ne rien perdre de ce qui pouvait survenir en leur absence, ne pas rater une occasion qui ne se reproduirait jamais.

Mut'ib, perché à l'écart sur sa colline, observait et réfléchissait, indifférent à ceux qui l'appelaient pour qu'il descende manger ou boire le café du matin, puis celui de midi. Il restait silencieux, soucieux, attendant plus que tout autre, dans chaque fibre de son corps, la suite des événements. Quand on lui fit porter une poignée de figues et de dattes et une galette de pain, il les mit de côté car il n'avait ni faim ni envie de manger. Mais pressentant que l'attente pouvait s'éterniser et ne voulant pas quitter son poste, il se retint de refuser.

Ce fut l'une des rares fois où tous les oasiens et les Bédouins alentour connurent la même transe, car depuis que les diables étaient arrivés, quelques mois auparavant, le mystère s'opacifiait. Il était de plus en plus difficile d'en percer le cœur, car les étrangers restaient le plus souvent dans leurs tentes, surtout dans la plus grande, au centre du camp, et dans les baraques en bois qu'ils avaient construites avec soin. Ils écrivaient et dessinaient en s'entourant d'une aura de secret. Les oasiens, que caractérisaient pourtant leur intuition et leur perception des êtres et des choses, habitués à se défier les uns les autres pour juger de ce qu'apporteraient les voyageurs ou les caravanes, restaient perplexes face à ces diables et redoutaient de faire la moindre prédiction. Ils savaient simplement que les Américains allaient extraire du pétrole et de l'or, mais quant à savoir comment, aucun n'était capable de l'établir. Chaque fois qu'Ibn al-Rashid, profitant des liens qu'il entretenait avec le Corbeau ou l'interprète, tenta d'en savoir davantage, il ne récolta guère plus qu'une réponse globale. Et lorsqu'il tenta d'éclaircir le mystère à l'aune de ce qu'il savait, les mots qu'il inventa ne firent qu'obscurcir les ténèbres dans lesquelles il se noyait.

Aujourd'hui, l'arrivée de ces engins jaunes infernaux leur faisait pressentir une issue imminente, et chacun voulait y assister, en voir tous les détails, du plus infime au plus frappant.

Les heures s'écoulaient, longues et lourdes. Celles de l'après-midi leur semblèrent les plus longues qu'ait connues l'oasis depuis qu'elle existait et qu'existaient les menues besognes qui les occupaient. Même certaines tâches coutumières, comme vérifier les entraves des chameaux ou préparer le café pour qu'il soit à leur goût, furent éludées et remises à plus tard sans que nul ne s'en offense. On chargea les jeunes de faire ce qu'ils ne faisaient jamais – ce qui les ravit.

Les hommes étaient persuadés qu'il arriverait quelque chose au cours de la journée, mais les heures passaient, monotones, comme si elle devait s'achever sans surprise. Le soleil glissait vers l'ouest, les troupeaux rentraient, emplissant la vallée de leurs cris et de leur brouhaha, suivis des bergers et Bédouins qui venaient tirer l'eau à cette heure, et qui, avec leurs gestes amples et leurs éclats de voix, ajoutaient au tumulte environnant. Puis les Américains actionnèrent les machines qu'ils avaient installées dès leur arrivée, monstres de lumière et de bruit qui instillaient la peur dans l'âme de bien des oasiens, et le *wadi* sembla tout entier hurler à la mort comme un loup affamé, ou une bande de chacals en quête d'une proie ou d'une femelle au crépuscule.

Le soir avança. Une chape d'ennui et de tristesse s'appesantit sur l'oasis ; la nuit serait pareille à celles des trois derniers mois. Mais soudain les étrangers surgirent à la queue leu leu, le Corbeau en tête, comme s'ils poursuivaient une longue discussion. Dès qu'il eut franchi l'enceinte du camp, le Corbeau pointa le doigt vers la gauche, puis vers la droite, avec un flot de paroles, en se tournant de tous côtés. Et lorsque la troupe s'ébranla et se remit en marche, un grondement sourd fit trembler le *wadi*. Les gamins et les jeunes qui aidaient à rassembler les bêtes pour les faire boire se mirent à crier et à s'agiter dans un chaos désordonné. Les adultes, plus calmes et mesurés, se détournèrent et s'écartèrent légèrement du chemin des Américains. Ils les suivirent des yeux et ne leur emboîtèrent nonchalamment le pas que lorsqu'ils les eurent dépassés pour longer l'oued après une courte halte à la source et au puits. Mut'ib al-Hadhal, lui, avait bondi sur ses pieds dès l'instant où les Américains avaient quitté le camp. Dressé sur la colline comme un chacal à l'affût, il s'avança dès que les diables s'avancèrent, épousant leur pas et leur allure en gardant ses distances, l'œil aux aguets, l'oreille tendue, l'air attentif et concentré comme s'il voulait tout savoir. Il se mit à étudier et à peser chaque geste, la haine grandissant si fort en son cœur que ses pas se brouillèrent, et que ses traits pâlirent quand il entendit le Corbeau discourir en désignant les dunes, la seguia et les arbres au loin. Des mots que Mut'ib marmonna, les gosses rapportèrent quelques bribes : "Fils de putes et pierres cornues, je me vengerai avant que le Tout-Puissant ne se venge…" Ils dirent aussi l'avoir entendu insulter le gouvernement, le sultan, l'émir, et tous ceux qui prêtaient main-forte aux infidèles.

Mut'ib ne laissa aucun mouvement lui échapper. Il continua d'avancer, de s'arrêter, de pester, et d'observer le *wadi* comme s'il ne le reverrait jamais. Bien que les Américains ne lui prêtassent aucune attention, il tressaillait dès que l'un d'eux pointait le doigt dans sa direction, pensant d'abord que c'était lui qu'on désignait. Mais il comprit vite que c'était le terrain sur lequel il marchait qui les intéressait, et qu'il servait simplement de repère sur ce vaste horizon! Si le Corbeau ne s'était pas avancé vers lui pour marquer le sol du bout du pied et mesurer la distance qui le séparait du milieu du *wadi*, sans le regarder ni se préoccuper de sa présence, sans ce manège, Mut'ib aurait pu croire que c'était de lui qu'il parlait. Il aurait pu commettre une folie. Mais qu'aurait-on pu lui vouloir, alors qu'il cheminait à bonne distance, à dix pas ou plus? Il avait bien le droit d'aller s'asseoir dans son champ à l'autre bout de l'oasis, d'y chanter, d'y réfléchir et d'y tempêter à sa guise? Il en avait bien le droit, tant qu'il ne faisait de mal à personne, et n'en avait jamais fait?

Ainsi songeait Mut'ib, tout en regardant le Corbeau gesticuler avec ferveur, agiter les bras et donner de la voix. Ceux qui l'accompagnaient semblaient avoir mille questions à poser et remarques à faire, ce qui éveilla en Mut'ib une véritable terreur. Il pensa que cette nuit-là finirait mal et, sans savoir pourquoi, il décida de retourner à la source avant les Américains. Il y descendit à vive allure, retroussa ses manches, y plongea ses deux mains en coupe et s'aspergea le visage, humant le parfum de l'eau et la laissant dégouliner le long de sa barbe ; puis il les y replongea pour boire, arracha d'un geste nerveux sa pelisse, plongea la tête dans l'eau et l'y secoua plusieurs fois, les yeux grands ouverts. Il resta ainsi, partagé entre la fraîcheur, le plaisir et la peur, jusqu'à ce que, près d'étouffer, il relève à demi la tête, laissant les gouttes crépiter sur l'eau puis s'espacer peu à peu. Enfin apaisé, il but de nouveau au creux de ses deux mains, puis, comme s'il était seul au monde, il se dirigea vers le promontoire qui surplombait directement la source et s'y assit. Il jugeait sans doute que le *wadi* n'aurait plus aucun sens si l'eau cessait de couler, et que son champ et les parcelles qui l'encadraient le long de l'oued n'auraient plus de raison d'être si les Américains empêchaient la source de jaillir, mais aussi que les terres du *wadi* formaient un tout, sa parcelle n'ayant pas plus de valeur que les autres. S'il avait pensé autrement, il serait resté dans son champ et aurait passé la nuit sous ses palmiers. S'il avait voulu ne défendre que sa terre et ses arbres, il n'aurait pas choisi cet endroit découvert et visible de tous. Quelque chose l'avait incité à se poster là, et lorsque les Américains revinrent, que leurs visages et leurs silhouettes se découpèrent dans la lumière crue, il était allongé sur cette hauteur et avait décidé de veiller en attendant le miracle tant espéré.

13

À l'aube, lorsque les premières lueurs du jour s'arrachèrent aux ténèbres pour se poser doucement sur les choses, l'oasis était encore drapée dans la légère mantille d'humidité qu'avait laissée la nuit et que diffusaient l'air, les arbres, les eaux de la source, et le souffle des hommes qui s'éveillaient dans la quiétude du moment pour entamer une nouvelle journée. Mut'ib al-Hadhal, dont les grands yeux mélancoliques ne s'étaient pas fermés un instant, observait, écoutait, songeait, et guettait les mouvements de la vie qui renaissait en ce lointain jour d'automne. Les choses, les lieux et l'existence se mouvaient jusqu'alors dans un silence triste et paisible, comme s'ils y étaient confinés pour l'éternité. Mais soudain un cri puissant jaillit, un cri inattendu qui fit tressaillir Mut'ib et changea le cours de la vie. En quelques instants à peine, les Américains surgirent et, peu après, sortirent du camp.

Ils en sortirent comme des diables de leur boîte, et se dirigèrent en un clin d'œil vers leurs engins avec un élan et une détermination qui présageaient enfin un dénouement. Mut'ib al-Hadhal n'eut pas besoin d'explications ; un fort pressentiment s'empara de lui et le domina tout entier. Il avait beau ne pas savoir à quoi s'attendre, ce branle-bas en règle lui laissa deviner la suite. Il se releva lentement et huma l'air du *wadi* de tout son corps, à pleins poumons. Il regarda autour de lui comme s'il disait adieu aux choses. Dans le ciel, un vol de gangas tournoyait. Il regarda les hommes dans le camp et se sentit envahi par le sentiment aigu de l'inéluctable. Et lorsque les folles machines s'ébranlèrent, il poussa un hurlement douloureux :

— Quel désastre! Quel désastre, Wadi al-Ouyoun!

Cette effervescence donnait le signal réel, irrationnel et solennel de la fin. Et si quelqu'un se souvient encore de cette lointaine époque, du lieu-dit Wadi al-Ouyoun, d'un certain Mut'ib al-Hadhal, d'une source, d'arbres, et d'une certaine tribu, s'il reste encore quelqu'un qui se souvient, c'est à cette scène brise-cœur qu'il revient : celle des tracteurs attaquant les vergers comme des chacals affamés, les arrachant et les abattant l'un après l'autre, et nivelant les champs jusqu'à l'oued puis, une parcelle achevée, se jetant avec la même féroce voracité sur la suivante pour l'engloutir. Les arbres, en oscillant, en se penchant, en se couchant, geignaient, gémissaient, criaient, s'affolaient, lançaient un ultime et douloureux appel à l'aide, puis, suppliants, s'écrasaient à terre comme s'ils voulaient, indignés, se fondre dans la glaise pour tenter d'en rejaillir, d'en renaître.

Ainsi commença le massacre de Wadi al-Ouyoun, et ainsi se poursuivit-il jusqu'à ce que tout eût disparu. Mut'ib al-Hadhal, qui en vit le début, n'en vit pas la fin. Les oasiens avaient accouru au bruit des machines infernales et contemplaient le carnage. Lorsque, remis de la stupeur du choc initial, ils se retournèrent et regardèrent Ibn al-Hadhal, ils dirent que la scène était d'une infinie tristesse. C'était la première fois qu'ils voyaient un homme de la trempe de Mut'ib pleurer. Ses larmes tombaient dru, mais en silence. Un parfait silence. Il ne dit pas un mot. Ne proféra pas une insulte. N'eut pas un soupir. Seules ses larmes coulaient, et il n'en éprouvait ni honte, ni peur, ni fierté. Il contemplait le *wadi* à travers ses larmes, il observait en silence et secouait la tête.

À un moment donné – on ne saura jamais précisément quand –, tandis que les hommes s'agitaient, et que les pères hélaient leurs fils pour qu'ils les aident à ramasser le bois tombé, Mut'ib se retira à pas de loup et quitta son promontoire pour gagner Al-Zahra. En un rien de temps, malgré les supplications de Wadha, qui s'était jetée à ses pieds et les embrassait, et malgré les protestations de ses proches, il avait pris sa décision. Il s'activa avec calme, prépara ce dont il avait besoin, sans regarder personne ni entendre un seul mot de ce qui se disait. Dans ses yeux perdurait une trace de larmes, mais il ne pleurait plus. Lorsqu'il fut fin prêt, gourde et fusil à l'épaule, et qu'il grimpa sur sa chamelle d'Oman, il dévisagea avec attention ceux qui l'entouraient, en promenant son regard de l'un à l'autre, comme s'il ne voulait rien oublier. Puis il talonna le flanc de la bête, qui tressaillit et se releva brusquement. Ainsi dressé sur sa monture, on eût dit une grande tente, puis un nuage, et quand il força l'allure, on crut voir un oiseau blanc… Sa silhouette peu à peu s'éloigna, s'estompa et finit par disparaître.

14

Seuls quelques-uns le virent partir. Les oasiens étaient dans la vallée, terrifiés, tout occupés à regarder les engins infernaux arracher les arbres, niveler la terre et tout renverser. Lorsqu'ils furent lassés de voir de leurs yeux ce spectacle de ruine et d'anéantissement, ils se retournèrent et échangèrent des regards perplexes. Et lorsqu'ils s'enquirent de Mut'ib al-Hadhal, il s'en trouva un pour répondre qu'il était parti. Le mot sembla étrange, insolite, presque absurde. Parti, Mut'ib al-Hadhal ? Comment aurait-il pu partir et abandonner le *wadi* ? Et où serait-il allé ?

La chose semblait inconcevable.

— Mut'ib n'est pas parti. Il préférerait mourir que de partir… affirma l'un d'eux.

— Il est parti il y a longtemps… dès qu'ils ont arraché le premier arbre.

— Mut'ib n'est pas parti… je le parie.

— Al-Zahra n'est pas loin, et vous voyez ce qu'il reste du *wadi*, on n'y cacherait pas une aiguille !

— Ma chamelle contre la tienne !

— Il est parti depuis trois jours. C'est Sha'lan qui l'a dit. Et moi je l'ai vu de mes propres yeux s'éloigner vers l'est.

— J'en mets ma tête et celle de ma chamelle à couper, Mut'ib n'est pas parti.

— Remets-t'en à Dieu, l'ami, laisse ta tête sur tes épaules, garde ta chamelle, et écoute-moi bien : Mut'ib est parti !

Pour beaucoup, Mut'ib avait agi comme il agissait toujours. Quand il avait le "noir", il disparaissait un jour ou deux. Puis il revenait. Qu'il soit donc parti vers l'est ou vers l'ouest, il reviendrait, c'était sûr.

Les oasiens étaient persuadés que Mut'ib n'abandonnerait pas le *wadi* – il n'était pas de ceux qui pouvaient faire leur balluchon et s'en aller. S'il s'était jeté dans le désert, furieux et farouche, comme son père et son grand-père avant lui, c'était pour suivre leur exemple. Ils avaient été les plus féroces ennemis des Turcs. Ils ne dormaient jamais deux fois au même endroit, et avaient transformé la route des Sultans en un véritable enfer, à tel point que les Turcs avaient promis cent pièces d'argent à qui ramènerait Jazi al-Hadhal mort ou vivant. Avant Jazi, il y avait eu son père, Mut'ib, que les Turcs avaient arrêté une fois, mais qui s'était échappé aussitôt. On racontait qu'il avait mis un somnifère dans le café des gardes, qu'il les avait soudoyés et qu'on l'avait laissé fuir, et que tous les hommes de la garnison de Wadi al-Ouyoun avaient été punis parce qu'ils avaient été incapables de le capturer et de l'envoyer à la garnison de Kerak.

Les gens se remémoraient ces anecdotes et en déduisaient que Mut'ib reviendrait. Les plus anxieux faisaient valoir que depuis les Turcs, les temps avaient changé, et qu'il serait donc impossible à Mut'ib d'épauler son fusil ou de tuer quelqu'un. Les plus courageux et optimistes pensaient que Mut'ib réapparaîtrait, mais qu'il mettrait alors le monde à feu et à sang, et qu'il pourrait tuer, détruire et même brûler. Mais qu'il se désintéresse des Américains, surtout après ce qu'ils avaient fait du *wadi*, c'était impossible. Nizal al-Ma'ani, l'œil rivé au lointain horizon, déclara :

— Les Atoum sont de vraies vipères. En hiver, elles se cachent pour dormir... Mais quand elles se réchauffent... Dieu vous protège !

Muhammad al-Moudawwar secoua la tête, et murmura à part soi, avec un sourire narquois :

— Et toi, Ibn al-Rashid, où iras-tu maintenant, et comment vas-tu t'en sortir ?

Abdallah al-Mas'oud, qui les écoutait sans vouloir se mêler à la conversation, lança, exaspéré :

— Bon Dieu, les gars, y en a eu d'autres ! Bon débarras... Il était furieux et il a quitté le *wadi* pour se calmer... L'homme est fini... Et vous, vous perdez votre temps en palabres comme s'il n'y avait personne au monde que lui !

Les hommes s'entre-regardèrent à nouveau et secouèrent la tête, navrés, accablés et perplexes.

Mais, qu'il soit parti pour longtemps ou que son absence s'éternise, tous continuaient à penser qu'il reviendrait.

En assistant à l'étrange massacre, beaucoup avaient cru vivre une sorte de rêve. Mais lorsque les tracteurs s'étaient arrêtés, l'un après l'autre, et qu'un violent silence s'était abattu sur ce nouveau paysage où le *wadi* semblait s'être fondu dans le désert alentour, à l'exception de quelques dunes et de ces amoncellements d'arbres abattus, ils avaient compris que ce qu'ils voyaient était bien réel, un spectacle terrible, odieux, hostile, et qui ressemblait à la mort.

En ce lieu désolé, sur cette vaste plaine, restèrent les optimistes, ceux qui ne voulaient pas partir, qui attendaient et espéraient. Ils se mouvaient, lents et tristes, comme oscillent des épouvantails en haillons ou des palmes agitées par le vent. Peu à peu leurs mouvements cessaient, ils se confondaient avec l'immense étendue poussiéreuse, puis ils reprenaient vie pour de nouveau se figer.

Ibn al-Rashid, qui avait fait de gigantesques efforts les derniers jours pour déplacer, avec l'aide des forces armées, les gens du *wadi*, et avait choisi les vingt hommes qui travailleraient au camp, était inquiet et ennuyé de voir que certains s'attardaient et se rebellaient. L'après-midi du troisième jour, le dernier arbre abattu, il harangua le groupe des récalcitrants avec un air sévère et résolu :

— Braves gens, partez de votre plein gré, comme les autres. Mieux vaut ça que d'être chassé à coups de bâton ! Chacun a reçu la part qui lui était due. À ceux qui choisissent leur tribu et leurs pâturages, le gouvernement dit : "Bon vent !", mais pour ceux qui veulent coopérer, tout est organisé.

Les oasiens ne le revirent pas, et il ne revint pas les voir. Il se terra dans le camp et des soldats prirent la relève.

L'armée du désert informa ceux qui restaient qu'ils devaient partir. Elle refusa toute discussion. Elle regroupa les rebelles et les parqua non loin du camp.

— Je vous accorde cette nuit, dit un soldat sans lever les yeux sur eux. Mais demain soir vous serez ailleurs… et on se retrouvera.

Dans ce climat de colère, de révolte, de tristesse, et de haine, auquel s'ajoutaient tant d'autres émotions, la mère de Khoush était la seule au *wadi* à ne se plier à aucun ordre et à ne pas accepter l'état de fait. Lorsqu'on eut réuni ses quelques biens et qu'on les eut mis en tas près de ceux des autres pour les attacher, ils étaient si pauvres et si dérisoires que c'en était triste et risible à la fois : quelques vieilles nippes, des boîtes en fer-blanc vides, de formes et de tailles diverses, des morceaux de bois, un amas de cordes, et une canne en roseau au pommeau noueux. Oum al-Khoush se trouvait alors près d'Al-Zahra, et attendait comme chaque jour une caravane qui lui donnerait peut-être des nouvelles de son fils. Quand à son retour elle découvrit son maigre tas, et qu'on lui annonça qu'elle partirait avec les autres, elle eut un regard narquois et un sourire plus large que jamais. Elle retira calmement son ballot de la masse d'objets rassemblés en cercle, le tira à bonne distance et se mit à le défaire. Avec soin. Elle extirpa les vêtements de son fils, les déploya dans le vent, les huma, les tendit à bout de bras pour mieux les regarder, comme pour s'assurer de leur état et de leur beauté, puis elle les ramena près de son visage, les examina avec attention, en vérifia les coutures et la solidité. Quand elle les eut sentis encore, elle les replia et les empila. Elle les caressa, leur parla, leur conta les choses qui l'attristaient ou la mettaient en joie, la faisaient rire ou pleurer. Elle se livra à ce petit manège comme si elle était seule au milieu du désert, et les gens qui l'observaient et semblaient la voir pour la première fois reconnurent en elle le reflet de leurs tristes vies brisées. Ils épiaient ses gestes en silence ; peu se rendirent compte qu'ils pleuraient. Leurs larmes étaient salées et leur parurent amères. Ils baissèrent les yeux, incapables de croiser le regard des autres. Lorsqu'ils se couchèrent, tôt dans la soirée, comme des chats les nuits d'hiver, pelotonnés sur leurs biens et leurs ballots, et qu'ils sombrèrent dans la torpeur, puis dans le sommeil, ils entendirent résonner la voix d'Oum al-Khoush. Ceux qui ne dormaient pas, ou qui se réveillèrent, eurent le sentiment qu'ils rêvaient ou qu'on leur parlait d'outre-tombe, car la voix s'élevait avec un tremblement plaintif, comme à l'agonie :

— Braves gens, clama-t-elle haut et fort, ô vous les oasiens, j'ai oublié de vous demander des nouvelles de Mut'ib, Abou Thouwayni… Où est-il ?

Personne n'osa répondre. Un lourd et épais silence tomba.

— Braves gens, reprit-elle, que celui qui sait où il est me le dise !

Le silence persista, mêlé d'une tension grandissante où affleurait la peur, car il aurait suffi d'un rien pour qu'en un instant tout explose. Une voix rauque s'éleva, dont on ne savait si c'était celle d'un homme ou d'une vieille femme :

— Dors, ma fille, la nuit porte conseil…

Un rire sec et étouffé éclata.

— N'ayez pas peur, braves gens, que celui qui sait où est Abou Thouwayni me le dise !

Mais comme le silence retombait, oppressant et plus triste qu'auparavant, elle se rebiffa, sarcastique :

— Ah, la nuit porte conseil ? C'est donc que demain matin, vous me donnerez des nouvelles de Mut'ib ?

Le silence persista, tenace et implacable, désormais lourd d'appréhension. Elle continua, du même ton railleur :

— Braves gens… hier… non, avant-hier, ou il y a trois jours… je l'ai vu, moi, et on s'est parlé. Il m'a dit : "N'aie pas peur, Khoush va revenir." Vous le savez… ça fait des années que je prie pour son retour… Aujourd'hui, j'ai beau vous supplier de me parler de Mut'ib, personne ne m'entend et personne ne répond…

Elle s'interrompit un instant puis ajouta, amère :

— Dieu me garde de vous, gens du *wadi*…

Et elle se détourna.

Ceux qui veillèrent l'entendirent monologuer, sans rien comprendre à ce qu'elle disait. Elle n'interrogeait plus personne, n'attendait plus de réponse. Ceux qui entraient dans le royaume du sommeil ou étaient près d'y sombrer entendirent résonner un long cri monotone, un cri plus ou moins fort mais qui ne cessait pas, comme la plainte du vent qui se lève ou un lointain appel à l'aide. Lorsque la voix se troubla, faiblit et s'éteignit, puis rejaillit, terrifiante, ceux que le sommeil avait désertés sentirent cette lamentation leur aller droit au cœur, comme une épine en plein œil. Ils fermèrent les yeux et partirent pour un long voyage parmi de tristes souvenirs, comme si cette douloureuse mélancolie donnait aux choses un autre parfum, et le goût aigrelet d'une plaie béante.

À un certain moment, on ne sait quand au juste, alors que s'affrontaient le jour et les ténèbres, la voix de la vieille se tut. Elle ne se calma pas d'un coup, ni brusquement ; elle s'affaiblit et s'épuisa, s'étrangla au fond de sa gorge, ne fut plus qu'un filet, comme un bout de gras qui fond peu à peu, et lorsqu'elle s'éteignit enfin, ceux qui veillaient encore sous les étoiles murmurèrent : "Béni soit le sommeil… la vieille s'est endormie."

*

L'astre du matin s'éteignit, et la vie palpita de nouveau dans la masse humaine. D'abord languide et hésitante. Puis, dans le déploiement du ciel et la scission de la terre et de l'air en ce vaste espace infini, les mouvements se firent plus nets, plus vigoureux. Ceux qui s'éveillèrent avec l'aube naissante, comme secoués par une main invisible, tressaillirent, horrifiés et incrédules, en ouvrant les yeux. La veille, le sommeil qui les avait fauchés leur avait permis d'oublier. Mais ce matin-là, rien ne pouvait les aider à comprendre ce qui leur arrivait. Ils secouèrent la tête pour chasser la fatigue, s'assurèrent d'un regard que ce qu'ils voyaient était bien réel, et, les souvenirs affluant, ils refermèrent les yeux pour y échapper. Mais il était trop tard, ou peut-être était-ce impossible.

Ils furent tous debout avant le lever du soleil. Sauf Oum al-Khoush. Elle dormait, le front posé sur son tas d'habits, et semblait prier, à demi prosternée, repliée en boule. Ils la considérèrent avec respect, comme s'ils redoutaient de la réveiller ou voulaient qu'elle récupère le sommeil perdu. Leurs mouvements se firent furtifs et leurs voix étouffées. Elle resta là, endormie, ou agenouillée dans sa prière inachevée, même lorsque les chiens eurent aboyé sur deux policiers qui se dirigeaient vers le camp. Quand les gamins se mirent à gambader et que l'un d'eux s'approcha d'elle, Abdallah al-Mas'oud lui lança un caillou et le menaça du doigt pour l'éloigner.

Il entendit quelqu'un murmurer : "La pauvre, elle ne s'est endormie qu'à l'aube…" et il répondit en hochant tristement la tête :

— Que Dieu lui vienne en aide…

Lorsque le soleil fut levé, l'endroit était quasi désert. On avait rattaché les ballots, un feu brûlait, les hommes allaient et venaient, l'œil aux aguets, et les femmes s'affairaient mollement, contrairement à leurs habitudes, comme si elles ne savaient que faire ni comment. Quant aux enfants, ils avaient repris leurs jeux et leurs cris, et ne se souciaient plus de rester à distance. Même Abdallah al-Mas'oud, qui ne perdait pas la vieille de vue, considérait qu'il s'était écoulé suffisamment de temps depuis qu'il leur avait demandé de décamper, et il les laissait tranquilles. Il ne se donnait même plus la peine de baisser la voix.

Oum al-Khoush resta ainsi agenouillée, indifférente et sourde à ce qui l'entourait, immobile. Elle reposait paisible, livrée au sommeil ou à la prière, et demeura insensible à la présence des policiers qui, de retour du camp des Américains, s'approchèrent de ce tas humain.

— Braves gens, dit l'un d'eux avec bienveillance, vous feriez mieux de vous mettre en route, sinon le soleil vous tuera…

— Ne crains rien, on s'en va… on s'en va… railla Abdallah al-Mas'oud. Dieu vous garde…

— Si vous étiez parti à l'aube, vous auriez déjà dépassé Al-Khibra al-Sharqiya !

Les deux hommes s'éloignèrent. Les gamins interrogèrent les adultes du regard. Fallait-il partir ? Muhammad al-Moudawwar dit d'une voix forte, comme s'il monologuait :

— Si on s'en allait tout de suite, on pourrait faire halte à Al-Khibra et repartir à la fraîche…

— Et la vieille ? demanda Abdallah al-Mas'oud en montrant Oum al-Khoush.

— On l'emmène ! répondit le groupe en chœur.

— Et si elle refuse ?

— On l'emmène, qu'elle le veuille ou non ! insista Muhammad al-Moudawwar.

— Très bien… allez-y voir… demandez-lui.

Muhammad al-Moudawwar s'approcha de la vieille d'un pas décidé et posa doucement la main sur son épaule.

— Oum al-Khoush… Oum al-Khoush…

Elle ne répondit pas, ne bougea pas.

— Il est midi passé, Oum al-Khoush…

Elle ne souffla mot. Il la secoua gentiment par le haut du bras :

— Oum al-Khoush…

Elle sembla remuer, mais ne dit rien. Il la secoua plus fort. Elle pencha un peu vers la gauche, mais s'entêta à rester dans la même position, indifférente et obstinée. Peut-être priait-elle… Il la tira légèrement, d'un geste à la fois ferme et résolu. Le visage se souleva à demi et le corps se détendit, mais lorsqu'il la relâcha, elle retomba comme elle était sur son tas de vêtements, comme si elle l'embrassait ou qu'elle était incapable de s'en séparer.

— Finissez-en, les gars ! cria quelqu'un de loin.

Abdallah al-Mas'oud s'approcha et s'agenouilla près d'Oum al-Khoush. Il posa la main sur son épaule, regarda Muhammad al-Moudawwar, se tourna vers ceux qui les entouraient et murmura d'un ton plein d'une sollicitude inquiète :

— Oum al-Khoush… Oum al-Khoush…

Elle ne répondit pas. Elle resta là, comme elle était.

— On la charge et on s'en va, d'accord ou pas d'accord… dit Muhammad al-Moudawwar.

— Tu n'as pas honte? rétorqua Abdallah. Comment ça, on la charge? Comme un mouton? C'est ça?

— Finissez-en! cria quelqu'un, peut-être le même gars que la première fois.

Muhammad al-Moudawwar se rapprocha, se planta au-dessus d'elle, passa ses mains sous ses bras et la souleva. Comme une poupée de chiffon. Ou une grande enfant. Il la secoua fortement pour la tirer de ce coma profond. Les gamins observaient la scène avec curiosité, en riant et criant. Les adultes souriaient. Abdallah al-Mas'oud, toujours à genoux, releva la tête pour voir à quel jeu se livrait la vieille à l'heure du départ. Ses yeux se posèrent sur son visage. Il bondit comme s'il se réveillait en sursaut et son cœur battit à tout rompre dans sa poitrine. Son cri fusa, douloureux :

— Honte à vous, les gars!

Il se releva brusquement, saisit Oum al-Khoush, et la laissa glisser à terre. Elle retomba dans la même position. Il s'agenouilla, effaré et tremblant. Il prit le visage de la vieille dans ses mains, le scruta avec attention, puis le tourna légèrement vers les autres, qui s'approchèrent. Il était jaune, sec et froid. Sans vie. Il le reposa doucement sur le tas de vêtements, se releva avec un calme résigné, et se dirigea d'un pas las vers le cercle d'hommes :

— C'est fini… Dieu l'a rappelée à lui.

Personne ne le crut. Wadha s'approcha de la vieille pour l'examiner et recula, horrifiée, en s'écriant d'une voix aiguë, presque enfantine :

— Où es-tu, Oum al-Khoush? Où es-tu partie?

En moins d'une heure, la tombe était creusée et le corps enterré. Personne n'osa toucher aux choses qui restaient ; le vent les éparpilla et les sables les recouvrirent.

S'il avait été décidé que la caravane quitterait Wadi al-Ouyoun dans l'après-midi, la mort d'Oum al-Khoush suffit à justifier qu'elle s'attarde une journée, et chacun espéra qu'un événement inattendu viendrait entre-temps changer le cours de l'histoire et inciter les autorités à reconsidérer son départ. Mais les soldats se tinrent à distance, refusèrent toute négociation et ne répondirent à aucune question. Ils firent semblant de ne rien voir ; ils avaient résolu de ne pas accorder aux oasiens d'autre délai.

15

Dans la pénombre bleutée et pâlissante que rafraîchissait un vent léger, les oasiens se tenaient silencieux, prêts à partir. Quand ils quittèrent Wadi al-Ouyoun, ou plutôt quand on les y força, juste après le lever du soleil, toute la famille de Mut'ib al-Hadhal, dont Fawaz, l'aîné, qu'entouraient ses frères, s'était jointe à eux. Seul Sha'lan était resté, pour s'occuper de l'indemnité qu'ils devaient recevoir en dédommagement de leur petit champ et du terrain où était bâtie leur maison.

Hadib les avait précédés à Oujra, la principale étape sur la route des Sultans, en laissant à Fawaz la responsabilité du voyage et de bien d'autres choses, car lorsque Mut'ib avait brutalement quitté l'oasis, en soulevant beaucoup de poussière et encore plus de commentaires, les hommes de l'émir avaient dardé sur le reste du "clan" un œil plein de colère et de haine. Une rumeur courut qu'ils ne recevraient aucune compensation, qu'on les chasserait s'ils ne partaient pas de leur plein gré, et qu'une fois à Oujra, ils devraient se débrouiller seuls. Cela et le reste avaient contraint Hadib à renoncer provisoirement au pécule que ceux qui étaient restés à proximité de l'oasis allaient toucher, et à laisser Sha'lan s'en charger. Il était parti en avance pour les attendre à Oujra, d'où ils repartiraient vers l'intérieur où ils avaient des relations et des proches, du côté paternel ou maternel, qui pourraient les protéger et leur offrir une certaine stabilité en attendant le retour de Mut'ib.

Fawaz était désormais le "grand" frère, mot qui pouvait provoquer un sourire ou un rire moqueur, vu qu'il n'avait alors pas plus de quatorze ans. Il était mince comme un roseau et aussi solide qu'une corde mouillée – du moins le paraissait-il ou s'efforçait-il de le paraître. Il s'accrochait à la queue de chameaux aussi rapides que l'éclair, et bondissait comme un singe pour les enfourcher, afin de prouver à chacun qu'il était devenu un homme. Cette image semblait désormais lointaine, si floue qu'on pouvait douter qu'elle eût existé, car après Wadi al-Ouyoun, les choses s'étaient considérablement brouillées dans les esprits. Pourtant les souvenirs demeuraient vifs, avec leurs odeurs, leurs détails, les mots murmurés et ces questions échangées au moment du départ – les cordes ? l'eau ? la farine ? –, questions qui résonnaient encore aux oreilles de ceux qui étaient partis comme de ceux qui étaient restés.

— J'ai eu très peur que vous ayez des problèmes en chemin ou que quelque chose vous arrête, avoua Hadib quand la caravane arriva.

Il avait dans l'œil une lueur d'admiration qu'il ne pouvait dissimuler. Il se tourna vers sa sœur et reprit, tandis que Fawaz commençait à décharger.

— J'ai pensé plus d'une fois vous rejoindre au *wadi* ou aller à votre rencontre…

— On a vu des loups sur la piste…

Hadib éclata de rire :

— Des loups, tu n'as rien à craindre !

Il ajouta après une courte pause :

— Et puis, vous aviez des hommes avec vous.

Fawaz était-il aussi courageux que Sha'lan l'imaginait et que sa sœur le supposait ? Avait-il eu peur, et l'avait-il montré, durant ces trois jours de marche ? Leur caravane regroupait cinq familles – beaucoup s'étaient arrêtées à Al-Khibra ou plus loin, et d'autres avaient choisi une autre piste – et il avait été très prudent. La force de Wadha al-Hamad l'avait inspiré, et il avait puisé en elle le courage et la sagesse dont il avait fait montre. Depuis le départ de Mut'ib, les yeux de Wadha étaient habités d'une noble tristesse. Elle ne trouvait pas de raison logique à sa rébellion, à sa colère ni à sa fuite. Elle gardait obstinément les lèvres closes, et refusait d'expliquer à quiconque ce qu'il avait fait. Elle savait en son for intérieur qu'un souffle puissant s'était emparé de son cœur et de son esprit et avait précipité sa décision. Mais si elle l'avait déjà vu s'emporter ainsi et disparaître brusquement pendant longtemps, cette fois elle n'était pas sûre qu'il revienne. Pourtant elle espérait encore que quelque chose viendrait changer le cours de l'histoire. Mut'ib al-Hadhal ne saurait les abandonner d'un coup, surtout au moment précis où Wadi al-Ouyoun disparaissait à jamais. Pouvait-il partir sans rien faire, sans brûler, sans tuer, sans détruire ? Depuis qu'il avait pris cette décision irrévocable et si soudaine, elle s'était attendue à tout instant à le voir rôder autour du *wadi*, et à ce qu'il revienne, épuisé par le chagrin et la fièvre. Mais les jours s'étaient écoulés sans qu'il réapparaisse ni donne signe de vie ; ils avaient fait leurs bagages et avaient quitté le *wadi*, et cela la rendait folle de chagrin. Pouvaient-ils vraiment tout laisser derrière eux ? Sauraient-ils se réinstaller ailleurs à présent qu'ils avaient perdu leurs maisons, leurs champs, leurs palmiers, et surtout le plus illustre de leurs hommes, Mut'ib al-Hadhal ?

Nul n'aurait osé poser une telle question, mais la détermination qu'affectait Wadha, son silence pendant presque tout le trajet, et la tristesse insondable et communicative qui habitait son regard rendirent les faits définitifs et l'avenir inéluctable.

Pourtant c'était Wadha al-Hamad, cette grande femme exceptionnelle, qui avait mené la caravane, et chargé puis déchargé les bêtes. Et si Fawaz s'était montré prudent tout au long du voyage, redoutant à tout moment quelque danger, ce qui le rendait nerveux, le privait de sommeil et lui donnait un appétit d'oiseau effarouché, Wadha ne s'en était pas émue. Elle l'avait encouragé par son silence et sa volonté jusqu'à ce qu'ils atteignent Oujra. Mais lorsqu'ils retrouvèrent Hadib et que celui-ci voulut détendre et égayer l'atmosphère, il se heurta à leur mutisme et leur tristesse et fut vite gagné par leur mélancolie.

Ces quatre jours passés chez une parente à Oujra, ils ne les oublieraient jamais. Il n'arriva rien d'inhabituel, et ils n'apprirent rien de nouveau sur Mut'ib, bien qu'à cette époque le défilé des caravanes de pèlerins fût incessant. Mais ces quatre jours-là, ils accusèrent la violence et le choc du départ, comme un coup brutal et imparable. Dès leur première nuit à Oujra, ils se sentirent seuls, incapables d'affronter leur nouvelle existence. Car lorsque chacun se fut écroulé sur sa couche, que le silence de cette nuit-là s'abattit, pesant, troublé seulement par l'aboiement des chiens et quelques brefs cris lointains, Fawaz entendit, pour la première fois depuis bien des années, sa mère, Wadha al-Hamad, pleurer. Sanglots intermittents et étouffés qu'elle cherchait à contenir et à dissimuler. Elle pleurait comme une petite fille, mais elle se cachait. Elle mordait la couverture, enfouissait son visage dans l'oreiller, et pleurait.

Fawaz comprit cette nuit-là qu'ils n'avaient pas seulement quitté Wadi al-Ouyoun, mais que ce qu'ils avaient perdu était irremplaçable, et qu'ils ne s'en remettraient pas. Ils avaient vécu une cassure qui ressemblait à la mort, et rien ni personne ne pouvait leur rendre leur passé. Malgré la colère qu'ils ressentaient envers ce père qui les avait laissés affronter seuls ce malheur, l'écho de ses discours haineux se mêlait aux larmes de leur mère et en devenait plus humain et plus légitime.

Dès cette nuit-là, et pendant longtemps, lui qui avait été très tôt arraché à l'enfance et jeté dans le monde adulte ne dormit plus, taraudé par ses cauchemars. Cette nuit-là et celles qui suivraient seraient hantées par une douloureuse attente.

16

À Oujra, où les caravanes faisaient halte depuis des milliers d'années, et où la route des Sultans convergeait avec bien des pistes avant de s'en écarter, ils se mêlèrent aux autres nomades. Ils y passèrent quatre jours, au cours desquels ils firent provisions de ce dont ils avaient besoin pour repartir et s'installer dans leurs nouveaux foyers à Al-Hadra. Ils payèrent le prix fort et tout leur pécule y passa. Ils découvrirent que les lieux et les gens pouvaient être bien différents. Ici, les marchands parlaient vite, d'un ton sec et cassant. Leurs regards étaient lourds de soupçon. Les efforts déployés par Hadib pour faire baisser le prix de la farine et du sucre, les allées et venues qu'il effectua entre les vendeurs pour comparer les choses et s'assurer de leur valeur, se soldèrent par une résignation proche du désespoir. Il dit à Wadha, après avoir entassé les sacs de farine à l'ombre d'un mur :

— À tout autre moment de l'année, on aurait payé moins cher et on aurait pu acheter plus.

Wadha hocha la tête en signe d'assentiment, et il reprit, plein d'amertume :

— On dit que la religion est affaire de conduite, mais ces marchands ne connaissent que l'argent, c'est ça leur religion !

À l'aube du cinquième jour, ils chargèrent leurs bêtes et s'en furent, dans un silence proche de l'abattement.

La caravane se réduisit lorsqu'ils quittèrent la route des Sultans et obliquèrent vers le nord. Ils s'étaient préparés à un long trajet et comptaient atteindre rapidement Rawda al-Mashta pour se joindre à une caravane dont on disait qu'elle y était arrivée quelques jours plus tôt, et attendait deux ou trois troupeaux de chameaux pour continuer sa route vers Al-Hadra et au-delà.

C'était la première fois que les lieux leur semblaient hostiles et d'une telle cruauté. S'ils avaient repris confiance en retrouvant l'oncle à Oujra et s'en étaient remis à lui pour tout, y compris pour mener la caravane, les visages qu'ils croisaient leur paraissaient durs et fermés, l'eau saumâtre et presque amère, les haltes inhospitalières et invivables. Wadha, qui s'était montrée forte et avait tenu bon entre Wadi al-Ouyoun et Oujra, ressemblait désormais à une vieille chamelle, et posait sur ce qui l'entourait un regard pesant, dénué de toute curiosité. Elle ne souffla mot de tout le trajet, et si son frère lui posait une question, elle se contentait de hocher la tête en signe d'assentiment ou d'ignorance. Quand ils s'asseyaient pour manger, sa main veinée allait lentement du plat à ses lèvres, et elle mâchait chaque bouchée comme si elle ne voulait pas l'avaler ou n'en trouvait pas la force. La plupart du temps, ils finissaient avant elle et s'en allaient en lui laissant sa part. Ils évitaient de la regarder ou de l'encourager à manger davantage, car la seule fois où Radiya, inquiète et presque en colère de voir sa mère abattue et murée dans son silence s'étioler ainsi, l'avait suppliée de prendre des forces, le regard qu'elle lui avait lancé l'avait figée sur place et personne ne s'était plus risqué à la harceler.

Le voyage fut triste et silencieux. Les chameaux avançaient d'un pas monotone, et à peine le soleil levé, la chaleur devint insupportable. Lorsqu'ils firent halte pour ramasser du bois, allumer le feu et manger, les mots qu'ils s'efforcèrent d'échanger n'étaient que le maladroit écho de leurs palabres habituelles. Chacun essayait à sa façon de respecter le silence de la matriarche et de partager le chagrin qui l'habitait. S'ils s'aventuraient à parler, leurs phrases étaient courtes et obscures, parfois incompréhensibles et quasiment inaudibles, finies à peine commencées, et laissaient en chacun un violent sentiment de culpabilité. L'oncle, qui était connu pour sa gouaille, ses chants, ses excès de gaieté ou parfois de colère, traits qu'il avait conservés jusqu'à Oujra, était désormais un autre homme. Ibrahim eut beau lui demander de chanter, de réciter des poèmes ou de leur raconter quelque aventure vécue au cours de ses voyages, il se heurta à son refus, même si Wadha était loin et ne pouvait les entendre.

Ils atteignirent Rawda al-Mashta. La caravane à laquelle ils voulaient se joindre était déjà partie, et il leur fallait donc attendre là des jours, peut-être des semaines, d'autant que la piste vers l'intérieur était peu fréquentée, surtout en été, où rares étaient ceux qui s'y aventuraient.

Comment s'appesantir sur les détails de ce début d'exil, quand la silencieuse Wadha al-Hamad qu'habitait une rare fierté devint, surtout à Rawda al-Mashta, plus folle et plus extrême que Mut'ib al-Hadhal l'avait été?

Fut-elle la proie de la même fièvre que celle qui avait sauvé Mut'ib, lui avait rendu l'estime de ses enfants et l'avait innocenté? Fut-ce cette fièvre qui parla, qui lâcha la bride aux mots? Ses discours ne cessaient de frapper les esprits, parfois plus violents que jamais, et lorsque le mal empira et que la fièvre un soir la terrassa, elle se mit à délirer et à prédire bien des choses, dont on retint le plus intelligible : "Abou Thouwayni, dit-elle, tu es brave et tu es droit... Tu es, où que tu sois, le meilleur des hommes, le fleuron de Wadi al-Ouyoun. Ce que tu as prédit est là ; tu disais vrai et eux ne t'ont pas cru. Tu as disparu, Abou Thouwayni, et Wadi al-Ouyoun n'est plus… N'en restent que l'histoire et la légende… N'oublie pas tes enfants, reviens quand ils auront grandi… Vous serez vainqueurs, et les autres, vaincus et dévorés par les regrets. L'avenir, ce sont nos enfants, tu le sais!"

17

Après deux semaines d'inquiétude, de souffrance et de maladie, ils reprirent leur route vers Al-Hadra. Ce fut un trajet difficile, d'autant plus ardu que le silence était pesant.

Ils étaient en bout de caravane ; Wadha l'avait voulu ainsi. Elle ne souffla mot entre le moment où la fièvre la quitta et leur arrivée à Al-Hadra. Mais chacun de ses regards, chacun de ses gestes était un déluge d'ordres brefs, précis et impératifs. L'oncle courait en tous sens comme un grand gamin, anxieux de prévenir ses désirs ou peut-être d'apaiser son cœur.

Elle avait été gravement malade plusieurs jours durant, et chacun avait pensé qu'elle finirait là, à Rawda al-Mashta. Elle ne mangeait plus, ne buvait plus, et avait sombré dans un univers de fièvre et de délire. Les regards perplexes de Hadib trahissaient ses pensées. Il avait failli annuler leur départ et retourner à Oujra, d'autant qu'aucune caravane ne s'annonçait. Là, il aurait pu réfléchir à une solution, et prendre les mesures nécessaires. Mais subitement, Wadha se rétablit, recouvra sa lucidité et ses forces. Une petite caravane qui cheminait vers Al-Hadra fit halte à Rawda, et cela changea tout. Wadha triompha de son mal, peut-être parce qu'elle ne voulait pas mourir là. En peu de mots, sans discuter, elle donna son accord et hocha la tête lorsque Hadib parla de repartir. Ils firent les préparatifs nécessaires pour se joindre à la misérable cohorte, et s'en furent.

La modeste caravane, qui comptait trois chameliers, leurs troupeaux, et les deux familles de Soulayyim al-Hazza' et Mut'ib al-Hadhal, prévoyait d'atteindre Al-Hadra en cinq jours.

Lorsqu'ils s'en approchèrent, on envoya Fawaz et un des chameliers prévenir de leur arrivée. Trois hommes des Atoum, parents de Mut'ib, vinrent les accueillir et les aider. Deux d'entre eux, qui connaissaient bien Mut'ib pour avoir séjourné quelque temps à Wadi al-Ouyoun un ou deux ans auparavant, s'étonnèrent de son absence. Mais dès qu'ils demandèrent où les autres l'avaient laissé et s'il les rejoindrait bientôt, dès la question posée alors qu'ils faisaient halte au puits oriental d'Al-Hadra, Wadha se transforma. Ils découvrirent que le silence où elle se murait depuis Wadi al-Ouyoun, reflet de sa tristesse ou de sa volonté, était désormais d'une autre nature, plus grand que son chagrin, plus fort que le vouloir et l'opiniâtreté.

À peine Soulayman al-Hadib, un des oncles de Mut'ib, s'enquit-il de leur voyage, en promenant son regard sur le modeste et morose équipage, et demanda-t-il où et quand ils avaient quitté Mut'ib, que les larmes de Wadha jaillirent. Cette réaction, surtout de la part d'une femme forte et expérimentée, décontenança Soulayman, qui, alarmé, considéra avec attention la triste assemblée. Ses yeux s'arrêtèrent sur Hadib, le pressant de répondre, mais le regard gêné du garçon, ses propos confus, vinrent ajouter à sa perplexité.

— Mes amis, dit-il, tout le monde sait qu'ici-bas, il n'y a que la vie et la mort. Alors dites-moi, Mut'ib est-il vivant ou mort?

Hadib répondit d'une voix étranglée :

— Ne t'en fais pas, Soulayman, Mut'ib est vivant.

Soulayman regarda tour à tour Hadib et Wadha, et reprit d'un ton dur :

— C'est vrai, Oum Thouwayni?

Elle hocha la tête en signe d'assentiment, confirmant les dires de son frère, mais Soulayman, peu convaincu, sentit que quelque chose dans cette histoire lui échappait.

— Eh bien, si l'homme est vivant, inutile de pleurer! s'écria-t-il.

Comme Wadha hochait de nouveau la tête, Soulayman lui lança, abrupt :

— Et toi, Oum Thouwayni, tu as retrouvé les tiens…

Elle acquiesça, et l'homme, perdant patience devant tant de mystère, éluda :

— Dieu bénisse tes parents…

Les larmes de Wadha jaillirent de plus belle.

Ce matin-là – était-ce une fin d'été ou un début d'automne? – au puits de Masbala, à une courte distance d'Al-Hadra, en ce jour lointain et semblable à nul autre, les hommes venus gaiement accueillir la famille de Mut'ib scrutaient les visages de cette tribu surgie d'un lieu distant, et dont on ne savait si le chef, Mut'ib al-Hadhal, était vivant ou mort, toute allusion à ce sujet provoquant confusion et pleurs. Quels chagrins et quels doutes pesaient-ils sur les cœurs et les âmes, et les mettaient dans cet état? Et pourquoi la situation semblait-elle à la fois si risible et confuse?

Chacun s'interrogeait. Du tréfonds de sa tristesse, Wadha tenta une fois encore de s'exprimer, d'expliquer, de dire quelque chose, mais les sons qui sortirent de sa gorge ressemblaient à des piaulements d'animaux, des cris plaintifs, un fracas de vaisselle brisée, l'écho d'une voix dans une vallée étroite.

Elle tenta de parler, comme une chatte qui s'étrangle. Comme un jeune enfant. Elle s'interrompit un long moment.

139

Fit appel à toute sa volonté. Rassembla les mots dans sa gorge pour mieux les en expulser. Changea plusieurs fois de posture. Soulayman al-Hadib promenait son regard sur la misérable cohorte, un léger sourire aux lèvres, reflet de son empathie envers la famille de Mut'ib et Wadha dans laquelle il se reconnaissait, ce sang qui était le sien depuis des générations, cette branche d'une tribu qui avait parcouru tous les horizons et s'était égarée d'un désert à l'autre. Il songeait que rien ne pouvait altérer l'immuable, que ceux qui avaient bu à l'eau de Wadi al-Ouyoun, d'Al-Hadra et d'autres sources, où qu'elles soient, portaient en eux une eau secrète, l'eau des Atoum, celle qui avait permis à tous ces ruisseaux de couler, de se perdre, et de rejaillir, et que la vie en ce désert, si diverse et changeante fût-elle, devait bien un jour s'achever en un endroit précis, pour une raison précise, comme la mort.

Dans cette atmosphère saturée de tristesse, de chaleur et d'attente, devant ces larmes qui avaient jailli brusquement, Radiya et Da'ija s'approchèrent de leur mère avec sollicitude, et Wadha se prit le visage dans les mains, un visage dur, presque exaspéré. Lorsqu'elle tenta à nouveau de parler, d'articuler, elle s'aperçut, comme chacun autour d'elle, qu'elle était incapable de prononcer un mot, que les sons qu'elle avait acquis en plus de cinquante ans l'avaient désertée à jamais. Elle avait perdu la parole, oublié les expressions et les sonorités que les autres connaissaient, et elle avait sombré dans le silence.

*

Les premiers jours, les vieilles femmes qui entouraient Wadha al-Hamad déclarèrent que la fièvre avait noué sa langue, que c'était un mal passager dont elle se remettrait bientôt. Un mois plus tard, elles prétendirent qu'un mauvais génie issu de l'eau de Rawda al-Mashta avait investi son corps, entre le ventre et la poitrine, mais qu'il disparaîtrait à la fin de l'hiver pour retourner se tapir près de la source et y attendre les nouvelles caravanes. Mais l'année passa, le printemps succéda à l'hiver, et comme l'état de Wadha ne s'améliorait pas, l'épouse de Soulayman al-Hadib décréta que c'était à la fois la tristesse et la peur qui la rendaient muette, et qu'elle ne se remettrait que lorsque Mut'ib reviendrait, ou qu'une catastrophe plus terrible encore que sa disparition les frapperait. Et elle n'en dit pas davantage.

Les femmes qui entouraient Wadha n'entendaient que des bribes de ce qui se disait. Et ces bribes provoquaient l'effroi et la perplexité. Elle, Wadha, entendait tout, et ne sentait grandir en elle que le sarcasme et l'amertume. Elle regardait les visages des vieilles, écoutait leurs commentaires, ne perdait rien de ce qui se passait. Mais lui proposait-on quelque remède, elle refusait en secouant la tête, n'hésitait pas à se lever avec humeur et à s'éloigner dans le désert, plantant là celles qui étaient venues l'aider.

Najma al-Mithqal, la voyante d'Al-Hadra et des alentours, affirmait à qui voulait l'entendre que Mut'ib reviendrait, qu'il arpentait le désert et errait d'un endroit à l'autre, qu'il dormait loin d'ici, quelque part près de la mer, et qu'il agirait ainsi pendant des années, mais qu'il finirait par revenir, et que ce retour serait comme le simoun, un vent brûlant et violent auquel rien ni personne ne résisterait.

Ainsi parlait Najma al-Mithqal, bien qu'on n'ait aucune nouvelle de Mut'ib, que chacun ait fait une croix sur son retour, et que les gens d'Al-Hadra et d'ailleurs ne posent plus de questions. Qu'attendaient donc les siens? Qu'allaient-ils faire? Après avoir patienté quelque temps, Hadib s'en était allé, au cœur de l'été, bien que tous eussent tenté de l'en décourager, sauf Wadha, qui avait hoché vigoureusement la tête en signe d'assentiment. Reviendrait-il bientôt? Était-il à jamais parti comme Mut'ib, ou s'absenterait-il de longues années comme les gens d'ici le faisaient? Sha'lan était-il encore à Wadi al-Ouyoun, ou s'était-il lancé à la recherche de son père? Ibn al-Rashid continuait-il de proférer les mêmes sarcasmes, ou avait-il enfin trouvé moyen de se venger de Mut'ib et de ses descendants?

C'était à Fawaz, l'aîné des fils de Mut'ib, d'écouter, de réfléchir, puis de décider du sort des siens. Il interprétait les regards et les gestes de sa mère, lisait le chagrin dans ses yeux, et ne savait que faire.

La sollicitude de ceux qui les avaient accueillis s'était muée en commisération lorsqu'ils avaient su ce qu'il était advenu de Wadi al-Ouyoun. Ils considéraient ces pauvres gens avec une sympathie mêlée de tristesse et de perplexité, et songeaient que les plus jeunes enfants de Mut'ib ne pouvaient que manger, boire et attendre, et qu'il arriverait sans doute quelque chose. S'ils avaient accepté le silence de Wadha, son chagrin les déroutait, et ils ne s'expliquaient pas les atermoiements méfiants des aînés, en particulier de Fawaz, qu'ils lorgnaient avec un étonnement consterné.

18

Sha'lan resta à Wadi al-Ouyoun. Nul ne sut s'il le fit pour toucher l'indemnité ou pour se faire employer par la compagnie, comme l'avait promis Ibn al-Rashid en espérant amadouer la famille de Mut'ib. Car les deux choses se mêlèrent tant et si bien que, lorsqu'on l'interrogea quelques années plus tard, Sha'lan lui-même ne se rappelait plus, du subside ou de l'emploi, lequel avait précédé l'autre. Mais puisqu'il demeurait dans ce *wadi* qui, hormis le nom, n'avait plus rien à voir avec le *wadi* d'autrefois, il dut, après la disparition de son père, fonder une nouvelle tribu pour remplacer la précédente. Chacune emprunta une voie différente. Celle que fonda Sha'lan naquit elle aussi à Wadi al-Ouyoun, mais elle grandit et s'épanouit au point d'exister encore, et étendit partout ses ramifications, à sa manière. Elle évolua dans l'orbite d'un astre, un de ceux qui exercent leur attraction sur toutes choses, aussi lointaines soient-elles, et à l'ordre implacable desquels on ne peut échapper. Cette nouvelle tribu fut la branche maudite de Mut'ib al-Hadhal, des Atoum, et de la vie qui avait été.

Sha'lan s'enracina dans le sable de Wadi al-Ouyoun, non comme l'avaient fait jusque-là les palmiers, mais comme les colonnes en métal qui y germaient un peu partout. En un rien de temps, il se transforma, se métamorphosa, et Sha'lan

Ibn Mut'ib devint Sha'lan-de-la-compagnie, ou Sha'lan-l'Américain, surnoms qui le distinguaient de Sha'lan Abou al-Tabikh, le responsable de l'approvisionnement du *wadi*, et de Sha'lan le Borgne, le garde de l'entrée secondaire du camp. Et le Sha'lan de Mut'ib apprit l'anglais plus vite et bien mieux que les autres! Beaucoup s'amusèrent de ces surnoms, y virent une malice passagère et pensèrent qu'ils disparaîtraient comme ils étaient nés. Mais les jours s'écoulèrent, Sha'lan continua d'écumer la région pour le compte de la compagnie, et le nom d'al-Hadhal disparut peu à peu au profit des nouveaux, et ne resurgit plus que pour les affaires officielles. Et si ces surnoms suscitaient l'étonnement de ceux qui les entendaient pour la première fois, et parfois même celui de Sha'lan, de ses enfants ou de ses proches, notre homme s'y habitua bientôt comme tout le monde, et ne s'en vexa plus que lorsqu'on s'en servait pour le provoquer ou le railler.

Comment êtres et lieux peuvent-ils se transformer au point de se défaire de leur nature première, et comment l'homme peut-il s'adapter à d'autres choses et d'autres horizons sans y perdre une part de son âme?

À peine le message de Sha'lan atteignit-il Al-Hadra, message par lequel il invitait Fawaz à le rejoindre à Wadi al-Ouyoun, avec ceux des leurs qui le désiraient, parce que la compagnie s'engageait à les embaucher, qu'une tornade explosa dans le crâne de deux des Atoum et les emplit d'un irrésistible élan.

Fawaz, qui venait de passer un an et plusieurs mois à Al-Hadra, entendit aussitôt résonner à son oreille un vieux mot familier : "Voyage." Et à imaginer Wadi al-Ouyoun, il se trouva bientôt incapable d'attendre. Il s'organisa rapidement et décida de partir avec la première caravane. Souwaylih, le second fils de Soulayman al-Hadib, n'hésita pas non plus, et fut vite prêt à le suivre. Mais Wadha avait donné son accord plus vite qu'on ne s'y attendait, et elle supplia Soulayman d'avoir pitié de son enfant qui "disparaîtrait sans doute comme son père avait disparu". L'homme tenta alors de retenir Fawaz, lui demanda de laisser partir Souwaylih en éclaireur et d'attendre qu'il lui fasse signe s'il y avait du travail pour deux, mais devant l'entêtement presque rebelle de Fawaz, il voulut en quelque sorte montrer l'exemple, au sein d'une famille qui se désintégrait peu à peu, et il capitula. Ainsi les deux jeunes gens se préparèrent-ils à partir, en jurant qu'ils reviendraient le plus rapidement possible, et en promettant à Soulayman, qui insista sur ce point, de ne pas s'aventurer au-delà de Wadi al-Ouyoun.

Lorsqu'ils atteignirent le *wadi*, Fawaz eut l'impression de n'y avoir jamais vécu. Il n'avait plus rien de commun avec l'oasis qu'il avait quittée. Il ne restait plus trace de rien. La brise humide et rafraîchissante dont ils jouissaient d'ordinaire à cette époque de l'année soufflait en bourrasques brûlantes tout au long du jour, et vous glaçait les os dans les dernières heures de la nuit. Les hommes rassemblés là, dans les baraques ou les tentes, formaient un étrange amalgame, et ne ressemblaient à aucun de ceux qu'il avait côtoyés. Même les caravaniers qu'il avait croisés à Oujra lors de ses voyages précédents, et qui l'avaient alors étonné et décontenancé, lui semblaient par comparaison familiers. Il découvrait à Wadi al-Ouyoun des créatures bizarres et antipathiques, silencieuses, et qui exsudaient la tristesse. Chaque ouvrier lui semblait un oiseau posé là par hasard, égaré, incapable de s'adapter ou de reprendre son vol.

Dans les premières heures de son arrivée, Fawaz avait failli repartir. Il avait attendu comme un chien, près des fils barbelés, le retour de Sha'lan, parti Dieu savait où, et on lui avait ordonné, ainsi qu'à ceux qui l'avaient rejoint, de se tenir loin de l'entrée du camp, sans explication, sans un regard ni une lueur de sympathie. On les avait repoussés plus d'une fois quand ils s'étaient approchés, et là où ils étaient, le sable les cinglait et la poussière les recouvrait chaque fois que les monstrueux engins entraient et sortaient.

Des heures de torture et d'agonie, bien pires que toute la fatigue du voyage. Non, ce voyage-là ne ressemblait pas au premier. Même l'eau de Rawda al-Mithqal lui avait semblé plus douce, et les gens plus enclins à parler. Là, au fil de ces heures immobiles, de midi au coucher du soleil, il comprit que le *wadi* qu'il avait connu, où il avait passé tant d'années, ce *wadi* qui accueillait les caravanes, les bergers et les vols d'oiseaux, n'était plus. Le Sha'lan qui revint au crépuscule lui parut d'étrange allure dans son accoutrement. Le duvet noir qui assombrissait sa lèvre supérieure avait foncé pour ressembler à une moustache épaisse, et sa barbe hirsute paraissait d'autant plus clairsemée que son visage était maculé de poussière et de taches d'huile. Il en était cocasse, sous le bol en fer-blanc qu'il avait posé sur sa tête.

À l'extérieur du camp, ils s'étreignirent, se racontèrent, se turent. Puis Sha'lan l'introduisit, non sans difficultés, et grâce aux bonnes relations qu'il entretenait avec le garde, dans la tente qu'il partageait avec d'autres. Il joua de son charme et de son humour, en sus de quelques facéties diaboliques, planta l'écuelle en métal sur le crâne de Souwaylih, par-dessus sa coiffe de Bédouin, et dans un concert de cris et de rires, ils pénétrèrent ensemble dans la vaste tente.

Là, des hommes dormaient, préparaient à manger, ou jouaient aux cartes en s'esclaffant. Fawaz les considéra avec un étonnement proche de la stupeur. La tente lui sembla immense, plus grande encore que celle où Ibn al-Rashid et Ibn al-Hadib recevaient leurs hôtes, mais tout à la fois trop petite pour accueillir un autre visiteur. Les hommes leur jetèrent un bref regard inexpressif, bien que Sha'lan eût tenté avec son entrée en fanfare de les tirer de leur torpeur, et qu'il eût murmuré à l'oreille de Fawaz que l'un des trois joueurs était de leur famille. Pas un ne bougea.

Jamais, nulle part, Fawaz ne ressentit autant d'effroi que ce jour-là. Comment et où ces gens dormaient-ils ? Comment mangeaient-ils ? Pourquoi étaient-ils différents des oasiens de Wadi al-Ouyoun, de ceux d'Oujra, d'Al-Mashta ou d'Al-Hadra ? Il lui sembla que chacun d'eux vivait en solitaire, sans relation aucune avec les autres.

Il aurait voulu parler à Sha'lan, mais les mots qu'il avait préparés pendant le voyage, qui décrivaient en détail leur vie depuis leur départ du *wadi*, lui étaient sortis de la tête. Il ne trouvait plus en lui le courage ni le désir de bavarder. Il sourit plusieurs fois lorsque leurs regards se croisèrent, mais quand Sha'lan lui demanda des nouvelles de sa mère et de ses frères, et voulut savoir si Al-Hadra ressemblait à Wadi al-Ouyoun, les réponses de Fawaz se firent hésitantes et confuses. Lorsqu'il évoqua Mut'ib al-Hadhal, Fawaz répondit qu'on ne savait rien de lui depuis qu'ils avaient quitté le *wadi*. Il brûlait d'en parler à Sha'lan, et aurait voulu être ailleurs, seul avec lui.

— Venez, on va se laver les mains et préparer à manger, dit Sha'lan pour détendre l'atmosphère.

Ils partirent en silence. Approchèrent des réservoirs d'eau. Le sol à cet endroit était glissant, recouvert d'une boue croupissante exhalant une odeur putride. Ils se rincèrent le visage et trouvèrent à l'eau un goût bizarre, un goût de rouille, comme si quelque chose y macérait. Souwaylih demanda si elle était potable, et Sha'lan ayant hoché la tête, il se tourna vers Fawaz et dit tristement :

— L'eau de Wadi al-Ouyoun était meilleure…

— Si ton père était ici, il ne la boirait pas, lança Fawaz, un rien provocateur.

147

Sha'lan lui jeta un regard étonné et amer, ravala sa réplique, et finit par marmonner, comme à part soi :

— Estimons-nous heureux d'avoir de l'eau…

— Tu as des nouvelles du père, Sha'lan ?

Sha'lan se détourna soudain, interpella un homme qui passait non loin des réservoirs, et se mit à l'interroger sur des choses auxquelles ni Fawaz ni Souwaylih ne comprenaient rien. Puis il enchaîna avec enjouement :

— On bavardera plus tard, pour l'instant, il faut préparer à manger !

Et ils allèrent s'y atteler.

19

À la belle étoile, loin du camp, au milieu du désert, ils s'assirent tous trois. Cette nuit-là, la lune était petite et s'était levée tôt, mais aucun d'eux ne s'en souciait. On aurait dit qu'ils avaient peur, qu'ils complotaient ; ils sondaient les environs et tendaient l'oreille, à l'affût de quelque spectre. Ils ne levaient pas la tête, ne sentaient pas le froid qui s'installait, comme obnubilés par la seule évocation du passé de Wadi al-Ouyoun et de son état présent. Pourquoi ces diables d'Américains, soi-disant là pour l'eau, creusaient-ils sans trêve et sans relâche, sans jamais rien trouver ? Pourquoi l'eau de Wadi al-Ouyoun, de Sabha ou des nombreux puits qu'on avait creusés était-elle réinjectée sous terre au lieu d'être distribuée ? Serait-ce qu'une armée de génies assoiffés, tapie là sous leurs pieds, réclamait à boire jour et nuit ? Les étrangers venus les abreuver étaient-ils seuls à les entendre ? Peut-être que des démons brûlaient sous terre, que les Américains voulaient éteindre l'incendie et, pour ce faire, les arrosaient ? Existait-il sous eux un autre monde, avec des champs, des arbres, des hommes, qui avaient besoin d'eau et réclamaient leur part ?

Les trois jeunes gens réfléchissaient, s'interrogeaient, se posaient des questions qu'ils savaient sans réponse, des questions qui se multipliaient et décuplaient leur angoisse et leur trouble. Sha'lan avait beau se dire le plus averti et le plus sage, il était aussi le plus alarmé. Sa frayeur était née brusquement, quelques semaines plus tôt, lorsque son père était réapparu. L'homme surgissait aux quatre coins du camp pendant la nuit. Ce n'était pas un racontar, il l'avait vu. Il ne pouvait confier ce secret à personne et il l'avait enfoui en lui. Depuis lors, il le guettait et attendait.

La première fois, il l'avait aperçu près de l'entrée du camp, mais à peine s'était-il élancé vers lui qu'il avait disparu sur sa chamelle. Il l'avait appelé, mais il s'était enfui. Il l'avait revu par la suite, sans jamais pouvoir le rattraper. Il disparaissait au galop. Voilà pourquoi il avait peur, si peur qu'il ne pouvait plus se taire. Son père errait aux abords du camp et parfois y entrait. Il en était sûr. Il n'en avait jamais douté. Il reconnaissait la silhouette de Mut'ib, sa démarche, et surtout sa façon de se baisser ou de courir. La chamelle était bien la sienne, une chamelle blanche d'Oman, on ne pouvait s'y méprendre.

Il l'avait vu la première fois près de l'entrée du camp, et avait décidé de se poster à la même heure au même endroit. Mais Mut'ib n'était pas venu. Quelques jours plus tard, il l'avait revu près des réservoirs d'eau, tard dans la nuit. Il était en pleine lumière, son visage éclairé et ses mouvements distincts, et de sa gorge montaient des cris joyeux, comme un hennissement. Mais dès que Sha'lan s'était approché et n'avait plus été qu'à une courte distance, la silhouette s'était retournée, s'était relevée à la hâte, et s'était évanouie... Il l'avait aperçu ailleurs d'autres fois, près du poste de garde arrière, dans l'ombre de la grande tente, et avait eu la preuve de son passage en retrouvant les traces de sa chamelle.

Dès la première nuit, Sha'lan s'était senti fiévreux, taraudé par sa peur et par son imagination, car il était certain de la présence de son père, et certain de l'avoir vu. Il est vrai qu'il n'avait pas pu lui parler, l'arrêter, ni le questionner, peut-être parce que son père lui en voulait encore. Cependant il ne doutait pas de lui-même et savait qu'il n'avait pas rêvé. Et si son père errait encore autour de Wadi al-Ouyoun, sans vouloir s'en approcher ni parler à quiconque, il pourrait le convaincre, d'une manière ou d'une autre, à un moment ou à un autre, de revenir.

À présent, en ce lieu qu'il avait choisi, il pouvait confier à deux hommes qui lui étaient proches ce qui occupait ses pensées, ce qui le torturait, et demander sans crainte si l'homme qu'il voyait était bien Mut'ib al-Hadhal, son père, ou quelqu'un d'autre. Était-ce oui ou non un fantôme ? Il avait fait revenir son frère, ici, à Wadi al-Ouyoun, parce qu'il brûlait du désir de confirmer ses doutes, de les partager avec un membre de sa famille, et voulait savoir si son père avait resurgi ailleurs, si on en avait des nouvelles, si quelqu'un l'avait vu.

Au-delà de l'ombre épaisse qui les cernait, les voix et les rires des ouvriers du camp leur parvenaient, lointains et entre-coupés, et la lampe-tempête que le garde promenait de temps à autre, pour vaincre sa frayeur et sa solitude plus que toute autre chose, projetait sur le sable une longue tache pâle qui s'étirait mollement jusqu'aux fils barbelés sans rien éclairer.

Sha'lan, qui avait choisi cet endroit précis pour évoquer le djinn de Wadi al-Ouyoun, préparait les deux compères à une éventuelle apparition. Car si son père se montrait, s'il le voyait, même de loin, même indistinctement, lui ou son fantôme, cette fois il ne le laisserait pas fuir. Il l'appellerait, il lui courrait après, il lui crierait que Fawaz était là aussi. L'im-portant était d'agir, d'en avoir le cœur net, et de convaincre les deux autres.

Le regard circulaire que promenait Sha'lan autour de lui finit par intriguer Souwaylih, qui demanda en écarquillant les yeux :

— Tu attends quelqu'un ?

Sha'lan tressaillit, remua la tête sans qu'on sût s'il s'agissait d'un oui ou d'un non, et quand après un long silence il se mit à parler, il semblait délirer :

— Maudite époque… Rien n'est plus pareil à Wadi al-Ouyoun…

— C'était mille fois mieux avant! opina Fawaz avec émotion.

— Si on avait écouté le vieux, l'oasis serait toujours là! Dieu sait ce qui nous a pris… continua Sha'lan sans cesser de scruter l'obscurité.

La lune s'inclina vers l'ouest. Les trois hommes auraient eu bien des choses à se dire, mais l'angoisse de Sha'lan était communicative. En ce lieu hérissé de fils barbelés, ils se sentaient plus étrangers qu'ils n'avaient jamais imaginé l'être un jour quelque part, et dans leur esprit et leur cœur tournoyaient des pensées, des désirs et des peurs insondables.

— Maudit soit le diable qui nous a séparés… fit Sha'lan d'une voix presque désespérée.

Après un court silence, il soupira et reprit :

— Pas de nouvelles du père, Fawaz?

Fawaz le considéra d'un œil triste et inquisiteur. Il lui avait dit tout de suite, dès son arrivée, qu'il n'en avait plus entendu parler avant même de quitter le *wadi*, et que personne n'avait jamais pu les renseigner.

Sha'lan s'entêta :

— Où irait-il? Il peut partir un an ou deux, mais il faudra bien qu'il revienne.

— Patience, les gars, il sait ce qu'il fait, il reviendra, c'est sûr, dit Souwaylih, ému par le chagrin des deux frères.

Sha'lan déclara alors tout à trac :

— Avant-hier, je l'ai vu!

La joie brilla soudain dans les yeux des garçons. Fawaz, stupéfait, attendit qu'il poursuive. Mais Sha'lan se détourna comme pour leur échapper, et sans un mot de plus, sans une explication, se retrancha dans son silence. Fawaz bredouilla alors à la hâte, plein d'appréhension :

— Il est revenu quand ? Où est-il ?

Sha'lan se retourna et planta son regard dans le sien :

— C'est son heure, ouvre l'œil et tu le verras !

Ils se retournèrent en tous sens, espérant le voir apparaître, mais rien ne bougeait.

— Où est-il ? Quand l'as-tu quitté ? le pressa Fawaz.

Sha'lan se mit à raconter où et comment il l'avait vu, et comment il disparaissait lorsqu'on l'appelait pour lui parler. L'homme ne voulait pas qu'on l'approche, ni qu'on le dérange. Il errait dans le camp la nuit, à chameau ou à pied, et se lavait les mains et s'abreuvait à l'eau des réservoirs.

Il relata son aventure avec une émotion qui trahissait sa peur, se retournant de temps à autre pour voir si son père était là, et lorsqu'il eut fini, il ajouta, d'un ton presque suppliant :

— Écoutez-moi bien, les gars… S'il vient cette nuit, on le retient, coûte que coûte, et on ne le lâche plus, dût le ciel nous tomber sur la tête !

20

Des semaines d'une attente interminable et angoissée. À ne dormir que comme dorment les loups, sans connaître de repos ni trouver la paix, ni de jour, ni de nuit. Ils attendirent près des réservoirs, près de l'entrée du camp, près des barbelés, près du poste de garde arrière. Ils attendirent du crépuscule à l'aube. Ils attendirent quand la lune fut pleine, quand elle décrut et quand elle disparut. Mut'ib al-Hadhal ne se montra pas !

Même de jour, quand Sha'lan allait travailler – où et à quoi, ils l'ignoraient – et que Fawaz et Souwaylih restaient avec les ouvriers de l'équipe de nuit, Fawaz s'entêtait à explorer soigneusement le camp. Il scrutait les visages, fouillait avec soin les recoins obscurs près des tentes ou des baraques en bois en espérant l'y apercevoir, mais en vain.

Une fois, alors qu'ils venaient de finir de manger et s'étaient étendus sur le sable, Sha'lan poussa un cri étranglé :

— C'est lui… c'est lui… regardez… regardez bien !

Ils se tournèrent vers l'endroit qu'il indiquait, le souffle court et la langue nouée par la peur. Ils affûtèrent leur regard. L'ombre du crépuscule, une ombre légère, venait de tomber, on n'y voyait plus grand-chose, et si les silhouettes étaient encore nettes, les traits s'effaçaient dans l'obscurité. Ils regardèrent avec attention, suivirent des yeux le doigt pointé de

Sha'lan, sondèrent son visage où se mêlaient la surprise et l'effroi. Celui-ci secoua deux ou trois fois la tête comme s'il secouait un voile qui l'aveuglait. Il saisit l'avant-bras de Fawaz et le serra violemment en sifflant entre ses dents :

— Il est parti par là… sur sa chamelle, aussi vif qu'un oiseau…

Ses traits s'assombrirent à en devenir charbonneux. Il considéra les deux autres avec souffrance et colère. Il aurait voulu qu'ils se retournent plus vite, qu'ils soient plus attentifs.

Quand ils regardèrent de nouveau l'endroit qu'il indiquait, deux silhouettes marchaient au loin et se dirigeaient vers la sortie du camp. Elles venaient de quitter la tente devant eux et se dessinaient clairement. Sha'lan se serait-il mépris ou aurait-il vu un fantôme ? Pouvait-on se déplacer à cette vitesse et sans être vu ?

Ils se turent un moment, qui leur sembla long et pesant. Le silence tendait un dais d'acier au-dessus de leurs têtes et la brise nocturne, aux senteurs humides, annonçait peut-être la pluie. Sha'lan expliqua :

— Il était plus loin et plus rapide que toutes les autres fois…

— J'ai peur que tu te sois trompé, cousin, avança Souwaylih.

Sha'lan le regarda, blessé, l'œil plein d'une muette supplication. Il aurait voulu le croire et se laisser convaincre. Il s'approcha de Fawaz et planta ses yeux tristes dans les siens. Ils semblaient lui dire : "Et toi… tu l'as vu comme moi ?" Fawaz demeura silencieux, soudain pris de frayeur. Sha'lan se releva, désespéré, et se dirigea vers la tente.

Fawaz et Souwaylih restèrent un long moment où ils étaient, muets comme des pierres, aussi inertes qu'une eau stagnante, sans savoir que faire. Ils n'avaient aucune envie de parler, ni de bouger. Fawaz était persuadé que Sha'lan avait vu quelque chose, un spectre, un fantôme, ou peut-être son père, mais Souwaylih en était moins sûr – il en doutait même tout à fait!

Il murmura, comme à part soi :

— On dirait que Sha'lan meurt de trouille…

Puis, après une courte pause :

— Peut-être qu'il est malade?

— Il va parfaitement bien! rétorqua durement Fawaz.

Et en se relevant, comme perdant espoir :

— Il faudrait qu'on le voie.

Cette nuit-là, la nuit précédente, la nuit suivante, et pendant plus de deux semaines, ils ne connurent ni le sommeil, ni le goût du repos. Bien sûr, Souwaylih était avec eux, près d'eux, mais pour les deux frères, les fils de Mut'ib al-Hadhal, les enjeux étaient différents ; ce qu'ils vivaient était unique.

Souwaylih en parla-t-il? Ébruita-t-il l'affaire d'une manière ou d'une autre?

Sans doute, car deux jours à peine s'étaient écoulés qu'Ibn al-Rashid arrivait. Quand il les aperçut dans un coin de la tente, au coucher du soleil, il prit l'air si surpris que tous ceux qui étaient présents tendirent l'oreille :

— Alors… dit-il d'un ton railleur. On n'en a pas fini de Mut'ib al-Hadhal et de ses sottises?

Comme Sha'lan, interloqué, lui jetait un regard hostile, il poursuivit en désignant Fawaz :

— Toi… tu es le fils de qui?

Sha'lan l'interrompit d'un ton cassant :

— On dirait que tu perds la mémoire, Abou Muhammad…

L'homme dévisagea de nouveau Fawaz et secoua la tête.

— Les fils de Mut'ib al-Hadhal sont loin d'être sots, continua Sha'lan.

Ibn al-Rashid se sentit agressé et éclata de rire pour dissimuler sa gêne.

— Et sache que Mut'ib al-Hadhal a du répondant... insista le garçon.

Ibn al-Rashid se détourna et s'adressa à un homme qui suivait la conversation avec attention :

— Les bons comptes font les bons amis!

— Si nous sommes en comptes, Ibn al-Rashid, réglons-les, c'est bien volontiers, nous sommes prêts! s'impatienta Sha'lan.

Ibn al-Rashid se dirigea vers lui avec un rire tonitruant, puis, lorsqu'il fut calmé, d'un ton qu'il voulut apaisant :

— Allons, neveu, les Atoum sont un peu spéciaux, c'est bien connu...

Il avait dit ces mots en promenant son regard d'un visage à l'autre. Le silence était tombé ; l'assemblée retenait son souffle.

— De quoi parles-tu, Abou Muhammad? demanda Sha'lan, furibond.

Ibn al-Rashid s'esclaffa :

— De vos excès, et des colères qu'un seul mot peut provoquer en vous!

Il s'assit près d'eux et, d'un ton paternel :

— Dieu garde votre père, Sha'lan... On lui a dit d'être patient, il a refusé, on lui a dit qu'un bienfait n'est jamais perdu, il n'a rien voulu savoir, on lui a dit que c'était comme ça un jour, et autrement le lendemain, il a fait le sourd... et il est parti...

Il s'interrompit. Il sentait qu'il s'égarait.

— Les Atoum ne voient les choses que d'une façon, reprit-il. Ils ne font pas la différence entre ce qui les sert et ce qui les dessert, ni entre l'ami et l'ennemi.

— Si Mut'ib et toi avez quelque chose à régler, rétorqua Sha'lan exaspéré, parlez-en quand il reviendra.

— Rien de tel, mon enfant, et s'il revient, nous parlerons, ne t'en fais pas.

Ils attendirent des jours. Des jours d'angoisse. Que Mut'ib al-Hadhal revienne. Qu'on leur donne du travail. Mut'ib ne réapparut pas. Sha'lan ne le revit pas, et dès le lendemain de cette fameuse nuit et les jours suivants, il se terra dans un silence quasi morbide. Puis peu à peu il se remit, bien qu'il continuât de souffrir d'insomnie et ne dormît jamais que d'un sommeil léger. Fawaz, lui, ne se départit pas de sa peur, resta sur le qui-vive, à l'affût du moindre mouvement, du moindre bruit, lui aussi incapable de dormir d'une traite. Sha'lan allait souvent errer dans le désert la nuit, pour attendre ou chercher son père, et Fawaz se tournait et se retournait sur sa couche pour lui montrer, d'une manière ou d'une autre, qu'il ne dormait pas, qu'il était prêt à l'accompagner dans ses mystérieuses randonnées, mais qu'il hésitait à le lui avouer, à le lui faire sentir, et qu'il n'aborderait plus ouvertement le sujet, pour éviter peut-être tout malentendu.

Au bout de deux semaines, Ibn al-Rashid réapparut, effectua une rapide tournée dans le camp, et avant de repartir annonça à Fawaz et Souwaylih que la compagnie refusait de les embaucher et qu'ils devaient s'en aller. Il semblait pressé, comme si quelque chose d'important l'attendait. Il déclara que Fawaz était trop jeune, qu'il devrait patienter un an ou deux avant de se représenter, et que Souwaylih ne faisait pas l'affaire à cause de ses yeux. Il parla d'un trait, puis leur tourna le dos et s'en fut.

Lorsque Sha'lan rentra et qu'on lui rapporta les faits, il secoua la tête et les mots se frayèrent péniblement un passage entre ses lèvres :

— Je le savais…

Il cracha par terre et ajouta :

— Mais c'est Dieu qui décide, pas Ibn al-Rashid…

Il les considéra tristement, comme s'il s'excusait, secoua de nouveau la tête à plusieurs reprises et reprit à part soi :

— Quand je lui ai parlé de vous, il m'a dit : "Les gens du *wadi* passent avant tout le monde"…

Il détourna les yeux et marmonna, sarcastique :

— Mais il y a quelques jours, un de ses gars m'a prévenu : "Ibn al-Rashid raconte à qui veut l'entendre qu'un Atoum lui a déjà fait du tort, que Sha'lan lui gâche la vie et que ça suffit comme ça !"

Le silence tomba.

Cette nuit-là, avec une secrète hâte, Fawaz et Souwaylih quittèrent Wadi al-Ouyoun pour regagner Oujra et, de là, Al-Hadra.

21

La malédiction de l'eau de Rawda al-Mashta frappait-elle un autre des Hadhal, ou une force mystérieuse et secrète, cruelle et féroce, les poursuivait-elle un à un pour les anéantir et ne laisser d'eux nulle trace ?

Après avoir quitté Wadi al-Ouyoun, où ils avaient passé deux semaines avec Sha'lan, ils durent rester dix jours à Rawda al-Mashta avant de pouvoir repartir. Là, trois jours après leur arrivée, le monde sombra dans le chaos. En quelques heures, il ne fut pas une seule goutte d'eau dans le ciel ni ailleurs, de Wadi al-Jinah à Al-Dali', qui ne tombât à Rawda al-Mashta. Des torrents d'eau venus d'on ne sait où gonflèrent les oueds, et le village se rencogna, dans l'expectative, à la fois plein d'effroi et de joie. Les gens incrédules regardaient le ciel et la pluie qui tombait à verse comme jamais, mais leurs yeux revenaient vite se poser sur l'oued qui roulait des eaux bouillonnantes et grossissait à tout instant. Les enfants près des vieux, les femmes à quelques pas derrière, époustouflés. Les vieux étaient les plus heureux. Leur visage marqué par les ans, creusés par les rides et les souvenirs, voyait enfin un spectacle inédit ; leurs voix épousaient les gestes de leurs mains, les mouvements de leur corps, comme si une vie nouvelle s'infiltrait en eux avec chaque goutte d'eau, chaque vague qui grondait dans la vallée.

Comment oublier ces heures, ces jours lumineux et festifs ? Effacer ces voix semblables à d'étranges et brusques suppliques, à des chants peut-être, qui jaillissaient en rugissant de la bouche du fleuve ou des outres qui se déversaient du ciel ? Ces voix qu'on entendait, celles des vieux et des enfants surtout, cette mélodie qui ressemblait aux sifflements du vent, étaient-elles humaines, tombaient-elles du ciel, ou jaillissaient-elles des profondeurs de l'eau ? "Il n'y a de dieu que Dieu ! Il n'y a de dieu que Dieu !" Ce cri fusait de toute part, suscitait l'effroi, la peur, les tremblements. Les petits, impressionnés, trouvaient dans le comportement et les prières des adultes une réponse rapide et claire à leurs questions, et leurs gestes se faisaient craintifs et prudents. Les femmes, qui dans un premier temps s'étaient tenues à l'écart, se rapprochèrent peu à peu, mêlèrent leurs corps aux corps des hommes, pour voir de plus près les eaux puissantes et rugissantes de l'oued, et jouir de la joie et de l'enthousiasme ambiants. Leurs cris pareils à des hymnes ou des chants jaillissaient sans crainte et sans retenue.

Ce souvenir aurait pu s'estomper et disparaître, si Mut'ib al-Hadhal n'avait alors surgi.

La pluie saturait ciel et terre. L'étroit oued à l'orée de Rawda al-Mashta bondissait follement, et les gens regardaient, debout, ébahis.

Au moment crucial, lorsque les vagues déferlèrent avec violence hors du goulet et que les hommes, effrayés, reculèrent instinctivement et exhortèrent la foule à s'éloigner, à ce moment-là, alors que grands et petits répétaient d'une seule voix "Il n'y a de dieu que Dieu… Il n'y a de dieu que Dieu…", à ce moment précis, dans le feu d'un éclair qui déchira le ciel et les glaça d'effroi, Mut'ib al-Hadhal apparut. Grand et pâle, presque blanc, il pointait sur eux sa cravache de chamelier. Sa silhouette se détachait, si précise et nette qu'elle semblait être tout près, non pas sur la rive opposée, mais comme flottant sur l'eau. Sa voix résonna, puissante, et domina les roulements du tonnerre, les bouillonnements de l'oued, et les cris de femmes et d'enfants.

Il harangua le petit peuple de Rawda al-Mashta rassemblé là : "Ne craignez rien… n'ayez pas peur de ce que vous voyez!"

Comme le silence régnait et que les gens effarés attendaient, sa voix résonna de nouveau : "C'en est fini de la prospérité!"

Il recula légèrement, se campa sur l'autre rive, frappa le sol de son *debbous**, promena sur la foule un regard furieux, secoua la tête à trois reprises et, avant de se détourner, rugit une fois encore : "Vous allez connaître la peur!"

Les gens refluèrent, effrayés par le courant impétueux, et lorsqu'une énorme vague gronda dans les gorges de l'oued avec la puissance d'un chameau enragé, Fawaz bondit, s'élança comme une flèche, partit comme un coup de feu, pour tenter d'atteindre son père.

Mut'ib avait regardé Fawaz. En s'adressant à la foule, en reculant de quelques pas et en frappant le sol de son *debbous*. Il l'avait regardé et n'avait pas souri une fois. Il semblait en colère, et cette colère, Fawaz la redoutait. Il aurait voulu que son père l'approuve, qu'il le prenne sous son manteau. Il aurait voulu agripper son *debbous*, le secouer et lui dire : "Après ton départ, père, on a quitté Wadi al-Ouyoun, c'est eux qui nous y ont forcés. Sha'lan est le seul à être resté. Nous sommes allés à Al-Hadra. Tu connais ce village et ses gens… Ma mère ne parle plus depuis que tu es parti, père, elle ne parle plus, et nous, nous tous, on en est malades, on a attendu ton retour, on se disait tous les jours : « C'est aujourd'hui! » Nous n'avons pas dormi une nuit comme dorment les autres

---

* Cravache de chamelier.

gens… Et toi, père, pourquoi n'es-tu pas revenu ? Pourquoi ?
Tu ne nous aimes donc pas ? Tu ne veux pas nous revoir ? Qui
a provoqué ta colère ? Si les grands ont fauté, nous, les petits,
qu'avons-nous fait ? J'ai grandi, père. Je suis plus mûr que
jamais. J'étais avec Sha'lan, père. On t'a attendu à Wadi al-
Ouyoun. Près des réservoirs… et des barbelés…"

Il aurait voulu dire encore bien d'autres choses, mais les
mots cinglants de Mut'ib, son visage aux traits durcis, la
peur et le mouvement de recul de la foule, et les voix qui
rugirent lorsque l'obscurité tomba soudain, affolèrent Fawaz
et nouèrent sa langue.

Pourtant, quand Mut'ib recula sur l'autre rive, quand il
s'éloigna de quelques pas, Fawaz sentit un élan le fouailler,
et sans Souwaylih, sans les trois qui se tenaient à ses côtés,
il se serait jeté dans l'oued pour rejoindre son père. Mais à
peine s'élançait-il, à peine hurlait-il : "Père ! Père… !" que
Souwaylih le retint, l'entrava comme un chameau, le freina
comme un pur-sang. Il tenta de leur échapper, s'égosilla, se
débattit, jura, essaya de nouveau de fuir, de desserrer l'étau
des poignes puissantes, mais Souwaylih le plaqua brusquement à terre et s'assit sur sa poitrine.

Mut'ib leur était apparu. D'abord dans l'oued, puis, après
avoir dit ce qu'il avait à dire et harangué la foule d'une voix
plus puissante que celle d'un muezzin, il avait reculé de quelques pas, mais ses traits étaient restés nets et précis et son
regard perçant avait balayé l'assemblée. Il avait frappé le sol
de son *debbous*, et le son avait résonné haut et clair ; Fawaz
en avait perçu l'écho, il avait senti la pointe de la cravache
s'enfoncer dans ses côtes. Quand Souwaylih l'avait coincé
comme un mouton, tournant sa tête comme s'il le préparait au sacrifice, ses yeux avaient croisé ceux de son père. Il
en était certain. Son regard était plus amène cette fois ; il
avait souri faiblement. Fawaz avait voulu fuir en s'élançant

de nouveau, mais Souwaylih avait agrippé son pied et l'avait fait trébucher, sa tête avait heurté le sol, il n'avait plus rien vu, plus rien entendu, plus rien senti que la boue salée au goût presque amer. Lorsqu'il s'était relevé, tous les gens de Rawda al-Mashta le regardaient. Ils le dominaient, le cernaient, comme un mur de flammes ; ils l'entouraient et paraissaient terrorisés. Puis ils s'étaient écartés, lui avaient frayé un large passage. Il avait regardé autour de lui, sondé la berge opposée, avant de les regarder, eux. La berge était déserte, son père avait disparu. Il avait fouillé des yeux la vallée, de bout en bout, mais il ne l'avait pas vu. Il avait scruté les visages qui l'entouraient, persuadé que son père était parmi eux, qu'il était venu le sauver, l'aider, repousser tous ceux qui voulaient l'empêcher de le rejoindre. Il les avait observés avec attention, l'un après l'autre, mais il ne l'avait pas vu.

Fawaz regarda Souwaylih. Les yeux du garçon brillaient de colère et de peur. Il haït ces yeux-là. Il se sentit seul, parfaitement seul. Un cadavre à terre. Il leva vers Souwaylih un visage triste :

— Tu ne l'as pas vu ? Où est-il ? Il était là-bas... il était là-bas...

Souwaylih le regarda ; Fawaz regarda les hommes, les enfants, les femmes, et, les voyant qui l'observaient ainsi, il se releva et partit en courant.

Lorsque Fawaz s'enfuit, Souwaylih à ses trousses, un éclair furieux déchira le ciel, et les cris des gens se mêlèrent aux roulements du tonnerre. Fawaz leva les yeux, la pluie tombait à verse, ses larmes ruisselaient, une voix puissante le poursuivait : "Il n'y a de dieu que Dieu... Il n'y a de dieu que Dieu..."

La pluie redoubla de violence.

22

Le déluge cessa, le soleil brilla et le désert parut aussi lustré que le plumage d'un ganga. Lumineux, rafraîchi, humide, comme s'il n'avait pas souffert d'avoir absorbé avec une avidité insatiable toute cette pluie. La joie éclatante qui se lisait sur les visages des gens et dans leurs gestes gagna les bêtes, qui, soudain fringantes, semblaient habitées par un regain d'énergie. Mais en contraste à ce bonheur, une tristesse mêlée d'effroi pesait sur les deux garçons de la modeste caravane qui avait fait halte là, en chemin vers Al-Hadra. Les bergers et quelques voyageurs étaient partis, insouciants, ramasser d'un pas léger l'herbe verte qui avait poussé après les pluies, mais ces deux-là étaient restés plongés dans leur torpeur morose. Certes, un même tourment les unissait, mais ils avaient aussi leurs soucis respectifs. Fawaz était le fils de Mut'ib al-Hadhal et devait en payer le prix, quel que fût son âge ; car on n'oublierait pas Mut'ib, une dette était une dette. Si on l'avait trouvé trop jeune pour travailler, il ne serait pas trop jeune pour qu'on se vengeât sur lui ni pour être tué et payer de son sang. Ibn al-Rashid pouvait agir à sa guise. Désormais, c'était lui le chef, il acceptait ou refusait ce qu'il voulait, personne ne pouvait lui forcer la main. Mut'ib al-Hadhal lui avait dit, ainsi qu'à d'autres, ce qu'il devait entendre, il était puissant comme un étalon, n'avait peur de rien et n'hésitait pas, cependant il se terrait dans les ténèbres, et s'il apparaissait et disparaissait, on ne s'en souciait pas plus que s'il était invisible ou mort. En d'autres termes, il n'effrayait plus personne.

La tristesse de Souwaylih était tout autre. Jusque dans le silence qui pesait sur lui. Lorsqu'il avait quitté Al-Hadra, il était certain de trouver du travail, Sha'lan le lui avait promis dans son bref message. Il avait dit à son père, à Najma al-Mithqal et aux autres, qu'il resterait un certain temps à Wadi al-Ouyoun, un ou deux ans, et se marierait dès son retour. Mais s'il devait partir à l'aventure comme bien des gars d'Al-Hadra et d'Al-Dali', il serait absent de longues années. Il ne pouvait ni s'y résoudre ni attendre, car entre-temps Watfa risquait de se marier. En outre, Wadi al-Ouyoun était tout près, à un jet de pierre comme on disait. Il aurait été vite revenu, avec une belle somme d'argent, comme l'avaient fait ses amis et ses proches. Tout le monde disait la même chose. Il était comme eux, plus fort qu'eux. Ibn al-Rashid avait beau lui dire qu'il était presque borgne, il voyait mieux que les autres, il voyait tout. Najma al-Mithqal affirmait que la tache blanche sur sa pupille n'était qu'une *envie*, qu'elle disparaîtrait au fil du temps… Et puis qu'est-ce que cette tache pouvait bien lui faire, à lui et aux autres ? Il travaillait de ses deux mains, de tout son corps, qu'importaient ses yeux ? Les enfants d'Al-Hadra allaient à la mosquée et passaient des années à apprendre le Coran avec Abd al-'Aziz al-Hawqali. Lui, non. Tout petit déjà, il avait refusé d'apprendre à lire, son père n'avait guère insisté et il ne s'était jamais préoccupé comme les autres de déchiffrer les messages des voyageurs, ni d'écrire aux gens d'Al-Hadra.

Ibn al-Rashid avait refusé de l'embaucher parce qu'il y voyait mal. Ces mots l'avaient terrassé. Il aurait pu tout entendre et s'y plier, sauf cela. Il aurait dû lui répondre, argumenter, mais la surprise et la vitesse à laquelle Ibn al-Rashid avait quitté la tente, l'avaient rendu muet. Il songeait avec désespoir : "Sha'lan n'a pas laissé Ibn al-Rashid placer un mot. Si j'avais été comme lui, il n'aurait pas osé me parler ainsi."

Par ce merveilleux temps d'hiver, la caravane progressait, tantôt rapide et tantôt nonchalante, et les pensées des deux garçons, leurs obsessions, les accablaient. Malgré leur trouble, malgré leur désir de parler et de se rebeller, une force les retenait. Ils se sentaient ployer sous le fardeau de fautes insurmontables ; ils n'avaient pas été à la hauteur de la confiance des autres et rentraient à Al-Hadra, non comme ils en étaient partis, mais serviles et déçus. Comment affronteraient-ils les questions et les regards des gens ? S'ils pouvaient expliquer certaines choses, d'autres étaient indicibles, même si elles étaient évidentes. Que pourrait dire Fawaz si on l'interrogeait ? Depuis le départ de Mut'ib, n'était-il pas considéré comme l'aîné après Sha'lan ? N'était-ce pas ce que pensaient les gens ? Oserait-il avouer qu'on l'avait rejeté parce qu'il était trop jeune ? Ceux qui connaissaient Ibn al-Rashid comprendraient, mais les autres ?

Et Souwaylih ? Le plus costaud des garçons d'Al-Hadra, le plus volubile les jours de fête ou de pleine lune, le plus prompt à relever tous les défis, comment imaginer qu'on l'avait rejeté pour une raison pareille ? Que penserait Watfa ? Que dirait-elle ? Et ferait-on, ailleurs, la différence entre un borgne et un aveugle ? Refuserait-on de l'embaucher pour une si piètre raison ?

Ils se parlèrent à peine durant cinq jours. Ce ne furent d'ailleurs pas des mots, non, mais des murmures semblables à ceux du vent ou des oueds, au point que Fawaz craignit d'avoir été frappé par la malédiction de Rawda et rendu muet comme sa mère. Il se croyait possédé par un djinn qui l'empêchait de s'exprimer, et pour combattre et vaincre ses angoisses, il remuait la langue, monologuait, ou invectivait ses chameaux sans raison. Souwaylih tournait alors vers lui un regard surpris et interrogateur, mais s'il parlait, sa voix lui semblait étrange, comme si c'était la voix d'un autre, et il se cantonna bientôt dans le silence.

Le désert, qu'avaient peuplé les chants et les cris de Souwaylih lorsqu'ils faisaient route vers Wadi al-Ouyoun, était plongé dans un silence de plomb ; le ciel semblait lointain et les étoiles éteintes. Il ne restait plus rien du garçon plein de vie de l'aller. Il traînait le plus souvent en queue de caravane, seul, l'air si égaré qu'il semblait malade. La veille de leur départ de Rawda al-Mashta, il avait failli repartir à Oujra et rompre les amarres, mais il avait changé d'avis au dernier moment.

Un jour avant la fin du voyage, peu avant d'atteindre Al-Hadra, ils se regardèrent d'un air entendu, comme s'ils s'étaient mis d'accord :

— Écoute, Fawaz, dit Souwaylih d'un ton désespéré, quand on arrivera, on leur dira qu'Ibn al-Rashid nous a demandé de revenir dans un mois… et on repartira.

Plus tard, Fawaz se souviendrait que lorsque Al-Hadra avait été en vue, une voix puissante, cinglante comme l'éclair, grondante comme le tonnerre, avait empli l'immensité. Souwaylih s'était mis à chanter à tue-tête, et toute la caravane avait posé sur ces deux garçons des Atoum un regard intrigué et inquisiteur.

23

Ils reçurent à Al-Hadra l'accueil que toute caravane recevait à Wadi al-Ouyoun. Les oasiens, en majorité des hommes et des enfants, accoururent sur le terre-plein qui s'étendait près des puits, de tous horizons, et cette effervescence gagna tout un chacun, nomades et sédentaires. On posa aux arrivants les mêmes éternelles questions sur la pluie, les pâturages, les oueds, les caravanes. On voulut s'assurer de tout, on se fit répéter les réponses, on s'inquiéta des prix de la farine, du sucre et des étoffes à Rawda al-Mashta et à Oujra – ces prix augmenteraient-ils ou resteraient-ils les mêmes? Lorsqu'on en eut fini, les palabres s'élargirent aux proches, aux relations, aux gens d'ailleurs lointains, et en particulier de Wadi al-Ouyoun et de ses alentours.

Le soir, sous la tente d'Ibn Hadib, Souwaylih annonça à son père et à l'assemblée entière, d'une voix ferme, que Fawaz et lui repartiraient bientôt à Wadi al-Ouyoun, pour y travailler comme Sha'lan. Lorsqu'on lui demanda ce que Sha'lan faisait, il ne put que répondre de manière évasive qu'il creusait la terre, ce fut tout. Il n'osa pas dire que ces diables drainaient toute l'eau de Wadi al-Ouyoun, de Sabha et d'ailleurs, qu'ils la tiraient pour la réinjecter dans des trous, sans qu'on sache pourquoi ni jusqu'où. Et que cette histoire de djinns et de profondeurs souterraines lui donnait le tournis.

Souwaylih aurait voulu parler de tout ce qu'il avait vu et entendu, mais la douleur qui le tenaillait depuis qu'Ibn al-Rashid avait dit ce qu'il avait dit le laissait brisé et désespéré. En outre, il avait trouvé Najma al-Mithqal malade, en proie au délire, sa mère, ses sœurs et d'autres femmes s'affairant autour d'elle, et comme Watfa était désormais hors de portée, il lui fallait renoncer aux rêves qui l'avaient bercé et accompagné d'un endroit à l'autre. Il était donc pessimiste, peu enclin à bavarder, et il s'en tint à de courtes réponses ambiguës, choisissant de se replier dans le silence.

Dans ce désert immense et âpre, si les gens naissaient, vivaient, puis mouraient en un cycle aussi naturel et rigoureux que la succession des jours, des nuits et des saisons, le décès de certaines personnes, surtout de celles qui tenaient la mort à distance et déchiffraient l'avenir, s'incrustait dans les mémoires de manière inhabituelle, comme si l'exception venait confirmer la règle. Si ce décès ponctuait une longue maladie, émaillée de révélations et de prophéties éclairées, les gens s'en souvenaient longtemps, peut-être même qu'ils ne l'oubliaient jamais et le transmettaient de génération en génération.

Eût-on laissé Wadha al-Hamad s'occuper de Najma al-Mithqal, celle-ci aurait vécu encore bien des années. Si nulle autre ne s'en était approchée, elle ne serait pas morte aussi vite. S'ils avaient interdit à Sabiha, la mère de Houmaydi, l'épouse d'Abd al-'Aziz al-Hawqali, de la soigner, Najma aurait continué longtemps d'arpenter ce monde, de chasser les poulets et les chiens du bout de sa canne, puis de la brandir au visage des enfants et des adolescents en les menaçant de calamités à venir. Mais Sabiha, une forte femme obstinée, n'avait laissé personne s'en mêler. Elle décidait seule de tout, et elle prit sur elle de guérir Najma.

Ce fut un traitement en deux temps. Elle administra d'abord à la malade une décoction d'herbes amères, qu'elle dit avoir préparée elle-même, dont elle ne révéla pas la composition, mais dont elle assura qu'elle avait fait ses preuves et qu'elle agissait rapidement. Najma accepta d'ingurgiter l'âcre potion, car la douleur lui déchirait les tripes. Elle était prête à tout pour soulager son mal. La seconde phase du traitement, qui commença deux jours après qu'elle eut repris conscience, eut raison de Najma al-Mithqal.

Wadha al-Hamad fouillait la maison de Shtawi al-Azim, à la recherche d'herbes qu'elle y avait elle-même cachées, et égrenait à voix basse ce qui semblait une litanie d'insultes, en déclinant toute aide. Elle semblait extrêmement agitée, en proie à une sorte de rage. Lorsqu'elle vit Fawaz, au lieu de se réjouir de son retour, elle lui adressa un regard interrogateur, comme pour lui reprocher sa présence. Et lorsqu'il lui annonça qu'Ibn al-Rashid leur avait demandé de revenir dans un mois ou deux, elle secoua la tête avec amertume, comme torturée à l'évocation de ce nom qui lui rappelait Wadi al-Ouyoun, et surtout les derniers jours qu'elle y avait passés. Aussi, à peine Fawaz eut-il fini de s'expliquer qu'elle se releva prestement et fit signe à Radiya de l'accompagner au chevet de Najma al-Mithqal.

Quand Wadha arriva, Sabiha venait de masser le ventre et le dos de la patiente à l'huile tiède ; les deux femmes transpiraient à grosses gouttes et semblaient épuisées. Najma, apaisée ou peut-être droguée, avait fermé les yeux et aurait sombré dans le sommeil si quelque spectre ne l'avait effrayée ou n'avait déchiré ses entrailles, la faisant bondir comme un chat.

Radiya raconterait que vers la fin, Najma avait dit des choses que personne n'avait jamais dites, qu'elle avait parlé du passé, du présent, mais aussi de l'avenir. Elle avait demandé à plusieurs femmes de s'approcher, leur avait souri, puis avait chanté et pleuré, et tout à coup elle s'était mise à pouffer de rire, un rire de petite fille, comme si on la caressait ou qu'on la chatouillait, puis elle était partie d'un incontrôlable fou rire. La crise avait duré longtemps. Les femmes autour d'elle, surprises par cet accès d'hilarité, avaient souri et s'étaient peu à peu laissé gagner par ce rire contagieux, s'esclaffant à leur tour sans le vouloir ni même s'en rendre compte. Elles l'avaient d'abord regardée d'un air désolé, puis elles s'étaient laissé prendre au jeu et avaient ri avec elle. Wadha, qui observait la scène d'un œil stupéfait et réprobateur, n'avait rien pu y faire. Butée, sévère, elle avait détourné la tête, puis tancé froidement Najma, presque en colère. Elle avait bousculé les femmes et poussé des cris exaspérés, mais finalement, elle s'était surprise à sourire, puis à rire et à pleurer tout à la fois. Ses larmes jaillissaient plus vite et plus fort que ses cris, et elle avait fini par sortir dans la cour puis, poursuivie par les rires, par fuir dans le désert, Radiya à ses trousses. Elle riait, sanglotait et maculait son crâne de poignées de sable.

À Al-Hadra et dans toute la région, la scène resterait inoubliable, car contrairement à ce que soutenait Watfa, bien des femmes affirmeraient que ce n'était pas les potions et les poudres de Sabiha, la mère de Houmaydi, qui avaient tué Najma al-Mithqal. Ce n'était pas non plus l'huile tiède avec laquelle elle lui avait massé le ventre et le dos, en la pétrissant comme une boulangère et en la battant comme une laveuse de laine. Ce qui l'avait tué, c'était cette crise de rire. Car chacune des femmes qui rirent avec elle ce jour-là souffrit d'un mal qui n'affectait pas seulement la mâchoire et la gorge, mais aussi les épaules et le dos, puis les tripes. Et de telles douleurs n'avaient pu être que mortelles pour une femme âgée et aussi malade que Najma.

Ainsi, peu après le retour de Fawaz et de Souwaylih, Najma al-Mithqal mourut. En ce temps-là, le désespoir succédait à l'espoir ; l'opiniâtreté allait de pair avec la dérision. Ce jour fatal avait commencé par des rires hystériques, suivis de larmes brûlantes, et s'était achevé dans la mort.

Une vague de pessimisme et de tristesse déferla sur les oasiens, sentiment avivé par les mots qu'avait prononcés Najma peu avant l'issue fatidique, avant que les douleurs terribles qui l'avaient soudain terrassée n'incitent Sabiha à lui infliger son traitement.

Entre ce qu'avait dit Najma et ce qu'on en avait rapporté, et en dépit d'inévitables variations, voici ce qu'on retint de sa prophétie :

"D'Al-Dali' à Wadi al-Jinah, d'Al-Moutaliq à Sariha, le feu consumera le feu, et les enfants mourront avant les vieux. Au début vous compterez, et puis vous oublierez… Le fils ignorera son père, et le frère son frère…

D'Al-Dali' à Wadi al-Jinah, d'Al-Moutaliq à Sariha, chaque jour vous semblera un an. D'abord prospérité, puis saute-relles en nuées. Pluies et crues, puis le règne d'un inconnu. Blé et brocart de soie, puis ivraie et poussière. Les hommes erreront, iront et viendront, gouvernés par l'or et l'argent, et le pèlerinage sera davantage prétexte à pécher qu'à se puri-fier. Le riche dévorera le pauvre, le fort opprimera le faible, et chacun ne pensera qu'à soi.

D'Al-Dali' à Wadi al-Jinah, d'Al-Moutaliq à Sariha, le monde ne sera plus le monde, les nomades guetteront les étoiles, mais les étoiles ne luiront pas, ils attendront les cara-vanes, les caravanes ne viendront pas, ils chanteront, nul ne les entendra, nul ne leur répondra ; ce sont les signes que l'heure est proche, puisque le monde est à l'envers, que le bas gouverne le haut, et que les pistes sont arides, comme les cœurs, muets et insensibles.

D'Al-Dali' à Wadi al-Jinah, d'Al-Moutaliq à Sariha, et du plus lointain des lointains, les hommes mystifiés auront l'impression de rêver ; autant de sable que de sultans, puis la ruine à tout venant. D'abord le fouet, puis l'orgie. D'abord le prophète et l'élu, puis le borgne et le tordu. Les hommes battront tambours et porteront flambeaux, sabres et drapeaux, mais ne sauront ni d'où ils viennent ni où ils vont. L'étranger régira l'indigène, l'immigrant l'oasien.

D'Al-Dali' à Wadi al-Jinah, d'Al-Moutaliq à Sariha, le noble sera faible et déchu de ses droits, le félon engloutira son bien et celui des autres, fût-ce sans faim aucune. Fou celui qui dira vrai, nombreux seront les dépravés. Le menteur courra les rues et clamera de village en village que son heure de gloire est venue ! Alors Antar Ibn Shaddad* gardera ses moutons en se rongeant les ongles de remords, pour avoir pensé tout savoir de la blessure du fer, et cru que son cœur ignorait la peur.

À l'issue de ces jours, les hommes se relèveront, l'oppression prendra fin, et de père en fils seront transmis les faits et les légendes de ce temps-là."

---

* Antar Ibn Shaddad al-'Absi : poète arabe antéislamique (vie siècle), célèbre tant pour sa poésie que pour sa vie aventureuse et sa passion pour sa cousine 'Abla.

24

À Al-Hadra, lieu si reculé qu'il semblait être au bout du monde, les oasiens n'avaient pas coutume d'attendre la pluie, de peur d'être déçus. Ils étaient en quelque sorte résignés, car si la pluie venait, elle ne durait pas et ne laissait que quelques traces, poursuivant sa course plus bas sur Wadi al-Bashiq, puis au-delà vers le désert. Mais qu'il pleuve ou qu'on sente l'odeur de la pluie, et ils en étaient métamorphosés.

Ce fut le cas lorsque les deux garçons revinrent de leur infortuné voyage. Les premiers jours, les gens ne parlèrent que de pluie, ne cessèrent d'évoquer le déluge qui s'était abattu sur Rawda al-Mashta, le désert qui avait verdi à deux jours de marche d'Al-Hadra, les oueds qui s'étaient remplis d'eau. Ils auraient voulu en entendre bien davantage, car derrière ces effusions se tapissait la tristesse, comme un vil ennemi, et lorsque tout fut dit, les palabres cessèrent, les questions se tarirent, ou se teintèrent plutôt d'un sentiment d'expectative, comme si une catastrophe imminente menaçait l'oasis.

L'hiver à Wadi al-Ouyoun était tout autre chose, car la pluie – attendre la pluie – constituait un rare bonheur. Même lorsqu'elle tardait à venir, certaines années, on ne cessait de l'espérer. On interrogeait les caravanes, on interrogeait les bergers, on scrutait le ciel, on inspirait à pleins poumons pour déceler un soupçon d'humidité, et lorsqu'elle tombait, les visages rayonnaient et les regards brillaient de cet espoir comblé. Avec la pluie, un vaste périmètre autour de Wadi al-Ouyoun verdissait, les gueltas se remplissaient, les sources jaillissaient et l'eau coulait à perte de vue. La vie et les gens en étaient transformés.

Les nuits de Wadi al-Ouyoun, surtout les nuits d'hiver, n'avaient rien de commun avec celles d'Al-Hadra. Ici, l'obscurité tombait tôt, et avec elle un froid perçant qui vous glaçait. Le bois étant rare dans la région, on l'économisait en prévision des lendemains ou de quelque événement imprévu, comme l'arrivée d'une caravane ou un décès. En conséquence, on avait l'habitude de se coucher de bonne heure, d'écourter les palabres et d'en bannir tout ce qui attisait l'imagination et fouettait l'émotion.

L'année précédente, l'hiver d'Al-Hadra avait affecté bien des gens, surtout la famille de Mut'ib al-Hadhal, les plongeant dans l'angoisse et le pessimisme. Cette année-là, suite au décès de Najma al-Mithqal, aux circonstances qui l'avaient entouré et aux bribes de prophéties que les femmes avaient rapportées, une sourde morosité s'était ajoutée à la peur. Ces prophéties avaient fait naître une appréhension proche de la méfiance. Elles évoluaient de bouche en bouche et étaient interprétées de mille façons. Lorsqu'elles parvenaient aux oreilles des hommes, ils partaient d'un rire sarcastique, parlaient de délire qui ne pouvait être pris au sérieux et n'était pas même digne d'intérêt. Cependant les femmes continuèrent de les colporter et de les étoffer, parce que les prédictions de Najma s'étaient auparavant avérées vraies. Les hommes, eux, s'échinèrent à trouver des explications convaincantes et plus rationnelles, mais comme ils n'arrivaient à rien, ils choisirent d'oublier l'affaire. Ils sentirent pourtant s'installer dans leur cœur un sentiment d'attente qui les alarmait.

La région d'Al-Hadra, au-delà comme en deçà, et à plusieurs jours de marche à la ronde, souffrait, elle, depuis la nuit des temps. Il n'y pleuvait pas, les caravanes y étaient rares, le prix de la farine, du sucre et des étoffes ne cessait d'y augmenter. Mais les oasiens étaient si coutumiers de l'adversité et des multiples difficultés que la vie leur infligeait, qu'ils n'en attendaient plus rien. Si le monde venait à désespérer des vivants, quelque chose venait immanquablement s'en mêler. En général, la mort se chargeait du problème. La mort, sous forme de razzias ou d'escarmouches souvent dues à la rareté de l'eau, ou résultat d'épidémies qui décimaient bêtes et gens. C'était la mort qui rétablissait l'équilibre et permettait aux hommes de continuer à vivre. Et s'ils se lassaient de la mort, se lassaient de s'entretuer, il suffisait qu'une caravane arrive pour qu'un puissant besoin d'ailleurs en jette quelques-uns sur les pistes sans qu'ils y réfléchissent ni ne se préparent au voyage. Leur départ permettait à ceux qui restaient de respirer plus à leur aise et de continuer à vivre.

Les prophéties de Najma et les multiples versions qu'en donnèrent les femmes suscitèrent davantage la perplexité que la peur. Mais de la perplexité naît la peur, et la morosité qu'engendrèrent certaines prédictions de cette aïeule puissante et sage qui devinait ce que les autres ne voyaient pas marqua d'autant plus les esprits que sa mort avait été singulière.

Aussi, lorsque Soulayman al-Hadib vit que son fils pressait sa femme d'intercéder en sa faveur pour qu'il puisse épouser Watfa, il perdit patience :

— Mon enfant, si l'on en croit la vieille Najma, c'est plutôt à mourir qu'il faut se préparer !

Aussitôt, il regretta d'avoir parlé. Car évoquer ces prophéties, c'était reconnaître qu'elles avaient fait assez de chemin dans son esprit pour s'y enraciner à son insu, alors que jusque-là il s'en était moqué. Il tenta de se rattraper :

— Un peu de patience, fiston… La vieille est morte hier à peine…

Puis, sur un autre ton, après un court silence :

— Tout vient à qui sait attendre.

Le sujet fut clos pour un temps. Le désir d'ailleurs renaquit.

— Je partirai avec la première caravane, annonça Souway-lih à sa mère. Mais tu auras à peine le temps de respirer que je serai revenu pour me marier.

— Sois heureux, mon petit, et aie confiance en Dieu...

Les deux garçons reprirent espoir. Souwaylih brûlait de ferveur et d'enthousiasme et voulait réunir rapidement assez d'argent pour la suite. La mort de Najma al-Mithqal l'avait perturbé. Il redoutait que quelque incident à Al-Hadra ou ailleurs ne vînt compromettre ou retarder son mariage, ou qu'un prétendant ne lui ravît sa promise. Mais lorsque Watfa s'installa chez sa tante en disant qu'elle n'avait plus qu'elle et Dieu en ce monde, ils comprirent qu'elle donnait son accord, et qu'il suffisait désormais d'attendre la fin du deuil et le retour de Souway-lih, pour qu'Al-Hadra célèbre enfin ces noces tant attendues.

Les garçons ayant menti ensemble, il fallait qu'ils partent ensemble, et Souwaylih s'employa à convaincre Fawaz. Il est vrai que ce dernier ne se plaisait pas à Al-Hadra et voulait s'en éloigner le plus vite possible. Mais après l'échec de Wadi al-Ouyoun, il se sentait incapable d'affronter ce monde cruel, et préférait attendre un an ou deux avant de refaire ses bagages et d'aller travailler avec Sha'lan à Wadi al-Ouyoun, comme le lui avait promis Ibn al-Rashid. Mais l'insistance de Souwaylih, la lumineuse image qu'il peignit du vaste monde, des grandes villes et autres lieux à découvrir, en sus des sommes extravagantes qu'il lui fit miroiter, ébranlèrent les convictions et les réticences de Fawaz.

Souwaylih n'hésita pas à lui seriner chaque jour la même ritournelle. Fawaz l'écoutait et ne répondait pas. Il le regardait et s'évadait en pensée. En son for intérieur, il savait devoir partir, pour une seule et unique raison : Mut'ib al-Hadhal. Le mal qu'il avait vu dans les yeux de Sha'lan, et la peur qui ne le lâchait pas depuis sa première nuit à Wadi al-Ouyoun, qui avait brutalement pris corps à Rawda al-Mashta, qui le privait de sommeil et ne le laissait en paix ni de jour ni de nuit, avait fait naître en lui le brûlant désir de poursuivre son père et de le retrouver. Il ne pouvait se confier à personne. Ni sa mère ni Radiya ne voulaient entendre évoquer l'absent.

Sha'lan et lui pouvaient-ils tous deux s'être trompés ? "Je peux avoir rêvé, songeait-il. Sha'lan aussi. Mais tous les deux ensemble, non !" Mut'ib al-Hadhal était désormais pour eux plus qu'un simple père, et il ne pouvait avoir disparu à jamais. Si l'affaire se résumait à une disparition, on y aurait trouvé une explication satisfaisante ; or il s'agissait là de quelque chose de plus complexe et de plus fort.

Si Fawaz n'avait pas vu son père à Rawda al-Mashta, les tentatives de Souwaylih auraient échoué. Cependant il avait peur et ne savait ni où aller ni que faire.

Il était encore hésitant et restait le plus souvent silencieux quand Souwaylih le pressait de lui donner son accord. Et il aurait pu se taire, hésiter longtemps et ne jamais partir si Khoush n'avait pas réapparu.

En repensant plus tard à ces moments, Fawaz saurait qu'une force secrète forgeait le destin des hommes, les poussait d'un endroit à l'autre, déterminait leur vie et leur mort.

Celui qui avait disparu de longues années, sans écrire ni donner de nouvelles, celui qui avait causé la folie de l'aïeule, puis sa mort lors de leur dernier jour à Wadi al-Ouyoun, celui qu'on croyait enterré quelque part, le dénommé Khoush sur lequel chacun avait tourné la page et qui n'était plus qu'un souvenir, des traits qui s'estompaient jour après jour, rongés par le temps, cet homme disparu tant de longues années, cet homme-là réapparut, sans que nul s'y attendît, avec la caravane d'Ibn al-A'sar qui faisait halte à Al-Hadra chaque année à la même époque, et y restait un peu plus d'un mois pour vendre aux oasiens et aux gens de la région le sucre, la farine, le thé, les étoffes et bien d'autres denrées dont les revenus lui permettaient de repartir au loin, et qui leur achetait du beurre rance, de la laine et quelques chevaux.

Il avait beaucoup changé. Le jeune homme de dix-sept ans parti avec la caravane d'Al-Salimi était désormais un homme mûr, presque vieux, sembla-t-il à ceux qui le virent.

Un fin réseau de rides striait nettement son visage quand il souriait, réfléchissait, ou fouillait ses souvenirs. Les parties exposées de son corps étaient d'un brun profond, et quand il relevait sa tunique ou rajustait son keffieh, le hâle qui contrastait avec la pâleur de sa peau ne cessait de surprendre et d'étonner. Pourtant, ses traits étaient restés les mêmes, à peu de chose près.

Le retour de Khoush fut accueilli avec une immense surprise proche de l'incrédulité, et suscita autant de joie qu'elle ranima de souvenirs, de chagrins et d'intarissables questions. Le passé rejaillit sans que nul ne l'eût appelé, et anecdotes et témoignages se succédèrent. On se souvint qu'il avait tant voulu partir que sa mère avait dû intercéder auprès des hommes, dont Mut'ib al-Hadhal, pour qu'ils le lui permettent, qu'il était le plus valeureux des jeunes du *wadi*, et que la nuit de son départ, sa mère lui avait donné assez de provisions, comme l'avait affirmé Mut'ib, pour aller jusqu'en Égypte et en revenir !

On évoqua Wadi al-Ouyoun ; Khoush dit y être passé et n'y avoir rien reconnu, et que s'il n'y avait retrouvé Sha'lan et Ibn al-Rashid, il n'en aurait pas cru ses yeux. On évoqua l'aïeule ; il baissa la tête et resta silencieux, comme s'il refusait de se souvenir ou de prononcer un mot. Il semblait abattu, transfiguré et quasi mort, miné par le regret d'avoir été absent et de ne pas l'avoir revue. Sha'lan avait beaucoup insisté pour qu'il reste à Wadi al-Ouyoun et travaille comme lui pour la compagnie, mais dès qu'il lui avait appris que sa mère était morte la veille de leur départ de l'oasis, et que Mut'ib avait disparu on ne savait où, il n'avait pu le retenir de partir.

La joie qu'avait provoquée le retour de Khoush ne cessait de grandir de jour en jour. Même Wadha, qui se murait dans le silence depuis Rawda al-Mashta, semblait une autre femme. Elle se mit à articuler les sons d'une enfant qui babille, son regard brilla d'une gaieté presque satisfaite, et elle redoubla d'allant et d'énergie. Lorsque Khoush tira de sous ses vieux vêtements poussiéreux la pochette en cuir qu'il portait autour du cou, suspendue à la plus solide des cordelettes, lorsqu'il l'arracha à sa chair à laquelle elle adhérait presque, tout près du cœur, sous le regard de Wadha qui l'observait sans savoir où il voulait en venir, puis lorsqu'il délia doucement la pochette et mit tout ce qu'elle contenait, de ses deux mains tendues, sur ses genoux, de grosses larmes jaillirent des yeux de Wadha. C'était la première fois qu'elle pleurait de bonheur et de chagrin tout à la fois, qu'elle pleurait d'autres larmes que celles qu'elle avait versées à Oujra, la première nuit de leur exil de Wadi al-Ouyoun.

Khoush avait fait ce geste avec un calme parfait, et quand il vit jaillir les larmes, il baissa la tête, sans tristesse toutefois, et demeura ainsi un bon moment. Lorsqu'il la releva, un léger sourire étirait ses lèvres et illuminait son regard. Ils s'étaient compris, sans un mot.

Fawaz considérait la scène en silence, ébahi. Radiya était entrée et sortie plusieurs fois, alarmée et embarrassée, car elle avait senti, avec une intuition toute féminine, qu'il se passait quelque chose de grave, et que le pacte qu'elle attendait depuis de longues années et dont elle avait rêvé plus que tout autre, venait d'être scellé, sans qu'un seul mot fût prononcé.

Deux semaines plus tard, Khoush épousait Radiya.

Une semaine après les noces, Fawaz dit à Souwaylih d'un ton résolu :

— On partira avec la caravane d'Al-A'sar, sauf si on en trouve une qui s'en aille avant.

Lorsqu'il annonça à sa mère qu'il avait l'intention d'aller travailler avec Sha'lan à Wadi al-Ouyoun, et qu'il ne cesserait pas un jour de chercher son père, qu'il le retrouverait et reviendrait avec, Wadha sembla triste et heureuse à la fois, l'espoir et l'anxiété embrasant ensemble son cœur. Ses traits se durcirent, mais elle se leva prestement et se mit à rassembler le nécessaire. Elle l'interrogea du regard et des sons indistincts s'échappèrent de ses lèvres. Elle voulait savoir quand il s'en irait et s'il avait besoin de provisions pour la route. Il répondit avec un sourire :

— Je partirai avec Ibn al-A'sar.

Lorsque la caravane fut prête à lever le camp, Wadha avait préparé tant de nourriture pour son fils que Khoush éclata de rire et répéta ce qu'avait dit Mut'ib, bien des années auparavant :

— Avec ça, il peut aller jusqu'en Égypte et en revenir !

25

Lorsqu'ils s'ébranlèrent, Al-Hadra parut plus triste et terne que jamais. Même les enfants qui s'étaient attroupés autour des chameaux semblaient abattus et perplexes, moins turbulents que d'habitude. Certains hommes avaient exhibé leur adresse et arrimé les charges avec un zèle surfait, d'autres paraissaient indifférents. Les femmes, comme toujours, s'étaient tenues à l'écart, mais elles n'avaient rien perdu de ce qui se tramait et se disait. Wadha faisait preuve d'une grande maîtrise de soi. Elle avait tout préparé avec un soin qui en avait surpris plus d'un, car elle savait au fond d'elle-même que cette fois, son fils serait absent longtemps. Elle faisait ce qu'elle n'avait pas fait pour son premier départ, et l'épiait d'une manière qui le mettait mal à l'aise, l'alarmait et lui faisait presque honte. Quand il eut salué ses frères et sœurs et qu'il s'avança vers elle, elle le prit par les épaules et le secoua comme pour éprouver sa force et lui communiquer ce qu'il lui restait d'énergie. Mais comme il restait de marbre, les traits durcis, elle hocha la tête comme un cheval rétif et pressa son visage contre sa poitrine. Elle maintint un moment cette étreinte brutale, et lorsqu'elle leva la tête, ses yeux roulaient deux grosses larmes qui n'avaient pas la force de couler et hésitaient tristement au bord des cils.

Enfin, elle lui tapota l'épaule et la poitrine et recula d'un pas, avec un regard qui disait : "Tu peux partir maintenant !"

Khoush se démenait, tout joyeux et excité, et il resta près de Fawaz et Souwaylih jusqu'à ce que la caravane s'ébranle. Il leur conta une foule de choses décousues et sans suite, comme s'il voulait leur transmettre l'expérience de toute une vie, et s'assurer qu'ils comprenaient davantage que ce que leurs gestes et leurs hochements de tête laissaient entendre.

En chemin vers Rawda al-Mashta, trajet qui dura sept jours, car un vent violent les ralentit et les contraignit à emprunter la piste du nord, les images et les souvenirs resurgirent, ressuscitant ces derniers instants. Fawaz, qui s'était contenu et s'était appliqué à paraître plus dur que pierre, surtout devant la vieille femme qu'il avait laissée derrière lui, exsudait une tristesse pesante qui troublait son compagnon. Bien des fois les yeux de Souwaylih l'interrogèrent : avait-il peur, était-il hanté par les mêmes cauchemars que lorsqu'ils étaient revenus de Wadi al-Ouyoun ? Il eut beau tenter d'alléger sa peine et de le distraire, Fawaz ne se déridait pas. Et quand, à plusieurs reprises, il se mit à fredonner, pour le plus grand plaisir des nomades, son chant parut triste, presque angoissé.

Chantait-il son adieu à des lieux et des gens qu'il ne reverrait jamais ? Chantait-il sa séparation d'avec Watfa et ce départ qu'il savait être vers l'inconnu ? Reviendrait-il ? Et quand ? Chantait-il une vie et des souvenirs qui commençaient à s'estomper avec leur caravane qui s'éloignait ?

Le spectre de l'irrévocable voltigeait sur les têtes, hurlait dans la nuit finissante et le clair-obscur de l'aube. Rien ne les sauverait de cet inconnu où ils s'enfonçaient pas à pas. Ils en seraient prisonniers jusqu'au bout.

Des rafales de poussière fouettaient les nomades, brouillaient la visibilité, excitaient les bêtes et les empêchaient d'avancer, mais après chaque bourrasque surgissaient les visages lumineux de ces hommes portés par la force intérieure qui les incitait encore et toujours à aller de l'avant, et à oublier leur fatigue.

— On s'arrête un jour à Rawda et on repart sur Oujra, dit Souwaylih en voyant l'oasis se profiler au loin.

Il avait planté son regard dans celui de Fawaz, comme pour tester la détermination qu'il y avait lue lors de leur précédent voyage. Comme Fawaz se taisait, il ajouta :

— Tu sais qu'une fois à Oujra, on pourra aller n'importe où : à Bagdad, Damas ou Amman... et même jusqu'en Égypte, si ça nous dit !

*

L'erreur que commit Fawaz fut d'accepter de ne faire qu'une courte halte à Rawda al-Mashta.

Souwaylih redoutait qu'il ne s'y enracine, qu'il n'y erre pour retrouver son père, surtout quand ils traversèrent l'oued et que le cri jaillit involontairement de la bouche de son compagnon : "Là-bas, Souwaylih... c'était là-bas...!", tandis que, leste comme un chat, Fawaz sautait de son chameau et désignait du bout de son *debbous* le lieu de l'apparition.

Avec une patience infinie, Souwaylih hocha la tête pour lui montrer qu'il comprenait, ou peut-être eut-il soudain une autre idée, puisqu'il mit lui aussi pied à terre, retint sa chamelle, la fit baraquer, fit baraquer celle de Fawaz et proposa d'un ton dur, presque péremptoire :

— Et si on passait la journée ici ?

Voulait-il le défier ? Lui prouver d'une manière détournée que ce qu'il avait vu la fois précédente n'avait été qu'une illusion ? Que son père, en supposant qu'il s'agît de lui, avait bel et bien disparu, et que ses recherches resteraient vaines ?

185

Souwaylih avait pris sa décision. Il obligerait son cousin à l'accompagner où il voudrait, comme il voudrait. Fawaz était tourmenté, effrayé, et avait besoin qu'on réfléchisse et qu'on décide à sa place. Mais à peine Souwaylih lui suggéra-t-il de laisser filer la caravane et de faire halte à cet endroit, que Fawaz se rebiffa, persuadé qu'il se moquait, et répliqua d'un ton sec :

— Je te dis que c'est là qu'il était et que c'est là que je l'ai vu… Ça ne veut pas dire qu'on doive s'y arrêter!

— On est bien ici, et c'est tout près… Parfait pour une halte…

— Non! On s'arrêtera aux puits, avec les autres.

— Comme tu veux, cousin, à toi de voir.

Ce fut la première erreur de Souwaylih. S'il avait tenu tête à Fawaz, ils auraient fait halte là où Mut'ib était apparu, là où il s'était adressé aux gens de Rawda, là où hommes, femmes et enfants l'avaient entendu, là où sa voix avait couvert le fracas du tonnerre et du torrent. S'il n'était apparu de jour, il serait apparu de nuit. Et s'il ne s'était pas montré, il n'aurait pas été loin. Mais Souwaylih avait accepté de reprendre la route, de traverser l'oued, de contourner Rawda côté est et de faire halte sur la piste d'Oujra, près des puits. Et ce fut une erreur.

À Rawda al-Mashta, la détermination de Fawaz faiblit. Sans doute l'effet paralysant des eaux maudites. À peine le premier jour se fut-il écoulé – la caravane d'Ibn al-A'sar devait s'attarder là deux ou trois jours – que Souwaylih lui dit :

— Les autres veulent vendre et acheter, mais nous, on n'a rien à troquer. Si on s'en allait?

Et, pour la même raison mystérieuse et fatale, peut-être parce qu'il redoutait la malédiction de l'eau de Rawda, Fawaz accepta de repartir vers Oujra dès le lendemain.

Autant Souwaylih était enchanté de se joindre sans plus attendre à une autre caravane, si modeste fût-elle, autant

Fawaz était hanté par les hallucinations et la peur qui le rendaient muet et incapable de réfléchir.

Souwaylih avait redouté qu'un mal quelconque vînt retenir Fawaz à Al-Hadra et leur causât toutes sortes de problèmes. Aussi s'employa-t-il à le distraire et à l'égayer. Il lui parla du vaste monde vers lequel la route des Sultans les menait, loin du désert funeste et implacable, un monde où ils trouveraient tout ce qu'ils désiraient. Ils reviendraient vite et ils reviendraient riches. Et il en rajouta ; il évoqua les pauvres hères qui s'étaient lancés sur la route de l'exil, et qui en peu de temps avaient acquis une fortune et une notoriété légendaires. Certains étaient revenus, d'autres non. Ceux-là s'étaient mariés ailleurs, avaient eu des enfants, avaient parfois pris deux ou trois autres femmes, et ils envoyaient à leur famille d'Al-Rahba ou d'Oujra de l'argent et des vêtements. Un jour ou l'autre, ils reviendraient aussi.

Souwaylih égrena toutes les anecdotes dont il se souvenait, sans en omettre aucune, mais comme Fawaz restait silencieux et prostré, il se mit à chanter.

Or la voix de Souwaylih vous prenait aux tripes. Fawaz l'avait entendue maintes fois, mais ce jour-là, en chemin vers Oujra, son compagnon chanta comme jamais. Sa voix montait et descendait, tour à tour colombe et faucon qui s'interpellaient ; elle faiblissait et s'évanouissait, puis rejaillissait et fusait jusqu'aux cieux.

Ils venaient de rejoindre la route des Sultans, à deux ou trois heures de marche d'Oujra, quand ils aperçurent une tente. Ils s'approchèrent et découvrirent un groupe d'hommes rassemblés autour d'Ibn al-Rashid.

Dès qu'il les vit, celui-ci n'eut de cesse de les retenir, et cela trois jours durant, et il ne leur permit de se rendre à Oujra que le temps de s'approvisionner, car ils commençaient à partir d'aujourd'hui et ils seraient payés dès aujourd'hui, on n'avait pas de temps à perdre.

Ce fut ainsi, de manière aussi imprévisible qu'inattendue, qu'Ibn Rachid les embaucha et qu'ils le suivirent à Harran.

26

Dès qu'il les avait aperçus, un peu avant Oujra, Ibn al-Rashid leur avait mis le grappin dessus. "Vous ici, c'est Dieu qui vous envoie! Vous êtes de la famille, et dans la vie on n'a que sa famille et ses amis. Si on ne s'occupe pas des siens, on ne récolte rien de bon. Il faut que vous m'accompagniez à Harran, je ne vous lâche plus." Il avait oublié tout ce qu'il avait dit deux mois auparavant à Wadi al-Ouyoun, et lorsque Fawaz tenta de lui rafraîchir la mémoire, il répliqua pour clore le sujet :

— Dieu maudisse le diable, on agit toujours trop vite!

Puis il leur expliqua que la tâche à Wadi al-Ouyoun était ardue, que ce n'était pas pour eux, alors qu'à Harran, en un ou deux ans, on pouvait amasser une montagne d'or. Il brandit pour les convaincre des arguments diaboliques, et malgré la rancœur profonde et l'amertume qu'avait fait naître sa précédente rebuffade, et malgré les réticences de Fawaz, Souwaylih hésitait et rechignait à refuser. Enfin il déclara qu'il le suivrait si Fawaz l'accompagnait. Ibn al-Rashid usa alors de séduction et d'intimidation, fit moult promesses et finit par contraindre Fawaz à accepter.

Après avoir passé quelques jours à Oujra et une fois qu'Ibn al-Rashid eut réuni les hommes dont il avait besoin, ils repartirent ensemble vers Harran, ce lieu étranger dont peu avaient entendu parler et où aucun d'entre eux n'était allé. Ils s'arrêtèrent plusieurs fois en chemin, interrogèrent les bergers et un vieil homme qu'ils rencontrèrent près d'une guelta pour s'assurer qu'ils étaient sur la bonne route et, cinq jours plus tard, ils découvrirent la mer.

Ils se figèrent et ouvrirent grands leurs yeux, ébahis, incrédules : de l'eau… à l'infini… de l'eau à perte de vue… C'était la mer ! La mer, aussi vaste et étendue que le désert ! Un simple regard sur une telle masse d'eau avait de quoi vous emplir à la fois d'effroi et de joie.

Nul n'aurait imaginé ni même rêvé qu'il pût y avoir quelque part dans le monde une si effroyable quantité d'eau. D'où venait-elle ? D'oueds en crue ? D'une source souterraine ? Les gens de Rawda ou d'Al-Hadra, les habitants des dizaines d'oasis tapies derrière ces collines savaient-ils qu'existait une telle étendue d'eau ? Et jusqu'à quand serait-elle là, jusqu'où allait-elle, où finissait-elle ?

Aucun des vingt nomades n'avait jamais vu la mer. La stupéfaction et l'incrédulité se lisaient sur leurs visages. De là où ils étaient, le point sombre d'un petit village échappa à leur regard. Mais Ibn al-Rashid pointa son doigt vers lui et déclara que, d'après les explications du vieil homme qu'ils avaient vu la veille, il devait s'agir de Harran. Les hommes regardèrent dans la direction qu'il indiquait. On apercevait une masse de maisons basses en torchis, encadrées à droite et à gauche et presque à l'infini par des rangées de dunes, et on distinguait aussi quelques arbres dont on ne pouvait dire de si loin de quelle espèce ils étaient.

Dans un silence qui sentait le mystère et la conspiration, ils descendirent la colline vers le point indiqué par Ibn al-Rashid.

La première fois qu'ils avaient entendu parler de Harran, c'était à Oujra. À présent, il la voyait, bien réelle.

Fawaz se tourna vers Souwaylih et lui lança, sarcastique :

— C'est ça, le Damas dont tu me parlais, cousin ?

Souwaylih éclata de rire et rétorqua vivement :

— Tais-toi, toutes les haltes se ressemblent…

Puis, comme à part soi :

— Et cette halte-là est beaucoup plus près que d'autres de Damas.

Les gens de Harran ne s'étonnèrent pas de l'arrivée de la caravane, comme s'ils savaient d'avance qu'elle était en route, d'autant que deux des hommes d'Ibn al-Rashid l'avaient précédée et que d'autres étaient peut-être venus là auparavant. Ces gens ressemblaient aux oasiens du *wadi*, généreux, serviables et prêts à faire ce qu'on leur demandait. La seule différence, c'était qu'ils étaient silencieux et ne parlaient que lorsqu'on les interrogeait.

Comme il l'avait fait à Wadi al-Ouyoun, Ibn al-Rashid les rassembla et leur dit :

— Réjouissez-vous, mes braves, la chance vous sourit! Le Très-Haut vous ouvre les portes du ciel et si Dieu veut, vous allez vous reposer de vos soucis et de votre fatigue. Son Excellence vous a recommandés en disant que les Harranis n'avaient pas leurs pareils. Courageux et travailleurs… La compagnie qui s'installe est votre compagnie. Elle est là dans votre intérêt, pour vous servir. Elle veut vous aider et il faut que vous, vous l'aidiez. En ce qui concerne les indemnités auxquelles vous avez tous droit, réjouissez-vous, car si Dieu veut, vous serez satisfaits, chacun touchera ce qui lui revient et davantage…

Il fit une courte pause, scruta avec attention les visages et reprit d'une voix grave :

— Les étrangers seront là dans quelques jours. Nous voulons que vous vous mettiez en quatre pour eux, que vous soyez durs à la tâche et que vous leur obéissiez comme si vous étiez leurs esclaves.

191

Plus tard, commentaires et questions fusèrent. Ibn al-Rashid, qui à Wadi al-Ouyoun bavardait, plaisantait, se conduisait comme un père et n'hésitait pas à s'adresser patiemment à chacun, était méconnaissable. Il se montra très sûr de lui, sévère, parfois dur, et ne mit aucun humour dans ses propos. Il donna des ordres brefs et impérieux et, soit par hostilité, soit par suspicion, s'exprima de telle sorte qu'on le comprenait difficilement. Lorsqu'un des sages de Harran objecta que la vie qu'ils menaient les satisfaisait, qu'ils ne souhaitaient ni en changer ni l'échanger, Ibn al-Rashid fouilla l'assemblée des yeux, comme s'il y cherchait le fils de Mut'ib, et, quand il eut brièvement rencontré son regard, il dit au vieil homme :

— Mon brave, dans quelques années tu te diras : "Si seulement j'étais plus jeune et fort !", parce que les richesses à venir vont vous submerger et que chacun y gagnera.

— Nous avons déjà eu notre part, rétorqua tristement le sage en détournant les yeux. Espérons, si Dieu veut, que tout finira bien…

D'un ton cassant qui ne souffrait aucune réplique, Ibn al-Rashid répéta qu'ils devaient collaborer avec la compagnie et l'assister en tout. Il leur annonça que les maisons qu'ils habitaient seraient détruites, car la région allait se transformer. Puis il se noya dans les questions et décrivit en détail les lieux environnants, les nomma, parla des distances qui les séparaient, des pistes qui les reliaient et de leurs ressources en eau.

Quelques jours plus tard, un groupe d'Américains arriva par la mer. Ils semblaient être déjà venus là plusieurs fois, car de toute évidence, ils connaissaient le vieux sage et plusieurs Harranis, avec qui ils plaisantèrent en leur tapant sur l'épaule. Puis ils allèrent se consacrer aux documents qu'ils avaient apportés dans leurs caisses, et se mirent à écrire et à dessiner des plans. Par l'intermédiaire de l'interprète, ils firent savoir à Ibn al-Rashid qu'un navire arriverait sous peu et qu'il fallait réunir des ouvriers pour les aider à décharger le matériel qu'il transportait.

27

Lorsque ces machines infernales eurent été débarquées – et quelques jours à peine s'étaient écoulés –, la démolition de Harran commença. Si les oasiens de Wadi al-Ouyoun étaient passés de l'étonnement à l'ahurissement, puis à la consternation, en regardant arriver et manœuvrer les engins, les Harranis parurent moins affectés. Certes, le navire qui avait mouillé l'ancre loin de la côte avait effrayé tout le monde, et même Ibn al-Rashid paraissait mal à l'aise. Quand on l'avait interrogé sur le "monstre" qui approchait, il avait donné aux uns et aux autres des réponses évasives et peu convaincues, visiblement embarrassé. Et si les chuchotis qu'il échangea avec l'interprète, à grand renfort de gesticulations, semblèrent finalement l'apaiser, il ne se départit pas pour autant de son air stupéfait. Ses hommes, aussi angoissés et alarmés que lui, se tinrent à bonne distance de la côte et laissèrent les Harranis aider au débarquement des machines, qui avaient été transbordées sur un bateau plus petit. Ibn al-Rashid eut beau les encourager à participer, en arguant qu'il était de leur devoir de collaborer, ils refusèrent d'obtempérer. "On veut bien tout faire, sauf s'approcher de l'eau. L'eau, c'est traître", dirent-ils. Il les comprit et n'insista pas davantage, tout occupé qu'il était à surveiller les opérations avec la concentration d'un spectateur inquiet.

La plupart des hommes d'Ibn al-Rashid s'attristèrent et souffrirent plus tard de devoir détruire les misérables petites masures. Quant aux Harranis, ils avaient reçu des tentes et une somme d'argent qui leur permettrait de survivre, et s'étaient repliés dans les dunes, à l'ouest, en attendant qu'on leur verse une indemnité.

— Si on n'avait pas été là, Ibn al-Rashid en aurait trouvé d'autres pour faire le boulot, dit Souwaylih le soir où Harran fut réduite en poussière.

Avec brio, et pour se convaincre lui-même autant que pour convaincre ses compagnons, il décréta que le travail, c'était le travail, qu'il s'agisse de démolir des maisons, d'extraire le sel ou de trimer ailleurs, aucune différence. Et quand Fawaz se plaignit de l'humidité qu'il trouvait insupportable, il l'adjura tristement :

— On s'habitue à tout, cousin... Patiente un mois ou deux et tu t'habitueras.

Les premiers jours, plusieurs gars songèrent à quitter Harran et à s'en retourner d'où ils venaient dès qu'ils auraient perçu leur première paie. Mais ce que leur versa Ibn al-Rashid les fit changer d'avis. Aucun n'avait jamais rêvé d'un salaire pareil, leurs poches n'avaient jamais vu une telle somme d'argent, et la distribution s'effectua dans un silence si attentif qu'on aurait dit un rituel glorieux.

Ce troisième jeudi après-midi, Ibn al-Rashid leur demanda abruptement de se mettre en rang. Dahham al-Mouz'il se tenait, hautain, à ses côtés. Il commença par faire l'appel, en tirant d'un petit sac en toile une poignée de pièces d'argent. Après les avoir fait cascader d'une main à l'autre dans un tintinnabulement régulier, il les compta prestement avec la dextérité d'une longue habitude et se mit à les distribuer. Il demandait à chaque ouvrier de recompter son pécule, lui faisait signe de se mettre à l'écart, puis se tournait vers Dahham pour qu'il raye le nom du bénéficiaire sur la liste. Lorsque Dahham avait hoché la tête à plusieurs reprises pour signifier que c'était fait, Ibn al-Rashid lui demandait d'appeler l'ouvrier suivant ; et ainsi de suite jusqu'au dernier.

Lorsqu'il eut achevé sa distribution et se fut assuré que chacun avait recompté sa part, il annonça que la paie augmenterait les mois prochains, car la somme qui en avait été déduite pour la nourriture serait réévaluée, et ils pourraient choisir d'être nourris par la compagnie ou d'acheter ce qu'ils voulaient dans les échoppes qui ouvriraient bientôt.

Ibn al-Rashid s'expliqua de plusieurs manières pour que tout fût clair, puis il ajouta en les dévisageant :

— Autre chose, mes braves…

Les regards convergèrent, attentifs.

— … les chameaux… à partir d'aujourd'hui, ils n'ont plus rien à faire ici.

Il leur proposa de les leur racheter directement, ou de confier à un des leurs le soin de les mener au souk d'Oujra où ils se vendraient peut-être. Il les assura toutefois qu'ils n'en tireraient nulle part un meilleur prix que celui qu'il offrait.

C'était la première fois que les oasiens se sentaient en péril, confrontés à un choix difficile. On leur demandait de se défaire de leur bien le plus précieux. Ils avaient tous beaucoup souffert et arpenté le désert en tous sens pour pouvoir acheter un chameau ou une chamelle, et ils savaient que s'ils le vendaient ce jour-là, ils ne pourraient sans doute pas en racheter d'autre avant longtemps. Cela les condamnait à s'installer à Harran, à y passer de longues années, peut-être même à y rester toujours.

Fawaz, qui s'était battu et avait trimé dur pour obtenir de son père la chamelle qui l'accompagnait depuis deux ans, une bête obéissante, intelligente et vive dont il espérait beaucoup et qu'il ne pouvait laisser partir n'importe où avec n'importe qui, était prêt à démissionner et à s'en retourner là d'où il venait pour la garder. Souwaylih le devina sans que Fawaz ni personne n'eût besoin de le lui expliquer. Il avait l'air triste et désemparé. Tard le soir, quand tout le monde fut endormi, il proposa à Fawaz de faire un tour dans le désert ; il ne pouvait pas dormir, il fallait qu'il lui parle.

Dans la quiétude de la nuit, en ce lieu qui n'avait plus de nom depuis que les masures avaient été rasées et qu'il n'y restait plus aucun repère, Souwaylih avait mille choses à dire et il aurait voulu parler sans reprendre souffle. Mais il semblait gêné et hésitant, et brusquement il se mit à chanter pour libérer les mots qu'il avait sur le cœur.

Un chant triste, presque une confidence. Un chant qui évoquait Watfa, vers qui il aurait voulu s'envoler pour la voir ne fût-ce qu'une seconde, entendre un mot d'elle qui lui eût permis de tout endurer, de souffrir, de s'exiler, de travailler n'importe où, pour qu'une fois réunie la somme nécessaire à ses noces il revienne à Al-Hadra sans que rien ni personne ne s'y oppose plus.

Lorsqu'il eut fini, il soupira comme à part soi :

— Voilà le feu qui me brûle, Dieu, aie pitié de moi… Il faut que tu m'aides, cousin !

C'était presque une prière. Il voulait que Fawaz reste et souffre avec lui. Dès qu'ils en auraient les moyens, ils repartiraient. On ne pouvait lier son destin à celui d'une chamelle. Ils devaient accepter l'offre d'Ibn al-Rashid, vendre leurs deux bêtes sans hésiter, et quand viendrait le moment de rentrer, ils pourraient acquérir une monture n'importe où.

À l'entendre parler ainsi, Fawaz évalua soudain la distance qui les séparait. Il comprit que, pour réunir la somme dont il avait besoin pour épouser Watfa, Souwaylih était prêt à tout faire et tout abandonner. Dans un élan de colère et d'exaspération, il répliqua :

— Cet endroit ne me vaut rien. Il faut que je parte !

197

Souwaylih le dévisagea-t-il dans l'obscurité ? Poussa-t-il quelques soupirs ? Eut-il un geste pour montrer qu'il était prêt à tout, même à tuer ? Sans doute, car Fawaz résolut brusquement de l'épauler. Sûr qu'il ne le lui dit pas tout de suite et qu'il ne fît pas un geste pour lui signifier qu'il capitulait. La tristesse, l'impression d'étouffer et surtout le sentiment qu'il était seul au monde en ce lieu hostile et perdu le tenaillaient. Puisque Souwaylih, son ami le plus proche et qui le comprenait mieux que personne, n'avait rien d'autre en tête que de réunir assez d'argent pour se marier, Ibn al-Rashid pouvait faire d'eux ce qu'il voulait.

Le lendemain, sans discuter ni marchander, ils vendirent comme les autres leurs chameaux à Ibn al-Rashid. Celui-ci les paya et dit :

— Vous voilà bien débarrassés… Vous n'avez plus aucun souci !

Personne ne pipa mot ; ils réfléchissaient à ce qu'ils feraient de cet argent pour le mettre en lieu sûr et ne pas le dilapider ni se le faire voler. Et après avoir longtemps tergiversé, beaucoup conclurent que la meilleure chose à faire, et la plus sage, était encore de le confier à Ibn al-Rashid !

28

À Wadi al-Ouyoun, Oujra, Al-Rahba, Al-Hadra et autres villages, oasis ou douars, c'était par les pistes qu'arrivaient les caravanes et les nouvelles. Les gens les connaissaient, les surveillaient, attendaient que s'y profilent les voyageurs. Si Oum al-Khoush, fatiguée d'interroger et de chercher, avait choisi de se poster à Al-Zahra, toujours sur la même dune, c'était parce qu'elle surplombait le désert et qu'on y découvrait la piste sur une longue distance. À Rawda, les puits avaient été creusés légèrement sur la hauteur, et c'était là que les caravanes faisaient halte et que les oasiens les attendaient. Même à Oujra, où de nombreuses pistes convergeaient, la route des Sultans était pour tout le monde "la piste" par excellence et tous les chemins y menaient forcément.

C'était la règle dans bien des endroits du monde. Mais que l'œil dût s'attacher à cette eau moutonnante, qu'il ne cessât de scruter la mer, puisque c'était par là qu'arrivaient les hommes, les caravanes et les nouvelles, semblait une chose incongrue. Or, à Harran, c'était la règle.

Le désert de l'autre côté était le plus souvent un horizon austère et désolé où apparaissait rarement âme qui vive. Même la nourriture qu'Ibn al-Rashid fournissait à ses hommes venait d'ailleurs que d'Oujra et arrivait par bateau. Et les Bédouins, qui les premiers jours avaient refusé de s'approcher de la mer et d'aider à décharger les machines, se laissèrent vite prendre à ce jeu inédit, excitant et parfois dangereux, et vainquirent leurs hésitations. Ils le firent en plusieurs étapes, comme s'ils s'adonnaient à une expérience mystérieuse. L'un d'eux s'avançait lentement, précautionneusement, longeait le rivage un bon moment, toujours à égale distance, puis, un tant soit peu rassuré, esquissait quelques bonds vers l'eau avec l'agilité d'un chat et revenait aussitôt sur ses pas. Ils furent nombreux à se livrer à cet exercice d'innombrables fois. Ils s'asseyaient sur la plage, scrutaient la mer avec attention et réfléchissaient intensément. Lorsqu'ils virent les Harranis, petits et grands, y entrer et s'y enfoncer avec autant de facilité que s'ils marchaient sur la terre ferme, ils en furent ébahis et les envièrent d'être capables d'un tel exploit. En leur for intérieur, ils rêvaient de faire pareil, mais la peur ne les quittait pas, car, disaient-ils, l'onde est traître et engloutit tout, sans être jamais rassasiée.

Plus tard, ils s'aventurèrent dans l'eau peu profonde. Elle les fascinait, sa fraîcheur luxuriante caressait leurs jambes, et, le temps passant, ils n'hésitèrent plus à s'y tremper. Ils s'y accroupissaient quand elle leur arrivait à mi-mollet et, en s'aidant de leurs mains en coupe ou d'une écuelle en métal, ils s'aspergeaient la tête et tout le corps. Mais il suffisait d'une vaguelette pour qu'ils se relèvent et bondissent hors de l'eau en regardant de toutes parts, terrorisés qu'ils étaient d'être emportés par ce fauve perfide.

De tous les Bédouins, seuls deux frères, Mizban et Hajim, savaient nager. Ils avaient appris dans un des puits de leur village. La mer les enchantait, et ils s'y plongeaient volontiers pour aider les Harranis dès qu'Ibn al-Rashid le leur demandait. Ils y passaient des heures à faire la course avec un bonheur enfantin, et proposèrent avec enthousiasme d'apprendre à nager aux autres. Ils arguèrent que c'était facile, qu'on pouvait apprendre en un jour si on le voulait vraiment ; mais ils n'en convainquirent aucun.

Les autres les écoutaient, les observaient, exprimaient leur admiration et parfois leur approbation, mais ils n'étaient pas prêts à se livrer à cette expérience dangereuse, car la mer devant eux qui semblait sans limite, qui portait le monstre et l'agitait malgré sa taille, les anecdotes qu'on rapportait de ces navires qu'elle avait avalés en un clin d'œil avec des centaines de passagers et dont il ne restait plus trace, tout cela éveillait en eux une appréhension qui touchait à l'effroi.

Si tout ce qui était nouveau, événement ou paysage, suscitait la curiosité et constituait un défi quasi irrésistible, la mer, surtout pour qui ne l'avait jamais vue, soulevait d'intarissables questions et faisait naître une peur incontrôlable. Pour peu que s'y ajoutent certains récits et légendes, les questions restaient sans réponse. Car malgré les longues heures passées à l'observer et à se perdre en conjectures, les choses devenaient de plus en plus obscures. D'où venait une telle quantité d'eau ? Pourquoi était-elle là au lieu d'être ailleurs, où les gens avaient besoin d'elle ? Pourquoi l'eau de pluie, des gueltas ou des puits était-elle douce et potable, même quand elle était saumâtre, et comment l'eau de mer était-elle devenue si salée et âcre qu'elle en était imbuvable ?

Les oasiens de l'intérieur, venus des confins du désert, se noyaient dans les supputations et la perplexité. Ils semblaient angoissés, alarmés, et leur peur décupla lorsque Ibn al-Rashid eut racheté leurs chameaux. Désormais, ils étaient parfaitement impuissants. Dans ce lieu isolé du reste du monde qui avait perdu jusqu'à son nom, ils se sentaient assiégés et ne savaient que faire ni ce que la vie leur réservait. Ils succombèrent à leur malaise et à leurs obsessions au point d'en perdre l'appétit. Certains incriminèrent la nouvelle diète qu'Ibn al-Rashid leur imposait ; d'autres assurèrent que l'odeur de la mer les contrariait et leur coupait la faim ; d'autres encore, que la puanteur des Américains et du monstre sur lequel ils étaient arrivés aurait pris un chien à la gorge, et leur ôtait toute envie de s'alimenter.

Lorsqu'on en fut là, Ibn al-Rashid dut agir sans attendre. Plusieurs hommes étaient souffrants, d'autres étaient venus réclamer leurs chameaux parce qu'ils voulaient s'en retourner chez eux. D'abord furieux, il finit par les prier de prendre leur mal en patience et d'attendre un peu, le temps qu'il fasse un aller-retour à Oujra. Après ça, il leur donnerait ce qu'ils voulaient, chacun pourrait faire sa propre cuisine, ou l'un d'eux pourrait la faire aux autres, qu'ils patientent seulement le temps d'un aller-retour, juste le temps de partir et de revenir… Et il donna l'ordre d'augmenter dans l'intervalle leurs rations de viande et de riz.

Le trafic maritime ne faiblissait pas, modestes embarcations ou navires gros comme des montagnes, déversant des masses de choses dont on ne savait ce qu'elles représentaient ni à quoi elles servaient. Avec cette marchandise qui s'entassait et augmentait de jour en jour, arrivaient des hommes venus de nulle part pour faire Dieu savait quoi. Ils passaient des heures à débarquer les lourdes charges en les arrimant avec de solides cordages pour les soulever plus haut que les bateaux. Qui les soulevait ? Et comment ? Les oasiens regardaient avec stupeur et appréhension les énormes caisses qui s'élevaient dans les airs sans l'aide de personne. Une silhouette sur le pont guidait d'une seule main la masse gigantesque et la mouvait d'un côté ou de l'autre, si bien que les spectateurs debout sur la plage y voyaient davantage l'œuvre d'un démon que d'un homme. Et lorsque Dahham al-Mouz'il baptisa l'inconnu l'"éfrit*", tous trouvèrent que ce surnom

---

* Génie malfaisant, dans la mythologie arabe.

lui allait à merveille. Les regards le suivaient avec attention, guettaient chacun de ses gestes et le moindre de ses mouvements, et lorsqu'il débarqua sur la plage, on ne cessa de l'épier pour voir comment il se tenait, comment il remuait la main et comment il regardait les gens autour de lui. Lorsqu'il se déshabilla en ne gardant qu'un carré d'étoffe pour cacher sa nudité et qu'il se jeta à l'eau, beaucoup eurent un mouvement de recul. Ils redoutaient qu'il ait les mêmes pouvoirs sur terre qu'à bord du navire, et lorsqu'il leva les bras pour fendre les vagues, ils ne doutèrent pas une minute que la mer allait se soulever et submerger le désert sur une vaste distance. Aussi rendirent-ils grâce à Dieu de le voir nager vers le large, car s'il était venu vers eux, un malheur serait arrivé. Et quand ils le virent approcher du navire au mouillage, Dahham al-Mouz'il s'écria :

— Ce bâtard a déchargé tout le bateau à lui tout seul, il pourrait bien le renverser !

L'éfrit resta un long moment près du navire. Lorsqu'il revint vers la plage, Dahham recommanda à chacun de s'éloigner et de rester vigilant et méfiant, parce que, s'il pouvait manœuvrer un monstre gros comme une montagne, personne n'aurait raison de lui. Quand il sortit de l'eau et s'étendit sur le sable, les gens l'observèrent à bonne distance, le fauve pouvant se relever à tout instant, et réagir comme une bête sauvage qui ne supporte ni le regard ni la présence de l'homme. Na'im, l'interprète, le rejoignit, et tous deux se mirent à parler et à rire. Puis il alla au bord de l'eau, y plongea ses deux mains et arrosa l'éfrit, qui se protégea en hurlant, avant de perdre patience et de s'élancer à la poursuite de son agresseur. À peine eut-il couru quatre ou cinq mètres dans l'eau qu'il s'abattit, se releva et tenta de rattraper Na'im, mais celui-ci avait pris le large et l'éfrit continua sa course.

Le souffle court, les Bédouins les suivirent des yeux jusqu'à ce qu'ils disparaissent tous deux derrière le bateau.

Tout était insolite en ce lieu désolé. L'arrivée de navires chargés de tonnes de matériel ne laissait aux hommes aucun répit et Dahham les harcelait. Non content de hurler, il abreuvait d'insultes les plus pauvres et les plus jeunes, ou ces étrangers venus de loin, pour que chacun trime à un rythme qui ne souffrait ni pause ni relâchement.

Malgré le flux des bateaux et la curiosité qu'ils suscitaient, la fatigue qui s'ensuivait coupait toute envie de bouger ou même de bavarder. Un voile de tristesse s'abattait à la nuit tombée, puis s'appesantissait et s'épaississait au fur et à mesure que le va-et-vient des Bédouins ralentissait et cessait tout à fait, et que l'emportait le bruit de la mer et du vent qui se levait soudain. Les hommes sombraient dans le silence, et l'amertume les tenaillait, d'autant que bien des questions résolues ailleurs restaient ici sans réponse. Ils ignoraient combien de temps ils passeraient là, et ce que serait leur vie les jours suivants, dans cet endroit perdu où ils avaient atterri.

Dans cette dépression où se pressaient au bord de l'eau de pauvres masures en pisé, la nature avait dessiné un paysage qui ne ressemblait à nul autre. D'un côté, un long cap rocailleux s'enfonçait dans la mer, de l'autre une échancrure sinueuse dessinait un golfe peu profond qui à une certaine distance se creusait et ouvrait sur le large. Sur le rivage, les rochers acérés laissaient place au sable, et derrière la plage s'élevait une rangée de dunes de diverses hauteurs au-delà desquelles commençait le désert.

Dans ce creux dont on aurait dit les bras refermés d'une mère, là où le désert et l'onde se rencontraient, assez loin du grand large pour en éviter les marées et les brusques tempêtes, avait poussé un jour un petit village qui s'était appelé – ou qu'un étranger de passage avait nommé – Harran. Il y faisait plus chaud et plus humide qu'ailleurs, peut-être parce que les vents d'est qui balayaient la région y étaient moins forts et moins réguliers, car ils se heurtaient à ce cap désolé ou le contournaient. Quant aux vents du désert, pourtant frais et doux à certaines périodes de l'année, ils passaient haut au-dessus de Harran sans s'y arrêter. Mais les tempêtes de sable apportaient au village son content de poussière ; les rafales soulevaient les dunes environnantes et s'en délestaient pro-fusément sur la côte, avant de se briser au large.

En été, Harran était un véritable enfer. Il n'y avait pas un souffle d'air et le ciel semblait bas et lourd comme un dôme de plomb. L'atmosphère était chargée d'humidité, on pou-vait à peine respirer, et la sueur baignait en permanence les corps pesants et moites, à l'étroit dans leurs habits trempés qui puaient la transpiration. Accablé de chaleur, paralysé par la fatigue, on avait l'impression que chaque membre se dis-sociait du reste du corps comme si aucun lien de chair ne le rattachait aux autres.

Si les nuits ailleurs étaient supportables, celles de Har-ran ressemblaient à ses jours. À peine le soleil couché, un immense voile de brume s'abattait, brouillait la visibilité et rendait la respiration malaisée ; la fraîcheur habituelle du crépuscule était ici un drap d'humidité épais dont on ne savait s'il fallait s'en recouvrir ou l'arracher. Chaleur et bouf-fées salées se mêlaient ainsi jusqu'une ou deux heures avant l'aube, court moment de répit où on pouvait enfin respirer à pleins poumons et jouir d'un bref repos avant le supplice du jour suivant.

Le temps était presque toujours le même à Harran, sauf pendant l'hiver, qui durait à peu près trois mois. Les lois de la nature alors s'adoucissaient, se faisaient plus légères, presque clémentes. On n'avait plus ni froid ni chaud, l'hu-midité semblait s'évaporer, le ciel était dégagé, sauf les rares jours où la pluie tombait fort et dru. Elle tombait à peine quelques heures, à la suite desquelles le vent du désert qui soufflait sur Harran sentait la terre mouillée, la langueur et l'herbe rare, ce qui ravivait les esprits et réveillait en eux une puissante nostalgie.

Une communauté oubliée d'êtres humains vivait dans l'attente de ces quelques jours – pour ces quelques jours. Ils vivaient des dons qu'ils recevaient des voyageurs et de la pêche, grâce à de modestes embarcations qui se cantonnaient d'ordinaire au cabotage. Les liens que Harran entretenait avec le vaste monde étaient sommaires, mais ils étaient aussi insolites et changeants. Ils se limitaient à deux ou trois itinéraires succincts vers des ports éloignés où les pêcheurs achetaient de quoi satisfaire leurs humbles besoins. Souvent ils se laissaient tenter par l'appel mystérieux et troublant de la mer et s'embarquaient alors dans leurs esquifs vers le port de Manal, à moins de deux jours de là. Mais si les vents étaient contraires et qu'une forte houle se levait, ils pouvaient avoir plusieurs jours de retard ; et s'ils soufflaient trop fort, ils étaient contraints de faire demi-tour et de remettre leur départ. Lorsque les vents étaient cléments et les portaient jusqu'à Manal, ils devenaient à moitié fous. La plupart vendaient leur barcasse et poursuivaient leur long voyage vers l'inconnu en s'embarquant sur un des navires en rade. Ils travaillaient, vivaient, chantaient, se souvenaient, et des années pouvaient s'écouler avant leur retour. Quand ils rentraient à Harran, ils avaient dans leurs malles plus d'histoires et de souvenirs que d'argent et de biens. Ils vivaient sur leur pécule un ou deux ans, reprenaient la pêche et la vie au village, puis, quand ils s'ennuyaient ou que l'existence leur pesait, ils repartaient à l'aventure. Bon nombre d'entre eux l'avaient fait. Les femmes et les enfants s'en attristaient, mais les vieux ne protestaient pas. Quelque chose à Harran poussait les hommes à s'en aller, et les vieux qui, guéris de leur folie, s'étaient assagis, et que ne tentait plus l'appel de la mer, avaient tous un jour ou l'autre brûlé du désir de partir, de naviguer vers Manal et au-delà.

L'appel du large qui attirait les marins vers ce port était aussi puissant que pour les nomades l'appel du désert. De ceux qui s'y étaient aventurés pour gagner Oujra, emprunter la route des Sultans et vagabonder au loin, on n'avait souvent pas de nouvelles pendant longtemps. Et si les pêcheurs revenaient avec mille anecdotes, les nomades étaient moins prolixes et leurs histoires avaient des airs de déjà-vu. Ils compensaient avec les masses de marchandises qu'ils rapportaient, et on en concluait que la route des Sultans était plus lucrative. Ceux qui ne revenaient pas ou dont l'absence s'éternisait n'oubliaient pas pour autant Harran. Ils envoyaient à leurs proches tous les présents possibles ; cadeaux, argent et lettres se succédaient avec la constante assurance de leur prochain retour.

Voilà pour quoi Harran vivait et espérait. Elle subissait son calvaire dans l'attente de l'hiver, et les gens, quand ils évoquaient cette saison, en étaient tout ragaillardis et plus fringants. Il se trouvait même des vieillards pour prétendre alors que le climat de Harran était meilleur que dans bien des endroits du monde.

Et si l'humidité devenait intolérable, qu'un vent d'ouest brûlant et chargé de poussière saturait l'atmosphère et poussait les Harranis à bout, c'était le souvenir de leurs voyageurs de fils qui les ancrait en cet endroit perdu et les aidait à patienter, à endurer… et à attendre.

29

Telle était Harran depuis qu'elle existait en cette partie du monde, et ce qu'elle était encore lorsque Ibn al-Rashid et sa troupe y parvinrent. Or la compagnie, qui avait visité bien d'autres endroits avant elle, avait choisi d'en faire une ville, un port et son siège administratif, et par là même un lieu de malheur et d'anéantissement.

Dès que les navires se mirent à accoster et à débarquer leurs énormes caisses en les empilant toujours plus haut, un vaste terrain fut délimité et clôturé de fils barbelés. Il partait du milieu du golfe et s'étendait vers l'ouest et le nord jusqu'aux lointaines collines. Ibn al-Rashid et ses hommes furent sommés de se replier de l'autre côté de Harran, à pas moins de mille mètres des barbelés. En peu de temps, après qu'un certain nombre d'étrangers eurent débarqué de navires qui ne ressemblaient en rien à ceux qui mouillaient là d'habitude, s'installa un perpétuel et constant va-et-vient, un va-et-vient presque insensé et féerique. Les gens couraient d'un endroit à l'autre, au même rythme que ces furieux engins jaunes qui soulevaient les collines, comblaient la mer et damaient la terre, et cela sans répit ni pitié. Les hommes d'Ibn al-Rashid avaient été rassemblés, puis divisés en petits groupes de trois ou quatre individus, et au milieu de cette course folle, de ces machines rugissantes qui s'élançaient comme des chameaux enragés, ils ne savaient, perplexes et empêtrés, qui aider ni comment se rendre utiles. Ils charriaient les planches, les tiges de métal et les plaques de ciment, mais avec appréhension et maladresse, si bien qu'ils trébuchaient, se cognaient contre les caisses et faisaient dégringoler le matériel.

Les Américains les observaient, inquisiteurs et impassibles, mais lorsque Na'im leur eut expliqué ce qu'ils devaient faire, et qu'ils les virent se démener si gauchement, cette impassibilité tourna à la stupéfaction, et ils les montrèrent du doigt en riant aux éclats quand certains se heurtèrent aux caisses et que l'un d'eux tomba.

Ces gestes et cette hilarité suscitèrent autant de crainte que d'amertume, et les incidents redoublèrent, si bien qu'un contremaître américain qui arpentait le chantier demanda à Na'im d'écourter la journée des travailleurs arabes.

Lorsqu'ils regagnèrent la zone qui leur avait été assignée, côté ouest, ils avançaient comme du bétail, et malgré le soleil qui cascadait du ciel avec extravagance, une ombre noire voilait leur regard et leur cœur. Ils avaient la gorge sèche et pleine d'une amertume qui donnait à tout un arrière-goût de coloquinte, et la fatigue qui les tenaillait écourtait leurs foulées et leur imposait un parfait silence. Ils voulaient atteindre leur camp le plus vite possible, s'affaler par terre, sombrer dans un sommeil profond pour ne plus se souvenir, ne plus revoir les gestes niais, les sourires railleurs, les regards qui les harponnaient et s'attachaient à chacun de leurs pas.

Dahham, qui depuis l'aube se pavanait comme un coq parmi les ouvriers, avec un trop-plein d'énergie, ne comprenait pas pourquoi on lui avait demandé de ramener ses hommes à cette heure.

À présent il marchait comme les autres vers les tentes dressées à l'ouest, silencieux et perplexe, plein de rage. "Si

Ibn al-Rashid avait été là, il n'aurait pas eu la langue dans sa poche et il nous aurait défendus !" songeait-il.

S'il avait coutume de mettre son nez partout et de parler beaucoup en jurant volontiers, cette fois, il aurait voulu arriver au campement avant ses hommes et disparaître, car la faute, si faute il y avait, lui revenait à coup sûr. S'il avait su leur communiquer les informations avec précision, leur expliquer ce qu'ils devaient faire, tout se serait mieux passé. Mais ce Na'im, pourquoi parlait-il aussi bas, avec une voix de femme ? Pourquoi ne claironnait-il pas comme les autres ? Il sentit qu'il le haïssait. C'était lui le seul responsable. Il disait les choses au dernier moment et avec une telle mollesse qu'on n'y comprenait rien.

Lorsque Fawaz et Souwaylih pénétrèrent sous la tente, Hajim et Mizban les y avaient précédés. Au début, ils ne distinguèrent rien, d'autant qu'un parfait silence régnait. Puis leurs yeux s'habituèrent à la pénombre, qui contrastait avec la luminosité du dehors, et Mizban s'écria, comme à part soi :

— Je l'ai échappé belle aujourd'hui…

Puis, après une pause :

— Si le nègre n'avait pas retenu son engin d'enfer, il m'aurait broyé les os !

La plupart des ouvriers avaient vu le monstre jaune manquer d'écraser Mizban, d'autant plus que le cri poussé par le Noir qui le conduisait avait attiré tous les regards. Mais chacun voulait réentendre cette anecdote, revivre l'amer incident et comprendre comment et pourquoi il était arrivé.

Mizban, tout à la fois abattu et heureux de s'en être tiré, répéta son histoire d'une voix lasse et éteinte, sans pouvoir expliquer ce qui s'était passé. Il était loin du monstre. Il transportait une planche. Et soudain il s'était trouvé nez à nez avec lui ! Pourquoi n'avait-il pas entendu son grondement, pourtant assourdissant ? Pourquoi ne l'avait-il pas vu approcher, alors qu'il n'avait jamais vu d'engin aussi énorme ?

La voix de Souwaylih retentit, vibrante de rage et de réprobation :

— Ces bâtards courent comme des diables… Y en a un qui arrive d'un côté, et la minute d'après, le voilà qui disparaît sans qu'on sache où il est passé… Quant à leurs engins, ils vont à toute vitesse, se rentrent dedans, grimpent les uns sur les autres et écraseraient tout le monde, avec un raffut à vous rendre sourd…

Il soupira et reprit tristement :

— D'où sortent ces monstres et qu'est-ce qu'on va bien pouvoir faire ?

— Maudit soit le jour où on a suivi Ibn al-Rashid ici ! fulmina Hajim.

Il eut un rire narquois, les dévisagea et ajouta sur un autre ton :

— Si ces monstres ne nous ont pas eus aujourd'hui, ils nous auront demain !

Ils se retranchèrent de nouveau dans le silence, dévorés par la tristesse et le sentiment que les jours difficiles, les jours sombres, restaient à venir. Ils songeaient aussi qu'Ibn al-Rashid ne les avait pas seulement trahis, mais qu'en les abandonnant dans cet endroit maudit à des hommes qu'ils ne comprenaient pas, il les avait mis dans une situation inextricable dont ils se sentaient prisonniers. Et ils ne savaient que faire ni comment réagir.

Quand Hamidi les appela pour manger, Souwaylih persifla :

— Puisqu'on nous nourrit, on ne va pas cracher dessus…

Mais, voyant que Fawaz restait dans son coin, privé d'appétit, il lança à la cantonade :

— Dieu maudisse les Américains et tous leurs ancêtres ! C'est à cause d'eux qu'on est dans ce pétrin !

Ce jour-là, en fin d'après-midi, avant le coucher du soleil, Na'im surgit à l'improviste, et chacun eut le pressentiment qu'il allait se passer quelque chose.

À cette heure, les hommes étaient assis à l'ombre ou non loin des tentes. Ils réfléchissaient, voyageaient en pensée, contemplaient la mer ou les collines avoisinantes et sirotaient leur thé, même froid, ce qui ne leur ressemblait pas.

Un spectre noir surgit au loin, mais aucun n'y fit attention. Il venait de l'autre camp, et ceux de l'autre camp se comportaient bizarrement, couraient, nageaient, se poursuivaient comme des chiens, se disputaient comme des enfants, faisaient en un mot des choses impensables. Ils tâchèrent cependant, par jeu et par habitude, de l'identifier. Et sans grande hésitation, plusieurs voix s'élevèrent et le verdict tomba : Na'im al-Sha'ira… l'interprète.

Na'im ne releva pas la tête, même quand il fut tout près d'eux. Il marchait en courbant l'échine, comme s'il réfléchissait, qu'il ne voulait pas les voir, ni savoir qu'ils l'observaient et suivaient chacun de ses pas.

Sans hésiter, après n'avoir levé les yeux qu'une fois pour s'assurer qu'il s'agissait bien de la tente de Dahham, il se dirigea vers elle.

Dahham s'était réservé la première tente. Il avait voulu être le premier, le plus proche du camp des étrangers, et le plus près possible de la piste qui descendait des collines côté ouest, la piste d'Oujra. Les hommes se dirent : "Ce gars a un problème ; c'est pour ça qu'il est là." Chacun tenta d'imaginer les raisons de la visite de Na'im. Elles étaient sans doute liées à leur performance du jour, surtout qu'il n'était venu là que deux ou trois fois, et ce après qu'Ibn al-Rashid eut beaucoup insisté et lui eut envoyé plus d'un messager en assurant que ce qu'il avait à lui dire était de la première importance.

Maintenant, après une rude journée, il se hâtait vers eux, sans doute en émissaire, l'air préoccupé. À peine l'eut-on reconnu et eut-on prévenu Dahham que celui-ci alla à sa rencontre et l'interpella d'une voix forte avec une affabilité exagérée, ce qui décupla l'inquiétude et la perplexité des ouvriers. Et quand il pénétra d'une traite sous la tente, sans un regard, sans une pause, chacun comprit que l'affaire était grave et singulière.

Dahham passa la tête au-dehors et appela : "Fawaz! Fawaz!" L'angoisse étreignit Fawaz un bref instant. Mais son ressentiment l'emporta, et Souwaylih, qui était assis face à lui et regardait la mer, n'en fut pas dupe quand il se retourna et vit la colère sur le visage de son cousin.

— Méfie-toi, lui dit-il d'un ton paternel, et s'ils te font du tort, ne le leur rends pas.

Malgré son jeune âge, Fawaz était prêt à tout et avait su s'imposer et mériter le respect des autres. Aussi Dahham le traitait-il d'une manière particulière, à laquelle peu avaient droit. Peut-être Ibn al-Rashid lui avait-il recommandé de l'éviter, ou peut-être était-ce à cause de la distance que Fawaz avait instaurée et maintenue depuis Oujra. Car au cours des semaines passées, les quelques mots qu'ils avaient échangés se résumaient à un bonjour ou une question. À présent, dans la pénombre du crépuscule, que pouvait lui vouloir Dahham qui eût trait à la visite de l'interprète? Pourquoi l'avoir choisi, lui? À cause d'une erreur qu'il avait commise, ou du faux pas de Mizban?

Quelque chose ne collait pas, mais il était prêt à se battre et à affronter n'importe qui. Il ignora la mise en garde de Souwaylih et n'accorda pas un regard aux hommes qui étaient assis près des tentes. Dès qu'il fut près de Dahham et l'eut salué, celui-ci lui glissa à voix basse, comme s'il ne voulait pas que Na'im l'entende :

— L'interprète veut qu'on parle aux gars et qu'on leur explique comment travailler.

Na'im ne s'était pas levé lorsque Fawaz était entré et ne s'était même pas soucié de lui retourner son salut. Il hocha légèrement la tête, lui décocha un regard presque hostile, comme s'il ne lui faisait pas confiance, et lui dit après un silence :

— Est-ce que tu sais lire et écrire ?

Fawaz opina du chef, mais l'autre n'était pas convaincu :

— Où as-tu appris ?

— À Wadi al-Ouyoun.

— Il y a une école à Wadi al-Ouyoun ?

— J'ai appris avec le cheikh.

Les yeux de Na'im fouaillaient le visage du jeune homme. Il cherchait à savoir à qui il avait affaire. Or Fawaz tenait son éducation de son père, et une des leçons qu'il avait retenues et souvent mises en pratique à Wadi al-Ouyoun, c'était de regarder son interlocuteur dans les yeux, car, si la langue reste nouée, les yeux parlent à sa place. Sans doute ce regard dur et perçant, chargé d'hostilité, déplut-il à Na'im ; cette insoumission à laquelle il ne s'attendait pas le déroutait.

— Quel cheikh ? fit-il d'un ton narquois. Et qu'as-tu appris ?

— Le cheikh Mounawir, l'imam de la mosquée de Wadi al-Ouyoun. C'est lui qui apprend à lire, à écrire et à compter aux enfants du *wadi*.

Fawaz ne comprenait pas pourquoi l'interprète lui vouait une telle antipathie. Ses questions n'étaient pas innocentes. Elles étaient teintées d'incrédulité et d'ironie. Ses manières, ses regards languides, son corps plutôt râblé, sa façon de parler entre ses dents comme si les mots venaient d'ailleurs, attisaient sa haine.

Pour sauver la situation et mettre un terme à cet entretien qui ne menait nulle part, Dahham intervint :

— C'est Fawaz qui écrit les lettres de tout le monde.

Na'im leva le bras pour montrer qu'il en doutait ou qu'il s'en fichait et rétorqua avec hauteur :

— En tout cas, tous les deux, vous êtes responsables. Nous, on a rédigé les instructions que les ouvriers doivent signer. Il faut les leur expliquer…

Il tendit un long document à Dahham, qui le prit avec un élan de respect et se mit à lire en hochant la tête en signe d'extrême attention.

— Ça commence par des conditions, et à la fin on a la paix… continua-t-il du même ton amorphe.

Il prononça ces mots mystérieux et interrogea les deux hommes du regard. Mais comme ils se taisaient, il reprit avec un rire sarcastique :

— Demain, personne ne travaille. Vous leur lirez ces instructions. Une fois, cent fois s'il le faut, jusqu'à ce qu'ils comprennent, pour qu'on puisse reprendre après-demain sans problème…

Puis, après une pause, et d'un ton péremptoire :

— Demain après-midi, envoyez-moi trois gars pour chercher les nouveaux uniformes qui remplaceront vos hardes.

Il tapa sur la banquette pour signifier que sa mission était presque achevée et ajouta :

— Compris ?

Avec la soumission d'un animal docile et affamé, Dahham assura qu'il avait parfaitement compris et qu'il était tout à fait prêt à appliquer les ordres à la lettre. Il s'exprima à grand renfort de gestes, avec une obséquiosité outrée, en regardant tour à tour le document et le visage de son interlocuteur.

Fawaz, lui, se sentit soudain oppressé par la haine qu'il ressentait envers le petit homme trapu, envers Dahham qui se laissait humilier ainsi, et envers cette corvée dont il ne savait comment on la lui avait imposée. Dahham voulut persuader Na'im de partager leur repas, mais l'homme déclina avec un sourire méprisant, peu soucieux de s'excuser. Il agita sa tasse de café pour signifier qu'il levait la séance, puis il se planta à l'entrée de la tente, promena sur les hommes un regard circulaire, comme pour se mesurer à eux et les jauger, et prononça ces derniers mots en s'en allant :

— Après-demain, on verra !

30

En moins d'un mois, deux villes sortirent de terre : la Harran arabe et la Harran américaine. Ce furent les ouvriers qui avaient provoqué les sarcasmes puis les éclats de rire des Américains qui les construisirent toutes deux. Ce furent eux qui fixèrent les panneaux de bois clair avec de grosses vis, eux qui charrièrent les lourdes plaques en tôle et les clouèrent les unes aux autres sur les charpentes, eux qui posèrent les vitres et posèrent les volets, eux qui peignirent. Toutes les trois ou quatre heures, ils lâchaient leurs outils et reculaient de quelques mètres pour regarder l'œuvre qu'ils venaient d'achever. Le contremaître américain qui surveillait les travaux surgissait dès qu'ils avaient fini, vérifiait de ses mains ou avec divers instruments la solidité des cloisons et des toitures, puis, l'inspection faite, observait les visages burinés avec une admiration mêlée d'étonnement et répétait : "OK, OK…"

On refit cela une multitude de fois dans la Harran américaine, et en moins d'un mois, le noyau d'une cité bien structurée prit forme et se développa, avec de larges rues qui en croisaient de plus étroites, parfaitement droites, damées par les maudits engins d'enfer avant d'être nappées d'une matière noire et luisante ; des bâtiments aussi nombreux que les oies migratrices à Wadi al-Ouyoun en hiver ; de petites maisons, et d'autres tellement hautes et vastes qu'on ne savait qui viendrait jamais y habiter ; plusieurs bassins ici et là, flanqués de paillotes en troncs de palmier ; une longue route qui reliait la colline nord-ouest à la mer et le long de laquelle étaient alignés des centaines de tuyaux mystérieux dont on ne savait à quoi ils serviraient.

Durant tout ce temps, les navires ne cessèrent d'accoster. Ils débarquaient du matériel dont on ignorait l'usage, et même une fois les caisses ouvertes et les marchandises extraites de leur emballage grossier ou de leur boîte par un ou deux Américains pour former des amoncellements de métal rutilant, nul ne pouvait se prononcer sur la nature exacte de ces nouvelles calamités.

Lorsque les ouvriers arabes, qui les premiers jours ressemblaient à de maladroits pantins, eurent serré leur corps mince dans d'étroits *overalls** et coiffé l'espèce de casque blanc, et lorsqu'on les eut divisés en petits groupes et répartis aux quatre coins du chantier, ils furent transformés en l'espace de quelques semaines et reçurent en signe de reconnaissance des compliments admiratifs, accompagnés de légères tapes sur l'épaule. Ils n'hésitaient plus à accomplir les tâches qu'on leur assignait et à prêter main-forte dès qu'on le leur demandait. Galvanisés au point de tout entreprendre, après avoir connu une appréhension proche de la terreur, surtout lorsqu'on leur avait lu les fatales instructions, ils relevaient le défi avec une énergie presque désespérée. Spontanément, implacablement, les choses se mirent à changer. Les mains trouvèrent un autre rythme ; des mots et des expressions s'incrustèrent involontairement dans les mémoires, à force d'être répétés ; des liens se formèrent, ponctués de sourires et de gestes, et la peur disparut ou du moins reflua.

Les mêmes navires qui avaient transporté les monstres se mirent à convoyer un nombre toujours croissant d'étrangers.

---

* Combinaisons de travail, en anglais dans le texte.

Des êtres dont on ne savait d'où ils venaient ni ce qu'ils feraient. Ils s'abattaient comme des sauterelles et s'égaillaient aux quatre coins du camp. En quelques heures on les avait logés et organisés, et, dans la longue salle dont on n'avait su qu'il s'agissait d'un réfectoire que lorsqu'elle avait été achevée, un repas les attendait.

Chaque bâtiment terminé reléguait les Arabes au second plan. Car une fois les murs montés, les toits, les fenêtres et les volets posés, les Américains se livraient à de mystérieux travaux. Ils tendaient de solides câbles noirs dans les cloisons et fixaient aux fenêtres des caissons métalliques qui soufflaient de l'air froid. Et dès qu'un étranger descendait de bateau, on lui remettait un jeu complet de vêtements, des couvertures et des meubles, et on lui attribuait un logement personnel. Un ou deux jours après son arrivée, il se mêlait aux autres comme s'il savait d'avance ce qui l'attendait, et il se mettait à trimer sans relâche. Certains travaillaient en mer, d'autres charriaient les fameux tuyaux d'un endroit à l'autre, d'autres encore montaient les machines qu'on avait sorties des caisses en pièces détachées. Ils cavalaient comme des chats affolés, presque nus ; hormis le short et le casque blanc, ils ne portaient rien la plupart du temps. Les taches noires qui maculaient les corps et les visages, les plaies qui striaient les doigts et les membres, la sueur qui ruisselait sur les poitrines et les têtes, tout cela les rendait cocasses. Mais de tels tableaux étaient si fréquents qu'ils ne surprenaient plus personne et n'attiraient aucun regard.

*

Moins d'un mois plus tard, Ibn al-Rashid revint avec une troupe d'hommes dont sept étaient des gars de la région, d'Oujra et de Rawda. Des autres on ne savait rien, sinon qu'ils venaient de loin et d'un peu partout.

Il avait quitté Harran alors que les maisons venaient d'être rasées et qu'il n'en restait plus aucun repère, sinon quelques tentes côté ouest, et l'amoncellement de caisses en bois qu'avaient apportées les monstres. Aussi fut-il ébahi et presque admiratif en découvrant de loin les merveilles qui avaient poussé en son absence. Il s'en extasia à voix haute devant les hommes qui l'accompagnaient. Mais lorsque les ouvriers revinrent de la Harran américaine vêtus de leur *overall* et casqués de blanc, il leva les deux bras en l'air et s'écria avec une stupeur teintée d'effroi :

— Dieu tout-puissant ! Qu'est-ce qui vous est arrivé, mes braves !

La plupart ne saisirent pas tout de suite la raison de cette exclamation. Ils s'entre-regardèrent, puis regardèrent Ibn al-Rashid, l'œil interrogateur. Celui-ci éclata de rire et reprit :

— Je pensais que les Américains n'arriveraient jamais à changer un Arabe, même s'il leur poussait un palmier sur la tête !

Il s'approcha de Dahham — silhouette cocasse, ventre bombé et fesses rebondies, à l'étroit dans son uniforme — et lança en lui tapant sur l'épaule :

— L'être humain me surprendra toujours !

Bien qu'il ne se départît pas de sa surprise, Ibn al-Rashid loua à voix haute, avec une emphase excessive, tout ce qu'il vit et entendit. Il complimenta Dahham et ses hommes, admira les jolies maisons que les Américains avaient construites, déclara que les Arabes devaient faire pareil, puis demanda avec enthousiasme à tout savoir sur tout. Quand avait-on commencé à bâtir, qui l'avait fait, combien de temps avait-il fallu, comment avaient-ils eu ces bleus de travail... Puis il tendit la main vers un des fameux casques blancs, le caressa doucement en un geste admiratif et n'oublia pas de demander si tous les ouvriers avaient reçu cet uniforme et s'il en restait d'autres. Il était au comble de l'excitation, ses questions se bousculaient, et il n'attendait même pas de réponse précise, car son élan et son trouble, puis son désir de tout savoir, l'emportaient sur les explications que Dahham s'appliquait à lui fournir.

Tout à sa stupeur, Ibn al-Rashid avait oublié les hommes qui l'accompagnaient. Aussi époustouflés que lui, ils étaient restés à l'écart près des chameaux, silencieux, et, tandis qu'il poursuivait son interrogatoire, certains avaient fait baraquer leurs bêtes et s'étaient mis à décharger. Lorsqu'il se retourna et s'aperçut qu'ils n'étaient pas au bout de leur peine, il s'efforça de leur témoigner autant d'enthousiasme qu'il en avait montré devant la métamorphose de Harran, et s'empressa de donner des ordres pour qu'on les aide à débâter et à transporter les ballots sous sa tente.

Dans ce climat de solidarité et d'effervescence, la tâche fut expédiée en peu de temps, émaillée de questions et de plaisanteries, les nouveaux venus observant avec curiosité ceux qui les avaient précédés. Brusquement, Ibn al-Rashid sembla se souvenir de sa mission, et, tandis qu'on déchargeait les derniers chameaux, il s'écria, sûr de lui :

— Réjouissez-vous, mes braves, tout sera exactement comme vous le vouliez !

Les ouvriers s'assirent sur le terrain nu qui s'étendait entre les tentes, face à la mer, la plupart d'entre eux ayant enlevé ou déboutonné l'uniforme étriqué qui les étouffait, et ôté leur casque pour le laisser sous une tente ou le poser près d'eux. Dans un moment de silence, Ibn al-Rashid annonça alors qu'un des hommes qui l'accompagnaient était boucher, comme son père et son grand-père, et qu'il vendrait sa viande à qui la voudrait. Il ajouta en en désignant un autre, très brun de peau et plutôt court de taille, que celui-ci était épicier et qu'il fournirait aux Harranis des produits aussi variés et abondants qu'à Oujra ou ailleurs. Puis il se tourna en tous sens jusqu'à ce qu'il accroche le regard d'un petit homme malingre, et déclara avec un rire qui découvrit ses dents écartées :

— Je connais les Bédouins… Ils aiment leur pain et n'en changent pas, mais ce gars-là a du métier…

Puis, en ricanant de plus belle :

— Ne craignez rien, mes braves, faites confiance à son excellence!

Aucun ne saisit qui, du boulanger, d'Ibn al-Rashid ou d'un autre, était l'"Excellence" en question. Quant au jeune homme timide en pantalon et chemise qui se tenait à l'écart, silencieux comme s'il vivait un rêve ou assistait à une étrange pièce de théâtre, Ibn al-Rashid le présenta comme l'"ingénieur" qui allait leur construire des maisons à faire pâlir d'envie les Américains.

Ainsi Ibn al-Rashid parla-t-il de ses nouvelles recrues, et si la fatigue du voyage se lisait sur ses traits, il n'en était pas moins bouillant de ferveur et d'excitation. Puis il voulut tout voir et tout savoir de ce qui s'était passé en son absence, le nombre de bateaux, ce qu'ils transportaient et combien d'étrangers avaient débarqué. Dahham répondait aux questions avec force détails, mais il s'aperçut bientôt qu'Ibn al-Rashid semblait préoccupé et qu'il avait la tête ailleurs. Soudain celui-ci se leva et lui demanda de l'accompagner à la Harran arabe.

Là, Ibn al-Rashid se métamorphosa et s'adressa aux Harranis avec douceur et empathie. Il s'entretint avec chacun, s'inquiéta de leur santé, leur demanda ce qu'ils pensaient de leurs nouveaux logements, étaient-ils bien installés ou avaient-ils besoin d'autre chose, et il montra un intérêt particulier pour Ibn Naffa', qu'il appela "le Sage" en signe de respect. Quand il eut fini, il leur demanda à qui appartenaient les terrains de Harran, puis les terres avoisinantes – s'agissait-il de pâturages communaux ou privés ? Ses questions se firent très précises, et il chargea Dahham de consigner avec soin les réponses. Sur le chemin du retour, il lui expliqua qu'il fallait prendre note parce que tout ça était crucial, et il n'ajouta rien de plus.

Ibn al-Rashid réfléchissait seul et prenait seul ses décisions. Il ne confiait ses secrets à personne ; il ne consultait personne. Il avait subitement décidé d'aller à Oujra, avec des airs de conspirateur, et nul n'en avait rien su sauf ceux qui l'avaient vu partir. Il avait demandé à ses hommes de patienter le temps d'un aller-retour, en insistant bien sur ces mots, or il revenait un mois plus tard et, au lieu de s'occuper d'eux, il amenait de nouvelles recrues et de nouveaux problèmes.

Ses secrets ne regardaient que lui. En arrivant, il avait d'abord demandé des nouvelles de Na'im. Et quand Dahham lui avait dit qu'un grand nombre d'étrangers étaient arrivés et que Na'im était très occupé, il avait dépêché un de ses hommes au camp des Américains, pour prévenir l'interprète qu'il était de retour et qu'il voulait le voir pour une affaire importante.

Lorsque l'émissaire revint et déclara qu'il n'avait pas pu voir Na'im, Ibn al-Rashid dit à Dahham :

— Demain, il faut absolument que tu ailles le chercher…

Puis, avec un sourire, mais en baissant le ton :

— C'est lui la clé… Il faut qu'on s'en occupe !

Et bien que Dahham ne comprît pas un mot de ce qu'insinuait Ibn al-Rashid, il acquiesça d'un hochement de tête !

31

La Harran américaine grandissait et s'étendait de jour en jour, et plus elle grandissait et s'étendait, plus elle leur était étrangère. Un soir, les ouvriers furent libérés plus tôt et on leur interdit l'accès à certaines zones, celle de la grande piscine par exemple, bien qu'ils n'y aient pas fini leur tâche. Ce soir-là, il régnait sur la Harran américaine une atmosphère bizarre, comme s'il s'y préparait quelque chose. Ibn al-Rashid avait décidé de consacrer cette demi-journée et le lendemain, qui était un jour férié, à finir de construire les trois boutiques qui abriteraient la boulangerie, la boucherie et l'épicerie, mais ce fut l'apparition d'un énorme bateau à l'horizon qui bouleversa les deux Harran du tout au tout.

Lorsque le navire mouilla l'ancre, au coucher du soleil, chacun fut surpris de voir combien il était différent de ceux qui avaient accosté jusqu'alors. Il brillait de mille feux multicolores qui embrasaient la mer, et sa taille gigantesque les laissa stupéfaits. Ni les Harranis, ni les Bédouins de l'intérieur des terres n'avaient jamais rien vu de pareil, et ils se demandaient, ébahis, comment une telle masse pouvait flotter et avancer sur l'eau ?

Dès que le navire approcha, l'écho de chants, de musique et de cris se répandit de toute part, depuis la mer jusqu'au rivage où tous les Américains du camp s'étaient rassemblés. Dans un tonnerre d'ovations, le navire s'immobilisa et de petits bateaux commencèrent à débarquer des dizaines, des centaines de passagers, des hommes, mais aussi un grand nombre de femmes. Des femmes appétissantes, rutilantes, souriantes, piaffant comme des chevaux de course. Solides, fraîches et apprêtées comme si elles sortaient tout juste d'un bain chaud. Seul un court morceau d'étoffe colorée dissimulait leur corps ; les jambes étaient longues et nues, fermes comme roc. Les visages, les mains, les poitrines, les ventres… tout, oui, tout, reluisait, dansait, virevoltait. Les hommes se mêlèrent aux femmes sur le pont du navire, puis embarquèrent sur les petits bateaux. Et sur le rivage, l'incroyable se produisit.

Un spectacle inoubliable et qu'on ne reverrait jamais. Car tout ce monde soudain ne fit plus qu'un, agglutiné en une masse gigantesque, comme un énorme chameau, chaque individu collé et mêlé aux autres.

Les Harranis s'approchèrent pas à pas, inconsciemment, comme des somnambules, avec une stupeur grandissante. Ils n'en croyaient ni leurs yeux ni leurs oreilles. Tout cela était-il bien réel, un navire de cette taille, aussi splendide ? Ces femmes qui semblaient à la fois de lait et de dattes dans leur pâleur hâlée ? Comment imaginer que des hommes puissent étreindre ces femmes sans honte aucune, et sans crainte de représailles ? Et ces femmes étaient-elles épouses, amantes, ou autre chose ?

Les Bédouins observaient la scène, haletants, et s'entre-regardaient, incrédules, avec des sourires voraces, en émettant parfois un sifflement aigu ou en frappant de grands coups par terre. Les enfants atteignirent la rive avant tout le monde. Ils s'assirent au bord de l'eau, et certains s'enhardirent à s'y tremper pour s'approcher des chaloupes. Mais la majorité resta sur le sable sec pour pouvoir se faufiler à sa guise et ne rien manquer du spectacle. Les femmes, elles, restèrent à bonne distance sans qu'une seule osât s'approcher.

Cela marqua l'entrée de Harran dans l'histoire, et décida de quand et comment elle naquît, car beaucoup ne s'en souvinrent plus qu'à partir de ce jour. Même les Harranis installés là depuis des lustres, eux qu'avaient terrorisés l'arrivée du premier groupe d'Américains et plus encore l'occupation du rivage et des collines avoisinantes, ces gens qui étaient nés et avaient vécu là, et qu'avait bouleversés la destruction de leurs maisons, eux qui se souvenaient des chagrins passés, des morts et des voyageurs disparus, ces mêmes Harranis se souviendraient mieux de l'arrivée de ce bateau que de toute autre chose, avec un mélange de perplexité, de peur et de stupéfaction, au point de n'avoir plus que cette date gravée dans leur mémoire.

Les ouvriers, qui s'étaient avancés par petits groupes et avaient tout vu, étaient plus nerveux, troublés et affolés qu'ils n'étaient amusés. Ils avaient pour la première fois le sentiment écrasant et douloureux d'être venus là par erreur, et pensaient qu'ils devaient repartir au plus vite. Ibn al-Rashid, qui organisait ses hommes pour construire les boutiques de la Harran arabe, avait d'abord joué l'indifférence et envoyé deux émissaires surveiller le débarquement du nouveau monstre. Mais bientôt il n'y tint plus et, dès que retentirent les sirènes du navire et que les passagers se mirent à gesticuler sur le pont, avec toutes ces lumières et cette musique, il se tourna vers Dahham et un autre qui étaient restés avec lui et s'écria :

— Si ton peuple devient fou, inutile d'être raisonnable...

Puis, dans un éclat de rire :

— Aucun de nos messagers n'est revenu, aucune nouvelle de personne... Il faut qu'on aille voir ce qui se passe là-bas !

Il partit d'un pas lent et placide. Mais au fur et à mesure qu'il approchait du rivage, que les silhouettes se précisaient et que le tableau prenait forme, il sentait une vigueur secrète l'aiguillonner. Lorsqu'il s'assit sur le sable, tout près du bord, parmi les ouvriers, qu'apparurent les femmes et que leur parvinrent les éclats de rire, il profita d'un instant de silence, consécutif au brûlant soupir qu'avait poussé un ouvrier, pour lancer :

— Ma foi, les gars… c'est le jugement de Salomon!

Un concert de rires éclata, accompagné de force commentaires, et nul ne songea même à rabrouer les jeunes qui y allaient de leurs galéjades et de leurs quolibets.

Face au silence qui régnait sur la Harran arabe et à la concentration de chacun des hommes qui assis sur la berge suivaient attentivement le spectacle des yeux, la clameur qui montait du bateau et de la Harran américaine atteignait son paroxysme. Les ouvriers n'avaient jamais remarqué d'instruments de musique dans les caisses qui avaient été débarquées jusque-là, aussi furent-ils médusés par les trompettes, tam-tams et autres cuivres qui s'amoncelaient sur la plage. Lorsque le navire s'immobilisa et que la musique qui s'en échappait se tut, le vacarme reprit de plus belle sur la rive, dominé par les roulements de la grosse caisse qui rythmait les trémoussements et les cris des fêtards, et donnait à la scène une couleur et une saveur particulières.

— Des fils de putes, ces Amerloques! s'écria un des ouvriers, furieux. Quand ils fument, ils nous aveuglent, et ils ne pousseraient pas la pitié à nous donner à manger!

— Laisse-leur leurs festins de cheikhs, Moubarak, c'est le seul moyen d'avoir la paix! rétorqua Hajim.

Ils auraient eu beaucoup à dire, mais le tumulte et le vacarme qui régnaient, et le spectacle qui se renouvelait à tout instant, ne laissaient à personne, aussi téméraire fût-il, le loisir de s'exprimer. Les autres, médusés par cette vision de rêve, commencèrent par montrer d'un doigt effaré et honteux certaines scènes, en échangeant de brefs regards et quelques exclamations scandalisées en se poussant du coude, mais les détails fusaient et se précisaient, le rythme s'accélérait et lorsqu'on en fut là – lorsque ces hommes et ces femmes debout, presque nus, sur le pont du navire ou dans les chaloupes, se précipitèrent de loin, bras tendus, pour s'étreindre et s'embrasser en de théâtrales effusions, lorsque ces hommes juchèrent les femmes sur leur dos, les soulevèrent à bout de bras pour les presser sur leur poitrine, lorsque ces femmes s'assirent sur les genoux des hommes… – lorsqu'on en fut là donc, ils n'eurent plus aucun scrupule à pointer résolument leur doigt sur les étrangers, à s'exclamer et à se gausser sans retenue. Les commentaires se déchaînèrent à tout rompre lorsqu'une dernière chaloupe parut avec à bord un homme entouré de sept femmes, mollement étendues. L'homme, barbe épaisse et poitrine velue, allait de l'une à l'autre, caressant celle-ci, flattant celle-là, s'inclinant sur celle-ci, se penchant sur celle-là, en enlaçant une de chaque bras, tournoyant, éclatant d'un rire tonitruant, bondissant à faire chavirer l'embarcation, plaquant trois accords de batterie, tournoyant à nouveau, se penchant, relevant une des belles pour esquisser trois ou quatre pirouettes au rythme lancinant et puissant des tambours… Près du bord, l'homme sauta lestement dans l'eau et se mit à pousser la chaloupe jusqu'au sable, dans un tonnerre de cris et de chants joyeux.

— Dans les jardins d'Éden où coulent les ruisseaux*, entourés d'éphèbes et de vierges, ils demeureront immortels… déclara, sentencieux, Abdallah al-Zamil.

— Bon sang, mes frères, c'est exactement ce qu'a dit Abou Muhammad, rétorqua Hamad al-Zaban. Voilà Salomon et toute une clique de Bilqis! Crevez dans vos vices, fils de putes!

---

* Référence au Coran, sourate XCVIII, verset 8.

Aucun n'en croyait ses yeux. Cette scène inénarrable et incroyable dépassait leur entendement. Même les jeunes et les gamins qui n'avaient pas cessé de gesticuler, de rire et de commenter à voix haute, finirent par rester cloués sur place, muets devant un tel spectacle. Les adultes, encore plus sidérés, se tournèrent légèrement et changèrent de posture et de position, pour suivre des yeux, comme hypnotisés, le cortège qui s'ébranlait en direction de la Harran américaine. Pourtant de nature peu prolixes et peu enclins au clabaudage, ils se sentaient soudain pris de vertige, comme si une douleur violente déchirait une partie précise de leur anatomie, au point que certains en hurlaient brusquement et que d'autres regrettaient à voix haute d'être venus là et d'avoir assisté à une telle orgie.

*

Le portail de la Harran américaine se referma sur les passagers du navire, et Joum'a le Noir se planta devant, tel l'ange de la Mort, armé d'un fouet en poils de queue d'éléphant. Le tumulte et les cris refluèrent sans s'éteindre tout à fait, et jusque tard dans la nuit l'écho de la musique résonna de loin en loin. Lorsqu'elle cessait, les hommes assemblés sur la plage tendaient l'oreille, car chaque fois que le silence tombait, quelques minutes à peine s'écoulaient avant que retentisse un nouveau cri strident ou un bruyant éclat de rire, suivi d'une musique plus endiablée qu'avant. Et le jeu se reproduisant, l'attente devenait à la fois excitante et cruelle.

Aucun des hommes assis sur le sable ne sentit le froid tomber, aucun n'éprouva le désir de dire quelque chose de précis ou de sérieux, et bien que de longues heures se fussent enfuies depuis l'arrivée du navire et le retrait des Américains dans leur camp, le temps cette nuit-là ne s'écoulait pas comme avant. Les Harranis avaient l'habitude de se coucher tôt, à l'exception de quelques-uns qui jouaient aux cartes, mais cette nuit-là, aucun ne vit le temps passer et aucun ne songea à rentrer. Les enfants, qu'avait stupéfiés ce spectacle, émergèrent rapidement de leur ahurissement, et se remirent à s'agiter, à galoper et à marmonner à demi-mot des obscénités dont les adultes n'imaginaient pas qu'ils les connaissaient. Certains regagnèrent les tentes et rapportèrent sans doute aux femmes ce qu'ils avaient vu avec moult détails, car elles qui étaient restées à l'écart depuis l'arrivée du navire semblaient tout savoir, comme si elles avaient tout vu de leurs propres yeux. Vite guéries de leur timidité, elles racontèrent sans retenue comment le Bouc – ainsi avaient-elles baptisé le barbu arrivé par la dernière chaloupe – virevoltait et se penchait sur les sept femmes qui l'accompagnaient, et comment il avait sauté d'un bond dans l'eau… Et si elles dirent à leurs enfants d'appeler les hommes pour manger, elles durent mal s'exprimer ou ne pas insister, car les gamins continuèrent de gambader, à l'affût de l'insolite, et, tout à leur excitation, oublièrent leur rôle de messager.

Si la lune avait été pleine, la saison estivale, ou la nuit marquée par le retour de voyageurs restés longtemps absents, une telle veillée aurait paru normale. On aurait interminablement évoqué le passé et de lointains horizons, des rires heureux et passionnés auraient émaillé les ténèbres, on se serait enquis du sort d'autres nomades, de l'état d'autres lieux, de la pluie et des pâturages. Mais que les hommes restent ainsi presque silencieux, à ne poser que des questions hâtives qui n'appelaient pas de réponse, emplissait les cœurs de tristesse et d'une immense perplexité.

Chacun aurait pu parler – ils avaient tous beaucoup à dire. Même ceux qui avaient coutume de se taire auraient pu trouver quelque chose, et certains auraient pu chanter, si tant de mélancolie n'avait alourdi leurs cœurs. Car lorsque le vague à l'âme s'abattait ainsi et s'emparait des sens, les langues se nouaient, la douleur raidissait les corps, et la tension nerveuse remplissait d'amertume les gorges desséchées. Le silence régnait. Même Ibn al-Zamil, qui était vif et prompt à persifler, qui était allé plusieurs fois au portail, qui s'était posté près des fils barbelés en espérant pouvoir se faufiler et s'approcher et qui, dès qu'il entendait quelque chose, s'empressait d'en avertir les autres, même Ibn al-Zamil, lassé de revenir bredouille, finit par se calmer, se leva avec colère et s'en fut en disant :

— Priez Dieu, les gars…

Il s'immobilisa un instant pour s'assurer qu'on l'écoutait et reprit :

— Ces bâtards d'Américains vont nous ruiner la santé… Ils carburent à la viande et ils nous jettent les os!

Puis, en se retournant, après avoir fait quelques pas :

— Laissez tomber, les gars, que Dieu les avilisse… et maudit soit le jour où ils ont débarqué!

Il faisait bien de montrer l'exemple. Car la stupeur dans laquelle les avaient plongés le silence et l'attente, ce retrait dans un endroit sombre, à la fois proche et éloigné de l'enclave américaine, ces fantasmes qui les avaient brusquement embrasés, les avaient empêchés de raisonner et d'agir. Ibn al-Zamil avait tenté sa chance comme un loup affamé, arpenté le terrain de bout en bout, encouragé les gamins à sauter les barbelés à l'est du camp pour aller espionner et revenir leur raconter, mais malgré ses échecs et ses multiples récidives, il avait compris que s'attarder là ne leur vaudrait que fatigue et contrariétés. Aussi, lorsqu'il eut pris sa décision et interpellé les hommes, ils s'ébranlèrent tous ensemble, en jurant, soupirant et menaçant.

Ibn al-Rashid s'éclaircit la gorge :

— Tu as raison, Ibn al-Zamil, dit-il en se relevant. Nos gars en ont assez vu, ils ont assez de soucis comme ça!

— Les beaux jours ne durent pas ! soupira un Harrani.

— Les belles nuits encore moins… marmonna Ibn al-Rashid en s'éloignant.

Un homme, invisible dans l'obscurité et dont on ne reconnut pas la voix, s'écria :

— Dites ce que vous voulez, mais moi j'ai bien peur qu'on n'ait plus ni identité ni religion ! Et on ne partagera ni la viande des Américains, ni leur bouillon !

Ils éclatèrent de rire. Parce qu'ils devinaient ce qu'il sous-entendait. Ce Harrani qu'avait enfiévré le spectacle, cet homme qui avait voyagé et vécu d'autres vies que les habitants de cet endroit perdu et oublié du monde, souffrait d'être revenu dans ces conditions. Lorsque les rires se calmèrent, il ajouta :

— À l'aube, vous aurez compris…

*

Cette nuit-là, à Harran, personne ne dormit. Les Américains continuèrent de vociférer et de chanter, et on raconta plus tard qu'au lever du soleil les voix étaient plus fortes que la veille au soir, et que la sirène du navire, en retentissant à l'aube, avait encouragé les fêtards à s'époumoner de plus belle.

Personne non plus n'avait dormi à la Harran arabe. Une fois les hommes rentrés, les jeunes avaient continué d'arpenter le rivage face au navire et de longer les barbelés. Puis, fatigués, ils s'étaient rapprochés des tentes et s'étaient mis à chanter, à plaisanter, à échanger des obscénités… Plus d'une fois Hamad al-Zaban leur avait crié de se taire et de faire décamper les chiens, parce que les gens voulaient dormir ! Mais aucun n'avait entendu ni répondu.

Les ouvriers, rentrés tard dans la nuit, n'avaient pas eu assez faim pour manger. D'après Abdallah al-Zamil, qui le tenait de son père, un des hadiths du Prophète assurait que jeûner était la seule façon de lutter contre le péché et la tentation. Il avait donc proposé à ses compagnons de se coucher à jeun. Beaucoup s'étaient rangés à cette idée, ou n'avaient pas trouvé la force, à cette heure tardive, de cuisiner. Ils s'étaient contentés d'un thé qu'ils avaient siroté silencieusement sur le terre-plein, entre les tentes.

L'amertume qui les avait assaillis sur la plage grandissait. Les conversations naissaient pour s'éteindre aussitôt, alors que le désert tout entier résonnait du vacarme de la musique, des rires et des cris stridents. Plusieurs fois le silence retomba, et les plaisanteries grivoises de Hajim et Hamad qui, s'il s'était agi d'un autre jour et d'autres circonstances, auraient déclenché l'hilarité, furent accueillies par de pâles petits sourires forcés.

Dans les foyers des Harranis, l'atmosphère était la même. Les hommes avaient à peine mangé et s'étaient vite couchés, mais ils ne s'étaient endormis que bien plus tard.

Cette nuit-là, les chagrins, les désirs, les illusions et les peurs se déchaînèrent, et nul n'échappa à la tornade d'images qui tourbillonnait dans les têtes. Chacun sentit qu'une nouvelle ère commençait. Harran avait été jusque-là un trou perdu et oublié qui n'accueillait que de rares voyageurs, pour la plupart des étrangers qui venaient y vendre ou échanger leur marchandise et s'en retournaient sans tarder. À part eux surgissait de temps à autre un messager envoyé par un Harrani en exil qui dépensait tout son pécule pour faire parvenir d'Oujra ou de plus loin encore des nouvelles, de menus présents ou quelques dirhams.

Que Harran se transforme ainsi et aussi vite, que des navires y déversent un si grand nombre de passagers, qu'on y construise à l'est tant de bâtiments, nul ne l'aurait jamais imaginé. Et si les gens s'habituaient peu à peu aux nouvelles constructions et jour après jour aux nouveaux visages, jamais ils n'auraient pensé, même dans leurs rêves les plus fous, voir arriver un tel navire. Ibn al-Rashid l'avait baptisé le "bateau du roi Salomon", car les femmes qu'il avait amenées étaient aussi belles sinon plus que la reine de Saba. Mais aucun Harrani ne pouvait décemment parler de ce qu'il avait pourtant vu de ses propres yeux.

Quelle nouvelle époque commençait ? Quel sort les jours à venir réservaient-ils à Harran ? Que devraient endurer les hommes et combien de temps devraient-ils patienter ? Cette nuit-là s'était achevée, mais que serait la prochaine ?

Les questions que nul ne posait mais qui hantaient tous les esprits avaient peuplé leur sommeil entrecoupé d'insomnies, et quand enfin ils s'étaient endormis, des désirs qu'ils n'osaient pas même formuler avaient jailli dans la nuit pour les habiter jusqu'à l'aube. Qu'ils se fussent couchés sans avoir sommeil ou qu'ils eussent brièvement sombré dans l'inconscience, tous s'étaient réveillés terrorisés par les spectres qui les avaient taraudés, par les plaisirs, les désirs, les peurs et ce sentiment d'attente angoissée qui désormais les tenaillaient.

32

L'arrivée du navire du prophète Salomon – le bateau du diable, comme le baptisa Ibn Naffa' –, puis son départ le lendemain après le coucher du soleil ne furent pas seuls à retarder la construction de la nouvelle cité. Ibn al-Rashid songea plusieurs fois à remettre ses hommes au travail, mais après bien des hésitations, il décida d'ajourner son projet, car l'état dans lequel ils étaient rendait impossible toute discussion. Ceux qui ne se plaignaient pas d'avoir veillé se disaient malades ou fatigués, et les plus honnêtes ou les plus intrépides n'hésitaient pas à dire qu'ils voulaient rester sur la plage, face au carnaval, pour voir comment baisaient ces foutus Américains. Quant aux Harranis qui savaient où trouver les pierres de taille et possédaient les outils nécessaires, ils considérèrent la prière du vendredi comme un prétexte suffisant à ne se plier à aucune requête. Ibn al-Rashid décida donc de se taire, surtout lorsqu'il remarqua, le matin et l'après-midi suivants, l'état d'extrême nervosité de chacun. Les visages étaient cireux, durcis, et si le calme régnait encore, Ibn al-Rashid se disait avec une sorte de résignation : "Les hommes sont ce qu'ils sont. Ils ont quitté leur famille depuis longtemps ; ils ont beau avoir été patients et respectueux jusque-là, avec ce qu'ils ont vu hier, ils pourraient se changer en fauves ! Il vaut mieux les laisser refroidir…"

Le vendredi, la plupart des hommes priaient à la mosquée, le seul bâtiment qui soit resté debout et intact, Ibn al-Rashid ayant demandé aux Américains par l'intermédiaire de l'interprète qu'on l'épargne, lorsque les engins avaient nivelé les terrains alentour. Ce matin-là, ils semblaient embarrassés, déchirés à la fois par leurs obsessions, leurs péchés et leur peine. Ceux qui voulurent aller se laver dans la mer furent arrêtés par la foule rassemblée sur la plage depuis l'aube. Certains observaient le navire, d'autres arpentaient nerveusement le rivage, s'éloignaient à grands pas, l'air grave, puis se hâtaient soudain de revenir de peur de manquer quelque chose, et d'autres encore étaient absorbés par les questions et les pensées qui les tourmentaient.

Lorsque Dahham demanda à Ibn al-Rashid s'il était temps de remettre les hommes au travail, ce dernier répondit :

— Laisse tomber, Ibn Mouz'il, nos Arabes n'ont pas toute leur tête…

Et comme Dahham exprimait son désaccord, il rit et reprit, énigmatique :

— Écoute, Ibn Mouz'il, tu sais bien qu'il y a un temps pour tout, un temps pour prier et un temps pour chanter…

Il s'interrompit un instant, puis ajouta en regardant Dahham sans le voir :

— Hier, la musique des Américains a farci la tête de nos hommes, ils ont tout entendu, le meilleur et le pire…

Dahham comprit l'allusion et n'insista plus.

Harran n'avait pas dormi la nuit passée ; pourtant, à l'aube, pas un œil ne papillotait de fatigue. La foule était partout. Les femmes, qui la veille étaient restées à bonne distance, s'enhardissaient soudain. Elles voulaient s'approcher de l'eau et tout voir de leurs propres yeux. Les jeunes, qui s'étaient réveillés tard, stupéfaits de voir que le soleil était déjà levé et la journée bien avancée, s'étaient égaillés vers la mer, sans un mot et sans attendre, comme des oiseaux effarouchés, pour savoir ce qui s'était passé au cours des heures écoulées. Quant aux hommes, épuisés par la nuit précédente, la tête bourrée de questions, de peurs et d'appréhension, ainsi que d'une multitude de désirs secrets, ils hésitèrent d'abord à aller sur la plage, puis trouvèrent cent raisons de s'y précipiter, ce qu'ils firent en un rien de temps.

Tout Harran était sur le rivage, sauf quelques vieillards et bigots qui se cloîtraient dans la mosquée ou se terraient au loin. Certes, ils n'étaient pas agglutinés au même endroit comme la veille, mais ils étaient tous là, allant et venant à leur guise, sans besoin d'excuse ni d'exhortation, pour se rendre compte par eux-mêmes. Ibn al-Rashid et Dahham, qui continuaient de converser d'un ton paisible et grave, n'en tendaient pas moins l'oreille, tout occupés à ne rien perdre, et quand le navire se prépara à lever l'ancre, Ibn al-Rashid se redressa, attentif, et Dahham s'écria :

— Ah, les voilà qui s'en vont !

Et comme la veille, ils partirent d'un pas lent et mesuré, puis accélérèrent soudain, aiguillonnés par leur curiosité. Lorsqu'ils arrivèrent sur la plage, le navire était toujours au mouillage, comme une montagne blanche, que polissait d'un bout à l'autre un essaim de marins.

— Je vois qu'ils sont encore là ! lança Ibn al-Rashid à la cantonade. Vous pensez que la noce est finie ?

— Ces bâtards ne s'arrêtent jamais ! La noce, ils la font jour et nuit, et nous, on en a jusqu'au cou !

— Comme quelqu'un l'a dit hier, les beaux jours ne durent pas…

— C'est la vie qui est courte, Abou Muhammad, tu le sais bien.

— Je te sens jaloux…

— Comment ne pas l'être après ce qu'on a vu ?

Ibn al-Zamil s'interrompit, poussa un profond soupir, sourit tristement et reprit, comme à part soi :

— Les hommes ne débandent pas depuis qu'ils ont vu ce qu'ils ont vu, Abou Muhammad. Ces femmes... de vraies houris du paradis! Et ces cuisses, de véritables fours... Tu ferais bien d'apporter des menottes et des cordes pour les retenir!

Ibn al-Rashid et Dahham partirent d'un rire tonitruant, comme s'ils avaient eu besoin d'entendre ces mots que ni l'un ni l'autre n'osait prononcer, et Ibn al-Rashid rétorqua, provocateur :

— Bah! De vulgaires brebis, blanches et molles... rien de plus!

— Dieu te garde, Abou Muhammad, je prends les brebis et je te laisse le paradis!

— Ces brebis-là ne sont pas pour nous, Ibn al-Zamil. Si elles l'étaient, on n'aurait plus de souci à se faire!

— S'il m'en tombe une entre les mains, grinça Dahham, mâchoires serrées, c'est pas de religion que je lui parlerai!

Quand vint l'heure de la prière du soir, ils furent bien moins nombreux que d'habitude à se rendre à la mosquée ; ceux qui s'abstinrent avaient leurs raisons. Et lorsque le navire leva l'ancre, au coucher du soleil – il s'y était passé des choses aussi inénarrables qu'inoubliables –, les hommes allèrent vite se coucher. Mais avant de s'endormir, ils voyagèrent au loin, vers des horizons jamais entrevus. Et une fois assoupis, ils retrouvèrent mille et une femmes. Des femmes blanches et rondes au corps ferme, d'autres dont le désir était insatiable, et qui dispensèrent leurs faveurs jusqu'au point du jour. Au réveil, ils avaient la gorge sèche et les muscles tendus, et une immense fatigue les tenaillait. Lorsqu'ils se rappelèrent les scènes de la nuit et du jour précédents, puis les rêves qui avaient hanté leur sommeil, et qu'ils ouvrirent les yeux sur la réalité qui les cernait, le désespoir et la tristesse les terrassèrent.

33

Le lendemain matin, un vacarme et un chaos inhabituels, émaillés de cris et d'interpellations, régnaient parmi les tentes, et dès que les ouvriers vinrent aux nouvelles, ils surent que quelque chose n'allait pas. Aux questions et aux réponses brèves et rapides qui fusaient, aux allées et venues angoissées de Dahham et à ses regards scrutateurs, on apprit que trois hommes avaient déserté, deux frères et un de leurs proches. Le plus grave, aux yeux d'Ibn al-Rashid, fut qu'ils avaient volé quatre chameaux, méfait qu'on ne découvrit que bien des heures plus tard. On sut qu'ils avaient fui tôt dans la nuit, peu après leur retour au campement, car on retrouva sur la piste d'Oujra leurs uniformes déchirés et éparpillés au vent, ainsi qu'un "message" directement adressé à la compagnie et en particulier à Ibn al-Rashid : ils avaient déféqué dans leur casque, ou du moins deux d'entre eux, le troisième, que semblaient avoir trahi ses intestins, ayant rempli le sien de crottins de chameau !

Au fil des discussions et après avoir examiné ce qu'ils avaient laissé, on sut qu'ils avaient quitté Harran de bonne heure, en choisissant les meilleures bêtes et les plus rapides, et qu'il serait donc difficile de les rattraper pour les arrêter. Pourtant Ibn al-Rashid ne se démonta pas, prit trois hommes et Dahham avec lui et se lança à leurs trousses.

Cette disparition avait d'abord surpris les ouvriers, puis l'évocation des trois fugitifs suscita l'admiration. Les deux frères surtout, qui n'hésitaient jamais à offrir leur aide, jouissaient de la considération de chacun. Leurs visages étaient familiers et tout dans leur comportement incitait au respect. L'un d'eux était d'une grande éloquence ; il connaissait de nombreux poèmes qu'il récitait d'une voix envoûtante et on le faisait souvent venir pour l'écouter discourir.

Maintenant qu'ils avaient fui, on se remémorait leur comportement des deux jours précédents. On avait oublié certains détails, mais on se souvenait fort bien que Mouhaysin avait concocté plusieurs farces à l'arrivée puis au départ du navire, et que les gamins s'étaient empressés de s'en inspirer. Entre autres, Hazza' al-Moujawwal, l'orphelin du village, âgé de neuf ans, avait lancé un chat dans une des chaloupes américaines au moment où elle levait l'ancre, ce qui avait horrifié ses passagers, surtout les femmes. Un d'eux avait voulu le rejeter à l'eau, mais l'animal s'était réfugié sous les sièges, et dans le charivari qui avait suivi, amplifié par le concert des tam-tams, on l'avait oublié. Il était donc revenu par la même chaloupe et, près du rivage, avait bondi par-dessus bord et réussi à sauver sa peau au milieu des éclats de rire des spectateurs.

C'était aussi à l'instigation de Mouhaysin que Hazza' avait pincé les fesses d'une Américaine balourde au moment où elle embarquait. Joum'a, le gardien, avait tiré si fort le gamin par l'oreille que celui-ci avait cru la perdre. Il avait hurlé, insulté les étrangers, et à peine échappé, les avait hués de plus belle en leur jetant des cailloux.

C'était encore Hazza' qui, avec les autres enfants, avait ramassé des pierres pour en bombarder les chaloupes. Hamad al-Zaban lui avait crié d'arrêter, et comme le gamin l'ignorait, il lui avait couru après et l'aurait rattrapé s'il n'avait trébuché au dernier moment pour s'étaler de tout son long, provoquant l'hilarité générale. On se souviendrait longtemps de l'incident, mais Hamad n'y ferait jamais allusion, même si dans sa chute il s'était cassé l'auriculaire de la main gauche, et avait été bandé trois semaines durant.

Mouhaysin avait tout échafaudé. On avait d'abord cru à d'innocentes facéties inventées sur le vif, mais on y voyait à présent autre chose, surtout à la lumière du cadeau d'adieu que les fugitifs avaient laissé à Ibn al-Rashid. La fuite inattendue des trois compères et leur comportement irréprochable les jours précédents témoignaient d'un complot longuement réfléchi. De leur côté, les ouvriers espéraient qu'on perdrait leur trace et qu'Ibn al-Rashid ne les rattraperait pas, car ils redoutaient les représailles. Ibn al-Rashid possédait un fusil anglais, qu'il avait exhibé sur son chameau et manipulé ostensiblement lorsqu'ils étaient en route vers Harran, et il s'en était servi à deux reprises. La première, pour tirer sur une cible qu'il avait demandé qu'on installe, aussitôt après avoir quitté Oujra, et la seconde pour mettre en joue, dans un moment d'humeur, un renard, qu'il avait manqué et qu'on n'avait jamais revu. Il avait voulu par deux fois donner une leçon à ses hommes et leur faire peur. À présent, s'il mettait la main sur les fuyards, il se servirait sûrement de son arme pour asseoir son autorité, d'autant qu'aucun des trois ne se rendrait ni ne reviendrait jamais.

Les hommes se remémoraient leurs visages et les événements avec un trouble évident, et ils sentaient au fond d'eux-mêmes qu'une série de calamités les attendait. Ils sentaient aussi que l'arrivée du bateau du diable, avec les convoitises qu'il avait fait naître, marquait le début d'une période difficile ; sinon pourquoi les trois compères avaient-ils pris la fuite ? Pourquoi voler des chameaux et s'exposer ce faisant à des dangers aux conséquences imprévisibles ? Lorsqu'il avait racheté leurs bêtes,

Ibn al-Rashid avait promis qu'il les rendrait à quiconque voudrait les récupérer, alors pourquoi les fuyards avaient-ils mis leur avenir en péril? Et pourquoi avaient-ils fui? Pourquoi? Il leur aurait suffi de plier bagage et d'annoncer qu'ils démissionnaient. Ibn al-Rashid ne pouvait forcer personne à travailler ni à rester. Il s'était montré conciliant avant son départ pour Oujra, il leur avait demandé de patienter le temps d'un aller-retour et il avait promis que les choses changeraient. Il est vrai qu'il n'avait pas tenu promesse et que le temps passait ; mais les choses changeraient, c'était certain.

Telles étaient les pensées et les doutes qui leur trottaient dans la tête. Mais ce dont ils étaient sûrs, c'était que les trois hommes avaient filé à cause du fameux navire et des femmes qu'il avait amenées. Choqués par ce spectacle, ils avaient choisi de fuir faute de mieux.

Lorsque les ouvriers gagnèrent l'autre camp, celui de la Harran américaine, ils le regardèrent d'un autre œil. Ils voulaient voir s'il restait trace de la nuit et de la journée passées. Qu'avaient fait les Américains, à quoi ressemblaient-ils depuis qu'ils avaient laissé libre cours aux désirs qui les étreignaient? Et ce maudit navire, les femmes qu'il avait amenées… étaient-elles toutes parties ou en restait-il quelques-unes?

Ce matin-là, les Américains semblaient plus gais et énergiques que jamais. Beaucoup souriaient et leur attitude avait changé. Ils s'étonnèrent de l'absence des trois compères et demandèrent où ils étaient. On fit venir Na'im pour traduire, mais il était à moitié endormi, les yeux rougis, et semblait épuisé. Il demanda, en ouvrant à peine la bouche, à voir Dahham et Ibn al-Rashid, mais lorsque les ouvriers l'eurent renseigné à demi-mot, il s'écria :

— Ces bons à rien de Bédouins n'obéissent qu'aux coups de bâton!

Puis, après s'être entretenu avec les Américains, sans que personne ne sût ce qu'il leur dit, il se tourna de nouveau vers les ouvriers et leur lança avec colère :

— On pensait que vous étiez devenus des hommes, que vous aviez compris que le travail, c'est le travail… mais tout est clair… Vous n'y êtes pour rien ; notre erreur, c'est d'avoir fait confiance à des types comme vous !

Comme les hommes se taisaient, il demanda d'un ton cassant :

— Où est passé ce merdeux d'Ibn al-Rashid, et l'autre Dahham, encore plus merdeux que lui ?

Ils restèrent silencieux, soit parce qu'ils ne savaient que dire, soit pour protester contre le vocabulaire et la hargne de Na'im.

— Bien… bien… reprit l'interprète sur un autre ton. On s'expliquera à leur retour…

Il marmonna quelques mots incompréhensibles, puis les hommes furent répartis en groupes et se mirent au travail. Mais la colère et le désespoir les étouffaient. Ils ne se sentaient pas responsables, et Ibn al-Rashid et le Perroquet – surnom dont ils avaient affublé l'interprète – leur inspiraient un mélange de rancœur, de répulsion et de haine. En outre, ils se méprisaient de plus en plus d'avoir accepté de venir travailler là, et une envie croissante les tenaillait de tout abandonner, de tout détruire et de trucider Ibn al-Rashid, qui les avait fourrés dans ce sac de nœuds.

Ibn al-Rashid revint le lendemain soir, bredouille. Quant à Mouhaysin et aux deux hommes qui l'accompagnaient, ils continuèrent leur route et nul ne sut jamais où elle les avait menés.

34

À son retour, Ibn al-Rashid était un autre homme. Transformé. La gaieté qu'il affichait d'ordinaire avait disparu. La verve qui le caractérisait deux jours auparavant, sa volonté d'écouter tous les avis avaient cédé la place à la mauvaise humeur et au silence. Il s'emportait pour un oui, pour un non, employait des mots sévères, presque orduriers, et soupçonnait tous ceux qui l'entouraient. Il se mit à tout contrôler, demanda des précisions sur chaque fait, et lorsque les ouvriers lui rapportèrent les paroles de Na'im, il insista pour les connaître au mot près, hocha la tête et ne fit aucun commentaire. Les hommes avaient pensé qu'il s'insurgerait, menacerait, jurerait, mais il se contenta d'écouter et ne pipa mot. On s'était dit qu'il passerait sur le Perroquet la colère qui gonflait sa poitrine depuis qu'il avait échoué à mettre la main sur les fuyards ou à ramener leurs chameaux. Qu'il rendrait insulte pour insulte, mettrait fin aux machinations de ce nain efféminé et imposerait de nouvelles règles…

Le lendemain, lorsque les ouvriers se préparèrent à aller travailler, Dahham leur parut plus brouillon et alarmé que jamais. Il avait le regard fuyant, la mâchoire pendante, et semblait perplexe. Il portait plus gauchement encore que d'ordinaire son uniforme, comme si c'était la première fois, et quand vint le moment de partir au chantier, il se précipita sur Ibn al-Rashid pour s'entretenir avec lui. Il était clair à les voir discourir que l'angoisse qui les étreignait frisait la terreur.

Tous attendaient le moment où Dahham et Na'im se retrouveraient face à face comme deux coqs de combat. Un mot par-ci, un mot par-là, et ils en viendraient aux mains, s'empoigneraient, et on assisterait sans doute au premier pugilat du camp. Quand Dahham tordrait le cou à Na'im pour le jeter à terre, la foule retiendrait son souffle et, si personne ne comptait intervenir, les spectateurs n'en feraient pas moins barrage autour de Dahham pour le protéger des Américains s'ils venaient au secours de l'interprète. Ils l'applaudiraient, ils l'encourageraient. Que feraient les étrangers ? Que penseraient-ils ? Ah ! S'ils s'avisaient de se jeter dans la mêlée, ils verraient que ces hommes dont ils se moquaient étaient bien plus costauds que leur minceur le laissait supposer ! Ils mettraient leur camp sens dessus dessous. Ce serait l'occasion de changer la donne, de leur faire comprendre… On ne les arrêterait pas facilement. Quelles que soient les armes des Américains, ils paieraient cher leur intervention. Il valait mieux qu'ils restent neutres, qu'ils ne s'en mêlent pas. Le Perroquet devrait payer pour ce qu'il avait dit la veille ; s'il était fort et courageux, ce serait le moment de le montrer.

Telles étaient les pensées et images qui vagabondaient dans l'esprit des hommes en chemin vers le camp. Ils auraient pu laisser les mots les relayer, serrer les mains de Dahham pour l'enhardir et le soutenir, mais le fait qu'il ait choisi de fermer la marche, contrairement à son habitude, et l'air sombre qu'il arborait, les faisaient hésiter et les incitaient à se taire.

Dès que Dahham posa le pied dans la Harran américaine et aperçut Na'im – il parlait à un Américain près du réfectoire –, il se précipita vers lui. Il courut avec une hâte ridicule, en trébuchant maladroitement. Mais lorsqu'il l'eut rejoint et qu'il l'interpella, Na'im lui fit signe à plusieurs reprises de se taire ou d'attendre, et Dahham resta planté là, comme un enfant, à deux ou trois pas de lui. Na'im continua de s'entretenir avec l'Américain, puis ils éclatèrent de rire, et l'étranger lui tapa sur l'épaule et s'éloigna en agitant la main. Na'im se tourna enfin vers Dahham. Ils échangèrent quelques mots et, l'interprète s'étant rapproché en hochant la tête, ils palabrèrent un moment, puis il se hâta vers les bureaux de l'administration.

Qu'avait dit Dahham? Pourquoi Na'im était-il resté calme et mesuré malgré les menaces de la veille? Dahham avait-il expliqué qu'Ibn al-Rashid et lui étaient revenus bredouilles après avoir poursuivi les fuyards et perdu leurs traces? Na'im considérait-il le vol d'un chameau dans ces circonstances comme un délit majeur?

À sa façon de hocher la tête et de se hâter vers les bureaux, les ouvriers comprirent que Dahham lui avait confié quelque chose d'important. D'habitude, il venait en personne compter les hommes et les répartir, avec force regards haineux et soupçonneux. Mais il s'en était abstenu, alors que l'absence des fuyards exigeait de redistribuer les tâches, et à voir le visage de Dahham changer en quelques minutes, lavé de sa perplexité, le regard affermi, les hommes conclurent que l'affaire était grave. Lorsque Na'im revint et fit signe à Dahham de le suivre, ils surent qu'elle était plus grave encore qu'ils ne l'avaient supposé.

Ibn al-Rashid arriva au camp peu avant midi. Il aurait pu venir plus tôt, mais en choisissant cette heure, il avait jugé que les hommes travailleraient depuis un bon moment, que le repas de midi serait propice à une discussion avec Na'im, qu'il pourrait tout lui expliquer, et que la colère qui gonflait la poitrine de l'interprète aurait eu le temps de se calmer.

Plus par gestes que par mots, Dahham informa Ibn al-Rashid de ce qui se passait, et aux hochements de tête entendus de ce dernier on sut qu'il mesurait toute l'ampleur de l'incident. Quand les deux hommes se retrouvèrent – Na'im avait surgi brusquement –, Ibn al-Rashid ouvrit grand les bras et l'accueillit avec force exclamations chaleureuses et amicales, comme s'il ne l'avait pas vu depuis des lustres. Ceux qui furent témoin de la scène et se souvenaient fort bien de ce que Na'im avait dit la veille ne purent s'empêcher de sourire et d'échanger des regards railleurs!

Ce jour-là, immédiatement après le déjeuner, les hommes furent photographiés un par un, ce qui éveilla soupçons et perplexité, et alimenta bien des rumeurs. Mais quand on releva leurs empreintes digitales, l'inquiétude et la peur s'emparèrent d'eux. Bien qu'ils s'y soient soumis sans protester, aucun ne pouvait expliquer cette initiative. Ils s'en ouvrirent aux Harranis et aux hommes qui étaient arrivés récemment, mais pas un ne sut les éclairer. Deux ou trois individus annoncèrent alors leur désir de quitter le chantier et de retourner à Oujra, car le diable s'était mis à chanter, et quand il commençait, on ne pouvait plus l'arrêter. Mais Dahham les en dissuada à force de persuasion, de ruse et parfois de menaces, en insinuant que partir à ce moment précis serait considéré comme suspect. Ils finirent par capituler, pour un temps, mais les angoisses et les doutes demeurèrent, et on incrimina Ibn al-Rashid, dont les machinations causaient du tort à chacun, surtout depuis que, métamorphosé, il se montrait féroce et avait dressé un mur entre lui et ses hommes.

Ce soir-là Hajim dit à son frère avant de s'endormir :

— Je t'avais dit : "Restons chez nous." Tu m'as dit : "Non, partons." On est parti et on a atterri ici. Aujourd'hui, tu vois ce que je vois… Et demain, ça pourrait être pire!

— Dors… dors… tu rêveras peut-être d'une Américaine! rétorqua Mizban en remontant la couverture sur son visage.

— Les Américaines sont parties… Reste les Américains, et si tu n'étais pas un âne, ils t'attraperaient pour t'enculer!

Fawaz renchérit en ricanant :

— Moi je pense qu'hier valait mieux qu'aujourd'hui, et que demain vaudra mieux qu'après-demain, mes amis !

— Le Perroquet avait vu juste, fit Hajim avec amertume. Ibn al-Rashid n'est qu'une merde…

Puis, après un silence :

— Patience, les gars… la patience est d'or…

Tous eurent du mal à s'endormir. Quand ils y parvinrent, ils firent bien des rêves, mais pas un n'osa les raconter aux autres le lendemain.

35

Dans la semaine qui suivit l'arrivée du bateau du diable et la
fuite des trois compères, la construction de la Harran arabe
commença. Suite à la colère mêlée d'appréhension et de doute
qui s'était emparée des hommes, certains ouvriers ayant par
ailleurs refusé de manger ce qu'Ibn al-Rashid leur fournissait, surtout depuis que l'arrivée du boulanger, du boucher
et de l'épicier avait soulevé un vent de révolte, les Harranis
acceptèrent d'aller tailler les pierres pendant la semaine ; les
chameaux d'Ibn al-Rashid les ramèneraient, et ses hommes
construiraient le jeudi après-midi et le vendredi, fût-ce sans
l'aide des Harranis. Et ainsi fut fait.

Les restes des énormes caisses en bois, des plaques de zinc
et quelques pierres de toutes tailles mal dégrossies furent rassemblés à la hâte pour construire la première boutique de
la Harran arabe. Le toit était fait d'un mélange de tôle, de
matériaux de rebut d'entrepôts, de carton et de branches res-
capées du verger qui avait été autrefois le fleuron du village.
Les échoppes furent bâties précipitamment, en un commun
effort, car les hommes voulaient avoir leur four et acheter
directement leur viande pour pouvoir préparer les mets qui
leur plaisaient. Ils voulaient aussi, inconsciemment ou sans se
l'avouer, posséder quelque chose qui leur appartînt, dès lors
que la cité des Américains s'étendait de la colline à la mer.

Le vendredi après-midi, le chantier était achevé. Ibn al-Rashid offrit deux moutons pour fêter l'événement. Abou Shayi' les égorgea et, au cours du dépeçage, il se régala d'une bonne partie du foie et de plusieurs morceaux de la queue qu'il avait soigneusement découpée puis proposée à la ronde. Quand il eut fini d'apprêter les carcasses, il se tourna vers Abou Kamil et s'écria fièrement : "Voilà du bon travail d'Arabe ! Demain, on verra de quoi sont capables les bouchers des villes !" Ibn al-Rashid allait des uns aux autres avec enjouement, les pans de son *thawb* relevés et coincés dans son saroual pour ne pas trébucher. Il vérifia que les planches étaient solidement fixées, et fit mille commentaires sur les méthodes de construction et la meilleure façon de poser les pierres. Lorsqu'il eut fini, il recula de quelques pas, s'assura que tout était en ordre et, satisfait, secoua la poussière de ses mains, laissa retomber son *thawb* et dit aux hommes qui l'entouraient :

— Terminé, grâce à Dieu !

À la fin du repas, en sirotant leur café ou leur thé, les hommes évoquèrent les monuments et les villes qu'ils avaient visités. Mouflih raconta qu'en Égypte les maisons étaient si hautes que même les djinns ne pouvaient toucher leur terrasse. Il jura que les Égyptiens étaient les meilleurs architectes au monde, et qu'il n'avait jamais rien vu de mieux au cours de ses voyages. Pour une fois, Ibn al-Rashid semblait heureux, bien qu'il ne parlât guère. Il s'entretint avec les futurs commerçants, leur expliqua comment mener leur affaire, leur recommanda de toujours se confier à lui et leur promit de leur fournir tout ce dont ils auraient besoin. Puis il déclara en se levant, signalant ainsi que la fête était finie et qu'il fallait aller dormir pour être d'attaque le lendemain :

— Dans un an, les Harranis ne reconnaîtront plus leur ville !

36

Abdou Muhammad, le boulanger, fredonnait en enfournant son pain et plus encore en le tirant du four. Il préparait aussi des viandes rôties, des plateaux de pâtisseries et d'autres mets qu'il inventait selon les ingrédients dont il disposait. Il aimait vivre et chanter ; on disait aussi qu'il aimait fumer le kif. Sa tâche achevée, il se métamorphosait. Quand on le voyait le soir tout de blanc vêtu comme un barbier, on oubliait le tablier bleu dont il ceignait sa taille de l'aube jusqu'au couchant. Les mots brefs, parfois cinglants, qu'il décochait quand il travaillait, devenaient alors de douces palabres émaillées de chansons et de plaisanteries. Mais cette trêve était bientôt rompue par sa phrase préférée : "L'aube n'attend pas !" On disait qu'il se retirait tôt pour fumer à sa guise, car ses yeux étaient toujours rouges. Et que malgré son affabilité et ses airs sympathiques, il était d'un tempérament volatil. D'après Abdallah al-Abyad, le second boulanger, qui s'installa à Harran sept mois plus tard, un seul mot pouvait faire basculer son monde et le changer du tout au tout. Il aurait fui Tihama ou Sumatra parce qu'il avait deux meurtres sur la conscience, et n'était pas rentré chez lui depuis des années. Lorsqu'on lui demandait quand il irait voir sa famille, il répondait vaguement, ce qui alimentait la rumeur et les doutes, sans qu'on lui en tînt pour autant rigueur.

Lorsque Ibn al-Rashid construisit le four, Abdou n'y fut qu'un simple employé pendant toute une année. Mais ses projets mûrirent et se multiplièrent, et on lui conseilla de s'associer. Cela encouragerait ses partenaires à travailler, et s'ils travaillaient plus, ils gagneraient plus. Ibn al-Rashid trouva ce conseil judicieux, d'autant que Dahham ne savait pas tenir les comptes, qu'Ibn al-Hadhal était jeune et pouvait s'embrouiller, qu'un homme n'était qu'un homme, qu'il pouvait oublier, laisser les choses lui échapper, et que sa tête n'était pas une machine… Ainsi Abdou devint-il propriétaire au tiers.

Dès le premier jour, il décora le fournil d'images arrachées aux journaux étrangers que les ouvriers rapportaient de la Harran américaine. Il les sélectionna avec soin, choisit des emplacements stratégiques et les colla aux murs avec de la pâte à pain.

Beaucoup en furent surpris et les considérèrent longuement en égrenant les commentaires. Parmi les Harranis, les plus dévots, offusqués, arguèrent que les enfants, petites filles comprises, allaient souvent au fournil, et que ces images pouvaient les dévoyer. Ibn al-Rashid demanda alors à Abdou de s'en tenir aux chevaux, châteaux et autres thèmes décents. Abdou obtempéra, mais avec astuce, car il accrocha sur les images séditieuses d'autres photos, avec un seul point d'attache en haut, de sorte qu'il pouvait les soulever en soufflant dessus, ou d'une simple pichenette de ses doigts habiles. Et lorsqu'il tomba sur un magazine plein de femmes à demi nues, il usa de ce procédé diabolique pour enrichir et exposer sa collection. Il soulevait lentement, avec excitation, la photo du dessus, révélait d'abord les jambes, puis remontait progressivement, et chacun de ses gestes s'accompagnait de soupirs et d'exclamations étouffées. Au début, il se livra seul à ce petit jeu, puis au fil du temps, il permit à ceux qu'il connaissait bien et en qui il avait confiance de se joindre à lui. Il opérait à huis clos en s'assurant que personne ne les observait.

Plus tard, il se perfectionna, accrocha des photos d'hommes et de femmes dans des poses suggestives, et se laissa totalement absorber par cette activité. Mieux encore, il ajouta au charbon quelques touches de-ci de-là, et donna des noms évocateurs à ses dulcinées et à certaines positions bien précises. Puis il fit de savants découpages et collages, au gré de son imagination, et lorsque le résultat le satisfaisait, il en était tout heureux et excité.

Il y avait de plus en plus de travail à Harran et les gens affluaient. Les hommes se mirent à construire leurs propres maisons à l'extrémité ouest du village, près des collines. Les trois boutiques des premiers jours se multiplièrent au fil des mois. La piste d'Oujra, où auparavant de rares voyageurs s'égaraient, vit se succéder plus d'une caravane par semaine, et Ibn al-Rashid, dont on ne savait jamais s'il arrivait ou partait tant il se déplaçait rapidement, sans jamais rien dire à personne de ses intentions, l'empruntait pour disparaître deux ou trois semaines d'affilée et revenait accompagné de nouvelles recrues si disparates qu'on ne pouvait dire d'où ils étaient ni ce qu'ils feraient. En effet, outre les ouvriers qui venaient travailler pour la compagnie, certains voyageurs passaient quelques jours à Harran pour labourer et semer la terre entre la mer et les collines lointaines, mesuraient à grands pas ou à l'aide de cordes certaines distances d'un endroit à un autre, et entassaient quelques pierres ici et là pour délimiter le terrain. Quand ils avaient fini, ils regardaient longuement leur travail et se remettaient parfois à mesurer. Lorsqu'ils s'en allaient enfin, les Harranis soufflaient de voir partir ces créatures silencieuses et mystérieuses aux gestes et au comportement de sorciers. Mais à peine un mois ou deux plus tard, ils revenaient. Harran s'en trouvait soudain bouleversée, et en peu de temps une ribambelle de nouvelles boutiques germait, là un troquet, ici un entrepôt, là un marchand de tissu ou un cordelier, et ici un bureau pour Ibn al-Rashid, où il recevait ceux qui l'avaient accompagnés, ceux qui voulaient travailler ou ceux qui venaient toucher leur paie.

Abdou, qui trouvait le temps de chanter et de plaisanter avec ses amis tout en s'activant, et finissait de pétrir tôt le matin, eut de plus en plus de clients et de bouches à nourrir, et la quantité de farine qui avait suffi jusque-là grossit de semaine en semaine. Quant aux plats de viande et aux pâtisseries qui l'amusaient au départ, il déclara d'un ton cassant qu'il n'avait plus le temps d'y songer avant d'avoir sorti sa dernière fournée de pain et fait cuire la dernière galette. Les relations amicales qu'il avait nouées avec Abou Kamil le boucher tournèrent à l'aigre et devinrent tendues. Car ses clients lui suggéraient de préparer des ragoûts ou des feuilletés de viande, et Abdou, qui n'était pas dupe, savait qu'ils agissaient sous les conseils du boucher, qui voulait écouler sa marchandise le plus tôt possible et se reposer.

Beaucoup s'étaient habitués aux refus acerbes d'Abdou, mais ils connaissaient son point faible. Il leur suffisait de mentionner "l'Ardente", "l'Écuyère au sabre", "la Blonde", et de souffler sur les images, pour que les cuisses et les fesses s'envolent. Abdou en perdait la tête, sa résistance fléchissait, et on n'avait plus qu'à évoquer quelque anecdote ou un bon mot pour mobiliser toute son attention. Il faisait peu à peu machine arrière, et ce qui avait été refusé devenait soudain possible, pas tout de suite, mais dans une heure ou deux, quand il aurait fini cette fournée… Si on insistait ou qu'il décidait en secret de déposer les armes, il s'écriait, menaçant :

— Je sais, au fond vous pensez que je suis l'âne de la mariée, solide et âpre à la besogne, mais un beau jour, je vais ruer dans les brancards et que Dieu vous protège!

Les clients lui disaient avec une certaine malice qu'il était le plus grand homme de Harran et le plus généreux, voilà pourquoi ils l'aimaient tant, lui et les plats qu'il cuisinait, et ils l'assuraient qu'une heure en sa compagnie dans ce paradis, avec ses ruisseaux, ses montagnes et ses houris, leur rendait la vie supportable. Leurs doigts grossiers se tendaient alors vers les images et les soulevaient, mais à les voir si maladroits, Abdou s'écriait :

— Au feu ! Au feu !

Comme ils le regardaient, interloqués, il ajoutait d'un ton mystérieux :

— Espèces d'ânes que vous êtes ! C'est délicat, un tel trésor. Faut y aller doucement, tendrement, du bout des yeux et des paupières… sinon, du balai !

Il se taisait un instant, les dévisageait, secouait la tête et reprenait :

— On dirait que vous entravez une chamelle ou que vous taillez des pierres. Priez Dieu, remerciez-le, dites : "Vous seul, Seigneur, avez créé tant de splendeur, vous qui êtes beau et aimez la beauté…"

Parfois, s'il était de bonne humeur, il se mettait à déclamer, récitait des poèmes, ou même chantait. Cela dépendait de son état mental, de sa fatigue, ou des réactions de ceux qui l'entouraient.

Ainsi était Abdou. Et il fut longtemps égal à lui-même.

Harran était implacable, étouffante, même pour les natifs du village, mais pour ceux qui s'y installaient, c'était encore pire. Dès l'instant de leur arrivée, sauf si c'était l'hiver, ils sentaient leur cœur se serrer, et ce malaise grandissait, les rendant cassants et nerveux, ou les plongeant dans des colères qui les rendaient violents.

L'extrême chaleur qui se dégageait du four hiver comme été, tout au long du jour et une bonne partie de la nuit, rendait l'atmosphère du fournil insupportable, surtout quand il n'y avait pas un souffle d'air et que le ciel devenait écrasant. Mais c'était là qu'Abdou travaillait et dormait, et là qu'il passait le plus clair de son temps, même à ses heures oisives. Certains prétendaient qu'il y fumait le kif et qu'il ne voulait pas que cela se sache ni qu'on le voie. Il fermait la porte avec soin et ne répondait ni à ceux qui avaient oublié leur pain, ni à ceux qui le connaissaient bien, ou qui se targuaient d'être son ami. S'ils s'entêtaient et continuaient de frapper à son huis, sa voix résonnait comme venant d'outre-tombe : "C'est fermé, tout est vendu, Dieu vous vienne en aide…"

Si les intrus persévéraient, il allait se camper derrière la porte et criait : "Oh ! les gars, laissez les gens à leurs soucis et leurs ennuis… Foutez-moi la paix, nom de Dieu !"

La scène se reproduisait plusieurs fois ; la réaction et les réponses d'Abdou furent toujours les mêmes. Voilà pourquoi on en conclut qu'il fumait le kif, mais personne ne le dit à voix haute. On ne songea ni à le salir ni à le trahir, car il était aimé de tous et on n'imaginait pas la vie sans lui. Il faisait partie intégrante de la nouvelle Harran.

D'autres disaient : "C'est pas de kif qu'il s'agit… Arrêtez vos bêtises… Abdou est esclave de ses photos ; il les tourne et les retourne, perd conscience sur la poitrine d'une belle et… s'endort !"

Nul ne pouvait vraiment expliquer ce comportement. Lorsqu'on l'interrogeait, il éludait, évasif :

— Il faut que je sache qui est le gratteur galeux qui tambourine à ma porte et m'empêche de dormir…

Il dardait alors un regard accusateur sur son interlocuteur comme s'il le soupçonnait d'être l'importun qui l'avait dérangé la veille, mais comme personne n'avouait jamais, Abdou hochait la tête et poursuivait :

— Peut-être qu'on lui a filé deux sous pour emmerder le monde et moi avec !

Puis, lentement, comme s'il monologuait :

— Ici-bas, les fils de pute, on finit par les démasquer… parce que celui qui creuse un trou pour faire tomber son frère finit lui-même par y tomber.

On lui donnait raison pour l'apaiser, puis on changeait de sujet et, quand il était redevenu lui-même, on demandait à voir les dernières photos qu'il avait dénichées – comment les avait-il accrochées, quels noms avait-il choisis pour les nouvelles beautés. Il répondait parfois, se taisait la plupart du temps. Et pour couper le sifflet à ceux qui l'interrogeaient, il s'écriait, railleur :

— Oubliez ces potins du diable, les gars…

Et, en les dévisageant :

— Vous n'avez rien d'autre à faire ? Allez-y… répondez !

Puis, en riant, sans leur laisser le temps d'ouvrir la bouche :

— Celui qui s'ennuie joue avec ses couilles, comme on dit !

Après s'être calmé, éclairci la gorge et réfugié au loin dans le méli-mélo de ses pensées et de ses souvenirs, il ajoutait :

— Laissez les gens bosser, les gars… Dans moins d'une heure, vous aurez faim et vous viendrez gémir : "Mon pain, Abdou !"

Mais quand il était de bonne humeur, il avait toujours une nouvelle image à montrer. Dès que le moment lui semblait propice, il tirait une liasse de photos de leur cachette : "Bon Dieu, visez-moi ça… visez un peu, les gars… Cette crinière de pur-sang, ce front radieux, ces yeux de gazelle, cette bouche en amande, plus douce que l'amande, ces joues rouges comme deux pommes… Ah ! par le Prophète, ces nichons plantureux… J'en rends grâce à saint Élias, et à toi, Jonas, qui as connu le ventre de la baleine… Ce ventre… ce ventre, mes braves… Aghgh ! Aghgh !" Il s'interrompait, se tournait vers son auditoire, les regardait sans les voir, puis reprenait ses esprits, considérait à nouveau la photo et poursuivait : "Si on lui serre trop la taille, elle se casse…" Puis, en frappant sur la planche où il faisait lever la pâte, comme à part soi : "C'est à en perdre le souffle, à s'en étrangler avant de s'en étouffer, à en crever avant d'avoir fini sa p'tite affaire…"

Et si on le pressait de poursuivre sa description, d'aller plus loin, plus en détail, il disait avec un regard triste : "Lorsqu'elle en fut là, et comme le matin se levait, Schéhérazade se tut…"

De rares fois, en présence de rares amis, il continuait. Il déclamait des choses tendres et magnifiques, émaillées de profonds et brûlants soupirs, plus ardents que le brasier du four, et les spectateurs partaient à la dérive. Lorsqu'ils revenaient sur terre, certaines parties de leur corps étaient percluses de douleurs, et ils ressentaient une extrême lassitude.

Plusieurs mois s'écoulèrent. Harran grandissait, les gens affluaient. Abdallah al-Abyad ouvrit un nouveau fournil avec l'aide d'Al-Dabbassi. La rivalité croissait entre les deux boulangers, et avec elle les rumeurs et les calomnies. Mais Abdou ne se souciait guère des racontars, il entendait et oubliait. La guerre s'était envenimée et faisait rage entre Ibn al-Rashid et Al-Dabbassi, le fournil n'en étant qu'un des multiples fronts, sans doute le plus insignifiant. Harran se noyait dans la chaleur, l'humidité, les nouveaux visages et les surprises. Abdou était d'une humeur changeante, placide un jour, hargneux le lendemain. Les gens s'étaient habitués à ses caprices et avaient appris à composer avec lui. Si la responsabilité du pain reposait toujours en grande partie sur ses épaules, celle de la nourriture ne lui revenait plus, car plusieurs restaurants avaient ouvert : de modestes gargotes qui servaient des plats populaires, d'autres établissements plus grands, plus chers, et une ribambelle d'épiceries qui vendaient des conserves, quelques fruits et légumes, et des pâtisseries.

Au début, on s'était beaucoup préoccupé d'Abdou, on demandait de ses nouvelles et de celles de ses dulcinées. Mais le temps passant, on l'avait oublié, lui et ses photos, et on ne s'en souvenait qu'en le voyant, pendant les quelques minutes nécessaires à l'achat du pain. Si le moment était propice, les mêmes questions refaisaient surface : "Comment sont les nouvelles photos ? On les voit quand ?" Abdou, qui la plupart du temps ne répondait pas et restait concentré sur sa tâche, savait fort bien quand exhiber ou cacher ses trésors, et encore mieux devant qui.

Dans le tourbillon de la vie quotidienne et des soucis journaliers qui ne cessaient de se multiplier, les gens se repliaient sur eux-mêmes. Malgré l'afflux croissant et incessant de nouveaux arrivants, chaque être humain vivait en vase clos. Les relations entre ces hommes venus de divers horizons, parfois en conflit, s'entachaient de méfiance et d'appréhension. Au milieu de cet ouragan, peu se rendaient compte des changements qui survenaient, car ils les vivaient au fil des jours, en vagues successives, alors qu'une métamorphose radicale et soudaine en eût choqué plus d'un.

Abdou s'acquittait de sa tâche au fournil et servait lui-même ses clients. Pourtant rares furent ceux qui s'aperçurent de l'altération de ses traits, de ses yeux, de son corps, de ses gestes. Le teint pâle, les orbites creuses, les mains de plus en plus tremblantes, le silence, l'état de quasi-stupeur, étaient autant de changements qui faute d'être brutaux leur échappaient, et échappaient tout autant à Abdou. Certes, le tremblement de ses mains l'irritait, surtout en public, mais il le mettait sur le compte de la fatigue et du surmenage. Quant aux vêtements impeccables qu'il enfilait le soir, ils furent peu à peu moins propres et moins élégants.

Plus tard, soit qu'il se fût trahi lui-même, soit qu'il fût tombé dans un piège qu'on lui avait tendu, le mystère s'éclaircit. Après de longues hésitations, il avoua à ceux en qui il avait toute confiance qu'il était amoureux. Il ne dit pas un mot de plus. Qui était l'élue ? Comment et où l'avait-il connue ? On n'en savait rien.

Jour après jour, Abdou sombrait dans la passion et le tourment et, plus encore, se murait dans une muette solitude. Ceux qui au début avaient insinué qu'il se droguait et passait son temps à se bourrer la tête dans sa tanière étaient désormais convaincus du bien-fondé de leur intuition. Pour d'autres, la querelle qui opposait Ibn al-Rashid et Al-Dabbassi et les rumeurs que faisait courir Abdallah al-Abyad expliquaient la réclusion d'Abdou. Il redoutait de devoir payer pour les crimes qu'il avait commis, un parent des victimes pouvait surgir à tout moment ; on le recherchait sûrement d'une manière ou d'une autre, voilà pourquoi il prenait tant de précautions et se terrait pour sauver sa peau...

Certains avancèrent qu'Abdou était esclave de ses photos et totalement obnubilé par elles, et poussèrent plus loin leurs viles insinuations, surtout depuis que le tremblement de ses mains était devenu évident. Ils l'accusèrent de se masturber plusieurs fois par jour – rien d'autre ne pouvait expliquer une telle détérioration de son état de santé.

Abdou n'entendait que certaines rumeurs. Il vivait dans un monde à part et souffrait en silence, tourneboulé par une belle dont il gardait l'identité secrète. Mais il commit bientôt une autre erreur, ou tomba dans le nouveau piège qu'on lui tendit, et, un beau jour, il se rendit.

Ils avaient tant insisté que, dans un moment de faiblesse, il n'en put supporter davantage. Il extirpa une photo de sa poche, la mit sous le nez de ceux qui l'entouraient et reconnut avec une humilité presque désespérée, d'une voix éplorée :

— C'est à cause d'elle...

Devant l'étonnement, l'incrédulité et les railleries de ses interlocuteurs, il reprit d'une voix tremblante :

— Elle était dans le bateau, l'autre jour...

Ils comprirent qu'il parlait du bateau du diable, le navire qui avait mouillé à Harran quelques mois plus tôt.

— Elle m'a remarqué dès son arrivée… continua Abdou. Elle m'a regardé, moi et personne d'autre, et elle ne m'a plus lâché…

Puis, quelques instants plus tard, comme à part soi :

— Elle souriait gaiement, elle riait… Quand le bateau a levé l'ancre, elle a tout laissé pour me regarder et sourire… Et elle a même continué quand il s'est éloigné…

Les hommes l'écoutèrent parler, sans faire aucun commentaire.

À le voir tant souffrir, ils compatirent, inquiets. Au bout de quelques minutes, Abdou reprit :

— J'ai trouvé sa photo dans un magazine. S'il vient quelqu'un qui sait lire, il me dira son adresse et je lui dicterai une lettre… Je la lui enverrai… et elle reviendra…

37

Une vague parenté liait Al-Dabbassi aux Harranis, et tout le monde ici l'appelait "oncle", en signe de respect, même ceux qui avaient son âge ou quelques années de plus. Il était arrivé à Harran dans les premiers mois, peut-être deux ou trois semaines après le bateau du diable. Ibn al-Rashid clamait que les Harranis étaient stupides, que s'ils n'avaient pas de surhomme, il fallait qu'ils s'en cherchent un, il fallait qu'ils en achètent un ; ils envoyaient quelqu'un leur dénicher un vieux sage, un vulgaire piquet de tente, et il leur ramenait un éfrit, avec un coin de terre et une charrue !

Mais en voyant déferler les étrangers, le flot d'Américains d'abord, puis ce maudit bateau qui avait bouleversé plus d'une vie, et avant eux les tracteurs qui avaient nivelé leur village, rasé leurs maisons et comblé la mer, les Harranis avaient pris peur. Lorsque Ibn al-Rashid s'était mis à rameuter les jeunes pour les envoyer à la Harran américaine, les gens, alarmés, n'avaient plus su que faire. Il leur fallait un chef puissant pour les protéger de ces envahisseurs qui menaçaient de les submerger jour après jour… Et Al-Dabbassi était arrivé.

On ne savait rien de ce qui lui avait été dit, ni de ce qui l'avait amené ici si vite. Il avait longtemps habité Oujra, ou plutôt il y avait tenu boutique et y passait une partie de l'année, mais il écumait surtout la route des Sultans. Il était venu deux fois à Harran, la première dans sa jeunesse, et la seconde, cinq ans auparavant. La nature de ses voyages et sa boutique à Oujra le liaient aux Harranis, en ceci qu'il se chargeait de transmettre leurs messages ou les oboles des voyageurs. Il envoyait aussi deux ou trois caravanes par an à Harran pour l'approvisionner. De par sa parenté, ou pour d'autres raisons, on le disait généreux, même s'il restait dur en affaires. Les Harranis, sédentaires ou nomades, s'étaient habitués à lui ; ils lui confiaient leur argent et lui en empruntaient, et lorsqu'ils se rendaient à Oujra, la première personne qu'ils demandaient à voir, c'était lui.

Ils ne s'étaient donc pas étonnés de le voir arriver et s'en étaient même réjouis. Mais Ibn al-Rashid trouva la chose étrange et de mauvais augure. Quelques jours s'écoulèrent. Al-Dabbassi s'incrustait et ses palabres avec les Harranis s'éternisaient. Une animosité silencieuse s'installa entre les deux hommes. Ils affichaient une sympathie et un respect mutuels, mais il était clair que chacun d'eux s'organisait et préparait la seconde manche.

Les Harranis qui avaient choisi la zone ouest et avaient commencé d'y bâtir leurs maisons ignorèrent délibérément ce que leur avait dit Ibn al-Rashid à propos des terrains, et se mirent à temporiser et à ajourner les travaux. Ceux qui avaient décidé de vendre la terre sur laquelle se trouvait leur ancienne demeure discutaient âprement toutes les nouvelles offres qu'on leur faisait. Ils prétendaient même que le terrain sur lequel était construite la Harran américaine était un lieu de pâturage pour leurs troupeaux, et que puisqu'ils en étaient spoliés, on devait les dédommager. Ils laissèrent entendre qu'ils avaient contacté les responsables pour se renseigner sur leurs droits avant que les choses ne s'enveniment.

Al-Dabbassi, qui était à Harran depuis plus d'un mois et avait surveillé en personne certains chantiers dans la zone ouest, annonça un jour qu'il retournait à Oujra et s'en reviendrait dès que possible. Il promit de demander à tous les exilés qu'il croiserait ou qu'il réussirait à joindre de rentrer chez eux de toute urgence. Ce fut lui qui recommanda aux Harranis de s'accrocher bec et ongles à leurs terres, car c'était leur seul capital. Ainsi les tentatives d'Ibn al-Rashid furent-elles anéanties, tout comme les accords préliminaires passés après une longue attente et des séries de négociations compliquées. Mais Ibn al-Rashid ne se rendit pas pour autant. Il se battit sur un autre front et fit dire aux Harranis que l'ensemble des terres appartenait au gouvernement, que celui-ci donnait et prenait à sa guise, que ces terrains ne les faisaient ni boire ni manger, et qu'ils feraient mieux d'accepter ce qu'on leur en offrait maintenant, parce qu'un jour viendrait peut-être où on les leur prendrait sans rien leur donner en retour, et qu'à hésiter entre deux fêtes ils finiraient par se retrouver marrons.

Les Harranis, qui avaient écouté et approuvé Al-Dabbassi, puis entendu ce qu'Ibn al-Rashid leur avait fait dire, vivaient dans une amère perplexité. Ils ne savaient plus s'ils devaient vendre ou non. S'ils vendaient, le prix que leur offrait Ibn al-Rashid était-il juste ? Et si lui n'achetait pas, qui d'autre le ferait ? Qui avait assez d'argent pour acquérir des terres que jamais personne n'avait songé à vendre ni à acheter ? D'ailleurs ces terres leur appartenaient-elles vraiment, et pouvaient-ils les vendre au mépris du gouvernement ?

Ibn al-Rashid s'attardait de longues heures à la Harran américaine, y dormait parfois, ou invitait les étrangers à venir passer la soirée avec lui. Avant de gagner sa tente, ils arpentaient la plage jusqu'aux collines occidentales, dévisageaient les gens et n'hésitaient pas à plaisanter avec petits et grands. Un certain nombre d'entre eux parlaient arabe, mais avec un drôle d'accent. Lorsqu'ils achevaient leur tournée, émaillée d'incidents qui revêtaient pour les Harranis une importance cruciale, ils s'installaient sous la tente. Ibn al-Rashid égorgeait une bête et préparait un banquet, et, dès la fin de la soirée, il dépêchait un ou deux messagers pour proposer aux Harranis de racheter leurs terres en arguant que, s'ils lui faisaient confiance, il les épaulerait volontiers en cas de besoin. Cependant ces promesses généreuses étaient truffées de secrètes menaces.

La perplexité des Harranis croissait autant que leur inquiétude. Que devaient-ils faire et jusqu'à quand devaient-ils attendre ? Al-Dabbassi était à Oujra depuis un bon bout de temps ; nul ne savait s'il reviendrait ou non. Et s'il revenait, serait-il assez fort pour se mesurer à Ibn al-Rashid et lui résister ?

Leurs pensées se bousculaient et leurs doutes grandissaient avec l'afflux des voyageurs, et comme ils hésitaient encore, Ibn al-Rashid leur dépêcha un de ses acolytes qui leur dit :

— Je ne suis aux ordres de personne…

Comme les Harranis le dévisageaient en silence, suspendus à ses lèvres, il reprit :

— Vous savez sans doute ce qui s'est passé à Wadi al-Ouyoun. Il n'y est resté ni maison, ni âme qui vive. Tous les oasiens sont partis, éparpillés sous les étoiles… Une partie à l'est, une autre à l'ouest… et quelques-uns travaillent ici, comme ouvriers, à Harran…

Il s'interrompit un instant pour que chacun profite de la leçon, la grave dans sa mémoire et son cœur, et se souvienne des absents, puis il reprit avec désinvolture :

— L'intelligence est une belle chose… Est malin celui qui sait y faire, qui prend et donne, achète et vend… Celui qui s'entête finit par tout perdre…

Quand ce refrain fut inscrit dans l'esprit des Harranis, l'émissaire s'en alla, et dès le lendemain un autre lui succéda, qui leur demanda, mi-conciliant, mi-menaçant :

— Alors mes braves, où en êtes-vous ?

Devant leur regard étonné, il reprit :

— Ibn al-Rashid sait que les terrains situés entre le cimetière et la dernière colline à l'ouest appartiennent aux Harranis et à eux seuls, et que ceux qui vont du cimetière au souk sont à vendre au plus offrant, au prix du marché. Si vous les lui vendez, il vous en donnera bien plus.

Plusieurs Harranis vendirent et Ibn al-Rashid acheta. Il insista pour qu'un certain nombre de personnes assistent aux tractations financières et ouvrit grand et ostensiblement sa bourse. Il somma également Dahham et Ibn al-Hadhal de rédiger des actes de vente sur lesquels il fit apposer les empreintes digitales des vendeurs en présence de témoins. Les Harranis, qui n'étaient pas habitués à toutes ces écritures, s'en étonnèrent et s'inquiétèrent de devoir donner leurs empreintes. L'un d'eux refusa tout net et préféra utiliser le sceau qu'il s'était fait faire à Damas quelques années plus tôt. Ibn al-Rashid, prêt à tout accepter devant témoins, déclara en souriant :

— Voyez, mes braves, cet homme a vendu et moi j'ai acheté. Ce document est sans réelle valeur, parce que la parole d'un homme l'emporte sur tout. Mais qu'y a-t-il en ce monde sinon la vie et la mort ? Le terrain que le frère m'a vendu va du cimetière à la mosquée… vous êtes témoins.

Les parcelles qu'acquit Ibn al-Rashid furent sommairement mais délibérément balisées aux quatre coins avec des tas de cailloux, après avoir été mesurées au cordeau. Il entreposa sur l'une d'elles les madriers qu'il faisait venir de la Harran américaine, et déchargea sur une autre une montagne de pierres convoyées à dos de chameaux depuis les carrières occidentales. Il déplaça aussi l'enclos des bêtes situé sur la piste d'Oujra et l'installa sur une aire près du souk.

Il agissait avec rapidité et aplomb, ce qui suscitait autant d'admiration que de jalousie et d'angoisse, surtout que les Américains qui venaient le voir à la Harran arabe y passaient de plus en plus de temps, et s'entretenaient désormais avec lui et les autres sans l'intermédiaire du Perroquet, comme s'ils n'avaient rien d'autre à faire que de bavarder et d'interroger.

Certains arguaient que les étrangers qui parlaient arabe étaient âgés, raison pour laquelle ils ne travaillaient pas. D'autres, qu'ils voulaient convertir les gens à leurs idées de mécréants… Le fait est qu'ils allaient d'un endroit à l'autre comme de vrais diables, et qu'Ibn al-Rashid était leur mouchard.

Au bout de trois mois et quelques jours, Al-Dabbassi réapparut. Avec deux de ses fils et trois de ses proches. Il venait cette fois s'installer à Harran, y vivre et y demeurer, et il avait laissé son cadet à Oujra. Son arrivée marqua le début d'une nouvelle étape dans l'histoire de la communauté.

*

Bien qu'il eût tardé à revenir, il se montra plein d'assurance. Ce fut clair dès la première nuit, et la suite le confirma. Les voyages qui l'avaient mené au loin jusqu'en Égypte, qui lui avaient fait traverser trois fois la mer – une fois pendant la guerre, d'Alexandrie à Haïfa, et deux fois de Beyrouth à Gaza et Port-Saïd quelques années après –, ses trajets sur la route des Sultans, deux ou trois fois par an, vers l'Iraq, la Syrie, la Jordanie et la Palestine, de même que l'esprit d'aventure qui le caractérisait en affaires, ces voyages, donc, et ce trait de caractère l'avaient conduit à choisir Harran comme nouvelle patrie. Il s'y était préparé sans tergiverser, et il y amenait ses enfants et ses proches.

Il avait décidé d'agir sans se préoccuper d'Ibn al-Rashid ni de personne, la terre était vaste, il y avait de la place pour tout le monde, le plus futé se servait de ses deux bras, le reste était affaire de temps ! C'était ce qu'il avait dit à Majbal al-Khoursa, son associé d'Oujra qui refusait d'ouvrir une succursale dans ce cimetière où même les djinns ne s'aventuraient pas. Il trouvait qu'Al-Dabbassi prenait des risques inconsidérés et que l'aventure était dangereuse, même si ses précédentes entreprises avaient réussi. Il avait un jour acquis tout un troupeau de moutons sans avoir un sou en poche pour en payer un seul et l'avait revendu dès le lendemain avec un bénéfice inimaginable. Une autre fois il avait acheté à une caravane une énorme quantité de farine, de sucre et de tissu en y mettant toutes ses économies. Or plusieurs autres caravanes étaient arrivées à Oujra et les prix avaient chuté, mais il s'était entêté à ne pas vendre, risquant ainsi d'avoir de la farine charançonnée. Puis de grosses pluies avaient bloqué les pistes et isolé l'oasis, ce qui avait fait remonter les prix et lui avait permis de s'enrichir considérablement cette année-là... Ces péripéties avaient forgé son caractère, et il ne craignait pas d'entreprendre et de repartir de zéro. Cependant cette fois, ses succès passés ne lui garantissaient pas la victoire. Il décida de garder son commerce et son associé, de laisser son fils Jassir le remplacer à Oujra et d'emmener avec lui son aîné, Salih, et son dernier, Houmaydi.

Il arriva sans fanfare et sans prétention, et s'installa parmi les Harranis, comme la fois précédente. Il sut dès la première nuit tout ce qui s'était passé depuis son départ. Il fut désolé d'apprendre que certains avaient vendu leurs terres, mais il n'insista pas et ne s'attarda guère sur ce point. Il considéra que ce qui était fait était fait et qu'il était inutile de se consumer en regrets. Il dit à la fin de la soirée :

— Les Harranis doivent être les premiers à profiter de la manne, avant les étrangers. Et puisque les Américains sont arrivés bouche et ventre grands ouverts, comme Ibn al-Rashid et les autres, il faut être plus vigilant que la fourmi et plus rusé que le renard...

Il s'y employa sans attendre, dès le lendemain.

Il se concentra d'abord sur l'immobilier, puis sur le commerce. Le troisième jour, il organisa une entrevue avec Ibn al-Rashid et lui dit :

— Toi et moi sommes des fils de la route des Sultans. On achète et on vend ; on ne sait faire que ça. On perd une fois, on gagne les deux suivantes, et ainsi de suite. Pour le reste, tu étais là d'abord.

Ces mots réconfortèrent Ibn al-Rashid, bien qu'il ne devinât pas où l'homme voulait en venir. Que pouvait faire et que faisait Al-Dabbassi ? Il parlait humblement, se montrait conciliant, mais jusqu'à quand ? Y avait-il assez de place pour deux gars de leur trempe à Harran ?

Aux Harranis, Al-Dabbassi dit ceci :

— Mes braves, vous êtes le nerf de la guerre et notre épine dorsale... Vous n'avez rien à craindre...

Comme ils se cantonnaient dans leur silence habituel, il ajouta avec une sorte de hâte :

— Vous n'avez pas besoin des autres. Ce sont les autres qui ont besoin de vous. Bien sûr, aujourd'hui vous êtes pauvres, mais tout le monde dit qu'il y a de l'or sous vos pieds... Soyez patients...

Les Harranis restèrent silencieux. Ils le regardaient, presque impassibles, sans rien dire. Il reprit d'un ton paternel :

— L'affaire est à la fois facile et difficile, et il n'y a pas de précédent. Accrochez-vous à vos terres, bec et ongles, et considérez que les choses n'ont pas changé. Ne vendez pas, même si le ciel vous tombe sur la tête. Restez où vous êtes.

Après bien des efforts, les Harranis comprirent qu'Al-Dabbassi leur demandait de gagner du temps, d'attendre et surtout de s'en remettre à lui, mais ils gardèrent le silence, car ils avaient conscience de s'engager dans un combat dont ils ne voyaient pas l'issue. Ils n'avaient devant eux que ces deux hommes, Ibn al-Rashid et Al-Dabbassi. Ils ne connaissaient de ce dernier que ses réussites commerciales, rapportées par les messagers et les caravanes qui passaient chaque année, mais Ibn al-Rashid vivait parmi eux depuis plusieurs mois. Il savait leur parler, leur envoyer des émissaires, et savait mieux encore les séduire pour parvenir à ses fins. Aujourd'hui qu'Al-Dabbassi les haranguait, ils se demandaient ce qu'il attendait d'eux. Ils avaient quitté leur village pour se réinstaller un peu plus loin et repartir de zéro. Ils voyaient leur environnement se transformer, les étrangers affluer en nombre toujours croissant, et il ne restait rien de leur vie précédente. Mais ils ne savaient que faire et ne comprenaient pas ce qu'Al-Dabbassi leur voulait.

— On s'est montrés patients, mon oncle, dit un vieillard. Nos enfants sont partis depuis des années – on s'est dit : "Les voyages forment la jeunesse…" Ils reviendront. Si ce n'est pas cette année, ce sera l'année suivante… Grâce à Dieu, nous sommes plus patients que des chameaux… mais depuis l'arrivée des diables, tout a basculé, et depuis l'arrivée du monstre, nos fils ne sont plus les mêmes… Tu vois bien que tout le monde se précipite ici, alors, que peut-on faire, aujourd'hui ou demain, alors que notre univers tombe en ruine ?

Ainsi parla le vieux, et d'autres renchérirent. Al-Dabbassi opinait en hochant la tête, et quand ils eurent fini, il dit en triturant sa courte barbe :

— L'ancienne Harran dont vous parlez n'existe plus, elle est rasée, il n'en reste que le cimetière et la mosquée. Il se peut très bien que demain ou après-demain, Ibn al-Rashid ou un autre remplace la mosquée par un cinéma et le cimetière par un bordel, parce que ceux qui ne sont pas d'ici ne voient là que des terrains à vendre… Pour eux les hommes sont tous les mêmes, qu'ils soient d'ici ou d'ailleurs, musulmans ou juifs…

Ils l'observaient et l'écoutaient avec une extrême attention, même si le sens de certains mots leur échappait. Et comme il lui sembla soudain qu'il était allé trop loin, il se redressa et reprit :

— Pour l'instant, mes frères, le plus important c'est que chacun y trouve son compte. Ces gens-là peuvent manger, boire et s'enrichir, les Harranis restent les plus généreux des hommes. Alors bienvenue à Ibn al-Rashid et à tous les autres !

Les Harranis comprirent cette nuit-là qu'une bataille serrée s'engageait et qu'Ibn al-Rashid était l'ennemi. Mais ils ne surent pas bien s'il était leur ennemi, ou celui d'Al-Dabbassi. Ils s'endormirent perplexes, rongés par l'inquiétude.

38

Une des premières tâches qu'entreprit Al-Dabbassi, sans tergiverser, et sans doute après y avoir pensé et s'être décidé dès
sa première visite, fut d'épouser une Harranie!

Une semaine s'était écoulée. Les jours déferlaient, chaotiques. Al-Dabbassi s'était en quelque sorte implanté dans les
deux Harran, et un soir où la plupart des hommes se trouvaient réunis, il déclara à un moment soigneusement choisi,
d'un ton à la fois sérieux et badin, et pour raffermir les liens
et la confiance qui l'unissaient, lui le nouveau venu, à cette
communauté :

— Écoutez, mes braves…

Ils le regardèrent en dressant l'oreille. Avec son visage rond
et sa courte barbe, il vivait un moment fort et se caressait le
menton d'un geste sûr, conscient de son emprise. Lorsqu'il
fut certain d'avoir toute l'attention de son auditoire, il reprit
avec un large sourire :

— Si vous voulez de nous, attachez-nous!

Personne ne saisit l'allusion. Il partit d'un grand rire, presque
tonitruant :

— Depuis Adam et Ève, ce qui attache l'homme, c'est la
femme. Quand un homme se marie, il épouse aussi sa tribu
et sa terre, et à partir de là, lui et elles ne font qu'un.

Les hommes s'entre-regardèrent, puis regardèrent Al-Dabbassi. L'affaire était – ou semblait – claire, mais aucun ne pipa mot. Les voyant silencieux, il reprit :

— Alors, qu'en dites-vous ? Vous voulez qu'on reste ici, moi et les miens, ou qu'on retourne chez nous ?

Il sut, aux rires qui s'élevèrent et aux regards échangés, qu'ils étaient d'accord sur le principe. Mais quel père donnerait sa fille, et à qui ?

— Toi, repartir ? fit un vieil homme. N'y songe pas. Tu es des nôtres…

Al-Dabbassi éclata de rire :

— À vous de jouer alors. Le plus tôt sera le mieux !

Les rires cascadèrent, cependant qu'on s'interrogeait en silence : qui d'entre eux se proposerait et quelle serait la meilleure candidate ?

Jusqu'ici, et bien qu'ils eussent compris les intentions d'Al-Dabbassi, ils ne savaient pas très bien si la jeune fille était destinée à son fils Salih ou à l'un des trois hommes qui l'avaient accompagné, car ils étaient tous jeunes – sauf un qui avait entre quarante et cinquante ans. En sa qualité de chef improvisé et de décideur, Al-Dabbassi devait proposer ce que les Harranis ne pouvaient qu'entériner.

— Abou Salih, mon oncle, se lança un homme en regardant le fils d'Al-Dabbassi, que ton aîné soit mon fils, et que son frère soit mon cadet…

Al-Dabbassi se figea, transfiguré par la surprise. Il s'agita sur son siège à plusieurs reprises, et pour mettre fin à la bévue, se redressa de toute sa taille, bras tendu, paume ouverte, en un geste de dénégation. Certains pensèrent, surpris, que de mariage il n'était pas question, et l'homme qui avait parlé se fit tout petit, atterré par sa méprise.

— Écoute, mon brave, dit enfin Al-Dabbassi, le tour de Salih viendra… et si ce n'est pas demain, ce sera après-demain… mais pour l'instant, le prétendant, c'est son père !

Un tonnerre de rires éclata. Aucun n'avait imaginé qu'il pût s'agir de lui. Tous avaient pensé à Salih, ou à un des trois hommes qui avaient suivi Al-Dabbassi à Harran, mais que ce fût lui le promis, à cinquante-cinq ans passés, semblait bizarre, ou, pour le moins, surprenant.

Deux semaines plus tard, un jeudi soir, Al-Dabbassi convolait. Il épousa la fille de Muhammad al-Zamal, l'homme qui s'était fait moucher lors de la fameuse soirée en la proposant au fils plutôt qu'au père.

Ce furent les premières noces de la nouvelle Harran. Les Américains qui s'intéressaient de près à la Harran arabe furent si excités par cet événement qu'ils demandèrent aussitôt à y être invités et tinrent à y arriver les premiers.

Al-Dabbassi semblait aussi heureux de la présence des étrangers qu'il l'était de se marier. Il se montra généreux et accueillant, s'assura que son fils Salih ne quittait pas ses hôtes d'une semelle, et recommanda aux Harranis de s'occuper d'eux et de satisfaire toutes leurs lubies. Les Américains, comme de grands enfants, firent preuve d'une insatiable curiosité. Ils posèrent mille questions sur tout, les choses, les costumes, la nourriture, le prénom des mariés, voulurent savoir s'ils s'étaient connus auparavant, s'ils s'étaient rencontrés ou non. Ils demandèrent combien d'enfants avaient Untel et Unetelle, quel âge ils avaient, et furent stupéfaits d'apprendre par un vieil homme que le garçon près duquel ils étaient assis depuis le début et qui n'avait cessé de leur parler était un des fils d'Al-Dabbassi! Ils demandèrent au promis s'ils pouvaient l'immortaliser avec sa fiancée et photographier les femmes, mais ils n'insistèrent pas, pour ne pas risquer de franchir les limites de la bienséance.

Ce fut une grande nuit. On avait égorgé tant de moutons qu'on ne fut pas d'accord sur leur nombre exact et que les paris furent ouverts. On posa cinq têtes devant les cinq Américains et une devant Ibn al-Rashid. Ailleurs, là où étaient rassemblés les ouvriers, les Harranis et un bon nombre d'immigrés, on mêla les têtes aux autres pièces de viande. Les convives détachaient les lambeaux de chair grillée avec une étonnante dextérité, extirpaient les abats des entrailles, la cervelle du crâne, et façonnaient adroitement des boules de riz qu'ils avalaient sans en laisser un grain collé sur leurs doigts.

L'étonnement des Américains alla grandissant. Ils prirent de nombreuses photos pendant le repas, et s'appliquèrent à vaincre leur embarras et à dissimuler leur inhabileté à manger comme les autres, malgré toute l'aide qu'on leur offrait, et peut-être parce qu'ils n'aimaient pas ces plats. Ils se firent excuser en posant mille questions, en observant attentivement, en multipliant les commentaires et en photographiant.

Les élégants atours qu'avait revêtus Al-Dabbassi étaient trop chauds pour la saison et la température, et au fil de la soirée, il s'était défait de manière théâtrale de plusieurs épaisseurs, pour mettre ses hôtes à l'aise avant de les inviter à manger. Ibn al-Rashid s'efforçait de paraître naturel, de sourire et de converser, mais il se renferma peu à peu, devint presque silencieux et ne s'adressa plus que dans un murmure aux hommes qui l'entouraient, visiblement contrarié.

À la fin du repas, Mizban s'écria à pleine voix, sans doute pour enfoncer le clou :

— Un foyer et un cœur… te voilà comblé et à toi la gloire, Abou Salih !

Al-Dabbassi hocha la tête sans lever les yeux, soit qu'il fût gêné, soit en signe d'humilité, mais quand Soulayman al-Zamil ajouta : "Nourrir son prochain, le pieux le fait par devoir, le mécréant par charité !", il y vit une marque de soutien et d'amitié, ainsi qu'une pointe d'hostilité envers Ibn al-Rashid. Les Harranis ne s'y trompèrent pas, car de francs sourires s'épanouirent et bien des regards se tournèrent vers ce dernier. Peut-être comparaient-ils ce festin au banquet qu'il avait offert peu de temps auparavant, lorsque la construction des boutiques avait été achevée.

Al-Dabbassi n'était pas seul à vouloir graver cette nuit dans les mémoires. Harranis et ouvriers le désiraient tout autant. Les petits cercles éparpillés du début de soirée, ces mélanges de propos décousus, de plaisanteries et de brefs murmures sporadiques, ne tardèrent pas à s'ordonner et à s'amalgamer, puis à s'enflammer avec des échos de bataille, et cela avant le repas. Mais lorsque les tasses de café et de thé se mirent à tourner et que plusieurs personnes firent mine de partir, Ibn al-Rashid se leva, promena son regard sur l'assemblée et lança en riant :

— Abou Salih est en train de se dire : "Mes invités ont mangé, ils en sont au café, Dieu les garde, ils se seront amusés…"

En entendant ces mots, Al-Dabbassi bondit comme un loup et rétorqua avec bonhomie, un rien de menace dans la voix :

— Je te vois venir, Abou Muhammad, mais au contraire, continuons ! Et que cette fête soit aussi faste que nos deux fêtes annuelles les plus importantes !

La spontanéité l'emporta sur l'organisation et Harran ce soir-là se déchaîna. Tous y participèrent, jeunes et vieux inclus. Pourtant, bien que chacun s'efforçât de paraître heureux, les chants étaient pleins de mélancolie, comme s'ils célébraient la Harran révolue et une vie qui s'achevait. Lorsque Souwaylih se mit à chanter, ce que personne n'attendait ni n'imaginait, le silence se fit, lourd d'une douloureuse émotion, et même les femmes se rapprochèrent. Les enfants, qui jusque-là ne cessaient d'aller et venir, turbulents et bruyants, s'assirent devant lui, comme hypnotisés. Souwaylih chanta autant pour lui que pour les autres. Sa voix faiblissait parfois au point que les cous se tendaient pour s'assurer que ce murmure qu'on percevait à peine sourdait bien de sa gorge, puis le chant rejaillissait, comme un rugissement, comme le fracas des vagues, et d'un extrême à l'autre, l'assemblée écoutait, répétait, renchérissait, et les femmes se laissaient happer par la mélodie à en gémir parfois sans le vouloir ni même s'en rendre compte. Lorsqu'il fallait reprendre en chœur certains couplets, l'émotion collective atteignait des sommets indicibles. Ibn al-Rashid, qui avait décidé de rester, à la fois par obligation et par empathie, n'avait pas imaginé vivre une telle nuit, et n'aurait jamais pensé que le jeune bigleux qu'il avait chassé de Wadi al-Ouyoun sous prétexte que la compagnie ne pouvait l'employer, et qui avait accepté de le suivre à Harran parce qu'il avait à tout prix besoin de travailler, avait une telle voix et chantait aussi bien.

En cet endroit perdu du monde, quels désirs couvaient dans les cœurs de ces hommes, et quelles joies ces chants pouvaient-ils faire jaillir? Et d'où venait tant de mélancolie? Pourquoi pesait-elle sur eux à les en écraser?

À chaque mot lancé, la nuit se déployait, s'étirait à l'infini, puis se rétractait pour n'être plus qu'un charbon noir. Les cœurs bondissaient, à l'étroit dans les poitrines, et passaient, rapides comme l'éclair, d'un horizon lointain à la réalité, au rythme de la mélodie qui fusait puis mourait. Les hommes s'adonnaient à la muette mélancolie qu'ils affectionnaient. D'âpres et tristes soupirs écorchaient le silence, le salissaient de couleurs terreuses, l'opacifiaient, l'enlaidissaient, et ceux qui les poussaient regardaient alentour pour s'en excuser, et clamer sans dire mot que la tristesse les consumait et l'emportait sur toutes choses.

S'ils avaient été ailleurs, s'ils avaient été moins nombreux, et sans les étrangers, ils auraient su exprimer et exorciser leur chagrin, leur angoisse, mais quelque chose les retenait, pesait sur eux et les en empêchait. Seuls leurs regards arpentaient l'étroit corridor des visages alentour, comme un prisonnier

277

arpente sa geôle ou un fauve sa cage. Seuls leurs yeux parlaient, et laissaient échapper parfois un cri aigu. Lorsqu'ils se rétrécissaient et se crispaient, ou papillonnaient brusquement, convulsivement, ils hurlaient au secours, s'enflammaient, brasillant de douleur, et suppliaient les autres de leur tendre la main ou une corde pour les sauver. Souwaylih, qui chantait pour lui et pour chacun, exaltait leur douleur, l'approfondissait, l'épaississait, et il leur semblait qu'ils s'y enlisaient au fur et à mesure que la nuit avançait.

Al-Dabbassi, tout à l'ivresse qui le transportait, ressemblait à un gosse emprunté, maladroit et bouleversé. Il reprenait certains couplets, chantait à tue-tête et encourageait les autres à l'imiter. À un moment donné, alors que Souwaylih s'apprêtait à déchirer la nuit d'un cri, au milieu d'un parfait silence, sa voix rauque et puissante retentit, comme le blatèrement d'un chameau en colère, déchaînant une tempête de rires contagieux.

Plus tard, la voix mélodieuse d'Abdou Muhammad les surprit autant que les avait surpris celle de Souwaylih. Dès que celui-ci se tut, écrasé de fatigue, essuyant d'abord d'un revers de manche, puis des deux mains, sa sueur qui dégoulinait, le boulanger le relaya, et le répertoire qu'il entonna à tue-tête et à sa manière détendit et égaya brusquement l'atmosphère.

Ce soir-là, les chanteurs remportèrent la palme et suscitèrent l'admiration de tous, des Arabes comme des Américains qui furent aussi ébahis par ce talent que par la métamorphose de ceux qui leur apparaissaient soudain comme des créatures différentes. Si en début de soirée ils avaient posé des questions précises et détaillées sur les lieux et les choses, sans cesser de les consigner dans leurs carnets, ils furent bientôt envoûtés par l'atmosphère et l'émotion qui prévalaient. Leurs questions se tarirent, et se confinèrent aux mélopées, qu'ils se faisaient expliquer et dont ils voulaient connaître l'origine et la portée.

Il en fut ainsi jusqu'à ce qu'Abdou Muhammad se mette à chanter. Car l'ambiance ayant alors changé et l'assemblée étant secouée par les rires, ils dev??? ??? ue l'homme émail-
??? ns de son cru, dont

??? tesse si on n'a pas
??? survivent que ces
??? isées...
??? t Sinclair reprit :
??? nt durs et coriaces,
??? s coulent à l'inté-
??? cris... Ils appellent
??? nent à cœur joie !
??? que :
??? issent !
??? nenant son regard

— Ils sont vraiment bizarres... tellement fermés qu'on ne sait jamais s'ils sont heureux ou tristes... aussi caparaçonnés et impénétrables que le désert sous leurs pieds.

Lorsque Souwaylih se remit à chanter, un murmure s'éleva, et un frisson parcourut les visages et les corps. Sinclair poussa son ami du coude en lui soufflant à la hâte :

— Attention, ne te méprends pas... C'est de joie qu'il s'agit !

Et après les avoir écoutés un moment :

— On dirait des moutons qui se bousculent et bêlent à qui mieux mieux... Incroyable ! Quelle façon primitive d'exprimer sa gaieté...

Les Américains continuèrent de gloser, fascinés... sans cesser de photographier.

Quant aux Harranis, ils se souviendraient longtemps de cette nuit, la nuit de noces d'Al-Dabbassi.

39

Ghafil al-Souwayyid, émir de Harran de toute éternité, était un émir singulier. Il n'ennuyait jamais personne et personne n'aimait l'ennuyer. On l'avait rarement vu de loin, et de près moins encore. Il aimait aussi peu le pouvoir et Harran qu'il adorait la poésie et le désert. Il savait de nombreuses odes, en savourait chaque vers et parfois les chantait. Il pouvait écumer le reg à la poursuite d'un quatrain, pour le plaisir d'entendre son auteur ou un disciple le réciter, dans son intégralité. Un vieux Harrani racontait que lorsqu'il avait été nommé émir de Harran et de la région avoisinante, et qu'on lui avait annoncé la nouvelle un après-midi d'été, il en était resté pétrifié, au point que les émissaires venus le féliciter l'avaient cru muet. Quand il avait enfin ouvert la bouche – et ce fut plusieurs jours plus tard –, il n'avait rien trouvé à dire à ces imbéciles qui passaient leur temps assis face à la mer à couver leurs œufs. Car, leur ayant posé diverses questions sans rien entendre d'essentiel en retour, il avait entrepris de leur réciter certains poèmes qu'il aimait. Mais aucun des envoyés n'avait su répondre avec verve, et, dépité, il les avait laissés aux soins de son esclave noir, Maymoun, à qui il avait donné l'ordre de se dépêtrer de ces pauvres idiots comme il l'entendait – soit ils le tueraient, soit ce serait lui qui leur ferait la peau. Et il était reparti d'où il venait en emmenant une poignée de fidèles.

Les anecdotes qui le concernaient étaient rares et se contredisaient. Certains racontaient qu'il errait dans le désert, le parcourant d'un bout à l'autre en quête de poèmes. D'autres assuraient qu'il cherchait un grand oiseau blanc qui lui avait ravi sa jolie promise la veille de leurs noces. Le rapace l'aurait enlevée par une nuit de pleine lune – Ghafil l'aurait vu de ses yeux l'emporter sous son aile gauche. On disait encore que l'émir avait aimé et désiré une femme, mais que son cousin, au fait de ses désirs et de ses intentions, avait emmené la belle au cœur du désert, par une nuit d'encre, et qu'on n'en avait jamais plus entendu parler. Depuis, l'émir se lançait dans de longs et mystérieux voyages et écumait les sables, tout entier dévolu à sa recherche.

C'était là quelques-unes des histoires qui couraient. Ce qui les étayait et les rendait crédibles aux yeux des gens, c'était que l'émir, à quarante ans passés, était encore célibataire et ne se souciait pas de convoler. Un jour, lors d'une de ses visites à Harran, Ibn Naffa', qui voulait sympathiser et l'amadouer, lui avait demandé s'il comptait se marier. L'émir l'avait écouté avec un sourire narquois et avait secoué un bon moment la tête sans répondre.

Il avait coutume de venir tous les deux ou trois mois à Harran, pour demander du bout des lèvres à Maymoun si quelque chose d'important s'était passé en son absence. Avait-on vu une caravane ou des nomades ? Les Harranis étaient-ils toujours aussi stupides ou avaient-ils retrouvé la raison ? Ces questions posées, il demandait un café et son rebab, et se mettait à chanter. Lorsqu'il déclamait, les hommes hochaient la tête en signe d'admiration, tandis qu'il s'évadait au loin, heureux et comblé. On racontait que les nuits de pleine lune, il était si triste qu'il lui arrivait d'en pleurer.

Il considérait les Harranis comme des ennemis – sans eux il ne serait pas là, dans ce trou où ne se posaient même pas les oiseaux – et, s'ils venaient le saluer, loin de s'en réjouir, il restait silencieux. Eux, qui n'avaient rien à lui dire, rien dont se plaindre et rien à demander, avaient à peine bu leur café, souri deux ou trois fois, et frotté leurs mains, qu'ils s'excusaient de devoir partir. L'émir s'empressait de les obliger, et sans hésiter, tandis que l'écho de leurs pas faiblissait, il en revenait au rebab et faisait parfois asseoir un musicien tout près, face à lui, pour mieux l'entendre jouer.

Ghafil al-Souwayyid agit ainsi de nombreuses années, ne faisant halte à Harran que quelques mois en tout et pour tout. S'il avait été tenu d'y passer plus longtemps, il aurait nommé Maymoun émir à sa place, et aurait à jamais disparu dans le désert. Lorsque les Américains avaient débarqué, il était en voyage et, à son retour, il fut éberlué par tant de changements. D'abord indécis, il prit en secret, après la visite que deux d'entre eux lui firent, flanqués de Na'im, qui traduisait, une décision grave : partir pour ne plus revenir.

— Avant, on n'avait qu'un seul problème, dit-il à quelques Harranis. Aujourd'hui, on les a tous sur le dos !

Il se tourna vers Maymoun et poursuivit avec un rire sarcastique :

— Vous les avez vus ? Vous avez vu leurs têtes ? On dirait des rats en pâte à pain mal cuite ! Tout grêlés de taches, avec des yeux ronds comme des billes… S'ils survivent à l'hiver, ça m'étonnerait qu'ils passent l'été !

Peu après, au milieu d'un silence plein de perplexité, il ajouta comme s'il monologuait et voulait pourtant qu'on l'entende :

— Demain, ils décamperont si vite que leurs pets les devanceront !

Quelques jours plus tard, la grande tente et celles plus modestes qu'on avait dressées là longtemps auparavant étaient démontées et chargées sur les chameaux. L'émir et sa troupe s'en allèrent, Maymoun avec eux, sans que nul ne sût s'ils reviendraient ou non. Mais passé quelques semaines, un nouvel émir arrivait, et on n'entendit plus jamais parler de Ghafil al-Souwayyid.

*

Khalid al-Mishari devint le nouvel émir de Harran.

C'était un homme d'âge moyen, bien charpenté, très brun de peau, presque noir. On l'accueillit en grande pompe, car il avait envoyé plusieurs éclaireurs qui s'étaient attachés à annoncer partout que l'émir Khalid, le nouvel émir de Harran, serait là dans un ou deux jours, et avaient donné au hasard des palabres, d'un ton acerbe et lourd de menaces, des tas de détails édifiants sur leur maître : il tuait pour le moindre larcin, n'avait de pitié pour personne, fût-ce son propre frère, et venait à Harran pour y instaurer une paix de cimetière, car on lui avait rapporté les querelles, les rixes et le chaos qui y régnaient, et on l'avait assuré que s'il n'y remédiait pas, les Harranis finiraient par s'entretuer.

Ces propos en atterrèrent plus d'un, et ceux qui n'eurent pas peur restèrent, dans l'expectative. Harran existait depuis des lustres, n'avait jamais eu d'émir à demeure ni n'en avait eu besoin, et n'imaginait pas devoir tolérer autre chose que la silhouette à demi alanguie de Ghafil al-Souwayyid lors de ses rares séjours. Que lui voulait cet émir et que faire de lui ? Harran pouvait-elle encore changer après l'invasion des Américains, d'Ibn al-Rashid, d'Al-Dabbassi, d'un essaim d'immigrés et de tous ceux qui viendraient peut-être demain ? Et si elle changeait, la présence d'un émir lui serait-elle bénéfique ou ne ferait-elle qu'aggraver ses maux et ses plaies ?

Les Américains déléguèrent Na'im pour aller accueillir l'émir, peut-être à l'instigation d'Ibn al-Rashid, car à peine sut-on le jour de son arrivée que celui-ci se prépara, réunit quelques hommes dont Dahham et partit avec l'interprète sur la route d'Oujra, très tôt le matin. L'émir y arriva ce soir-là, avant le coucher du soleil, et ils l'escortèrent jusqu'à Harran.

Tout dans la mise de l'émir, dans son comportement, dans l'équipage qui l'accompagnait, différait de l'émir précédent. Les Harranis se perdaient en conjonctures, fous d'angoisse parce qu'ils avaient commis l'erreur involontaire de ne pas aller comme Ibn al-Rashid accueillir l'émir. Ils sentaient qu'une nouvelle catastrophe les menaçait, mais Al-Dabbassi trouva ce soir-là les mots adéquats pour les réconforter. "L'émir est l'émir de Harran, dit-il. Or nous, les Harranis, vivons ici depuis l'aube des temps. L'émir sait très bien que ceux qui papillonnent autour de lui ce soir veulent se mettre en avant. Mais demain, quand il se sera reposé, il reconnaîtra les siens et chacun pourra lui parler…"

Al-Dabbassi ne s'arrêta pas là. Il décida avec quelques hommes d'aller saluer l'émir le lendemain, mais comme il n'était pas sûr de l'avoir déjà vu, ni d'avoir entendu parler de la bonne personne, il hésitait à présumer du futur. Une chose était certaine, la petite victoire d'Ibn al-Rashid ne changerait rien au résultat final. Il avait un plan.

Lorsqu'ils s'y rendirent au matin, Ibn al-Rashid venait de quitter l'émir, et quand il s'arrêta brièvement pour bavarder, il se montra hautain et plein d'assurance, comme s'il avait tissé avec lui une relation privilégiée ou qu'il voulait prouver aux Harranis que les avoir précédés était significatif. Al-Dabbassi ne laissa pas passer cette occasion et s'esclaffa :

— Eh bien, Abou Muhammad, tu dors chez l'émir maintenant ?

Comme Ibn al-Rashid hochait la tête en riant et laissait planer le doute, Al-Dabbassi ajouta :

— Méfie-toi, la chance peut tourner, amis un matin, ennemis le lendemain !

— L'avenir appartient à ceux qui se lèvent tôt, Abou Salih! rétorqua Ibn al-Rashid.

Les Harranis vouèrent à l'émir une antipathie immédiate, car après quelques formules de convenance sur le voyage et l'état des pistes, il leur annonça qu'il était là pour rétablir l'ordre, combattre le vol et régler les escarmouches, et il leur demanda abruptement s'ils connaissaient les trois voleurs de chameaux et s'ils avaient des requêtes ou des doléances.

La conversation aurait pu en rester là et leurs rapports être voués à la froideur, mais Al-Dabbassi vit un des gardes de l'émir jouer avec un faucon et comprit que l'homme était chasseur. Finaud, il se tourna vers un vieux Harrani et lui demanda tout naturellement si les busards s'étaient posés dans la région et quand. Une lueur d'intérêt s'alluma soudain dans les yeux de l'émir. Si les Harranis connaissaient quelques bons coins, Al-Dabbassi avait engrangé dans sa mémoire au fil des ans une foule d'informations et d'anecdotes relatives à la chasse, ses lieux de prédilection, les saisons propices, comment il avait vu en Égypte des vols d'oiseaux si denses qu'on aurait dit d'épais nuages, et comment lors d'un séjour à Gaza, il avait rabattu des oiseaux vers la plage. Il parla de grouses, de gazelles, de rapaces, et l'étendue de ses connaissances ébahit son auditoire.

Les Harranis se souviendraient de lui comme d'un diable en habit d'homme, car dès l'instant où il parla de chasse, l'émir changea du tout au tout et ressembla à un gamin émerveillé à qui on raconte une histoire. Abandonnant la morgue et la sévérité de ses regards et de son discours initial, il se radoucit et pria Al-Dabbassi de s'approcher. Celui-ci lui demanda alors s'ils s'étaient déjà rencontrés et où. Pour excuser sa mémoire défaillante, il assura l'émir que ses nombreux voyages et la multitude de gens qu'il croisait brouillaient ses souvenirs, mais il n'oubliait jamais un visage ; il oubliait simplement où et quand il l'avait vu. L'émir, satisfait de cette explication, se tourna vers lui et le dévisagea avec soin, pour se rafraîchir l'esprit, ou aider son interlocuteur à abolir le temps passé. Mais ni l'un ni l'autre n'étant en mesure de le faire, ils mirent fin à ce petit jeu.

Les Harranis évoquèrent alors les foyers qu'ils avaient dû quitter pour aider la compagnie et obéir aux ordres du gouvernement, les nouvelles maisons qu'ils avaient construites à la place, dans la zone ouest, et le futur qui les effrayait, surtout depuis que le monstre avait débarqué ces femmes à moitié nues et changé leurs fils en bêtes sauvages. L'émir sourit à plusieurs reprises, se fit décrire le navire en détail, s'enquit du nombre de femmes – qu'avaient-elles fait, combien en restait-il –, puis il promit que cet incident ne se reproduirait jamais, que défendre la religion et les mœurs était son souci premier, et qu'il n'hésiterait pas à prendre les mesures nécessaires à cet effet.

Al-Dabbassi reprit la parole pour exhorter l'émir à s'occuper des Harranis, parce qu'ils n'avaient personne au monde que Dieu et lui. Il fit allusion à certains étrangers qui les avaient récemment menacés pour les forcer à vendre leurs terres, et se plaignit qu'ils s'appropriaient leurs biens alors qu'ils étaient démunis. Il ne mentionna pas Ibn al-Rashid, ne prononça pas une seule fois son nom, mais pour les Harranis, ses propos étaient limpides. L'émir répéta qu'il était là pour faire respecter la religion et les mœurs, et ajouta :

— Ce qui est à vous vous revient de droit, et les gens d'ici passent avant les autres…

Avant la fin de l'entretien, Al-Dabbassi demanda à l'émir, au nom des Harranis, quel jour ils auraient l'honneur de le recevoir pour lui témoigner leur sympathie. L'émir se mit à rire, sans donner de date ni rien promettre, et répondit, en s'adressant aussi aux deux hommes qui l'accompagnaient, et en se levant pour leur donner congé :

— Quand l'hiver sera vraiment là, on ira chasser les busards dans les coins dont vous avez parlé.

40

Au cours des premières semaines, l'émir et les Américains se rendirent mutuellement visite.

Au camp des étrangers, cela donna lieu à une cérémonie splendide et orchestrée, au cours de laquelle trois Américains se défièrent aux armes à feu. L'émir s'émerveilla de ce spectacle avec lyrisme, et Na'im, qui ne comprenait pas ce vocabulaire, peina à traduire sa pensée. À l'issue de la compétition, l'émir demanda à voir les fusils de chasse. On les lui apporta, et dans un élan de gaieté et de familiarité, Ibn al-Rashid lui proposa d'en essayer un. Il hésita. Lorsque Dahham posa une cartouche vide à une quinzaine de mètres de distance, l'émir écarta d'un geste le fusil et demanda à son compagnon, Moubarrad al-Houwayzi de lui passer son Mauser. Il visa avec précision et atteignit la cible dans un concert de cris et d'applaudissements, puis il éjecta négligemment la cartouche vide, fit signe à Moubarrad de remettre la cible en place, et, avec la même adresse et un rien de nonchalance – il prit le temps de relever la tête pour mieux apprécier la distance –, il la mit en joue, tira et fit mouche. Là, les Américains ne se contentèrent pas de s'extasier et d'applaudir. Certains sifflèrent, et deux d'entre eux vinrent lui flatter l'épaule. Puis, dans l'allégresse générale, ils l'entraînèrent vers le réfectoire.

C'était la première fois que des Arabes y pénétraient et seuls quelques-uns eurent le privilège de l'accompagner. Dahham avait dit aux autres de rester à bonne distance et de se tenir comme il faut par déférence envers leurs hôtes – "On vous servira à manger où vous êtes". L'invitation se limita donc à l'émir, ses acolytes, Ibn al-Rashid, Dahham et Salih al-Dabbassi. On avait préparé pour le reste des convives des boîtes garnies d'aliments qu'aucun d'eux ne put reconnaître ni nommer.

L'émir manifestait un bel enthousiasme pour tout ce qu'on lui montrait. Lorsqu'il s'étonna de la taille, de la disposition et de la propreté du réfectoire, Ibn al-Rashid lui confia que les ouvriers qui l'avaient construit s'étaient demandé à quoi servirait une aussi grande pièce. Lui-même, qui l'avait vue du dehors plusieurs fois, était surpris de la découvrir si belle et si spacieuse à l'intérieur. Après le repas, l'émir fut invité à visiter les bâtiments adjacents : la piscine, le club-house, les bureaux. Il demanda à voir une des maisons, contint avec peine son émotion, et s'extasia avec une telle grandiloquence que l'interprète dut à plusieurs reprises demander l'aide d'Ibn al-Rashid pour traduire telle ou telle expression.

Lorsqu'on proposa à l'émir une promenade en bateau, il hésita, visiblement perplexe, avoua qu'il n'était jamais allé en mer, qu'il avait très peur de l'eau, et qu'il ne savait pas nager. On l'assura que c'était tout à fait simple et sans danger, parce que ces bateaux-là étaient construits avec soin, qu'ils pouvaient naviguer au bout du monde sans qu'on ait à craindre aucun incident, et qu'ils étaient en outre équipés de bouées de sauvetage et autres dispositifs de sécurité. Na'im traduisit les allégations du chef de camp, et l'émir, qui ne voulait pas montrer qu'il avait peur ni passer pour un lâche, s'inclina. Il demanda seulement que la promenade soit courte et qu'on ne s'écarte pas de la plage, ce que les Américains promirent.

C'était la première fois que ces hommes allaient en mer. Leur cœur battait la chamade ; Ibn al-Rashid avait pâli, et l'émir au fond de lui aurait voulu ne jamais avoir accepté. Comme Dahham hésitait à embarquer, Ibn al-Rashid le tira violemment par le bras et lança en riant nerveusement :

— Si on doit mourir, Ibn al-Mouz'il, on mourra ensemble!

Ils s'installèrent sur les larges et confortables banquettes et se tinrent cois, le regard fixe. Les rares sourires qu'ils échangeaient étaient pâles, plus propres à attiser leur peur qu'à instaurer la confiance. Le moteur ronfla, ils prirent de la vitesse, et on entendit Ibn al-Rashid s'écrier : "Mon Dieu, je vous l'offre!" Les Américains allaient et venaient, sans afficher aucun signe d'angoisse ou d'appréhension, tandis que les Arabes restaient cloués sur place, comme vissés à leur siège, et s'appliquaient à ne faire que quelques petits gestes parcimonieux et prudents. Lorsque l'émir se retourna et vit s'éloigner le rivage, il murmura d'une voix faible : "Si on rentrait, Ibn al-Rashid ? Tu ne préfères pas qu'on meure chez nous ?" Ibn al-Rashid hocha la tête sans répondre. Mais quand le bateau sortit de la baie et s'élança en haute mer, c'en fut trop pour nos hommes, et l'émir ordonna à l'interprète d'un ton sans réplique :

— Dis à ta bande que ça suffit et qu'il vaut mieux rentrer.

Na'im transmit le message aux Américains, qui s'en étonnèrent et crurent à un malentendu, mais devant l'insistance de l'émir et de son interprète, ils firent demi-tour.

Au coucher du soleil, avec la même pompe et la même obséquiosité qu'ils avaient mises à l'accueillir, les Américains prirent congé de leur hôte.

Cette visite fut longtemps l'objet de commentaires et de ragots qui, le temps passant, subirent de considérables altérations. Les ouvriers affirmèrent que l'émir avait visé et atteint une aiguille placée si loin qu'on la distinguait à peine, alors que les Américains n'avaient pas réussi à faire mouche sur une grande bouteille ; il y avait plusieurs femmes nues autour de la piscine et dans le réfectoire, et l'émir les avait lorgnées du coin de l'œil en souriant ; quant à la promenade en bateau, elle avait été hérissée de dangers, et sans le courage de l'émir, tout aurait mal fini.

Ainsi glosèrent les gens, et ainsi certains faits furent-ils colportés. Mais quand le jour suivant, Ibn al-Rashid et Na'im offrirent un fusil à l'émir, Al-Dabbassi s'écria, offusqué :

— La partie n'est jamais jouée avant la fin… Ibn al-Rashid n'a qu'à bien se tenir !

*

L'émir se prépara à recevoir les Américains et demanda à Ibn al-Rashid et Al-Dabbassi de l'aider. Il les convoqua d'abord séparément, puis les fit venir ensemble. Eux qui s'étaient montrés fort empressés rivalisèrent alors de bonne volonté, et les préparatifs allèrent bon train. On avait décidé de convier les étrangers à un banquet, en soirée.

L'émir choisit un jeudi et se dépensa sans compter avec ses hommes pour que la fête soit grandiose et mémorable. Ibn al-Rashid et Al-Dabbassi prêtèrent main-forte avec un zèle indescriptible, et se démenèrent jusqu'au bout.

Tous les Américains furent au rendez-vous, sauf trois que certaines affaires retenaient au camp. Ils arrivèrent le jeudi après-midi à la Harran arabe – où certains d'entre eux venaient pour la première fois –, dans un nuage de poussière, et bien qu'on les attendît avant le coucher du soleil et qu'on s'y fût préparé, un silence profond, presque horrifié, s'abattit sur la foule qui les regardait approcher en vagues serrées. Ils marchaient en désordre et gesticulaient en tous sens. Peu à peu, le brouhaha prit de l'ampleur. Harranis et ouvriers épiaient les visiteurs et s'attachaient à chacun de leurs pas.

Même les femmes avaient rompu leurs habitudes, et étaient sorties voir ceux dont leurs hommes ne cessaient de parler, afin de se faire une idée de ces créatures. Les jeunes et les enfants les attendirent, puis les escortèrent, en restant toutefois à bonne distance, et malgré leurs tentatives, les Américains qui parlaient arabe échouèrent à entamer le dialogue et à convaincre les gamins d'approcher.

Lorsqu'ils furent tout près de la vaste tente qui avait été dressée pour l'émir, environ à mi-chemin de la Harran arabe et du souk, celui-ci alla à leur rencontre, entouré de ses hommes. Quand ils ne furent plus qu'à quelques pas, il s'avança vers eux et leur serra la main, un par un. Na'im se mit à faire les présentations, mais s'excusa bientôt de ne pouvoir continuer, à cause du nuage de poussière, de la cohue, et des formules bizarres qu'il entendait sans doute pour la première fois et ne saisissait pas.

Le premier café bu, l'émir échangea quelques mots avec le chef du camp, s'entretint directement avec les étrangers qui parlaient arabe, puis annonça qu'on leur avait organisé une course de chameaux, et demanda à l'assemblée de gagner le vaste terrain qui s'étendait derrière le camp. Là, Ibn al-Rashid avait préparé et harnaché les plus belles bêtes, avec l'accord des hommes de l'émir, et faisait les cent pas, tout excité, en attendant qu'on lui signale l'arrivée des invités.

Ce fut une réelle surprise pour les Américains. Ils s'imaginaient que les chameaux étaient des bêtes de charge qui couraient mal et sur de courtes distances. Quand ils les virent galoper et rivaliser de vitesse, ils en furent ébahis et se mirent à applaudir et à les photographier en échangeant des regards stupéfaits. À la fin de la course, beaucoup s'approchèrent et voulurent qu'on les immortalise avec les chameaux. Il s'en trouva même deux pour vouloir les monter, et dans ce climat d'enthousiasme et d'excitation, on combla tous leurs désirs.

L'autre surprise, ce fut Al-Dabbassi qui la leur fit. Il s'y était préparé en catimini, avec l'aide de Sakhr, le préposé aux faucons de l'émir.

Dès que la course fut finie – Sakhr s'était entendu avec les participants pour que rien ne traîne –, Al-Dabbassi s'avança et chuchota à l'oreille de l'émir deux ou trois mots qui changèrent brusquement l'atmosphère. L'émir, interdit et soudain fébrile, dit à deux reprises à Na'im de faire taire les Américains – ils allaient assister à un événement hors du commun. Sakhr s'avança alors avec deux de ses acolytes, et d'un pas souple et envoûtant, ils paradèrent, faucon au poing, avec tant de majesté que l'on crut voir là le clou du spectacle. Mais brusquement, deux pigeons furent lâchés. Les oiseaux de proie s'élancèrent à leur poursuite, et livrèrent une féroce bataille aérienne qui en ébahit et en effraya plus d'un, même Ibn al-Rashid, que rien ne préparait à ce coup de théâtre. Apprenant qu'Al-Dabbassi en était l'instigateur, il se sentit vaincu par cet adversaire démoniaque dont il ne savait comment la terre s'était fendue pour l'engendrer ! Les Américains étaient aussi époustouflés que lui. Ils photographièrent Sakhr sous tous les angles, s'approchèrent des faucons, voulurent même caresser leur plumage, et si on évita cent fois l'accident, ce fut grâce à Sakhr et à ses fauconniers qui mirent les rapaces hors de portée et s'efforcèrent de les calmer.

Quant à la surprise de l'émir Khalid al-Mishari, elle leur fut révélée au moment du banquet. Il fit poser une tête de chameau rôtie devant le chef de camp américain, au beau milieu des autres plats, et une tête de mouton devant chaque invité. Comme il avait fait égorger un mouton par personne, il fit poser les trois restantes, celles qu'on destinait aux trois Américains qui n'étaient pas venus, devant les autres convives.

À la fin des agapes, l'émir avait organisé une danse du sabre. Ses hommes l'exécutèrent avec tant de brio que, dans un moment d'euphorie, il se joignit à eux, électrisant l'atmosphère. Plusieurs Américains voulurent alors participer et les danseurs, conciliants, s'évertuèrent à les guider. Mais tout fut gâché, car les étrangers ne songeaient qu'à photographier. Leurs remarques et leurs gestes maladroits ralentissaient le rythme, si bien que lorsque la danse prit fin, la soirée s'acheva avec elle. Ibn al-Rashid proposa à l'émir, pour lui rendre sa gaieté et donner le change à Al-Dabbassi, de faire chanter les hommes, comme ils l'avaient fait aux noces de ce dernier, mais l'émir, exaspéré, mit un terme aux réjouissances et répliqua d'un ton cassant : "On a assez fait les clowns, Ibn al-Rashid !" Et il ajouta, rageur, comme pour se justifier : "Si on chante pour eux aujourd'hui, ils nous redemanderont demain de danser comme des singes, et ça, c'est pas notre boulot."

On sirota encore quelques cafés, puis, lorsque les Américains qui parlaient arabe eurent posé mille questions à tout le monde, leur chef déclara qu'ils avaient un long chemin à parcourir pour rentrer au camp, et qu'ils désiraient donc prendre congé. On les suivit au-dehors avec force sourires et civilités, puis quelques hommes les raccompagnèrent, et l'écho de leurs voix continua de résonner dans les ténèbres.

Longtemps les Harranis se souviendraient de cette nuit.

41

Les Américains qui parlaient arabe ne se contentèrent plus de rendre visite à Ibn al-Rashid ; ils allèrent aussi voir Al-Dabbassi, Ibn al-Sourour, Al-Salami, et d'autres. Ils étaient toujours accompagnés de nouvelles recrues à qui ils expliquaient des tas de choses avant de traduire pour leurs hôtes.

Ces visites, qui duraient en général un certain temps, étaient émaillées d'incidents curieux dont les Harranis faisaient des gorges chaudes et qu'ils évoquaient souvent. Au début, elles furent spontanées, car il suffisait aux Américains de se montrer à Harran ou au campement des ouvriers pour qu'on les invite à boire un café ou un thé. Ils acceptaient, et bavardaient toute l'heure qui suivait. Chacun participait, et les jeunes, d'ordinaire silencieux en présence d'adultes, n'hésitaient pas longtemps à se jeter à l'eau, et s'efforçaient de répondre aux questions. Les Américains dévisageaient leurs interlocuteurs, écoutaient avec attention, observaient ce qui les entourait, et n'hésitaient pas à tout toucher, tissages, objets en cuir, etc. Ils restèrent un jour plus d'une heure à regarder un vieil homme teindre une peau, et à le photographier sous tous les angles. Une autre fois, ils filmèrent longuement le ferrage d'un âne, l'un d'eux jouant le rôle du maréchal-ferrant et un autre prenant la pose, la patte de l'animal en main.

Ainsi se déroulèrent les premières rencontres, dans un tohu-bohu général, les enfants courant en tous sens et les adultes se pressant en grand nombre autour des étrangers.

Plus tard, les Américains allèrent directement chez Ibn al-Rashid, Al-Dabbassi, ou d'autres Harranis. Ils amenaient quelques livres et de gros blocs de papier, parfois cartonné, rigide et coloré, de tailles diverses, tout petits, grands ou moyens, qui fascinaient les curieux. Les adultes n'hésitaient pas à les tourner et les retourner en tous sens, et les enfants faisaient des pieds et des mains pour en obtenir. Les Américains leur en donnaient parfois en leur signifiant de filer, et dès que le calme était revenu, ils ouvraient leurs livres, les feuilletaient, et l'interrogatoire commençait.

Les Harranis, déjà époustouflés de découvrir qu'ils savaient une bonne part de ce qui y était écrit – les noms des régions et des tribus, les saisons, les vents, les migrations d'oiseaux –, se sentirent investis d'une indescriptible importance quand les Américains se mirent à consigner ce qu'ils leur racontaient. Ils les reprenaient sur certains noms, leur demandaient de les répéter plusieurs fois, les répétaient à leur tour, et les inscrivaient sur les cartons colorés.

Ces ouvrages suscitaient à la fois la curiosité et la peur. Des livres de toutes tailles et de toutes couleurs ; certains Américains n'en apportaient qu'un ou deux, d'autres plusieurs. Les Harranis, fascinés et effrayés, les observaient avec attention, et s'efforçaient de deviner s'il s'agissait toujours des mêmes ou s'ils étaient chaque fois différents. Lorsqu'on s'aperçut que certains revenaient et que d'autres disparaissaient, les anciens affirmèrent que c'était des grimoires : "Il y a mille façons de jeter un sort, et ces étrangers essaient tous leurs manuels, l'un après l'autre, pour pouvoir ensorceler Harran et les Harranis!" Parfois, ils s'enhardissaient, s'emparaient d'un des volumes, le feuilletaient ; mais ils n'y comprenaient rien. Le jour où son plus jeune fils tomba malade, juste après qu'un Américain eut rendu visite à son voisin Al-Salami, Ibn Naffa' décréta : "C'est le diable qui l'a possédé." Il en était sûr, car il avait trouvé sous l'oreiller de l'enfant un carton jaune, et le petit ne guérit que lorsque le carton fut brûlé.

On dit aussi que les Américains avaient enseigné la magie à Abdou Muhammad, et qu'il s'y livrait pendant ses longues périodes de réclusion. Bien des clients le délaissèrent alors pour son concurrent Abdallah al-Abyad. C'était eux sans doute qui avaient poussé Al-Dabbassi à ouvrir ce nouveau fournil, car on ne guérissait jamais d'un pain ensorcelé.

Ceux qui demandèrent aux Américains pourquoi ils transportaient toujours ces livres et ce qu'ils y consignaient reçurent des réponses vagues et éclectiques, ce qui attisa leurs doutes et leurs peurs. Chaque étranger donnait une explication différente, et les réponses ne cessaient de varier d'un jour à l'autre.

Les Américains parlaient de "livres d'histoire", mais leur "histoire" était aussi changeante que les ouvrages qu'ils colportaient. Certains étaient noirs comme la nuit, d'autres rouge sang, d'autres bleus ou verts. Tous étaient reliés d'un cuir épais semblable à celui des amulettes que le cheikh Salim al-Utaybi avait distribuées quand il était venu passer deux mois à Harran. Il avait glissé des feuillets calligraphiés dans de petits étuis en cuir et en avait donné à la plupart des enfants pour les protéger des vers, de la vermine et de la peur. Ces recueils ressemblaient à ces talismans. Il ne faisait aucun doute qu'il s'agissait de grimoires d'infidèles, et leur malédiction s'abattrait tôt ou tard sur les Harranis.

D'autres fois, quand on leur demandait les titres de ces livres et ce qu'ils contenaient, ils parlaient de "géographie" et de travaux de recherche sur le désert, les vents, et les pistes caravanières. Plus tard, ils parlèrent d'"archéologie", s'enquirent de sites précis, demandèrent si des Harranis les connaissaient et s'ils pouvaient les y mener.

Ces questions décontenançaient autant qu'elles effrayaient. Que voulaient ces diables, qu'étaient-ils venus chercher ? Ils prétendaient qu'ils étaient là pour aider les Bédouins à s'approvisionner en eau, qu'il y avait de l'or sous le sable, et qu'ils allaient l'extraire pour le distribuer. Mais que venaient faire ces livres dans tout ça ? Pourquoi toutes ces questions ? Y avait-il de l'or ailleurs qu'à Harran ? Si oui, et s'ils l'avaient extrait, quels indices les avaient conduits à y prospecter ?

Ces questions, et d'autres posées par ceux qui n'avaient pas eu de rapports directs avec les Américains, hantaient les Harranis. On en vint même à demander aux gens d'Oujra, de Rawda al-Mashta, ou d'ailleurs, si les Américains étaient arrivés jusque chez eux, avec quels livres, et s'il s'agissait de grimoires ou de livres d'impies.

Un jour, un nouveau venu se joignit aux visiteurs habituels. Il avait une longue barbe rousse, comme teinte au henné, remarquablement épaisse et soyeuse. On n'avait jamais vu une chose pareille. Il portait un gros recueil, et à peine installé devant Ibn al-Rashid, il posa, en présence d'Ibn Naffa', les habituelles questions sur les vents, les sables et les distances, puis attaqua des sujets saugrenus. Il demanda si les Harranis pratiquaient certains cultes magiques, s'ils avaient d'autres croyances que l'islam, et s'ils connaissaient des gens qui révéraient les arbres, les vents, le soleil, etc. Comme les hommes, interdits, s'entre-regardaient, le barbu ouvrit son livre et leur montra des images. Plusieurs s'approchèrent et découvrirent des formes étranges, des créatures et des animaux qu'ils n'avaient jamais vus. Alarmés, ils retirèrent leurs mains et gardèrent le silence.

Le visiteur reposa sa question, que traduisit un des Américains. Voyant qu'ils restaient muets, l'interprète expliqua que son ami étudiait les croyances des gens et l'évolution des religions, et qu'il voulait savoir lesquelles prévalaient encore.

Ibn Naffa', furieux et tourneboulé, sortit en criant :

— Cette fois, on en a la preuve! Des mécréants, tous des mécréants! Et ceux qui les reçoivent ne sont que des mécréants…

Les Harranis demandèrent audience à l'émir. Ibn Naffa' lui dit avec colère que les Américains étaient là pour détourner les musulmans de leur foi, qu'ils s'adonnaient à la sorcellerie, et que si on les laissait faire, ils seraient la ruine de Harran et causeraient mille problèmes. L'émir, qui avait écouté attentivement ses doléances et celles des autres, hocha la tête à plusieurs reprises, sans qu'on sût ce que ce geste signifiait, et ne prononça que quelques vagues généralités. Les Harranis prirent congé, mais l'émir retint Al-Dabbassi, et si rien ne transparut de leur entretien, le comportement des Américains changea dès ce jour. Leurs visites s'espacèrent. Ils n'apportèrent plus de livres, et s'ils continuèrent à prendre des notes sur leurs fiches colorées, ils n'évoquèrent plus la religion ni la magie. Plus tard, ils cessèrent d'écrire, et n'apportèrent que de petites boîtes noires sur lesquelles ils appuyaient dès qu'ils se mettaient à parler. Lorsque Ibn Naffa' eut appris l'existence des fameuses petites boîtes, il affirma qu'elles étaient pleines de djinns qui allaient investir leurs maisons sous forme de chats, de serpents ou autres… Il adjura les Harranis de ne pas les laisser passer leur porte, et s'ils ne pouvaient les en empêcher de ne pas parler en leur présence, car dès que les djinns entendaient une voix, ils poursuivaient à jamais celui à qui elle appartenait, et cela au-delà des mers, et jusqu'en Égypte s'il le fallait.

À cette époque, si les visites des Américains à la Harran arabe se raréfièrent, celles que firent Ibn al-Rashid, Salih al-Dabbassi, Al-Salami et d'autres au camp des étrangers se multiplièrent, et plusieurs ouvriers affirmèrent qu'ils avaient vu Ibn al-Zayyan en revenir une nuit!

42

Les sept tentes qu'avait dressées Ibn al-Rashid les premiers jours, et où avaient vécu les ouvriers pendant six mois, étaient restées en place et servaient désormais à accueillir les nouvelles recrues. On avait construit près de l'enclave américaine, derrière les barbelés, une ville nouvelle pour les ouvriers, désormais fort nombreux. Il était plus logique qu'ils se rapprochent, surtout pendant le dragage de la rade et la construction du port.

La nouvelle ville, située entre la Harran arabe et la Harran américaine, près des collines, face à la mer, commença par trois grandes baraques dressées à la hâte, faites de planches et de tôles sur un sol en ciment. Lorsque les ouvriers y emménagèrent, Dahham et Na'im assurèrent qu'elles étaient temporaires et que dans peu de temps on construirait pour eux les mêmes maisons que celles des Américains.

Les ouvriers s'y installèrent avec des sentiments contraires. Au campement, plusieurs querelles avaient éclaté, relatives à la corvée d'eau – il fallait aller la tirer aux puits –, au balayage du sol sous les tentes, ou au raffut que faisaient les joueurs de cartes et qui empêchait les autres de dormir, tant les tentes étaient proches les unes des autres. Pour certains, les baraques étaient donc un abri propre, avec l'eau à deux pas, plus confortable que les tentes. Pour d'autres, le seul fait de quitter le campement, de quitter ce trou, fût-ce pour aller vivre dans le désert, sous les étoiles, les sauverait de l'ennui qui commençait à les ronger, et les rendait nerveux et irascibles. Ils avaient besoin de changement, peu importait où ils iraient. D'autres encore trouvaient que le site qu'avaient choisi les Américains pour construire ces bicoques était le pire de tous, qu'on ne savait pas si on y était en enfer ou au paradis, chez soi parmi les siens, ou coupé de tout, perdu au milieu du désert. Car malgré la morosité qui les accablait, traverser tous les soirs la Harran arabe, passer devant les maisons et les boutiques, bavarder un peu, voir les enfants, les chiens, les ânes et les chameaux les aidait à retrouver le sourire et à oublier le silence douloureux qu'ils subissaient huit heures durant au camp des diables. En outre, comme disait Abdallah al-Zamil, voir Abdou Muhammad se promener sur la plage en fredonnant ses ritournelles et les noms de ses bien-aimées dénouait la corde au cou du condamné. Quant à Ibn Naffa', il leur demandait avec un regard perçant, lorsqu'ils s'asseyaient en sa compagnie, s'ils avaient vu à quoi les Américains occupaient leur soirée ce jour-là, et il ponctuait leurs réponses de ses "Que Dieu me garde de Satan!… que Dieu me garde de Satan!… que Dieu me garde de Satan!" Et lorsqu'un propos le choquait, il bondissait, s'approchait de son interlocuteur, le dévisageait attentivement et répétait, d'un ton que précipitait son anxiété grandissante : "Que Dieu me protège… que Dieu me garde de Satan…"

Observer Abdou, converser quelques instants avec Ibn Naffa', et entendre les nouvelles du monde extérieur que colportaient ceux qui arrivaient d'Oujra ou d'ailleurs, valait cent fois mieux que d'être parqué dans le royaume des Américains, d'autant que ce camp isolé et ceint de fils de fer leur faisait l'effet d'une prison. Pourquoi les étrangers s'entouraient-ils de barbelés ? Pourquoi les obligeaient-ils à entrer et sortir par ce portail en montrant une carte d'identité jaune, comme si elle était l'unique preuve de leur existence en ce monde ?

Ainsi songeaient les ouvriers tandis qu'ils transportaient leurs maigres possessions vers leur nouveau "foyer". Ibn al-Rashid, qui était peut-être en voyage et ne se montra pas les trois premiers jours, réapparut le quatrième et leur dit, après avoir inspecté les baraques et loué leur propreté et la nouvelle répartition des hommes :

— Bel ouvrage que celui-là ! Et solide avec ça…

Puis, en riant et en hochant la tête :

— Ce Dahham… quelle honte… Sûr qu'il n'a même pas égorgé un mouton !

Et sans cesser de rire :

— Toujours la même chose avec lui… Ni tambours, ni trompettes.

Il passa la main sur une des cloisons, tapa dessus pour en éprouver la solidité, ouvrit et ferma plusieurs fois la porte de la baraque et, satisfait, ajouta :

— Même si aujourd'hui c'est succinct, on vous le rendra bientôt au centuple, les gars !

43

La nouvelle ville, qui comptait au début trois bicoques pour cinquante-trois ouvriers, qui était une joie pour certains et une déception pour d'autres, et représentait un changement significatif pour la majorité d'entre eux, se mit à s'étendre et à grandir. Moins d'un mois plus tard, une autre baraque avait été construite, et avant la fin de l'année, on en comptait dix-sept. Chacune accueillit d'abord une quinzaine d'hommes, puis une vingtaine, puis vingt-cinq. Ceux qui s'étaient réjouis de déménager déchantèrent, déçus. Car la brise qui jouait sous les tentes, douce et légère quand elle se levait tard dans la nuit ou à l'aube, n'avait plus droit d'asile dans ces boîtes devenues de véritables fours, où on étouffait dans les relents de sueur et la chaleur du sommeil. Les cloisons de bois blanches prirent en quelques semaines une teinte indéfinissable, brouillée et ternie par la fumée, les traces de mains moites, la poussière et le reste. Mais ce que les hommes avaient le plus de mal à supporter et qui les déprimait au plus haut point, c'était les toits en tôle. Ils étaient devenus leur véritable ennemi, car non seulement ils les irradiaient de chaleur, mais ils déversaient sur eux l'ombre grise d'une mort perpétuelle, des premières lueurs de l'aube aux confins de la nuit, une mort plus cruelle et hostile que les visages et les comportements des Américains. Bientôt ils ne se contentèrent plus de darder sur ces toits des regards haineux, ils se mirent à cracher en l'air en espérant les atteindre, ou à lancer vers eux leurs sandales ou tout ce qui leur tombait sous la main. La valse des chaussures avait lieu plus d'une fois par semaine, dans toutes les baraques, car dès qu'une session démarrait, la compétition s'engageait, et en quelques minutes les projectiles s'abattaient sur ou entre les lits, après avoir volé de mains en mains et rebondi au plafond, et il arrivait même qu'ils passent d'une baraque à l'autre par les fenêtres, ou qu'ils soient relayés par quelque participant à l'extérieur.

Ce qui avait été auparavant source de tensions et d'anicroches prit soudain un autre tour. Les hommes, qui sous les tentes se plaignaient des joueurs de cartes, les gourmandaient tard dans la nuit, et les accusaient d'être bruyants et de troubler leur sommeil, dormaient désormais paisiblement parmi eux, indifférents à leur raffut. Et si les joueurs s'installaient à l'air libre, les autres n'hésitaient pas à les rejoindre pour s'étendre non loin et trouver le sommeil qui les avait désertés à l'intérieur.

Ceux qui se chamaillaient au sujet de la propreté du sol se révélèrent encore plus irascibles et hargneux, bien que quelqu'un fût désormais chargé du nettoyage des baraques et que les ouvriers fussent libérés de cette corvée.

Il en alla de même pour l'eau, l'heure du coucher et celle du réveil, et la question de savoir qui dormait où.

Tout était sujet à d'interminables prises de bec, et beaucoup sentaient, mais de manière confuse, que ces querelles et ces insultes n'étaient pas toujours dues à une erreur ou une mauvaise intention, et que les mots étaient loin d'exprimer le fond des pensées. Car la mélancolie, la nostalgie, et d'autres "choses" maudites, hantaient et déchiraient leur poitrine avant comme après les échauffourées. N'était la fatigue qui broyait les corps, étouffait les disputes et précipitait les hommes dans le sommeil, il y aurait eu bien des conflits. Mais il ne se passait pas un jour sans accrochage. Il est vrai qu'un désir secret les fouaillait, plus fort que la volonté qui dictait leur comportement et leur rapport à l'autre, et qu'ils exprimaient ce désir en se défiant mutuellement et en se comportant de manière bizarre. Malgré leurs regrets et leurs promesses répétées de ne plus se disputer ni s'énerver, les escarmouches ne cessaient d'éclater et se succédaient de jour en jour.

Il leur suffisait de promener leur regard autour d'eux pour que la colère monte. D'un côté, la Harran américaine, lumineuse, pimpante, bruyante et déjà verdoyante, résonnait des voix et des cris des Américains. On les entendait chanter gaiement, et certaines nuits le ciel tout entier brillait de feux multicolores, surtout lorsqu'un nouveau groupe arrivait. Côté ouest, ils apercevaient le village des Harranis, la fumée qui en montait au coucher du soleil, et ils entendaient les appels des hommes et le brouhaha des bêtes. Enfin, s'ils considéraient les baraques où ils vivaient, et cette vie stérile, dure et solitaire, les souvenirs affluaient, gonflant leur cœur de nostalgie. Ils trouvaient alors d'innombrables raisons de se quereller et de s'attrister, et parfois même de pleurer.

Les soirées émaillées de chants, de plaisanteries et autres facéties qu'ils organisaient pour se distraire ouvraient en général de nouvelles blessures. Car leurs mélopées, loin de les égayer, les plongeaient dans une profonde mélancolie. Les astuces qui déclenchaient de bruyants fous rires leur semblaient vite médiocres, et ils s'étonnaient d'en avoir ri. Quant aux tours qu'ils se jouaient les uns aux autres, loin de détendre l'atmosphère, ils provoquaient souvent de nouveaux conflits, surtout lorsque la "victime" était mal choisie.

Ibn al-Zamil avait surnommé Souwaylih – qui n'en avait pas pris ombrage – le "griot du quartier". Lui qui avait ravi les foules aux noces d'Al-Dabbassi n'avait pas changé, et sa voix n'avait pas faibli. Mais il n'éveillait plus au fond des cœurs la même ferveur ni le même enthousiasme que cette fameuse nuit, bien qu'il s'émût toujours à en pleurer et à en être anéanti.

Une nuit, au début de l'été, Ibn al-Zamil lança d'une voix où grondait la colère :

— Si on se tait, les gars, on crèvera comme des rats, et puisque la mort est inévitable, il vaut mieux mourir en famille que parmi ces diables...

Il s'interrompit un instant puis reprit :

— Si je pars, qui me suit ?

Il scruta les visages d'un regard interrogateur, presque suppliant. Il voulait qu'on lui réponde, qu'on l'approuve, mais comme ils restaient silencieux et perplexes, il murmura, comme à part soi :

— Demain, vous le regretterez, mais regretter ne sert à rien.

Seul le dissuada de partir le serment que fit Ibn al-Rashid de régler le problème des toits, et de la mort qu'ils déversaient sur eux.

À force de menaces et de persuasion, assorties de moult promesses, des hommes de l'émir furent chargés de l'"inspection" des baraques. On mit des planches entre les poutres et les tôles, et on les recouvrit d'argile. Dans les quatre premières, on ouvrit au sud des fenêtres supplémentaires, et Ibn al-Rashid déclara que le vent s'engouffrerait dans ces demeures spacieuses comme un cavalier au galop. La compagnie se chargea de la construction des logements suivants et Ibn al-Rashid n'eut plus son mot à dire. Ils étaient plus petits, et faits de matériaux divers : ciment, pisé, pierres. Comme il y faisait moins chaud, un nouveau conflit s'engagea : qui y emménagerait, et qui resterait dans les baraques ?

Les premiers ouvriers eurent la préséance du fait de leur ancienneté et de la parenté qui les liait les uns aux autres, mais les Américains changèrent rapidement de critères de sélection. Ceux qui étaient plus sagaces, plus prompts à imposer leur volonté, et qui parlementaient et quémandaient, étaient désormais considérés d'un œil sévère, avec hostilité. Tandis que ceux qui semblaient pacifiques et conciliants furent traités avec un soin particulier. Par exemple, on ne fut pas long à envoyer Ibn al-Zamil, qui n'avait pas la langue dans sa poche, ne cessait de plaisanter et de commenter, et avait fait cet esclandre au sujet des baraques, au poste numéro quatre. Ce poste était si éloigné que les ouvriers n'en revenaient que tous les trois jours, et la tâche y était extrêmement pénible, mais Ibn al-Zamil fut contraint d'accepter, sous la menace de l'émir. Il ne cacha pas pour autant qu'il voulait partir, mais avant de passer à l'acte, il devait faire la peau à deux ou trois Américains, ainsi qu'à Ibn al-Rashid, et à son cabot de Dahham… On n'oublia pas non plus que Mizban avait un jour rossé Dahham, et il fut choisi, avec son frère Hajim et douze autres ouvriers de la dernière fournée, sous prétexte qu'ils savaient nager, pour miner les rochers de la rade et agrandir le port. Les deux frères et leurs compagnons ne protestèrent pas, heureux de cette nouvelle aventure, mais les événements qui suivraient creuseraient le fossé entre Ibn al-Rashid et ses hommes, tant leur vision des choses divergerait.

Mizban et Hajim, qui ne cessaient de vouloir apprendre à nager aux ouvriers, passaient tant de longues heures dans l'eau qu'Ibn al-Zamil les avait surnommés "les Poissons". Avec beaucoup de persévérance, ils avaient réussi à en convaincre plusieurs de s'approcher du bord dans un premier temps, puis d'entrer dans la mer. Ils étaient nombreux désormais à s'y aventurer jusqu'à la taille, et à s'accroupir jusqu'à n'avoir plus que la tête hors de l'eau. Ils le faisaient lentement et avec précaution, en de rares occasions, surtout depuis que Salman al-Jaraf s'était presque noyé en apprenant à nager.

Les deux frères qui l'encadraient avaient beaucoup ri en le regardant couler et remonter à la surface en buvant la tasse, parce qu'à cet endroit-là, l'eau leur arrivait à peine à la poitrine. Mais comme il menaçait de se noyer, ils l'avaient aidé à sortir, plus mort que vif. L'incident en avait refroidi plus d'un, et les avait rendus doublement méfiants.

Les deux frères étaient donc heureux d'avoir été choisis, mais la tâche qui leur avait été confiée s'avéra si périlleuse que l'inévitable se produisit.

Devant l'enclave américaine, les travaux d'agrandissement et de dragage étaient bien entamés, et les corps des hommes qui travaillaient en mer avaient pris une teinte cuivrée qui les démarquait des autres. Ils rapportaient mille anecdotes sur les bateaux qu'ils prenaient, les outils qu'ils utilisaient, sur les explosions qui secouaient la mer et soulevaient d'énormes vagues, sur la façon dont mangeaient les Américains et sur ce qu'ils mangeaient, et cet été-là, les récits qu'ils firent à ceux qui restaient à terre égayèrent quelque peu les nuits de Harran.

On se souviendrait qu'un soir de pleine lune, Souwaylih, inspiré, s'était mis à fredonner à voix basse une mélodie mélancolique, et avait refusé de hausser la voix ou de chanter autre chose, malgré l'insistance de son auditoire, et les premières rimes qu'ils entonnaient pour le faire changer d'avis. On se souviendrait aussi que Mizban, morose et silencieux, n'avait parlé qu'une fois tout au long d'une soirée qui s'éternisait, pour dire dans un moment de silence, cédant à l'anxiété : "Je vous jure, les gars, que je donnerais toute cette mer pour le puits de notre village… Ce soir, Ibn Hadib remue le couteau dans la plaie…"

Sans l'accident, on aurait oublié ces mots.

À l'aube du matin suivant, à l'heure habituelle pour l'équipe de mer, ils quittèrent le campement et gagnèrent le large. Là, trois d'entre eux, dont Mizban, furent chargés d'aller passer un câble autour d'un rocher pour le déplacer. Ils plongèrent tous trois à l'endroit indiqué, mais ils ne furent que deux à refaire surface, Ibrahim al-Saffar et Sa'ad al-Rajih. Mizban ne revint pas. Comme deux ou trois minutes s'étaient écoulées sans qu'il réapparût, plusieurs ouvriers plongèrent à sa recherche. Mais ils remontèrent bredouilles.

On le retrouva bien plus tard. La jambe coincée dans une faille du rocher, qui semblait enserrer son pied. Il en était prisonnier, et à en juger par les plaies qui le tailladaient, il avait dû se débattre de toutes ses forces pour se libérer ; mais en vain.

Ce fut un jour noir et sinistre que celui où on ramena son cadavre à terre. La nouvelle se répandit rapidement, du campement des ouvriers à la Harran américaine et à la Harran arabe.

Ce même après-midi, on l'enterra dans le chagrin et la colère. Pas un homme qui ne participât aux funérailles et ne partageât le chagrin des autres, et ils furent nombreux à veiller, tard dans la nuit, en évoquant le rire sonore qui caractérisait le Gros Poisson, comme l'appelait Ibn al-Zamil.

44

Le dragage et l'agrandissement du port ne furent pas inter-rompus un seul instant. Hajim, qui n'avait pas été sommé de travailler le lendemain ni les jours suivants, et qui n'y son-gea pas lui-même, était devenu un autre homme dès que la terre avait recouvert le corps de son frère Mizban. Regard fuyant, mâchoire pendante, l'air absent. Il est vrai qu'il ne versa pas une larme, et que pas un mot ne passa ses lèvres, mais il semblait perdu. Il dévisageait les ouvriers comme s'il cherchait quelqu'un, et une fois certain qu'il n'était pas là, il souriait, puis riait aux éclats en se tapant sur les cuisses. C'était involontaire et machinal. Les ouvriers, qui avaient d'abord détourné les yeux pour ne pas le voir, ressentirent bientôt un immense vague à l'âme, et certains s'affaiblirent, comme pris de vertiges. Mizban n'était pas seulement l'un des leurs. Il était aimé et respecté de tous et se comportait avec chacun comme un père ou un grand frère. On lui avait donné plusieurs surnoms. Il était le Chameau, le Pur-Sang, ou pour Ibn al-Zamil le Gros Poisson, ce dernier sobriquet étant le plus courant. Dans les moments de solitude ou d'abat-tement, c'était lui qu'on sollicitait. Il avait beau faire jeune, il était sage et fort. Parfois dur. Il prenait son interlocuteur par le bras et l'entraînait vers la mer pour mieux l'écouter, et lorsqu'ils revenaient, tous deux étaient comme frères, transformés. En cas de dispute, c'était Mizban qui tranchait, et son jugement était toujours incontesté.

Les hommes qui l'avaient enterré accusaient brusquement le choc de sa mort. C'était fini. Et en voyant Hajim les épier, scruter leurs visages d'un air égaré et sourire niaisement, ils comprenaient qu'ils avaient perdu un ami. Soudain les mots qu'avait criés Ibn Naffa' au cimetière – "Cet homme n'est pas mort tout seul ; ce sont eux qui l'ont tué. Ils lui ont jeté un sort, et ils l'ont noyé !" – revêtaient un sens nouveau.

Pourquoi les traitait-on comme des parias et les précipitait-on vers la mort à tout instant ? Ils étaient venus travailler, or on les tuait au travail. Les quelques dirhams qu'ils gagnaient ne justifiaient pas le calvaire d'une seule nuit sous ces toits brûlants et plombés. Ni les piques d'Ibn al-Rashid… de Dahham… de Na'im… Ni les mines sévères des Américains. Au début, les étrangers plaisantaient, leur tapaient sur l'épaule… Mais ces derniers mois, ils ne les regardaient même plus, et s'ils le faisaient, c'était en marmonnant ce qui ne pouvait être que des insultes. On en était sûr, parce que, quelle que soit la langue, c'est le ton qui fait l'injure, comme disait Ibn al-Zamil. Parfois, les enfants s'approchaient d'eux et les saluaient de la main en murmurant un "fils de chien" auquel les Américains, qui n'étaient pas dupes, répondaient en agitant un doigt menaçant. L'un d'eux était allé jusqu'à renverser un gamin d'un coup de pied. Ils avaient changé. Et ce n'était pas tout. Les rapports entre employeurs et employés étaient désormais limités, et passaient par le "bureau du personnel". Et le bureau du personnel, c'était Na'im, Al-Dabbassi fils, Dahham, et deux hommes de l'émir.

Ibn al-Rashid apparut l'après-midi du jour où Mizban mourut. Plus solennel que jamais. Il portait la nouvelle *abaya**

---

* Ample manteau ouvert devant, couvrant les bras et descendant jusqu'aux chevilles.

noire qu'il réservait d'habitude à ses visites à l'émir ou à l'enclave américaine. Il marchait lentement. On le vit franchir le portail du camp, avec deux de ses hommes. Les ouvriers demeurèrent immobiles, silencieux. Ils savaient qu'il venait présenter de brèves condoléances à Hajim, et virent alors en lui un véritable ennemi. C'était lui qui les avait amenés là, et les avait livrés comme des moutons aux "autres". Ils le haïssaient et ne l'accusaient pas de la mort de Mizban, mais de son assassinat.

Hajim était assis parmi quelques hommes à l'ombre d'une baraque, côté est. Alors qu'il était encore à bonne distance, Ibn al-Rashid s'éclaircit la gorge. Mais personne ne sembla l'entendre et aucun ne se retourna, même lorsqu'il s'avança de son pas lourd et assuré. Il les interpella :

— Paix sur vous, mes braves !

Certains allèrent à sa rencontre, lui serrèrent la main, et revinrent avec lui. Hajim promenait son regard d'un visage à l'autre, se tournait et se retournait, puis souriait. Ibn al-Rashid s'approcha de lui jusqu'à le dominer de toute sa taille. Hajim le regarda et sourit.

— Dieu te garde, mon enfant… commença Ibn al-Rashid. Et que ton chagrin s'apaise…

Il se pencha, lui baisa les épaules et s'assit près de lui. Hajim le considéra à plusieurs reprises, et continua de sourire. Ibn al-Rashid dévisagea les hommes qui l'entouraient en silence, hocha la tête en signe d'empathie, et reprit pour détendre l'atmosphère :

— La mort d'un homme est écrite dès le jour où Dieu le fait naître. Naître, c'est devoir mourir, c'est la loi de la vie. L'être humain ne sait ni où il naîtra ni où il mourra. Dieu seul est vérité ; la mort est vérité. Seul est immortel l'Éternel.

Ibn al-Rashid parlait dans le vide. Il monologuait. Ses paroles semblaient sèches, dénuées de sens, ses mots creux, et lorsqu'il se sentit cerné par le silence et les regards froids des hommes, il demanda :

— Qui était avec lui ?

On mentionna quelques noms et plusieurs gars s'avancèrent.

— Viens là, mon fils, viens… Approche, fit Ibn al-Rashid à l'un d'eux. Raconte-moi comment ça s'est passé.

Et bien qu'on eût maintes fois entendu et raconté "l'histoire", le silence se fit et l'homme en relata maladroitement tous les détails, depuis le moment où ils avaient quitté le campement, à l'aube, jusqu'à l'accident.

Le seul qui écoutât comme s'il ne l'avait jamais entendue, c'était Hajim. Il fixait l'homme du regard. Il s'était approché et souriait. Lorsque le récit prit fin, il se tapa sur les cuisses, releva la tête, alarmé, et la tourna de tous côtés comme s'il cherchait quelqu'un. Ibn al-Rashid le fit asseoir :

— Patience, mon enfant, lui dit-il tristement, il n'y a de force et de pouvoir qu'en Dieu, et vers lui nous retournerons.

Le silence retomba, et comme il s'appesantissait, Ibn al-Rashid reprit, gêné :

— Bien entendu, le prix du sang sera payé…

Il changea de position et ajouta sur un autre ton :

— Vous le savez sans doute, tous les ouvriers dépendent depuis un certain temps de la compagnie. C'est elle qui est responsable de tout, elle qui paie les allocations et les salaires, elle qui s'occupe des logements…

Dahham, qui était resté jusque-là silencieux à l'écart, opina :

— Sûr que le bureau du personnel versera une indemnité…

Ibn al-Rashid avait besoin d'aide. Il avait besoin que quelqu'un le soutienne, et dès que Dahham eut parlé, il renchérit d'un ton résolu :

— Écoute, Dahham, aujourd'hui, oui, aujourd'hui même, toi et Ibn al-Hadhal rédigerez un rapport dans lequel vous consignerez tout… oui, tout… Comment l'accident s'est produit, quand, etc., et vous demanderez réparation. Tu entends, Dahham ?

Dahham hocha la tête en signe d'assentiment, et lorsqu'il leva les yeux pour s'assurer de l'accord d'Ibn al-Hadhal, il rencontra le regard de Hajim. Hajim, qui se tournait et se retournait en scrutant les visages, s'immobilisa et sourit. Ibn al-Rashid se pencha vers lui, lui baisa à nouveau les épaules, et dit en se levant :

— Paix sur vous, mes braves… Nous sommes à Dieu et vers lui nous retournerons.

Il s'en fut. Quelques ouvriers l'accompagnèrent sur un bout de chemin, et Dahham le suivit à la Harran arabe.

Ce soir-là, à la nuit tombée, les hommes se sentirent profondément mélancoliques. Et pas un ne se souviendrait de la pleine lune qui emplissait le ciel.

45

À la fin de l'automne, Harran fut accaparée par la construction de la municipalité et de la résidence de l'émir. Près du campement, sur la colline nord, située à égale distance de la Harran arabe et de la Harran américaine, à l'ouest du camp des étrangers, commencèrent à s'entasser les pierres et le sable, ainsi que les tiges de fer, les madriers et les planches. Une effervescence inhabituelle s'installa en attendant que le chantier démarre. Pendant cette période, l'émir se réunit plusieurs fois avec les Américains qu'accompagnait Na'im. Ils lui soumirent les croquis et les plans, et il mit trois jours à donner son accord. Il consulta Ibn al-Rashid, Al-Dabbassi et d'autres sur le site proposé et le nombre de pièces, et leur montra le projet, mais aucun ne commenta. Ils se contentèrent de suggérer de manière générale que les bâtiments soient aussi solides et vastes que les logements des étrangers. Lorsque les Américains revinrent avec Na'im, quelques jours plus tard, et qu'ils représentèrent les plans à l'émir Khalid al-Mishari, celui-ci déclara, doucement mais fermement :

— C'est bon, nous sommes d'accord… À la grâce de Dieu.

Et quand on lui demanda quelle version il avait choisie, il éluda.

— Vous avez notre accord. C'est assez. Ayez confiance en Dieu.

Na'im promena son regard de l'émir aux Américains, et, embarrassé, ne trouva rien à dire.

— Demande-leur de mettre beaucoup de fer… et des fenêtres côté sud, reprit l'émir.

L'interprète finit par expliquer aux visiteurs que l'émir leur laissait le choix des plans les plus appropriés, mais qu'il voulait de grandes ouvertures au sud. Puis il s'enquit des délais prévus, et on lui répondit que la construction prendrait deux ou trois mois.

Lorsque les engins se mirent à creuser, l'émir ne put supporter le vacarme, et dès que les pelleteuses commencèrent à charrier la terre, il dit à Al-Dabbassi :

— Tiens ta promesse, Abou Salih…

Al-Dabbassi sourit, hocha la tête, et répondit, la main sur le cœur :

— Avec grand plaisir, Excellence!

L'émir partit d'un grand rire, et reprit lorsqu'il fut calmé :

— Je pensais qu'elle t'était sortie de la tête, Abou Salih… ou que tu l'avais oubliée!

Après bien des efforts, avec des trésors de tact et par le biais d'une ribambelle de questions détournées, Al-Dabbassi comprit que la promesse qu'évoquait l'émir était la partie de chasse dont ils avaient parlé, parce que les monstres qu'avaient amenés les Américains avaient de quoi vous rendre aveugle et vous broyer la cervelle! Al-Dabbassi proposa aussitôt de l'accompagner, et promit de demander à ceux qui connaissaient les bons coins de se joindre à eux, mais il requit quelques jours de délai, le temps de mener à bien certaines affaires urgentes qui ne souffraient pas d'être reportées. L'émir accepta, à condition qu'il choisît avec soin leurs partenaires.

Lorsqu'il demanda à Ibn al-Rashid s'il voulait être de la partie, ce dernier, incapable de répondre, resta silencieux, à

se tordre les mains, et comme l'émir l'encourageait à s'exprimer, il s'excusa en riant :

— Les enfants coûtent cher, Excellence…

Devinant qu'il voulait rester à Harran, l'émir reprit, railleur :

— Ne crains rien, Ibn al-Rashid, Harran ne va pas s'envoler, et à notre retour, elle ne pourra que s'être améliorée !

Ibn al-Rashid secoua la tête et leva les deux mains :

— Harran est aux Harranis, à Al-Dabbassi et à d'autres,
mais comme vous le savez, Excellence, qui voyage n'a pas
d'enfants, et moi je voudrais un fils…

Il aurait pu citer l'émir en personne, lui dont la famille le
suivait partout et qui ne pouvait vivre sans elle, mais il préféra invoquer l'exemple d'Al-Dabbassi, qui avait épousé une
Harranie quelques jours à peine après son arrivée.

— C'est ta faute, Ibn al-Rashid, se moqua l'émir. L'argent
aveugle !

— On s'est fourvoyé… et l'argent a fondu dans le ventre
des gens.

— Si je te trouve là à mon retour, tel quel, vieux garçon,
rappelle-moi de te marier ou de te renvoyer chez toi !

— Comme vous voudrez, Excellence !

En l'espace de quelques jours, l'émir fut prêt à partir. Plusieurs de ses hommes l'accompagnaient, ainsi qu'Al-Dabbassi
et deux Harranis, un vieil homme qui ne parlait presque pas,
et un autre, plus jeune, qui semblait avoir beaucoup voyagé,
un garçon vif et intelligent avec aux lèvres un éternel sourire.

L'émir chargea son adjoint de surveiller de près le déroule-
ment des travaux, s'assura que de grandes ouvertures seraient
ménagées au sud, et fit comprendre qu'il ne s'absenterait pas
longtemps, même s'il n'était pas sûr de la date de son retour
– "Tout dépend du gibier… La chasse peut durer quelques
jours ou s'éterniser." Puis il ajouta d'un ton paternel : "Dieu
vous bénisse, je m'en remets à lui et je compte sur vous."

Après son départ, Ibn al-Rashid passa trois semaines à Harran. Il lui fallait trouver la quantité de pierres et de sable nécessaire à la construction de la municipalité et de la résidence de l'émir, réunir une équipe d'ouvriers, et se ménager l'accord des Américains pour approvisionner leur cantine, surtout depuis que la rivalité qui l'opposait à Salih al-Dabbassi frisait la guerre ouverte. Telles étaient les tâches qui le préoccupaient, et auxquelles s'ajoutait la question, toujours non résolue, de savoir s'il devait dès ce jour se construire une maison à Harran, ou attendre un peu.

Voilà pourquoi il s'y attarda – officiellement. Il y avait cependant une autre raison que lui et Dahham étaient les seuls à connaître. Il devait se débarrasser de Hajim. Il mit trois semaines et tout son talent à rédiger le rapport demandé. Il le reformula plusieurs fois, l'étoffa, et décida de le faire recopier par Fawaz al-Hadhal, car il écrivait droit comme un sabre, avec des lettres régulières et bien formées, tandis que Dahham traçait laborieusement des mots de taille inégale, parfois grands, parfois petits. Il émailla sa requête de toutes les formules de politesse dont il se souvenait, et passa un temps fou à les entrelacer de manière satisfaisante.

Le rapport fut remis au bureau du personnel, et de là à l'administration centrale, puis à la commission juridique, où il devait être décidé qui, d'Ibn al-Rashid ou de la compagnie, était redevable de la compensation, le transfert de responsabilité des ouvriers n'ayant été approuvé que dix jours après l'accident. L'aggravation de l'état de Hajim vint compliquer les choses. Il avait consulté plusieurs médecins, mais comme il demeurait prostré et hanté par ses hallucinations, on le limogea. Un des médecins, un Indien, n'était pas d'accord avec les autres, ce qui retarda le diagnostic, puis le licenciement. À cela s'ajoutèrent les nombreuses intrigues que fomentait, aux dires d'Ibn al-Rashid, Salih al-Dabbassi, et les ragots qu'il alimentait dans le but de le rabaisser aux yeux des Américains et de monter les ouvriers contre lui.

Ibn al-Rashid souhaitait clore l'affaire avant d'entamer autre chose, d'autant qu'il ne pouvait espérer aucune aide de l'émir. "Nos hommes sont notre priorité, lui avait-il dit. Occupe-toi des tiens, distribue quelques sous pour les amadouer, et qu'on en finisse avec leurs revendications." Ibn al-Rashid était donc convaincu que si le problème n'était pas résolu dans les plus brefs délais, il prendrait de l'ampleur et aurait mille répercussions, d'autant qu'Al-Dabbassi accompagnait l'émir, et ne lui parlait sans doute en ce moment même que de son rival : Ibn al-Rashid par-ci, Ibn al-Rashid par-là, médisance sur médisance, nuit et jour… L'émir devait croire tout ce qu'il entendait, pendu à ses lèvres comme une oie blanche ou un gamin, et au lieu d'avoir un problème, on allait en avoir deux.

Les efforts qu'Ibn al-Rashid déploya pour régler rapidement l'affaire avec les Américains se heurtèrent aux procédures légales et médicales, parce que la loi était la loi, indépendamment des désirs et de la volonté de l'individu. Quant à ses tentatives détournées pour se gagner les faveurs de Hajim, elles furent accueillies par des sourires railleurs et les protestations des ouvriers. Aussi prit-il sa décision tout seul, et il s'exécuta une nuit sans que nul fût au courant.

Dans l'après-midi, il chargea Dahham d'aller chercher Hajim pour le faire comparaître devant le comité médical. Telle fut la raison qu'il invoqua et que rapporta Dahham à l'ouvrier qui s'occupait ce jour-là du malade, les hommes ayant décidé de se relayer en permanence à son chevet. Mais au lieu de cela, Dahham l'accompagna à la Harran arabe, jusque sous la tente d'Ibn al-Rashid, où l'attendait un homme chargé de le ramener chez les siens dès la nuit tombée. Ce fut exactement ce qui se passa. On glissa quelques sous dans le bât du chameau que montait Hajim. "Ne les mets pas dans sa poche… il pourrait les jeter ou les donner au premier Bédouin venu", avait dit Ibn al-Rashid à l'homme qui devait l'escorter jusqu'à Oujra, puis jusqu'à Oum al-Sa'af. "Il a un oncle là-bas, confie-le-lui, et dis-lui que l'indemnité suivra !"

Trois jours plus tard, quand on lui demanda où était Hajim, il répondit que le médecin américain l'avait emmené et qu'avec l'aide de Dieu, il reviendrait bientôt guéri. Mais le cinquième jour, Dahham avoua, mal à l'aise et contrit :

— Hajim est parmi les siens, et s'il n'y est pas encore, il y sera demain…

En entendant ces mots, les ouvriers jurèrent, pleins d'une sombre haine, qu'ils n'oublieraient jamais.

46

Quelques jours après le départ de l'émir réapparurent à Harran Muhammad al-Sayf et Abdallah al-Sa'ad, deux Harranis qui avaient quitté la région depuis fort longtemps. Le premier avait régulièrement envoyé des lettres, des cadeaux, de l'argent… Le second n'avait pas donné signe de vie les trois premières années, puis quelques missives et de modestes sommes étaient parvenues au village. On racontait qu'il roulait sur l'or, et comptait parmi les personnalités les plus riches de Basra.

Aujourd'hui qu'ils revenaient et faisaient halte sur la hauteur, au début de la piste qui menait de Harran à Oujra, ils pensèrent s'être trompés de route. L'espace d'un instant, Abdallah crut rêver. Il se frotta vigoureusement les yeux, affûta son regard, et ne put distinguer que les deux palmiers qui avaient toujours été près de la mosquée. De la Harran qui avait été là, dans la dépression, près des puits, il ne restait plus trace. Au lieu des anciennes maisons, il y avait aujourd'hui un tas de petites constructions désordonnées et colorées, puis un groupe de tentes, et sur les collines, à l'ouest et à l'est, se dressaient de drôles de choses comme on n'en avait jamais vu.

Ils restèrent là à regarder en silence, se retournèrent plusieurs fois – il y avait peut-être erreur –, et, lorsqu'ils furent convaincus qu'ils étaient arrivés, et que cet étrange spectacle représentait bien Harran tout en étant une autre, le dépit qu'ils ressentirent ressemblait à de la haine. Pourquoi l'ancienne Harran avait-elle été détruite? Et où étaient les gens, qu'étaient-ils devenus? Pourraient-ils vivre, eux, dans cette cité inconnue où ils n'avaient pas grandi?

Les deux hommes auraient eu bien des choses à dire, mais la stupeur et leur envie de découvrir et d'explorer les rendait silencieux et perplexes. Et malgré les quelques exclamations de surprise et même d'incrédulité qui leur avaient échappé sur la hauteur, ils continuèrent de trotter l'amble sur leurs chameaux au milieu de la caravane à laquelle ils s'étaient joints à Oujra, et qui les avait ébahis dès l'instant où ils l'avaient vue. Cette caravane en effet était immense, avec un nombre d'hommes comme on n'en voyait jamais, et elle transportait tout un tas de marchandises et de matériaux divers. Ils avaient échangé des généralités avec bon nombre de voyageurs, mais ils n'avaient pas dit qu'ils étaient de Harran, et qu'ils n'y étaient pas revenus depuis longtemps. Et lorsqu'un Bédouin leur avait demandé s'ils venaient comme lui y travailler, Muhammad s'était contenté de hocher la tête.

À présent qu'ils avançaient vers la mosquée, ils se sentaient à la fois déçus et anxieux. Comment retrouveraient-ils les leurs? Demanderaient-ils à des étrangers, résidents de la veille, de leur indiquer où étaient installées leurs familles? Leurs parents les reconnaîtraient-ils après tant d'années d'absence et tous les changements qui étaient advenus?

— Il ne nous reste que la mosquée, Muhammad... dit Abdallah, goguenard. Allons prier, on y trouvera les vieux qui vivent encore. Ils nous reconnaîtront forcément, ou ils sauront au moins où trouver nos familles.

Muhammad éclata de rire :

— "Dites-moi, mes frères, où est la maison de mon père..." comme dit la chanson!

— T'en fais pas… On va les retrouver.

— Je ne m'en fais pas, mais…

Muhammad secoua la tête, considéra Abdallah avec attention, et reprit en souriant :

— Il y a une vingtaine d'années, on faisait la course à dos d'âne entre Tell al-Dhib et Harran, et on y arrivait yeux bandés!

— Bon cheval va seul à l'abreuvoir! commenta Abdallah en partant d'un grand rire.

Harran, cependant, n'avait rien changé à ses habitudes. Dès que la caravane fut en vue, on se précipita à sa rencontre, et en moins de temps que les deux hommes ne l'eussent imaginé, dès les premiers regards, ils furent noyés dans le flot des parents et amis. On les entourait comme s'ils n'étaient jamais partis. Bien sûr, les ans avaient marqué les traits de leur empreinte, mais ces stigmates s'estompaient devant l'afflux des émotions d'antan, émoussés par la force intérieure qui abolissait les distances et le temps, et rendait aux choses leur splendeur passée.

Les retrouvailles furent poignantes, parfois difficiles, car si les Harranis laissaient éclater une joie exubérante qu'ils exprimaient sans détour, dans leurs yeux se lisait le reproche, et ils semblaient dire : Pourquoi nous avez-vous abandonnés pendant tant d'années? Peut-on oublier les siens et négliger ses racines? Et les deux voyageurs, qui regardaient de tous côtés et posaient mille questions sans attendre de réponses détaillées ni complètes, s'interrogeaient, angoissés : où étaient leurs mères, leurs sœurs, leurs tantes? Où étaient les femmes de Harran? Les gens étaient-ils heureux alors que tout avait changé et qu'il ne restait rien de leur village? Et où habitaient-ils maintenant?

Au milieu du brouhaha et des cris des enfants, du remue-ménage des bêtes excitées, et du tohu-bohu général, les deux hommes se frayèrent malaisément un chemin jusqu'à la nouvelle Harran. Quand enfin Abdallah al-Sa'ad retrouva sa mère, on le vit essuyer ses larmes. La vieille femme marchait avec difficulté et était devenue aveugle. Elle enfouit son visage contre sa poitrine et resta ainsi un long moment, et lorsqu'elle recula et releva la tête, elle continua de s'agripper à lui. D'abord avec force, comme si elle redoutait qu'il lui échappe ou qu'il s'enfuie à nouveau. Elle pleurait à gros sanglots, et revenait de temps à autre coller sa joue sur son torse, respirer son odeur, sangloter encore. On vit Abdallah sourire, mais d'un sourire éperdu. Puis une des mains de l'aïeule se desserra pour se poser sur le visage de son fils, le palper et le caresser, l'explorer, sans que l'autre ne lâchât prise.

Ces moments furent aussi douloureux et émouvants pour Abdallah et sa mère que pour tous ceux qui étaient là. Bien que silencieuse, la vieille femme laissait ses doigts aller et venir, comme si elle quémandait, cherchait, vérifiait chaque détail, jusqu'à la courte barbe qu'elle effleurait avec tendresse et une certaine jouissance. Elle se mit à baiser sa main, se hissa pour embrasser sa barbe, puis, rassurée et peut-être grisée, elle desserra sa poigne, ses mains se tendant toutefois vers son fils de temps à autre, pour caresser comme on caresse un nourrisson l'étrange créature qui avait resurgi soudain.

Abdallah comprit brusquement que sa mère était aveugle. Comme personne ne l'avait prévenu et qu'il ne s'y attendait pas, il fut bouleversé de la voir ainsi. Il se sentit coupable d'une faute impardonnable. Et lorsque ses sœurs approchèrent, les jours et les ans écoulés pesèrent de tout leur poids sur lui. La cadette, qu'il avait quittée quand elle avait dix ans, était mariée et avait deux enfants, un dans les bras et un autre qu'elle tirait derrière elle. Où s'étaient enfuies les années, et pourquoi souffrait-il autant?

Si son compagnon était estomaqué par ce qu'il voyait, Muhammad, qui n'avait pas retrouvé de mère, aveugle ou non, pour la bonne raison qu'il l'avait perdue quand il était enfant, n'était pas en reste. Au bout de quelques jours, lorsqu'ils eurent bavardé avec tous les gamins et demandé des nouvelles de tous les vieux, lorsqu'ils se furent promenés sur la colline occidentale dans les ruelles de la nouvelle Harran, lorsqu'ils furent descendus au souk, se furent arrêtés aux puits, et eurent longuement arpenté le rivage, ils s'aperçurent que la Harran qu'ils découvraient ne les réconfortait pas. Au contraire, elle les effrayait.

Instinctivement, avec un mélange d'affection et d'appréhension, les Harranis entourèrent et choyèrent les deux voyageurs pour combattre toute velléité et tout désir qu'ils auraient pu avoir de repartir. Ils avaient deviné, les femmes bien avant les hommes, qu'ils pouvaient leur échapper, s'effrayer d'un rien, et invoquer n'importe quel prétexte pour reprendre la route. Ils l'avaient deviné à leur regard, et à la mélancolie qui les tenaillait parfois, même s'ils n'en soufflaient mot.

Si les Harranis avaient pris sur eux de s'occuper de Muhammad al-Sayf, sans s'être consultés ni s'être organisés à cet égard, la vieille aveugle se chargea seule de son fils Abdallah, tout en aidant les autres à retenir aussi son compagnon. Tous au village avaient l'impression d'avoir été abandonnés et d'avoir besoin d'être protégés, et cette protection ne pouvait venir ni de l'émir, ni de personne, mais d'eux et d'eux seuls. Ce fut ce sentiment qui les incita à ménager les deux hommes et à les traiter comme ils le firent, pour étouffer le désir d'ailleurs qui les fouaillait de temps à autre. Le temps passa, et moins d'un mois plus tard, Abdallah annonça à sa mère qu'il envoyait son frère Ibrahim chercher sa famille à Basra et la ramener ; il lui donnait une lettre pour prévenir son associé qu'il tarderait à rentrer. La vieille hocha la tête et se mit à pleurer sans mot dire. En quelques jours, Ibrahim avait fait ses bagages et était parti. La nuit de son départ,

Muhammad al-Sayf avait dit : "J'ai des sous en poche…
Harran ou ailleurs, c'est pareil. Si je ne pars pas cette année,
il sera toujours temps de partir l'an prochain."

47

Dans les baraques, la haine, comme un oiseau, se mit à voler sans relâche de poitrine en poitrine, pour la moindre raison, ou même sans raison. Après la disparition de Hajim et le départ d'Ibn al-Rashid, Dahham, forte tête au pas lourd et à la voix tonitruante, Dahham qui ne craignait pas de jurer et se vantait d'y exceller, Dahham devint extrêmement prudent et méticuleux. Il s'absenta de plus en plus souvent du camp sous prétexte qu'il avait des affaires à régler à la Harran arabe ou dans l'enclave américaine. Na'im, quant à lui, n'avait pas réapparu depuis la mort de Mizban. Il avait assisté à l'enterrement – en tant que représentant de la compagnie, avait-il répété plus d'une fois –, puis s'était volatilisé. Certains ouvriers disaient qu'ils l'avaient aperçu de loin, d'autres, qu'il était parti pour un long voyage et ne reviendrait peut-être pas. Quant au "bureau du personnel", ce spectre dont on ne savait s'il existait vraiment, il émit par l'entremise des chefs de chantier, pour la plupart des hommes de l'émir, plusieurs décrets, qui furent par la suite annulés.

À cette époque arriva une nouvelle fournée d'ouvriers, recrutés cette fois par Al-Dabbassi et non par Ibn al-Rashid. Son fils Salih s'occupa avec un zèle inhabituel de les accueillir et de les répartir dans les nouvelles baraques qui avaient été construites entre-temps. On leur remit la moitié de leur paie au cas où ils auraient besoin de faire des emplettes dans les échoppes de Harran, ou de boire un thé au café du coin. En outre, les vêtements et autres objets qu'on leur attribua étaient de meilleure qualité que ceux qui avaient été donnés aux premiers ouvriers. Et Salih vint chaque jour les interroger pour s'en assurer.

Les nouveaux venus, issus d'horizons divers, apportaient avec eux des bouffées du monde extérieur, et bien des histoires où se mêlaient les rêves, les désirs, et les boniments. Un centre de recrutement avait été ouvert à Oujra et Al-Sama'ina, ainsi que sur la route des Sultans, et les hommes d'Ibn al-Rashid qui rabattaient dans ces bureaux ou s'enfonçaient à l'intérieur des terres en quête de main-d'œuvre vantaient les infinis privilèges dont jouissait quiconque travaillait pour la compagnie. Ils n'omettaient pas un détail : les repas copieux, les salaires généreux, les quelques heures de travail, le temps libre dont on pouvait user à sa guise, et le logement gratuit dans des locaux entourés de jardins et d'eau.

Les yeux des nouvelles recrues fouillaient tous les recoins, pleins du désir de découvrir, mais si certains mythes perduraient longtemps, la vie dans les nouvelles baraques, âpre et cruelle bien qu'il y fît moins chaud qu'ailleurs, les faisait vite déchanter.

Le bureau du personnel, réduit jusque-là à l'état de fantôme, annonça aux ouvriers que des entretiens destinés à les enregistrer seraient organisés sous peu. Ce fut un des hommes de l'émir qui les prévint et leur demanda de s'y préparer. Qu'est-ce que cela voulait dire, que devraient-ils faire, qu'entendaient-ils par "enregistrer", et à quoi cela mènerait-il ?

Un tel communiqué aurait pu passer inaperçu et n'avoir aucune conséquence si on ne leur avait annoncé le troisième jour qu'ils allaient être répartis en deux groupes, dont le premier irait aux entretiens, tandis que le second continuerait à travailler comme d'habitude. Dahham appela sans attendre les ouvriers du premier groupe, les envoya sur l'heure au camp des Américains, et dit aux autres de gagner le chantier.

Il y avait plusieurs mois qu'ils n'étaient allés chez les étrangers, et certains n'y avaient jamais mis les pieds.

La Harran américaine leur parut à tous transformée. Même les bâtiments qu'ils avaient construits et à l'ombre desquels ils s'étaient reposés leur semblaient différents. Les Américains y avaient fait bien des améliorations. Des arbres de provenance inconnue avaient été plantés dans un mélange de terre enrichie de terreau et de matériaux bizarres, si bien qu'ils avaient vite poussé. Il y avait des plantes de toutes sortes dans des pots de toutes tailles, même dans des tonneaux, certains peints en blanc, croulant sous la verdure, et répartis dans tous les coins. Les rues de terre battue, qui avaient d'abord été recouvertes d'un enduit noir liquide, avaient pris une autre tournure, de nouveaux bâtiments avaient surgi, et des rangées de maisonnettes s'alignaient non loin du bureau de l'"Administration centrale".

Toutes ces choses nouvelles et étranges faisaient naître en eux à la fois terreur et méfiance, d'autant que les Américains allaient et venaient en les considérant avec surprise et s'interrogeaient, comme étonnés par leur présence : que faisaient ces gens ici et qui les avait amenés ?

L'ombre lourde du silence s'appesantissait sur ce groupe d'une vingtaine d'hommes. On n'entendait que leurs pas, le bruissement des corps qui se frôlaient, l'écho des respirations et quelques raclements de gorge. Ce qu'ils avaient à dire ne pouvait se dire à voix haute. Et les questions qu'ils avaient échangées en quittant leur campement pour l'enclave américaine avaient éveillé une angoisse insidieuse qui grandissait à tout instant.

Un des étrangers leur fit signe de s'arrêter. À trente ou quarante mètres de l'administration centrale. Sous un préau

– quatre piquets et un toit – trop petit pour qu'ils s'y tiennent ensemble. Certains restèrent au soleil. Cependant, de là, ils pouvaient tout voir : à l'est, le grand bassin et deux rangées de maisons ; de l'autre côté, le réfectoire où avait mangé l'émir et, tout près, une partie du second bassin et une autre rangée de maisonnettes. Face à eux, près des bureaux, se dressait un grand bâtiment, presque aussi grand que le réfectoire, mais plus allongé et flanqué de plusieurs petites pièces.

Ils observaient en silence. Pas un n'osait poser de questions, et si quelqu'un l'avait fait, il n'aurait pas eu de réponse. Au début, ils évitèrent de s'entre-regarder, pour ne pas voir la peur qui les faisait pâlir. Mais lorsqu'ils eurent tout étudié et épié de tous côtés, l'attente s'éternisant, ils échangèrent des regards remplis d'effroi et d'inquiétude. Leurs yeux parlaient sans relâche, et le silence s'était mué en un bourdonnement de murmures étouffés.

Brusquement, tandis qu'ils attendaient ainsi, Na'im surgit, comme un revenant de sa tombe. Il jaillit du bureau de l'administration et se dirigea vers eux, sans les regarder une seule fois. Il gardait l'œil rivé au sol, et la détermination qu'ils lurent sur ses traits lorsqu'il fut tout près ressemblait à de la haine et du mépris. Ses vêtements étaient amples, et leur semblèrent plus singuliers que d'habitude. Il les parcourut un bref instant d'un regard circulaire, en se demandant où commençait cette poignée d'hommes et comment elle avait atterri ici, et lança d'un ton sec à Dahham :

— Ils entrent cinq par cinq… par ordre alphabétique.

Puis il sortit de sa poche une liste de noms, en lut les cinq premiers et aboya :

— Suivez-moi !

*

Dans le long corridor obscur souffla soudain sur les cinq hommes un courant d'air froid qui leur donna la chair de poule. On aurait dit un vent d'hiver ou de petit matin. Ils se retournèrent en tous sens pour savoir d'où il venait, mais ils ne virent rien. La pièce au bout du couloir était fermée et silencieuse. Ils suivaient Na'im, mal à l'aise, et on n'entendait que le bruit de leurs pas. Ils étaient presque arrivés au bout lorsque Na'im s'arrêta brusquement. Ils s'immobilisèrent. Il les observa du coin de l'œil, puis ouvrit la porte devant laquelle il se tenait et entra. Ils ne savaient s'ils devaient le suivre ou l'attendre. Ils s'entre-regardèrent, regardèrent la porte ouverte dont quelques pas les séparaient. La tête de Na'im surgit par l'entrebâillement, comme par magie :

— Entrez ! dit-il.

Ils se retrouvèrent devant un homme très noir de peau assis derrière une table. Des chaises étaient alignées de part et d'autre de la pièce. L'homme les tança d'un regard impassible et froid. Il dit quelques mots à Na'im, puis tous deux se levèrent ensemble. Ils poussèrent une porte latérale, sortirent, et la refermèrent derrière eux. Des voix leur parvinrent. Ils se tenaient au centre de la pièce. La pièce était presque froide. Non, vraiment froide, glacée même. Ils se retournèrent, considérèrent les murs, puis les chaises, en échangeant des regards perplexes. Ils gardaient un parfait silence, leur gorge était sèche et leur cœur battant.

La porte se rouvrit et les deux hommes réapparurent ensemble. "Suis-moi !" dit Na'im à un des ouvriers. Puis aux autres, leur montrant les chaises sur la droite, près de la porte : "Asseyez-vous là !" Dans la bousculade, deux hommes se cognèrent en voulant s'avancer et faillirent atterrir sur la même chaise. Lorsqu'ils furent tous assis, ils gardèrent l'œil rivé à l'homme au teint sombre qui s'était rassis à sa table, et à la porte par laquelle étaient sortis Na'im et Ibrahim al-Falih.

L'homme à la peau noire, d'un noir intense et profond comme ils n'en avaient jamais vu, aussi propre et reluisant que si on l'avait huilé, se mit à les dévisager derrière son bureau, d'un œil qui leur sembla moins sévère, longuement, en souriant quand il croisait leur regard, découvrant ses dents très blanches, peut-être d'autant plus blanches que sa peau était sombre. Ils détournèrent vivement les yeux, se murèrent dans le silence, remuèrent involontairement les pieds et les mains. L'un d'eux s'agita sur sa chaise. Leurs regards se croisèrent de nouveau. Il leur sourit, plus franchement que la première fois, et dit en se frappant la poitrine à deux reprises :

— *Musliman… musliman…* Ali Iqbal.

Ils lui adressèrent un sourire nerveux et gêné, sans dire mot. Ils ne comprenaient rien et se regardaient, stupéfaits. Que voulait-il dire et qu'attendait-il d'eux ? Était-ce une question, et espérait-il une réponse ? Il les dévisagea, hocha la tête, puis, paume grande ouverte, se frappa de nouveau la poitrine en disant :

— *Alamdulila rabilalamin. Alramane alraïm.*

Son sourire s'était élargi. Ils s'entre-regardèrent encore, silencieux. L'homme pointa ses deux index vers lui, se frappa la poitrine, les désigna à leur tour et répéta :

— *Musliman.*

Ils avaient peur et se sentaient mal à l'aise. Ils comprenaient sans comprendre. Et ils se taisaient.

*

Lorsque Ibrahim al-Falih entra, il trouva la pièce immense et froide. Trois fois plus grande que l'autre, peut-être plus. Il y faisait aussi froid. Il vit, face à lui, une grande table ovale à laquelle personne n'était assis, et il vit aussi trois Américains. Il les reconnut au premier coup d'œil. Deux d'entre eux venaient souvent à la Harran arabe et parlaient leur langue, le troisième était l'homme à la barbe rousse. Ils étaient assis à peu près au centre de la pièce, en demi-cercle ; il y avait plusieurs chaises vides. Il ne trouva rien à leur dire. Il aurait voulu les saluer, parler, mais il était gêné. Il agita la main et resta silencieux. Ils le dévisagèrent tandis qu'il s'avançait. Un de ceux qui parlaient arabe lui sourit et lui demanda de s'asseoir en lui montrant une chaise. Il s'assit. Na'im s'assit à son tour, plus près des Américains que de lui, en laissant entre eux une chaise vide.

Ils se regardèrent et échangèrent quelques mots qu'Ibrahim ne saisit pas.

— On va te poser plusieurs questions, commença Na'im, et on veut que tu répondes avec précision…

En voyant la peur luire dans ses yeux, il reprit d'un ton affable :

— Ce sont des questions simples, banales, n'importe qui peut y répondre.

Les Américains s'exprimeraient en anglais. Na'im traduirait. Avant de l'interroger, un de ceux qui parlaient arabe se dirigea vers la table ovale, s'y assit, et se prépara à écrire. Après un court silence, l'interrogatoire commença :

— Ton nom ? Ton nom complet, celui de ton père et de ton grand-père.

— Ibrahim al-Falih al-Ibrahim.

— Et avec celui de ton arrière-grand-père ?

— Ibrahim al-Falih al-Ibrahim al-Muhammad.

— Et avant lui ?

— Ibrahim al-Falih al-Ibrahim al-Muhammad al-Ibrahim.

— De quelle tribu ?

— Al-Atoum.

— Quel clan ?

— Harb.

— Le nom de ta mère ?

Ibrahim regarda Na'im avec une stupeur incrédule, puis il considéra les Américains et, les voyant qui attendaient, il répondit :

— Vous lui voulez quoi, à ma mère ?

Na'im lui décocha un regard acéré, presque réprobateur, puis il se tourna vers les étrangers et traduisit. Les trois hommes éclatèrent d'un rire franc, et un de ceux qui parlaient arabe répondit :

— Les informations demandées sont simples et indispensables…

Il s'interrompit, le regarda, se leva, vint se planter devant lui et reprit en lui flattant l'épaule :

— Tu as bien une mère ?

Ibrahim hocha la tête.

— Et ta mère a un nom ?

Ibrahim hocha à nouveau la tête.

— Quel est le nom de ta mère ?

Ibrahim gémit comme un loup blessé, secoua la tête avec humeur, regarda l'Américain qui le dominait de toute sa taille, regarda Na'im, et dit à bout de patience :

— Ma mère s'appelle Mouzna.

— Elle vit encore ou elle est morte ?

— Elle est morte, dit-il avec un sourire.

— Et ton père ?

— Mon père est vivant.

— Il a épousé plusieurs femmes ?

— Ça vous regarde ? Vous n'avez rien d'autre à faire que de me parler de mon père et de ma mère ? fit-il, exaspéré.

Na'im traduisit, et comme les Américains riaient de plus belle, il rit avec eux. L'homme qui se tenait devant Ibrahim se détourna, s'adressa aux autres, puis dit à l'interprète quelque chose qui les fit sourire. Na'im hocha la tête en signe d'assentiment ou pour montrer qu'il comprenait, et expliqua :

— Comme je te l'ai dit au début, les informations qu'on te demande sont simples et indispensables. Elles sont aussi confidentielles. Personne n'y aura accès. Tu peux donc répondre librement et sans crainte.

Il s'interrompit un instant puis reprit sur un autre ton :

— Ces informations sont requises pour les augmentations de salaire et les promotions, et peuvent t'aider à aller en stage de formation en Amérique.

Ibrahim eut une moue indifférente.

Les questions recommencèrent :

— Ton père a-t-il d'autres femmes que ta mère ?

— Oui, il en a deux autres.

— Quelle place avait ta mère ?

— Quelle place... ma mère ?

— Elle était la première ? La dernière ?

— La première.

— Et les autres, il les a épousées avant ou après sa mort ?

— La première avant, et la seconde il y a deux ou trois ans.

— Donc après sa mort ?

— Oui, c'est ça.

— Combien as-tu de frères ?

— Trois. Avec moi, ça fait quatre.

— Ils sont plus jeunes ou plus vieux ?

— Je suis l'aîné. Ils sont tous plus jeunes.

— Combien as-tu de sœurs ?

— Dieu me protège du diable... Ça ne vous regarde pas !

— On te l'a dit, intervint Na'im d'un ton péremptoire, ces informations resteront confidentielles, personne n'y aura accès, et elles sont requises par la compagnie.

Ibrahim grommela, et des sons inintelligibles s'échappèrent de sa bouche.

— Combien de sœurs ?

— Cinq.

— Tu es marié ?

— Non.

— Parmi tes frères et sœurs, il y en a qui sont mariés ?

— Trois de mes sœurs.

— À des étrangers ou des proches ?

— Des proches.

Un des Américains dit en souriant :

— Voilà, on a fini de t'interroger sur ta famille. Bien sûr, on devra te poser encore des dizaines de questions, mais pour cette fois, ça suffit, on passe à autre chose.

Il s'interrompit, le regarda pour jauger sa réaction, et, le voyant silencieux et exaspéré, il se tourna vers l'homme à la barbe rousse, lui parla brièvement, puis reprit l'interrogatoire :

— Tu es musulman, n'est-ce pas ?

Ibrahim al-Falih hocha la tête.

— Tu pries ?

— Parfois.

— Pourquoi parfois ? Pourquoi pas cinq fois par jour ?

— On en reparlera…

— Il nous faut des réponses précises. Pourquoi ne pries-tu pas cinq fois par jour ?

— On prie pour Dieu, mes braves. Pas pour les bigots.

— C'est-à-dire ?

— On prie avec ceux qui prient.

Ils sourirent et échangèrent des regards perplexes.

— À part prier, quels rituels observes-tu ?

— Je jeûne.

— Tu jeûnes parce que tes parents te l'ont demandé ou pour d'autres raisons ?

— Parce que Dieu a dit : "Jeûnez."

— Tu jeûnes en dehors du ramadan ?

— Non.

— Tu es allé à La Mecque ?

— Non.

— Tu ne veux pas y aller ?

— Si Dieu veut, j'irai.

— Quelles autres obligations observes-tu ?

Il se tourna avec humeur vers Na'im :

— Dis à ces gens que ce bla-bla est inutile… vaut mieux qu'ils laissent tomber.

Lorsque Na'im eut traduit, l'homme à la barbe rousse hocha la tête, perplexe et hésitant, et échangea quelques mots avec les autres. L'un d'eux reprit :

— Combien d'hommes dans ta tribu ?

— Sans vouloir me vanter, autant que de grains de sable… et même plus.

— Tu aimes le cheikh ?

— Tant que le cheikh est cheikh, qu'il aime ses hommes, qu'il combat avec eux et qu'il est leur égal, oui.

— Est-ce que ta tribu est en conflit avec d'autres ?

— Ça ne regarde que nous… Mais en ce moment, non.

Il avait dit "non" en riant et en secouant la tête, mais ils firent mine de n'avoir rien vu, et l'homme continua :

— Tu aimes l'émir ?

— Oui !

— Tu lui as déjà parlé ? Tu l'as rencontré ?

— Non.

— Tu aimes le travail que tu fais en ce moment, ou tu voudrais changer ?

— La mer, je n'irai pas. Si on m'envoie en mer, je rentre chez moi. Le reste, c'est du pareil au même. Que je charrie des pierres à droite et à gauche, ou que je creuse des trous ici et là, ça ne change rien.

— Combien as-tu d'amis parmi les ouvriers ?

— Ce sont tous mes frères.

— Mais des amis… tu en as?

— Ma foi, mes braves, il y a du bon et du mauvais en chacun de nous.

— Tu aimerais aller faire un stage en Amérique?

— Non.

— Pourquoi pas?

Il éclata de rire et rétorqua, sans réfléchir :

— Le chacal est un lion chez lui!

Lorsque Na'im eut traduit, les Américains s'esclaffèrent, amusés par ce proverbe, puis les rires refluèrent et ils s'entre-regardèrent comme s'il était temps, cette fois, d'arrêter les questions, d'autant que l'un d'eux avait regardé sa montre et calculé la durée de l'entretien en levant les yeux au plafond. Ils échangèrent quelques mots, puis s'adressèrent à Na'im qui hocha la tête d'un air entendu.

— Je te le répète, ces informations ne seront transmises à personne. On te demande donc de ne rien dire aux autres s'ils t'interrogent.

Il le reconduisit dans la première pièce et lui demanda de regagner aussitôt le campement, puis il fit signe à un des quatre hommes qui attendaient de le suivre.

48

L'après-midi venu, lorsque les ouvriers revinrent du chantier, quinze hommes avaient été interrogés. Les autres seraient convoqués plus tard ; on ne leur avait pas précisé quand. Et bien qu'au début la plupart aient gardé le silence, et n'aient posé aucune question, pas plus qu'on ne leur en posa, le campement tout entier fut plongé dans une effervescence proche de la révolte. Tourmentés par ce bouillonnement, beaucoup se montraient grossiers, criaient sans raison, et certains se couchèrent aussitôt, bien que ce ne fût pas dans leur habitude.

Le soir, dès le retour des ouvriers qui n'avaient pas été choisis pour l'entretien, l'atmosphère changea, et questions et commentaires se mirent à fuser. La curiosité aiguillonnait ceux qui interrogeaient, et ils n'avaient aucune hésitation ni aucun scrupule à le faire. Mais une fois ces mots éparpillés à l'aveuglette, certaines réponses semèrent le trouble dans les esprits.

— Ces bâtards ont tout voulu savoir, pesta Ibrahim al-Nasir, y compris pourquoi mon père a divorcé, avec qui il s'est remarié, et si je suis impur parce que je ne prie pas cinq fois par jour. Ils m'ont même demandé si je me branlais souvent la nuit, et ça les a fait rire ! Ils veulent savoir qui a semé la graine, et qui a pondu l'œuf !

Et il cracha avec haine et colère.

Fawaz Ibn Mut'ib al-Hadhal ne put tenir longtemps sa langue. Et lorsqu'un des ouvriers lui demanda d'écrire une lettre à ses parents pour les prévenir qu'il donnait sa démission et qu'il rentrerait bientôt, il s'exclama d'un ton cassant, et assez fort pour qu'on l'entendît :

— Ils t'ont sans doute dit la même chose qu'à moi : "Tu es un de nos meilleurs ouvriers... tu as de l'avenir. On t'enverra faire un stage en Amérique. Tu y apprendras l'anglais, tu iras au collège, et un jour, tu seras chef de chantier..."

Il s'interrompit, inspira profondément, puis ajouta :

— Et si tu étais le fils de Mut'ib al-Hadhal, ils t'auraient aussi demandé pourquoi ton père s'est disputé avec Ibn al-Rashid, et où il se cache aujourd'hui !

À Souwaylih ils avaient demandé de chanter. Comme il refusait obstinément, l'homme à la barbe rousse lui avait expliqué qu'ils avaient aimé l'écouter au mariage d'Al-Dabbassi et voulaient l'enregistrer. Son refus et ses hésitations avaient fini par refluer devant l'insistance de Na'im et ses arguments : "Les étrangers aiment nos chants, lui dit-il. Ils veulent simplement en réentendre les paroles pour les comprendre."

Les bribes d'entretien qui furent rapportées semèrent la consternation. Les efforts que certains déployèrent pour convaincre les autres de s'épancher, de raconter ce qu'on leur avait demandé et ce que voulaient les Américains, restèrent vains. Ceux qui avaient parlé avaient l'impression de s'être fourvoyés – ils auraient mieux fait de se taire, il était inutile de s'épancher ainsi, et de dire ce qu'ils avaient dit, comme les en avait prévenus et le leur avait répété Na'im.

Les ouvriers avaient coutume de se rendre à la Harran arabe pour faire quelques emplettes et s'asseoir au café qu'avait ouvert près de la plage Abou As'ad al-Halwani, et qu'il avait baptisé le "Café des Amis". Ce soir-là, l'envie de fuir le campement était si forte que beaucoup s'y précipitèrent.

Ils avaient besoin de marcher ; la distance qui les séparait de la Harran arabe était longue et leur permettrait peut-être d'oublier. Si cela ne suffisait pas, aller jusqu'au souk, parler aux gens, s'attabler au café, les rasséréneraient sans doute. Ils étaient incapables de rester au camp à se regarder, silencieux, face à face, et ils étaient tout aussi incapables de parler. Il leur pesait plus de se taire que de se quereller comme ils le faisaient parfois, mais s'ils parlaient, ils s'exposeraient pour sûr aux oreilles et aux yeux de ceux qui les épiaient, et pourraient être sommés de comparaître à nouveau devant les Américains, pour entendre la voix languide de Na'im leur répéter : "Je vous l'ai dit mille fois, les ordres sont les ordres. Mais vous, ça vous rentre par une oreille et ça vous sort par l'autre. Même les pierres et les murs sont plus perspicaces. Jusque-là, on ne vous a rien dit, mais cette fois vous n'y coupez pas!" Et les questions recommenceraient, ce qui pouvait en soulever d'autres dont on se passait bien.

Dans le souk de la Harran arabe, ils remarquèrent que plusieurs nouvelles boutiques avaient surgi, de sorte qu'il ne restait plus qu'un ou deux terrains vacants sur lesquels Ibn al-Rashid avait fait déverser de gros tas de pierres et de sable pour se préparer à construire. Ils s'aperçurent aussi qu'un grand nombre d'ouvriers fraîchement débarqués s'étaient installés près du campement et de la mosquée, ou autour des échoppes. Lorsqu'ils arrivèrent au Café des Amis, Abou As'ad al-Halwani les reçut avec un large sourire, en évaluant tour à tour leur groupe et les quelques tables libres, et en répétant : "Salut, les jeunes, soyez les bienvenus!" Ce faisant, il allait de-ci de-là pour tâcher d'accueillir ces nombreux clients inattendus.

Ils retrouvèrent aussi Ibn Naffa' et Abdou Muhammad, desquels ils apprirent que de nombreux Harranis en exil étaient revenus au village.

Pour Ibn Naffa', cet afflux de main-d'œuvre soufflait sur eux un air vicié, car à force de voir et de fréquenter les Américains, ces hommes étaient sans doute possédés par le diable. S'il avait coutume de se faire rapporter tout ce qui se disait, ce soir-là, il avait peur. Et lorsqu'il eut serré deux ou trois mains, il se rencogna pour égrener son chapelet, évitant de croiser le regard des clients qui déferlaient. Mais au fil des mots qui se faufilaient jusqu'à lui, l'atteignaient, et révélaient que les Américains avaient convoqué les ouvriers au camp pour les interroger sur une foule de choses, il s'agita nerveusement sur sa chaise, yeux et oreilles grands ouverts, et sa prière lancinante : "Dieu nous garde de Satan… Dieu nous garde de Satan…", fut émaillée de "Oui, oui… alors, que t'ont-ils dit, mon fils ? Que peuvent-ils bien vouloir ? Et vous… que leur avez-vous dit ? Ces bâtards, tous des suppôts du diable…" Sa voix enflait et faiblissait au gré des questions et réponses, et son incrédulité grandissante frisait la terreur. Les ouvriers qui devisaient haussaient délibérément le ton pour qu'il les entende, et lorsque Ibrahim al-Nasir raconta qu'on lui avait demandé s'il se branlait souvent la nuit, Ibn Naffa' bondit sur ses pieds et s'écria, fou de rage :

— Coupez-vous la queue et jetez-la aux chiens, les gars ! Les Américains se sont immiscés entre nous et nos femmes… Les Amerloques vont nous sauter, et demain ils nous feront changer de sexe avec leurs maléfices ! Des singes, voilà ce qu'on va devenir ! Maudits soient-ils, et maudit soit le jour où ils ont posé le pied ici… Dieu nous garde de Satan… Dieu nous garde de Satan…

Et, tremblant de haine et de fureur, il promena sur l'assemblée un regard méprisant, puis il cracha bruyamment à plusieurs reprises et sortit.

— Le hadj* va à la mosquée pour la prière du soir… commenta Abou As'ad al-Halwani afin d'apaiser les esprits.

---

* Mot arabe désignant à la fois le pèlerinage à La Mecque – un des cinq piliers de l'islam – et le musulman qui l'a accompli.

Abdou Muhammad était resté assis à l'écart, dos tourné pour décourager quiconque de s'installer à ses côtés ou d'engager la conversation, surtout au sujet de ses nouvelles photos. Les ouvriers s'étaient habitués à lui et à la distance qu'il leur imposait depuis qu'ils le savaient amoureux. Et comme, ce soir-là, ils ne pouvaient se dépêtrer des nouvelles préoccupations qui les agitaient, qui hantaient leur existence et la bouleversaient, ils avaient respecté son silence. Certains s'étaient appliqués à le saluer de loin à voix haute, signifiant ainsi qu'ils l'avaient vu et ne voulaient pas le déranger. Pour montrer qu'il leur en savait gré et entretenir les liens d'amitié, Abdou s'était d'abord brièvement retourné chaque fois qu'on l'interpellait, puis il s'était levé en signe de sympathie et de respect.

À un moment donné, certains ouvriers l'avaient vu s'agiter, nerveux et hésitant, et vérifier qu'ils étaient absorbés par leurs soucis et leurs conversations. La diatribe d'Ibn Naffa' lui parvenait, lancinante. Il avait alors sorti une photo de sa poche, et l'avait contemplée un bon moment en hochant la tête et en murmurant, un sourire aux lèvres, des mots inaudibles. Puis il l'avait remise dans sa poche en jetant des coups d'œil de-ci de-là pour s'assurer qu'on ne l'avait pas vu. Il avait agi ainsi à plusieurs reprises, et, en d'autres circonstances, les ouvriers auraient glosé sur ce comportement bizarre, ou auraient échangé des regards perplexes. Mais ceux qui l'avaient vu faire s'étaient contentés de secouer la tête en silence.

Lorsque la rage d'Ibn Naffa' avait atteint son paroxysme, Abdou Muhammad avait fait pivoter sa chaise et leur avait fait face. Il s'était mis à suivre le débat, et en entendant les mots qui avaient déchaîné les rires tonitruants de l'assemblée, il avait porté la main à son sexe comme pour vérifier qu'il était toujours là. Puis, Ibn Naffa' parti et le calme revenu au Café des Amis, il s'était levé, et avait contourné les petites tables en fer pour sortir à son tour, en répondant brièvement aux

questions qu'on lui posait. À ceux qui avaient tenté de le retenir en arguant qu'il leur avait manqué et qu'ils étaient venus
de loin pour le voir, il avait répondu comme chaque fois :
— L'aube n'attend pas… Demain, vous serez tous là à
pleurnicher : "Du pain, Abdou… du pain !"

49

L'écho des invectives et des inquiétudes exprimées parvint rapidement au bureau du personnel, et du bureau du personnel gagna l'administration centrale. S'ensuivirent un parfait silence et l'arrêt des entretiens.

Rien qui exprimât la colère ou la désapprobation. Au contraire, les Américains, surtout ceux qui parlaient arabe, se montrèrent d'une courtoisie subtile. Ils n'acceptèrent plus que rarement les invitations que les familles ou les individus leur firent, et se contentèrent de parler de la pluie et du beau temps ou de demander le sens de quelques mots ou expressions.

Un jour où ils rendaient visite à Abdallah al-Sa'ad, Ibn Naffa', qui se trouvait là par hasard, les considéra longuement en secouant la tête, puis demanda de but en blanc s'ils comptaient monter les hommes contre leurs femmes et les frères contre leurs frères, où ils cachaient leurs djinns, et s'ils avaient l'intention d'embaucher autant de diables qu'il y avait de Harranis et de tribus alentour. Surpris par cette attaque brutale, les Américains s'entre-regardèrent, puis éclatèrent de rire et se mirent à citer des versets du Coran, disant qu'accuser d'hérésie les "gens du Livre" était un péché devant Dieu. Ibn Naffa' en resta bouche bée, mais comme ils entonnaient un autre verset, il se leva avec humeur et sortit en criant :

— Ibliss a mille visages et mille langues !

Abdallah al-Sa'ad, perplexe et embarrassé par la remarque initiale d'Ibn Naffa', eut peine à se contenir après ce coup d'éclat et sembla bouillonner de rage et de colère. Et lorsque son frère Rashid tenta de retenir Ibn Naffa', qui enrageait et vitupérait pour lui échapper, il lui lança, assez fort pour que tout le monde l'entende :

— Ouvre assez grand le dais pour qu'un chameau y passe, Rashid. Nos hôtes sont toujours bienvenus, mais pour ceux qui ne veulent pas de nous, la terre est vaste !

En entendant ces mots, Ibn Naffa' fit volte-face et se campa à l'entrée de la tente où se tenaient Abdallah al-Sa'ad et ses comparses.

— En effet, la terre est vaste, rétorqua-t-il, furibond. Mais souviens-toi de ton père qui dort sous terre et qui disait : "Seigneur, dresse un mur de feu entre moi et les fils de pute !…" Que Dieu l'accueille en sa miséricorde !

Il s'interrompit un instant, considéra les Américains, qu'alarmaient ces propos, sourit avec gouaille, et reprit :

— Mon garçon, tout ce qui est étranger mène à la ruine, les choses, les gens, et l'argent encore plus.

Abdallah al-Sa'ad se mordit la lèvre, goguenard, sans répondre. Le silence tomba. Ibn Naffa' attendait qu'on lui renvoie la balle pour poursuivre ses invectives, mais, sentant qu'il était incapable de provoquer davantage, il se détourna à demi et lança avant de partir :

— Demain, vous vous en mordrez les doigts, mais regretter ne sert à rien…

Les Américains vinrent de plus en plus souvent au campement. Ils prétendirent d'abord vouloir vérifier la pompe à eau, puis délimiter l'emplacement des nouvelles baraques. Ils y passèrent chaque fois bien plus longtemps que nécessaire, et ne manquèrent pas d'échanger quelques saluts et quelques mots avec les ouvriers. La troisième fois, ils étaient quatre, dont un qui parlait arabe. Na'im les accompagnait. C'était un vendredi matin, jour de congé. Ils annoncèrent qu'ils voulaient leur construire une mosquée et une pièce commune, et qu'il fallait élire une équipe de surveillance des travaux. Les hommes voulaient-ils se charger de cette élection, confier la tâche au bureau du personnel, ou avaient-ils une autre suggestion? À cette question abrupte, les ouvriers, généralement méfiants et peu prolixes, répondirent par l'intermédiaire de Na'im qu'ils préféraient s'en charger.

Malgré leurs paroles affables et leur attitude avenante, les Américains dévisageaient les travailleurs, et étudiaient leur comportement et les réactions que provoquaient en eux leurs propositions ou leurs suggestions. Ils auraient voulu prolonger la conversation, les entendre exprimer leurs souhaits sans crainte et avec franchise, mais face à ces visages fermés et ces mots brefs, poursuivre n'était pas facile, ni même possible.

À un moment donné, celui qui parlait arabe et avait assisté aux entretiens des ouvriers insista sur le fait que la compagnie était au service de ses employés, qu'elle était venue là pour eux, et pouvait améliorer sa performance si on lui donnait des informations utiles : qu'aimaient-ils manger? Quels travaux préféraient-ils? Et lorsqu'on leur avait demandé s'ils priaient, c'était pour savoir par exemple s'il fallait construire une autre mosquée ou si la mosquée de Harran leur suffisait.

Le discours de l'Américain était grave et comique à la fois, car outre son accent incompréhensible, il dut demander deux fois à Na'im des mots qui lui échappaient. Lorsqu'il eut fini, il était tout heureux de voir que les ouvriers souriaient en échangeant des regards entendus. Il savait qu'ils se gaussaient de sa façon de parler, mais il voulait néanmoins rétablir un climat d'amitié et de confiance.

Après plus d'une heure de palabres et de questions, au cours de laquelle les ouvriers sourirent à plusieurs reprises en échangeant des clins d'œil, les Américains annoncèrent qu'ils partaient, qu'ils avaient noté leurs remarques et leurs requêtes, qu'ils les transmettraient à l'administration, et que sous peu, des mesures seraient prises pour commencer les travaux.

Les Américains n'en restèrent pas là. Ils envoyèrent des cadeaux à la Harran arabe et au campement, et annoncèrent par le biais du bureau du personnel la cessation des entretiens. À leur place, on leur distribuerait un formulaire vert avec une liste de questions, nom, date et lieu de naissance, etc. Pour ce qui était du statut familial, mariage, nombre d'enfants, Na'im leur expliqua avant la distribution du questionnaire que ces précisions permettraient d'attribuer aux hommes mariés des allocations qui seraient majorées en fonction du nombre de bouches à nourrir. Lorsque Abdallah al-Zamil demanda si l'allocation dépendait aussi du nombre d'épouses, la question prit Na'im de court, et il répondit avec une certaine perplexité :

— L'administration ne traite pas ce genre de question. Nous en référerons au comité législatif.

50

Après quatre mois de travaux incessants, la baie fut comblée et le port agrandi face au camp des Américains. Des routes furent tracées, dont une qui reliait directement le port au camp, et une autre parallèle qui s'incurvait vers l'ouest, près du bord de mer, et atteignait la Harran arabe. La troisième continuait au-delà du port et rejoignait la seconde et le campement des ouvriers.

Avec ces aménagements portuaires et l'extension du réseau routier, Harran fut à nouveau transformée. Des navires de toutes tailles accostaient jour après jour, chargés de main-d'œuvre, de marchandises, de nouvelles angoisses et de choses étranges dans d'énormes containers. Chaque débarquement secouait la cité, qui, pleine d'appréhension, épiait, à travers le regard des vieux et des gamins, ce regain d'activité. Les enfants comptaient les voyageurs qui mettaient pied à terre, tandis que les vieux observaient, scrutaient, supputaient, puis, rongés par l'inquiétude et l'incertitude, s'en retournaient au souk ou au Café des Amis pour y échanger les dernières nouvelles dans un climat d'amertume et de peur. À l'heure de la prière du soir, ils levaient la séance pour se rendre à la mosquée de Harran, seul lieu qui n'avait pas changé, et là, avant ou après la prière, ils passaient de longs moments à méditer. Quand ils se relevaient, le corps plus solide mais l'âme plus lourde, ils reprenaient le chemin de la nouvelle Harran et des collines occidentales.

Les gens qui débarquaient étaient d'une diversité infinie, dans leur aspect physique comme dans leur attitude. Une partie d'entre eux gagnait directement l'enclave américaine. De ceux-là, on n'entendait plus parler, et on ne les revoyait que bien plus tard. Pour d'autres, les Américains dressaient des tentes près de la plage, souvent même avant qu'ils arrivent, et on y menait les nouveaux arrivants à peine le navire avait-il jeté l'ancre. En peu de temps, on leur avait construit de nouvelles baraques, ou on en avait relogé certains dans l'enclave. D'autres encore ne savaient où aller, ni camp ni tentes pour les accueillir, comme si personne ne les attendait. Ils laissaient au bateau tout le temps d'accoster et débarquaient lentement, perplexes et hésitants. Sur la plage, entourés de leurs maigres biens, ils semblaient perdus, comme s'ils s'étaient trompés d'endroit, et ils erraient de-ci de-là en charriant leurs bagages dans un chaos bruyant, pleins d'effroi et de désarroi.

Très vite ils s'égaillaient dans le souk, au café d'Abou As'ad, à la mosquée, ou aux abords du campement.

La plupart de ces passagers étaient misérables et craintifs, et n'hésitaient pas à prendre le premier emploi qu'on leur proposait. Si Dahham, Al-Dabbassi ou tout autre Harrani leur proposait de travailler au campement, dans les carrières, ou sur les chantiers des bâtiments en construction, ils acceptaient aussitôt, avec zèle et sans rechigner, indifférents au salaire, prêts à tout pour gagner la confiance de leur employeur et pouvoir rester.

Harran bouillonnait, se transformait et s'étendait de jour en jour.

La municipalité se dressa bientôt, haute et imposante, sur la colline septentrionale, à deux ou trois cents mètres d'un autre bâtiment, celui de la résidence de l'émir. De la plage, comme de partout ailleurs, on pouvait voir ces deux masses croître et se déployer chaque jour.

Contrairement à Ibn al-Rashid, Abdallah al-Sa'ad n'avait pas hésité à se construire sans attendre une maison sur la colline occidentale. Il avait recruté plusieurs Harranis pour l'aider et tous s'attelèrent à la tâche avec enthousiasme, comme poussés par l'envie secrète de rivaliser d'une part avec la municipalité et la résidence de l'émir, et d'autre part pour prouver aux Américains qu'ils étaient tout aussi capables qu'eux de construire. Il fit appel à Abou Abdou al-Tali, qui arriva d'Oujra avec son équipe et commença par passer plusieurs jours à arpenter Harran, étudiant le terrain et la pierre, et s'approchant tout près du camp des Américains pour "analyser" leurs demeures, car on lui en avait interdit l'accès malgré les efforts qu'il avait déployés pour y être autorisé. Suite à cette "analyse comparative", qu'avaient accompagnée bien des conciliabules et d'évidentes tergiversations, Abou Abdou al-Tali et ses acolytes se mirent à l'ouvrage avec une parfaite assurance, et avant l'hiver de cette année-là les dernières pierres grises furent posées sur les arcatures des fenêtres, et les travaux se poursuivirent.

Ibn al-Rashid ne s'absenta pas longtemps et revint une semaine avant le retour de l'émir. Comme d'habitude, il avait ramené plusieurs nouvelles recrues. Nul ne savait ce qu'il avait en tête, mais Dahham ne cacha pas qu'il avait résolu de construire un bâtiment moderne au milieu du souk, le plus grand de Harran et peut-être de partout ailleurs. Il aurait trois niveaux ; le rez-de-chaussée abriterait un vaste centre commercial avec un ensemble de locaux spacieux, le plus grand lui étant réservé. Quant aux premier et deuxième étages, il s'y installerait en famille, ses épouses requérant à elles seules un étage entier. Lorsqu'un jour, au café d'Abou As'ad al-Halwani, on l'interrogea de vive voix – il avait jusque-là laissé courir les bruits –, il répondit en souriant et en évitant le regard de ses interlocuteurs :

— Tous nos biens sont à Dieu, mes braves…

Et comme ils le toisaient, goguenards, il reprit en riant :

— Aujourd'hui, c'est à Harran que ça se passe… On ne peut plus vivre dans le désert, surtout si on est marié…

Il n'en resta pas là. Ses traits se rembrunirent et il ajouta comme à part soi :

— Comme vous le savez, le souk de Harran n'y suffit plus ; il lui en faut un autre…

Les hommes en déduisirent qu'Ibn al-Rashid emménagerait sous peu dans son nouveau domaine avec tous les siens.

Les premiers jours qui suivirent son retour, on le vit arpenter le souk, près de la mosquée, en compagnie de quelques-uns des hommes qu'il avait amenés, l'air à la fois excité et préoccupé. Une autre fois, plusieurs le virent de bon matin coincer les pans de son *thawb* dans sa large ceinture, dérouler une sorte de corde entre lui et un homme qui lui faisait face, et mesurer le terrain en prenant des notes énigmatiques. On sut alors qu'il ne tarderait pas à construire.

Au même moment, le bruit courut que Salih al-Dabbassi allait épouser la sœur de Muhammad al-Sayf. La relation étroite qu'entretenaient les deux hommes, les longues heures qu'ils passaient ensemble, les commérages des femmes, dont ceux de l'épouse d'Al-Dabbassi en personne, enfin les liens tissés entre les deux familles Al-Dabbassi et Al-Sayf ne pouvaient mener qu'à un nouveau mariage qui les renforcerait et les perpétuerait. Mais il fallait attendre le retour d'Al-Dabbassi père.

Quant à Hajim, qui était parti un soir – ou plutôt qu'on avait fait partir en catimini –, il revint lui aussi, deux jours avant le retour de l'émir, accompagné d'un vieil homme.

Ce retour les frappa comme un coup de tonnerre, et cette nuit-là fut une des plus ardues de l'histoire de Harran, surtout pour Ibn al-Rashid, qui pensait le problème réglé, et espérait qu'au fil des jours on l'oublierait.

Hajim était très maigre et semblait n'avoir ni mangé ni dormi depuis des lustres. Il avait l'air totalement égaré, n'entendait pas les voix autour de lui, ni ne voyait les visages et les yeux qui le dévisageaient. Lorsque le vieil homme voulait lui parler, lui dire quelque chose, il le secouait, le prenait par le bras et l'agitait vigoureusement, et Hajim sursautait, comme s'il revenait de très loin ou sortait d'un profond sommeil. Il considérait le vieillard avec l'œil immensément triste d'un animal blessé, et battait plusieurs fois des paupières en hochant nerveusement la tête. Lorsqu'il était certain d'avoir son attention, le vieil homme lui disait : "Tu m'entends, Hajim?", et si le garçon opinait, il ajoutait : "Dis-moi, mon enfant, tu veux manger? Boire? Tu n'as pas faim? ni soif? Tu n'as pas soif?" Et Hajim secouait la tête et les mains pour montrer qu'il ne savait pas.

Dès qu'Ibn al-Rashid apprit le retour de Hajim et de cet homme en colère, la peur et l'appréhension l'envahirent. Il commença par disparaître tout à fait. Nul ne sut où ni comment. Il était au café lorsqu'on lui fit dire qu'une caravane avait atteint la mosquée et que Hajim était là, avec un vieillard furibond qui jurait, tempêtait, et demandait à le voir. Ceux qui avaient vu Ibn al-Rashid entrer au café et s'y attabler ce soir-là ne surent ni quand ni comment il s'en alla. Et toutes les tentatives qu'on fit pour le retrouver dans le camp des ouvriers, au souk, ou parmi les tentes, se soldèrent par un échec.

Chaque minute qui s'écoulait à le chercher en vain dans tous les endroits possibles aggravait la colère du vieillard qui accompagnait Hajim. Insultes et menaces fusaient :

— Où est passé Ibn al-Rashid? Aussi loin qu'il puisse être, je jure de le trouver! S'il est au ciel, je l'en ferai descendre... et j'irais même le chercher dans le c... de sa mère s'il s'y cachait!

353

Il s'interrompait, soupirait, dévisageait les gens alentour, puis reprenait :

— Il croit que nos enfants sont tombés du ciel? Qu'ils sont seuls au monde? Non, Ibn al-Rashid, les hommes ne sont pas des chiens… Les hommes sont des hommes. Si tu croyais te débarrasser de Hajim en le renvoyant avec un Bédouin, c'est raté! Tu n'en as fini ni de Hajim, ni de son frère Mizban! Où est-il d'ailleurs, Mizban? Tu croyais qu'il suffirait de l'enterrer pour t'en débarrasser? Eh bien, pas du tout… Nous ne sommes pas quittes, Ibn al-Rashid… Toi et moi, on a tout le temps!

Les ouvriers regardaient Hajim et ne le reconnaissaient pas tant il avait changé, même ceux qui le saluaient et sentaient se poser sur eux son regard vide. Ils prenaient sa main sans qu'il la leur tende, la serraient et lui demandaient : "Comment vas-tu, Hajim? Tu vas bien?" Il ne cillait pas, ne disait pas un mot, ses lèvres ne tressaillaient pas. La tristesse leur broyait les os et ils ne pouvaient soutenir son regard. Ils se souvenaient tous du Petit Poisson, et lorsque Abdallah al-Zamil sut qu'il était là, il courut vers lui, enfouit son visage contre sa poitrine et resta longtemps ainsi. Lorsqu'il se dégagea, il n'eut pas un regard pour ceux qui l'entouraient. On dit qu'il avait l'œil rouge et certains jurèrent l'avoir entendu pleurer en étreignant Hajim.

Harran, tenaillée par une tristesse presque lugubre, ne put apaiser la colère du vieillard. On lui offrit de passer la nuit au village, de se reposer, de manger, on l'assura qu'on retrouverait Ibn al-Rashid dès le lendemain, et que le problème serait résolu. Mais l'homme refusa d'un ton presque grossier, et, lassé d'avoir tant attendu, après avoir arpenté tout Harran à la recherche de celui qui s'était volatilisé et être retourné au café d'Abou As'ad, il prit Hajim par le bras et le fit lever en disant :

— Debout, mon garçon. Ibn al-Rashid va voir ce qu'il va voir…

Au moment de partir, Hajim sourit. Pour la première fois depuis des heures, il sourit. Le vieillard le regarda, regarda les gens attablés au café, et jeta en sortant :

— Je le retrouverai… J'ai tout le temps.

51

Tout habitués qu'ils étaient à voir Ibn al-Rashid apparaître et disparaître brusquement, jamais les Harranis n'auraient imaginé qu'il pût le faire si vite et sans que personne n'en sût rien. Quand on l'eut cherché en vain dans tous les recoins possibles, certains décrétèrent qu'il était reparti en voyage, et d'autres, qu'il avait dû s'éclipser avant l'arrivée de la caravane. Car de ceux qui l'accompagnaient lorsqu'il était revenu, plusieurs étaient repartis trois ou quatre jours plus tard, sans doute avec lui. D'autres encore assurèrent qu'il était à Harran, qu'il n'en avait pas bougé, qu'on ignorait simplement où il se cachait.

Deux des hommes qui étaient allés prier en fin de journée à la mosquée de Harran et avaient vu et entendu le vieillard qui accompagnait Hajim, dirent qu'en traversant le souk pour rentrer à la nouvelle Harran ils avaient vu Dahham et Na'im se diriger vers les tentes de l'émir, et qu'ils n'étaient sûrs de rien, mais qu'il leur avait semblé apercevoir un troisième homme. L'obscurité était épaisse, seul Dahham leur avait rendu leur salut, les deux autres avaient pressé le pas pour ne pas être reconnus.

Cette nuit-là, Harran s'endormit perplexe et chagrine. Hajim et le vieillard étaient allés passer la nuit à la mosquée, et personne ne sut plus rien d'eux, même ceux qui avaient coutume de veiller au café. Ils se laissèrent absorber par les parties de cartes, ou par le nouveau jeu qu'Abou As'ad al-Halwani avait ramené de Syrie, et qu'il leur enseignait pour les encourager à passer plus de temps au café.

Un peu moins d'une heure après dîner, trois hommes envoyés par le suppléant de l'émir se présentèrent à la mosquée. De toute évidence, ils y étaient venus directement, en sachant que ceux qui demandaient à voir Ibn al-Rashid s'y trouvaient. Sans poser de question et sans hésiter, ils marchèrent droit sur eux – un des hommes de l'émir connaissait Hajim –, ils marchèrent sur eux calmement, et le vieillard sembla soudain presque heureux et soulagé, son regard s'allumant lorsqu'on lui demanda s'il était bien l'homme qui recherchait Ibn al-Rashid. À peine eut-il opiné avec fierté qu'ils l'invitèrent à le suivre, avec Hajim, et en un rien de temps, ils comparaissaient devant le suppléant de l'émir, qui les interrogea d'un ton résolu, presque cassant :

— Qui êtes-vous, et qu'êtes-vous venus faire à Harran ?

Le vieillard répondit posément, mais avec la même détermination et en désignant Hajim, qu'il était venu faire valoir son droit, savoir comment et par qui son neveu avait été tué, et comment son frère avait perdu la tête.

— Et pourquoi en veux-tu à Ibn al-Rashid ?

— C'est mon ennemi !

— Tu le connais ?

— Je ne l'ai jamais vu, mais j'en ai entendu parler.

— Qui te dit que c'est lui le responsable ?

— Tout le monde le sait.

— Tout le monde ? Et le gouvernement, qu'est-ce que tu en fais ?

— Il est là pour faire valoir mon droit.

— Et pourquoi n'es-tu pas allé te plaindre à lui et lui demander de s'en occuper ?

Le suppléant de l'émir s'interrompit, le toisa d'un œil sévère, secoua la tête et reprit :

— Si tu croyais pouvoir jouer au justicier, et insulter les gens pour les intimider, tu t'es trompé, c'est terminé, tout ça. Aujourd'hui, le gouvernement est au-dessus de tout. Il ne craint personne, et c'est lui qui rend la justice. Mais vous, les Bédouins, vous n'apprenez qu'à coups de bâton…

Et sans attendre de réponse, il lança aux hommes qui se tenaient devant la tente :

— Emmenez-les !

En gravissant la colline agrippé au bras de Hajim, le vieillard s'était imaginé qu'il aurait sous peu gain de cause, que les autorités avaient sans doute arrêté Ibn al-Rashid, l'avaient peut-être ligoté en attendant son arrivée ; il leur aurait raconté toute l'histoire, comment on lui avait envoyé Hajim avec un Bédouin et quelques piécettes, il aurait sorti l'argent de sa poche et l'aurait tendu au suppléant de l'émir en lui disant : "Voilà l'argent !" L'homme, furibond, aurait insulté et réprimandé Ibn al-Rashid, puis décidé de ce qu'il convenait de faire pour résoudre le problème.

À présent que les gardes le conduisaient Dieu savait où et qu'il avait entendu le suppléant de l'émir, il n'en croyait pas ses oreilles. Il n'aurait jamais pensé en arriver là. Quelle erreur avait-il commise ? L'homme ignorait-il ce qui s'était passé, n'avait-il rien entendu dire ? L'accident de Harran, à l'origine de tout, et dont tout le monde avait entendu parler, même loin d'ici, à Oujra, Al-Rawda, Oum al-Sa'af et Wadi al-Ouyoun, et au sujet duquel on ne cessait de s'interroger, cette histoire que chacun connaissait, le suppléant de l'émir n'en aurait rien su ? Hajim n'était-il pas la preuve vivante de la trahison d'Ibn al-Rashid ?

Comment celui-ci avait-il si vite alerté les autorités ? Où était-il à présent ? Pourquoi ne parlait-il pas publiquement s'il ne se sentait ni responsable ni coupable ?

Les gardes de l'émir ne savaient où mener les deux hommes. Harran n'avait ni prisonniers ni prison, et l'affaire ne méritait pas une telle conclusion ni un tel châtiment, d'autant qu'ils savaient parfaitement comment était mort Mizban, et qu'ils voyaient bien ce qu'était devenu Hajim, une ombre d'homme au regard fuyant et à l'air égaré, perdu dans son monde. S'il y avait eu une prison, auraient-ils pu y enfermer une telle épave ?

Ils s'entre-regardaient et regardaient les deux captifs dans la pénombre de la tente exiguë qu'éclairait faiblement en son milieu une lanterne suspendue. Abattus et perplexes, il leur suffisait de poser les yeux sur Hajim pour que leurs doutes tournent à l'effroi. "Un fou est capable de tout, de brûler, de tuer, de pisser sur ceux qui dorment…" Ainsi songeaient-ils en considérant leurs pauvres proies, aiguillonnés à la fois par la pitié et la peur. Et maintenant, qu'allaient-ils faire d'eux ?

Un cri du suppléant de l'émir vint briser cette amertume et ces atermoiements. Les gardes se précipitèrent, et revinrent deux ou trois minutes plus tard en jurant presque avec haine :

— Cet homme a perdu la foi ! C'est une vraie vipère !

Lorsqu'on les interrogea, ils répondirent, en tournant le dos au vieillard et à son neveu pour ne pas qu'ils entendent, que le suppléant de l'émir leur avait ordonné d'attacher les deux hommes sur leurs chameaux entravés ! Comme les gardes semblaient choqués et incrédules, le vieillard crut avec naïveté que le suppléant de l'émir avait voulu réparer son erreur, qu'il avait rappelé ses hommes pour revenir sur sa décision et montrer sa clémence, qui sait… Mais lorsqu'on lui dit ce qu'il en était, il sourit d'un air sarcastique et ne sut s'il devait pleurer ou hurler. Il dut se faire violence pour ne pas tomber raide mort. Il regarda Hajim, et, le voyant sourire et poser sur lui ses pauvres yeux malicieux, il le prit par le bras et l'entraîna en lançant assez fort pour que tout le monde l'entende, y compris le suppléant de l'émir :

— Si on ne cogne pas pour faire valoir ses droits, on crève sans être arrivé à rien…

52

Cette nuit-là, ils dormirent ensemble près de l'enclos aux chameaux. Ils en étaient séparés par un muret de petites pierres irrégulières d'un peu moins d'un mètre de haut. Les liens qu'on avait dû utiliser avaient été noués avec négligence et colère, aucun des hommes de l'émir n'ayant voulu s'acquitter scrupuleusement de cette tâche ingrate. Ils s'étaient regardés, avaient regardé les deux captifs, et leur avaient dit, au moment d'aller se coucher : "On dort là-bas." Ils avaient montré du doigt un espace libre près d'une rangée de sacs de paille, et n'avaient pas ajouté un mot.

Cette nuit-là, Harran s'appesantit, sinistre, et si le froid de la nuit finissante obligea le vieillard à se laisser glisser dans l'inconscience, son sommeil fut léger et discontinu. De temps à autre, il considérait Hajim et les quatre hommes qui dormaient autour de lui, et à la lueur de l'aube, ils lui parurent familiers. Lorsque l'un d'eux se retourna et lui fit face, il lui sembla un bref instant apercevoir Mizban ! Il avait ce même visage la dernière fois qu'il l'avait vu, trois ans auparavant. Les chameaux, qui n'avaient pas cessé de ruminer, et dont il voyait les têtes et les cous ployer et ondoyer de temps à autre, lui semblaient plus tristes que jamais. Ils mastiquaient et blatéraient comme s'ils crachaient des insultes, et regardaient alentour avec rancœur. Le vieil homme était plein de colère, de colère mais aussi de noirceur, une sorte de goudron épais qui l'engluait, comme du sang qui n'a pas encore séché. Assis dans le petit jour sur sa paillasse de fortune, il s'interrogeait : "Sommes-nous tombés si bas que la victime est désormais coupable et qu'on arrête celui qui crie justice ? Peut-on subir un tel outrage sans broncher ?" Il porta son regard au loin. Il vit un groupe de tentes et deux grands bâtiments austères. "Ibn al-Rashid ne m'échappera pas, fût-il oiseau et eût-il tout le monde avec lui !" se jura-t-il. Il hocha plusieurs fois la tête, observa les hommes qui dormaient, et eut l'impression de mieux les connaître. Hajim était allongé sur le dos, le visage tourné vers le ciel, les bras en croix, la bouche entrouverte comme s'il souriait. Il ressemblait à un enfant. Un enfant pareil aux autres, mais plus grand de taille. "Si sa mère savait, elle se tuerait", songea-t-il.

Si la veille il avait commis l'erreur de céder à la colère, de dire des choses qui avaient été interprétées comme une menace directe envers Ibn al-Rashid, et si on avait cru qu'il était là pour se venger et tuer, non pour faire valoir son droit et découvrir ce qui s'était passé, s'il avait commis cette erreur la nuit précédente, il ne faisait aucun doute qu'aujourd'hui le suppléant de l'émir y verrait plus clair. Ainsi songeait le vieillard, mais lorsque le matin fut là et le soleil levé, que tout s'agita autour d'eux et surtout autour des deux grands bâtiments, et qu'on leur demanda de rentrer dans la petite tente et d'y rester, ses doutes le reprirent. Il perdait confiance. Car si le suppléant avait voulu savoir la vérité et avait interrogé les autres, l'affaire aurait été rapidement classée. Mais être abandonné ainsi, prisonnier, entravé, sans qu'il sût pourquoi ni jusqu'à quand, fit monter en lui la rage comme une bouffée de vapeur. Hajim s'était réveillé tard, lorsque le soleil levant avait dépassé le muret et éclaboussé son visage, et il demeurait silencieux sous la tente, scrutait la lanterne avec obstination, sans même voir le morceau de pain et le verre de thé qu'on avait posés devant lui. Quand le vieillard secoua son bras, il sembla plus effrayé que d'habitude, n'avala qu'une bouchée et but son thé froid.

Dans l'après-midi, alors que les ouvriers s'affairaient ici et là, et que le vieillard et Hajim étaient toujours reclus à l'ombre de la tente, trois hommes approchèrent. Le premier marchait à grandes enjambées nerveuses, devançant les autres qui peinaient à le suivre. Il jeta un coup d'œil aux deux captifs, rajusta son *abaya* noire et passa son chemin, tandis que les autres s'arrêtaient un instant et échangeaient quelques mots. Le vieillard les dévisagea. Il ne les reconnut pas et ne leur trouva rien de particulier, mais lorsqu'il se tourna vers Hajim et le vit sourire comme il n'avait pas souri depuis des jours, son cœur se serra, tenaillé par l'incertitude. Cependant, le va-et-vient des ouvriers qui, leur tâche accomplie, venaient se laver le visage et les mains au tonneau installé non loin, le distrayait de ses pensées. Il se mit à les observer.

Avant le coucher du soleil, quand on le somma de se présenter devant les autorités, il se sentit nerveux, et lorsqu'en entrant il vit les trois hommes, il devina que celui qui était assis à côté du suppléant de l'émir était Ibn al-Rashid. Celui-ci évita d'abord de le regarder, mais les deux autres le dévisagèrent avec attention et appréhension. Contrairement à la veille, le suppléant les fit asseoir. Il semblait plus disposé à écouter.

Après un long silence, il demanda :

— Tu reconnais celui que tu accuses ?

Le vieillard dévisagea les trois hommes, inspira profondément et répondit, sarcastique :

— Celui que j'accuse se reconnaît tout seul.

— Tu accuses Ibn al-Rashid. Regarde bien. Est-ce que tu le reconnais ?

— Si j'en crois Dieu, c'est lui! dit-il en montrant du doigt l'homme assis à côté du suppléant de l'émir.

Ibn al-Rashid se redressa, sourit d'un air narquois et arrogant, et répliqua en détachant ses mots :

— Cet Ibn al-Rashid dont tu parles, cet Ibn al-Rashid dont tu dis tant de mal et que tu n'as jamais vu, il s'évertue à faire valoir tes droits, dût-il les arracher à la gueule du lion… mais il a beau se démener, tu n'y vois que le mal!

Le vieil homme, désormais certain d'être face à l'ennemi, se fit menaçant :

— Écoute, Ibn al-Rashid – si c'est bien toi –, le droit c'est le droit, et il revient à Dieu et non à toi ni à personne de le faire valoir. L'argent ne remplace pas un homme et le sang d'un homme ne s'enterre pas en une nuit. Tu es arabe et tu sais très bien comment chez nous justice est faite.

— Tu me menaces? Ce sont Ibn al-Hadhal et ses semblables qui t'envoient?

— Écoute et comprends-moi bien : le droit c'est le droit, un point c'est tout.

— Ton droit ne me concerne pas…

Ibn al-Rashid, furibond, raconta de nouveau toute l'histoire au suppléant de l'émir, qui hochait la tête d'un air entendu. Soudain, il se tourna vers le vieillard et ajouta d'un ton cassant :

— Ces hommes en sont témoins, ce sont eux qui ont été se plaindre à ta place, et qui ont couru partout pour qu'on t'indemnise. L'argent que tu as reçu, c'est Ibn al-Rashid qui te l'a envoyé, et c'est Ibn al-Rashid qui l'a sorti de sa poche!

Le vieillard tira une vieille liasse de sous sa tunique et la jeta à travers la pièce :

— Cet argent, qu'il soit de toi ou d'un autre, le voilà! Et si tu as des témoins, voilà le mien! s'écria-t-il en montrant Hajim, qui, assis, considérait Ibn al-Rashid en souriant.

C'était sans doute la première fois qu'Ibn al-Rashid le regardait vraiment, et il fut effaré de le trouver dans cet état. Il se trémoussa sur sa chaise et s'adressa au suppléant de l'émir :

— Les Américains nous ont dit : "On ne peut pas soigner cet homme, allez voir ailleurs." Or vous savez très bien, Excellence, que les remèdes des Arabes sont plus efficaces que ceux des étrangers… Il suffirait de quelques pointes de feu et d'une mise à l'écart pour le guérir…

— Et que fais-tu de Mizban, Ibn al-Rashid ? interrompit le vieillard.

— Il est mort comme Dieu l'a voulu.

— Tu l'as envoyé en mer, tu l'as noyé, et il serait mort comme Dieu l'a voulu ?

— Modère tes paroles, mon gars, la vie et la mort n'appartiennent qu'à Dieu.

— Si tu ne l'avais pas envoyé en mer, il ne serait pas mort…

— Je n'y ai envoyé personne.

— Et c'est moi qui l'y ai envoyé, peut-être ?

— C'est la compagnie. Ce sont les Américains qui l'y ont envoyé et ce sont eux les responsables. Ils ont dit qu'ils paieraient une indemnité.

Le vieillard, exaspéré, pointa sur lui un doigt accusateur :

— Écoute, Ibn al-Rashid, le sang d'un homme ne fond pas dans la poussière. Moi, je ne connais que toi. Toi qui cours partout pour recruter des hommes et les vendre. Et tu prétends ne pas être coupable ?

Alarmé et embarrassé, Dahham entreprit d'expliquer, avec un geste évasif, qu'Ibn al-Hadhal et lui avaient tout fait pour obtenir réparation, qu'ils avaient prévenu le bureau du personnel, que lui-même avait parlé plusieurs fois à Na'im… Quant au rapport qui avait été soumis à la compagnie, puis au bureau du personnel, et de là à l'administration centrale, Ibn al-Hadhal et lui avaient aidé à le rédiger, et la compagnie avait promis d'étudier le problème. Mais jusque-là, ils n'avaient eu aucune réponse.

Il s'exprima avec gêne, d'un ton froid et saccadé, mais n'ajouta aucun détail crucial à la version des faits d'Ibn al-Rashid. Le vieillard, qui l'avait écouté en les toisant, lui et le Noir au visage fermé qui l'accompagnait, s'adressa au suppléant de l'émir :

— Nos enfants, Excellence, ils sont là : l'un sous terre et l'autre devant vous.

Il montra Hajim, qui souriait, le regard éperdu et fuyant. Il le secoua et cria :

— Hajim!… Tu m'entends, Hajim?

Le garçon leva vers lui son pauvre visage triste, vide de toute expression.

— Eh bien, mon enfant, insista le vieux, comment te sens-tu?

Hajim continua de le regarder sans répondre. Le vieux interpella Ibn al-Rashid :

— Ce garçon, il était comme ça quand tu l'as embauché à Oujra?

Il eut un sourire sarcastique et reprit :

— Et son frère, il est enterré ou un poisson l'a mangé?

— C'est à la compagnie qu'il faut te plaindre, répliqua Ibn al-Rashid d'un ton cassant. Et la porte est là-bas.

— Je ne connais qu'une seule porte… celle-ci!

Et il montra du doigt Ibn al-Rashid. Celui-ci, courroucé et effrayé, s'écria :

— Vous l'entendez, Excellence!

Le suppléant de l'émir, le visage soucieux, sembla réfléchir et finit par dire au vieillard :

— Tu obtiendras réparation.

Puis, d'un ton sans appel :

— Justice sera faite pour tous. Soyez nos hôtes pendant quelques jours, et on avisera.

Le vieil homme et Hajim jouirent dès le lendemain de l'"hospitalité" du suppléant. Quant à Ibn al-Rashid, il s'attarda là quelque temps, puis repartit avec ses acolytes.

53

À la surprise générale, l'émir revint inopinément de la chasse. On ne l'attendait pas de sitôt. Le plus surpris de tous, et le plus alarmé, fut Ibn al-Rashid. Car suite à la visite que Na'im et Dahham avaient faite au suppléant de l'émir, Hajim et son oncle avaient été "retenus" ou mis en garde à vue, afin d'"éviter que les accusations et les insultes perturbent les ouvriers de la compagnie", comme l'avait expliqué Na'im au suppléant de l'émir, et Ibn al-Rashid aux Américains lorsqu'il était allé passer la nuit au camp ce fameux soir. Quant au paiement éventuel du prix du sang, il était toujours en instance, car la commission juridique de la compagnie ne se considérait ni responsable ni obligée, ses obligations cessant immédiatement dès qu'un employé décédait. L'indemnité due à Hajim lui serait versée sous peu… à la condition que tout soit rentré dans l'ordre et le calme revenu. Ainsi avaient-ils justifié de retenir Hajim et son oncle, d'une part pour apaiser les esprits, et d'autre part pour mettre fin aux menaces qui pesaient sur Ibn al-Rashid. L'indemnité serait payée directement par la municipalité et l'affaire serait classée.

Tels furent le plan adopté et les recommandations mises en œuvre. Si la mort de Mizban quelques mois plus tôt avait plongé les ouvriers dans une silencieuse effervescence, les récents entretiens avaient réveillé les peurs et les incertitudes, sentiments dont beaucoup ne se cachaient plus et que tout Harran partageait. Voilà pourquoi, comme s'appliqua à le démontrer Na'im, la situation ne souffrait ni secousse ni trouble supplémentaire.

En revenant à Harran, Hajim s'était posé en exemple édifiant et brutal de la façon dont on traitait ici les êtres humains. Si on ajoutait à ce témoin vivant et remuant les menaces de l'oncle et la colère qui commençait à se propager et à gagner tous les ouvriers, il ne faisait aucun doute qu'on s'exposait à un résultat peu souhaitable pour la compagnie.

En approchant de Harran, l'émir fut stupéfait de découvrir au loin deux grands édifices qu'il ne reconnaissait pas. Il demanda s'ils faisaient ou non partie des bâtiments de la compagnie, tout en sachant que ceux-ci étaient clairement visibles au-delà. Lorsqu'on lui expliqua qu'il s'agissait de la municipalité et de sa résidence, il ne cacha pas son plaisir. Il dit en plaisantant à Al-Dabbassi, qui chevauchait à ses côtés :

— Voilà de quoi nous consoler du gibier qu'on n'a pas tiré !

Il semblait ravi, et désireux d'arriver le plus vite possible. Lorsqu'ils atteignirent Harran, en fin d'après-midi, alors que les ouvriers s'apprêtaient à rentrer chez eux, il alla directement inspecter les bâtiments et voir où ils en étaient. Son suppléant, qui s'était précipité à sa rencontre, visiblement excité, l'assura tout en avançant, en quelques phrases décousues, qu'il avait surveillé les travaux en personne et que ses recommandations avaient été suivies à la lettre. Il montra les grandes fenêtres côté sud, en tapant de temps à autre du plat de la main sur les murs épais pour en démontrer la solidité. L'émir s'inquiéta de savoir si les travaux s'étaient poursuivis pendant toute son absence, demanda combien d'ouvriers y avaient participé, si les matériaux avaient suffi, et autres renseignements similaires. Al-Dabbassi, qui l'accompagnait dans sa tournée, exprima son ravissement, loua la qualité de l'ensemble, se dit "époustouflé, mon Dieu!", et déclara que si tout le reste avait été fait avec le même soin, ces bâtiments tiendraient cent ans. Il ajouta même qu'ils ressemblaient à des monuments égyptiens dont certains remontaient à l'époque de Joseph – paix soit sur lui – et qui tenaient encore debout!

L'émir exultait comme un gamin. Il félicita les ouvriers avec grandiloquence, et affirma que sans leurs efforts et leur loyauté, la construction n'aurait ni avancé ni atteint ce degré de perfection. Les ouvriers, contents de ce discours, firent quelques brèves remarques sur l'arcature des fenêtres et leur hauteur, et rappelèrent que le ciment avait dû être refait plusieurs fois avant de prendre, mais qu'il ne craquerait jamais. L'émir fit mine de les comprendre, loua de nouveau leur talent, voulut savoir quand les travaux prendraient fin, et s'il y avait autant de bruit et de poussière qu'avant. Et lorsque son suppléant l'assura que ce n'était qu'un souvenir, et que les énormes engins responsables du brouhaha avaient disparu, il s'écria d'une voix forte, devant les hommes qui se tenaient à quelques pas :

— Quand ils creusaient les fondations, le vacarme de ces monstres avait de quoi vous aveugler et vous faire éclater la tête!

Puis, après un court silence :

— Dieu merci... tout ça, c'est fini!

Al-Dabbassi, qui avait tenu à l'accompagner jusqu'au bout, répondit lorsque l'émir l'invita à se divertir et à rester dîner, et à ne rejoindre les siens que le lendemain :

— Allez plutôt profiter des autres, Excellence...

Il sourit et reprit :

— Ces autres-là vous attendent!

L'émir éclata de rire :

— Tu es impayable, Abou Salih... toujours aussi ambigu!

Ils rirent de plus belle, et après avoir bu un café, Al-Dabbassi rentra chez lui. L'émir interrogea alors son suppléant sur ce qui s'était passé en son absence, sur les caravanes qui avaient fait halte et les nouveaux arrivants. Il l'écouta d'une oreille distraite, puis se leva et soupira, avant de se retirer sous la tente familiale :

— Des problèmes… toujours des problèmes…

Et en s'éloignant d'un pas lent, le sourire aux lèvres :

— Les problèmes des gens, on n'en sort jamais, Abou Rashwan !

— Surtout à Harran, où les uns comme les autres ne cessent de défiler… On en a pour jusqu'à la mort ! renchérit l'homme en s'esclaffant à son tour.

— Remets-t'en à Dieu ! rétorqua l'émir.

54

Ibn al-Rashid fut le premier à aller voir l'émir, dès le lendemain de son arrivée, tôt le matin, contrairement à son habitude. L'émir était en train d'inspecter la résidence. Heureux et
détendu, il éprouvait les murs en les flattant de la main comme
l'avait fait la veille son suppléant. Lorsqu'il vit approcher Ibn
al-Rashid à cette heure si matinale, un doute l'effleura : venait-
il accueillir les ouvriers et leur distribuer leurs tâches ? Faisait-il
cela chaque jour, ou, ayant appris qu'il était là, venait-il excep-
tionnellement exhiber son zèle et sa loyauté ? S'il venait le
saluer, le moment ne se prêtait pas à de telles civilités.

Ibn al-Rashid marchait à grandes enjambées pressées et
lorsqu'il fut tout près, l'émir lui lança :

— Drôle d'heure pour une visite !

— Il est presque midi, Excellence… répondit-il en tâchant
de sourire, embarrassé.

— À qui le dis-tu !

Ibn al-Rashid ne sut à quoi s'en tenir, était-ce une simple
remarque ou un reproche ? Il salua l'émir avec chaleur, prit
soin de lui demander si la chasse avait été bonne et la promenade agréable, puis fit avec lui le tour des deux bâtiments, en
louant la robustesse des édifices et les efforts déployés pour
atteindre un tel degré de perfection. Il assura l'émir que le
gros de la construction serait achevé en moins d'un mois,

et qu'il ne resterait plus que les finitions intérieures, dont les Américains se chargeraient comme s'il s'agissait de leurs propres maisons si l'émir en exprimait le souhait. Ils fourniraient ainsi les portes, les fenêtres et bien d'autres matériaux de menuiserie prêts à poser qu'il suffisait de sortir des caisses et de déballer pour les mettre en place. L'émir se montra fort intéressé par cette suggestion, mais, gêné de devoir quémander, il voulut savoir si les Américains comptaient lui en parler.

Ibn al-Rashid, qui avait trouvé la faille, s'exclama :

— Je ne vous laisserai pas leur demander quoi que ce soit, Abou Misfar !

Il sourit et ajouta, sur un autre ton :

— Si vous le permettez, Excellence, laissez-moi m'en charger…

Puis, après un court silence, et d'une voix nasillarde :

— Je suis sans cesse sur leur dos, je les poursuis jour et nuit, et je leur répète que la résidence de l'émir doit égaler en tous points les leurs, et j'ai bien dit en tous points, portes et fenêtres incluses !

Avec verve et faconde, il promit à l'émir de se charger des négociations, afin que la municipalité et la résidence soient achevées avec autant de soin que les Américains en avaient mis à construire leur cité. L'émir semblait satisfait, quoiqu'une lueur de doute demeurât dans ses yeux, et pour la balayer et donner à Ibn al-Rashid l'occasion de faire ses preuves, il lui dit en plantant son regard dans le sien :

— Remets-t'en à Dieu, Ibn al-Rashid, insiste, parlemente et ne les lâche pas, mais ne dis jamais que c'est moi qui te l'ai demandé.

Ibn al-Rashid hocha plusieurs fois la tête sans mot dire, avec un petit sourire confiant, puis il se frappa la poitrine à deux reprises et promit :

— Tout ce que vous voudrez, Excellence…

Il continua de suivre l'émir et, voyant deux ou trois ouvriers approcher, il les interpella d'une voix acerbe et sarcastique :

— Mon Dieu, mon Dieu, il est presque midi, mes braves !…

En apercevant l'émir, les trois hommes se turent, effrayés et embarrassés. Ibn al-Rashid reprit d'un ton paternel :

— Allons, les gars, remuez-vous… chacun à son poste !…

Et pour les encourager à se mettre vite à l'ouvrage, il ôta son *abaya* noire, la jeta sur un tas de cailloux, passa les pans de son *thawb* dans sa large ceinture et lança avec enthousiasme :

— Allez ! tout le monde s'y met…

S'ensuivit un va-et-vient bruyant et chaotique, et on se mit à remplir les tonneaux, charrier les sacs de ciment et préparer le sable avec une énergie surfaite. La présence d'Ibn al-Rashid, ses ordres et son attitude gênaient les travailleurs plus qu'ils ne les aidaient, et nul ne pouvait dire si le sourire qui se dessinait sur les lèvres de l'émir, tandis que de loin il observait la scène, était un sourire de pitié ou de satisfaction. Un moment plus tard, il lança :

— Ramasse ton *abaya*, Ibn al-Rashid, c'est l'heure du café…

Ibn al-Rashid semblait n'attendre que ce signal, car il se lava rapidement les mains, saisit son *abaya* et courut derrière l'émir, qui s'éloignait. Lorsqu'il l'eut rejoint, il maugréa, comme à part lui :

— Si on n'est pas constamment sur leur dos, ils s'endorment, Excellence…

*

Ibn al-Rashid était tenaillé par l'angoisse et le doute, car il voulait garder la confiance de l'émir et redoutait de la perdre si les négociations relatives à Hajim et son frère Mizban avaient lieu dans un climat défavorable, sans préparation adéquate ni mise en scène détaillée. Il se souvenait encore des mots qu'avait prononcés l'émir quelque temps auparavant, quand le sujet avait été abordé. Des mots durs, quasi menaçants : "On ne veut pas d'histoire, Ibn al-Rashid. Arrange-toi avec tes hommes et qu'on en finisse !" S'il apprenait que Hajim et son oncle étaient sous une tente à vingt ou trente pas de là, prisonniers pour l'avoir menacé et lui avoir jeté aux pieds l'argent qu'il leur avait donné, s'il apprenait une chose pareille, l'émir entrerait sans doute dans une violente colère et enverrait tout promener. Et s'il savait qu'Ibn al-Rashid s'était mis d'accord avec les Américains et son suppléant pour les arrêter, il en serait insulté et demanderait pour sûr d'un ton railleur : "Qui est l'émir ici, toi ou moi ? Et les Américains, qu'ont-ils à voir là-dedans ?" En outre, s'il découvrait l'état de prostration et d'égarement dans lequel se trouvait Hajim, qu'en penserait-il ? Comment son suppléant se justifierait-il et que raconterait-il ?

Ces pensées, ces images galopaient dans son crâne ; il se sentait cerné et menacé. Les sourires que l'émir arborait étaient un voile trompeur, d'autant que ce bâtard d'Al-Dabbassi avait dû lui asséner sa version des faits en long et en large pendant la partie de chasse. "Sûr qu'il lui a monté la tête, et il suffira qu'il voie les deux hommes, que l'un ouvre la bouche et que l'autre le regarde, pour que les choses se retournent contre moi."

L'émir regarda attentivement Ibn al-Rashid :

— Je te sens préoccupé…

Il s'interrompit, éclata de rire et reprit :

— Remets-t'en à Dieu, mon brave… Cinq cents sera toujours la moitié de mille !

Ibn al-Rashid sursauta, comme s'il reprenait conscience de ce qui l'entourait, et, voyant l'émir qui le dévisageait, il se força à sourire :

— Puisque vous le dites, Excellence…

— Méfie-toi, les soucis, ça vous ronge et ça tue.

— Y a que ceux qui ne savent pas qui parlent de broutilles.

— Te voilà bien perturbé !

— Ce sont les gens qui me perturbent…

— Les gens ou l'argent ?

— L'argent ne perturbe pas l'âme, Excellence.

— L'argent, c'est à la fois le remède et la plaie.

Ibn al-Rashid poussa un profond soupir, comme pour se
préparer à ce qu'il allait dire, et, voyant que l'émir souriait en
hochant la tête, il reprit d'une pauvre voix contrite :

— Je voudrais que vous m'écoutiez, Excellence. Quelle
que soit votre décision, je vous obéirai au doigt et à l'œil…

L'émir eut d'abord l'air surpris, et lorsque Ibn al-Rashid
entama son récit, avec une émotion pleine d'appréhension,
il se redressa, rejeta légèrement son torse en arrière, et se mit
à opiner comme s'il se souvenait de ce qu'il avait dit précédemment et des ordres qu'il avait donnés pour que le problème soit réglé à l'amiable et le dossier classé. Mais lorsqu'on
en vint au retour de Hajim et son oncle, aux menaces qu'ils
avaient proférées et à leur arrestation, lorsque l'émir apprit
que l'affaire ne cessait de faire des remous dans le campement des ouvriers et l'enclave américaine, qu'Ibn al-Rashid
ne savait que tenter et que les Américains refusaient de payer
une indemnité, lorsqu'on en fut à ce point du récit, l'émir
s'écria avec un geste exaspéré :

— Je te le disais bien, Ibn al-Rashid, qu'il s'agissait
d'argent…

Puis, après avoir hoché plusieurs fois la tête d'un air
entendu, et d'un ton sarcastique :

— Et la justice dans tout ça ? Toi et les Américains, vous
en avez fait quoi ?

Ibn al-Rashid tenta de nouveau d'expliquer qu'il s'était échiné à réclamer une indemnité pour Mizban, mais que les Américains continuaient de refuser, et que, pour Hajim, il y aurait compensation, mais que les tractations n'avaient pas encore abouti, qu'il avait donné de sa poche une somme d'argent pour prouver ses bonnes intentions et qu'il continuerait de mettre tout en œuvre pour régler le problème au plus tôt. Cependant les Américains ne verseraient d'indemnité que si le calme était parfaitement rétabli et si l'homme qui accompagnait Hajim cessait de menacer et de vitupérer.

Tout en parlant, Ibn al-Rashid se tordait les mains et épiait les réactions de l'émir. Il le scrutait d'un regard anxieux, car les conséquences seraient graves et auraient pour lui bien des répercussions. Si l'émir le jugeait favorablement et se laissait émouvoir, les portes s'ouvriraient et il conserverait son emprise. Mais si son attitude se durcissait, ses soucis n'en finiraient jamais. Il tenta de ruser :

— Si vous le permettez, Excellence, j'irai directement de chez vous au camp des Américains, et je n'en partirai pas avant d'avoir réglé les deux problèmes, celui des portes et des fenêtres, et celui des deux fils Jazi.

— À toi de te tirer l'épine du pied, dit l'émir d'une voix lasse. Demain, nous aviserons…

55

Les efforts déployés n'aboutirent à rien. La compagnie s'obstina à refuser de verser une indemnité, fût-elle symbolique, car la loi c'est la loi, et le règlement c'est le règlement. Elle prétendit que sa responsabilité envers les ouvriers n'avait été évoquée qu'après la mort de Mizban, qu'elle ne se reconnaissait jusquelà ni droits ni devoirs, car l'accord passé avec Ibn al-Rashid stipulait qu'il s'engageait à embaucher à la journée la maind'œuvre nécessaire et qu'il en était de ce fait seul responsable.

L'émir essaya de couper la poire en deux : Ibn al-Rashid en paierait la moitié et la compagnie l'autre ; mais cette initiative échoua à son tour, car Hamilton, qui était venu le voir avec Na'im, ne démordit pas du fait que ce n'était pas la somme d'argent qui était en cause, mais le principe, le côté légal de l'affaire, et que, partant de là, la compagnie ne voulait pas entrer dans les détails. Il ajouta qu'elle paierait cependant pour tout accident futur, mort d'homme, invalidité partielle ou totale, perte ou blessure de toute partie du corps, qu'il s'agît de l'œil, de la jambe, de l'oreille, ou de toute autre blessure, fût-elle minime. Elle verserait une indemnité, une indemnité généreuse même, comme si elle ne faisait aucune différence entre les étrangers et les ouvriers arabes!

De son côté, Ibn al-Rashid voulait à tout prix rejeter le fardeau de l'indemnité sur le dos de la compagnie, "… car,

Excellence, tout mon argent a été englouti par le fer et la pierre, ou a disparu dans le ventre des gens". Aussi, lorsque l'émir lui annonça qu'il en était seul redevable, suite aux objections de la partie adverse, il cria comme si on l'ébouillantait :

— Je n'ai même pas de quoi payer les ouvriers, Excellence! Intercédez auprès des Américains, et s'ils acceptent de m'avancer les salaires d'une année, je paierai!

L'émir, à bout de patience, répliqua :

— Je ne me mêlerai pas de ça. Tu les connais mieux que moi... Arrange-toi tout seul avec eux ou avec le diable!

Il se tourna vers son suppléant et ajouta d'un ton cassant, presque menaçant :

— Finissez-en avec ce sac de nœuds, mes braves!

Ibn al-Rashid tenta sans plus de réserve de l'amadouer, indifférent à la présence du suppléant :

— Les Américains ont dit oui à tout ; les portes et les fenêtres seront comme celles de la compagnie et même mieux...

Il s'interrompit, inspira profondément, miné par l'anxiété, puis reprit :

— Il ne manque que trois ou quatre grandes portes, mais tôt demain matin ils viendront mesurer, et dans quelques jours à peine, elles seront prêtes.

Les traits de l'émir se radoucirent, mais il ne le regarda pas et fit mine de ne pas l'avoir entendu ou de ne rien vouloir ajouter. Ibn al-Rashid lui avait déjà fait ce serment, quoique de manière moins explicite et formelle. Il était allé voir les Américains une première fois, et ils avaient promis, après avoir hoché la tête et s'être interrogés du regard, qu'ils étudieraient sa requête et verraient si les pièces de menuiserie requises étaient disponibles. Aujourd'hui, face au dilemme qui se présentait à lui, il ressortait cet argument pour inciter l'émir à changer d'attitude, ou à revenir au moins sur les conditions qu'on lui imposait.

Le suppléant de l'émir intervint alors et suggéra de trouver l'argent ailleurs qu'auprès de la compagnie, afin de garder avec elle de bonnes et sereines relations :

— Oubliez les Américains… Demandez plutôt à Al-Dabbassi ou à Al-Sayf, ou parlez-en à Ibn al-Sa'ad, il y en aura bien un qui pourra avancer la somme…

— Toi, ne t'en mêle pas! l'interrompit l'émir.

Il jeta un rapide coup d'œil à Ibn al-Rashid et ajouta, à l'adresse de son suppléant :

— Ne t'en fais pas pour lui, il roule sur l'or, il saura très bien où trouver l'argent.

Ibn al-Rashid faillit pleurer pour montrer qu'il en était incapable ; il argua qu'il avait dépensé toutes ses économies, erreur dont il ne se pardonnerait jamais, car les terrains n'avaient aucune valeur, et que pas un fou à Harran n'avait investi comme lui tout ce qu'il possédait dans la terre et le ventre des gens. Il assura que si les choses continuaient ainsi, il serait contraint de fuir, c'était certain, parce qu'il ne pouvait affronter les gueules béantes qui réclamaient son argent jour et nuit.

L'émir commençait à se laisser fléchir :

— À t'entendre, Ibn al-Rashid, on te donnerait trois sous!

— Les gens ne voient pas plus loin que le bout de leur nez et ne s'inquiètent que de ragots, plaida-t-il.

— Eh bien, suis le conseil d'Abou Rashwan, va voir Al-Dabbassi ou Ibn al-Sayf…

— Mais vous les connaissez mieux que moi, Excellence!…

Il se tut un instant, puis reprit, avec une ironie amère :

— Ibn al-Sayf ne pisserait pas sur une main blessée, et Al-Dabbassi n'attend qu'une chose, c'est que je vende mon *abaya* et que je me mette à mendier!

*

Al-Dabbassi attendait en effet l'occasion de frapper un grand coup, qui, sans être fatal, saurait affaiblir et humilier Ibn al-Rashid. Aussi, lorsqu'il apprit la présence de Hajim, il arrêta ses plans.

Il rejoignit l'émir dès le lendemain. La tente était bondée, la plupart des nombreux visiteurs étant là pour le saluer. L'émir semblait détendu, presque guilleret. Heureux qu'on s'inquiète de sa partie de chasse, il signifia d'un geste à Al-Dabbassi de répondre à sa place en lui coulant des regards entendus. Lorsque la foule se dispersa enfin, Al-Dabbassi s'approcha de lui et lui murmura quelques mots à l'oreille. L'émir claironna, en se tournant de tous côtés :

— Je sais… je sais, Abou Salih.

Puis, quand il ne resta plus que son suppléant, il reprit, avec un rien d'hostilité :

— Eh bien, Abou Salih, quelles sont les rumeurs ?

Et en lorgnant son suppléant du coin de l'œil :

— Notre retour est une bénédiction, pour le gibier comme pour les gens !

Le suppléant se rebiffa :

— Pour le gibier, c'est sûr, Excellence, mais pour les gens, je ne sais pas… Ils ont leurs soucis et leurs peines, et sans l'autre importun, ils se porteraient mille fois mieux !

— Les rumeurs ? répéta l'émir d'un ton sans appel.

— Il y en a à revendre, Excellence, mais celle qui l'emporte, c'est l'affaire d'Ibn al-Rashid et de son Bédouin demeuré. Je l'ai entendue hier dès notre retour et aujourd'hui encore, au souk…

Aucun des trois hommes n'avait besoin de détails, car à peine Ibn al-Rashid avait-il quitté l'émir pour aller négocier les finitions de la municipalité et de la résidence au camp des Américains, que son suppléant avait introduit Hajim et son oncle sous la tente. Après les avoir écoutés, l'émir avait tranché :

— Vous aurez gain de cause… mais tenez votre langue !

Il les avait longuement dévisagés, avec une tristesse douloureuse, et avait ajouté calmement, mais d'un ton cassant :

— Vous m'entendez ? C'est bien compris ?

Le vieillard avait hoché la tête, rassuré par l'attitude et les paroles de l'émir.

— Alors, soyez nos hôtes, vous êtes bienvenus ! Et s'il vous prend l'envie d'aller au souk, la porte est grande ouverte.

Le vieil homme avait marmonné quelques mots rapides et confus dont on avait déduit qu'il voulait partir, et l'émir avait interpellé un de ses hommes :

— Conduis-le au souk… et donne-lui un petit quelque chose !

Al-Dabbassi n'avait pas croisé Hajim et son oncle en allant voir l'émir, mais ceux qui les avaient aperçus au souk, près de la mosquée, puis au café d'Abou As'ad, les lui avaient décrits : "Le vieux élude les questions, mais son silence est éloquent et ses yeux lancent des éclairs. Hajim le suit partout, regarde autour de lui d'un œil hagard et incrédule, sourit de temps à autre, gémit comme un animal blessé et fait rire et pitié à la fois."

Al-Dabbassi, ému par ces rumeurs, avait trouvé là l'occasion de porter l'estocade. Il dit à l'émir d'un ton insidieux :

— Si Ibn al-Rashid vous avait écouté, Abou Misfar, rien de tout ça ne serait arrivé…

— L'argent rend fou, Abou Salih, et l'ambition aveugle, rétorqua l'émir à bout de patience.

Al-Dabbassi et le suppléant opinèrent d'un hochement de tête et restèrent cois.

Les jours suivants, Ibn Naffa' prit les choses en main. Dès qu'il aperçut les deux hommes près de la mosquée, le lendemain du retour de l'émir, il laissa exploser sa colère. Une colère spontanée et non sollicitée, car à peine avait-il salué le vieux avec chaleur qu'on l'entendit rugir :

— Cet homme – et il toucha presque de son doigt tendu le visage de Hajim qui souriait, hébété, en regardant alentour –, cet homme ne se plaint de rien. La mort est inéluctable, personne n'en a peur, elle nous est plus proche que notre jugulaire... Le problème de cet homme, ce n'est pas la peur. Non... la peur n'a rien à voir là-dedans. Cet homme est possédé par un éfrit. Les Américains sont venus, et les éfrits avec... Celui qui boit leur eau, celui qui mange leur pain, tôt ou tard, un éfrit l'ensorcelle... et si ce n'est pas clair aujourd'hui, ça le sera demain.

Ibn Naffa' considéra son auditoire pour juger de l'effet de sa harangue, et comme les Harranis restaient silencieux et penauds, il reprit d'une voix plus forte :

— Ibn al-Rashid court d'est en ouest pour racoler nos hommes et les vendre aux Américains ; il livre l'agneau au loup, et pour chaque nouvelle victime, pour chaque tête de bétail, il empoche son dû et les Américains lui disent : "Tu en as d'autres ?" Ibn al-Rashid repart racoler comme un fou, puis il revient et il leur dit : "Voilà !" C'est un enfer... dont ni lui ni eux ne se lassent.

Il poussa un profond soupir, prit Hajim par l'épaule, le secoua vigoureusement, et reprit :

— Mon garçon, ceux qui t'ont fait du mal doivent te soigner !

Il se retourna vers son auditoire et ajouta en montrant Hajim :

— Aujourd'hui, c'est lui, et demain, tout Harran y passera ! Et comme nous le disait Mut'ib : "Je vois les éfrits se glisser sous vos ongles pour posséder vos corps et s'installer dans vos cerveaux !"

L'oncle opinait du chef, bouillonnant d'une rage évidente, l'œil brillant de colère, mais lorsqu'on lui demanda s'il avait vu

Ibn al-Rashid, et comment l'émir et avant lui son suppléant l'avaient reçu, il dévisagea longuement ses interlocuteurs en secouant la tête, muré dans le silence. Les questions fusaient et restaient sans réponse. Ibn Naffa' s'écria de plus belle :

— C'est la faute des Américains ! Ce sont eux, les responsables !

Lorsque quelqu'un proposa, sans qu'on sût s'il s'adressait au vieux ou à Ibn Naffa', d'aller en référer à Ibn al-Rashid, Ibn Naffa' rétorqua, méprisant, en agitant la main :

— C'est qui, Ibn al-Rashid ? Ibn al-Rashid n'est qu'un minable !

Puis, en ricanant :

— Quatre-vingt-dix aiguilles ne font pas une alêne, et Ibn al-Rashid est plus petit qu'une aiguille... L'alêne, c'est les Américains. À partir de demain, ils vont nous faire avaler des aiguilles, et c'est des alênes qu'ils nous tireront de là !

Et il montra son postérieur d'un geste évocateur.

Si ces mots déchaînèrent les rires, leur écho passa comme une tornade d'une oreille à l'autre, ressuscitant les questions et les peurs. Commentaires, murmures et clins d'œil fusèrent, mais le visage du vieil homme resta aussi fermé qu'un roc, comme s'il était insensible à ce qui se passait autour de lui. Et lorsqu'il émergea de son impassibilité et reprit conscience des gens qui l'entouraient, ce fut pour poser son regard sur Hajim en secouant la tête.

Al-Dabbassi, à qui rien n'échappait, qui entendait tout et savait tout – il savait par exemple que l'émir et son suppléant avaient suggéré à Ibn al-Rashid de lui demander de l'aide –, Al-Dabbassi n'était pas pressé. Il disait des mots simples qui semblaient innocents, mais qui ne tardaient pas, en passant de bouche en bouche, à brûler comme un tison. Le soir où on lui raconta ce qui s'était passé près de la mosquée, et où il apprit qu'Ibn Naffa' avait traité Ibn al-Rashid de vulgaire aiguille, il s'écria, au café d'Abou As'ad :

— Seigneur tout-puissant, on ne se refait pas, mes braves!...

Il se tut un long moment, puis reprit, devant un groupe de Harranis :

— Craignez celui qui ne craint pas Dieu...

Il hocha la tête et interpella un homme assis non loin, à voix haute pour que tout le monde l'entende :

— Veille à ce que ces deux-là soient nourris et fais-les dormir en haut...

Chacun sut qu'il parlait de Hajim et son oncle.

Lorsque au bout de trois jours le suppléant de l'émir lui fit demander, par l'intermédiaire de Dahham, d'avancer à Ibn al-Rashid le montant de l'indemnité due aux deux hommes, il répondit :

— J'ai l'argent... Rendez-vous demain après-midi chez l'émir...

Il s'interrompit, sourit, puis ajouta :

— Dis à Ibn al-Rashid de venir aussi... Ici-bas, il n'y a que la vie et la mort.

Bien qu'Al-Dabbassi fût disposé à avancer la somme, Ibn al-Rashid temporisait et remettait à plus tard la transaction, en espérant que la compagnie changerait d'avis. Enfin, il sembla prêt à donner son accord. Mais ce dont on ne s'aperçut que l'après-midi de ce jour-là, c'est que Hajim et son oncle avaient quitté Harran la nuit précédente. Ils n'avaient pas dit qu'ils partaient, et personne ne s'y attendait. On les chercha à la mosquée, au café, au souk, et même dans le campement des ouvriers, mais en vain.

— Ibn al-Rashid nous a mis dans de beaux draps... Que Dieu nous vienne en aide! soupira l'émir en apprenant leur départ.

Il jeta à son suppléant un regard désolé, comme réprobateur, et lorsque Ibn al-Rashid se présenta à lui, anxieux de lui annoncer une nouvelle qu'il savait déjà, il lui lança :

— L'argent élève ou humilie ; quant aux hommes, ils naissent lions ou esclaves.

Un lourd silence s'abattit. Et on sut que le pire était à venir.

56

Avec la fin du printemps, des journées tempérées, et des nuits revigorantes et parfois fraîches, l'été s'abattit, lourd et sans pitié. Les gens, qui le voyaient d'habitude s'installer doucement, annoncé par une hausse progressive des températures et de l'humidité, s'aperçurent cette année-là qu'il attaquait en force, plus vite et plus tôt que précédemment. Des vents puissants soufflèrent, soulevant des tourbillons de sable, et Harran faillit disparaître sous les nuages de poussière et d'immondices que les bourrasques soulevaient au hasard du désert, et éparpillaient sans relâche sur la cité. Les nuits, qui d'ordinaire restaient douces et apaisantes et permettaient d'oublier le feu des journées, furent cette année-là aussi étouffantes et pénibles que celles du plein été. Les vieux disaient : "On n'a pas vu un été pareil depuis des années…" D'autres renchérissaient : "Une telle sécheresse va faire grimper les prix, surtout ceux de l'orge et du blé… Ça va nous rendre la vie dure, les troupeaux vont souffrir et ne survivront pas aux plus grosses chaleurs…" Ibn Naffa' était le seul à avoir une tout autre idée du désastre. Il prétendait que la chaleur ambiante ne venait pas du soleil, mais de la terre et de certains esprits malins, car les éfrits qui s'étaient installés là proliféraient sous leurs pieds, et s'attaqueraient bientôt aux hommes et au bétail, pour régner finalement sur toutes choses, car chaque être vivant était habité par un petit diable noir qui ne cessait de grandir si l'on ne s'avisait de le tuer.

À cette époque de l'année, les Harranis avaient coutume de voir arriver une ou deux caravanes qui leur apportaient messages et dirhams, en plus de leur cargaison de tissus, de sucre et de farine, et ces caravanes leur changeaient la vie. Elles étaient sources de joie et d'excitation, ou de soucis et d'angoisse selon qu'elles donnaient ou non des nouvelles des êtres chers. Or cette année-là ne ressemblait à aucune autre. Personne à Harran n'attendait plus rien de précis ; il y avait tant de caravanes qu'elles ne cessaient de défiler de semaine en semaine, et nouvelles et nouveautés ne venaient plus seulement d'Oujra, mais de bien d'autres horizons, et surtout de la mer. Elles convoyaient des peurs inédites, et tant et tant de voyageurs, jour après jour, que personne ne savait comment ni de quoi ils vivraient.

Au cours des années passées, l'absence de caravanes ou le moindre retard étaient source d'inquiétude, surtout pour les plus âgés. Mais aujourd'hui, leur arrivée et ce qu'elles charriaient de rumeurs, de soucis et de gens donnaient l'impression que Harran n'était plus la ville de personne et que personne n'y possédait plus rien. Les nomades étaient si nombreux et si excités que tout le monde interrogeait, tout le monde répondait, mais sans que personne ne comprenne ni n'entende. Les hommes qui passaient le plus clair de leur temps au souk et se rendaient plusieurs fois par jour au café d'Abou As'ad al-Halwani observaient avec attention les nouveaux bâtiments et épiaient avec un rien de méfiance les derniers venus. Ces hommes-là voyaient tout, entendaient tout, questionnaient et surveillaient, mais ils ne pouvaient expliquer ce qui se passait autour d'eux et ils ignoraient ce que leur réservait l'avenir. Ils en devenaient sombres et silencieux, et si, rentrés chez eux, ils essayaient de raconter à leur épouse des bribes de ce qu'ils avaient vu et entendu, ils se surprenaient à parler dans le vide, car les femmes avaient tant de soucis et de problèmes qu'elles n'écoutaient pas, ne regardaient pas. S'il leur arrivait d'écouter et de regarder, elles ne comprenaient rien à ce que les hommes leur disaient, elles s'étonnaient même de les voir soucieux pour des choses qui les dépassaient et de cette peur qu'ils ressentaient sans raison évidente. S'ils laissaient leur secrète rage exploser ou aboyaient des ordres secs annonçant qu'un désastre imminent menaçait de tout chambouler, de mettre le monde à l'envers et d'anéantir les vivants, les femmes devinaient, sans toutefois se l'expliquer, que leur vie était en train de changer pour le pire et que les hommes étaient terriblement inquiets. Alors, en un rien de temps, avec une grande et secrète habileté, apanage des mères et des femmes expérimentées, les enfants étaient envoyés ailleurs, et chaque épouse déployait, comme elles seules savaient le faire, des trésors de tendresse et de compassion. Elles s'y prenaient si bien que le plus enragé des hommes ne tardait pas à se calmer, à se reprendre, à regretter, et une douce tristesse, presque désespérée, l'emportait sur la colère, comme si face aux aléas du destin on ne pouvait ni se battre ni rien changer.

Ainsi s'écoulèrent les jours qui suivirent la disparition de Hajim et son oncle, une disparition surprenante et brutale. De ceux qui lui attribuèrent leur morosité soudaine et le clamèrent à voix haute, peu se souviendraient plus tard qu'elle en avait été la cause. Ne leur resterait que ce malaise qui ne cesserait de grandir de jour en jour. Même l'émir, qui s'était montré sévère avec Ibn al-Rashid, l'avait vivement chapitré et enrageait chaque fois qu'on lui rappelait le moindre détail en rapport avec l'incident, troqua l'ire pour l'ironie amère et ne parla plus de blâme et de châtiment qu'en passant.

Ibn al-Rashid, qui n'en revenait pas de ce coup de théâtre et à qui il semblait vivre un rêve, en fut transformé. D'abord abasourdi, il se mura dans un silence hagard, qui céda le pas à la peur. Il devint terriblement méfiant et se mit en un rien de temps à douter de tout et de chacun. Il se retournait à tout propos, sursautait au moindre bruit et dévisageait les gens comme s'il les accusait. Il est vrai que ce changement fut progressif et que peu, au début, s'en aperçurent, mais l'angoisse qui se mit à transparaître dans chacun de ses gestes, ses relations difficiles avec les autres et les hésitations qu'il montrait dans tous les domaines, éveillèrent la curiosité.

Et en entendant les clients du Café des Amis s'étonner du silence et de l'air égaré d'Ibn al-Rashid, Ibn Naffa' déclara :

— L'éfrit a commencé à le grignoter...

Il hocha la tête en éclatant de rire, puis ajouta :

— Attendons la suite... Qui vivra verra !

57

Dahham et Al-Dabbassi se rendirent compte mieux que personne de l'état d'Ibn al-Rashid. Dahham parce qu'il avait chaque jour affaire directement à lui, et Al-Dabbassi par recoupements et déductions, ainsi que grâce aux bribes de commentaires, aux rumeurs et aux informations diverses qui lui parvenaient de-ci de-là, sur le comportement et les allégations de l'homme. Tous deux, sans savoir ce que pensait l'autre ni se concerter, décidèrent de le mettre à genoux et de lui faire payer le prix fort.

De longs marchandages et de pénibles négociations avaient obligé Ibn al-Rashid à payer l'indemnité, et comme il ne disposait pas de la somme requise, Al-Dabbassi avait accepté de lui faire un prêt. Mais suite à la brusque disparition de Hajim et de son oncle, Ibn al-Rashid jugea ne plus avoir besoin de cet argent dans l'immédiat.

— La somme est bien au chaud dans ma poche, Excellence… ironisa Al-Dabbassi.

Il s'interrompit, regarda Ibn al-Rashid et reprit :

— Mais si on tarde à la demander, il se pourrait qu'elle n'y soit plus !

Puis, changeant radicalement de ton et s'adressant de nouveau à l'émir :

— Peut-être que le Bédouin est allé chercher de l'aide pour nous soutirer un peu plus d'argent, Excellence…

Et se retournant vers Ibn al-Rashid, du même ton railleur qu'au début :

— Demain, quand il reviendra, ne viens pas me dire : "Allez, prête-moi des sous, Abou Salih…"

Devant de tels arguments, il fut décidé que l'émir garderait l'argent en dépôt jusqu'au retour du Bédouin, ou en attendant de trouver une solution au problème. Ibn al-Rashid ne pouvant réunir cette somme avant longtemps, la suggestion d'Al-Dabbassi s'imposait, et il dit pour clore le débat et passer à autre chose :

— Ibn al-Rashid, Dieu le garde, a mis tous ses sous dans le ventre des gens !

Puis, en gonflant ses poumons, ce qui altéra sa voix :

— Et le ventre des gens, mes braves, c'est comme un puits sans fond, tout ce qu'on y jette y disparaît !

Moins d'une semaine plus tard, Al-Dabbassi annonça au café qu'Ibn al-Rashid avait une dette envers lui et qu'il avait une proposition à lui faire. Il voulait lui troquer sa dette contre le terrain situé à l'ouest de la mosquée, parce qu'il ne valait rien, et que personne ne voudrait jamais l'acheter. Ces mots parvinrent indirectement aux oreilles d'Ibn al-Rashid, mais il se contenta de hocher la tête sans rien dire. Puis, lorsque Al-Dabbassi lui dépêcha un émissaire pour savoir s'il avait besoin du fameux terrain, parce qu'Abou Salih voulait y construire une maison, les collines occidentales étant trop éloignées pour lui, et qu'il était prêt à payer ce qu'il voulait, Ibn al-Rashid eut la certitude qu'il allait perdre, dans un cas comme dans l'autre, mais il ne put se résoudre à dire oui ou non :

— Je ferai tout ce qu'Abou Salih voudra, éluda-t-il.

Puis il soupira et planta son regard dans celui de l'homme :

— On se mettra d'accord quand on se verra.

Al-Dabbassi considéra l'affaire comme entendue, et il n'insista pas ni n'évoqua plus le sujet. Mais, attisées par les peurs et les inquiétudes qui agitaient Ibn al-Rashid, des rumeurs se mirent à circuler au souk et au café d'Abou As'ad. Plusieurs nomades dirent avoir vu Hajim et son oncle à Oujra, non pas seuls, mais accompagnés cette fois de Mut'ib al-Hadhal en personne et d'une troupe de Bédouins armés. Certains prétendirent que Mut'ib serait à Harran dans un ou deux jours, et la nouvelle courut même que parmi les derniers voyageurs, plusieurs étaient des proches de Hajim, et qu'ils venaient se venger.

Ibn al-Rashid avait-il eu vent de ces allégations ? Les lui avait-on rapportées et était-il allé les confirmer ? Nul n'aurait su le dire. Mais Abdou Muhammad, qui était au courant de bien des choses, et se tenait le plus souvent à l'écart au café, éclata de rire en entendant les gens s'interroger ainsi.

— C'est à moi, mes braves, qu'il faut parler d'Ibn al-Rashid ! s'écria-t-il.

Il s'interrompit, comme s'il cherchait à se souvenir de tous les ragots qu'il connaissait, puis reprit :

— Ibn al-Rashid est plus maudit qu'un diable ! Il sait qui a semé la graine et qui a pondu l'œuf !

Les gens s'entre-regardèrent, l'air surpris. Comment pouvait-il tout savoir et de qui l'aurait-il appris ? Comme ils ne trouvaient pas de réponse, ils se dirent que tout ce qu'ils savaient, Ibn al-Rashid devait bien le savoir aussi, et l'avoir appris peut-être avant eux. Mais quand ils surent qu'Ibn al-Rashid n'était pas sorti de chez lui ces derniers jours, qu'il n'était pas parti en voyage, qu'il n'était pas allé au camp des Américains ni chez l'émir alors qu'il n'avait pas quitté Harran, quand les gens surent cela, ils comprirent qu'il y avait du nouveau, et que la rumeur qui laissait entendre que Hajim et ses proches étaient à Oujra, que Mut'ib al-Hadhal était avec eux, et qu'ils arriveraient avec la première caravane, cette rumeur-là était fondée. Voilà pourquoi Ibn al-Rashid était contraint de se cacher, comme il l'avait déjà fait.

Lorsque Ibn al-Rashid réapparut au souk – on ne l'y voyait plus que flanqué de deux ou trois de ses hommes –, il avait beaucoup changé et semblait profondément angoissé : ses mouvements étaient furtifs, ses yeux toujours aux aguets, et il ne cessait de se retourner en tous sens, nerveusement et sans raison. Les bruits soudains, même s'il s'agissait d'un appel anodin ou d'une chute d'objet, l'effrayaient. Un jour, au café où il avait refait surface, un Bédouin laissa échapper un récipient métallique. Ibn al-Rashid sursauta, le visage transfiguré par la peur, et il se mit à regarder de tous côtés. Puis, rassuré, il se laissa tomber comme un sac sur sa chaise, le front emperlé de sueur.

Voyant Ibn al-Rashid dans cet état, les gens furent convaincus qu'une nouvelle étape commençait. Quelque chose prenait forme et grandissait sous leurs yeux qui représenterait bientôt un véritable danger.

Dahham, qui surveillait tout cela d'un œil de loup et ouvrait grand les oreilles, commença aussi à se préparer. Moins de deux ou trois semaines plus tard, les ennuis d'Ibn al-Rashid furent de plus en plus évidents. Dahham les devinait mieux que quiconque. Il le remplaça peu à peu auprès des Américains, en particulier pour ce qui touchait à la construction de la municipalité et de la résidence de l'émir, d'autant que Na'im était furieux de l'insistance qu'Ibn al-Rashid avait mise à demander à la compagnie de payer l'indemnité, et du fait qu'il l'ait menacée de ne plus fournir de main-d'œuvre.

Pour s'affirmer dans son nouveau rôle, et parce qu'il devait rencontrer l'émir de temps à autre, Dahham se débarrassa de son *overall* et de sa casquette, et revint à son costume arabe traditionnel. S'il avait au début provoqué la surprise et les railleries de ses hommes en revêtant l'uniforme pour servir d'exemple, ce retour aux sources et l'*abaya* noire qu'il avait achetée à la hâte en étonnèrent plus d'un. Il dit à Ibn al-Rashid pour clarifier sa position :

— Ta vie m'est plus précieuse que celle de mes parents et de mes frères, Abou Muhammad… Or l'uniforme des Américains est trop étroit pour qu'une fourmi s'y glisse… ou pour y cacher ça!

Et il fit sauter un pistolet dans la paume de sa main ouverte, comme s'il le soupesait ou jouait avec.

Ibn al-Rashid, stupéfait qu'il ait une arme, et ne comprenant ce qu'elle avait à voir avec l'uniforme américain, considéra Dahham d'un air soupçonneux, aussitôt gagné par une vague de terreur. Dahham sourit pour balayer ses doutes :

— Il t'en faut un… sur toi… jour et nuit… Abou Muhammad.

Ibn al-Rashid hocha la tête sans répondre, mais sachant bien quelles étaient les rumeurs, il soupira profondément.

— Sous ces habits-là, j'en cache dix comme ça, reprit Dahham d'un ton assuré.

D'un geste vif et sûr, il coinça l'arme dans sa ceinture et murmura :

— Avec l'*abaya* par-dessus, même Ibliss n'y voit que du feu…

Ibn al-Rashid fit mine de comprendre, et pour se donner du courage et neutraliser les rumeurs qui couraient au café et au souk, il sourit et rétorqua en nasillant :

— Dieu n'a pas encore créé l'homme qui lèvera la main sur Ibn al-Rashid, l'ami!

— Il suffit d'attacher le chacal avec la corde du lion, et tout ira bien, conclut Dahham.

Ainsi Dahham parut-il en tout lieu et à toute heure vêtu comme un cheikh. Les commentaires qu'il s'était attirés d'abord dans le campement des ouvriers, puis à la Harran américaine, refluèrent peu à peu et cessèrent, et les gens s'habituèrent si bien à ses nouveaux atours que personne ne l'imagina plus autrement.

Il changea non seulement de mise, mais aussi d'attitude, dans ses gestes et son rapport à l'autre. Il se mit à marcher aussi vite qu'Ibn al-Rashid quand il était préoccupé et voulait éviter toute discussion. Il ôtait son *abaya* pour mettre la main à l'ouvrage et montrer aux ouvriers le pouvoir dont il jouissait, et à le voir passer les pans de son *thawb* dans sa ceinture, on eût dit au premier coup d'œil Ibn al-Rashid en personne.

Comment avait-il pu changer de la sorte et si vite ?

La première fois que Dahham alla voir l'émir, pour lui proposer de mettre des barreaux aux fenêtres du rez-de-chaussée de la municipalité, celui-ci s'insurgea, en prenant son suppléant, Al-Dabbassi et deux de ses hommes à témoin :

— Ah, mon garçon, tu voudrais donc nous enterrer avant qu'on meure ?

Dahham, embarrassé, ne put proférer un son, et l'émir reprit en riant :

— Dis à tes gars de ne pas pleurer le fer... mais pas chez nous...

Puis, changeant de ton :

— Et dis à Ibn al-Rashid que son absence a assez duré, et que je veux le voir.

Une fois Dahham parti, l'émir s'exclama, stupéfait :

— Eh bien, mes braves, qu'est-ce que c'est que ce boiteux en habit de prince ?

Les quatre hommes éclatèrent de rire en opinant du chef, et l'émir ajouta, avec un geste moqueur :

— Dieu du ciel, voilà qu'il cause ferraille et menuiserie, et de ce qui va et ne va pas !

— Ce boiteux qui vous agace, c'est le bras droit d'Ibn al-Rashid, Excellence… fit remarquer Al-Dabbassi, finaud. Ce dernier ne peut soulever une pierre sans lui demander son avis… et sa permission !

L'émir fit la moue et agita la main.

— Simplet… mais charitable, ajouta Al-Dabbassi.

On revint à Ibn al-Rashid. Al-Dabbassi, qui racontait au café à qui voulait l'entendre que Hajim et son oncle étaient à Oujra avec un groupe armé, et qui savait très bien que c'était la raison pour laquelle Ibn al-Rashid se terrait, Al-Dabbassi assura l'émir que l'homme ne se montrait pas parce qu'il avait de graves soucis, peut-être de santé.

Au campement des ouvriers, le spectre d'Ibn al-Rashid restait omniprésent, jour et nuit. Car ce qui se disait à la Harran arabe, au souk et au café, se propageait rapidement jusqu'à eux. En chemin, de nombreux détails et bien des inexactitudes venaient étoffer la rumeur. Certains prétendaient que depuis l'arrivée de Hajim et son oncle, Ibn al-Rashid se pissait dessus, et ne pouvait donc plus sortir. Ils ajoutaient qu'on ne pouvait plus s'asseoir près de lui au café tant il puait le cadavre, relent de sueur, d'urine et de parfum, qui donnait la migraine. Un des clients avait même supplié Abou As'ad d'une voix claironnante de faire brûler de l'encens.

D'autres soutenaient qu'il se déguisait en mendiant, et deux hommes racontèrent qu'il se barbouillait le visage au noir de fumée. On dit encore qu'on l'avait aperçu au plus noir de la nuit, une casquette vissée sur le keffieh pour passer inaperçu.

Si toutes ces histoires faisaient la part belle à la légende et l'imagination, une chose était certaine, Ibn al-Rashid avait la peur au ventre et elle n'en sortirait que le jour où Mizban sortirait de sa tombe. Quant aux pointes de fer et aux ventouses, elles pouvaient guérir Hajim, mais pas lui, affirmait Ibn Naffa'.

Pour ce qui était du groupe armé venu venger les deux frères, tous les ouvriers pensaient qu'il agirait d'un jour à l'autre, et disaient en baissant la voix qu'ils l'accueilleraient à bras ouverts, Mut'ib avec, qu'ils le cacheraient pour qu'il soit introuvable, et qu'Ibn al-Rashid ne mettrait jamais la main dessus.

Dahham, sur la loyauté duquel ils n'étaient pas tous d'accord, et qu'ils ne considéraient pas du même œil qu'Ibn al-Rashid, ressembla bientôt en tout point à ce dernier, et la première fois qu'il vint au campement dans ses atours de cheikh, Abdallah al-Zamil se frappa dans les mains en s'écriant :

— Mon Dieu, mon Dieu… Un de perdu, dix de retrouvés!

Il partit d'un grand rire, se retourna vers ses compagnons et ajouta, avant que Dahham arrive :

— Méfiez-vous, les gars, c'est comme les ânes d'Ibn al-Ghaytar : celui qui n'a pas d'entraves est encore plus bête que l'autre!

Quand Dahham se planta devant eux et se mit à leur donner des ordres, comme il le faisait souvent, Abdallah al-Zamil chuchota quelque chose à l'oreille de son voisin, et tous deux éclatèrent de rire. Dahham parut contrarié, mais il se détourna vivement et dit d'un ton sévère, en faisant en sorte qu'Ibn al-Zamil l'entende :

— Un homme intelligent ne se laisse pas troubler, ni influencer…

Il s'interrompit, promena le regard sur son auditoire, et ajouta :

— Il faut que vous le sachiez, aujourd'hui ne ressemble ni à hier, ni à demain… vous verrez…

Puis, après avoir longuement évoqué divers sujets, le travail, les baraques, les nouveaux arrivants, Dahham quitta le campement. Les ouvriers demandèrent aussitôt à Abdallah al-Zamil ce qui les avait fait rire, lui et son compagnon.

— Comme l'a dit le cheikh, persifla Abdallah, aujourd'hui ne ressemble ni à hier, ni au jour suivant... vous verrez...

Il secoua plusieurs fois la tête et ajouta avec rancœur :

— L'imbécile s'imagine qu'on ne le connaît pas ! C'est comme l'aveugle qui chie sur la terrasse en se croyant invisible !

Comme les ouvriers insistaient, son compagnon expliqua :

— Abdallah m'a demandé : "Ce cheikh qu'on a là, c'est bien notre ami Dahham, celui qu'on connaît tous ?" À quoi j'ai répondu : "Il a mangé leurs dattes... et le voilà contaminé ! Je te présente Ibn al-Rashid II !"

*

À la même époque, lors d'une de ses rares visites au café, Ibn al-Rashid parut livide, le pas hésitant et le regard fuyant, provoquant des réactions contradictoires, et suscitant autant la pitié que la curiosité. Certains essayèrent d'engager la conversation, mais il sourit et ne prononça que quelques mots décousus.

Si sa venue au café et le fait qu'il s'y attarde un bon moment firent peu de vagues, l'incident suivant retint l'attention générale et resterait longtemps inscrit dans les mémoires. Abou As'ad cria soudain à son jeune serveur :

— Le Bédouin ! Appelle-le !

À ces mots, Ibn al-Rashid se leva comme un fou – et tous les clients avec lui – et se mit à scruter l'horizon du côté où avait couru l'enfant, en faisant de grands gestes et en distribuant quelques ordres brefs. Mais quand le Bédouin fut là, il échangea quelques mots avec Abou As'ad, s'assit par terre, délia une petite bourse, et en tira une pièce de monnaie qu'il lui remit. Ibn al-Rashid le vit faire, comme tout le monde, et chacun se sentit faiblir, à demi mort de honte. Il sortit nerveusement du café, sans quitter un seul instant le Bédouin des yeux.

Lorsque l'écho de l'incident parvint au campement des ouvriers et aux oreilles d'Abdallah al-Zamil, il demanda qu'on lui décrive par le menu les paroles et les gestes d'Abou As'ad, puis il hocha la tête à plusieurs reprises et sourit, sans que nul ne comprît pourquoi.

58

L'été n'en finissait plus ; on ne se souvenait pas d'en avoir vu de pire. Les jours grandissaient, les nuits raccourcissaient, et le feu du soleil se faisait toujours plus ardent. On était certain que cet été-là anéantirait bêtes et gens et aurait leur peau avant l'automne. Ibn Naffa' ne cessait d'annoncer, avec une joie presque maligne, que les éfrits allaient bondir entre leurs jambes comme des rats, et que l'enfer qui bouillonnait sous terre allait bientôt jaillir et tout réduire en cendres. Les Harranis, oppressés par la chaleur et l'humidité, ainsi que par les prédictions d'Ibn Naffa', en perdaient l'appétit, sombraient, distraits, dans la torpeur et l'oubli, ne se souvenaient que du moment présent, et ne voyaient plus que ce qui se passait sous leurs yeux.

Harran, transformée et en effervescence depuis l'arrivée des Américains, s'entendait à occuper les gens et à les faire courir comme des chiens, sans but et sans raison, et la population tout entière devint la proie d'un vague à l'âme que nul n'avait jamais pensé connaître. Pourtant Harran ne cessait de s'étonner elle-même, autant qu'elle étonnait les immigrés installés là depuis à peine quelques mois.

Dans les souks, où pullulaient ceux que les dernières caravanes avaient amenés, ou qu'avaient rejetés les derniers bateaux, il ne se passait pas un jour sans incident mineur ou majeur, sans querelles et marchandages, ou sans interminables tractations commerciales. De méchantes boutiques en planches, des masures en pisé, fleurissaient sans qu'on sache quand ni par qui elles avaient été construites, ni à quoi elles serviraient. À la mosquée, où on cherchait refuge en Dieu, on ne cessait ni de prier ni de se plaindre. Aux prières et supplications se mêlaient ragots et nouvelles ; on secouait la tête, on haussait les épaules, et on espérait des jours meilleurs.

Le campement des ouvriers, qui avait connu en hiver et aux premiers mois du printemps une paix béate, était devenu un invivable enfer. Les Américains, qui semblaient pourtant habitués au pire, tout comme les hommes de l'émir et ceux du bureau du personnel, espacèrent leurs visites, puis cessèrent tout de bon de s'y rendre dès le mois de juin. Leur poigne se relâcha, et on ne sut s'ils retrouveraient un jour leur autorité ou s'ils l'avaient perdue à jamais. Lorsqu'ils partirent en vacances, en juillet et en août pour la plupart, ils se livrèrent dans les jours précédant leur départ à des caprices et des transports de joie enfantins.

Les baraques, que l'on s'arrachait l'été précédent parce qu'elles protégeaient de la morsure directe du soleil, étaient si brûlantes qu'on ne pouvait y rester plus de quelques minutes, le temps d'en extraire ce dont on avait besoin. Elles ne servaient plus que d'entrepôts pour les vêtements, les chaussures, les outils de travail, et certaines provisions. Toutes ces odeurs se mêlaient, dans la chaleur torride et l'humidité ambiantes, de sorte qu'aucun être humain ne pouvait s'y attarder. Si certains ouvriers se risquaient à écarter les sacs et les objets qui jonchaient le long corridor central pour y faire la sieste, fuir le feu du soleil, et éviter de chercher l'ombre rare entre les tentes ou sous les étroits auvents, s'ils se risquaient à s'écrouler sur le ciment des baraques, ils ressortaient bientôt, le visage livide, trempés de sueur, affolés et à bout de nerfs, car ils avaient senti une vipère les frôler, un petit scorpion jaune était sorti de sous un lit pour les piquer, ou, s'ils avaient échappé à ces fléaux, le dard d'un insecte inconnu les avait fait enfler et se gratter partout. De gros rats noirs se réfugiaient là tout au long du jour, et la nuit venue, ils trottinaient et s'égaillaient dans tous les coins, entre les tentes, près des bidons d'eau, et souvent même dans les cabinets. Ils se sauvaient en quelques bonds rapides et agiles, s'arrêtaient pour se retourner quelques mètres plus loin et lorgner ceux qui les avaient effrayés, et bien des ouvriers juraient qu'ils les avaient entendus rire, et que ce rire ressemblait à celui d'un enfant !

Les Américains devinaient, par on ne sait quelle intuition, que s'il était possible de maîtriser et dominer les ouvriers quand les températures étaient clémentes, ils se transformaient en été en bêtes sauvages, et leur férocité croissait au même rythme que la chaleur. Il fallait donc au pire les ménager, au mieux s'en éloigner, comme le requin qui, en présence de sang, devient si excité qu'il est quasiment impossible de le harponner.

L'été précédent, les baraques avaient subi les assauts répétés de leurs occupants, assauts qui avaient ébahi les Américains et dont ils s'étaient gaussés. Mais cet été-là, ni eux ni le bureau du personnel ne s'opposèrent à ce que les ouvriers sortent leurs biens et leurs paillasses à l'extérieur, dès le début du printemps. En mai, lorsque la température grimpa, les ouvriers réclamèrent des tentes et on leur en promit, sans discuter. Mais cela prit un certain temps et tout fut alors prétexte à menaces et à contestations.

Cette année-là, les Américains furent plus nombreux à partir qu'à rester. Ils fuirent par vagues successives. Au plus chaud de l'été, les ouvriers sentirent que ceux qui étaient restés étaient différents de ceux qui étaient partis, et n'étaient d'ailleurs plus eux-mêmes. L'amabilité de ceux qui s'en allaient, surtout les derniers jours, la joie qui illuminait leurs traits au moment des préparatifs ou du départ, quand enfin ils serreraient vigoureusement et avec chaleur la main de leurs compagnons, tout cela rendait ceux qui restaient plus agressifs et hostiles. Et lorsque les ouvriers furent assignés à d'autres tâches, pour pallier les absences et la fermeture de certains chantiers, tout sembla désorganisé et temporaire, comme au tout début.

Les hommes avaient beau soigner leur travail, le moindre de leur geste, aussi précautionneux fût-il, s'attirait les brimades et les cris de ces chefs qui hurlaient d'heure en heure de plus en plus fort. Ils couraient parfois avec colère, en aboyant par-ci par-là des phrases obscures dont on devinait aisément le sens! Les ouvriers se demandaient, l'œil étonné, ce qu'ils devaient faire pour les satisfaire, répondaient aux injures par des injures plus âpres encore, assorties de regards rageurs et menaçants. Mais rien n'y faisait, rien n'était fait comme le voulaient ces rustres d'étrangers.

Au fil des heures, l'atmosphère se tendait et les relations devenaient plus acrimonieuses. L'après-midi venu, lorsque les ouvriers rentraient chez eux, on avait atteint un point de non-retour. Les contremaîtres, pleins d'entrain le matin, couraient plus vite que leur tâche ne le requérait, et semblaient plus nerveux que ceux qui travaillaient. Leur voix était rauque, leur regard fuyant, et la moindre question, le moindre geste, les exaspéraient au plus haut point. Les chefs américains, frais comme des coqs à l'aube quand ils galopaient de droite et de gauche, ne tardaient pas à se fatiguer. Leurs mouvements ralentissaient, leur enthousiasme déclinait, leur langue, qui n'avait cessé de proférer cris et jurons, pendait lamentablement en fin de journée, comme celles de chiens assoiffés, ou se repliait dans leur bouche comme s'ils l'avaient avalée. Ils ne répondaient plus aux questions de leurs subalternes que du regard, ou d'un geste mou de la main, et semblaient vouloir précipiter les heures et ne vivre que pour la pause.

Leur tâche accomplie, les hommes se scindaient en deux groupes, comme deux ruisseaux à flanc de colline, un grand et un petit. Les Américains regagnaient leur enclave, les ouvriers arabes leur campement. Les premiers plongeaient dans leurs piscines, et l'écho de leurs ébats parvenait jusqu'aux baraques les plus proches des barbelés. Puis le silence retombait, et les ouvriers supposaient qu'ils s'étaient retirés dans leurs pièces climatisées, derrière les rideaux qui les protégeaient de tout, du soleil, de la poussière, des mouches, et des Arabes.

Eux, quand ils rentraient, d'autres soucis, d'autres fatigues, les attendaient : préparer le repas, laver leurs vêtements, nettoyer les tentes, chercher de l'eau… Certains devaient aller au souk acheter du pain, des conserves, et ce qui restait de viande, les meilleurs morceaux ayant été vendus dans la matinée.

La moindre tâche, à tout instant, devenait source de problèmes et de conflits interminables. Bien que beaucoup se soient mis d'accord dès le début de semaine pour se répartir les corvées, il fallait toujours argumenter encore et renégocier. S'ils se lassaient, exaspérés par ces palabres mille fois répétées, ils accomplissaient leur besogne en silence, chacun pour soi, avec une immense rancœur.

Ces scènes se répétaient inexorablement, même décor, mêmes acteurs, presque chaque jour. La nuit tombée, une sorte de torpeur, comme une fausse ivresse, s'infiltrait dans les corps, absorbait peu à peu la fatigue, et, avec la fin du repas et la première cigarette, les hommes se sentaient revivre, leur humeur et leurs gestes changeaient, et même leur voix retrouvait le timbre amical que justifiait la parenté qui les liait. S'ils se mettaient à bavarder, c'était d'abord pour échanger des plaisanteries ou relater les incidents du jour passé. Et si l'on évoquait les chefs ou les contremaîtres, on se retournait en tous sens pour s'assurer qu'aucun de leurs sbires ne se trouvait là, puis les commentaires fusaient, émaillés de quolibets et de références intelligibles aux seuls initiés.

Les ouvriers ne connaissaient pas le vrai nom de Hamilton. Ils l'appelaient "Abou Lahab*". Ce surnom s'était propagé dans toute la Harran arabe et même Hamilton était au courant. James, le responsable du drainage du port, était surnommé "le Crabe", et le chef de l'enclave américaine, "le Tordu", parce qu'il se plantait souvent à l'entrée du camp pour étudier les empreintes et les traces de pas de ceux qui allaient et venaient, comme s'il voulait y trouver quelque indice.

Mais les surnoms n'étaient pas réservés aux seuls Américains. Le suppléant de l'émir était "le Tonneau", même si les ouvriers ne le nommaient ainsi qu'avec prudence et à mivoix. Il devait ce sobriquet à son embonpoint, mais aussi au fait qu'il obligeait les hommes à remplir d'eau les bidons du chantier de la résidence de l'émir avant de rentrer chez eux. Quant à Salih al-Dabbassi, on le surnommait "la Lopette", peut-être parce que sa voix montait de plusieurs tons quand il parlait, ou qu'elle s'alanguissait sur certaines lettres et certains mots.

En soirée, les conversations étaient piquetées d'humour et d'ambiguïté, mais si elles se prolongeaient jusqu'au lever de lune ou des premières étoiles, elles revenaient à d'autres lieux et au passé. Un passé, ils en avaient tous un, mais peu savaient l'évoquer avec art. Ceux-là étaient les piliers et les chantres du campement, et c'était autour d'eux qu'on se réunissait pour palabrer. Tout nouveau récit, toute évocation d'une piste autrefois parcourue, tout souvenir, happait

---

* Abd al-'Ouzza Ibn Abd al-Moutallib Ibn Hisham al-Qourayshi, dit Abou Lahab, un des oncles paternels de Muhammad, farouche opposant au prophète de l'islam.

les cœurs et les esprits des ouvriers, et il leur semblait qu'ici ils tournaient en rond et se fatiguaient pour rien. Lourds de tristesse et de regrets, ils se sentaient seuls et oubliés de tous. Alors immanquablement, un chant s'élevait et les emportait vers des contrées lointaines, vers les souvenirs et les rêves. La peine appelait la peine, et le chant d'abord timide et doux devenait peu à peu une ode poignante aux vicissitudes de la vie et au pourquoi de l'existence. Seul un petit nombre de ces hommes avaient un tel talent, et on ne pouvait les contraindre à chanter. Car l'âme du griot devait s'embraser, s'évader, puis sa voix jaillir et atteindre ce point de non-retour où elle dominait toutes les autres et emplissait les ténèbres. Il disait alors des choses que lui-même n'avait jamais envisagé de dire, car la douleur qui lui fouaillait le cœur comme une lame d'acier lui ravissait son libre arbitre et sa conscience.

Ainsi s'écoulaient les nuits de Harran. Mais Harran, qui chaque jour se transformait, chaque jour se renouvelait, ne laissait nulle nuit ressembler à une autre ; il s'y passait toujours quelque chose d'inédit.

59

Rien à Harran n'attendait, ne restait stable et inchangé, choses ou gens ; la nature elle-même – l'eau, l'air – évoluait et se transformait. On s'était longuement inquiété de Hajim, on s'était attristé, on avait guetté, patienté, on s'était demandé ce qui arriverait quand il était brusquement reparti, mais la vie, dans son flux ininterrompu, n'avait pas tardé à amener l'oubli. Si on s'en souvenait parfois, au détour d'une soirée, d'autres images resurgissaient avec force, effaçaient les souvenirs, éblouissaient et accaparaient les cœurs.

Avant Hajim, Abdou Muhammad avait un temps subjugué les esprits, puis il s'était retiré dans son fournil, et personne n'en parlait ni ne l'évoquait plus que comme un vieux souvenir enraciné dans le passé.

Même Ibn al-Rashid, dont les discours et les va-et-vient avaient longtemps intrigué les Harranis, et dont on ressentait l'emprise, qu'il fût présent ou non, lui qui bondissait comme un chat d'un endroit à l'autre, cultivait la terre, surveillait les chantiers, charriait le bois et le fer, et amassait mille choses improbables, Ibn al-Rashid lui-même, après tout ce qui s'était passé, tout ce qu'il avait promis et que les gens attendaient, sombra bientôt dans l'oubli, ou du moins n'y pensa-t-on plus autant qu'avant. L'isolement qu'il s'était imposé et le malaise qui l'avait obligé à rester des jours durant sans voir quiconque ni être vu, cette absence l'avait effacé des mémoires, et seules ses rares apparitions au café d'Abou As'ad, certains soirs, ou ses promenades sur la plage avec deux ou trois de ses hommes le rappelaient au souvenir des gens. Il changea beaucoup à cette époque. Sa démarche énergique se fit lourde et précautionneuse ; son corps replet et puissant se flétrit et maigrit, et sans ce regard vif et soupçonneux qui le caractérisait depuis toujours, ses plus proches amis ne l'auraient pas reconnu.

Les navires débarquaient des hommes chaque jour plus nombreux. La masse des marchandises grandissait, elles étaient livrées de plus en plus vite et pour la plupart au camp des Américains. Des immeubles surgissaient ici et là, toujours plus haut. D'innombrables échoppes se pressaient les unes contre les autres, les gens couraient, criaient, s'interpellaient, la mémoire des hommes était sans cesse reprogrammée, et comme nul ne savait ce que demain lui réservait, l'angoisse et l'inquiétude les tenaillaient.

La Harran arabe, qui s'était retranchée au loin pour fuir ce qu'on voulait lui imposer, ne résista pas longtemps. Les masures en pisé, adossées pêle-mêle les unes aux autres, obstruaient les rues ou dessinaient en louvoyant des ruelles tortueuses. Elles étaient saturées, et leurs habitants ne pouvaient, ni ne voulaient, y vivre comme avant. De nouvelles constructions hétéroclites bourgeonnèrent un peu partout, comme des furoncles sur un bras, ou des reprises sur un vieux vêtement trop lâche. De trois modestes échoppes, le souk s'était transformé en une chose étonnante. De nouvelles boutiques surgissaient chaque jour, des boutiques de toutes sortes et de toutes tailles : vastes magasins cossus, ou simples baraques de planches qui ressemblaient à de grandes caisses clouées en trois coups de marteau, et dont Dahham se réservait le monopole. Il ramenait des containers de l'enclave américaine, et quiconque voulait faire commerce pouvait réunir quelques marchandises et avoir aussitôt pignon sur rue, à condition de partager les bénéfices avec lui. Ces échoppes, qui répondaient aux besoins de bien des Harranis, se multiplièrent au souk principal, près de la mosquée, ou près du campement des ouvriers, et elles surgirent également en grand nombre dans la Harran arabe, sur la colline occidentale.

Aux côtés de ces échoppes proliférèrent des logis du même acabit, peut-être un peu plus spacieux, avec les améliorations que chacun y apportait selon ses propres critères esthétiques et ses besoins. Ils surgirent ici et là, sur la plage, entre les magasins, sur les collines, bref, partout où il y avait un espace assez grand pour qu'ils s'y implantent, et personne ne s'y opposa sérieusement.

Outre ces boutiques et ces bicoques apparut un autre type de construction, des maisons de pierres grises, presque noires, soigneusement taillées et assemblées. La première et la plus grande fut celle d'Abdallah al-Sa'ad, suivie par celle d'Al-Dabbassi, à l'ouest de la mosquée, sur le terrain vague qu'Ibn al-Rashid avait consenti à lui vendre, avec l'accord de l'émir. Al-Salami et Al-Marzouq, parmi d'autres, n'hésitèrent pas à les imiter, même si leurs chantiers s'avérèrent plus modestes.

La municipalité et la résidence de l'émir furent achevées à la fin de l'été et au début de l'automne, mais l'émir continua de leur préférer les tentes, qu'il avait fait déplacer et dresser au centre d'un vaste terrain ceint de barbelés, englobant les deux imposants bâtiments. À tous ceux qui s'en étaient étonnés et l'avaient interrogé, il avait donné pour excuse l'odeur de peinture qui lui donnait la migraine et lui brouillait la vue, et le fait qu'il valait mieux dormir à l'air libre qu'enfermé dans ces caveaux.

Tout comme Abdallah al-Sa'ad et Muhammad al-Sayf étaient venus s'installer à Harran, deux hommes y débarquèrent à cette époque, qui aiguisèrent la curiosité des foules.

Le premier, Mouhi Eddine al-Naqib, arriva de Basra avec Ibrahim al-Sa'ad, au grand étonnement d'Abdallah lui-même, car il était *shahbandar* des marchands de Basra, titre qu'on lui avait attribué du fait de l'ampleur et de l'influence de son entreprise et parce qu'il commerçait avec l'Inde, la région du Sind et la ville de Manchester. Il vint à Harran pour se faire une idée de la cité, et décida d'y rester. Le second était Hassan Rida'i, et sa venue, qui suscita l'intérêt général, fut également marquée par un accueil chaleureux. Il arriva par bateau, et si son navire n'était pas aussi grand que ceux des Américains, il était bien plus imposant que les pauvres barcasses qui charriaient des dizaines de voyageurs égarés. Il débarqua en grande pompe et munificence, et bien qu'inconnu à Harran il alla voir l'émir dès son arrivée, et la conversation alla bon train sur des sujets variés. Pour justifier sa présence, il dit explorer la région et n'avoir aucune objection à participer d'une manière ou d'une autre au développement de la cité, aujourd'hui ou tout autre jour. Il offrit à l'émir une longue-vue que ce dernier hésita d'abord à accepter, mais qui le ravit au plus haut point dès qu'il y colla son œil et se mit à regarder tous azimuts, en pointant du doigt et en riant de bonheur et d'étonnement.

Hassan Rida'i ne resta que trois jours à Harran, car ses affaires et ses rendez-vous ne lui permettaient pas de s'absenter plus longtemps, malgré son désir de s'attarder, et le plaisir et l'honneur qu'il avait eus à faire la connaissance de Son Éminence. L'émir lui offrit de s'installer à la municipalité, mais il refusa fort poliment, en disant qu'il passerait le plus clair de son temps auprès de Son Éminence, mais qu'il devait dormir sur son bateau à cause du lit spécial que lui imposait sa condition. Il ajouta pour convaincre l'émir que grâce à leurs longues-vues, ils pourraient poursuivre de loin de longues et palpitantes conversations, comme le faisaient les capitaines de navire, et l'assura que cette façon de dialoguer le séduirait, et qu'il en maîtriserait aisément toutes les subtilités.

On glosa beaucoup sur ce personnage dont personne ne savait d'où il venait, ni comment il avait si facilement séduit l'émir, l'avait entretenu de mille sujets, et continuait parfois de converser avec lui à distance, après l'avoir quitté.

Lorsque Ibn Naffa' entendit parler de cette longue-vue qui permettait de voir de la plage un épi de blé au-delà de la colline orientale, et les étoiles la nuit comme de grosses lanternes accrochées au-dessus de leurs têtes, lorsqu'il entendit cela, il s'écria avec colère :

— C'est la fin du monde ! Voilà qu'on ne craint plus le Livre, ni le Jugement dernier, ni le Seigneur !

Comme on lui demandait de s'expliquer, il secoua la tête avec une tristesse quasi désespérée et répondit :

— Depuis qu'ils sont là, les Américains ne nous amènent que des éfrits et des problèmes, et nul ne sait de quoi demain sera fait…

Il se tut un instant, puis ajouta d'une voix tremblante d'émotion :

— Ô Seigneur, Souverain du ciel et de la terre, Dieu tout-puissant et miséricordieux, faites que je meure dans la foi de mes pères et aïeux, celle de notre prophète Muhammad, et garde-moi de sombrer dans le péché comme y a sombré ma tribu ! Entends-moi, Seigneur, et exauce mes prières !

Au beau milieu de ces supplications, le cri d'un homme retentit :

— Laissez tomber le vieux, le bateau est là !

— Quel bateau ?

— Le même que celui d'avant… Rappelez-vous !

Dès qu'il sut qu'un navire de houris était en rade, Abdou Muhammad devint comme fou et voulut abandonner son pain, quitter le fournil, sa propre peau et Harran tout entière. Il lui sembla avoir plus de pâte que jamais, plus de galettes qu'il n'en avait jamais compté, que le feu le narguait et ne lui obéissait plus, sinon pourquoi le pain ne dorait-il pas, pourquoi la pâte ne levait-elle pas ? Ce bateau, là-bas, l'attendrait-il ? Pourquoi rester ici à griller dans cet enfer, alors que les autres, là-bas, étaient tranquillement assis sur la plage, les pieds dans l'eau et l'œil aux aguets, tout occupés à observer les épiques trajets des fameux canots qui débarquaient toutes ces beautés, et à suivre du regard le délicieux et périlleux cheminement qui les menait jusqu'au rivage, là où ces mouettes s'envolaient pour se poser un peu plus loin dans de stridents éclats de rire, en sifflant comme des rossignols, et qu'apparaissaient ces corps blancs… si blancs… blancs et tendres, si proches et si appétissants, qui se bousculaient comme des gazelles au trou d'eau, cernés de près par une multitude de mains et d'yeux… mon Dieu ! Comment tout cela pouvait-il se produire alors que lui était si loin… si loin ? Pourquoi les gens n'auraient-ils pas leur pain plus tard pour une fois, pour qu'Abdou puisse être là-bas, comme les autres ? Et même, s'ils ne mangeaient pas ce jour-là, est-ce que cela changerait quelque chose ici-bas ?

Tout le monde se liguait contre Abdou Muhammad. C'était un fait certain dont il était parfaitement conscient. Il nourrissait les gens, leur livrait leur pain quotidien, s'efforçait de faire les plus belles galettes et les mieux levées, mais pas un, non, pas un ne le regardait, ne le plaignait, pas un ne devinait le feu qui brûlait en son cœur, surtout maintenant qu'il avait appris l'arrivée du bateau. Pourquoi ne venaient-ils pas, là, tout de suite, chercher leur pain ? Où étaient-ils tous, et pourquoi l'abandonnait-on ainsi ?

Lorsqu'il sortit les galettes, une à une, et s'aperçut qu'elles étaient toutes brûlées, il considéra les trois ou quatre qui restaient en se disant : "De toute façon, j'étais grillé avant elles !"

Et, incapable de continuer, il courut à la plage, à l'endroit où il s'était posté l'année passée.

Il avança tout près, se rapprocha le plus possible, à frôler du visage les barbelés, mais de là il ne voyait qu'un bateau blanc au loin. Il ne distinguait même pas les couleurs du drapeau qui flottait. Il argumenta longtemps avec Joum'a, et prétendit que les Américains l'avaient fait appeler, mais Joum'a ne l'écouta pas et ne répondit pas, comme s'il n'avait jamais mangé le pain d'Abdou. Il s'éloigna du portail, chercha partout une brèche pour franchir les fils de fer et se rapprocher, mais en vain. Il aperçut quelques gamins et voulut savoir si on l'avait demandé. Ils éludèrent en ricanant. Et lorsqu'il les vit contourner par la mer l'enclave américaine en poussant de grands cris joyeux, il regretta vivement de ne pas savoir nager.

Il pensa à la fameuse longue-vue, ce cadeau qu'avait reçu l'émir. On disait que ce dernier passait le plus clair de son temps allongé sur le ventre, l'œil collé à l'instrument. Abdou aurait voulu mettre la main dessus, l'espace d'un instant, et entrevoir peut-être sa dulcinée. Un seul regard lui aurait suffi pour toute une année. Il l'aurait alors vue qui le cherchait partout, sans aucun doute, et qui dévisageait tous ceux qu'elle apercevait...

Ce jour-là, au coucher du soleil, la rumeur courut qu'Abdou s'était noyé. Sûr qu'on l'avait vu sur la plage, mais après, il avait disparu. Le fournil était resté fermé toute la soirée. Les coups frappés à sa porte étaient restés vains, même ceux de ses amis qui savaient pourtant à quel moment il répondait, et les mots qu'il fallait lui dire pour le tirer de son antre au plus noir de sa solitude. Ils en avaient déduit qu'Abdou n'était pas là, mais ils avaient remis l'affaire au lendemain, parce que la nuit portait conseil, l'homme avait refait une de ses crises habituelles, et ne voulait sans doute voir personne.

Ce même soir, le fournil d'Abdallah al-Abyad tourna comme jamais ; les galettes passaient d'une main à l'autre, au même rythme que d'une oreille à l'autre se propageait l'écho de la noyade d'Abdou.

Mais rien à Harran n'attendait ni ne perdurait, et à la nuit finissante, une heure avant l'aube, ceux qui quittèrent le café d'Abou As'ad pour aller sur la plage, non loin de là, y découvrirent Abdou. Il fredonnait une chanson triste, en pleurant de temps à autre à gros sanglots bruyants.

Les jours suivants, Abdou maigrit, blêmit, et ses mains se mirent à trembler si fort qu'il ne pouvait plus enfourner ou sortir son pain. Il ne parlait à personne, ne levait les yeux sur personne.

Mais plus tard, une autre rumeur fusa, persistante, qu'Abdou – qui ne savait pas nager et ne s'était jamais mouillé – s'était jeté dans la mer et avait battu des pieds et des mains jusqu'au bateau ancré au loin. Il y avait grimpé grâce à une corde que lui avait jetée sa belle, et y avait passé de longues heures bien remplies. Au retour, il nageait sur le dos en maintenant hors de l'eau et à bout de bras la photo d'une femme. Et les quelques clients attardés au café qui la virent racontèrent qu'elle était sèche et brillante, sans une éclaboussure, et qu'Abdou l'embrassait en pleurant !

60

Au cœur de l'été, le bruit courut que Dahham était allé à
Oujra régler le problème de Hajim, et que la somme dépo-
sée chez l'émir avait été perçue, Ibn al-Rashid ayant fait des
pieds et des mains pour retrouver le garçon et son oncle et
leur régler leur dû, en clamant que si cette somme ne suffisait pas à les satisfaire, il était prêt à l'augmenter. L'attitude
d'Ibn al-Rashid vint confirmer la rumeur, car il réapparut soudain en public, et lui qui n'avait rien d'un bigot et
n'allait prier que si on l'y obligeait se mit à fréquenter la
mosquée. On dit l'y avoir vu, confit en dévotion et tremblant de piété, marmonner avec ferveur, l'œil mi-clos, de
longues oraisons, comportement singulier à Harran, où
les autochtones et les Bédouins des régions avoisinantes
considéraient tout excès de zèle religieux d'un œil incrédule et méfiant.

Ce qui ajouta de l'eau au moulin fut qu'Ibn al-Rashid
recouvra peu à peu la santé, et se mit à passer de longues
heures au café ou sur la plage à se promener. Il est vrai qu'il
ne reprit aucune de ses activités, mais on incrimina sa rela-
tive faiblesse, et on jugea qu'il serait bientôt de nouveau
lui-même. Et bien qu'il gardât sa réserve habituelle et ne se
montrât guère enclin à bavarder, il se remit à saluer les gens
et à leur poser quelques brèves questions. Deux ou trois de

ses hommes l'accompagnaient en permanence, et c'était avec eux qu'il s'asseyait et s'entretenait le plus souvent.

Mais en entendant dire qu'Ibn al-Rashid avait passé plus d'une heure au café et semblait plein d'entrain, Al-Dabbassi s'exclama avec une tristesse affectée :

— L'énergie du désespoir, mes amis…

Et, peu après, comme à part soi :

— Il se fait des illusions… Il s'imagine qu'en apprivoisant sa peur, il s'en protège !

Il fit une pause et reprit :

— Il a de gros problèmes, l'Ibn al-Rashid ! Et avec qui ? Avec Ibn al-Hadhal et les deux Bédouins. Ces trois-là peuvent mettre quarante ans à lui demander des comptes et prétendre encore avoir fait vite !

Pour s'assurer de la guérison de son rival, Al-Dabbassi envoya son fils Salih lui rendre visite et l'inviter à ses noces avec la sœur de Muhammad al-Sayf. Mais les impressions que le garçon en eut se révélèrent extrêmement confuses. Il disait d'une part que l'homme était redevenu lui-même, mais de l'autre qu'il avait une drôle de lueur dans le regard ; et ce qui était sûr, c'est qu'il ne voulait toujours pas parler ! Al-Dabbassi voulut alors se rendre compte par lui-même, et il donna rendez-vous à Ibn al-Rashid au café.

— C'est lui qui a choisi l'endroit, argua-t-il plus tard pour s'innocenter. Je lui ai fait dire : "J'aimerais te voir, Abou Muhammad", et il a répondu : "Ce soir, au café." On s'y est retrouvés, et la suite on la connaît.

À peine étaient-ils réunis qu'Ibn al-Rashid ordonnait assez cavalièrement aux autres clients de s'éloigner, et jovial, se levait, se plantait fermement devant Al-Dabbassi, et lui lançait :

— Tu vois, Abou Salih, je suis en pleine forme… plus fringant qu'un pur-sang !

— Un pur-sang n'est rien sans une ou deux juments, Abou Muhammad! répliqua Al-Dabbassi en riant aux éclats.

Ibn al-Rashid, piqué au vif, répondit :

— Ça viendra, Abou Salih…

Il fit une pause, puis murmura en regardant de tous côtés :

— Quand on en aura fini, mon ami.

Et sans attendre qu'Al-Dabbassi l'interroge, il lui expliqua qu'un groupe armé voulait sa peau, mené par Mut'ib al-Hadhal en personne, qu'on l'épiait nuit et jour, mais qu'il était bien préparé et ne leur laisserait pas l'occasion d'attaquer. Sans hésiter, il tira avec excitation un pistolet passé à sa ceinture et ajouta :

— Avec ça, je les abattrai l'un après l'autre avant même qu'ils dégainent!

Al-Dabbassi, que surprenaient tant d'énergie et de hardiesse, sourit, feignit le calme et répondit :

— Remets-t'en à Dieu, Abou Muhammad… L'affaire est simple et ne mérite pas qu'on en vienne aux armes.

— Qu'elle le mérite ou non, on en est là. Mais avant de mourir, j'en tuerai des dizaines.

— J'ai entendu dire qu'ils étaient satisfaits… qu'ils avaient pris l'argent et plus ouvert la bouche, fit sournoisement Al-Dabbassi.

— Ils l'étaient… mais les hommes… ah! les hommes, Abou Salih… Ils sont ce qu'ils sont… surtout celui qui n'oublie rien… l'increvable Mut'ib…

Il s'interrompit, soupira douloureusement, et poursuivit :

— Tout le monde a son mot à dire… Ibn al-Rashid par-ci, Ibn al-Rashid par-là… et tous les braves ont leur petite idée… mais ils changent d'avis d'un jour à l'autre!

Il se tut de nouveau, essuya la sueur qui coulait de son front et, sur un autre ton :

— C'est soit l'argent, soit ça. Celui qui ne veut pas de l'un tâtera de l'autre!

Et il brandit d'une main sûre son pistolet, en regardant plus d'une fois alentour.

Au même moment, un gamin déboula dans le café en s'égosillant :

— Le Bédouin! Le Bédouin!

Des coups de feu claquèrent soudain. Dans un parfait chaos, des cris s'élevèrent, mêlés à l'odeur de la poudre. Or, à peine le tumulte apaisé et l'écho des balles retombé, Ibn al-Rashid s'effondrait sur sa chaise, pris de malaise et inconscient.

Il avait pensé qu'on venait le tuer, et avait tiré en premier. Ainsi s'expliqua-t-il lorsqu'il revint à lui. Mais la terreur qui l'avait assailli avait stupéfié l'assemblée ; désormais, on le plaignait.

On aurait pu penser à une simple coïncidence et oublier l'incident comme on avait oublié bien des choses. Mais les cris qui se mirent à tarauder Ibn al-Rashid et à le poursuivre jusque chez lui, comme il le prétendait, à toute heure du jour et de la nuit, poussés parfois par des enfants et d'autres fois par des adultes, le forcèrent à rester confiné dans son antre, jour après jour, nuit après nuit. S'il pardonnait aux gamins, que dire de ces appels rauques qui lui parvenaient avant l'aube ? Il se réveillait en sursaut et bondissait dans son lit comme un coq égorgé. Les voix lui criaient de sortir, d'être courageux. S'il se taisait ou les ignorait, elles reprenaient de plus belle, mais s'il sortait, il ne voyait personne. Et s'il interrogeait les gens, ils l'assuraient n'avoir rien vu, rien entendu!

Certains alléguèrent, pour expliquer l'attitude des enfants, que les cris du premier gamin lui ayant fait perdre conscience, des plaisantins s'amusaient à recommencer ; quant aux cris d'adultes qui résonnaient au plus noir de la nuit, Ibn al-Rashid était le seul à les entendre.

Lorsque, revenant d'Oujra avec une poignée d'ouvriers, Dahham apprit ce qui s'était passé et découvrit l'état de paranoïa d'Ibn al-Rashid, il dit à qui voulait l'entendre :

— C'est la faute d'Abou Salih. C'est lui qui a tout manigancé!

Al-Dabbassi eut vent de ces accusations, mais il fit le sourd, et les préparatifs de la noce, dont pour la plupart il se chargeait lui-même, se poursuivirent. Il confirma ses nombreuses invitations, choisit avec soin les moutons à égorger, et les fit laver deux fois dans la mer pour qu'ils soient propres et blancs. Il fit amener tout spécialement des projecteurs d'Oujra et les essaya dès leur arrivée et la nuit d'après. La Harran arabe, sur la colline occidentale, brilla alors tant et si bien que des ouvriers du campement crurent que le mariage avait lieu ce soir-là. Mais on les détrompa, la noce était prévue pour le vendredi, et ce qu'ils voyaient n'était que des essais préliminaires.

Harran, qui se souvenait du mariage du père l'année précédente, s'attendait que celui du fils fût plus somptueux, parce que Salih était l'aîné, qu'Al-Dabbassi était plus puissant et plus influent que l'an passé, et qu'il fallait qu'il le prouve à chacun. L'émir avait été invité et réinvité moult fois par Al-Dabbassi en personne, mais il n'était plus très sûr de venir, car il espérait suivre la noce à la lunette, la lumière crue des projecteurs lui donnant l'occasion inespérée de voir les événements à distance. Il était tout occupé à lorgner des allumettes ou des photos qu'un de ses hommes plaçait plus ou moins loin, et il changeait sans cesse de place, s'allongeait par terre après avoir placé la longue-vue sur un coussin, ou s'asseyait et la calait sur son genou en la tenant d'une main, le coude au sol, position qui garantissait une stabilité et une visibilité idéales. Devant l'insistance d'Al-Dabbassi, et l'importance que ce dernier attribuait à sa présence, l'émir lui promit sans se retourner :

— Je passerai dans la soirée... Je prendrai un café et je repartirai.

Et il continua de donner des ordres pour qu'on plante des allumettes dans un ordre précis à bonne distance, et de les observer, d'abord à l'œil nu, puis à la longue-vue, en hochant la tête avec un étonnement émerveillé.

— L'important, c'est que vous veniez, répondit Al-Dabbassi en prenant congé.

Il poursuivit son programme d'invitations en dépêchant partout ses messagers. Pour Ibn al-Rashid, ce fut Dahham qui vint répondre, après un long silence, qu'eux deux n'y assisteraient sans doute pas, et il ajouta à voix basse en détachant ses mots : "Méfiez-vous de vos amis mille fois plus que de vos ennemis." Puis il se leva et conclut, en s'excusant d'être très pris : "Les beaux jours ne durent pas." Al-Dabbassi partit alors d'un rire furieux et rétorqua, avec une verve dont on se souviendrait : "On dit qu'il faut enfourcher l'âne sans se soucier de ses pets... Eh bien, moi, je ne m'appelle pas Abou Salih si je n'enfourche pas cet âne-là, dût tout Harran l'entendre pétarader!"

Le jeudi matin, Al-Dabbassi pria de nouveau l'émir, en le suppliant presque cette fois, de lui faire l'honneur de sa présence. Mais l'émir, tout occupé à épier un bateau fraîchement arrivé, ne le vit ni ne l'entendit. Al-Dabbassi, exaspéré car il avait fort à faire, lança à son suppléant, qui secouait la tête d'un air désolé :

— On compte sur toi, Abou Rashwan!

Le suppléant opina, et il en conclut qu'il avait son accord et l'assurance qu'il ferait de son mieux pour décider l'émir.

Quant aux ouvriers, Salih leur fit lui-même une dernière visite au camp, et lança d'une voix forte avec une fierté évidente :

— Ce soir, tout le monde est invité! Que les présents informent les absents, nous n'accepterons d'excuse de personne.

L'émir resta absorbé dans la contemplation du bateau jusqu'au soir ; il compta les hommes qui en descendaient, mais hésita sur le chiffre final, car cinq ou six de ceux qui y remontèrent en étaient déjà descendus peut-être deux ou trois fois, il n'en était plus très sûr, les voyageurs se mêlaient les uns aux autres, ils se ressemblaient tous et étaient habillés pareil, d'autant que la lunette vacillait et qu'un de ses hommes l'avait fait tomber en apportant le thé ! Cette observation minutieuse et patiente l'incitait à réfléchir. Ses pensées vagabondèrent plusieurs fois dans le passé, vers une époque où il aurait bien voulu posséder cette longue-vue ! Il vanta à son suppléant l'importance de cette invention, et déclara que l'intelligence humaine ne manquerait pas un jour de mettre au point un instrument qui permettrait de voir les hommes très loin, en Égypte, en Syrie, et peut-être plus loin encore. Il se perdit dans ses rêves et ses hypothèses, et n'en émergea qu'au moment où on l'invita à aller manger.

Après une courte sieste troublée par la chaleur torride et l'humidité oppressante, lorsque le soleil déclina à l'ouest, l'émir porta son regard sur la colline occidentale et y distingua une foule et un chaos inhabituels. Il supposa qu'il s'agissait des invités de Salih Al-Dabbassi, et il saisit sa longue-vue pour s'en assurer. Il appela son suppléant qui, propret, vêtu de neuf et fleurant bon l'encens, rit aux éclats de sa perplexité. L'émir reposa sa lunette et tenta un moment de deviner la raison de cette hilarité, et le suppléant soupira, avec une ombre de sarcasme :

— Le pauvre homme tire la langue, Abou Misfar, et jure que personne ne se mariera tant que vous ne serez pas là !

L'émir hocha la tête comme s'il se souvenait brusquement qu'il avait vu Al-Dabbassi ce matin-là. Il murmura, comme à part soi :

— Le devoir, c'est le devoir…

Avant d'atteindre le vaste terrain aménagé au centre de Harran, il dit à son suppléant :

— Je repartirai dès la nuit tombée…

Puis, quelques instants plus tard et sur un autre ton :

— Toi, Abou Rashwan, tu resteras, sinon ce fils d'esclave d'Abou Salih sera furieux !

*

Malgré les efforts déployés, les noces du père avaient été plus imposantes et plus grandioses. Si on interrogeait les uns et les autres pour en deviner la raison, on ne récoltait que de vagues réponses disparates. On avait pourtant égorgé bien plus de moutons, trois fois plus, pour être précis. Et il y avait eu bien plus d'invités que précédemment. Les projecteurs disposés à divers endroits avaient illuminé la nuit comme en plein jour, alors que pour les noces du père, le seul qui eût été installé au milieu de la place les avait éblouis plutôt qu'éclairés. Il en allait de même pour les chants, les danses et bien d'autres choses, mais les gens sentaient malgré tout que les noces du père avaient surpassé celles du fils. Certains ouvriers incriminèrent l'absence des Américains, mais on leur fit valoir qu'ils auraient gâché la fête avec leurs questions, leurs photos et le reste. D'autres avancèrent que si Souwaylih avait été là, il aurait embrasé la nuit, or Souwaylih était parti depuis des semaines, il s'était sans doute marié, il devait mener la belle vie là où il était, et ne voulait pas revenir. On acquiesçait d'un hochement de tête, mais on ne faisait aucun commentaire.

La noce aurait pu s'achever sur quelques piques bien senties échangées par les amis et ennemis de Salih al-Dabbassi, puis les invités se seraient dispersés, mais le père insista pour qu'ils s'attardent et que l'événement marque les esprits, d'autant qu'il voulait affirmer la puissance et l'influence dont il jouissait alors. Aussi, lorsqu'on lui proposa de clore la fête avec un défilé dans Harran à la lumière des projecteurs et des lanternes, il s'empressa d'accepter, enthousiasmé, et seuls quelques vieillards s'y opposèrent.

— La nuit ne vous appartient pas, protesta Ibn Naffa' avec une pointe de reproche. Cette nuit est à d'autres, mes braves…

Et comme personne ne l'écoutait, il marmonna :

— Sonnez les clochettes, et hop! voilà les danseuses… ou les éfrits!

La noce aurait aussi pu s'achever sur le défilé dans le souk, l'arrêt à la mosquée puis au café d'Abou As'ad al-Halwani, et le retour vers la colline occidentale. Salih al-Dabbassi aurait reçu assez de piques suggestives pour l'exciter et lui permettre d'accomplir son devoir conjugal de manière satisfaisante, une fois ses hôtes dispersés. Mais le diable maudit était à l'ouvrage et complotait, à moins que tout ne fût qu'une coïncidence, un hasard, un imprévisible concours de circonstances. Car à peine le cortège atteignit-il la demeure d'Ibn al-Rashid qu'un coup de feu claqua, tiré par on ne savait qui, mais à la suite duquel tout Harran s'enflamma. Des salves crépitèrent. Qui semèrent d'abord l'effroi et l'incertitude, sentiments bientôt remplacés par une sorte de jubilation, mâtinée de défi et d'arrogance. Les gens s'attardèrent longtemps, et dans le bref silence qui tombait après chaque coup de feu, chaque salve de fusil, on entendait des voix scander : "Le Bédouin! Le Bédouin!"

Bien qu'aucun son ne résonnât et qu'aucune lumière ne brillât dans la demeure d'Ibn al-Rashid, tout le monde était persuadé qu'il s'y cloîtrait avec ses hommes, qu'ils avaient tout entendu et vu le cortège passer, et qu'ils étaient fin prêts pour riposter en cas d'attaque. Mais comme nul ne songeait à faire une chose pareille, on en resta aux cris poussés par les gamins, peut-être aussi par les adultes qui les encourageaient, et le cortège passa et s'éloigna. Dans un bref moment de silence, on entendit alors résonner une voix à l'arrière, comme venant du ciel, une voix rauque, traînante et forte, et claire tout à la fois :

— Saaalih, la Lopette… Saaalih, la Lopette…!

Les hommes s'entre-regardèrent et regardèrent Salih al-Dabbassi. Leurs visages étaient perplexes. Quelle était cette voix? Celle de Dahham, celle d'Ibn al-Rashid, ou celle d'un autre? Les traits de Salih, tour à tour éclairés par les projecteurs et les lanternes, ou plongés dans l'obscurité, pâlissaient, s'assombrissaient, se teintaient de jaune et de bleu, et tout le temps que le silence dura, plongeant chacun dans la perplexité, la voix résonna, traînante et persistante comme un gémissement de chien blessé : "Saaalih, la Lopette… Saaalih, la Lopette…"

Un cri retentit, au milieu de la foule :

— Laissez tomber, les gars, c'est un fou…

Puis un autre :

— On perd notre temps… Le fiancé s'impatiente!

Et de nouveau, la même voix puissante :

— Si le Bédouin vient demain, on verra bien s'il a des couilles…

Le cortège reprit son chemin, mais d'un pas lent et gauche cette fois, et dans un climat de rancœur. Al-Dabbassi père, qui avait eu écho de l'incident et entendu les coups de feu, tâcha de dérider ses hôtes, dansa en encourageant quelques vieillards à se joindre à lui, et tira plusieurs salves auxquelles on fit écho. Des hommes se mirent à chanter, et les femmes s'approchèrent des danseurs en laissant fuser des éclats de rire. Mais malgré tout, et bien que les choses eussent à peu près repris leur cours normal, Al-Dabbassi insista pour que ses hommes s'attardent le plus longtemps possible, et à ceux qui firent mine de partir, il répondit comme il l'avait fait à ses noces, avec moult clins d'œil et sourires entendus :

— Restez mes amis… restez… Qui sait de quoi demain sera fait!

...nt signe

...is le len-

...secret et

...aussitôt

...et s'ex-

...olline au

...rait pas !

...l-Rashid

...depuis la

...manière ou d'une autre responsable de sa mort. Même Al-Dabbassi, en apprenant la nouvelle, s'écria d'une voix douloureuse, pleine de regrets :

— Il n'y a de dieu que Dieu… éternel et tout-puissant…

Harran, silencieuse et contrite, porta le deuil d'Ibn al-Rashid, et presque tout le village assista à ses funérailles.

61

La mort d'Ibn al-Rashid, à la fin de l'été et dans ces circonstances, provoqua une profonde amertume et souleva bien des questions. Car malgré la haine que beaucoup lui vouaient et qu'attisaient sa cuistrerie et sa cupidité, malgré la jalousie qu'il faisait éclore dans le cœur de ceux qui le critiquaient, on s'accordait à penser qu'il avait plus souffert qu'il ne le méritait et que cette injustice l'avait tué.

Dans le camp des ouvriers, il suffit de quelques jours pour qu'on entendît : "Dieu l'accueille en sa miséricorde. Il était plus brave que les autres, et aujourd'hui l'éternité nous sépare…" Ou : "Il faut pardonner aux morts… Ibn al-Rashid se croyait éternel, mais son ambition l'a tué." Quant à Abdallah al-Zamil, il s'écria d'une voix forte, devant un groupe d'ouvriers, trois jours après l'enterrement :

— Mes braves, Ibn al-Rashid s'en est allé, et le voilà sous terre. Il nous faut être francs et dire ce que nous avons sur le cœur…

Il s'interrompit, dévisagea son auditoire et reprit :

— Savez-vous qui a tué Ibn al-Rashid ?

Comme les regards le pressaient de répondre, il poursuivit :

— Les Américains ! Ce sont eux qui l'ont tué.

Les ouvriers le considérèrent avec attention, incrédules. Les Américains avaient tué Ibn al-Rashid ? Mais comment ?

Et pourquoi ? La chose paraissait incroyable, ou du moins ni claire, ni logique.

— Oui, les Américains, insista Ibn al-Zamil. Ce sont les Américains qui l'ont tué.

Il sourit d'un air narquois et scruta les visages en se délectant de leur étonnement.

— Ça fait plus de trois ans qu'il court comme un chien, à droite, à gauche, ici et là, et pour toutes les requêtes des Américains, c'était des "À vos ordres, chef !" en veux-tu, en voilà. Ça n'a servi à rien. Quand Mizban est parti – Dieu l'accueille en sa miséricorde –, ils ont beuglé : "Ibn al-Rashid !" Mais qui a noyé Mizban ? Ibn al-Rashid n'était pas responsable. Il n'avait rien à voir là-dedans. Ce sont les Américains qui ont embarqué Mizban et qui l'ont noyé, et "Paie, Ibn al-Rashid… Débrouille-toi, Ibn al-Rashid…" ! Ils parlent de droit ? Très bien, mais alors, ceux qui se noient n'ont aucun droit ? Il n'y a pas de loi pour ça ? "Mizban n'est rien pour nous, on ne lui doit rien, on ne l'a jamais vu et on ne le connaît pas." Ibn al-Rashid – Dieu l'accueille en sa miséricorde –, c'est son ambition qui l'a aveuglé, elle l'a rendu fou, et ce qui devait arriver est arrivé…

Les ouvriers se regardèrent, et regardèrent Abdallah al-Zamil ; ils comprenaient ce qu'il leur disait, c'était clair, mais ils ne savaient pas exactement ce qu'il sous-entendait. Un, qu'on surnommait "le Criquet" parce qu'il était tout petit, déclara :

— Les Américains n'ont pas d'amis… Ce sont des loups dans un troupeau de moutons…

Un autre rétorqua en riant aux éclats :

— Non, rien à voir avec les loups et les moutons, crois-moi ! Il s'agit plutôt de sauterelles dans un champ !

— Pas du tout. La sauterelle mange jusqu'à ce qu'elle n'ait plus faim, mais ton copain le loup, il blesse et tue pour le plaisir, insista le premier, exaspéré.

— Les Américains sont des loups et Ibn al-Rashid était une sauterelle… railla Abdallah al-Zamil avec un rire qui ressemblait à un ricanement.

— Et vous connaissez le proverbe, reprit-il. "Sans les sauterelles, il n'y aurait pas d'oiseaux!"

— Quant à toi, Ibn al-Zamil, tu as tué Ibn al-Rashid… riposta quelqu'un d'un ton cassant. Tu l'as harcelé jusqu'à ce qu'il crève.

— Moi…

Sa voix changea du tout au tout :

— Méfie-toi du diable, l'ami!

— Diable ou non, c'est toi, oui, toi, qui l'as tué.

Ibn al-Zamil éclata de rire, mais d'un rire sec et étouffé, et comme l'homme continuait de le toiser d'un air menaçant, il reprit :

— Écoute, mon brave…

Il considéra les visages avec attention puis, revenant à son interlocuteur :

— Tu sais bien, comme tout le monde au camp, qu'Ibn al-Rashid et moi étions comme la graisse et le feu ; il me détestait et je le détestais, mais dans la vie, on n'a que ce qu'on mérite…

Puis, changeant de ton :

— J'ai sans doute fait du tort à Ibn al-Rashid, je ne dis pas le contraire, mais – que Dieu l'accueille en sa miséricorde – il s'est fait plus de tort que les gens ne lui en ont fait. Il n'était aimé de personne, et il a causé autant de mal qu'il a pu. Il nous a collé les Américains sur le dos, et il nous a valu une surenchère d'ennuis… Ibn al-Rashid était comme ça.

— Et tu demandes à Dieu d'être miséricordieux!

— Je le lui demande et j'insiste.

— Alors là, Ibn al-Zamil, tu nous épates!

— Tu veux que je te dise franchement ? Ibn al-Rashid était un chien de fils de chien. Cupide, égoïste, ni repentant, ni repenti. Mais il était musulman, et arabe. Il savait distinguer le bien du mal. C'est ça qui l'a rendu fou. Et qui l'a tué…

Abdallah al-Zamil s'interrompit un instant, inspira profondément, puis, d'une voix claire et presque dure, ajouta :

— Les Américains n'ont ni Dieu ni ami. Ils ne savent que bosser… "Allez, au boulot ! Paresseux d'Arabes, menteurs d'Arabes… Les Arabes ne comprennent rien." Ibn al-Rashid leur disait toujours : "Oui… oui, d'accord… À vos ordres", mais ils l'ont jeté comme un chien, ils l'ont laissé se débattre, perdre la tête et crever. Pas un de ces bâtards, pas même Al-Sha'ira, ce perroquet d'interprète, n'est venu à son enterrement pour le recommander à Dieu.

Il se tut, respira profondément, l'air désolé, et reprit :

— Quand on sait ce que c'est que l'honneur et ce que c'est que la mort, on sait que…

Il ne put achever sa phrase. Il ne trouvait pas ses mots. Un des ouvriers, qui était resté assis, silencieux, à l'écart, comme s'il n'entendait pas ni n'écoutait, lança :

— Le roi est mort, vive le roi !

Et comme personne ne relevait ni ne brisait le silence, il se leva, fit deux pas et poursuivit, d'un ton inquisiteur :

— Il suffit donc qu'Ibn al-Rashid soit mort et redevenu poussière pour qu'il devienne soudain le meilleur des hommes ?

Ils tournèrent vers lui des regards surpris.

— Vous n'avez aucun scrupule, mes frères… ajouta-t-il. Vous changez d'idée tous les jours et d'opinion toutes les heures.

Et il quitta la tente. Mouflih al-'Arja parti, les ouvriers se querellèrent de plus belle. Ibn al-Zamil finit par s'écrier, pour clore un débat qui avait viré au chaos :

— C'est plus lumineux que le soleil. Les Américains l'ont tué et demain vous en aurez la preuve, pour lui et pour d'autres !

Ce genre de polémique éclatait souvent au campement, et si pour beaucoup le problème était moins complexe que le prétendaient Ibn al-Zamil et Ibn Naffa', ils s'entendaient tous à dire que si les Américains étaient perspicaces, s'ils avaient le sens de l'honneur et un rien de dignité, ils n'auraient pas abandonné l'homme après tous les services qu'il leur avait rendus. De cela ils étaient responsables. Pour le reste, les commentaires d'Ibn al-Zamil et d'Ibn Naffa' étaient déplacés et superflus.

Ces polémiques éclataient aussi bien sous les tentes qu'au café ou au souk. Même les femmes, malgré l'amertume et la haine qu'elles éprouvaient envers Ibn al-Rashid, parce qu'il avait créé tous ces problèmes, avait détruit les maisons et expulsé les gens, même les femmes compatirent bientôt, pleines de regrets, le cœur serré d'avoir parfois pris le ciel à témoin en l'adjurant de les débarrasser de ce tyran.

Aujourd'hui qu'Ibn al-Rashid s'en était allé à jamais, et non pour une de ses brèves et mystérieuses escapades, chacun se sentait en quelque sorte responsable de sa mort, ou du moins responsable de l'avoir laissé mourir sans rien faire, sans même lui avoir donné une goutte d'eau à son heure dernière, ni lui avoir adressé un regard amical ou réconfortant qui l'aurait apaisé, l'aurait réconcilié avec lui-même et aurait atténué son sentiment de culpabilité. Cela, les gens l'avaient senti dès l'instant où ils avaient appris son décès. D'abord incrédules, ils avaient échangé des regards perplexes, puis, tenaillés par le désespoir et la colère, s'étaient élancés comme un seul homme pour participer aux funérailles, et son fantôme planait au-dessus des têtes, sans qu'on sût s'il était bien ou mal intentionné, ni comment on en était arrivé là.

Al-Dabbassi, que la nouvelle avait atterré et qui était marqué par la tristesse et le regret, sentit au fil des jours les remords le broyer. Il aurait aimé avoir été plus charitable et tolérant, et plus encore, que leurs relations n'eussent pas connu tant d'animosité et de rancœur. Il se souvenait de ce qu'il avait dit à l'émir, de ce qu'il avait dit aux autres, et se sentait coupable de la mort de cet homme. Lorsque son fils Salih pérora quelques jours plus tard, en faisant allusion au défunt : "L'obstacle a disparu... à nous les bénéfices!", il rétorqua avec une amertume évidente : "Mon fils, c'est Dieu qui donne et qui reprend. Ne te réjouis pas du décès de ton ennemi." Mais Salih al-Dabbassi, qui ne faisait guère cas des conseils de son père, entreprit avec fougue et détermination, sans plus tergiverser, de réorganiser ses affaires comme bon lui semblait, dès lors qu'Ibn al-Rashid n'était plus.

Les sentiments d'Al-Dabbassi restèrent longtemps confus. Il ne pouvait parler à personne d'Ibn al-Rashid, et déployait mille efforts pour éviter le sujet. Lorsque quelqu'un faisait allusion au "défunt" – ainsi appelait-on Ibn al-Rashid depuis sa mort –, il éludait :

— Souvenez-vous des qualités de ceux qui nous ont quittés, mes braves. Sinon, vous serez rongés par les regrets!

Cette histoire le hanta pendant des années, jusqu'à sa dernière heure. Ibn Naffa', lui, n'avait nul besoin de se disculper. Il était absolument certain qu'Ibn al-Rashid avait signé son arrêt de mort le jour où il avait tendu la main aux Américains, que Dieu avait été patient et clément, mais que l'homme n'en avait fait qu'à sa tête, et que par conséquent il était mort impie.

Des années durant, au fil des grandioses et retentissants événements qui secouèrent Harran et la région, Ibn al-Rashid resta présent dans les mémoires, même si ce souvenir prit un autre visage et n'eut plus aucun lien avec la réalité passée.

62

Cette année-là, l'automne fut tout aussi pénible que l'été. Aux derniers jours de septembre, des jours plus torrides que jamais, les Américains recommencèrent à affluer. Ceux qui étaient partis revinrent presque tous, et d'autres débarquèrent, en plus grand nombre. Pour la première fois, la vie au camp des étrangers fut aussi chaotique qu'au tout début. On dressa une multitude de tentes à divers endroits, et plusieurs nouvelles recrues mangèrent et dormirent à bord des navires restés ancrés au large. L'émir, plein d'énergie et tout excité de voir qu'une nouvelle étape commençait, découvrit avec stupéfaction les curieuses machines qu'un des bateaux déchargea, car à peine touchaient-elles le sol qu'elles s'élançaient vers le camp à la vitesse d'une balle tirée. Il les avait d'abord aperçues à l'œil nu, mais dès qu'il eut saisi sa longue-vue et l'eut rapidement ajustée avec dextérité pour mieux les observer, il se mit à pousser de grands cris en les montrant du doigt, surtout lorsqu'il vit Hamilton, l'adjoint au chef de camp, chevaucher un des engins et le mettre en route. Les traits de l'émir se teintaient à la fois d'inquiétude et de ravissement. Certes, il avait déjà vu les énormes engins qui avançaient, reculaient, ou tournaient en tous sens, et Na'im et les Américains lui avaient parlé d'engins similaires plus petits, conçus pour le transport des gens, et dans lesquels on montait et on s'élançait à des vitesses fabuleuses. Lorsqu'on les lui avait décrits, il avait exprimé son intérêt et son étonnement, mais il n'avait pu se les représenter vraiment. Aujourd'hui, il les voyait à la lunette et suivait leur course rapide, le souffle coupé par l'effroi. Lorsqu'ils s'engagèrent sur la route principale, comme pour monter à l'assaut des collines septentrionales, sa stupéfaction et sa peur avaient atteint un tel degré que la longue-vue tremblait dans ses mains, et qu'il ne pouvait plus l'ajuster avec précision comme il le faisait pour observer une cible immobile ou les voyageurs qui débarquaient.

Ces étranges et fringantes machines le firent réfléchir avec appréhension, car, à voir ces choses débarquer ainsi et s'élancer brusquement, l'admiration, la perplexité et la peur vous tenaillaient tout à la fois.

Lorsqu'il vit les Américains s'agiter sur le pont du navire – il les distinguait clairement à la lunette – et s'aperçut qu'ils étaient la plupart du temps presque nus, il en fut profondément troublé et angoissé, d'autant qu'il avait découvert parmi eux un certain nombre de femmes, qui, comme les hommes, étaient quasi dévêtues. Au début, il n'avait pu en croire ses yeux ; ce n'était sans doute qu'une illusion ou un problème dû à l'usage prolongé de la longue-vue. Cela lui était déjà arrivé. Mais quand il se fut frotté les paupières plusieurs fois, les eut fermées un moment pour se reposer, puis qu'il recolla son œil à la lunette et se remit à épier le bateau et les silhouettes sur le pont, il s'écria, à portée d'oreille des gardes qui l'entouraient et en détachant si bien ses mots que tous l'entendirent :

— Oh ! ces bâtards d'Américains… Nus comme des vers… tous autant qu'ils sont… aussi nus que Dieu nous a faits !

Ses hommes suivirent son regard en écarquillant les yeux, mais à cette distance, ils ne voyaient rien. Ils distinguaient bien le navire, mais pas les passagers. S'ils s'appliquaient à l'observer, à certaines heures de la journée, ils devinaient des gens qui gesticulaient, de vagues ombres dont on ne savait dire de quel sexe elles étaient. Maintenant que l'émir assurait, tout brûlant de concupiscence, qu'il s'agissait de femmes, et de femmes nues qu'on voyait parfaitement, pensées et désirs explosaient, parcouraient à tire-d'aile la longue distance qui les en séparait, et, en atteignant le bateau, en caressant ces corps nus, l'imagination s'embrasait comme une boule de feu, percutant les cœurs et les yeux, avec certains effets impossibles à dissimuler!

Ce que disait l'émir était incroyable. Purement inconcevable. De vraies femmes nues évoluaient parmi les hommes sur le pont du bateau? Comment ces hommes supportaient-ils de les sentir passer près d'eux, tout près, sans s'enflammer? Sans exploser comme de la poudre à fusil, et sans vouloir se planter comme des piquets dans tous les recoins de ces corps tièdes et désirables?

Tous sans exception lâchèrent la bride à leur désir. Ils voulurent s'approcher, regarder, palper, ou pour le moins, coller leur œil à la lunette, fût-ce l'espace d'un instant. Voir ces corps de près les aurait apaisés, aurait refroidi leurs cœurs bouillonnants, mais l'émir s'accrochait à sa longue-vue comme une mère à son nouveau-né, et on n'aurait jamais pensé l'entendre un jour faire autant de commentaires de cette nature, ni pousser de telles exclamations. Tourneboulé par certain corps lascif, égaré par certaine posture, il passait la lunette à son suppléant pour lui montrer telle ou telle créature à deux doigts de le faire détoner comme une bombe et se dissoudre dans l'atmosphère. Il hurlait comme si une vipère le mordait, et se tapait machinalement la tête de sa main gauche, comme s'il se lamentait :

— Tu l'as loupée, Abou Rashwan… Nom de Dieu, viens voir… Alanguie comme une pouliche… lustrée… satinée…

elle étincelle, Abou Rashwan!… et moi je brûle… j'en peux plus… Viens… je t'en supplie, viens voir et vise un peu… La voilà qui s'allonge, qui étend les jambes… elle se retourne, Abou Rashwan… elle brille comme l'éclair… elle me rend fou, Abou Rashwan… Viens voir ça…

Le suppléant prit la longue-vue et la pointa vers le navire, mais comme il ne voyait pas clair, il répondit d'une voix plaintive :

— Je ne vois rien, Abou Misfar !

— Vers la gauche… Pars à l'ouest du bateau et reviens vers le milieu, tu la verras, couchée comme une jument… Tu y arrives ? tu la vois ?

Comme le suppléant continuait de secouer négativement la tête, l'émir s'écria avec humeur :

— Donne-moi ça… donne-la-moi, Abou Rashwan, tu n'y comprends rien…

Il s'empara de la longue-vue et se retourna pour interpeller un de ses hommes. Mais ils étaient seuls, et le suppléant expliqua avec une sorte de tristesse inquiète :

— Je leur ai dit de nous laisser, Excellence…

Comme l'émir se détournait et se mettait lui-même en quête d'un support ou d'une pile de coussins, le suppléant reprit :

— Si les gens apprenaient… si les Américains savaient… on serait déshonorés, Abou Misfar.

D'un geste précis tant il lui était coutumier, l'émir tendit le bras gauche, darda une langue de caméléon et releva la main pour montrer qu'il n'avait cure de sa mise en garde. Puis, comme une vieille femme restée assise toute la journée, il se releva gauchement, saisit l'arçon d'une selle, fit quelques pas malaisés et le jeta à l'entrée de la tente, où il s'accroupit comme un dromadaire qui baraque. Il planta fermement l'arçon, posa la longue-vue dessus et, sans cesser de s'agiter, il rectifia sa position en s'écriant :

— Viens... viens donc là, Abou Rashwan !

Il serra plus fort la lunette et sa voix s'altéra, se brouilla comme s'il délirait :

— Elle n'est plus toute seule maintenant... elles sont deux... une chamelle et son chamelon, plus belles l'une que l'autre... mon Dieu, mon Dieu... Le lustre des dattes Barhi et la grâce des chattes... Si la première ne m'avait pas déjà tué, l'autre m'aurait achevé... C'est à vous couper le souffle... Viens là, Abou Rashwan... regarde bien...

À voir l'émir et son suppléant se relayer ainsi pour s'allonger par terre, pousser des "oh" et des "ah" en secouant la main, et échanger commentaires et observations, on aurait pu les croire frappés de folie. Car leurs yeux étincelaient, rougis par la concupiscence, meurtris de rester rivés à l'oculaire, leurs lèvres molles tremblaient nerveusement, et les murmures ou les exclamations aiguës qui leur échappaient parfois incitaient l'un à se jeter au sol et à supplier l'autre avec ferveur de lui céder rapidement la place, pour ne pas rater le mémorable spectacle.

À un moment donné, un des hommes de l'émir fit quelques tentatives hésitantes et inquiètes pour manifester sa présence, et toussota pour s'annoncer. Les deux compères, alarmés à l'idée qu'un étranger les avait peut-être surpris dans cette posture, se relevèrent précipitamment, et à peine le suppléant avait-il fait disparaître l'arçon qu'un des gardes entrait en disant que le déjeuner était prêt.

Tout au long du repas, et plus tard pendant la sieste, aucun des deux hommes ne se calma ni ne ferma l'œil. Ils restèrent silencieux, comme à des lieues de là.

Au coucher du soleil, l'émir avait coutume de s'installer sur un belvédère qu'on avait aménagé et arrosé, et d'y rester

jusqu'après la prière du soir, pour palabrer avec ses visiteurs
et échanger anecdotes, nouvelles et faits divers. Or ce jour-
là fut différent. Il s'y attarda longuement, arpenta les flancs
de la colline, scruta la rade et les bateaux à la longue-vue, et
pour faire bonne figure, observa aussi la Harran arabe sur la
colline occidentale, et le camp des Américains. Mais il passa
bien plus de temps à guetter les .... t bien qu'il aper-
.... cune femme. En
.... grosse caisse en
.... it apportée, une
.... celui du camé-
.... avançait seule et
.... la tire, et dans
.... ecteur s'étaient
.... ire était impor-
.... des questions.
.... expliquer à ses
.... l pouvait par-
.... lais son esprit
.... vait ni le cou-
.... hâte et d'une
.... données sur
.... au début de la construction de la municipalité, et qu'il les avait oubliées. Pourtant, comme il était tenu
de dire quelque chose, il éluda en hochant la tête, accaparé
par bien d'autres pensées :

— Cette caisse... c'est comme tout le reste... Avant de
raconter des sornettes, il faut aller y voir de près...

Le suppléant, qui avait compris où il voulait en venir,
renchérit :

— Le mieux, c'est de l'essayer, Abou Misfar !

— Tu as raison, Abou Rashwan, il faut grimper dedans
et l'essayer !

Lorsque l'émir et ses hommes se levèrent pour aller dîner, le suppléant s'approcha et lui souffla en riant :

— Ce dont j'ai peur, Abou Misfar, c'est qu'on finisse par ressembler à ce Sumatranais d'Abdou !

— Trop tard... on est foutus ! rétorqua l'émir en s'esclaffant à son tour.

Ce soir-là, l'émir ne trouva le sommeil qu'à l'aube. Il était visiblement angoissé et préoccupé, mais les efforts déployés pour élucider son silence restèrent vains, autant ce jour-là que par la suite. Les femmes incriminèrent la chaleur, la fatigue, et les soucis de l'existence qui le minaient surtout depuis que les navires avaient accosté.

L'émir se souviendrait, que dès la première nuit, et toutes les suivantes, il s'était vu en rêve sur le pont du bateau blanc, retourner chaque femme l'une après l'autre, comme on retourne un mouton pour en vérifier le sexe. À peine posait-il la main sur une fesse ou une cuisse qu'un grand rire étouffé cascadait. S'il la retirait vivement et laissait retomber la jambe qu'il avait saisie, une lourde torpeur s'abattait sur lui et il tremblait de tous ses membres. Il avait répété son geste un bon nombre de fois, au comble de la perplexité, courant d'un endroit à l'autre, incapable de décider quelle femme était la plus belle ou la plus plantureuse. Il avait fini par en trouver une qui riait sans cesse comme une chatte qui miaule, et il s'était réveillé, trempé de sueur et d'autres humeurs, las et fiévreux, le souffle court, les battements de son cœur résonnant fort dans ses oreilles et sa poitrine.

Ce qui s'était produit ce jour-là se reproduisit les jours suivants. La rumeur courut que l'émir et son suppléant souffraient d'un mal obscur, et qu'ils passaient leurs journées à l'écart, sans que personne ne pût les approcher ni leur parler. Cependant, après diverses péripéties, dès que le bateau blanc eut levé l'ancre, emportant quelques passagers, les autres ayant débarqué et s'étant installés dans l'enclave américaine, l'émir et son suppléant retrouvèrent un comportement normal. Mais ce qui était nouveau, et plus évident chez l'émir que chez son acolyte, c'était leur air parfaitement égaré.

63

Lorsque Ibn Naffa' apprit que l'émir souffrait d'un trouble mystérieux et incurable, malgré les potions qu'il avalait, il se planta à la porte de la mosquée après la prière du couchant et dit au rebouteux, au moment où les gens sortaient :

— Prépare-toi, Moufaddi, il ne reste plus au bougre que les cautères…

Sa voix changea du tout au tout tandis qu'il ajoutait, comme à part soi :

— Et si les cautères ne marchent pas, c'est qu'il est ensorcelé, les éfrits auront eu sa peau…

Si Ibn Naffa' avait osé parler, personne n'osa renchérir à voix haute. Même ceux qui s'interrogèrent tout bas, dans un murmure, ne trouvèrent aucune réponse susceptible de les convaincre ou de les rassurer. Beaucoup déclarèrent avec une sorte de résignation que c'était la sévérité dont l'émir avait fait preuve avec Ibn al-Rashid puis sa mort dans les circonstances qu'on savait qui l'avaient rendu malade.

Al-Dabbassi, à qui on avait rapporté que l'émir ne recevait personne et n'allait voir personne, vit en cet isolement une solution à son marasme, car il était lui-même dans un état mental proche de la dépression, et ne souhaitait pas que l'émir le vît ainsi. Or quelques jours plus tard, le suppléant de l'émir lui fit dire de se préparer à partir à la chasse, comme l'année précédente, cela seul pouvant guérir Son Excellence. Bien qu'il fût tôt dans la saison pour une telle escapade, l'idée lui plut ; ils s'en trouveraient tous deux mieux. Au cœur du désert, au milieu de cette étendue infinie, dans le silence d'une nature à l'état originel, on pouvait non seulement réévaluer le passé, mais aussi s'abandonner dans le calme et la tranquillité à l'opération délicate qui permettait de faire peau neuve.

Il voulut savoir de quoi souffrait l'émir et demanda audience, mais le suppléant secoua la tête d'un air désolé :

— La maladie empire, Abou Salih…

Et après un silence :

— Aujourd'hui, il a dit : "Je ne veux voir personne." Demain ou après-demain, on verra…

Al-Dabbassi n'insista pas. Il s'en alla faire ses préparatifs, mais sans grande hâte.

Le jour du départ du navire, de manière tout à fait soudaine, l'agitation de l'émir s'était muée en rage. Le moindre mot, le moindre geste, le faisaient sortir de ses gonds, et il suffisait d'un regard pour qu'on devînt son ennemi. Il avait l'impression d'avoir été trahi, et que le départ du bateau et de ses passagers était un complot contre lui. Peut-être que les Américains avaient eu vent de sa tocade. Sûr qu'on leur avait dit que l'émir n'avait rien d'autre à faire que d'observer le navire, et surtout les femmes qui s'y trouvaient. Il en arriva même à croire qu'un de ses hommes l'avait vendu, et que c'était suite à ces révélations que les Américains avaient brusquement décidé de lever l'ancre.

L'émir s'était mis à douter de ceux qui l'entouraient, et chacun de ses hommes fut présumé coupable. Il scrutait leurs visages, leurs yeux surtout, d'un regard plein de doute et de suspicion. Si l'un d'eux rougissait ou laissait voir sa peur, il sifflait entre ses dents : "C'est toi, hein ?" Et s'ils se risquaient à l'interroger ou à s'expliquer, sa colère ne connaissait plus de bornes : "Déguerpis sur-le-champ, va-t'en, je ne veux plus te voir… On s'expliquera plus tard !" L'accusé se hâtait de filer, sans savoir ce qu'il avait fait, ni pourquoi l'émir lui parlait sur ce ton.

Au fil des jours, il avait peu à peu refusé de voir ces mouchards qui ne faisaient que l'espionner et médire de lui. Et ainsi la rumeur courut qu'il était déprimé, puis malade.

Au début, on y avait vu une plaisanterie, un simple passe-temps, mais à un moment donné, le suppléant de l'émir comprit que l'affaire était grave et pourrait avoir des conséquences néfastes. Il éloigna donc les curieux et dissimula les faits. Puis, le navire parti et le jeu ayant pris fin, il pensa que tout rentrerait dans l'ordre. Mais l'agitation et la colère de l'émir, puis les insultes et les soupçons dont il accabla ses proches et qui caractérisèrent bientôt son comportement, l'alarmèrent et l'incitèrent à réfléchir. Il fit dire à Al-Dabbassi de préparer une partie de chasse, et envoya chercher Na'im pour demander aux Américains de montrer de près à l'émir la grosse caisse en métal, et lui expliquer comment fonctionnait ce nouvel engin. Quant à ses hommes, ses tentatives pour les protéger et détourner d'eux la rage de l'émir prirent des formes diverses et astucieuses. Lorsqu'il le vit, furieux, insulter et menacer Jawhar, le plus fidèle de ses gardes, il attendit que celui-ci se fût retiré en trébuchant pour lui dire :

— Deux mots, Excellence… Vous permettez ?

Comme l'émir l'interrogeait du regard, il reprit :

— Vous en ferez ce que vous voudrez, Excellence…

Il s'interrompit, dessina un sourire sur ses lèvres, et poursuivit :

— La vérité est ce qu'elle est, et il faut la dire telle quelle.

L'émir continua de le regarder sans répondre, mais on voyait à son air qu'il s'impatientait.

— Nos hommes nous sont fidèles, Abou Misfar. On peut leur couper la tête, ils ne diront pas un mot…

Il inspira et ajouta tristement :

— Mais ils sont faits comme nous, et si vous les voyez, ils vous voient aussi, Excellence…

Le suppléant s'empara de la longue-vue, l'agita plusieurs fois et reprit d'une voix dure :

— Le problème, le voilà !

L'émir l'écouta soudain, comme s'il venait tout juste de l'entendre. Il hocha la tête et ouvrit de grands yeux.

— Comme vous le savez, Abou Misfar, continua le suppléant, les beautés qu'on a vues sont toutes des putains, le saroual lâche et la jambe légère… Ce rouge et ce blanc, c'est tout du faux… de la peinture… Elles ne valent pas la peine…

L'émir sentit ses forces l'abandonner. La façon dont son suppléant lui parlait lui déplaisait. Il le trouvait faible, prêt à se laisser écraser par le premier venu. Quelque chose explosa en lui, mais il se sentit mal à l'aise et incapable de dire le fond de sa pensée, comme si ses idées s'égaraient avant de se figer, quasi cristallisées. Il tenta une dernière fois de se libérer de l'étau qui l'enserrait :

— Tout ce que tu dis est vrai, Abou Rashwan… mais entre le corps et l'esprit…

*

Ce fut le début de la guérison.

Deux ou trois jours plus tard, Hamilton et Na'im vinrent trouver l'émir et lui parlèrent de nouveaux travaux considérables que la compagnie allait entreprendre entre Wadi al-Ouyoun et Harran. Il fallait tout faire pour garantir un nombre supplémentaire d'ouvriers, d'autant qu'elle lancerait aussi d'autres chantiers dans la cité.

À la fin de l'entrevue, ils proposèrent à l'émir de visiter la Harran américaine et de voir de ses yeux les projets et les travaux en cours. Ils firent allusion à la voiture privée du directeur de la compagnie, et dirent qu'ils seraient enchantés si l'émir les accompagnait pour se rendre compte par lui-même de tous ces progrès.

L'émir les écouta, silencieux, en hochant la tête. De temps à autre, brusquement, il posait son regard sur Hamilton, puis le détournait vivement pour le darder sur Na'im. Il cherchait à évaluer ce que les Américains savaient de lui, et surtout de son comportement de ces jours derniers. Na'im s'en alarma et s'embrouilla maintes fois, mais les pensées de l'émir s'évadèrent bientôt vers d'autres préoccupations, vers Hajim et Mizban peut-être, et peut-être aussi vers Ibn al-Rashid. Il finit par accepter leur invitation, mais sans fixer de date, et ajouta comme pour leur tendre la perche :

— J'ai dit à Abou Rashwan… Tu vois ces bateaux, là-bas, devant nous…

Il tendit le bras en direction de la mer.

— Ne lâchez pas ses passagers d'une semelle… Voyez s'ils ont besoin de quoi que ce soit…

Il s'interrompit, puis ajouta en regardant Hamilton bien en face :

— La prochaine fois qu'il fera escale, il faudra que j'aille y voir par moi-même.

Cette période de convalescence aurait pu durer longtemps ou prendre un tour nouveau, si Hassan Rida'i n'avait réapparu.

— Qui a bu l'eau de Harran y reviendra toujours… dit-il pour justifier son retour.

Il avait parlé à voix basse, comme à part soi, mais voyant qu'on l'écoutait, il reprit :

— Depuis que je suis parti, je n'ai pas passé deux jours au même endroit… mais Harran est restée ancrée là !

Il frappa sa poitrine des deux mains et sa tempe de l'index en regardant l'émir, qui répondit pour l'encourager à poursuivre :

— Tu as donc tout vu ?

— Le monde est infini, Excellence, rectifia l'autre précipitamment. On a beau voyager, on a beau visiter, il reste toujours quelque chose à voir et à découvrir. Et même si tout ici-bas avait une limite et une fin, le désir d'apprendre et la curiosité humaine n'en auraient pas.

Il se tut et hocha la tête en se remémorant les lieux et les choses qu'il avait découverts au cours de ses périples, puis, voyant que l'émir, fasciné, l'écoutait avec attention, il reprit sur un autre ton :

— Il faut absolument que nous partions ensemble, Excellence, et que nous parcourions ce monde pour mieux le connaître.

Le rire de l'émir retentit et il se tourna vers son suppléant :

— Qu'en dis-tu, Abou Rashwan ?

— Au début, en bateau, on a parfois le mal de mer, ajouta Hassan Rida'i. Mais quand on est habitué, il n'y a pas mieux !

— Gardons les pieds sur terre… je préfère ! objecta l'émir.

Puis, à son suppléant, d'un air entendu :

— Déjà qu'on a failli crever dans la rade qui est devant nous, j'imagine mal aller plus loin !

Hassan Rida'i objecta avec ferveur :

— La haute mer, Excellence, ce n'est pas pareil… La haute mer, c'est un tout autre univers !

L'émir s'esclaffa et tempéra :

— La côte, c'est mieux… C'est plus sûr, et c'est plus près.

Au milieu des rires et de la conversation surgirent trois matelots qui travaillaient sur les navires de Rida'i. La sueur perlait sur leurs visages burinés comme du cuivre ancien. Deux d'entre eux portaient un sac de taille moyenne qui paraissait

445

lourd et précieux à en juger par la façon dont ils le manipulaient et le déposaient par terre. Le troisième portait un bloc de pierre noire qui ressemblait à du charbon.

Dans le silence attentif et curieux qui s'était abattu, Hassan se leva, sûr de lui, sortit un petit couteau de sa poche, ouvrit le sac et demanda à un de ses hommes d'en révéler le contenu. Ce fut fait avec le plus grand soin, et lorsqu'on posa cette boîte brillante, dont un côté semblait tendu de drap de laine, devant l'émir, il l'examina avec attention, mais demeura silencieux. C'était la première fois qu'il voyait une chose pareille, et il ne devinait pas ce à quoi elle pouvait servir. On tira alors des cordes, ou ce qui ressemblait à des cordes, de derrière la boîte, et on les fixa au fameux bloc noir qu'on avait placé à côté. Et lorsque Hassan Rida'i se fut assuré par lui-même que tout était bien en place, il se frotta les mains, esquissa un large sourire, et s'assit près de l'objet. Puis, avant d'aborder la tâche suivante, il considéra tour à tour l'émir et les hommes qui l'entouraient. Ils étaient muets, et sur leur visage se lisait un mélange de peur et de curiosité. Il se racla la gorge :

— Vous allez découvrir le monde et le monde va venir à vous, aussi lointain soit-il… sans que vous bougiez.

Les yeux de l'émir s'agrandirent de surprise, mais il hocha longuement la tête pour signifier qu'il avait tout à fait compris. Il garda le silence en attendant la suite.

Hassan Rida'i reprit en changeant de ton :

— Cet appareil, Excellence, est extrêmement sensible et précis, si bien que personne à part vous ne doit le toucher.

L'émir parut de plus en plus surpris, presque alarmé, et les hommes s'entre-regardèrent. Hassan se frotta les mains, sourit avec confiance, et lança :

— Allons-y !

Sa main caressa un des côtés de la boîte, et il attendit un moment, l'œil rivé dessus, le visage collé à l'objet, comme s'il lui murmurait quelque chose. Une lumière verte s'alluma au milieu. L'auditoire échangea de brefs regards furtifs, pleins d'appréhension, mais l'émir s'appliqua à se maîtriser. L'instant suivant, lorsque Rida'i eut manipulé plusieurs protubérances et que des voix jaillirent de nulle part, tous tressaillirent violemment. Plusieurs gars reculèrent, et l'un d'eux se cacha derrière son compagnon. L'émir s'agita sur son siège, et se tourna vers ses hommes pour les encourager à être braves et à se tenir prêts. Hassan Rida'i manipula plus longuement les drôles de boutons, et la lumière verte s'intensifia, puis s'éteignit avec un sifflement strident. Il les tourna de nouveau, et brusquement, une musique s'éleva. Une musique limpide, comme si on jouait sous la tente. Les hommes échangèrent des regards perplexes, quant à l'émir, il se rapprocha tout entier de la boîte, un large sourire aux lèvres. Hassan régla le son et le monta si haut qu'il emplit tout l'espace.

Avec un plaisir mâtiné d'effroi, les hommes écoutèrent la musique en silence. Quelques minutes plus tard, d'un geste habile que peu remarquèrent tant il fut rapide, Hassan Rida'i coupa le son. Un profond silence s'abattit, si dense qu'on semblait pouvoir le toucher du doigt. La voix de Rida'i le rompit de nouveau :

— Cette musique, Excellence, venait d'une des stations… Il y en a des tas d'autres !

Ses mains s'activèrent, aussi légères et adroites que précédemment, et une voix s'éleva, une voix lointaine qui montait et descendait, au même rythme que la lumière verte brillait puis faiblissait au centre de la boîte. Quand la lumière s'intensifia, on entendit : "Lorsqu'un roi meurt à Ceylan, on l'attache sur un chariot bas, sur le dos, sa chevelure traînant à terre, et une femme munie d'une balayette couvre son visage de poussière en criant : « Ô braves gens, hier cet homme était votre roi, hier il vous possédait et vous étiez en son pouvoir… Il a quitté ce bas monde… L'ange de la mort a pris son âme… Ne vous méprenez pas sur l'existence, vous qui venez après lui… Dans trois jours, on l'oindra de santal, de camphre et de safran, on l'incinérera, et ses cendres seront dispersées au vent*. »" Voici ce qu'entendirent les hommes, et ils se regardèrent sans en croire leurs oreilles. Puis la voix se mêla à d'autres, la lumière verte faiblit, et on ne comprit plus rien.

Ils se considéraient avec stupéfaction, à la limite de l'incrédulité. Comment cette boîte pouvait-elle faire de la musique et parler ? Qui jouait ? Où s'asseyait-il, comment mangeait-il, dormait-il ? Comment tenait-il dans cet espace minuscule ? L'homme qui parlait comme Ibn Naffa' ou l'imam de la mosquée était-il le même que celui qui jouait, ou s'agissait-il d'un autre ?

— Un… deux… et puis… trois ! lança Rida'i tout content.

Ses doigts coururent de nouveau sur la boîte et un chant s'éleva :

Ô toi, l'astre qui s'éteint
Tu emportes mon amant
Mes yeux ont scintillé au moment des adieux
Et mon cœur a pleuré d'entendre
Ce que chacun savait
Le soleil a sombré par-delà l'horizon
Mon âme a soupiré, mes yeux se sont brouillés
Quand mon amour a pris le large
Emportant mon destin en déployant ses voiles…

---

* Ibn al-Sayrafi, géographe du XIᵉ siècle. Extrait du livre de Shakir Khasbak, "Réflexions éclairées sur la géographie arabe", page 88 du *Livre de l'Inde et de la Chine*.

À peine le chant s'était-il tu, suivi de l'annonce "Ici Radio Proche-Orient", que l'émir se rapprocha de Hassan Rida'i et supplia, tel un enfant incapable de dissimuler sa joie et son émerveillement :

— Maintenant, c'est à moi… Montre-moi juste comment faire.

— Il vaut mieux qu'il se repose… Il faut qu'il se repose!

— Juste une fois… et on le laisse se reposer.

— Juste une fois, hein?

— Oui, une fois… une seule fois!

L'émir s'approcha de la boîte comme un gamin s'approche d'un feu, fasciné bien qu'averti. Avec patience et application, il posa ses doigts là où Rida'i le lui indiqua, et se mit à manipuler la chose sous ses instructions. Une musique jaillit soudain, et il retira vivement la main, interdit ou effrayé. Mais lorsque la mélodie emplit toute la tente, il se rejeta légèrement en arrière, et considéra les visages silencieux qui l'entouraient et épiaient chacun de ses gestes avec méfiance. Il semblait leur dire qu'il en savait plus long qu'eux, qu'il savait ce qu'ils ne savaient pas. Au bout de quelques minutes, pendant lesquelles l'émir hocha la tête d'un air concentré et réjoui, comme s'il avait lui-même fait venir cette musique d'un lieu que nul ne connaissait et nul n'imaginait, un court silence régna, que brisa Hassan Rida'i d'une voix angoissée :

— Excellence… il faut qu'il se repose…

Et tout aussi muet et ému qu'au début, avec la même dextérité, il laissa ses mains courir sur la boîte, d'un côté puis de l'autre, puis il décrocha les fils qui la reliaient à la pierre noire et la remit à sa place. Lorsqu'il eut fini, il se frotta les mains et dévisagea les hommes autour de lui, surtout l'émir, en leur demandant sans mot dire ce qu'ils pensaient de ce qu'ils avaient vu et entendu. Les visages étaient figés, proches de l'ébahissement et pleins de scepticisme, mais l'émir déclara,

sans cesser de hocher la tête comme si un invisible vent la
secouait :

— Le monde qui nous entoure est étonnant et mystérieux !
Le Tout-Puissant enseigne à l'homme ce qu'il ignore… L'important, c'est que ses intentions soient bonnes et son cœur
pur, pour que son esprit s'affranchisse et que notre Seigneur
l'inspire et l'éclaire.

Ces mots leur semblèrent obscurs et hermétiques. Il se
tourna vers son suppléant :

— La lunette permet de repérer un cheveu à distance, la
caisse en métal jaune court comme une gazelle sans jamais
se lasser, quant à cette boîte, soit elle parle, soit elle pleure,
soit elle prie !

Puis, avec une sorte d'exaltation :

— Gloire à Dieu qui enseigne à l'homme ce qu'il ignore…

64

La nouvelle de l'apparition chez l'émir de l'étrange chose
se répandit plus vite que toute autre. Même la "caisse en
métal", comme beaucoup l'appelaient, alors que d'autres la
surnommaient le "cheval du diable", l'engin qui avait débarqué à la Harran américaine et dont on avait parlé pendant
des jours bien que peu l'aient vu, et seulement de loin, même
la fameuse caisse n'avait pas suscité autant d'attention et de
frayeur, ni soulevé autant de questions que ce nouvel appareil. Nul ne pouvait le décrire, ni en dire quoi que ce fût de
précis. Et lorsque l'émir envoya ses hommes au café et au
souk pour inviter quelques privilégiés sous sa tente, sans révéler ses intentions ni dire ce qui se passerait au cours de la
séance, on se mit à parler partout de la "nouvelle merveille".
Trois ou quatre hommes assurèrent avoir entendu pendant
la journée des voix qui semblaient tomber du ciel ou sortir
de terre. L'un d'eux prétendit que quelqu'un l'avait appelé,
mais il s'était retourné et n'avait rien vu. On tenta d'arracher
à la garde de l'émir des explications, une description, une idée
de la chose, mais en vain. Aucun de ceux qui s'interrogeaient
ne savait poser les questions adéquates, et aucun des gardes
ne donna de réponse qui ne fût de plus en plus obscure et
n'ajoutât au mystère. Les commentaires étaient extrêmement
brefs et confus : "Une chose extraordinaire…", "La voir n'est

rien, mais l'entendre!" Shahib, un des hommes de l'émir, qui avait été chargé d'inviter Ibn Naffa', Al-Sayf, et Al-Dabbassi, lança en grande hâte pour se débarrasser des curieux :

— Demain, quand vous la verrez, les amis, ça va vous rendre fous!

Deux heures avant le coucher du soleil, chacun avait reçu son invitation. De ceux qui n'avaient pas été conviés, certains ne purent refréner leur curiosité ni attendre qu'on leur raconte ce qui s'était passé, et ils résolurent d'y aller, de s'approcher d'une manière ou d'une autre, et de trouver l'occasion de se faufiler, sous un prétexte quelconque, pour voir le fabuleux objet, et être les premiers à raconter leur expérience aux autres.

Tout au long de l'après-midi, l'émir avait été surexcité et n'avait ni dormi, ni quitté sa tente. Ses yeux restaient rivés au merveilleux appareil, et il ne cessait de se lever pour tourner autour et l'examiner de plus près et sous toutes ses faces, l'air songeur, en en éprouvant maintes fois la solidité du bout d'un doigt craintif. Plus les heures passaient, plus il était résolu à le manipuler seul, sans aucune aide de Hassan Rida'i ; il lui fallait simplement trouver le moment propice pour lui demander de lui en enseigner toutes les ficelles : où et par quoi commencer, l'étape suivante et celle d'après, et lorsqu'il aurait tout maîtrisé, il le prierait de rejoindre les autres, et de le laisser se charger seul du fonctionnement de l'extraordinaire objet. Il étonnerait tous les Harranis, leur donnerait l'impression de vivre le premier ou le plus important jour de leur vie. Ils pousseraient de grands cris d'enfants, effrayés, enchantés et éblouis – comment en serait-il autrement alors que lui-même était encore tourneboulé et ébahi par cet engin que personne n'avait jamais vu ni décrit ?

À un moment donné, alors qu'il ordonnait d'avancer l'heure habituelle de son audience publique, il redouta soudain qu'on ne puisse transporter l'appareil dehors, et s'en ouvrit, embarrassé, à Hassan Rida'i :

— J'ai oublié de te demander… aujourd'hui… pour mon *majlis**, on pourra transporter la chose tout près d'ici ?

Rida'i l'assura que ce serait facile, qu'on pouvait l'emporter n'importe où, il fallait simplement y faire bien attention, ne pas la secouer, ne pas la poser brusquement et ne rien mettre dessus. L'émir, tout heureux et fébrile, se mit à imaginer plusieurs endroits et situations appropriés, et, sautant sur l'occasion, reprit d'un ton confidentiel et amical :

— Maintenant, je voudrais que tu m'apprennes à m'en servir… Dis-moi tout !

Rida'i répondit avec un grand sourire :

— C'est votre droit de tout savoir, Excellence, et de tout essayer, car si je suis là aujourd'hui pour vous aider en cas de besoin, demain je pourrais être ailleurs.

Ces mots le ravirent. L'homme lui confiait tous ses secrets, confortait sa position parmi ses hommes, et affirmait sa supériorité. Il conclut du même ton amical :

— Dieu te bénisse et fasse qu'il y en ait beaucoup comme toi.

Hassan Rida'i entreprit d'expliquer à l'émir la nature et les qualités de l'appareil. Il parla beaucoup et avec volubilité. Il raconta que les autres nations attachaient une extrême importance à la *radio*, lui allouaient des budgets et des moyens considérables, qu'elle agissait comme un miroir et reflétait la puissance et l'influence d'un pays. Tous les nantis avaient cet appareil chez eux et recevaient grâce à lui des nouvelles du monde. Et après les nouvelles venaient les distractions, la musique, les chants, puis d'édifiants débats, des récits, des poèmes, etc.

---

* Littéralement, lieu où l'on s'assied, où l'on se réunit, où l'on reçoit. Ici, séance, audience publique.

L'émir ne pouvait suivre et comprendre qu'une infime partie de ce que disait Rida'i, mais le mot "radio" répété plusieurs fois se grava dans son crâne. Il brûlait d'envie de voir l'homme en finir avec ses discours, pour qu'ils puissent de nouveau s'attacher à faire fonctionner la merveille, de sorte qu'il n'aurait besoin ni d'aide ni de conseils, plus tard, devant ses hommes.

— Assez parlé, rien ne vaut la pratique… *Bismillah** et à nous deux! dit-il d'un ton léger.

Sans plus tergiverser, il alla s'asseoir près de la radio et attendit que Rida'i le rejoignît. Il caressa l'appareil d'une main douce et tendre, comme on caresse une joue d'enfant, et pianota dessus du bout des doigts pour signifier qu'il était temps de commencer.

Hassan Rida'i s'exécuta avec la même habileté et la même rapidité qu'auparavant, sans doute même trop vite, car l'émir, incapable de suivre, le supplia presque :

— S'il te plaît, reprends tout du début, et va doucement!

— À vos ordres, maître!

Il avait répondu en souriant, avec une obséquiosité qui lui était propre et qui, étrangère à Harran et à la région, détonnait, mais qui ravissait l'émir et lui donnait l'impression d'être supérieur. Il l'avait notée dès la première visite et en avait été charmé. En s'entendant appeler "maître", il s'était dit : "Les hommes ailleurs sont bien mieux éduqués ; eux au moins savent s'adresser aux gens selon leur rang."

— Reprenons du début, lui dit Rida'i.

— Oui, c'est ça… du début, et doucement! s'enthousiasma l'émir.

Quelques minutes plus tard, le son de la radio emplissait la grande tente, le désert alentour, et résonnait jusqu'aux

---

* Littéralement, "au nom de Dieu". Formule conjuratoire prononcée avant d'engager toute action.

quartiers des femmes. Rida'i baissa le son et déclara d'un ton ferme :

— Maintenant, Excellence, vous allez tout faire seul.

L'émir s'y employa, mais il s'embrouillait, redoutait de se tromper, et Rida'i, pour l'encourager et lui faciliter les choses, suggéra :

— Le mieux, Excellence, c'est de compter…

Il s'interrompit un instant, hocha plusieurs fois la tête comme s'il avait découvert la meilleure façon d'enseigner, s'agita un peu et reprit :

— Un… deux… trois… et puis quatre…

Il posa vivement la main sur la batterie en répétant "numéro un", puis sur le bouton marche/arrêt, "numéro deux", sur le sélecteur de stations, "numéro trois", et enfin sur le bouton du volume, "numéro quatre et dernier". Il fit cela assez rapidement pour que l'émir s'exclame :

— Compter, c'est bien, mais c'est plus compliqué qu'une prière de Bédouin !

Hassan Rida'i éclata de rire sans chercher à élaborer, et reprit comme s'il s'adressait à un enfant :

— Un… Ça, c'est le numéro un, d'accord ?

Comme l'émir hochait la tête pour montrer qu'il comprenait, il poursuivit en montrant le bouton de mise en marche :

— Après un, il y a deux, n'est-ce pas ?… et le voilà.

L'émir acquiesça.

— Tout va bien ?

L'émir, grandiloquent :

— Grâce à Dieu !

— Ça, c'est le numéro trois… et le trois, Excellence, c'est le plus difficile.

L'émir opina du chef pour montrer qu'il saurait surmonter la difficulté.

— Et voici le numéro quatre. C'est facile : si vous voulez monter le son pour que tout Harran entende, c'est vers la droite, et si vous voulez le garder pour vous, c'est vers la gauche.

Grâce à une série d'instructions supplémentaires relatives surtout à la batterie et au sélecteur de fréquence, l'émir déclara, après plusieurs essais, le visage radieux :

— Une dernière fois… et on la laisse se reposer, pour qu'ils tombent tous à la renverse quand ils viendront…

Il fit une pause, puis éclata de rire et ajouta :

— Je laisserai le son monter jusqu'aux étoiles… et ce jusqu'à l'aube !

*

Le *majlis* fut organisé plus tôt que d'habitude. La radio avait été transportée au-dehors par les hommes de l'émir, mais sous sa direction, et il avait prodigué conseils et recommandations avant et pendant le trajet. Lorsqu'il fut sûr que tout était fin prêt, et pour rendre l'opération plus mémorable et mystérieuse, il jeta son *abaya* sur l'appareil et le dissimula complètement.

Il s'efforça de rester simple et naturel dans ses paroles et son comportement, et il s'adressa à ses hommes d'un ton paternel, contrairement aux jours précédents. Cela en étonna plus d'un. Mais la tension intérieure qui le dominait tout entier le faisait courir en tous sens et marcher d'un pas rapide, presque anxieux. Il était au pied du mur, et malgré tout son aplomb, certains doutes le taraudaient : Et si d'un coup l'appareil mourait ? S'il n'arrivait pas à le faire marcher ? S'il se trompait dans les numéros ou s'embrouillait dans les "boutons" – comme les appelait Hassan Rida'i ? Quelle honte ce serait s'il échouait, si Rida'i venait le remplacer, mettait la radio en marche, y parvenait en quelques gestes simples, lui jetait un regard en coin et considérait les autres en souriant! Le cas échéant, ne passerait-il pas, du moins à ses yeux, pour incompétent ou incapable? Ainsi songeait-il et s'interrogeait-il, de plus en plus tendu. Il aurait voulu pouvoir faire une dernière tentative, essayer l'appareil dans son nouveau décor, mais qu'en aurait pensé Hassan Rida'i?

Les hommes arrivèrent peu avant le coucher de soleil, Al-Dabbassi d'abord, qui avait résolu de venir tôt, avant tout le monde, car il n'avait pas vu l'émir depuis des jours et se sentait fautif sans savoir vraiment pourquoi. Peut-être à cause de la mort d'Ibn al-Rashid, ou parce qu'il se trouvait futile. Le fait est que ce sentiment le tenaillait, même si les ragots des clients d'Abou As'ad relatifs à la merveille le laissaient indifférent. Plus d'un l'avait entendu déclarer au café : "Si vous voyagiez un peu, mes amis, vous verriez le monde et vous n'en croiriez pas vos yeux." Il n'avait rien dit de plus et personne n'avait rien compris.

Abdallah al-Sa'ad et Muhammad al-Sayf arrivèrent ensemble, ainsi qu'Al-Zawawi et Ibn Naffa' qui parlaient beaucoup en gravissant la colline septentrionale. Ils évoquaient la corruption qui s'étendait, le mal qui régnait, la ruine et la fin du monde qui les menaçaient. L'attitude de l'émir, qui pourtant voyait et entendait tout ce qui se passait à Harran, son silence inexplicable, son indulgence envers les Américains, tout cela les stupéfiait et engendrait plus de soupçons qu'on ne pouvait en supporter ou tolérer. Et quant aux rumeurs concernant la fameuse surprise, Ibn Naffa' commenta, assez fort pour être entendu à la ronde :

— Ce qu'on a déjà vu suffit et plus encore, Abou Mouh-sin… Si ce nègre, qui a perdu la tête parce qu'il a vu le con de sa mère, veut nous faire subir le même sort, il se met le doigt dans l'œil!

457

Lorsque le soleil se pencha sur la colline occidentale et qu'on ne vit plus que ses feux orangés qui s'assombrissaient peu à peu, tous les invités étaient là, y compris trois ouvriers du camp, dont Ibn al-Zamil et Dahham al-Mouz'il, le dernier arrivé, qui avait déboulé sous la tente en trébuchant, trempé de sueur. L'émir découvrit parmi ses hôtes deux ou trois Harranis dont il ne savait comment ni pourquoi ils étaient là, mais il dit en se levant :

— À la belle étoile, mes braves… Il y fait plus doux et c'est plus agréable.

Tout le monde se leva dans un brouhaha confus, mais sans mot dire. L'émir, qui les précédait d'une ou deux foulées et paraissait plein d'assurance, était secrètement inquiet et impatient d'en avoir terminé. Il fit signe à Hassan Rida'i de rester près de lui, de se rapprocher, et l'homme s'empressa d'obéir, sous le regard acéré d'Ibn Naffa', auquel aucun de ses gestes n'échappait. Indifférent aux autres, il ne le quittait pas des yeux depuis son arrivée. Hassan Rida'i avait plusieurs fois croisé son regard et souri, mais Ibn Naffa' avait continué de le dévisager sans lui rendre son sourire, jaloux de voir l'émir le solliciter avec tant d'insistance. "Va savoir si cet homme est l'envoyé de Dieu ou du diable", songeait-il. "Comme on dit, si le mal est dans les entrailles, d'où peut venir la guérison ? On dirait que ce bâtard de gitan a entortillé l'émir… Une vraie malédiction… pour ses ancêtres et pour les nôtres."

À peine les hommes furent-ils assis, le cœur débordant de questions et l'œil rivé à la chose extraordinaire qui reposait à gauche de l'émir, recouverte de son *abaya*, que celui-ci commençait, d'une voix légèrement tremblante :

— Le monde, mes braves, n'est plus ce qu'il était, il a changé, beaucoup changé, il a rapetissé, il vient jusque chez les gens, il vient à eux au lieu de les faire venir à lui.

Personne ne comprit son propos ; au contraire il ne fit qu'accroître leur perplexité. L'émir s'agita sur son siège et reprit, d'un ton plus ferme :

— On ne peut croire que ce qu'on voit et qu'on essaie…

Il se tourna vers Hassan Rida'i et lui dit en souriant, comme s'ils partageaient un secret :

— Ils ne le croiront que quand ils le verront.

Sans plus attendre, il bondit comme un chat, souleva l'*abaya* d'un geste théâtral et lança :

— Vous voyez cette merveille ?…

Et comme ils opinaient du chef :

— Elle court le monde en un clin d'œil et vous raconte tout ce qui se passe !

Les hommes demeuraient silencieux, attentifs. L'émir se frotta les mains, exactement comme l'avait fait Hassan Rida'i avant sa démonstration :

— Cette chose que vous voyez là… elle parle, elle pleure et elle prie le Seigneur…

Il s'interrompit un instant, considéra la radio, puis l'assemblée, et poursuivit en hochant la tête :

— Maintenant, ayons confiance en Dieu et allons-y !

L'émir se mit à compter d'une voix à peine audible : Un… il posa la main sur la batterie et attendit quelques minutes. Deux… il s'installa devant la radio en tournant le dos à son auditoire, et quand la lumière verte s'alluma, il se pencha de tout son corps et se mit à tourner le sélecteur de station. Lorsqu'il fut certain d'en avoir trouvé une, que la lumière s'intensifia et qu'il entendit une voix, il se retourna et s'écria :

— Écoutez… écoutez !

Il monta le son, et on entendit : "On raconte que lorsqu'on lui montra le trésor de Khosrô, Ibn al-Khattab pleura et dit : « Cela ne peut que nuire à l'épanouissement d'un peuple et l'inciter à s'entretuer. »"

Le son baissa soudain et un bourdonnement strident et continu lui succéda. Les hommes s'entre-regardèrent et regardèrent cette chose que l'émir manipulait avec un air émerveillé. Leurs lèvres tremblaient, leurs yeux s'affolaient. Le grésillement s'atténua et la voix résonna de nouveau : "Je ne crains pas pour vous la pauvreté ; je crains que vous ne vous disséminiez de par le monde comme d'autres l'ont fait avant vous, que vous ne vous battiez pour lui, et qu'il soit votre ruine comme il l'a été pour d'autres. Le Prophète – paix soit sur lui – a dit : « Agissez en ce monde comme si vous étiez étranger ou de passage. »"

L'émir dévisageait ses hôtes un par un et guettait leur réaction, et comme ils se taisaient, intrigués, il se frotta les mains et éclata de rire :

— Et d'une !

Il baissa tant le son qu'on ne l'entendit plus, et reprit :

— Vous avez vu et entendu… Maintenant, on continue !

Il pencha de nouveau tout son corps en avant, à en être presque allongé par terre, et se mit à tourner le sélecteur de fréquence, la tête collée à la radio. Quand il fut satisfait, il monta le son et dit en riant :

— Et voilà la deuxième !

Une musique jaillit, tonitruante, emplissant l'espace. Il les regarda, hilare, hocha plusieurs fois la tête, mit encore plus fort. Les corps tressaillirent, les regards se figèrent, les cœurs palpitèrent. Les hommes n'osaient pas se regarder en face, mais ils s'épiaient du coin de l'œil. Ils redoutaient de voir un homme surgir soudain de cette boîte pour venir les exterminer. L'émir, aux anges, échangeait avec Hassan Rida'i de longs regards et clins d'œil entendus, ravi de voir l'impact de sa mise en scène. Il souhaita un moment avoir convié tout Harran au lieu de s'en être tenu à cette modeste assemblée – quelle merveille, s'ils avaient été tous là ! Puis il se ravisa, parce que les secrets, c'est seulement pour les grands, ceux qui sont à même de comprendre.

Après cette assourdissante musique, il y eut un bafouillis incompréhensible, et délicatement, comme l'avait fait Hassan Rida'i, l'émir coupa le son :

— C'était la deuxième, clama-t-il. Il y en a des tas d'autres.

Il se coucha presque, comme auparavant, et continua de manipuler les boutons en surveillant la lumière verte, et lorsqu'il entendit une voix qui lui sembla claire, il monta le son :

— Voici la troisième !

"On raconte qu'un oiseau de mer appelé « bécasseau » nichait sur la côte avec son épouse. Quand vint l'heure de procréer, la femelle dit au mâle : « Cherchons un nid inaccessible, car je crains que le Seigneur des Mers emporte notre nid à la marée montante. » Il répondit : « Ponds tes œufs ici, car nous avons l'eau et le grain tout près. – Insensé, répondit-elle, le Seigneur des Mers les emportera ! – Il n'en fera rien, nichons là ! rétorqua-t-il. – Tu es bien sûr de toi ! Tu ne te souviens donc pas de sa promesse et de ses menaces ? Sais-tu ce que tu vaux, ce dont tu es capable ? » Mais comme il ignorait sa mise en garde et refusait de l'écouter malgré son insistance, elle lui dit : « Ne pas écouter les conseils prodigués, c'est risquer de subir le sort de la tortue qui refusa d'entendre les deux canards. – Et de quoi parles-tu ? » interrogea le mâle.

« On raconte que deux canards vivaient près d'un étang où poussait une herbe abondante et où était aussi une tortue à laquelle les liait une solide amitié. Or la mare vint à s'assécher et les canards décidèrent de quitter le marais. Ils allèrent saluer la tortue et lui dirent : 'Adieu, nous quittons cet étang, car l'eau commence à y manquer.' Elle leur répondit : 'Moi aussi je vois l'eau baisser, or, comme aux bateaux, l'eau m'est indispensable ! Vous, vous pouvez vivre n'importe où… Emmenez-moi donc avec vous! – Fort bien. – Et comment me porterez-vous? – Nous prendrons chacun le bout d'une branche à laquelle tu te suspendras par le milieu en y mordant et nous volerons avec toi, mais garde-toi de parler si on t'adresse la parole…' Ils s'envolèrent, et les gens qui les virent s'exclamèrent : 'Comme c'est curieux, une tortue entre deux oies! – Que Dieu vous aveugle!' rétorqua la tortue en les entendant se gausser. Mais ce faisant, elle tomba et creva. »

Le mâle dit : « J'entends bien ton histoire, mais n'aie pas peur du Seigneur des Mers… » Or la marée monta et emporta les œufs. « Je le savais! » dit la femelle. « Je les vengerai! » dit le mâle. Il alla trouver une assemblée d'oiseaux et leur dit : « Nous sommes frères, aidez-moi. – Que devons-nous faire? dirent-ils. – Venez tous avec moi voir le roi des oiseaux, plaignons-nous à lui des méfaits du Seigneur des Mers et demandons-lui son aide puisqu'il est oiseau, comme nous. – Fort bien, le Phénix est notre maître et souverain, allons ensemble lui demander conseil, nous lui dirons ce que t'a fait subir le Seigneur des Mers, et nous lui demanderons de nous venger grâce à ses pouvoirs régaliens. » Ils allèrent avec le bécasseau demander audience au Phénix. Il les reçut, entendit leur histoire et accepta de combattre pour eux le Seigneur des Mers. Lorsque celui-ci découvrit le Phénix parmi les oiseaux, il prit peur et renonça à se battre, impuissant qu'il était contre sa majesté. Il s'excusa auprès du bécasseau, et, la paix rétablie, le Phénix s'en retourna chez lui*."

L'émir était à la fois ravi et anxieux. Les hommes écoutaient, la langue nouée, captivés, émerveillés. Leur silence apeuré le réjouissait, mais lorsque le récit se prolongea, puis qu'une autre histoire commença, dont plusieurs phrases lui échappèrent parce qu'il ne cessait de se retourner et de guetter

---

* Extrait du *Livre de Kalila et Dimna* d'Ibn al-Mouqaffa', VIIIᵉ siècle.

les réactions de son auditoire, il craignit de fatiguer la chose. Aussi, quand le dernier mot résonna et que les visages se détendirent, il se jeta sur l'appareil avec l'agilité d'un chat et on l'entendit compter : "Quatre, trois, deux, un !"

Une fois la radio éteinte, il retourna s'asseoir à sa place, épuisé, inspira profondément et leva les yeux au ciel. Puis, comme le lourd silence s'éternisait, il reprit la parole :

— Comme vous le constatez, mes braves, Dieu enseigne à l'homme ce que l'homme ignore.

Chacun de ses hôtes aurait eu son mot à dire. Ceux qui avaient voyagé de par le monde mouraient d'envie de commenter. Al-Dabbassi avait déjà vu une radio, au Caire, chez un ami d'Ibn al-Barih, mais il n'en avait pas été émerveillé outre mesure, parce qu'en Égypte tout était incroyable. Ainsi résuma-t-il ses impressions, sans chercher à élaborer ni à préciser. Abdallah al-Sa'ad, lui, se pencha vers Muhammad al-Sayf et murmura : "Ibn al-Naqib, notre frère de Basra, en a une. Je l'ai vue !" Mais ceux qui n'étaient jamais allés plus loin qu'Oujra tremblaient de peur et de perplexité, et plus d'un aurait voulu que l'émir recouvre cette chose et l'emporte au loin, parce qu'il fallait s'attendre au pire ici-bas ! La plupart n'étaient pas disposés à écouter le moindre commentaire ou une quelconque explication, parce que cet appareil étrange était capable de parler, de chanter, de raconter des histoires et de faire encore bien d'autres choses, qu'il pouvait le faire malgré sa petite taille, et que les créatures bizarres cachées à l'intérieur étaient sans doute ensorcelées et difformes. Le seul qui osât s'exprimer, mais avec réticence et une certaine appréhension, fut Ibn Naffa'.

— Cette chose, qui l'a fabriquée ? demanda-t-il à Hassan Rida'i.

— Le génie humain, répondit Rida'i à la hâte, vaguement embarrassé par les regards hostiles qu'Ibn Naffa' n'avait cessé de lui adresser toute la soirée.

— Allons, dis-moi... dis-moi... les Allemands ou les Américains?

— Celle-là vient de Hollande.

— De Hollande?

— Oui, c'est une marque hollandaise.

— Et ils savent l'arabe là-bas? Ils prient, ils jeûnent et ils jurent qu'il n'y a de dieu que Dieu?

Al-Dabbassi trouva qu'Ibn Naffa' allait trop loin et intervint :

— Si Abou Misfar est d'accord, ce serait bien que notre ami nous en rapporte une d'un prochain voyage... On le paierait d'avance s'il voulait!

— Tu la mettrais chez nous, Al-Dabbassi? s'écria Ibn Naffa', furibond.

— Aie confiance en Dieu, mon brave, ne t'énerve pas... l'adjura Al-Dabbassi en souriant.

— Tu la mettrais chez nous? insista Ibn Naffa'. Tu ferais entrer le loup dans la bergerie?

— Bon Dieu, Ibn Naffa', intervint l'émir, tu n'aimes rien de ce qui ne vient pas du Nejd, et pour toi, tout est tabou!...

Puis, changeant de ton et s'adressant à l'assemblée :

— Mes braves, vous avez entendu vous-mêmes ce que cette merveille a dit du Prophète – paix soit sur lui –, ainsi que d'Ibn al-Khattab et des autres...

Ibn Naffa' se leva, outré :

— Mes amis, méfiez-vous de ce qui brille!

Il fit une pause puis ajouta, sarcastique :

— Cette chose n'a qu'un œil, comme Ibliss, un œil vert, aussi vert que la tentation que nous proscrit le Prophète...

Et, d'un ton menaçant :

— Demain, elle vous entraînera en enfer!

65

Ceux qui attendirent au café d'Abou As'ad ce soir-là, sens et oreilles aux aguets, dirent avoir entendu des bruits insolites monter de la colline septentrionale, des voix indistinctes qui résonnèrent lorsque la mer se calma dans la nuit qui s'avançait. Abdou Muhammad, qui avait veillé plus tard que d'habitude, assura avoir reconnu, sourdant du même endroit, des airs familiers.

Osman al-Asqa, qui se plaignait d'être sourd d'une oreille, avait, lui, résolu de se rendre chez l'émir sans invitation, incapable qu'il était de refréner sa curiosité depuis qu'il avait entendu parler de l'étrange appareil, même si certains plaisantins affirmaient qu'il n'y était allé que pour manger!

Il fut le premier à gagner le café après le *majlis* de l'émir et le dévoilement de la merveille. Il y demeura un long moment silencieux, hochant simplement la tête et secouant les mains pour exprimer son ahurissement. Lorsqu'on le pressa de décrire la chose, il signifia d'un geste qu'il en était incapable, parce que ce qu'il avait vu ne pouvait être dit ni décrit. Les autres insistèrent tellement qu'il finit par se lancer, après avoir longtemps tergiversé. L'émir possédait un objet extraordinaire : une boîte, mais qui n'en était pas une, comme un coffre à thé, plus petit... ou plus grand peut-être, il n'en était pas sûr, et cette boîte, si on lui tapait sur la tête, elle criait et se mettait à parler… Ah oui, elle n'avait qu'un œil, un œil vert, comme l'herbe au printemps… Si on la tapait de nouveau – mais il fallait le faire doucement –, il en sortait de la musique, de tam-tam ou de nay*, et si on la tapait encore, sur le côté cette fois, elle soupirait et mourait.

Abou As'ad lui demanda tout excité, gestes à l'appui, si l'on posait dessus des rondelles noires qui ressemblaient aux galettes d'Abdou Muhammad en plus mince, si elle était surmontée d'un grand entonnoir, comme un entonnoir à huile, mais plus large, et si on devait l'actionner avec une tige sur un des côtés. À toutes ces questions, dont on lui rebattit les oreilles, Al-Asqa répondit que non, il n'avait rien vu de tout cela, il était trop loin. Abou As'ad lui demanda alors si la boîte avait de petites clés et un rectangle en verre au milieu avec une aiguille qui bougeait, ce à quoi Osman répondit que c'était à peu près ça, mais pas tout à fait. Abou As'ad se laissa alors tomber sur la chaise sur laquelle il s'appuyait et s'écria, à bout de patience :

— Il fallait le dire plus tôt, mon vieux !

Et il hocha la tête en riant aux éclats :

— C'est une radio, mes amis !

Puis, se tournant vers Osman :

— Une radio, pas vrai ?

Osman fit la moue et haussa les épaules pour montrer qu'il n'en savait rien.

Quelqu'un, légèrement à l'écart, qui avait suivi la conversation et les explications avec avidité, brûlant d'en savoir plus sur la merveille, persifla :

— Al-Asqa n'a d'yeux et d'ouïe que pour son ventre !

— Si Harran avait l'électricité, on aurait la radio depuis longtemps ! éluda Abou As'ad, avec un sentiment de supériorité.

---

* Flûte oblique en roseau originaire d'Asie centrale.

Et il se mit à déblatérer tout ce qu'il savait de cet appareil, très répandu à Beyrouth, Alep et Damas, ainsi que dans bien des endroits où il avait vécu ou qu'il avait visités. Il affirma que tous les nantis et les nobles en possédaient un chez eux, et qu'au café Nadim, à Sahat al-Borj, il y avait une radio *et* un Gramophone. Il s'employa alors à expliquer ce qu'était un Gramophone, comment les disques en forme de galette faisaient de la musique et ne se lassaient pas de tourner jour et nuit. De nombreux clients du café Nadim venaient de très loin pour l'entendre, et le patron, Wajih al-Halabi, laissait l'"auditoire" – et il répéta plusieurs fois le mot "auditoire" – choisir les chansons. Il répéta que lorsque Harran aurait l'électricité, le Café des Amis serait le premier à avoir la radio, mais il ajouta en agitant le doigt d'un geste menaçant :

— Attention, si j'y installe cet appareil, personne n'aura le droit d'y toucher !…

Il fit une pause, puis reprit :

— Et je ne voudrai pas vous entendre dire toutes les deux minutes : "Mets ça, Abou As'ad… Enlève ça, Abou As'ad…"

On dit que cette nuit-là, Harran ne dormit pas. Le *majlis* de l'émir dura plus qu'il ne l'avait prévu et voulu. Le son de la radio, qui ne fut d'abord qu'une rumeur lointaine, comme l'écho d'un chant de caravanier, ne tarda pas à enfler et à s'intensifier, de sorte que tout le monde l'entendait. Lorsque Hassan Rida'i, avec une extrême politesse, exprima son désir de se retirer – il serait à la disposition de Son Excellence à l'heure qui plairait à Son Excellence le lendemain –, lorsqu'il s'excusa donc, l'émir agréa et ce fut le signal que la soirée s'achevait. L'émir fit ses adieux à ses hôtes et les raccompagna sur un bon bout de chemin, plus loin des tentes que d'habitude. On dit que l'écho de la radio les suivit, comme s'il marchait à leurs côtés, jusqu'au bas de la colline et aux abords du souk, en résonnant haut et clair dans la nuit. Et lorsque Al-Zawawi tomba dans une ornière, tout le monde éclata de rire et Al-Dabbassi s'écria en l'aidant à se relever :

— Cette chose, Abou Mouhsin, a ouvert nos oreilles, mais fermé nos yeux !

Une fois seul, l'émir, qui s'était attardé un moment et avait monté le son plus d'une fois en hochant la tête de bonheur et d'émerveillement, fit transporter l'appareil à divers endroits. Il l'installa d'abord sous sa tente, puis derrière, là où il dormait, et on l'y entendit vanter à voix haute les qualités de la merveille. Puis une musique tonitruante s'éleva, à laquelle se mêlèrent des hurlements de femmes, cris de frayeur, de plaisir et d'étonnement, et ceux qui veillaient au café assurèrent l'avoir entendue résonner, s'affaiblir, puis jaillir de nouveau en vagues successives. Plus tard, en rentrant les chaises, Abou As'ad promit aux deux derniers clients qui s'en allaient :

— Dans quelques mois, si Dieu veut, on aura la radio, et la musique montera jusqu'au ciel !

Ibn Naffa', qui était rentré tôt et directement à Harran, refusa de faire le moindre commentaire. On l'entendit prier d'une voix tonitruante jusque tard dans la nuit, et il couvrit sans doute le son de la radio, à moins que la distance ne l'étouffât, car aucun des Harranis n'entendit l'appareil. Quant à ceux qui vivaient sur la colline occidentale, ils racontèrent une fois chez eux bien des faits extraordinaires, mais nul ne sut décrire la chose ni en définir la nature.

Le lendemain, avant le lever du soleil, on vit l'émir demander à Mas'oud et un autre de transporter la radio. Il les accompagna pas à pas et souleva lui-même la tenture qui fermait la tente pour qu'ils y entrent sans peine. Plus tard, de mauvaises langues révélèrent que l'émir passait ses nuits à bonne distance de l'appareil, et chose curieuse, qu'il gardait son Mauser chargé à ses côtés au cas où la merveille voudrait lui jouer un tour. Ibn al-Sayf raconta qu'au cours d'une de ses visites, il avait vu l'émir examiner à la lunette le dessous de la radio, que deux hommes soulevaient. Ne voyant rien, il s'était approché, y avait frappé deux coups comme on frappe à une porte, puis, comme rien ne répondait, il l'avait contournée pour en inspecter les autres côtés, à la longue-vue d'abord, puis en y tapant du bout des doigts ou du plat de la main.

Au camp des ouvriers, au souk et à la mosquée, on ne parlait plus que de la chose. Beaucoup rêvaient d'y jeter un coup d'œil ou d'entendre sa voix. L'émir, totalement obnubilé par cette affaire, ne permettait à personne d'y toucher ou de l'approcher en son absence. Il découvrit un grand nombre de mélodies et entama à cette époque, par pure coïncidence, une nouvelle tranche de vie qui l'affecterait profondément, et dont lui comme les autres se souviendraient longtemps.

66

Lorsque l'émir alla, avec son suppléant et Hassan Rida'i, visiter l'enclave américaine, il examina l'automobile avec une extrême attention. Il voulut savoir si les Américains donnaient des noms aux engins qu'ils "montaient", comme les Arabes à leurs chevaux. Quand Henderson lui répondit que le véhicule s'appelait Ford, l'émir, ravi, se tourna vers son suppléant et s'exclama d'un ton triomphant : "Je te l'avais dit!" Puis il posa des questions plus précises : combien d'années vivrait Ford, avait-on besoin de poudre pour le faire avancer, obéissait-il à un autre que son maître, était-il débourré, fallait-il le dresser… Lorsqu'il eut satisfait sa curiosité – il n'avait pas cessé d'opiner du chef –, Henderson leur proposa d'aller faire un tour ensemble. L'émir, secrètement réticent, demanda à son suppléant et à Hassan Rida'i d'un ton ambigu s'ils voulaient tenter l'expérience, mais devant la simplicité de Henderson et le oui spontané de Rida'i, il se vit contraint d'accepter.

Ce fut une aventure émaillée de surprises, de clameurs et de commentaires. Lorsque la voiture s'élança, l'émir s'écria, livide et terrorisé : "Dieu du ciel… protégez-moi !", et il tendit la main vers la cuisse de Henderson pour s'y agripper, mais comme celui-ci éclatait de rire, il la retira vivement, confus, et s'accrocha à son siège.

— On aurait dû faire nos prières, mes amis! dit-il à ses acolytes sans se retourner.

Quand Henderson tourna soudain, l'émir, aux cent coups, saisit le volant pour s'y retenir, et si l'Américain n'avait vivement écarté sa main, ils auraient pu avoir un accident. La même chose se reproduisit lorsqu'il freina brusquement pour éviter un chien… De ce concert de cris et d'exclamations, on se souviendrait longtemps, et Henderson raconterait plus tard, en évoquant l'arrivée à Harran de cette première voiture : "L'émir était mal à l'aise et mourait de peur ; il marmonnait entre ses dents, comme s'il priait ou qu'il suppliait Dieu de le protéger, et il nous a mis plus d'une fois en péril. À un moment, il a même failli sauter en marche. Il avait déjà saisi la poignée de la portière, et si j'avais manqué de réflexes, on nous aurait accusés de l'avoir tué!"

Lorsque la voiture dépassa un groupe d'ouvriers et qu'ils agitèrent la main pour saluer l'émir et son équipage, celui-ci resta figé, agrippé à son siège, stupéfait de voir Henderson lâcher le volant et passer négligemment le bras par la fenêtre pour leur rendre leur salut.

La visite terminée, l'émir s'exclama en gravissant la colline :

— Ce monstre bondit et rebondit comme une sauterelle, et on ne sait jamais quand il va retomber !

— Nos montures sont plus sûres et plus dociles que lui, renchérit son suppléant.

— Oui, moins rapides, mais plus sûres, ajouta Rida'i.

Puis, après une courte pause :

— On n'arrête pas le progrès… Chaque jour des inventions, chaque jour des nouveautés… mais c'est la poudre qui remporte la palme.

L'émir opina, mais, incapable de développer tant ses pensées étaient confuses, il s'entendit soudain répondre :

— S'ils le propulsaient avec de la poudre, il irait plus vite et serait plus puissant.

La conversation s'arrêta là. L'émir ne savait exprimer ce qui lui passait par la tête. Quant à Hassan Rida'i, le fossé qui le séparait de cette communauté lui semblait si profond qu'il ne pouvait envisager avoir avec eux une discussion rationnelle ni débattre d'un sujet sérieux.

À peine rentré, l'émir considéra tour à tour la radio et ceux de ses hommes qui étaient restés à la municipalité, anxieux de savoir si quelqu'un s'était approché de l'appareil ou avait joué avec pendant son absence. Mais comme tout semblait normal, il lança, rassuré, pour détendre l'atmosphère :

— Plutôt que de courir partout, laissons le monde venir à nous...

Et il avança d'un pas résolu vers la radio en disant à Rida'i :

— Désormais, c'est un jeu d'enfant!

À peine la musique retentissait-elle, tonitruante, qu'il se mit à chanter en dodelinant de la tête :

Si mes jours sont comptés, si mon heure est venue
J'ai assez voyagé et j'aurai bien vécu...

Puis, d'une voix mélancolique :

Ma douleur, je l'ai tue quand l'amour a surgi
Le sommeil de mes yeux à jamais s'est enfui
J'en appelle au chagrin car mon tourment m'égare
Ô passion! ne me laisse pas vivre
Mon âme est tout autant en peine qu'en danger...

Hassan Rida'i marquait la cadence en battant des mains, étonné de voir que l'émir connaissait ces poèmes par cœur, talent qu'il ignorait et qu'il n'eût jamais soupçonné.

— "Délassez vos cœurs de temps à autre, car un cœur épuisé devient aveugle*", récita l'émir pour justifier cet entrain.

Dans un climat joyeux et détendu, le café fut servi. Plus tard, après avoir baissé le son de la radio sans même que l'émir songe à protester, Hassan annonça :

— Je dois quitter Harran, Excellence… et je vous demande de m'en excuser.

— Mon Dieu! mais tu viens à peine d'arriver… se récria l'émir.

— Mes affaires, Excellence, m'obligent à repartir…

Il fit une pause, sourit et poursuivit :

— Si à tout moment vous me sommiez de revenir, Excellence, je reviendrais.

— C'est non! Et que Dieu me pardonne… répondit l'émir sans le regarder.

— Comme vous voudrez, fit Hassan avec un regret affecté.

Après un silence, l'émir reprit d'un autre ton, plus résolu :

— On a besoin de toi ici.

— À votre service, Excellence.

La musique cessa. L'émir se pencha légèrement, fit signe à Hassan Rida'i et à son suppléant de s'approcher, et leur murmura à l'oreille :

— J'ai dit aux Américains de nous envoyer l'interprète cet après-midi. Il faut qu'on sache quels sont leurs plans et en quoi on peut leur être utile.

Hassan répondit avec une habile modestie :

— Il vaut mieux que je ne sois pas mêlé aux projets que vous faites avec eux, Excellence.

— Je leur ai dit que tu étais des nôtres et que ton aide serait précieuse.

---

* Hadith d'Abdallah Ibn Mas'oud, compagnon du Prophète, un des premiers convertis à l'islam.

Hassan Rida'i s'attarda plusieurs jours puis plusieurs semaines et finit par signer avec la compagnie un contrat de trois ans, stipulant qu'il était chargé de recruter la main-d'œuvre nécessaire à la construction d'un pipeline entre Harran et Wadi al-Ouyoun. Il était aussi responsable de l'approvisionnement, de la surveillance des travaux routiers entre Harran et Oujra et de toute la logistique, la compagnie ne s'occupant que de fournir l'asphalte et les machines.

Peu après son embauche, un soir où, chacun parti, il se retrouva seul avec l'émir, Rida'i marmonna comme à part soi, mais en s'assurant que son hôte l'entendait :

— Il faut que j'écoute Londres…

Puis, en sortant de sa poche une montre agrémentée d'une chaîne en or :

— Encore trois quarts d'heure avant les nouvelles…

Retors, et comme s'il avait résolu d'aller les écouter sur son bateau, il fit mine de se lever.

L'émir l'interpella :

— Cette radio capte l'Angleterre ?

— Bien entendu, Excellence.

— Alors écoutons-la ensemble.

— Je ne voudrais pas vous déranger, Excellence…

Puis, mielleux :

— Il faut que vous vous reposiez.

L'émir éclata de rire :

— On se reposera plus tard, et la nuit ne fait que commencer !

Hassan changea abruptement de ton :

— Excellence, je voudrais que vous écoutiez le bulletin de la BBC tous les soirs…

Puis, baissant la voix :

— Rien ne se passe en ce monde qu'elle ne sache d'abord, et en détail !

Il s'interrompit comme s'il fouillait sa mémoire, puis reprit :

— La première fois que j'ai entendu parler de Harran, Excellence, c'était à la BBC. On y annonçait la construction d'un port pétrolier, d'une raffinerie, d'entrepôts destinés à l'approvisionnement de la région et aux bateaux, et de bien d'autres choses. Je me suis dit : il faut que j'aille faire un tour là-bas, ils ont peut-être besoin de mes services.

— On va vraiment avoir tout ça ici ? s'exclama l'émir sans pouvoir dissimuler son étonnement.

— Oui, Excellence, tout ça et plus encore.

— Maudits Américains ! Ils n'ont rien dit, ni à moi, ni à personne.

— De vrais chiens… Ils ne livrent aucun de leurs secrets.

— Et ce vaurien d'interprète, celui qui est venu nous voir il y a quelques jours, il ne m'a rien dit non plus ! s'écria l'émir en secouant la tête d'un air stupéfait et déçu. C'est prévu pour quand, cette calamité ?

— C'est déjà bien avancé, Excellence… Et dès que le pipe-line sera construit, tout sera terminé.

— Mes amis les chauves, couvrez-vous ! commenta l'émir en riant aux éclats.

Rida'i rit avec lui, puis, quand ils furent calmés, il reprit d'un ton presque suppliant :

— J'ai une requête à vous faire, Excellence.

— Eh bien ?

— Dans un mois ou deux, si Dieu nous prête vie, j'aurai besoin de votre aide pour choisir un terrain où construire ma maison… Le plus près de vous, le mieux ce sera.

— C'est entendu. Choisis le terrain que tu veux, il sera à toi.

— Je prendrai celui que vous me donnerez.

— Entendu.

Il y eut un silence, puis Rida'i soupira, d'une voix contrite :

— Hier encore, je n'avais jamais entendu parler de Harran et je n'imaginais même pas qu'elle existait… Aujourd'hui, comme vous le voyez, Excellence… Dieu tout-puissant !

Ils s'approchèrent de la radio, et lorsque Hassan Rida'i eut trouvé la BBC, il déclara, plein d'assurance :

— La nuit, on l'entend très clairement d'ici, mais dans la journée, il faut aller ailleurs…

Et ils écoutèrent les nouvelles avec attention.

67

Un an et quelques mois avant que la route d'Oujra fût achevée, deux gros camions apparurent sporadiquement à Harran, le premier conduit par l'Arménien Agop, dit "Débrouillard", et le second par Raji, dit "Double-Cerveau". Ce n'était pas leurs vrais noms, mais beaucoup ne leur connaissaient que ceux-là, si bien que plus tard Raji fut officiellement enregistré sous le nom de Raji Soulayman al-Nounou, alias Double-Cerveau.

Les deux véhicules n'avaient pas de programme précis ni d'horaires fixes pour arriver ou pour partir ; cela dépendait de l'humeur des deux hommes et des fluctuations du souk de Harran. À Oujra cependant, ils étaient entièrement aux ordres d'Aboud al-Salik.

Au départ d'Oujra, le premier camion charriait vingt ou vingt-cinq hommes, leurs biens et d'autres marchandises. Et si la distance entre les deux bourgs n'excédait pas deux cent dix kilomètres, le trajet durait en général plus de trente heures, à cause des inévitables pannes et crevaisons. Ces contretemps obligeaient à décharger, à pousser le véhicule, puis à recharger, tâches auxquelles chacun devait participer, ce qui prenait environ deux heures et pouvait se reproduire trois ou quatre fois par voyage. En outre, il fallait laisser les véhicules refroidir à intervalles réguliers, et en particulier à la station 110, une halte qui existait depuis longtemps et que fréquentaient les caravanes à cause de son puits. On faisait souvent un second arrêt au kilomètre 160, une station qui avait été aménagée lors de l'asphaltage de la route. Ces deux haltes, qu'on nommait ainsi par habitude, se réduisaient à de modestes gargotes qui servaient quelques en-cas ainsi que thé et café. Si on ne prenait pas de retard sur la route, on en prenait là, et le voyage pouvait durer deux ou trois jours sans qu'on s'en étonnât. La date du départ quant à elle était imprévisible. Depuis ses débuts, l'agence Désert Voyages qu'Aboud al-Salik avait ouverte à Oujra était devenue incontournable. Quiconque voulait voyager entre Oujra et Harran ou commercer avec un des deux bourgs était tenu de passer par Aboud et son agence, un simple bureau à Oujra qui proposait tous sortes de services, mais était le seul à se charger du transport des gens et des marchandises.

Aboud se postait à la porte de Désert Voyages comme un vieux renard guette sa proie. Dès qu'il voyait un Bédouin dont il devinait avec sa maudite expérience qu'il cherchait du travail ou voulait se rendre à Harran, il ordonnait à son commis de crier : "Harran ! un passager pour Harran… un voyageur pour Harran !" Lui se faufilait à l'intérieur comme un poisson, et s'asseyait à une table décatie sur laquelle trônaient une balance et un gros registre où il faisait semblant d'écrire, ou dont il prétendait examiner les chiffres et les comptes avec une attention soutenue. Soit l'homme tombait tête la première dans les bras d'Aboud et, répondant à l'appel du commis, entrait dans la boutique, soit il feignait l'indifférence, avec une malice ancestrale, et il la dépassait, sans toutefois résister à l'envie d'y jeter un coup d'œil curieux. Dans un cas comme dans l'autre, Aboud restait calme et prenait son temps. Si la proie tombait dans le piège, disait vouloir gagner Harran le plus tôt possible et assurait être prête à partir, il prenait délibérément son temps pour lever les yeux de son registre, l'air las et exaspéré, et s'il voyait que le Bédouin voulait en finir au plus vite, il répondait d'un ton désolé : "Dieu te vienne en aide, mon ami… Si seulement tu avais été là plus tôt… Le camion est parti il y a à peine une heure…" Il attendait quelques instants, puis reprenait : "Mais… voyons ce qu'on peut faire…" S'ensuivaient des négociations compliquées, d'un côté comme de l'autre. Aboud demandait à être réglé tout de suite, parce qu'avec l'aide de Dieu, le camion partirait dès le lendemain matin, mais le Bédouin, nettement réticent, s'excusait d'avoir laissé l'argent chez lui. Comme Aboud agitait alors une main hostile en lui intimant de le laisser travailler, l'homme proposait de payer la moitié de la somme et de verser le reste au moment du départ, ce qu'Aboud refusait poliment, mais fermement. Le silence retombait, Aboud replongeait dans son registre et le Bédouin se trouvait contraint de céder. Il demandait à être enregistré, le temps d'aller chercher l'argent, mais Aboud rétorquait nonchalamment, en se levant pour aller jeter un œil à l'extérieur : "Pour réserver, il faut payer." Et en passant devant son client, il ajoutait : "Payer, c'est partir, et troquer tes jambes pour des roues !"

Lorsque le Bédouin sortait, Aboud, assis sur un bidon et adossé au mur, lui lançait : "Si tu tardes, petit, tu devras attendre le prochain camion… une semaine… ou deux… qui sait."

L'homme s'en allait, puis réapparaissait un moment plus tard. Aboud lui serrait la main sans mot dire et agitait l'index pour l'inviter à payer rapidement, sans plus attendre ni tergiverser. Si le Bédouin proposait de nouveau de verser des arrhes et de régler le solde le lendemain, Aboud se mettait en colère – ou faisait semblant – et lui aboyait au visage, presque collé à lui : "Tu ne pars pas avec nous, tu entends ? On ne traite pas avec des types comme toi !"

Le Bédouin ne s'en offusquait pas et faisait la sourde oreille. Toujours hésitant et perplexe, il finissait par glisser la main sous son *thawb*, en tirait une bourse nouée avec soin et, avant de la délier, demandait : "On part demain, n'est-ce pas ?"

Aboud opinait du chef et le sommait d'un geste de payer, mais le Bédouin, encore réservé et hésitant, tergiversait. Alors Aboud l'abandonnait en marmonnant, pour lui montrer qu'il tiendrait bon : "Le roseau plie mais ne rompt pas…" Il allait se rasseoir derrière son bureau, ouvrait un tiroir, en tirait une sorte de rondelle métallique usée, un peu plus grande et plus mince qu'une pièce, et un bout de papier de la taille d'une demi-paume de main, sur lequel il apposait une longue signature compliquée ; puis il attendait. Le Bédouin finissait par sortir son pécule, le comptait deux ou trois fois et le lui tendait. Aboud le recomptait en un éclair, l'ayant déjà estimé du coin de son œil averti, tendait le jeton et le billet à son nouveau client et lui disait : "Le jeton, tu le rapportes ici avant de partir, et le billet, tu le donnes au chauffeur."

Le Bédouin s'en saisissait, docile, et comme il les examinait longuement sans rien y comprendre, Aboud ajoutait : "Si tu les perds, tu ne pars pas et on ne te doit rien. Compris ?"

L'homme hochait la tête, déliait à nouveau la bourse qu'il venait de refermer, y serrait avec soin billet et jeton, et demandait d'un tout autre ton :

— On part quand ?

— Demain ou après-demain… si Dieu nous garde en vie.

Puis, lisant l'effroi dans les yeux du Bédouin :

— Passe ici demain, après la prière de l'après-midi… Dieu est généreux.

— Demain ! Après la prière de l'après-midi !

— Viens à midi.

— Et on part quand ?

— Il nous manque encore quelques passagers… S'ils se montrent, on part aujourd'hui.

Il voyait la peur grandir dans les yeux du Bédouin, qui se sentait piégé, dès lors qu'il avait payé et ignorait toujours quand il partirait.

— Si tu connais des gars qui veulent voyager, va vite les chercher… ajoutait-il alors pour dissiper ses doutes.

Puis, soucieux de clore le débat :

— Reviens demain matin et on verra.

Si le Bédouin, inquiet, tergiversait encore, il lui offrait un verre de thé, lui demandait d'où il venait, de quelle tribu il était, pourquoi il voulait aller à Harran et, sans attendre de réponse, il lui vantait la prospérité de cette cité où on pouvait tout entreprendre, et terminait ainsi :

— Demain, quand tu seras rendu – avec l'aide de Dieu – tu me donneras raison, et je crois bien que tu n'en partiras plus !

Voilà de quoi était faite la clientèle ordinaire de Désert Voyages. Après avoir recruté à tout vent, avoir remis le départ de jour en jour, parfois plus d'une semaine, sous prétexte que le camion était en panne, qu'il était allé faire le plein, ou que l'Arménien était déprimé, qu'il ne voulait pas bouger et que, si on le forçait, il massacrerait ses passagers, après avoir donc rassemblé assez de voyageurs et de marchandises, lorsqu'un des véhicules était rentré de Harran et avait fait relâche un ou deux jours, on se préparait à partir. C'était pour Oujra une journée d'exception, aussi importante que l'arrivée d'une caravane de pèlerins de La Mecque. Un branle-bas de combat secouait tout le souk : tractations rapides, interrogatoires de certains passagers, chargement des marchandises. Puis les voyageurs affluaient et se bousculaient, chacun voulant grimper en premier, prendre une place qui lui semblait meilleure qu'une autre, au milieu des cris et des insultes d'un Aboud

481

survolté qui menaçait de tout annuler. Agop tournait silencieusement autour du véhicule, en vérifiait avec soin chaque détail, excédé par le chaos ambiant et la maladresse d'Aboud et des clients. Si l'on exécutait ses ordres, qu'on mettait les ballots les plus lourds là où il fallait, de façon à bien équilibrer le camion et à pouvoir le décharger en cas de crevaison, il donnait des conseils rapides et judicieux, et participait efficacement au chargement. Si par contre on ne l'écoutait pas, si Aboud ne se préoccupait que de récupérer les jetons qu'il avait distribués, laissant les gens agir à leur guise, il réagissait violemment et s'écriait, furieux :

— Continuez, fatiguez-vous, mes p'tits chéris, mais il faudra tout refaire!

Et il s'en allait au café. Si, avant qu'il y arrive, Aboud le rattrapait et le suppliait de revenir, on pouvait partir ce jour-là. Mais s'il s'y installait et entendait dire qu'Aboud ne savait plus où donner de la tête et que le monde était sens dessus dessous, il pouvait rester fâché un ou deux jours et capitulait difficilement. Il faisait décharger et recharger le camion selon ses instructions, tandis qu'Aboud se terrait dans sa boutique, d'humeur fébrile et volatile. On pouvait alors s'attendre à tout, qu'il renvoie un passager parce qu'il avait égaré son jeton, ou qu'il réclame plus d'argent pour des bagages qu'il estimait être trop volumineux, palabres qui avaient tendance à s'éterniser et à s'envenimer au point de s'avérer incontrôlables.

Lorsque tout était fini et que le vieux Ford était prêt à partir, avec sa cargaison dont on ne savait comment on avait réussi à la caser et à l'arrimer, Agop y jetait un dernier coup d'œil et, une fois rassuré, il faisait plusieurs gestes mystérieux et le véhicule s'ébranlait. Si tout allait bien entre les deux hommes, Aboud grimpait sur le marchepied et l'accompagnait jusqu'au croisement, en criant aux voyageurs de bien s'accrocher et en distribuant ses saluts à tous ceux qu'ils croisaient. Puis il descendait et laissait le camion poursuivre son long et périlleux voyage.

Ainsi étaient apparus à Harran les premiers véhicules, chargés d'hommes et de marchandises. Lorsque le camion d'Agop arrivait et que la foule l'encerclait près de la mosquée et du souk aux bestiaux, ceux qui en descendaient étaient méconnaissables. Ils étaient couverts d'une épaisse couche de poussière, et leurs paupières, qu'ils entrouvraient péniblement, semblaient ourlées de farine ou de cendre. On déchargeait ensemble cargaison et passagers, à grand renfort de cris, de mises en garde et d'invectives, et Agop surveillait la scène en silence avant de s'attaquer aux nombreuses tâches qui l'attendaient : livrer la municipalité, Dahham, et tous ceux qui avaient commandé quelque chose à Oujra lors de son précédent voyage, sans compter les lettres et l'argent qu'il devait remettre à qui de droit.

Cet homme mûr et robuste, d'un âge incertain, restait souvent silencieux, sauf lorsque, pris par le démon du chant, il clamait d'une voix nasillarde des airs dont on ne savait s'ils exprimaient la joie ou la tristesse, et dont on ne saisissait qu'un mot, inlassablement répété : "Paix... paix..."

Cet homme-là, personne ne savait vraiment pourquoi il était ici ni d'où il venait. Il avait dit une fois être d'Alep, et une autre, de beaucoup plus loin. Un jour, dans un accès d'exubérance et de défi, il avait affirmé qu'il venait du plus bel endroit du monde et qu'il y retournerait à un moment ou à un autre.

Agop fit bientôt partie intégrante de Harran. S'il ne s'y trouvait pas, il était en chemin et arrivait sous peu. Tout comme les caravanes colportaient provisions, étoffes et messages, l'"arche de Noé" – nom que l'émir donna à son camion – surgissait deux ou trois fois par mois, chargée de marchandises. Les gens l'attendaient anxieusement, car outre les denrées en question, Agop apportait sans cesse des nouveautés. Cela attira d'ailleurs l'attention de l'émir et fit que l'Arménien compta bientôt parmi ses proches. Car lorsque la puissance de la radio faiblit et qu'on ne capta plus que de vagues gargouillis tard dans la nuit, Hassan Rida'i, étant absent, ne put lui procurer d'autre cristal, et ce fut Agop qui sauva la mise. Il rechargea la batterie et s'engagea à le faire aussi souvent que nécessaire, en assurant que si la galène "mourait" on pouvait la ressusciter. Au début on s'étonna, et ni l'émir ni personne ne le crut, mais lorsque la radio rugit, l'émir loua ses talents "diaboliques"… De même, la bouteille de gaz dont il se servait pour faire la cuisine leur parut d'abord extraordinaire. Mais quand il proposa d'en faire venir à un prix raisonnable, tout le monde en voulut. Pour être équitable, Agop déclara qu'il ne pourrait en fournir que trois à son prochain voyage, et que les autres clients devraient attendre deux ou trois mois qu'il les fasse venir d'Alep. Une autre fois, il apporta des lampes à piles, petites, portables et fort utiles, surtout pour ceux qui veillaient et rentraient tard chez eux par des routes semées d'ornières, de tas de sable et de pierres. Il apporta aussi un hachoir à viande pour Abou Kamil le boucher, et tout le monde resta bouche bée lorsqu'il le fixa à une étagère et y mit un gros morceau de viande qui ressortit en vermicelles de l'autre côté.

La Thermos à laquelle il buvait demeura pour beaucoup une mystérieuse énigme. Nul ne pouvait expliquer la chaleur qui s'en échappait, et Agop ne souhaitait pas en parler, de peur que l'émir ne s'empare de l'objet ou ne lui demande de lui rapporter le même. Agop ne pouvait s'en passer et le cachait en un lieu secret, ce qui alimenta la rumeur qu'il buvait de la "pisse de diable", autrement dit, de l'alcool.

Mille autres objets merveilleux leur parvenaient grâce au camion d'Agop : des brosses en os poli, des miroirs, de petites seringues, des sandales à semelles de pneu, des aiguilles et du fil solide, et, à peine ces trésors déballés, tout le monde en voulait. La plupart du temps, Agop les sortait sans réfléchir ni songer à les vendre. Il se servait par exemple de sa lampe de poche pour inspecter le moteur du camion ou se glisser dessous, et dès qu'il s'était mis à l'allumer et à l'éteindre, les gens, emballés, en avaient tous voulu une. Agop opinait et, bien que ce fût impossible, il tâchait d'accéder à toutes les requêtes. Il tirait un stylo de derrière son oreille, et, sur un carton accroché à la portière du camion, à l'intérieur, il traçait de drôles de signes qui les étonnaient et les émerveillaient tout à la fois. Ceux qui l'observaient, autant par curiosité que pour s'assurer qu'il enregistrait leur commande, étaient fascinés par ces mystérieuses lignes entrelacées. Il ne leur semblait pas qu'il écrivait, mais plutôt qu'il traçait de drôles de dessins primitifs. Lorsqu'on le pressait de questions, il s'emportait : "Vous êtes plus curieux que des soldats turcs!", et, une fois calmé et le silence revenu, il reprenait, avec son accent presque incompréhensible : "Tu veux commander, chéri, ou tu veux autre chose?" Si le client potentiel hochait la tête, il s'esclaffait : "Laisse donc Agop faire à sa guise!"

Ainsi alla la vie. Agop devint de plus en plus indispensable, et le nombre de ses amis crût de jour en jour. Malgré les retards, les insultes, la fatigue du voyage et l'obligation qu'ils avaient de décharger le véhicule en cas de crevaison, ceux qu'il avait amenés à Harran en camion oubliaient tous leurs déboires et ne se rappelaient qu'une chose, qui restait à jamais gravée dans leur mémoire : c'était Agop qui les avait amenés là. Ils avaient en quelque sorte élu résidence à Harran, et être "résidents" leur donnait une supériorité et une influence auxquelles de simples gens de passage ne pouvaient prétendre. À ceux qu'Agop n'avait pas convoyés, il avait rendu service, porté une lettre, vendu quelque chose, ou offert son aide, ce qui lui était coutumier. Ibn Naffa' par exemple fustigeait cet impie, mais le jour où le réchaud à gaz qu'il avait acquis par des moyens détournés avait cessé de fonctionner, et qu'il était venu se plaindre assez violemment à lui de la camelote qu'il vendait, Agop s'était empressé de réparer l'ustensile, avait remplacé le joint défectueux en lui donnant le sien, l'avait nettoyé avec soin et, après avoir vérifié qu'il marchait, l'avait rendu à Ibn Naffa' en refusant obstinément d'être payé pour ses services.

*

Tout comme Agop, Raji Double-Cerveau officiait sur ce qu'on appelait désormais "la ligne", c'est-à-dire la route entre Oujra et Harran. Raji était grand, maigre et chauve, ou presque – il n'avait qu'un croissant de cheveux sur la tête. Grande gueule et de caractère irascible, fort différent d'Agop sur bien des points, il avait pourtant bon cœur et était prompt à pardonner, surtout les insultes. Dès qu'il arrivait à Harran, il laissait le graisseur décharger la cargaison et allait directement au café, parce qu'une partie de backgammon avec Abou As'ad permettait d'oublier qu'on était dans ce trou de merde de Harran. Si Abou As'ad était occupé ou n'avait pas envie de jouer, il s'asseyait à une table et se commandait un narguilé, dont il surveillait la préparation en laissant filer un chapelet d'invectives. En moins d'une heure, il avait cherché noise à tous les clients en les assommant d'injures injustifiées. Et il continuait ainsi, ne se taisant et ne se calmant que lorsque Abou As'ad acceptait de jouer. Le "match" s'engageait alors, ponctué de cris et de menaces ; il avançait ses dames avec brutalité, jetait les dés si fort qu'ils jaillissaient hors du tablier, et pratiquait la guerre des nerfs afin de rendre le jeu plus excitant, tout cela sous les yeux des spectateurs qui avaient fait cercle autour d'eux dès le premier pion engagé, et prodiguaient dans un murmure conseils et commentaires.

Raji était un être à part, un être unique. Lorsqu'il serrait les dés dans le creux de sa main, il les secouait longuement en dévisageant ceux qui l'entouraient, ou il tendait le cou comme s'il cherchait quelqu'un. Dès qu'il croisait le regard d'un client qu'il estimait capable de lui porter chance, il s'écriait : "Un coup pour toi !" S'il était comblé, il se tournait vers lui, le dévisageait en hochant la tête et disait : "À nous deux, on va faire des miracles ! Viens t'asseoir près de moi et restes-y !" Et si l'homme à qui il s'était adressé obtempérait et suivait le jeu comme si sa vie en dépendait, la gloire revenait toujours à Raji et l'échec à son pauvre acolyte, à qui il adressait par moments un mot ou un bref coup d'œil entre deux jets de dés. S'il gagnait, il s'écriait : "Merci, Raji ! La chance n'a rien à voir là-dedans. Non… c'est la technique qui compte… et ce coup-là, c'est celui de maître Raji !" S'il perdait ou que le jeu tournait à son désavantage, il se taisait un moment, puis se tournait d'un bloc vers l'homme sur lequel il avait jeté son dévolu et hurlait soudain : "Vas-y donc, montre-moi ce que tu sais faire !" Et après une courte pause, il sifflait entre ses dents : "Une tronche à vous porter malchance…" Puis, à voix basse, sur un tout autre ton : "Ne me regarde pas, mon frère, concentre-toi et fais comme si je n'existais pas." La plupart des spectateurs le comprenaient à ses intonations, sans même entendre ce qu'il disait. Abou As'ad, qui ne désirait que deux choses, gagner la partie et ne pas perdre ses clients, se démenait pour dominer le jeu et maintenir des enjeux raisonnables. Soudain, il feignait la colère et martelait, gestes à l'appui : "Écoute-moi bien, les autres n'ont rien à voir là-dedans… Ici, il y a toi, moi et le plateau !" Raji secouait la tête et haussait le ton : "Et toi aussi, écoute-moi… Ne me plante pas là au milieu de tes complices en prétendant que c'est le jeu !" Puis, en montrant les spectateurs : "Ils sont tous avec toi, tous du côté d'Abou As'ad, et ce bâtard de chien de Raji, il peut bien perdre cent fois !"

Après un débat houleux au cours duquel Abou As'ad affirmait qu'il ne trichait pas, que personne n'était intervenu, et que les allégations de Raji n'étaient que prétexte à dissimuler sa maladresse et à se défiler avant de perdre, Raji consentait à continuer, à condition qu'on cesse de l'épier et qu'on ne surveille pas chacun de ses coups ni chacun de ses jets de dés. Abou As'ad lui faisait alors remarquer que c'était lui qui avait pris à partie les spectateurs et les avait rameutés à grand renfort de cris et de protestations. Le meilleur moyen de les éloigner était donc de se taire et de jouer calmement, et il verrait bien que, sous peu, personne ne s'intéresserait plus à eux. Enfin d'accord, ils reprenaient le jeu, mais dès que la chance tournait d'un côté ou de l'autre, le problème refaisait surface. Car Raji ne pouvait gagner sans le clamer à tout vent et n'aimait jouer que s'il avait un public pour l'encenser. S'il perdait, ce ne pouvait être que par erreur, ou parce qu'il avait autant de pot qu'un chien crevé, et il affirmait que le mauvais œil le poursuivait et pipait les dés !

Raji avait perdu d'innombrables fois. Mais ces échecs, il les oubliait vite et ne se souvenait que de ses victoires. Il se souvenait des clients qui les entouraient et du score final. Il se souvenait aussi de l'heure exacte, du temps qu'il faisait et de ce qu'ils avaient fait après la partie.

À Harran, Raji et Agop étaient tous deux des personnages, chacun à sa manière. Raji était capricieux, généreux, et aimait être au courant de tout pour prodiguer son aide et ses conseils. Il n'hésitait pas à transporter gratuitement les voyageurs les plus pauvres, même sans qu'on le lui demande. Si Aboud l'apprenait, une querelle éclatait, vite étouffée lorsque Raji s'engageait à déduire de ce qu'il percevrait sur son prochain voyage la commission que son patron aurait dû toucher sur le billet du resquilleur. Aboud cédait rapidement, peu enclin à s'attirer l'ire du chauffeur : "On ne sait jamais ce qui peut arriver, Raji Double-Cerveau est fou… c'est un casseur… Il cogne avec tout ce qu'il trouve, la manivelle du camion, le gros tourne-vis, ou n'importe quoi… et tant pis s'il vous éborgne !" Voilà pourquoi ceux qui le connaissaient ne s'aventuraient jamais à le provoquer ni à susciter sa colère.

Agop et Raji ne se rencontraient que brièvement, en général sur la route, car si l'un était à Harran, l'autre était à Oujra, et si le premier allait d'un côté, le second allait de l'autre. S'ils se croisaient au kilomètre 110, au kilomètre 160 ou ailleurs, ils se posaient deux ou trois questions, s'informaient de l'état des routes et du souk, puis ils n'avaient plus rien à se raconter et allaient chacun leur chemin. Dès qu'ils s'étaient quittés, Raji persiflait : "Un vrai nabot, cet Agop, haut comme une main… Il n'arrive même pas au niveau du volant… Pauvres clients, il peut les massacrer d'un coup… Il est trop nain pour voir la route… nain et miraud… Et si sa vue empire, il n'y verra pas à deux pas devant lui… Pauvres clients…"

Ainsi Raji commençait-il sa diatribe. Si le graisseur montrait quelque intérêt ou ouvrait de grands yeux attentifs, il poursuivait : "Bien sûr, la taille et l'apparence sont des dons de Dieu, c'est bien connu… C'est Dieu qui crée l'homme, petit ou grand… mais le problème, c'est qu'Agop ne sait pas conduire. Il roule en dépit du bon sens et se proclame roi des chauffeurs et des mécaniciens… voilà le problème…" Devant le regard en coin, dubitatif ou désapprobateur du graisseur, Raji, contrarié, s'emportait :

— Regarde-moi donc dans les yeux… Va lui demander combien de fois il a crevé au dernier voyage… Demande aux gars du kilomètre 160 combien de fois le tracteur a dû le dépanner… Si on était plus de chauffeurs dans la région, il serait vite démasqué… Mais au royaume des sourds, l'aveugle est roi !

Si ses allégations n'avaient pas l'effet escompté, il changeait de tactique :

— Laissons tomber ce p'tit merdeux qui ne pisserait pas sur une main blessée et qu'un pain chaud ne déride même pas… Il bouffe seul, il boit seul et il ne dit pas un mot… Toujours à bosser… enfin, à faire semblant… Toute la journée un outil à la main, ou allongé sous son camion à serrer et à desserrer… De la poudre aux yeux… Il croit tromper son monde, mais c'est aussi flagrant qu'un cul de babouin !

Lorsque l'écho de ces propos parvenait aux oreilles d'Agop, il souriait et se taisait. Il avait toute confiance en ses compétences. S'il ne savait pas réparer quelque chose, il le disait, ou il s'y attelait, souvent avec succès. Le rouleau compresseur qui avait expiré au kilomètre 160 et que même l'ingénieur américain n'avait pas su réparer parce qu'il fallait changer une pièce maîtresse sans laquelle on ne pouvait rien tenter, cet engin, Agop s'était acharné dessus jusqu'à ce qu'il l'ait remis en route. Même chose pour la pompe à eau sur la ligne ; il avait pu la réparer quand tout le monde avait déclaré forfait. Et pareil pour le tracteur…

Si Raji allait trop loin, surtout s'il le traitait d'avare, Agop en était profondément blessé, mais il le cachait et disait simplement : "C'est rien… je m'en occuperai plus tard…" Mais il n'était jamais pressé. Et les témoins de cette guerre arbitraire et injustifiée trouvaient Agop sympathique et Raji cruel et mesquin.

Il en alla ainsi pendant longtemps. Les mois passaient, la route était presque achevée, et les voyageurs que les camions avaient amenés s'étaient installés à Harran et y travaillaient. Grâce à Agop, les nouveautés ne cessaient d'arriver, et on continuait de recevoir des lettres et bien d'autres choses. De temps à autre, Raji se souvenait de lui et rallumait la flamme de la discorde. Agop écoutait et se taisait.

Cette guerre latente aurait pu finir dans la violence, avec une des crises de Raji, ces flambées de rage destructrices qui s'éteignaient aussi rapidement qu'elles s'embrasaient. Cette guerre latente aurait aussi pu s'étouffer d'elle-même. Tout était possible. Mais les choses se passèrent tout à fait autrement.

Raji avait été absent d'Oujra plus longtemps que jamais. Or le souk y était en effervescence et il aurait pu charger un camion par jour, alors que le souk de Harran était complètement mort. Agop avait donc reçu pour consigne de faire au plus vite un aller-retour, lorsqu'il croisa Raji au kilomètre 160. Il allait sur Oujra et Raji sur Harran. Lorsqu'il revint, il retrouva Raji là où il l'avait laissé. Son camion était en panne.

Agop aurait pu s'arrêter un moment, feindre d'aider, puis s'en aller ; il aurait pu se gausser de Raji qui, noir comme du charbon, couvert de graisse et d'huile de moteur, avait échoué plusieurs jours durant à réparer. Mais à peine l'aperçut-il qu'il fonça comme un taureau et se mit à l'ouvrage avec une détermination qui ne connaissait ni hésitation ni repos. Raji bourdonnait autour de lui comme une abeille, expliquait ce qu'il avait fait et avançait cent raisons possibles à son infortune. Agop l'entendait sans l'entendre, le voyait sans le voir, plissait les paupières, et ses yeux n'étaient plus que deux fentes noires. Il demanda la clé numéro six, la clé numéro cinq, et après avoir essayé et réessayé, il réclama la clé numéro quatre, puis une autre, il serra et desserra, nettoya et graissa, demanda à Raji de faire tourner le moteur et, après plusieurs essais et un peu plus d'une heure de dur labeur, il déclara, sûr de lui :

— Ça y est, tout va bien… Démarre et pars en avant… je te suis.

Ainsi, après plusieurs jours de panne au kilomètre 160, et malgré la fatigue qui terrassait les voyageurs, le camion s'élança avec une puissance d'étalon. Raji brûlait plus que tout autre de reprendre la route, et quelques heures plus tard, les deux véhicules arrivaient pour la première fois ensemble à Harran.

L'incident avait profondément humilié Raji, pourtant il ne changea presque rien à son attitude et poursuivit ses diatribes dès qu'il en eut l'occasion. Agop écoutait et se taisait. Il ne parla jamais du kilomètre 160, n'y fit pas la moindre allusion. Il se contenta de dire que ne pas aider un ami dans le besoin, c'est jouer au scorpion, et un scorpion qui se pique la queue, c'est un scorpion mort.

Mais si Raji ne cessa de provoquer et d'insulter Agop, une chose changea. Désormais, il s'emportait dès qu'il entendait quelqu'un injurier son rival ou le dénigrer. Lui seul se réservait ce droit. Si quelqu'un osait une remarque, une simple remarque, même s'il paraphrasait Raji, il le prenait aussitôt à partie : "Qui es-tu, espèce de teigneux, pour répéter ce que dit Raji ? Raji, c'est un champion, et Agop aussi. Mais toi, tu te prends pour qui ?" Et si on avait l'audace de traiter Agop de pingre ou de l'accuser de boire de la "pisse de diable", Raji s'écriait : "Allez-y, je vous en prie… C'est Hatim al-Ta'y* qui déclame et Ahmad Ibn Hanbal** qui émet une fatwa ! Allez-y donc !" Puis, se tournant vers l'impudent : "Pour qui tu te prends, sac à puces ? Tu grouilles tellement de poux qu'on dirait un singe ! Si tu ne fiches pas la paix aux braves, je te réduis les os en poussière…"

Tel était le nouveau Raji, et les gens ne savaient plus que penser de lui. Devaient-ils le croire quand il vilipendait Agop ? Devaient-ils l'approuver ? Le désapprouver ? Tout pouvait exciter ce fou et l'embraser du feu de Dieu. Si on opinait du

* Poète arabe de l'époque préislamique.
** Théologien jurisconsulte et traditionaliste musulman (780-855), fondateur d'une des quatre grandes écoles juridiques sunnites, connue sous le nom de "hanbalite".

chef, il ironisait : "Tiens donc, voilà que la puce s'est changée en cheval !" Si on lui reprochait ses grossièretés, la réplique claquait comme une gifle : "Ah ! tu ouvres si grand la gueule qu'on voit pendre tes couilles… T'es comme le chat qui se réjouit d'avoir un maître aveugle…" Et si on le blâmait ouvertement pour les injures dont il assommait Agop, il fulminait : "Laisse les grands travailler… Vous, les chiards, votre boulot, c'est de mater."

Puis, comme toujours, les soucis de la vie accaparèrent les gens et leur firent oublier ce qui se passait autour d'eux. Le souvenir des camionneurs ne fluctua plus dans les mémoires qu'au gré des insultes que Raji proférait ou des incidents qui leur arrivaient. Or un beau jour, un jour de pluie, on vit le camion de Raji entrer dans Harran remorqué par le camion d'Agop auquel de solides cordes l'arrimaient. On n'aurait jamais cru ce spectacle possible. Raji était fier comme un coq de son véhicule, qui valait dix fois la vieille charrette d'Agop et était légèrement plus gros. Il le décorait de pendeloques et de clignotants multicolores, le briquait et l'astiquait. On n'imaginait donc pas le voir un jour ainsi, traîné comme un cadavre. En découvrant cet équipage, Ibn Naffa' s'écria avec un rire narquois :

— C'est la pierre que tu méprises qui te fera trébucher…

Puis il secoua plusieurs fois la tête et ajouta sans cesser de ricaner :

— L'âne a beau être petit, c'est lui qui précède le chameau et tire la caravane… Et ce qu'on voit aujourd'hui, c'est un chat qui tire une poubelle !

Les Harranis en firent longtemps des gorges chaudes, et Raji leur chercherait noise maintes fois parce qu'ils avaient vu la scène et avaient osé en rire. Mais une fois les camions immobilisés près de la mosquée, la cargaison déchargée et les voyageurs dispersés, alors qu'il ne restait plus là que quelques hommes, Agop dit à Raji :

— Écoute, patron, le camion t'appartient… Soit je te ramène à Oujra et tu t'arranges avec Sami pour qu'il vienne réparer, soit…

Il fit une pause, esquissa un demi-sourire, baissa les yeux et poursuivit :

— Soit tu mets ta main dans la mienne, et si Dieu veut…

Raji répondit sans hésiter :

— Oublie Sami, chef. Si tu es là, on n'a besoin de personne.

Agop éclata de rire et agita son index sous le nez de Raji :

— Je suis là… et je suis prêt… mais…

— Mais?

— Plus de *"gelen, gelen"* ni de *"gitti gelmedi*"*… D'accord?

Pour dissimuler sa gêne, Raji se pencha vers Agop et le prit par le cou :

— T'inquiète… fit-il. On est d'accord…

Ceux qui les virent s'acharner ensemble se souviendraient que les choses faillirent souvent s'envenimer. Agop menaça à plusieurs reprises de rendre son tablier et de tout abandonner, mais à la dernière minute, il se ravisait et se remettait au travail. À un moment donné, alors qu'impuissant et visiblement contrarié il baissait les bras, Raji s'exclama devant trois ou quatre badauds :

— Porte ton pain au boulanger, même s'il t'en vole la moitié…

Il tapota l'épaule d'Agop et reprit, un rien narquois :

— Cette fois, chef, le problème te dépasse…

---

* "Viens, viens, le chat est parti", c'est-à-dire "Fini de jouer au chat et à la souris". En turc dans le texte.

Et se tournant vers les autres :

— L'effendi se croyait un as pour avoir réussi une fois !…

Puis, en riant aux éclats :

— C'était qu'une coïncidence, chef !

Agop, qui entendait sans entendre et ne comprenait pas la moitié de ce que Raji disait, continua de s'acharner. Au bout de plusieurs heures, jugeant leurs efforts inutiles, Raji décida d'aller au café et dit à son compère, sarcastique et acerbe :

— Agop, remets tout comme c'était et viens plutôt prendre une raclée au backgammon.

— Dieu te garde, *habibi**… vas-y… et t'en fais pas pour moi…

Agop poursuivit ses réparations ; Raji, entre deux parties, s'inquiétait de ses progrès et les décriait tout autant qu'il louait ses propres exploits. On en riait et on s'en attristait tour à tour. Ainsi, à peine remportait-il le premier round qu'il lançait à la cantonade :

— Les amis, dites à Agop de se ramener… La première tête est tombée !

Mais lorsque Mounawir al-Khadiri vint lui dire qu'Agop avait "étripé" le moteur et tout démonté, il rétorqua :

— Bon Dieu, c'est lui que je vais étriper… J'vais lui serrer la vis avec des boyaux de clebs !

Et il repoussa violemment le plateau du jeu en s'écriant :

— "Lorsque nous voulons détruire une cité, nous ordonnons à ceux qui y vivent dans l'aisance de se livrer à leurs iniquités. La Parole prononcée contre elle se réalise et nous la détruisons entièrement. Que de générations avons-nous détruites…**!", et Agop est le plus pourri de tous

* "Mon chéri".
** Coran, sourate XVII (Al-Isra', "Le voyage nocturne"), versets 16 et 17, traduction de Denise Masson, Gallimard, Paris, 1980.

les Harranis, avec, avant ou après lui, ce mécréant d'Abou As'ad al-Halwani!

À la lueur des bougies s'engagèrent la deuxième, puis la troisième partie. Et à la lueur de sa lampe de poche, puis de l'ampoule électrique qu'il avait suspendue près du moteur, Agop poursuivit sa tâche et ses réparations. Dès la fin de la prière du couchant, il avait terminé. Il fit tourner le moteur et alla garer le camion devant le café. En l'entendant approcher, le cœur de Raji battit la chamade. D'un geste nerveux, il brouilla les pions bien qu'il fût en passe de gagner, bondit sur ses pieds et tendit l'oreille. Quand il le vit arriver – il l'avait reconnu à ses feux multicolores –, il se précipita à sa rencontre comme un cheval au galop, sans se soucier du reste. Ceux qui, à la lumière des phares, virent les deux hommes se retrouver, racontèrent que Raji pleurait et qu'il se pencha très bas pour serrer Agop dans ses bras et nicher son visage contre sa poitrine. Plus tard, Agop but deux verres de thé et regarda Raji entamer une nouvelle partie contre Abou As'ad. Il resta presque silencieux, se contentant de répondre par deux ou trois mots, avec un bref sourire, aux questions qu'on lui posait sur sa santé et autres généralités. Avant la fin de la partie, il déclara qu'il était fatigué et qu'il allait se coucher.

Peu après cet incident, Harran fut de nouveau accaparée par ses problèmes. On se demandait quand le goudronnage de la route serait enfin achevé et ce que réservait l'avenir de peines et de joies, d'autant que chaque jour apportait son lot de nouvelles et d'ennuis, même s'ils étaient bien différents d'avant. Car au lieu de venir d'Oujra, par la piste caravanière, ils continuaient à venir de la mer, de villes et de contrées dont on n'avait jamais entendu parler.

Maintenant que la route était presque achevée, les deux camions rivalisaient de vitesse pour relier les deux bourgs. Au lieu des trente heures ou des deux jours de trajet habituels, ils quittaient Oujra le matin, et le soir ils étaient rendus à Harran et déchargés. Ils transportaient désormais plus de marchandises que d'hommes, à tel point qu'Aboud, qui aimait tant distribuer ses jetons aux clients et apposer sur les billets sa signature compliquée dont on disait qu'aucune ne ressemblait à l'autre, Aboud dut s'abstenir du premier rituel. Son commis lui ayant rapporté un jour une dizaine de jetons qu'il avait ramassés par terre devant l'atelier de Sami, le seul mécanicien d'Oujra, il les compara aux siens, après les avoir essuyés avec un chiffon, et s'aperçut qu'ils étaient tout à fait semblables et qu'on pouvait aisément les confondre. Il décida donc de s'en passer, mais continua de parapher les billets, auxquels il avait toutefois apporté certaines modifications. En effet, Désert Voyages avait grandi. Aboud avait annexé le terrain situé derrière l'agence, l'avait aménagé en entrepôt, et les camions pouvaient se garer facilement devant pour être chargés. Il avait donc décidé de faire un grand pas en avant pour marquer cette ère nouvelle, et avait commandé à Damas un carnet de reçus et un tampon qu'il avait mis en service, malgré la faute d'orthographe qu'il s'obstinait à corriger, Oujra étant malencontreusement devenue Goujra. Il s'y appliquait à ses heures de loisir, pour se détendre. Les reçus et le tampon devinrent ses nouveaux jouets. Il inscrivait consciencieusement le nom du passager et la somme versée, mais dans la case réservée à l'heure du départ ou au numéro de siège, il tirait un trait oblique, en songeant, goguenard : "Il ne manquerait plus qu'on doive aussi inscrire le nom de la mère du client et l'heure d'arrivée à Harran !"

Les reçus devaient être dûment signés et le cachet rond apposé. Aboud approchait le tampon de sa bouche, crachait dessus deux ou trois fois, et quand il l'estimait suffisamment humide, il l'appliquait d'un geste ferme. Et bien qu'il eût moins de clients et qu'il fût donc impossible d'échapper au comptage ou de resquiller, il s'appliquait à vérifier chaque billet au moment du départ. Il lançait d'un ton sans appel, quand tout le monde était installé :

— Vos billets, les gars!

Et si un des passagers hésitait ou avait égaré le petit bout de papier, il s'écriait :

— Ne mets pas tout le monde en retard… Allez, chacun sort son reçu!

68

Dans le premier mois qui suivit le goudronnage de la route, les affaires d'Aboud et de ses deux camionneurs prospérèrent. Aboud, qui avait décidé d'aller à Harran pour y ouvrir une agence auxiliaire, ne cessait de remettre son départ, car la caravane des pèlerins était sur le point de rentrer de La Mecque, et il espérait convaincre un ou deux de ses guides de rester à Oujra pour travailler sur "la ligne", parce que deux camions n'y suffisaient plus et que celui d'Agop tombait régulièrement en panne, malgré les efforts qu'il déployait pour l'entretenir.

Pendant cette période, une paix précaire s'installa entre Agop et Raji ; ils devinrent même amis. Ils s'attardaient volontiers au café du kilomètre 110 et partageaient confidentiellement nouvelles et soucis. Si un voyageur les pressait de reprendre la route, Raji se chargeait de lui, qu'il soit de son camion ou de celui d'Agop, et s'écriait en agitant un doigt menaçant :

— Au diable cette saloperie de temps… Espèce de maquereau de fils de soixante chiens !

L'homme en restait bouche bée, ne sachant s'il s'adressait à lui ou à un autre, ni ce qu'il voulait dire, et Raji ajoutait :

— Avant, on mettait au moins une semaine ou deux pour arriver… si on arrivait !

Puis, sur un tout autre ton :

— Prends quelque chose, garçon, c'est ma tournée... ou cure-toi les doigts de pied... et laisse les gens siroter leur thé en paix !

Si le client se formalisait de ces invectives et de ce retard, la colère de Raji atteignait son paroxysme :

— Suffit, de philosopher ! Un mot et j'reste une heure de plus, et si tu ouvres encore le bec, on dort ici, nom de Dieu !

Comme beaucoup le connaissaient, en avaient entendu parler, ou s'étaient laissé dire quel genre d'homme il était, de telles discussions se soldaient par une plaisanterie ou une anecdote que Ghanim, le patron du café du kilomètre 110, se chargeait de diffuser.

Au kilomètre 110, on commençait à mieux cerner la personnalité d'Agop. On le surprit à chanter, à partager le repas des autres, ou à boire un thé avec eux. Mais le café noir et légèrement amer dont Ghanim disait fièrement qu'il était le meilleur de la région, Agop n'y touchait pas. Devant ce refus obstiné, Ghanim soupirait, sincèrement désolé :

— Tu n'as qu'un défaut, c'est ta voix... et y a qu'une gazelle qui pourrait t'en guérir. Une femme, et un café corsé !

Agop hochait la tête d'un air narquois et Raji s'en mêlait :

— C'est la faute à Dieu qui ne peaufine pas toujours ce qu'il fait !

On apprit à cette époque qu'Agop venait d'Alep, mais qu'il était né au-delà des montagnes, au bord d'un lac, le plus beau lac que le Seigneur ait créé, disait-il. Mais la vie alors était cruelle, marquée par les événements du début du siècle et les massacres des Arméniens, et lorsqu'il avait perdu son père, sa mère et la plupart des membres de sa famille, sa grand-mère l'avait recueilli et ramené à Alep, où il avait grandi. Son camion était toute sa fortune. Bien qu'il fût d'un certain âge qu'il n'avoua jamais, il comptait rentrer chez lui dans deux ou trois ans, s'y marier et aller vivre avec sa femme au bord du lac de son enfance, car il voulait que ses enfants naquissent dans son pays. Et peu lui importait de vieillir, il n'aurait plus à se coiffer!

Agop espérait qu'au bout d'une année, s'il avait toujours autant de travail, il pourrait acheter un autre camion, plus récent, avec la somme qu'il tirerait de la vente de sa "carcasse". Et dans deux ans, trois au pire, il n'aurait plus qu'à dire "*Güle güle*!*" à Harran et "la ligne", et à boucler ses valises pour regagner Alep et l'Arménie.

Ainsi songeait-il, rêvait-il, calculait-il, et lorsque ces pensées lui passaient par la tête et qu'il les visualisait, claires, nettes, lumineuses, son visage s'épanouissait, ses traits se détendaient et il lui arrivait de rire à voix haute. Comme il riait à pleine gorge, on apercevait au fond de sa bouche ses dents en argent. On hésitait alors à lui donner un âge, car bien qu'il semblât jeune et fort, on le devinait à l'automne de la vie.

Au café, pour ne pas s'attarder et se laisser surprendre par l'obscurité, et pour ne pas dévoiler les secrets qu'il voulait à tout prix garder, il prenait congé en disant :

— Vous, les Arabes, vous avez mille et une nuits. Moi je suis arménien et je n'en ai que trois cent soixante-cinq pour finir tout ce que j'ai à faire!

Il se levait, fort comme un cheval. Il marchait les jambes légèrement écartées, peut-être parce qu'elles étaient arquées, ou parce que le poids de son torse puissant et replet l'alourdissait et lui imprimait cette démarche de canard qui à elle seule faisait se tordre de rire Raji, comme si on le chatouillait. Il suffisait qu'Agop s'éloigne de quelques pas et se mette à se dandiner pour que Raji l'interpelle :

— Agop! Agop!

---

* "Au revoir!" ; en turc dans le texte.

Si Agop s'arrêtait, il lui chantait à tue-tête :

— "Mon amour a la grâce d'une gazelle…"

Agop le tançait d'un doigt menaçant et tâchait en vain de se corriger, mais lorsqu'il grimpait d'un bond leste et puissant dans son camion, il entendait :

— "Et mon amour s'envole comme un perdreau!"

Raji s'attardait une heure ou davantage, parce que Ghanim avait refait un pot de café, et que si Raji n'y goûtait pas, rien n'allait plus. Raji avait un jour invoqué cette excuse pour expliquer son retard à ses clients, et Ghanim, qui l'avait adoptée, répétait depuis, pour le retenir : "Quand vous serez partis, toi et Agop, je ne verrai plus le moindre oisillon jusqu'à votre retour!"

*

Deux mois et quelques jours après que la route d'Oujra à Harran fut achevée, les camions d'Agop et Raji l'écumaient, talonnés par les camions de la compagnie. Et lorsque la caravane des pèlerins fut revenue du hadj, après de longues et difficiles négociations qui n'aboutirent pas vraiment puisqu'elles demeurèrent à l'état d'accord préalable, Aboud décida de se rendre à Harran pour y ouvrir à ses risques et périls une succursale. Comme il redoutait de voyager avec Raji, pour d'innombrables raisons, il fit mine de se décider au dernier moment, comme si l'idée lui en était venue soudain, spontanément. Le "toubib" de la caravane avait décidé de ne pas repartir et avait laissé à son assistant le soin de le remplacer. Après s'être renseigné sur les possibilités d'emploi dans la région, il avait résolu d'aller à Harran. Dès qu'il eut pris son billet, réglé son dû, en stipulant qu'il s'assiérait à côté du chauffeur, et fait un brin de conversation avec Aboud, celui-ci décida de partir avec lui. Le toubib accepta de retarder son départ d'un jour, parce qu'Aboud lui fit valoir que l'Arménien craignait Dieu et conduisait avec miséricorde, contrairement à l'autre fou qu'on voyait courir et hurler, et avec qui on n'était jamais sûr d'arriver. Ainsi le docteur Soubhi al-Mahmalji partit-il pour Harran, en compagnie d'Aboud.

Les deux camions se retrouvèrent au kilomètre 110. En réalité, Raji y arriva avant Agop. Stupéfait d'y voir débarquer Aboud, il dit à Ghanim en le montrant du doigt :

— J'te présente Aboud, le roi de la mitraille… Les Bédouins t'en ont d'jà parlé !

Aboud essaya de sourire et de dissimuler sa gêne, alors que tous les yeux étaient braqués sur lui.

— Fais gaffe, Aboud, continua Raji. À Harran, c'est la parole qui compte, pas les reçus ni les j'tons !

— On verra ça en temps voulu ! s'exclama Aboud en riant aux éclats pour sauver la face.

Ghanim voulut détendre l'atmosphère :

— Tous les Harranis qui sont passés ici m'ont dit du bien de vous…

Et il ajouta, pour dissiper ses doutes :

— Ils m'ont tous dit : "Sans les camions d'Aboud, on ne serait pas là !"

Les gens se mêlèrent, les conversations s'engagèrent. Avec son teint pâle, ses joues roses, ses atours et ses lunettes sur le nez, le docteur Soubhi al-Mahmalji semblait venir d'une autre planète. La route de Harran, qu'empruntaient un nombre toujours croissant de voyageurs, n'avait jamais vu passer un tel personnage. Même les deux instituteurs arrivés trois semaines plus tôt n'étaient pas aussi élégants et proprets, ni aussi resplendissants de santé. Quant aux ingénieurs américains ou autres qui avaient fait halte au café, ils ressemblaient dans leur mise et leurs manières à des ouvriers, et la plupart mangeaient avec les doigts.

Raji se pencha vers Agop et lui glissa :

— L'effendi, là, tu crois qu'il arrivera entier à Harran ou qu'il va fondre en route ?

Agop éclata de rire mais ne répondit pas.

— Ce bâtard d'Aboud… continua Raji. Il fait comme la scie, il coupe en montant et en descendant. Il l'a d'abord fait payer et maintenant il monte à côté !

Il se tourna vers Aboud et lui demanda, l'air innocent :

— Dis-moi, Abou Najm, qui va s'occuper de nous quand tu seras à Harran ?

— Je n'y resterai que quelques jours…

Il fit une pause, puis ajouta :

— Et ne t'en fais pas, le commis de l'agence sait tout faire.

Raji ne put s'empêcher de rire et rétorqua en agitant les mains en l'air :

— Même la signature et le tampon ?

Aboud s'emporta :

— Nom de Dieu, tu as la langue bien pendue !

— Y a pas que ma langue, Abou Najm ! répliqua Raji en se levant et en montrant certaine partie de son anatomie.

*

Quatre jours après son arrivée à Harran, Aboud n'en revenait toujours pas de voir combien l'endroit avait changé en quatre ans. Il lui semblait complètement différent, ou plutôt n'avoir aucun lien avec le village qu'il avait connu. Et sans les nombreux visages qu'il croisait au café ou dans la rue et qu'il reconnaissait comme ses clients, il se serait cru ailleurs.

Quatre jours donc après son arrivée, il s'entendit avec Shihab al-Dari'i pour ouvrir une autre agence, succursale de celle d'Oujra. Il lui montra le tampon et le carnet de reçus, et établit le montant de la commission qu'il toucherait sur chaque voyageur et chaque cargaison. Ils mirent au point les derniers détails, et il s'engagea à commander un carnet à l'en-tête des deux agences et un nouveau tampon au nom de Shihab, car celui-ci ne savait ni lire, ni écrire, ni signer. Aboud lui fit valoir, exemples à l'appui, que signer n'avait rien à voir avec lire et écrire, et que du moment qu'on pouvait tracer les lettres de son nom sans que personne ne puisse les reproduire, on savait signer. Lorsqu'il en eut fini de ses explications, ils évoquèrent les splendides opportunités qui s'ouvriraient bientôt à eux, puis allèrent ensemble boire un café chez Abou As'ad al-Halwani.

Mais tandis qu'ils sirotaient leur breuvage, ils apprirent qu'un navire arrivé la veille venait de décharger huit gros camions, plus gros que Harran n'en avait jamais vu, que dès qu'ils avaient touché terre, des chauffeurs y étaient montés avec d'autres gars, qu'ils avaient démarré et qu'ils prendraient sans doute la route d'une minute à l'autre.

Shihab tança Aboud d'un regard presque accusateur :

— Tu tombes mal, Abou Najm… Et l'agence Salik-Dari'i m'a l'air mal partie !

En fin d'après-midi, avant le coucher du soleil, les huit camions, cinq International et trois Mack Pickering, firent deux fois le tour de Harran, de la mer à la mosquée, puis disparurent une petite heure sur la route d'Oujra. Enfin, ils se garèrent l'un derrière l'autre dans la rue Al-Rashidi, près des bureaux de Rida'i, en bloquant presque le passage.

Ce soir-là, au café, au souk, à la mosquée, dans la Harran arabe et le campement des ouvriers, on ne parla que de la nouvelle ère qui commençait. Une ère qu'on ne pouvait imaginer et dont on ne savait quelles joies et quelles peines elle leur réservait. Leur serait-elle douce ou amère ? Leur vaudrait-elle d'autres tourments que ceux qu'ils enduraient depuis quatre ans qu'avait accosté le bateau du diable ?

Les gens, bien que tenaillés par la perplexité, ne savaient comment l'exprimer.

— Pauvre Agop… soupira Ibn al-Zamil.

Les ouvriers le regardèrent, étonnés. Pourquoi s'apitoyait-il sur Agop en particulier ? Il reprit d'une voix triste :

— Les nouveaux camions vont tout rafler… Agop et sa charrette n'ont plus qu'à se rhabiller.

Agop, qui venait d'arriver d'Oujra, avait comme tout le monde regardé le cortège défiler. La tristesse, l'inquiétude et la joie avaient empreint ses traits, et on n'aurait su dire alors s'il souriait, ou s'il était mélancolique et déprimé. Lorsque les véhicules stationnèrent près de la mosquée, il s'approcha tout près, tourna une première fois autour, puis une deuxième, et on l'entendit murmurer :

— C'est l'homme qui fait la machine… Et Agop est plus solide qu'un Internash et un Mack réunis… Le problème, c'est qu'Agop est pauvre.

*

Agop et Raji restèrent sur "la ligne". Les nouveaux camions, énormes et puissants, filaient à la vitesse de l'éclair, et Agop s'efforçait de résister au souffle violent qui le faisait dévier chaque fois que l'un d'eux le dépassait. Avec le temps, les monstres se mirent à leur jouer des tours, à les serrer de si près qu'ils les poussaient sur le bas-côté, ou à s'en approcher au point d'être à deux doigts de les heurter. Agop devait donner de brusques coups de volant pour tenter de leur échapper. Le chauffeur du monstre l'évitait au dernier moment et continuait sa course folle, un large sourire aux lèvres, satisfait d'avoir fait battre de terreur le cœur du vieux. Et les nouveaux camions étant de la même taille et de la même couleur, il était difficile d'établir lequel des huit s'adonnait à ce petit jeu.

Ces incidents se reproduisirent maintes fois. Or un jour, au kilomètre 110, Raji tomba sur deux des nouveaux chauffeurs. Il pila net et se rua sur eux, prêt à aller jusqu'au sang, à frapper pour tuer. Il avait menacé de le faire à plusieurs reprises et serait aisément passé à l'acte si Ghanim n'avait pas été là pour intervenir. Dès que celui-ci vit Raji s'élancer, il courut à sa rencontre, l'intercepta et parvint à le maîtriser avec l'aide de deux ou trois clients. Raji cria aux deux hommes, qui semblaient stupéfaits, terrifiés :

— Fils de pute, je jure de vous saigner à blanc avant de crever !

Il refit mine de se jeter sur eux, mais les autres le retinrent fermement, et il rugit, l'écume aux lèvres :

— Sales bâtards, espèce de lâches ! Si vous vous disiez, avec vos caisses toutes neuves, on va les culbuter et leur régler leur compte, vous avez tout faux ! Avant de crever, Agop et moi, on fera couler votre sang de Harran à Oujra !

On essaya de le calmer, de lui faire entendre que ces deux-là n'étaient pas forcément responsables, ni coupables, qu'ils n'avaient peut-être rien fait, mais Raji tempêtait :

— Le roi des fils de pute, c'est Rida'i ! Si on ne peut pas s'en prendre à ses camions, on lui apportera la tête d'un de ces salopards !

On fit sortir les deux hommes du café en les pressant de reprendre la route pour éviter le pire, mais dès qu'il fut assis, Raji gronda :

— Les gars, Agop et moi, on s'est cassé le cul sur cette piste bien avant qu'elle soit goudronnée. C'est vrai que nos bahuts sont vieux, mais c'est pas pour ça qu'on doit nous traiter comme des chiens. C'est Rida'i qui a acheté les nouveaux camions. Tout le monde le sait. Il n'a rien dit à personne. Il les a peut-être volés – le Très-Haut lui pardonne, c'est entre lui et le Seigneur du ciel et de la terre –, mais il a racolé les chauffeurs les plus crasses que Dieu ait créés! Il leur a dit : "Débarrassez-nous d'Agop et de Raji, envoyez-les dans le fossé, et si Dieu ne veut pas qu'ils meurent de leur belle mort, on va lui forcer la main"…

Il fit une courte pause, soupira et reprit avec un sourire :

— Mais c'est simple… et c'est moi qui ai tout faux. Au lieu de m'occuper des sous-fifres, je ferais mieux de viser la tête…

L'incident du kilomètre 110 mit fin au petit jeu. L'anecdote atteignit Harran dans les heures qui suivirent, colportée par les deux chauffeurs et bien d'autres, et on ne parla bientôt plus que d'elle. Ce même jour, Agop était parti d'Oujra, et dès qu'il aperçut un des camions de Rida'i, il se raidit, ralentit et tint scrupuleusement sa droite. Il s'attendait aux méfaits habituels, mais à sa grande surprise et bien qu'il fît grand jour, le camion alluma ses phares pour se signaler, ralentit légèrement et serra à droite. Agop, alarmé, ralentit encore et s'arrêta presque, mais l'autre approcha et ralentit à son tour. Au moment où il le croisa, l'homme leva la main en guise de salut, et Agop eut l'impression qu'il souriait! Il éclata de rire et dit au passager assis à ses côtés :

— On dirait que Raji est passé à l'acte!

Une guerre s'achevait. Une autre commençait.

Les monstres de Rida'i se mirent à transporter voyageurs et marchandises gratuitement ou pour une somme symbolique. À Oujra, les camions chargés de ciment, de madriers ou de matériaux divers, prenaient à bord qui voulait partir – il suffisait d'obtenir l'accord du chauffeur. À Harran, les gens qui n'avaient rien à faire voyageaient pour le plaisir, profitaient des camions qui rentraient à vide pour aller passer quelques heures ou un jour à Oujra, et revenaient par la dernière fournée.

Un jour où ils étaient assis au café du kilomètre 110 – Raji allait sur Harran avec deux Bédouins et trois sacs de farine, et Agop rentrait seul à Oujra, son graisseur ayant préféré rester à Harran pour y chercher du travail –, Agop dit à Raji en soupirant :

— Toi qui te moques de ma grâce de gazelle… ou de ma démarche de coq… eh bien, écoute un peu…

Il se tut et sembla se perdre dans ses pensées. Le silence s'éternisa. Enfin, il reprit :

— Il y a trente ou quarante ans, à Alep, je suis tombé malade. Ma grand-mère a dit : "Agop va mourir." J'avais un chien. Figure-toi que le chien est tombé malade lui aussi. Il n'a plus mangé, plus bu. Il dormait sur ma jambe. Au bout de deux ou trois semaines, Agop allait mieux, bien mieux, mais sa jambe, non. Tu parles de gazelle? Eh bien, regarde!

Il releva son pantalon. Sa jambe était décharnée et arquée jusqu'à l'articulation.

— Alors, tu vois? fit-il, goguenard.

Il éclata de rire comme s'il parlait de quelqu'un d'autre et, une fois calmé, ajouta :

— Et le chien a eu la même chose : une patte aveugle!

Puis, riant de plus belle, en tapant la cuisse de Raji :

— Non… pas aveugle… Aveugle, c'est pour les yeux… Une patte tordue, arrondie comme un pneu, comme une roue.

Il se tut. Il se demandait bien pourquoi il avait parlé. Puis il se souvint qu'il rentrait tout seul et ses pensées se brouillèrent. Il reprit précipitamment :

— Un camion, c'est comme un chien. Ça peut tomber malade et ça peut crever.

Il ne put s'expliquer davantage, et un peu plus d'une heure plus tard, ils se séparaient.

Le lendemain, de retour de Harran, peu avant le kilomètre 110, Raji trouva Agop en panne. Il s'évertuait à réparer son camion, mais comme rien n'y faisait, Raji le remorqua jusqu'au café, à moins de cinq kilomètres de là. Agop semblait plus triste que jamais, et lorsqu'ils furent assis, avant même d'entamer la conversation, de demander si l'autre avait faim, ou préférait un thé ou un café, ces mots s'échappèrent de sa bouche :

— Ce camion, c'est comme mon chien. Si je tombe malade, il tombe malade aussi !

Tous deux souffrirent bientôt d'un mal étrange et qui paraissait incurable. Agop, qui savait quand et comment le mal avait frappé, pourquoi et comment il évoluait, ressentit au bout d'un certain temps des douleurs inconnues et inexplicables. Même le toubib qu'il avait amené à Harran et qui avait acheté trois boutiques accolées pour ouvrir un cabinet de consultation et de soins, ainsi qu'une clinique où il résidait et logeait les patients opérés en urgence, même le toubib Soubhi al-Mahmalji ne trouvait aucune explication aux maux dont il se plaignait. Ils naissaient derrière la tête et irradiaient tout son corps, accompagnés d'un état de faiblesse générale, d'une perte d'appétit, et de fièvre, surtout la nuit.

Agop se soignait à l'aspirine et parfois avec des herbes qu'il connaissait ou qu'on lui recommandait, mais dont l'effet était le même et ne durait pas plus longtemps.

Il soignait son camion de la même façon. Dès qu'il le sentait épuisé et incapable de poursuivre sa route, il passait à l'attaque. Il l'examinait avec soin pendant de longues heures, s'évertuait des journées entières jusqu'à la nuit tombée à chercher le pourquoi du comment, mais en vain la plupart du temps. Après l'avoir laissé reposer deux ou trois jours, et avoir réfléchi à ce trouble mystérieux sans lui trouver aucune raison, il se disait : "Quand le camion va bien, Agop va mal, quand le camion foire, Agop va bien... Y a rien à y faire... Et quand Agop et le camion vont bien, c'est au souk que ça foire..."

Aboud, qui se pavanait comme un coq, distribuait fièrement jetons et reçus, et apposait avec morgue signatures
et tampons, ne tarda pas à ressentir l'emprise de Rida'i, et à
souffrir d'une concurrence à laquelle il ne pouvait faire face.
Il se mit à s'égosiller avec son commis : "Harran ! Un passager
pour Harran !", puis à traverser la rue et à pousser jusqu'à la
mosquée ou au début de la route des Sultans, à la recherche
de clients. Mais, voyant que ces misérables Bédouins, ces
ignorants, restaient indifférents à ses appels et aux efforts
qu'il déployait pour les faire grimper dans les camions de
Désert Voyages, il s'écriait avec colère :
— Qu'ils partent donc avec Rida'i, mais demain, quand
ils auront roté le lait de leur mère et qu'ils viendront chercher Ibn al-Salik à la bougie, ils trouveront le rideau baissé !
Plus tard, Aboud al-Salik se mit à faire le tour des épiceries d'Oujra pour y vendre du riz et de la farine, et acheter
du sel et des dattes. Il attendait aussi les caravanes de pèlerins ou l'occasion qui passe, cette chance aveugle et inattendue, disait-il, qu'il fallait savoir saisir au vol.
Ce fut à la même époque que surgirent, comme avaient
surgi les camions de Rida'i, les deux autobus de Mouhi Eddine
al-Naqib. Les Harranis passèrent de longues heures à observer les étranges engins jaunes, inédits à Harran et arrivés soudain d'Oujra. On regardait avidement à l'intérieur, les gamins
se grimpaient dessus en poussant de hauts cris pour explorer ce qu'ils appelaient leurs "entrailles", et certains essayèrent
d'escalader l'échelle arrière pour monter sur le toit. Mais les
jurons des chauffeurs les en empêchèrent, et les hommes d'Al-
Naqib finirent par entortiller du fil de fer barbelé autour des
barreaux pour les décourager. Les chenapans se contentèrent
donc de dessiner du bout du doigt sur la carrosserie, avec un
plaisir évident et une attention soutenue, des formes étranges
d'autant plus belles que la poussière était épaisse.

Harran s'en trouva toute chamboulée, comme chaque fois. On ne savait pas encore très bien à quoi serviraient ces deux véhicules bizarres, mais bientôt, une grande toile fut déployée sur la dernière boutique de l'immeuble qu'occupait Al-Naqib, sur laquelle était inscrit en grosses lettres rouges "Agence transsaharienne Al-Naqib-Al-Sayf". Et les premiers appels retentirent : "Oujra! Oujra!", puis on entendit Muhammad al-Sayf lancer d'une voix tonitruante, un large sourire aux lèvres : "Ceux qui veulent faire un aller-retour Oujra-Harran, montez! C'est nous qui payons, vous ne débourserez pas un sou!"

Les gens s'entre-regardèrent et regardèrent Al-Sayf, avec au fond des yeux la même question : "Un aller-retour à Oujra sans débourser un sou? Sans rien payer du tout?"

Pendant trois jours consécutifs, les bus ne cessèrent d'aller et venir, charriant "promeneurs" et marchandises, les premiers assis à l'intérieur, les secondes, arrimées sur le toit. Tout le monde voulut y monter. Quelques-uns firent deux ou trois fois le trajet, et d'autres attendirent en vain. Certains, arrivés tôt pourtant, renonçaient à jouer des coudes et à braver le chaos et la bousculade des badauds.

Le quatrième jour, les deux bus se reposèrent et les chauffeurs les nettoyèrent de fond en comble. La rumeur courut que le prix de la course dans ces véhicules confortables, rapides et puissants, serait élevé, bien plus élevé qu'avec les camions d'Agop et Raji, le double peut-être, ou le triple. Mais on fut stupéfait d'apprendre qu'on payerait le même prix que pour un trajet dans leurs "charrettes"! Pour s'en expliquer, Muhammad al-Sayf dit aux hommes qui l'entouraient, dans son bureau du deuxième étage de l'Agence transsaharienne Al-Naqib-Al-Sayf : "Il nous suffit de couvrir l'entretien des bus et le salaire des chauffeurs, et au diable les profiteurs!"

Ainsi fut ouverte la ligne d'autocar entre Oujra et Harran. Un bus quittait Harran le matin, arrivait à Oujra avant midi et repartait pour Harran en début d'après-midi. L'autre faisait la même chose en sens inverse. Ils se croisaient au kilomètre 110, où ils faisaient une courte pause avant de repartir.

Assis au café de Ghanim, Raji et Agop considéraient le flot des passagers qui se déversait là, chacun se démenant pour être servi en premier.

— Toi et moi, Agop, dit Raji, on est des petits poissons. Si on se tient à l'écart, on survit. Mais le gros poisson, lui, il va faire comment?

Comme Agop grimaçait, perplexe, et restait silencieux, il reprit :

— Tu vas voir, c'est la mort pour ce mécréant de Rida'i. Al-Naqib le lui a fourré jusqu'aux yeux… Demain, tu vas l'entendre hurler!

Agop éclata de rire :

— C'est nous qui l'avons dans le cul, effendi!

— C'est vrai, on l'a dans le cul, mais Al-Naqib nous vengera dix fois!

— Dix fois! En s'en prenant à qui?

— À Rida'i, bien sûr! Il bouffe sa merde.

— Pardon, effendi, lui c'est de la viande qu'il mange, pas de la merde…

Agop fit une pause puis reprit, sarcastique :

— C'est toi et moi, effendi, qui bouffons de la merde.

— Tu te trompes.

— Reste à voir.

— Mon vieux, plus le singe monte à l'arbre, plus on voit son derrière, et y a pas plus laid que ça!

Au lieu de se hâter de reprendre la route comme il le faisait avant, Agop préférait désormais s'attarder au café. Mais lorsque Ghanim, ses clients repartis, préparait son amer breuvage et le lui proposait, Agop s'obstinait à refuser.

— Chef… s'esclaffait Ghanim, je te l'ai dit cent fois, dans cet enfer, dans ce trou paumé, y a que les gazelles pour nous sauver et… le café!

Il lui tendait une tasse et d'un ton péremptoire :

— Bois! Écoute ton frère et bois!

Mais Agop s'emportait :

— Laisse tomber, cheikh, bois-le toi-même!

*

Tout comme Rida'i avait raflé les passagers d'Agop et de Raji et ruiné leur affaire, Al-Naqib rafla les passagers de Rida'i. Mais les camions de ce dernier continuèrent de monopoliser le transport des marchandises. Ils rayonnaient tout autour de Harran, sur d'immenses distances, et importaient directement le ciment, le bois et bien d'autres choses de Beyrouth. De huit, leur nombre ne cessa de croître, et certains tiraient d'énormes remorques. Ibn Naffa', qui avait ri à gorge déployée de voir un jour Agop entrer dans Harran avec le camion de Raji à la traîne, grimaça de surprise, incrédule, en regardant passer les caravanes de poids lourds.

— Si Dieu nous prête vie, on les verra un jour atteler Harran avec une corde comme on attelle un âne, et lui crier : "Allez hue, avance, hue!", s'exclama-t-il en secouant la main avec une rage sarcastique.

Pour Agop et Raji, les choses allèrent de mal en pis. On les plaignait, on leur aurait souhaité un autre destin, un meilleur avenir, mais nul ne pouvait tenir tête aux nouveaux gros poissons. Certes, beaucoup continuèrent de passer commande à Agop, et certains préféraient voyager sous le soleil, dans son vieux bahut, mais ils n'étaient qu'une poignée et ils se faisaient plus rares de jour en jour. Ceux-là n'effectuaient le trajet que de loin en loin, parfois moins d'une fois par an, car ils trouvaient désormais sur place, à Harran, tout ce dont ils avaient besoin.

Dix ou onze mois après que la route eut été goudronnée, Raji dit à Agop, dans ce café devenu leur refuge :

— Chef… y a plus de boulot ici… c'est cuit.

Agop hocha la tête sans répondre.

— Qu'est-ce t'en penses, chef… On va rester ici, comme ça ?

Agop haussa les épaules et secoua la main avec dépit.

— Écoute… il y a quelques jours, Rida'i m'a envoyé un gars… reprit Raji.

Agop ouvrit de grands yeux attentifs et lui fit signe de continuer.

— En bref : "Tu nous vends ton camion et on t'emploie comme chauffeur."

— Tu as accepté ?

— Je lui ai dit : "Donne-moi quelques jours… Laisse-moi réfléchir."

Il fit une pause. Il semblait hésitant.

— J'ai demandé : "Et Agop ?" Ils ont répondu : "Agop, s'il vend son camion, on le lui achète." Alors je leur ai dit : "Et vous l'employez comme chauffeur ?" Et…

Raji s'interrompit, incapable de continuer. Une tristesse profonde altérait ses traits, mais comme Agop souriait pour l'encourager, il reprit avec colère :

— Sales chiens…

Il poussa un soupir, puis sourit et marmonna, comme à part soi :

— Faut qu'on le leur mette, Agop…

Après avoir réfléchi un instant en silence, il siffla entre ses dents :

— Ces enfants de putes ont dit : "Agop n'est qu'un vieux chnoque, il est fini"…

Puis, changeant de ton et d'expression :

— Mais Agop est plus puissant que leur foutu dieu, il les enterrera tous !

Puis, reprenant son calme et d'une voix de conspirateur :

— Si je ne le leur mets pas, je ne m'appelle pas Raji…

Il se rapprocha pour lui murmurer à l'oreille :

— Écoute… je propose qu'on accepte de leur vendre nos camions… oui… On leur vend nos camions, et dès qu'on a le fric en poche, on les plaque et on se casse.

La réponse d'Agop claqua, violente :

— Moi, je ne vends pas !

Raji tenta de s'expliquer :

— Je ne bosserai jamais pour Rida'i, même si on me coupe la tête… Je bosserai peut-être pour la compagnie ou pour Naqib, mais pour lui, jamais !

Il y eut un court silence, puis Agop déclara en montrant son camion :

— Moi, j'ai ça… Toi, *habibi*, bon vent !

Bien que Raji fût en route pour Oujra et qu'il n'eût quitté Harran que depuis quelques heures, il sentit qu'il avait besoin de parler à Agop, de prendre son temps, de lui arracher peut-être son accord. Aussi décida-t-il de rebrousser chemin.

— Je rentre avec toi, dit-il pour éviter de mettre un terme à la discussion.

— À Harran ?

— Oui, à Harran. Puisqu'il n'y a de boulot ni à Oujra ni là-bas, les deux endroits se valent ! s'exclama-t-il en riant.

Et ils rentrèrent à Harran.

À les voir, nul n'aurait jamais pensé que ces deux hommes avaient été ennemis, ni qu'ils aient pu se disputer un jour. Nul n'aurait imaginé non plus que ces deux larrons, qui respiraient la gaieté et la force, puissent dissimuler dans leur cœur tant de tristesse, de désespoir et d'inquiétude. À peine arrivés à Harran, ils firent descendre les trois Bédouins qu'ils avaient amenés, déchargèrent les dix moutons et les sacs de farine et d'orge, et s'en furent ensemble. Ils parcoururent le souk principal qu'on avait rebaptisé le souk Al-Rashidi, bien que la plupart des terrains sur lesquels il s'étendait appartinssent à Rida'i. Ils s'arrêtèrent devant les bureaux de ce dernier. Sur une pancarte, on lisait : "Hassan et 'Abbas Rida'i, transport et commerce de gros". Trois petits camions étaient garés devant, dont un noir, un peu plus grand que les deux autres. Puis ils se dirigèrent vers le souk oriental où se trouvaient la boucherie d'Abou Kamil, un peu plus loin le fournil d'Abdou Muhammad, et, vers la mer, le café d'Abou As'ad al-Halwani.

Ils se baladèrent comme deux adolescents, l'un retenant l'autre de temps en temps pour le regarder en face, dans les yeux, lui dire ce qu'il avait à lui dire, ou joindre le geste à la parole pour clarifier sa pensée. Ils riaient aux éclats et bavardaient avec tous les passants qu'ils croisaient et connaissaient, acceptant volontiers les chaleureuses invitations qu'on leur faisait, promettant de rester longtemps à Harran et de répondre à toutes les sollicitations.

Il en alla ainsi jusqu'à ce qu'ils arrivent au café. Là, ils trouvèrent tant de monde qu'ils durent patienter un moment debout avant qu'Abou As'ad leur trouve une table éloignée, en bord de mer, et Raji fut obligé de préparer lui-même le narguilé. Et lorsque Abou As'ad lui proposa de prendre sa revanche au backgammon dès qu'il aurait une minute, il répondit :

— Laisse tomber… Un autre jour…

Abou As'ad insista ; il voulait absolument disputer une partie ce soir-là. Mais Raji s'obstina :

— J'ai promis que ce soir je ne jouerais pas.

Si lui ou un de ceux qui s'étaient assis à leur table avaient voulu rapporter les conversations de cette nuit-là, ils n'auraient trouvé à dire que des choses simples, insignifiantes. Et si on avait voulu raconter comment avait commencé et fini la soirée, on aurait enchaîné les banalités. Pourtant, ce fut un grand moment qui s'incrusta dans les mémoires. Abdallah al-Zamil veilla longtemps avec les deux hommes et tâcha de les convaincre de rentrer avec lui au camp pour y passer la nuit. Mais Agop lui promit de l'y retrouver le lendemain, parce que les marchandises que des ouvriers lui avaient commandées étaient encore dans son camion, et qu'il était impossible de les décharger à cette heure tardive.

Beaucoup dirent n'avoir jamais vu Raji aussi détendu et souriant que cette nuit-là. Abou Kamil assura que les feuilletés qu'ils mangèrent avaient été fourrés avec de la viande qu'il s'était réservée et comptait faire griller chez lui, mais ici-bas, tout est question de chance et d'opportunité, et il avait préféré la partager. Abdou Muhammad, qui d'habitude ne touchait à cette heure ni pâte ni pétrin, s'était empressé de les confectionner quand Abou As'ad l'avait suggéré. Quant à Ibn Naffa', il tomba sur les deux compères alors qu'il se hâtait de gagner la mosquée et tâchait d'éviter l'entrée du café en prenant par le bord de mer. Il faillit passer son chemin, mais ne put résister à l'envie de saluer Agop.

Ce soir-là, bien d'autres les croisèrent, et il y eut bien d'autres imprévus, mais on ne s'en souviendrait pas, car ce qui advint plus tard l'emporta dans la mémoire des gens.

Lorsque les deux compères eurent regagné les véhicules qu'ils avaient garés près de la mosquée, et qu'ils eurent préparé leur couche sur la plate-forme arrière, Raji inspecta celui d'Agop et lui dit :

— Demain, si ce fils de chien de Rida'i l'achète, il en fera une pissotière…

Agop éclata d'un rire sonore qui résonna, franc et clair, dans le silence de la nuit. Puis, calmé, il s'accrocha à la ridelle pour grimper dans son camion et répondit à Raji, qui restait debout devant lui, surpris par cet accès d'hilarité :

— Effendi, il faut bien pisser quelque part… et dormir aussi!

— Et moi, Agop, je te jure que je pisserai un jour sur Rida'i…

Il avait répondu avec haine, en sifflant entre ses dents.

— Effendi… oublie tes histoires de pisse et laisse-nous dormir.

— Je ne pourrai pas dormir tant que je n'aurai pas pissé sur lui.

— D'accord, effendi… Essaie… et bonne nuit!

— Tu verras, Agop… et si tu ne vois pas, tu entendras… on te racontera… Bonne nuit!

Ils s'endormirent.

Raji raconterait qu'après ce bref échange, le silence était tombé et qu'on n'avait plus entendu que l'aboiement des chiens qui erraient dans le souk ou autour du campement. Il ignorait combien de temps il avait dormi, mais il fut soudain réveillé par un mugissement, comme un cri de bête qu'on égorge. Il chercha des yeux alentour l'animal supplicié et ne vit rien, mais le cri résonna de nouveau. Un cri épais, rauque, doublé d'un sifflement, qui venait de l'arrière du camion d'Agop, où celui-ci dormait profondément. Raji pensa un bref instant que les hommes de Rida'i étaient venus les assassiner et avaient commencé par Agop. Il saisit la manivelle qu'il gardait toujours sous la main et s'écria en bondissant hors du camion :

— Enfants de putes que vous êtes! Va au diable, Rida'i, toi le premier…

Il s'approcha d'Agop et le vit, seul, qui ronflait encore, le visage et le corps trempés de sueur. Il poussa une exclamation, l'appela, le secoua, mais Agop se tordait comme une bête égorgée sans répondre ni ouvrir l'œil, comme s'il était déjà dans un autre monde. "J'ai eu très peur, dirait-il plus tard. Je ne savais pas quoi faire. J'ai débouché une gourde et j'ai versé de l'eau sur sa figure et sa poitrine. Je lui ai donné des claques, j'ai soulevé sa tête, j'ai appelé : « Agop! Agop! », mais Agop ne répondait pas, ne parlait pas, il tressautait de temps à autre comme s'il agonisait. Il souffrait, il geignait, mais sans desserrer les mâchoires. Je voulais que quelqu'un arrive, qu'on vienne à mon secours, j'ai appelé, mais personne… J'ai laissé Agop et j'ai couru chercher le toubib. L'effendi a mis une heure à se réveiller, il était en colère, visiblement exaspéré. Il m'a dit : « Revenez tous les deux demain matin. » J'ai répondu : « Le gars ne tiendra pas, il va mourir… » Il a fait mine de refermer la porte en marmonnant : « T'en fais pas… » Mais j'ai insisté en le menaçant avec ma manivelle : « Suis-moi, toubib, et vite! » Il a pris peur, il a tourné au jaune citron. Il m'a demandé nerveusement : « Qui est le malade? » Je lui ai dit : « Ton ami Agop. » Il m'a répondu : « Qui c'est, Agop? » Je lui ai dit : « C'est l'homme qui t'a amené d'Oujra, le chauffeur… » Bref, j'ai eu un mal fou à le faire venir. Il avait la trouille et il a demandé à son assistant de l'accompagner. En arrivant au camion, il a paniqué, il ne voulait pas croire qu'Agop puisse dormir là. Il m'a supplié, à deux doigts de pleurer : « Laisse-moi partir, je t'en prie, j'ai des enfants… » Je l'ai rassuré : « N'aie pas peur, examine le malade, c'est tout… – Quel malade? Où est-il? » a-t-il dit. Mais en entendant le sifflement étranglé d'Agop, comme deux corps géants qu'on frottait, il a repris confiance. Il a d'abord inspecté avec soin l'intérieur du camion, puis il s'est approché de la plate-forme, a soulevé sa lampe, et là, il a vu Agop… Bref, il lui a fait une piqûre, mais après l'appel à la prière de l'aube, Agop a rendu l'âme… non, juste au moment de l'appel… fini… Le toubib a levé la main et m'a dit : « Toutes mes condoléances… » ”

Cette journée de fin de printemps fut triste et éprouvante. Jamais Harran n'en avait vécu de pire, et il faudrait des années pour qu'elle connût encore pareil chagrin. Les maisons se remplirent de silence et tard dans la nuit les femmes se lamentèrent. Pour la première fois en trois ans, et bien qu'il fût resté ouvert, le café d'Abou As'ad ne vit personne, pas un client. Abdou Muhammad n'assista pas aux funérailles, et la rumeur courut qu'il avait quitté Harran. Or il refusait tout simplement de croire au décès d'Agop et cette épreuve lui eût été insupportable. Abdallah al-Zamil et des dizaines, ou plutôt des centaines d'ouvriers quittèrent le campement sans hésiter, sans demander congé ; ils prévinrent seulement le bureau du personnel qu'un de leurs amis était mort et qu'ils devaient aller à son enterrement. Le bureau du personnel ne dit ni oui ni non, et se contenta de transmettre l'incident à l'administration centrale. Abdallah al-Zamil, Ibn Hadhal et les autres ne s'en tinrent pas à faire acte de présence, ils témoignèrent tous, d'une manière ou d'une autre, du respect et de l'affection qu'ils avaient pour Agop.

Ce décès secoua violemment la communauté. Agop n'était pas un mort comme les autres, et dès qu'on sut la nouvelle, on se demanda comment et où on l'enterrerait, et qui se chargerait de la cérémonie. Ibrahim al-Houmaydi, l'imam de la mosquée, refusa tout net d'aborder le sujet, car le défunt était chrétien et infidèle, et il ne pouvait rien pour lui. Mais les négociations d'Ibn Naffa' et les nombreux témoignages qui affluèrent firent tomber un à un tous les obstacles et s'achevèrent par des funérailles auxquelles tout le monde se joignit, sauf Abdou, qui disparut complètement ce jour-là et qu'on ne vit ni n'entendit. Sans consulter personne, Ibn Naffa' dit à Abdallah al-Zamil :

— Lave-le et vois ce qu'il en est... Après, on avisera.

Abdallah s'exécuta et affirma que tout était normal, n'importe qui pouvait s'en assurer, d'autant que l'index de la main droite, une main couverte de cicatrices, était resté tendu

521

comme pour témoigner de sa foi en un Dieu unique. Raji, de son côté, affirma que l'âme du défunt était montée aux cieux au moment même de l'appel à la prière de l'aube, et tout le monde répéta en chœur la profession de foi : "Il n'y a de dieu que Dieu, et Muhammad est son prophète."

Ibn Naffa' consentit donc à prier pour l'âme du défunt et à lui rendre hommage, mais il restait un dernier problème : l'homme buvait-il de la pisse de diable ou non ? Mal à l'aise, il dit tristement à Raji :

— C'est vrai que c'est Dieu qui tient les comptes, mais dis-moi, ton frère, il buvait la chose interdite ? Il buvait de la pisse d'Ibliss ?

Comme Raji affirmait avec une rhétorique irréfutable qu'Agop n'avait jamais touché au vin, Ibn Naffa' s'approcha et lui murmura :

— Et le truc qu'il mettait dans sa bouteille ?

Malgré sa tristesse, Raji se précipita vers le camion, attrapa la Thermos sous le siège, revint en courant et lança d'un ton sec :

— C'est du café… du café sucré ! Il ne buvait que ça.

Ibn Naffa' demanda à Abdallah al-Zamil et Mounawir al-Khadiri de goûter au breuvage, et quand ils eurent affirmé qu'il s'agissait bien de café, de vrai café comme ils en buvaient tous, sauf qu'il était sucré, Ibn Naffa' s'écria d'une voix forte pour se faire entendre :

— Dieu maudisse le diable ! Tout le monde racontait qu'il remplissait sa bouteille de pisse d'Ibliss !

La procession partit du café d'Abou As'ad, triste cortège dont on n'entendait résonner que le pas des hommes et l'écho d'un murmure : "Que le Seigneur l'accueille en sa miséricorde… Il n'y a de dieu que Dieu…"

Lorsqu'ils furent autour de la tombe, après avoir récité la prière des morts, Ibn Naffa' entama son élégie. Or il ne connaissait ni le nom de famille d'Agop, ni celui de sa mère. Il considéra les visages qui l'entouraient et poursuivit, sans demander l'avis de personne et sans hésiter :

— Oh! Ya'koub, fils de Fatima, lorsque les deux anges de la Mort viendront te demander en qui tu crois, dis : "Je crois en Dieu, l'islam est ma religion, la Kaaba est ma qibla, les musulmans sont mes frères, et j'atteste qu'il n'y a de dieu que Dieu et que Muhammad est son serviteur et prophète."

Dans un silence pesant, le corps d'Agop fut descendu dans la fosse et on ne plaça sur la terre nivelée, au niveau de la tête, qu'une modeste pierre.

Cette nuit-là et les suivantes, Harran s'endormit tristement, meurtrie comme jamais.

Quelques jours plus tard, Fawaz Ibn Mut'ib al-Hadhal grava sur la pierre avec un gros clou la première sourate du Coran, suivie de cette épitaphe : "Ci-gît le regretté Ya'koub al-Harrani."

69

La construction du pipeline entre Wadi al-Ouyoun et Harran fut longue et ardue. Au lieu des vingt-deux mois qui avaient été prévus, les travaux en durèrent vingt-sept. Le comblement du port avait déjà rendu fous les Américains, ce qui s'était traduit par une extrême nervosité et une perpétuelle tendance à se quereller. Le pipeline les mettait dans le même état, avec une différence essentielle, ils œuvraient maintenant en plein désert, au cœur d'un véritable enfer. Avant, ils rentraient chaque soir au camp, sautaient dans la piscine, ou s'enfermaient dans les pièces climatisées, mais là, ils étaient comme des bêtes cernées par un incendie. Ils couraient en tous sens, hurlaient, se chamaillaient entre eux ou avec les ouvriers, en sus de la peur et de l'ennui qui les terrassaient. Car, leur journée terminée, ils se retiraient sous leur tente où ils ne trouvaient rien à faire, et ne pouvaient même plus dormir. Ils étaient en congé un mois sur deux, c'est-à-dire qu'ils travaillaient un mois, ou plutôt vingt-cinq jours, et rentraient passer le mois suivant à Harran, en alternant les équipes. Mais au lieu de les reposer et de les soulager, ce mois de répit soulignait l'ampleur de la lourde tâche qui les attendait. Ils n'étaient que trop conscients de retrouver des problèmes qu'ils ne sauraient gérer ni mener à bien en temps voulu, et se sentaient confrontés à une hostilité parfois quasi meurtrière.

Les travaux débutèrent en hiver, une année où le temps fut plus clément que d'habitude, et malgré les nuits froides, la vie parut belle et pleine d'attraits aux ouvriers, surtout après les longs mois difficiles que Harran et la région avaient endurés. La pluie tomba à intervalles réguliers, les oueds coulèrent dans les gorges, les gueltas se remplirent, la végétation poussa, et oiseaux et gibier affluèrent. Cela rendait la vie facile et le labeur moins pénible. Les ouvriers passaient des heures à ramasser du fourrage et des herbes, à traquer le lièvre et parfois la gazelle. La nuit tombait tôt et les veillées étaient festives, car, outre les jeux que les hommes engageaient pour se réchauffer dès que le soleil déclinait à l'horizon, des bouffées de nostalgie gonflaient leur cœur et les incitaient à chanter.

Ils savaient s'adapter à l'océan de vide qui les cernait et savaient encore mieux irriter les Américains et les faire sortir de leurs gonds. Non seulement ils s'inventaient des distractions au pied levé, mais ils tressaient avec de la laine de solides lance-pierres pour chasser gerboise ou lézard, et s'exercer au tir à la cible. Les cailloux, choisis et polis avec soin, fendaient l'air avec un sifflement aigu, et les Américains fuyaient comme le diable ces projectiles qu'ils entendaient sans les voir ; ils poussaient de grands cris, juraient et les suppliaient d'arrêter.

Certains ouvriers se contentaient pour se distraire de ramasser du bois et de le laisser sécher au soleil pendant plusieurs jours, et s'en servaient plus tard pour faire du thé ou du café. Dès qu'ils étaient allumés, ces feux enveloppaient le campement et les alentours d'une fumée épaisse, et les problèmes commençaient, comme si la poussière que soulevaient les camions et celle que les vents du désert soufflaient en tornade n'y suffisaient pas. Cette fumée importunait terriblement les Américains. Malgré leurs lunettes couvrantes et les fines écharpes dont ils ceignaient leur visage pour se protéger de la poussière et des bourrasques de sable, il suffisait que la fumée des feux s'élève dans le ciel pour qu'ils entrent dans une rage hostile. Certains arrachaient leurs lunettes et leurs voiles, exactement comme le font les enfants capricieux ou les fous, et d'autres, secoués par de violentes quintes de toux, couraient vers les tentes ou loin des brasiers, comme si fuir pouvait servir à quelque chose.

Si ces brimades et ces taquineries cessaient, ou si certains ouvriers les jugeaient insuffisantes, il s'en trouvait toujours un de prêt pour jouer des tours aux autres, surtout aux Américains. Le plus doué était Majalli al-Sirhan, un homme petit et maigre, avec une voix à peine audible. Il pouvait faire naître la peur au fond des cœurs à tout instant, sans que personne ne s'aperçût de ses manigances.

Il avait introduit des lézards et des gerboises dans les tentes des Américains un nombre incalculable de fois. Il traquait inlassablement ces bestioles et, quand il en avait assez, il les attachait et les tirait derrière lui par les pattes ou la queue. Si l'heure ne se prêtait pas à ces farces, il les mettait de côté dans un coin et attendait la nuit tombée pour les relâcher dans le camp. À peine libérées, les bêtes, qui avaient été captives de longues heures et étaient terrorisées, se précipitaient à couvert. Elles filaient entre les jambes, se cachaient sous les tentes ou dans les tranchées en chantier, et dès que les ouvriers entendaient les Américains hurler et appeler à l'aide, ils cherchaient des yeux Majalli. Ils le trouvaient en général parmi eux ou non loin de là et ils le dévisageaient pour savoir si, une fois encore, c'était lui le responsable. Majalli restait silencieux, avec un air de parfaite innocence, et offrait même parfois de les aider.

D'autres fois, Majalli capturait des serpents et les relâchait dans le campement. Il l'avait fait au moins à deux reprises, deux hivers de suite, la première fois au début de l'aménagement du camp autour de la station H2, à mi-chemin sur la route principale. Il expliqua que le terrain était criblé de nids et que l'oued avoisinant servait de refuge aux reptiles. Il le proclama tant et si bien que les Américains redoutèrent plus que tout de s'aventurer dans la gorge. Ils passaient des heures, le soir, à chercher les serpents, et commandèrent immédiatement de l'anti-venin pour traiter d'éventuelles et terrifiantes morsures. L'anti-venin ne tarda pas à arriver, mais ils avaient beau le savoir efficace, ils ne pouvaient se départir de l'effroi qui gonflait leur cœur.

La deuxième fois, ce fut pendant la visite de *Mister* Hamilton, alors que les travaux de creusement des tranchées avaient bien progressé. Majalli fit deux choses dont on parlerait longtemps. L'ingénieur lui demanda de lui apporter la caisse à outils, alors que Hamilton surveillait non loin de là l'assemblage de matériaux. Il la déposa devant lui, mais à peine l'ingénieur l'avait-il ouverte qu'il s'enfuit en hurlant. Un lézard de la taille d'un chat était tapi sur les outils et dardait sur lui ses yeux de braise en crachant frénétiquement. Hamilton avait pâli et semblait mort de peur, incapable d'avancer ou de reculer. L'ingénieur, qui avait pris ses jambes à son cou, ne tarda pas à trébucher et à tomber. Il faisait pitié à voir : il transpirait profusément, ses lèvres tremblaient et son visage passa du bleu au jaune, puis vira au blanc cireux. Majalli, qui n'avait pas bougé, silencieux et perplexe, finit par s'approcher, au milieu de tout ce chaos, saisit le lézard par le cou et, après l'avoir sorti du coffre d'un bras qui semblait dur comme du bois, il le leva en l'air, puis le jeta violemment par terre. Le lézard à demi assommé fit quelques pas hésitants et se mit à zigzaguer d'un côté puis de l'autre, et les Américains, d'abord tétanisés, se mirent brusquement à détaler en se bousculant pour éviter le monstre dangereux dont ils ne savaient ce qu'il était ni comment il était apparu ainsi.

L'ingénieur déclara, pour tenter d'expliquer la présence du reptile plutôt que sa frayeur : "On a eu tort de laisser le coffre à outils ouvert. La caisse est profonde et humide, et ces créatures d'enfer cherchent toujours un endroit, quel qu'il soit, pour s'y réfugier."

Ce jour-là, *Mister* Hamilton ordonna que les coffres à outils soient bien fermés – chacun devait s'en assurer. L'ingénieur, lui, cadenassa les trois coffres dont il était responsable.

Le troisième jour de la visite de *Mister* Hamilton, les ouvriers tuèrent un grand serpent, noir comme la nuit, qu'ils résolurent d'exposer bien en évidence, près des tentes où bivouaquaient les Américains. Ils soulignèrent qu'ils en avaient vu deux autres, mais qu'ils n'avaient pas pu mettre la main dessus. Ce soir-là et les nuits suivantes, la terreur régna sur tout le campement. *Mister* Hamilton repartit dès le lendemain, sans qu'on sût si son départ précipité était ou non lié à la présence des reptiles.

Ainsi alla la vie dans les trois camps qui avaient été aménagés le long du pipeline et que les Américains avaient baptisés H1, H2 et H3, en référence à Harran, où déboucherait la canalisation. Les ouvriers, eux, avaient gardé les anciens noms ou inventé les leurs. Le premier s'appelait depuis toujours Al-Matira et ne se trouvait qu'à deux jours de marche de Wadi al-Ouyoun. Ils avaient appelé le deuxième "Troufion" et le troisième "Gamelle". Troufion, parce que Percy, l'ingénieur responsable de H2, s'entêtait à compter lui-même les ouvriers deux fois par jour, la première en début de journée et la seconde à la fin, après les avoir alignés en une longue file, comme des soldats. Gamelle devait son nom au cuisinier indien qui, lorsqu'on lui demandait si la soupe était prête, répondait : "Gamelle finie" ou "Gamelle pas finie".

Au début, les trois stations ne furent qu'un simple nom, sauf Al-Matira où existait déjà un point d'eau fréquenté par quelques nomades. Mais les puits que l'on fora l'un après l'autre et autour desquels vinrent s'agglutiner les machines, les tentes et les gens, firent naître une vie d'une autre sorte, une vie à laquelle les ouvriers s'habituèrent et qu'ils aimèrent, tandis que l'inconfort et la hargne des Américains allaient grandissant, dépassés qu'ils étaient par les obstacles qu'ils rencontraient. Les tentatives qu'ils firent en hiver pour chauffer les tentes, puis en été pour les rafraîchir, se soldèrent par des échecs renouvelés. Les générateurs qu'on avait installés dans un coin vrombissaient jour et nuit, et créèrent plus de problèmes qu'ils n'en résolurent, car les moteurs, qu'il fallait mettre en route et arrêter, étaient vite encrassés par le vent et la poussière, et ne tardaient pas à rendre l'âme.

Les tentes des ouvriers étaient, elles, rafraîchies par le vent qui y circulait librement au fil des jours. L'hiver, ils se réchauffaient sans mot dire à la chaleur du café et des feux autour desquels ils se serraient, et l'été ils relevaient les pans des tentes du côté où soufflait la brise. Ils voyaient les Américains s'acharner encore et encore sur leurs générateurs, avec leurs corps nus, brûlés par le soleil, ruisselant de poussière comme des outres percées, et ils s'étonnaient, compatissaient, s'interrogeaient et se réjouissaient tout à la fois d'avoir en ce domaine la haute main sur les étrangers.

*

Si ces épreuves s'étaient réduites à l'âpreté du climat ou aux problèmes relatifs aux travaux, elles auraient été tolérables et surmontables. Mais à peine le quatrième mois achevé, par une nuit pluvieuse et orageuse qui semblait vouloir déchirer le silence du désert, un silence qui régnait depuis des millénaires, lors donc de cette nuit exceptionnelle, surgit un spectre, un fantôme, qui troubla la paix ambiante, hanta les nuits et les jours des Américains, et les terrifia à les rendre fous.

Cela arriva brusquement, sans qu'on s'y attendît le moins du monde. Cette nuit-là, un peu avant l'aube, un brouhaha s'éleva à la station H2, une clameur tout d'abord indistincte, qui grossit et s'émailla de coups de feu, de jurons, de blatèrements de chameaux et de hennissements de chevaux. En un rien de temps, à peine celui d'ouvrir un œil et de le refermer pour se rappeler où on était, ou pour distinguer, dans le fracas de l'orage qui emplissait le ciel de cette nuit, des voix humaines, alors que les oreilles bourdonnaient depuis plusieurs semaines du vrombissement des machines, en un rien de temps donc, plusieurs tentes s'enflammèrent.

Nul ne comprit comment le brasier avait pu prendre si vite, par une nuit si pluvieuse. Le temps que les ouvriers sortent pour aller aux nouvelles et comprendre ce qui se passait, les langues de feu avaient dévoré trois tentes, dont celle de *Mister* Percy et celle qui servait d'office.

Les Américains, que la panique faisait hurler et courir en tous sens et qui ne savaient que faire ni vers quoi se tourner, se retrouvèrent vite assemblés autour de *Mister* Percy, qui semblait si mal en point que certains ouvriers affirmèrent qu'il était blessé. Partagés entre combattre l'incendie et porter secours à *Mister* Percy, les Américains se montraient parfaitement inefficaces. Trois d'entre eux tentèrent d'utiliser des extincteurs, mais trop tard, les ouvriers avaient eu recours au sable et ne leur laissaient d'autre choix que de lâcher leurs appareils et de les imiter.

Dans les premières lueurs de l'aube, lorsqu'ils eurent évalué l'ampleur du désastre, les questions jaillirent : Qui avait fait ça? Pourquoi? D'entre les murmures et le chaos des présomptions jaillit une seule réponse : Mut'ib al-Hadhal. Il était le seul à vouloir et à pouvoir faire une chose pareille. Aucun des ouvriers ne le dit clairement ni ne prononça son nom à voix haute, mais son fantôme hanta l'immensité. Trois jours plus tard, lorsqu'une délégation arriva de la province centrale, accompagnée par deux Américains, l'enquête commença, doublée d'interrogatoires quasi accusateurs envers les ouvriers. Qui avait pu organiser une chose pareille, qui connaissait Ibn al-Hadhal ou lui était apparenté, qui savait quoi que soit de lui ou l'avait vu, surtout récemment. À l'issue de l'enquête, on conclut que Mut'ib al-Hadhal, qui avait disparu depuis des années, était aujourd'hui de retour, et qu'il ne manquerait pas de faire du désert, pour les Américains, un véritable enfer. Beaucoup s'en réjouirent, quoique avec une certaine inquiétude et un rien d'impatience. Mais lorsque Fawaz et Souwaylih al-Hadib furent assignés à la station H2, les ouvriers s'interrogèrent. On supposa que si Mut'ib savait que son fils était là, il n'oserait pas réattaquer. D'autres avancèrent que Fawaz servait d'otage et que les Américains se vengeraient sur lui s'il arrivait quoi que ce soit. Mais Majalli al-Sirhan rappela que rien ni personne ne pourrait jamais tenir tête à Mut'ib.

L'équipe de six gardes qu'on avait fait venir d'urgence d'Oujra fut renforcée et constitua bientôt une véritable armée ; ils furent aussi nombreux que les Américains, si bien que les ouvriers attribuèrent à chacun en secret les mêmes surnoms qu'aux étrangers. Bien que Mut'ib al-Hadhal ne se fût plus manifesté, la rumeur courut que plusieurs patrouilles étaient parties à sa recherche, que l'une d'elles l'avait rattrapé, lui et sa bande, et qu'un bon nombre d'entre eux avaient été tués, dont Mut'ib lui-même. Cette rumeur qu'avait répandue Ghattass, l'interprète de la station H2, sema d'abord l'effroi parmi les ouvriers, mais lorsqu'ils virent Nimr al-Souhayl, le chef des gardes, distribuer à ses hommes des munitions supplémentaires et les chapitrer sévèrement, en leur disant que Mut'ib al-Hadhal pourrait bien les surprendre, par une nuit aussi noire qu'une tombe fraîchement refermée, on fut certain que les allégations de Ghattass étaient fausses et que Mut'ib, qui avait trouvé refuge dans les ténèbres et le désert, réapparaîtrait sans aucun doute.

Mut'ib al-Hadhal revint hanter la vie du camp, et une hostilité silencieuse s'enracina et grandit entre les ouvriers et les Américains. La surveillance pointilleuse qui fut imposée, surtout aux heures de repos, et l'obligation de prévenir les gardes dès qu'un étranger ou un voyageur passaient furent accueillies avec une indifférence muette et délibérée, puis par des invectives et des tensions, si bien que certains ouvriers exprimèrent leur désir de démissionner et de quitter le camp et que d'autres résolurent de préparer eux-mêmes leurs repas. Les Américains se virent donc contraints d'adoucir les mesures qu'ils avaient imposées et d'avoir recours à d'autres stratagèmes. En sus du grand nombre d'indigènes ou d'étrangers nouvellement assignés à H2, ils se mirent à faire tourner les équipes d'ouvriers d'une station à l'autre et renforcèrent l'unité des chefs de chantier. Ghattass, qui s'était montré à la fois implacable et soupçonneux depuis la fameuse nuit et s'était heurté plus d'une fois aux ouvriers lors de l'enquête, confia bientôt le rôle de médiateur à Nimr al-Souhayl, car il était le seul à pouvoir traiter avec eux. Mais Nimr, qui était une vraie brute et s'était montré inflexible les premiers mois, ne tarda pas à s'amadouer lui aussi, et on attribua cette volte-face à un ordre de la municipalité de la province centrale, qui redoutait que les mesures de force ne favorisent l'émergence de milliers de Mut'ib al-Hadhal.

Les travaux reprirent, à un rythme à la fois plus rapide et plus détendu. On oublia ou on prétendit oublier Mut'ib, mais les rumeurs colportées de temps à autre par les bergers et les nomades indiquaient clairement qu'il allait ourdir quelque chose. Nimr al-Souhayl, alerté par son instinct ou par les bribes d'information qui lui parvenaient, fit alors régner la terreur et l'humiliation et se livra à des raids et des fouilles intermittentes, tard dans la nuit, quand les hommes étaient couchés, ou lorsqu'ils étaient loin des tentes. Et bien que personne n'eût suggéré qu'il fût à la recherche d'armes, on en était persuadé, surtout lorsqu'il confisqua les grands couteaux et autres objets potentiellement dangereux.

Ce climat de surveillance et d'expectative perdura pendant des jours, marqué par la tension et l'inquiétude. Tout changement d'attitude était désormais interprété différemment, et le moindre murmure ou le moindre geste suscitaient une frayeur et une méfiance évidentes. Lorsqu'un des bergers attacha une boîte de conserve à la queue d'un chien et le lâcha dans la station, la panique que l'incident déclencha l'emporta plusieurs heures durant sur les sourires goguenards ou apitoyés. Quant à la dérouillée que Nimr al-Souhayl fit subir au berger, nul ne la trouva justifiée, pas même les Américains.

Une autre fois, lorsque l'unité de guet appréhenda au coucher du soleil un vagabond qui passait non loin de la station et dont on apprit qu'il s'appelait Mut'ib, une joie doublée d'une franche anxiété s'empara des soldats et des Américains. Les guetteurs, pleins d'appréhension, restèrent en état d'alerte, et ce jusqu'au jour suivant. Or les quatre ouvriers que Nimr al-Souhayl avait fait venir de Wadi al-Ouyoun pour identifier l'homme l'assurèrent qu'il ne s'agissait pas de Mut'ib al-Hadhal ; mais il n'en crut rien et les soupçonna d'être de connivence et de vouloir le protéger. Il se mit à les malmener et à les insulter, et il pointa sur eux un doigt accusateur. Le lendemain, on alla chercher Souwaylih pour qu'il identifie le détenu en présence d'un Américain ; on voulait savoir s'il se trahirait lorsqu'il prétendrait ne pas reconnaître son oncle. Quand plus tard, on fit comparaître Fawaz, le garçon semblait stupéfait d'être là et ne comprenait rien au rôle que ces gens voulaient lui faire jouer. On ne sut le fin mot de l'histoire que dans l'après-midi, lorsque deux hommes d'Al-Matira et que connaissait Nimr se présentèrent à la station et déclarèrent qu'ils cherchaient leur père. L'homme, qui à la mort de sa femme avait perdu la tête, avait disparu sans laisser de trace depuis quatre jours !

Mut'ib al-Hadhal demeura à l'état de fantôme, apparaissant et disparaissant sporadiquement tout le temps que dura la construction du pipeline. Les Américains avaient recouru à tous les moyens en leur possession pour mener à bien le projet, usant tour à tour de menaces et de séduction, sans cesse sur le qui-vive, et lorsque les travaux furent presque achevés, ils devinrent méconnaissables et redoublèrent de prudence. Le moindre mot les angoissait, et le moindre écart de comportement, surtout de la part de Nimr al-Souhayl, les mettait dans un état de fièvre qui frôlait la crise de nerfs. Le matin du jour où la troisième phase des travaux fut bouclée, Al-Matira ralliée et le dernier tuyau soudé, ils laissèrent éclater une joie quasi démente, et dans un état de surexcitation comme on ne leur en avait jamais vu, ils se préparèrent à fêter l'événement.

De telles réjouissances avaient déjà eu lieu deux fois, la première au début des travaux et la seconde lorsque la canalisation avait rallié Al-Qous'a, mais les Américains semblaient plus frénétiques et braillards que jamais, comme s'ils voulaient que cette fête-là fût résolument différente.

Les ouvriers, qui avaient trimé d'arrache-pied pour en finir ce matin-là, étaient moins affamés qu'ils n'étaient épuisés et ne finirent pas le repas qu'on leur apporta. Ils avaient besoin d'une heure de repos pour rassembler leurs pensées et se préparer aux festivités du soir.

Peu après midi, ils se dirigèrent par petits groupes vers la vaste tente qui avait été dressée près de la station. Le moment leur semblait plus grave qu'ils ne l'avaient estimé, et ils pressentaient qu'un événement inhabituel se produirait cette nuit-là.

Dans cet endroit perdu, un mélange de triomphe et d'effroi les oppressait soudain, car après vingt-sept mois de labeur continu, de coexistence patiente avec le désert et de lutte quotidienne, ils touchaient au but. Chacun se sentait responsable et fier de cette réussite, car sans l'effort accompli par chaque individu, au mépris de la surveillance constante et des menaces qu'on leur avait fait subir, on n'aurait pas atteint un tel résultat.

Majalli al-Sirhan avait disparu la nuit précédente et beaucoup pensaient qu'il ne reviendrait plus, ce qui fit naître l'inquiétude et attisa les rumeurs, si bien que Nimr al-Souhayl, aux cent coups, déploya ses hommes un peu partout et défendit aux nomades d'approcher. Il commença par refouler les bergers qui étaient venus à l'aube abreuver leurs bêtes, puis il changea d'avis et leur demanda, en contrepartie de l'accès au puits, de lui dire tout ce qu'ils savaient de Mut'ib al-Hadhal et de lui rapporter tout incident survenu les jours précédents. Comme, n'ayant rien à dire, ils se taisaient et attendaient patiemment, il se résigna à les laisser tirer l'eau, mais après d'interminables recommandations et mises en garde. Lorsqu'au coucher du soleil Majalli revint, dépenaillé et couvert d'éraflures, avec un renardeau, les ouvriers furent plus émus que surpris de le revoir. Ils l'exhortèrent à avoir pitié de la pauvre bête, à lui rendre sa liberté, à aller se laver les mains et à les accompagner à Al-Matira, mais il rétorqua avec un rire sarcastique :

— Les gars, les Amerloques sont pas des anges !

Les hommes gardèrent le silence. Ils ne comprenaient pas où il voulait en venir.

— Ce salaud m'a fait courir… reprit-il en regardant le renard.

Puis, changeant de ton :

— Je me suis dit, puisque cet enfer est fini, il faut que j'en finisse avec les Amerloques… J'ai donc décidé d'en faire crever un de peur, mais comme vous voyez, malgré tous mes efforts, je ne ramène que cette bestiole qui a bien failli m'achever avant !

Ghazi al-Soultan, l'étrange vieillard qui farcissait le crâne des gens d'histoires bizarres, avait causé bien des problèmes au cours des semaines précédentes, en réclamant aux Américains de le payer et de "lui rendre sa liberté", comme il disait. On lui avait répondu qu'il ne toucherait pas un sou avant d'avoir rempli son contrat et qu'il devrait rester jusqu'au dernier jour. Seulement alors lui réglerait-on son dû et le laisserait-on partir. Or Ghazi al-Soultan, Abou Aïsha, avait soudain semblé moins pressé d'arrêter de travailler. Et ce soir-là, lorsque les ouvriers le félicitèrent, lui firent remarquer que sa liberté était à portée de main et qu'il pourrait partir dès le lendemain, il rétorqua brutalement :

— Nom de Dieu ! Bâtards de Bédouins que vous êtes… Sans amis et sans foi ni loi !

Puis, les voyant perplexes :

— Je croyais que vous respecteriez mes cheveux blancs… Je me disais : "Mes frères voudront me retenir"… mais allez vous faire foutre !

Dans ce climat d'antagonisme et de confusion, on se mit à murmurer, le soir étant venu, qu'on était en retard et qu'il fallait se dépêcher. Ghazi al-Soultan et deux ou trois autres pressèrent les hommes d'accélérer, et ils se mirent en route par vagues successives. Majalli, qui avait fini par remettre le renard en liberté, non sans lui avoir craché deux fois dessus et l'avoir insulté à cause des blessures qu'il lui avait infligées,

Majalli emporta, tout guilleret, une boîte avec trois lézards. Et tandis que les pauvres bestioles se débattaient en chuintant de terreur, il chantonnait :

Où irez-vous, les Amerloques,
Où irez-vous, mes yeux bleus,
Il y a le soleil sur vos têtes
Et le scorpion qui vous guette
Vos couilles, c'est pour les lézards,
Et votre cul, pour les renards,
Où irez-vous, pauvres malheureux,
Où irez-vous, mes yeux bleus,
Où irez-vous ?

Tout excités à l'idée d'en avoir fini avec le chantier, les hommes se dirigèrent gaiement vers Al-Matira, à pas plus de trois kilomètres de là. Il aurait suffi d'un mot, d'un geste, pour altérer leur humeur, mais lorsque leur pas s'affermit, que les contours de la tente et les silhouettes des hommes réunis autour se dessinèrent à l'horizon, et que la fumée des feux s'éleva dans le crépuscule en une spirale vaporeuse, ils sentirent qu'ils avaient rempli leur mission et s'en trouvèrent à la fois soulagés et navrés.

Plus tard, lorsque *Mister* Middleton eut fini son discours sur la complétion du pipeline et que Ghattass l'eut traduit, si mal que personne n'y comprit quoi que ce soit, tout le monde applaudit, si longtemps et si fort qu'il était clair qu'on se moquait. Puis, comme un chameau sénile, Ghazi al-Soultan se leva et avança lentement vers Middleton. Tous les regards étaient rivés sur lui. Middleton connaissait ce vieux récalcitrant et avait ignoré la plupart de ses incartades, car si l'homme décidait de se mettre au travail, il le faisait avec une énergie que les jeunes lui enviaient. Chacun songea au pire. Middleton promena son regard à la ronde, conscient qu'il se tramait quelque chose. Dès qu'il fut devant lui, Ghazi al-Soultan porta la main à sa poitrine, sortit quelques pièces de sous sa tunique, saisit la main de Middleton, y fourra la monnaie et la referma en disant d'un ton sarcastique :

— Puisque ceux qui ont de l'argent n'en donnent pas, c'est aux pauvres de donner... Ça, c'est de ma part, pour vous, et sans contrepartie !

Middleton, estomaqué, qui ne comprenait pas pourquoi Ghazi lui donnait ces pièces ni ce qu'elles représentaient, resta quelques minutes hésitant et perplexe. Puis les ouvriers éclatèrent d'un rire tonitruant et il parut gêné, mais quand Ghattass lui eut traduit les mots du vieillard, il s'esclaffa en faisant de grands gestes, flatta l'épaule de Ghazi et se lança dans une tirade dont l'interprète ne traduisit que des bribes, mais dont il ressortait qu'il accordait aux ouvriers une augmentation, effective dès ce jour, et que leur paie serait calculée et distribuée pendant leurs trois jours de congé.

Au milieu de ce brouhaha festif, Majalli se leva et s'avança avec sa boîte vers Middleton. Les ouvriers retinrent leur souffle, certains que les Américains n'apprécieraient pas la suite, mais Middleton crut à une autre surprise. Un bref instant l'idée l'effleura que les ouvriers lui offraient un cadeau pour fêter la complétion des travaux. Il tenta d'imaginer autre chose, mais en vain.

Majalli lui tendit la boîte et recula de deux pas. Un parfait silence régnait. Ce Bédouin maigrelet qui ne savait pas sourire ne pouvait avoir que mal en tête, et le fait qu'il eût reculé prudemment, lâchement, confortait l'Américain dans cette idée.

Il prit la boîte, la posa par terre et demanda avec une fausse innocence :

— C'est pour la compagnie ou pour moi en particulier ?

Lorsqu'on eut traduit sa question, Ghazi al-Soultan, qui était resté tout près, prit la parole :

— Les ouvriers viennent de vous faire l'aumône… au tour de la région maintenant !

Middleton n'y comprit mot et redemanda à Majalli pour qui était ce cadeau. Lorsqu'on l'eut assuré qu'il était bien pour lui, il l'ouvrit précautionneusement, et un des lézards en jaillit aussitôt avec une fougue inattendue. Middleton recula, visiblement effrayé, mais voyant les ouvriers éclater de rire, il se joignit à eux en jouant la décontraction. Il pouvait tolérer une telle plaisanterie et même pardonner pour une fois et, joignant le geste à la parole, il s'approcha négligemment de la boîte, qu'un des Américains avait soigneusement refermée, posa fermement ses deux mains dessus, la saisit et la secoua violemment. Les bestioles paniquèrent à l'intérieur et Middleton, d'une voix tout à la fois puissante et joviale, cria à Majalli de reprendre son cadeau !

*

Au milieu de ce brouhaha enjoué, le repas fut servi, et les Américains se montrèrent si aimables qu'on se demanda s'il s'agissait des mêmes personnes et pourquoi ils étaient ainsi transformés.

Lorsque Middleton et trois de ses collègues venus pour l'occasion s'en allèrent, chacun considéra que la fête était finie. Ghattass se leva alors et lança d'une voix dure :

— Attention… Attention !

Tous les yeux se tournèrent vers lui, et lorsque le silence régna, il reprit :

— Présentez-vous tous demain matin au bureau de l'administration… Il faut que vous soyez prêts à partir à midi sans faute.

Les ouvriers s'entre-regardèrent sans rien dire.

70

Au cours des trois premiers mois, le docteur Soubhi al-Mahmalji fit face à d'innombrables difficultés et il songea plus d'une fois à retourner d'où il venait. Mais dès qu'il parvenait à cette conclusion, il en remettait l'exécution au lendemain, car sa philosophie dans la vie était de ne jamais rien décider sous l'effet de la colère ou de l'excitation. Ainsi, dès que la crise qui déclenchait sa rage était passée, il se calmait et réfléchissait la tête froide, parce que la vie n'est qu'une série de calamités, et la preuve, c'est que l'enfant hurle dès sa sortie de l'utérus. Le toubib éclatait de rire et ajoutait que les problèmes s'enchaînent jour après jour, de la naissance à notre dernier souffle, et seule les adoucit la clémence divine ; quant à la mort, elle met un terme à tous nos soucis, la preuve c'est que les morts cessent de souffrir, de crier et de se lamenter, laissant cette corvée à ceux qui sont autour, encore en vie.

Une tête froide guidait donc les pas du toubib, et sa façon de penser le vouait à la solitude. Il n'avait pas de vrais amis. "Les amis sont un fardeau ; un être intelligent ne compte que sur lui-même et n'a besoin de personne." Même dans son village, il n'avait pas d'amis. Il avait bien de nombreuses relations, mais un ami, c'est comme un ogre ou un griffon. Il détestait les commérages et n'aimait pas que les gens s'intéressent à sa vie privée. Son épouse, qui n'avait pourtant pas le même caractère, ne tarda pas, les jours passant, à changer. Au début, elle parla de lui aux autres femmes, évoqua plusieurs fois ce que le toubib aimait ou haïssait, l'heure à laquelle il dormait et celle à laquelle il se réveillait, mais lorsqu'il eut vent de ces confidences, il la tança vertement. Comme ils vivaient leurs premières années de mariage, elle fut forcée de tenir sa langue et se contenta d'écouter les histoires des autres. Lorsqu'elle eut son troisième enfant, elle cessa complètement de recevoir et d'inviter, et ne s'occupa plus que d'élever sa progéniture et de tenir sa maison. Il n'y eut ni reproches ni discussion, mais le toubib, grâce à son regard acéré, la comprit sans qu'elle eût à ouvrir la bouche, et il lui dit plus tard : "Les ragots ne profitent qu'aux aveugles et aux sourds."

Avant de venir à Harran, le toubib avait passé plusieurs années à Alep, après avoir vécu à Tripoli. On n'avait sur sa famille que des bribes d'information fort contradictoires. Lorsqu'on l'interrogeait, il restait dans le vague. Il disait que son grand-père avait été trésorier du wali turc d'Anatolie, qu'il avait plusieurs fois accompagné la caravane du Mahmal* jusqu'à La Mecque, et avait passé la fin de sa vie dans les environs de Médine. Son père, lui, aurait été le secrétaire particulier du wali de la province de Beyrouth. Il racontait cela d'un trait, en employant des mots mystérieux, puis ajoutait en souriant pour éviter toute question ou discussion à ce sujet : "Réussir, c'est répondre « Présent! » au bon moment…"

Quant à la raison pour laquelle le docteur Soubhi al-Mahmalji était venu à Harran et avait cessé de soigner les pèlerins du hadj, il s'en expliquait en invoquant le souci humanitaire et le désir d'aider les gens dans cet endroit coupé du

---

* Palanquin richement brodé d'inscriptions religieuses, porté à dos de dromadaire et contenant la tenture de la Kaaba.

monde. Lorsque l'émir Khalid, devenu son ami, lui posa la question, il répondit en riant : "L'eau stagnante croupit, Excellence, et il en va de même pour les ambitieux. Il ne vous échappe pas qu'un bon cheval s'épuise à l'entraînement, mais quand vient la course, il file comme le vent!"

L'émir, qui tenait à entretenir d'étroites et solides relations avec le toubib, opina du chef et répondit, approbateur : "L'homme n'a pas son mot à dire sur l'endroit où il naît ni celui où il meurt."

Mais les véritables motifs de sa venue se résumaient à deux faits, que le toubib évoquait parfois à mots couverts. Le premier était qu'il tenait de son père, secrétaire particulier du wali, des titres de propriété sur des terrains et des vergers jalonnant la péninsule et la route des Sultans, et qu'il était venu voir ce qu'il pouvait en faire ou en tirer. Le second était sa passion pour les nouveaux horizons, passion qu'il devait à ses nombreux voyages et pérégrinations, et à ce qu'il avait lu, quand il était étudiant à Berlin, de récits consacrés aux grands voyageurs et explorateurs qui avaient débarqué sur les rivages du Nouveau Monde et y avaient rapidement fait fortune, puis avaient laissé sur les contrées qu'ils avaient découvertes leur immuable empreinte.

Ces deux motifs, le toubib y faisait rarement allusion. Il prétendait même souvent, et tâchait de s'en convaincre, que l'héritage dont il parlait s'était perdu et resterait inaccessible, d'autant que son père l'avait précédé ici, avait passé trois ans pleins à courir en tous sens et était revenu bredouille, lourd d'amertume et de désillusions, avec une pile de documents jaunis et déchirés qu'il avait remise à son fils. Celui-ci ne s'en était pas défait. Il les avait recollés et remis en ordre à plusieurs reprises, car il ne perdait pas espoir d'avoir un jour gain de cause, et se répétait qu'en ce pays, avec un peu de patience et d'opiniâtreté, tout était possible.

L'arrivée du toubib à Harran avait été un événement, plus marquant que tout autre à l'époque. Il s'était rendu au café dans ses élégants atours quelques heures après son arrivée, et avait posé à ceux qui étaient là des questions précises sur le nombre d'habitants de Harran, y avait-il eu un médecin avant lui, combien coûtait la location d'une maison ou d'un magasin, la compagnie dispensait-elle des soins médicaux de quelque nature aux ouvriers et résidents, etc. Puis il s'était renseigné sur l'émir, son âge, ses préoccupations, quel genre d'homme il était. De telles questions avaient attiré l'attention et éveillé la curiosité des gens. Lorsqu'il eut acquis les renseignements nécessaires, le toubib résolut d'aller voir l'émir le plus tôt possible, sans l'intermédiaire de personne, c'était la meilleure chose à faire, et ce même soir, il saisit sa mallette et prit le chemin de la municipalité. L'émir, qui avait eu vent de son arrivée, s'attendait à une telle visite, mais il ne pensait pas que le toubib viendrait si tôt, et de nuit! Quand on l'annonça, il murmura :

— Dieu me protège du Malin!

Puis, se tournant vers ceux qui l'entouraient, il soupira :

— Si ces diables tirent profit de la maladie et de la mort, qui nous donnera la santé?

Avec une joviale exubérance, comme s'ils étaient amis de longue date, le toubib s'avança vers l'émir, le salua chaleureusement, dit qu'il était ravi d'être à Harran, que si l'émir le souhaitait, il prodiguerait ses soins à ceux qui en avaient besoin, et conclut ainsi :

— Si Dieu veut, je m'emploierai de mon mieux à soulager les souffrances des malades et à leur dispenser les traitements les plus modernes.

L'émir demeura silencieux. Il écoutait et épiait cet homme pâle et carré d'épaules en se demandant quel genre d'individu il avait là, et si Harran avait besoin d'un autre docteur que Moufaddi al-Jad'an.

— Et qui prouve que tu sais soigner? finit-il par dire, pour le tester.

Le toubib eut un sourire confiant, regarda autour de lui et répondit :

— La santé des hadjs qui ont effectué le saint pèlerinage à La Mecque. J'ai eu leur vie entre mes mains, Excellence…

Son sourire s'élargit et il continua :

— Certains peuvent mentir, ou prétendre… mais en médecine…

Puis, sans attendre et sans hésitation, il ouvrit sa mallette sous les yeux de l'émir :

— Avec ces instruments et ces remèdes, je peux tout soigner… En outre, on n'accorde un diplôme qu'à ceux qui ont prêté serment.

Il avait prononcé ces derniers mots d'un air légèrement surpris, et l'émir regarda avec attention la mallette ouverte, pris d'une forte envie de manipuler son contenu. Le toubib s'en rendit compte et la poussa vers lui pour qu'il puisse voir les instruments et les fioles.

— Tu sais guérir toutes les maladies? reprit l'émir.

— Si Dieu veut, Excellence.

— Où as-tu exercé avant de venir à Harran?

— J'étais assigné à la caravane du hadj, Excellence, et quand j'ai entendu dire que Harran avait besoin d'un médecin, je m'en suis remis à Dieu et je suis venu.

L'émir approuva d'un hochement de tête et dit qu'il ne voyait pas d'inconvénient à ce que le toubib reste à Harran pour y exercer son métier. Puis les questions recommencèrent et la conversation prit une autre tournure.

Cet accueil méfiant aurait pu suffire à décourager le nouveau venu, à lui faire refermer sa mallette et plier bagages, mais la fatigue du voyage d'Oujra à Harran et son habitude de remettre les décisions au lendemain le firent changer d'avis.

Ce qui suivit, aussi bien ce soir-là qu'après, le rendit perplexe et aiguisa son envie de repartir. Car en plus des difficultés qu'il rencontra pour se loger, se nourrir et laver ses vêtements, les Harranis n'ayant jamais eu de médecin, pas un ne vint le consulter la première semaine. Beaucoup s'attendaient que cet homme, arrivé prématurément, quand on n'avait besoin de personne d'autre que de Moufaddi al-Jad'an, s'en retourne d'où il était venu, mais plusieurs incidents et coïncidences les firent changer d'avis. Le fils de l'émir souffrait d'une fièvre dont rien ne venait à bout, et on confia au toubib le soin de le guérir, ce dont il s'acquitta fort bien. Au cours du traitement, l'émir surveilla méticuleusement les gestes du médecin, comme s'il voulait apprendre, ou s'assurer de tout. L'homme l'épiait du coin de l'œil, attentif à ses moindres réactions, tandis qu'il s'activait avec brio, étalait profusément sa science et expliquait en détail l'état du patient. Il montra à l'émir quelques instruments, le stéthoscope, le thermomètre, l'appareil à tension. L'émir saisit prudemment le stéthoscope, plaça les embouts dans ses oreilles avec l'aide du toubib et exprima une vive surprise lorsqu'il entendit avec clarté des battements de cœur. La lecture du thermomètre resta cependant un mystère, malgré les explications de Soubhi, et, ne comprenant rien au fonctionnement de l'appareil à tension, il le jugea trop compliqué, peut-être même dangereux.

Lorsque la fièvre de l'enfant tomba, trois jours plus tard, le toubib commença à jouir d'un respect certain et d'une vague estime. Ce fut le début d'une relation solide et la naissance de la bonne étoile du docteur Soubhi al-Mahmalji.

Ses compétences furent confirmées et on ne parla plus que d'elles, lorsque Jawhar, le garde du corps de l'émir, qui avait été profondément blessé à la jambe à la suite d'un accident, fut terrassé par une forte fièvre. Soubhi affirma maintes fois que Moufaddi al-Jad'an, qui s'en était occupé avant son arrivée, avait failli le tuer ou le destinait pour le moins à être amputé, si lui n'était intervenu au moment opportun. Il entreprit alors d'exhiber son savoir-faire, sous le regard attentif de l'émir, rouvrit la plaie après avoir endormi le patient, la nettoya, puis la recousit, tout cela sous la tente adjacente à celle de l'émir. Sans son intervention, affirma-t-il, l'issue eût pu être tout autre, mais au bout d'une semaine de soins constants, Jawhar se leva et se remit à marcher, d'abord avec une canne, qui devint bientôt un trophée et fut reléguée à d'autres usages !

Ces deux incidents, survenus peu après son arrivée, scellèrent la crédibilité et la réputation du toubib, malgré toutes les rumeurs que fit courir Moufaddi al-Jad'an. En un rien de temps, Soubhi acquit toute sa notoriété. Et lorsqu'il loua à Al-Dabbassi trois locaux mitoyens et y fit d'importants travaux pour y recevoir les patients et les hospitaliser, on sut qu'il était là pour rester, et rester longtemps. Moufaddi al-Jad'an se posta alors près de la clinique pour observer à loisir les allées et venues des patients en proférant des grossièretés, et il leur arracha plusieurs fois des mains les remèdes qui leur avaient été prescrits pour les jeter au loin, en jurant qu'ils grouillaient de petits éfrits qui s'insinueraient bientôt dans leur poitrine, parce que ceux qui les avaient confectionnés ne craignaient ni Dieu ni diable. Le toubib, à qui son gardien ou son assistant rapportaient ces incidents, prétendait ne rien savoir de ce qui se passait hors des murs de sa clinique et attendait en même temps le moment opportun pour en finir une fois pour toutes avec "cet idiot", comme il disait. En attendant ce jour, il s'attacha à soigner ses bonnes relations, avec l'émir d'abord, puis avec les personnalités et les nantis de Harran.

Il se sentait seul et isolé, d'autant qu'il mettait par tempérament une certaine distance entre lui et les autres, et que dans les premiers temps il ne put faire venir sa femme et ses enfants. Car malgré l'affluence des gens et des marchandises,

Harran restait une cité en devenir, ou plus précisément un endroit qui ne pouvait accueillir tout le monde ni satisfaire tous les besoins. L'école primaire qui avait été ouverte peu auparavant ne comptait que quatre niveaux, le dernier n'ayant que cinq élèves, dont le fils du directeur, celui d'un des trois instituteurs et les deux fils d'Ibn al-Rashid. Quant à laisser ses enfants chez leur grand-mère maternelle à Beyrouth et à ne faire venir que sa femme, cela semblait prématuré, surtout qu'il n'avait pas trouvé de logement approprié, ou plutôt qu'il n'en avait pas cherché, car il n'était pas tout à fait décidé à rester.

Ce qui exacerba son sentiment de solitude fut que Muhammad 'Id, qui l'avait assisté pendant sept ans, l'avait suivi sur la route de La Mecque quand il s'occupait des pèlerins et lui avait promis de le retrouver dans un mois, deux au plus tard, n'avait pas réapparu ni donné signe de vie depuis trois mois. Or il pouvait difficilement s'en passer ou le remplacer, car outre les services que tout assistant compétent rendait d'ordinaire, Muhammad 'Id était intelligent, prompt à comprendre et à réagir, et se chargeait de remédier aux petits problèmes que lui-même oubliait de résoudre. Il fallait ajouter à cela la complicité née de toutes ces années passées à officier ensemble, et le fait que Muhammad 'Id s'acquittait aussi de tâches qui n'étaient pas directement de son ressort, comme faire la cuisine, s'assurer de la propreté du cabinet et des chambrées attenantes, et bien d'autres choses encore.

Seul Muhammad 'Id pouvait abattre une telle besogne, et le toubib ne pouvait espérer former un nouvel assistant aussi compétent, surtout qu'à cette époque et en ce lieu il se sentait moins apte ou moins enclin à le faire.

Ces raisons-là se bousculaient dans sa tête, et il se les ressassa tout le temps qu'il attendit. Mais il y en avait d'autres, plus cruciales, qui lui causaient un véritable souci et lui faisaient mesurer l'abîme de solitude qui le séparait de ses semblables. Parmi elles, le fait que Muhammad 'Id était le seul être au monde capable de le lier à son prochain d'une façon qui lui convînt et en laquelle il pût avoir confiance, car lui seul savait vanter ses talents et cultiver son image. Il en faisait un être légendaire, doué de pouvoirs extraordinaires, surtout dans le domaine de la médecine, et il évoquait les nombreuses occasions où le toubib avait arraché un homme aux griffes d'Azraël en vouant celui-ci au diable, alors que tous les autres médecins avaient déclaré forfait et reconnu que seul le docteur Soubhi pouvait dire à la Mort : "Je suis plus fort que toi" et sauver la vie du patient! Muhammad 'Id ne se contentait pas d'évoquer les prouesses de Soubhi, sa supériorité sur les autres docteurs et son aptitude à se surpasser lui-même – car il était passionné par son métier et était né pour l'exercer –, mais il avait aussi la faculté exceptionnelle d'entourer les faits les plus insignifiants d'une aura quasi magique et de les enraciner dans les esprits, et il pouvait les répéter cent fois, on avait toujours l'impression qu'ils dataient de la veille. Ces récits, il savait exactement quand et à qui les raconter, et Soubhi parfois s'étonnait quand on l'interrogeait, car lui-même était bien incapable de se souvenir de tous les détails que son assistant mentionnait.

Ce qui renforça aussi leur complicité fut que Muhammad 'Id était fin psychologue et avait réponse à tout. Le toubib était "très occupé" quand un proche ou une relation le réclamait, il effectuait "une opération extrêmement délicate" quand la police venait lui demander de témoigner à la suite de tel ou tel incident, ou "le docteur n'était pas là" quand un sans-le-sou venait le consulter. Certes, Muhammad 'Id commit quelques erreurs envers certaines personnes, mais elles furent si insignifiantes et il sut si bien les réparer qu'elles s'effacèrent en temps voulu de la mémoire des gens, et de la sienne, le jour même.

Le toubib, qui écoutait son assistant lui citer les besognes dont il se chargeait à sa place, et qui l'encourageait et saluait ses initiatives, l'avait cependant maintes fois mis en garde : "Je n'ai rien vu, rien entendu… compris ?" Muhammad 'Id opinait avec un sourire et concluait en se retirant : "Ne vous en faites pas, docteur… laissez-moi faire… je m'en charge."

Il y avait d'autres vraies raisons que Soubhi connaissait mais qu'il ne mentionnait jamais, dont par exemple, la "piqûre salvatrice"… Muhammad 'Id administrait en effet le premier et le dernier soin à la plupart des patients. Après avoir écrit leur nom en grosses lettres quasi illisibles, il notait le mal dont ils souffraient d'une écriture en pattes de mouche caractéristique de la profession : "maux de ventre", "urticaire", "douleurs dans les membres". Cela fait, il s'attaquait à la psychologie de son client, l'assurait que son mal était bénin, qu'il était venu au bon moment, ou que le Très-Haut avait bien fait, dans sa miséricorde, de le recommander au bon docteur Soubhi. Après un moment de silence, le temps que ses mots s'infiltrent dans l'âme du patient, il ajoutait avec un sourire confiant : "Quand il t'aura examiné et aura prescrit le remède, la piqûre sera prête. Elle fera effet en cinq minutes et, si Dieu veut, tu seras sauvé."

Rares étaient ceux dont le postérieur avait échappé à l'aiguille de Muhammad 'Id, et encore plus rares ceux qui ne la réclamaient pas ou ne s'inquiétaient pas de savoir si le remède que leur prescrivait Soubhi était aussi efficace que la piqûre de son assistant. Le toubib donnait de brèves réponses évasives, laissant le malade dans l'ignorance jusqu'à ce qu'il le confie à Muhammad 'Id. Celui-ci lui demandait alors, ou plutôt lui ordonnait, de se préparer en vitesse, parce que la piqûre était prête, saisissait l'ordonnance et la lisait attentivement en hochant la tête pour signifier qu'il avalisait le diagnostic et cautionnait le traitement. Dans ce réduit étroit, qui avait dû être un jour un placard ou un WC et était devenu la plus petite salle de soins du monde, juste assez grande pour qu'une personne s'y tînt debout, une fois le malade introduit et le rideau tiré, Muhammad demandait : "Tu es prêt ?", et à peine avait-il entendu la réponse qu'avec la précision de l'habitude il soulevait le rideau sur les fesses du patient et s'acquittait en un éclair de sa tâche en ânonnant la même ritournelle : "Voilà la piqûre salvatrice !" ou "Tu es sauvé !" Le tarif appliqué était celui de la consultation, un prix global, et personne ne pouvait dire par exemple : "L'ordonnance est à tel prix et la piqûre à tel autre." Les malades ne pouvaient pas non plus prendre l'ordonnance et se faire administrer la piqûre par quelqu'un d'autre que Muhammad 'Id. Cela n'arrivait jamais. Et si le toubib décidait d'augmenter le prix de la consultation, celui de la "piqûre salvatrice" augmentait du même coup. Cependant, Soubhi pratiquait des prix modérés, inférieurs en tout cas à ceux de ses éminents confrères de Tripoli et d'Alep, qui mettaient en doute son intégrité et ses compétences lorsque son nom était cité, et évoquaient les "extras" qu'il encaissait ici et là, en référence à la fameuse piqûre et aux échantillons gratuits qu'il revendait.

Le toubib avait donc de multiples raisons de se sentir seul à Harran, et la réapparition de Muhammad 'Id, au début du quatrième mois, changea du tout au tout son attitude, ou pour mieux dire, fit de lui un autre homme. Le silence dans lequel il se murait souvent, ou ses réponses brèves et cassantes, cédèrent le pas à une verve nouvelle... celle de son assistant. Tous les désirs du toubib, toutes ses requêtes, furent exaucés. La nourriture, qui lui donnait de cuisants maux de ventre, et dont il se méfiait parce que les autres n'y comprenaient rien et ne voulaient pas l'aider, eut soudain un tout autre goût lorsque Muhammad 'Id se chargea de la préparer. Ses douleurs s'envolèrent et il recouvra la santé. On eût pu gloser longtemps sur sa mise, sur l'hygiène, les dépenses, la surveillance des artisans, les marchandages qui eurent lieu et les rénovations qui furent entreprises dès le retour de l'assistant. La clinique fut achevée et régie comme celle du docteur Soubhi de Tripoli, dix ans plus tôt. Et bien que certains commentaires sur l'appartement qu'il s'était aménagé, adjacent à son cabinet, lui causassent quelque amertume, il les ignora. Il fit percer une porte latérale, la fit peindre en bleu clair et y accrocha un petit écriteau où il fit inscrire, en belles lettres calligraphiées par un des maîtres d'école, récemment arrivé, "Docteur Soubhi al-Mahmalji – Résidence". Quant à la première enseigne, elle fut réalisée avec soin à Oujra et clouée au centre de la façade qui donnait sur la rue principale. On y lisait ceci : "Docteur Soubhi al-Mahmalji – Médecin chirurgien – Spécialiste en médecine interne et vénéréologie – Universités de Berlin et de Vienne".

Cette spécialité en vénéréologie – un des nombreux domaines de prédilection du docteur Soubhi –, spécialité dont il connaissait l'importance et l'impact, et à laquelle il fit dès le début de brèves mais percutantes allusions, tissa entre lui et un bon nombre d'hommes des liens solides et complexes.

Quelques semaines à peine après son arrivée à Harran, il était si proche de l'émir qu'on le soupçonna de nouveau de l'avoir connu auparavant, en s'appuyant sur le fait qu'il était allé le saluer dès le premier soir, et que les deux hommes passaient seuls de longs moments ensemble. Au début de leur relation et en présence des autres, l'émir s'intéressa vivement à toutes les maladies et interrogea le toubib sur leurs symptômes, leurs causes et leurs traitements. Il se montrait fort attentif aux explications qu'on lui fournissait, bien qu'il n'en comprît pas la majeure partie, les données étant si confuses que c'était à se demander comment le toubib lui-même s'y retrouvait. Il hochait la tête d'un air entendu et exprimait régulièrement le désir de s'emparer du stéthoscope pour le poser sur la poitrine d'un de ses hommes et écouter battre le cœur. Il était en admiration devant cet appareil et souhaitait secrètement s'en procurer un. Au cours de ces entretiens, on finissait toujours par aborder l'épineuse et tout à la fois excitante question du sexe, et le toubib, qui en disait toujours très peu, aiguisait davantage la curiosité qu'il n'expliquait ou ne répondait aux questions, laissant chacun plongé dans un abîme de perplexité et anxieux de le consulter en privé.

Avec le temps, la relation qui liait l'émir au médecin s'affirma, et les questions devinrent moins innocentes et plus directes.

Al-Dabbassi, qui avait accepté avec enthousiasme de lui louer trois boutiques, effectua avec une grande bienveillance les aménagements requis pour y installer le cabinet, la clinique et l'appartement. Il était fier qu'il eût choisi cet emplacement et, désireux de s'en faire un ami, il était prêt à accepter toutes ses requêtes. Il entreprit à cet effet, mais sans résultat évident, de se renseigner sur les possibilités de construire un deuxième étage et peut-être un troisième, pour abriter un hôpital et une résidence digne du toubib, surtout pour le jour où sa famille le rejoindrait.

Al-Dabbassi se promit de passer plus de temps qu'il n'en allouait d'ordinaire à surveiller les travaux et se promit encore plus de gagner les faveurs du docteur. Il songea plusieurs fois à s'ouvrir à lui et à lui demander certains fortifiants et remèdes dont il commençait à avoir besoin, mais il n'osa pas. Il était confus et embarrassé, et quand il se sentait prêt à aborder le problème, un imprévu l'obligeait à remettre à plus tard sa décision.

Les relations du toubib avec l'émir et Al-Dabbassi se renforcèrent, ainsi que celle qu'il établit avec le *shahbandar* des marchands, Hassan Rida'i et bien d'autres, avec cependant des distinctions majeures. Ibn Naffa' au début s'était méfié de lui et avait prêté une oreille complaisante aux commentaires de Moufaddi al-Jad'an et de ses suiveurs. Mais, comme il vit plusieurs fois le toubib prier avec ferveur à la mosquée et apprit qu'il avait été médecin de la caravane du hadj, il se montra plus clément et compréhensif, et lorsque l'assistant arriva et conta ses hauts faits passés – comment il avait sauvé des dizaines de gens d'une mort certaine et comment il passait des jours et des nuits au chevet de ses patients –, Ibn Naffa' écouta, posa moult questions et finit par changer ouvertement d'avis. Il dit à qui voulait l'entendre qu'Ibn al-Jad'an se fourvoyait et n'œuvrait pas pour le bien des musulmans, car il essayait d'empêcher un homme pieux de gagner sa vie. Il en dit bien davantage. Il souligna que Harran, qui voyait croître de jour en jour le nombre de ses marchands, pouvait sans aucun doute accueillir deux docteurs et que les gens étaient libres d'aller consulter Ibn al-Jad'an ou le nouveau venu, cela ne faisait aucune différence. Et il cita en référence certains épisodes de la vie du Prophète, traitant de l'hygiène générale et des soins à donner aux malades.

Moufaddi al-Jad'an était le dernier à imaginer qu'Ibn Naffa' pût prendre le parti du nouveau toubib. Lorsqu'il l'apprit, il s'écria, en retroussant sa manche sur son bras droit et en pointant un doigt sans équivoque :

— S'il croit que ce toubib guérit les impuissants et peut redonner ce que Dieu a repris, Ibn Naffa' se trompe!

Puis, en secouant plusieurs fois une main flasque, et avec un grand rire :

— Dites-lui de s'enlever ces idées de l'esprit, peu de chance que quoi que ce soit vienne troubler son sommeil!

Ibn Naffa', à qui on conta l'anecdote, laissa éclater sa colère et rugit, l'écume aux lèvres :

— Dites-lui qu'Ibn Naffa' baise jour et nuit, et s'il veut, il n'a qu'à m'envoyer sa mère et attendre derrière la porte… Il verra et il entendra!

La querelle s'enflamma et s'envenima, mais le toubib demeura à l'écart. Il écouta les rumeurs que son gardien Hadib lui rapportait, puis son assistant lui fournit de tout autres détails, et ce fut devant l'émir qu'il fit un soir la remarque suivante :

— Si Ibn Naffa' le voulait, je pourrais lui rendre l'ardeur de ses vingt ans et il rattraperait le temps perdu !

Ces mots brefs, prononcés sur le ton de la plaisanterie, résonnèrent longuement aux oreilles de son auditoire. Ceux qui n'avaient jamais songé à aborder le sujet parce qu'ils n'avaient pas encore eu ce genre de problème notèrent que le toubib jouissait de pouvoirs exceptionnels, et qu'il pourrait un jour leur être utile. Et ceux dont la virilité vacillait et qui avaient un ardent besoin d'aide eurent soudain l'impression de voir leurs souhaits exaucés, après une longue attente et une plus longue encore litanie de tourments. Leurs yeux s'accrochèrent à chacun de ses mots, chacun de ses gestes et, sans qu'ils le veuillent ni qu'ils en soient conscients, le docteur Soubhi al-Mahmalji devint leur idéal et leur espoir.

Soubhi, qui savait ou s'était douté que Harran aurait besoin d'un docteur, n'avait pas assez réfléchi au problème des médicaments et de la pharmacie. Il avait gardé la plupart des remèdes dont il disposait en tant que médecin du hadj et avait demandé à son assistant d'en rapporter certains dont il lui avait donné le nom, mais 'Id n'en avait trouvé qu'une petite quantité qui ne durerait pas plus d'un mois. Soubhi envisagea donc, entre mille autres choses, de se lier d'amitié avec le médecin pakistanais de la compagnie. Il dit à son assistant, un soir qu'ils faisaient l'inventaire :

— Pour avoir des médicaments, il faut remonter à la source. Et en attendant le retour de notre ami Sidqi al-Moufti ou d'un autre, la source en ce moment, c'est la compagnie.

Avec brio et roublardise, Soubhi se mit à fréquenter le docteur Muhammad Jinnah. Ce furent d'abord des visites de courtoisie, émaillées de difficultés, car l'homme ne savait que quelques mots d'arabe et ne parlait bien que l'anglais, tandis que l'anglais du docteur Soubhi était "scolaire et inadapté", comme il disait. Il eut d'abord recours à divers stratagèmes pour se faire comprendre – l'écrit, le dictionnaire, les gestes et quelques mots d'arabe. Les fois suivantes, il sembla qu'ils s'habituaient l'un à l'autre. Soubhi comprenait un peu mieux l'anglais, et le médecin pakistanais l'arabe. Il avait commencé par ne rien entendre à sa prononciation, mais lorsqu'il s'y fut fait, il prit un plaisir amusé à l'écouter. Leurs liens s'affermirent, ils continuèrent de communiquer de cette manière si particulière, et leur relation ressembla bientôt à de l'amitié.

71

Au moment de l'inauguration du pipeline, Harran prit des allures de cité dangereuse – du moins aux yeux des Harranis! Car une semaine ou dix jours plus tôt avait surgi tout un bataillon de policiers, de soldats, de bureaucrates et d'hommes de main, en plus d'un énorme stock de ravitaillement et d'une ribambelle de moutons, et le flot d'informations que recevait l'émir à ce sujet était parfois contradictoire.

Les gens ne savaient que penser de ce branle-bas et s'en alarmèrent un peu, car il était accompagné d'une effervescence inhabituelle à la municipalité, d'une recrudescence des messages échangés chaque jour avec l'enclave américaine, d'une kyrielle d'invitations qu'adressa l'émir aux nantis de Harran, et de longues conversations dont filtrèrent quelques anecdotes, ou dont on eut vent par des chemins détournés. Suite à la visite surprise que trois Américains hauts placés avaient faite à l'émir, celui-ci leur retourna la politesse et effectua dès le lendemain la tournée du camp puis du bord de mer. On lui fit voir les trois tentes qui avaient été dressées au milieu d'un vaste jardin, près de la piscine, et dont on lui précisa qu'elles seraient pour les invités, tandis que le bras droit du sultan et prince héritier serait logé à la résidence ou la municipalité.

Cette effervescence, qui dans un climat de chaos et de confusion dura plusieurs jours, et que ponctuèrent les colères de l'émir, de son suppléant et même de leurs subordonnés envers leurs subalternes, les vaines questions que ne cessèrent pas un instant de se poser les gens sur le nombre des invités ou sur la durée de leur séjour, et enfin les notifications et les instructions que reçurent les commerçants, surtout ceux des trois rues principales, où passerait le cortège officiel, les consignes qu'on leur donna quant à la décoration, la disposition de pancartes et de drapeaux multicolores, et l'obligation d'afficher son enthousiasme et sa gaieté, tout cela, les Harranis ne savaient qu'en penser, car c'était la première fois qu'ils devaient jouer un tel rôle. Ils regardèrent Muhammad 'Id assembler devant la clinique des panneaux de bois, avec l'aide du menuisier qui s'était occupé des rénovations, et en quelques heures un arc de triomphe, recouvert de tapis que le toubib avait achetés à un navire marchand, couvrit presque toute la façade de la clinique. Les tapis, à l'exception de trois qu'il réserva à son cabinet et sa chambre, furent couronnés de papiers multicolores qui servaient à bourrer les cartons de médicaments, et il commanda à Ra'ouf al-Saqa, le calligraphe d'Oujra récemment installé à Harran, une grande banderole rectangulaire. Il avait passé toute la nuit précédente à réfléchir à son slogan, à le dessiner et à le peaufiner jusqu'à ce qu'il en fût satisfait. Et lorsque Ra'ouf l'eut reproduit, d'une belle écriture élégante, il trouva l'ensemble parfait. La banderole fut tendue sous sa direction en travers de la chaussée, directement face au souk, et il fit tirer plusieurs fois sur les cordes pour la hisser le plus haut possible. Lorsqu'elle fut accrochée, le toubib alla au bout de la rue se rendre compte du résultat, et il revint à petit pas sans quitter des yeux la bannière et l'arc de triomphe. Quand il fut dessous, il s'écria, l'air visiblement réjoui :

— Les grands hommes et les grands projets méritent au moins ça !

L'initiative du toubib ouvrit bien des horizons, et le jour où la banderole fut accrochée, l'émir lui-même n'hésita pas à descendre à Harran pour visiter la clinique. On raconta qu'il était venu exprimer sa satisfaction, mais Muhammad 'Id, lorsqu'on l'interrogea, répondit d'un ton assuré :

— La présence de l'émir relève d'une affaire bien plus grave…

Il fit une pause, dévisagea ceux qui l'entouraient et reprit :

— Vous savez ce qui les lie… Ils sont plus qu'amis, ils sont frères.

Peu devinèrent ce que cette entrevue représentait vraiment, mais, à Harran, on ne parla plus que d'elle.

Si les Harranis attendaient la suite avec fièvre et inquiétude, la municipalité était encore plus inquiète et fébrile. Car nul n'eût imaginé que tant de personnalités pussent venir un jour à Harran. L'événement se précisant, on se demandait comment elles réagiraient à ce qu'elles verraient et entendraient. Cependant, malgré l'anxiété, un sentiment de fierté qui frisait la suffisance l'emportait. Et même ceux à qui on n'avait rien demandé pavoisèrent et firent flotter des drapeaux ou des bannières multicolores.

Le seul qui exprimât une hostilité presque méprisante fut Ibn Naffa', et lorsqu'en passant dans la rue Al-Rashidi il découvrit l'arc de triomphe devant la clinique du toubib, il poussa un cri de surprise :

— Diable de bâtard d'Albanais… On te prenait pour quelqu'un de bien, mais en fait, tu es comme eux…

Il s'interrompit un instant puis reprit, sarcastique :

— Comme on dit, bâtard ou sloughi, un chien reste un chien !

Et il continua de jurer et de menacer, malgré les tentatives que fit Muhammad 'Id pour lui expliquer ce qu'il en était et l'amadouer. Mais les badauds qui s'étaient rassemblés et regardaient tour à tour l'arc et Ibn Naffa' trouvaient ces décorations magnifiques et ne prenaient pas le râleur au sérieux – le vieux ne pensait pas toujours ce qu'il disait, c'était une habitude qu'il avait prise, de tout critiquer depuis l'arrivée des Américains, et il ne pouvait s'en débarrasser. Au milieu d'un silence, quelqu'un s'écria, pour relancer la querelle :

— Mes amis, toute cette histoire, c'est à cause de la piqûre dont rêve Ibn Naffa' et que le toubib ne veut pas lui faire !

Les hommes échangèrent des clins d'œil entendus et éclatèrent d'un rire tonitruant. Puis l'hilarité reflua et Muhammad 'Id lança, goguenard :

— Si c'est vraiment tout, envoyez-moi donc le hadj, je m'en occuperai !

— Et qui es-tu, espèce d'Albanais, pour parler comme ça ? aboya Ibn Naffa'.

Sa colère était si forte qu'elle tournait à la rage, et Muhammad 'Id, surpris, haussa les épaules sans répondre. Quelqu'un s'écria, à bonne distance, pour ne pas s'attirer les foudres du vieux ni s'exposer à son poing :

— Vous voulez savoir, les amis ?…

Les regards se tournèrent vers l'endroit d'où venait la voix, et l'homme ajouta avant de se dépêcher de filer :

— Plus on vieillit, plus le truc rétrécit et plus la langue grandit ! Ça s'appelle être sénile !

Ibn Naffa' n'aurait jamais cru qu'on pourrait un jour lui parler sur ce ton ni dire ce qu'avait dit cet homme. Il resta un moment interdit, puis, comme les rires se déchaînaient et que tous les yeux le fixaient, interrogateurs, anxieux de voir sa réaction, il se détourna nerveusement, furieux, s'approcha du plus proche pilier de l'arc de triomphe, baissa son pantalon, sortit son sexe, le secoua devant tout le monde, s'accroupit et pissa. Le silence tomba et les visages pâlirent, incrédules. Puis le vieux se releva et lança avec un rire railleur et furibond :

— Toi, l'Albanais, dis à ton maître qu'Ibn Naffa' est encore vert et qu'il n'a pas besoin de lui ! Quant à son arc, le voilà bien arrosé !

Il s'en alla fièrement, insensible aux regards vrillés sur lui et aux murmures qui couraient parmi les badauds. Lorsqu'il se fut éloigné, il entendit le toubib ordonner à son assistant de rentrer sur-le-champ.

Ibn Naffa' fut donc le seul à exprimer sa désapprobation, mais l'éclat qui avait déclenché l'hilarité des gens et effrayé Muhammad 'Id ne tarda pas à se fondre dans la fièvre des préparatifs et l'attente. Lorsque Jawhar, qui avait été promu responsable de la sécurité et chargé de la protection des invités, passa près de l'arc de triomphe un peu plus tard, vit l'attroupement et entendit l'anecdote, il brandit son gourdin et s'écria, jovial :

— Laissez le vieux aboyer tout seul ! Il est fou, ses couilles lui tapent sur le système...

Les préparatifs se poursuivirent, et les trois derniers jours, le rythme s'accéléra. Le quatrième jour, le prince Khaz'il, bras droit et héritier du sultan, arriva.

Le cortège était précédé par un pick-up vert foncé, à l'arrière duquel étaient assis face à face huit soldats armés de pied en cap, portant fusil, sabre, double cartouchière croisée sur la poitrine, et poignards recourbés de tailles et de formes diverses. Jawhar, lui, était devant, à côté du chauffeur, un bras que prolongeait son gourdin pendant à la fenêtre. Suivait une file de voitures qui avaient été huit au départ d'Oujra, mais dont il ne restait plus que six. Deux d'entre elles étaient tombées en panne sur la route, et si le prince Khaz'il ne s'en était pas aperçu au moment opportun, leurs occupants seraient restés en rade. Une fois ceux-ci montés à ses côtés, tous les véhicules restants, sauf celui du prince héritier, se retrouvèrent pleins à craquer de soldats dont on ne pouvait distinguer le rang tant ils étaient serrés. La voiture du prince était une Cadillac rouge sang, il y en avait aussi une noire, mais les autres, des Ford ou des Chevrolet, étaient toutes grises ou couleur de pain bis.

La Cadillac roulait au milieu du cortège, et par sa taille, sa couleur et le drapeau qui flottait dessus, on aurait dit la victime d'une modeste cérémonie sacrificielle, ou un mouton dans un troupeau de chèvres.

Près du prince, comme un chat à l'affût, était assis l'émir Khalid al-Mishari. Ceux qui virent arriver le cortège et se précipitèrent pour escorter la Cadillac raconteraient que le prince était silencieux, dégoulinant de sueur, et ne levait même pas la main pour saluer les gamins qui tambourinaient sur la vitre. Dans les autres voitures, la suite du prince, les chauffeurs et les gardes ouvraient des yeux émerveillés, et se montrèrent aimables et tolérants tout le temps que le cortège défila dans les rues de Harran. Celui-ci ralentit à plusieurs reprises, une fois parce que badauds et gamins encombraient la chaussée, une autre parce que des hommes dansaient en faisant tournoyer leur canne, et une troisième – et là il faillit s'arrêter –, parce que le prince avait aperçu l'arc de triomphe du docteur Soubhi et qu'il demanda à son chauffeur de rouler au pas pour que son secrétaire lui lise l'inscription sur la banderole. Lorsque la procession atteignit enfin la municipalité, le suppléant de l'émir et les notables de Harran, dont le docteur Soubhi al-Mahmalji, l'attendaient.

Un chaos angoissé régnait. Les hommes ne cessaient de se déplacer inutilement, perturbant et changeant du tout au tout l'ordre de la cérémonie qu'on avait soigneusement préparé, et dans la confusion, certains, dont deux des instituteurs, Dahham et Ibn al-Jad'an, ne purent ni se frayer un passage jusqu'au prince, ni le saluer. Mouhi Eddine al-Naqib s'était fait bousculer dans la mêlée, et s'il ne s'était pas rattrapé au dernier moment, il serait tombé le nez dans la poussière. Le prince le salua avec chaleur et son sourire s'agrandit lorsque l'émir Khalid lui dit dans un murmure qui il était.

Le docteur Soubhi tranchait nettement sur le reste de la foule. Il se démarquait par sa mise, raffinée sans être voyante, la pâleur de sa peau et la blancheur de ses dents découvertes par un sourire inaltérable, ainsi que par son regard clair et vif. Il s'abstenait, par politesse, de dévisager les visiteurs, et dès qu'il croisait leurs yeux, surtout ceux des suivants du prince, il détournait les siens et souriait, comme en s'excusant ou pour les saluer de loin. Pourtant pas un n'échappa à sa sagacité, et il put même, le soir, en se retournant dans son lit et en se remémorant les événements de la journée, se souvenir par le menu de certains visages. Il se rappelait aussi tout ce qui avait été dit et put y réfléchir avec application et à sa guise.

Le docteur Soubhi avait été cérémonieusement présenté au prince, certes après Rida'i, Al-Dabbassi et Al-Naqib, mais cela n'enlevait rien à l'importance qu'on lui avait conférée. L'émir Khalid avait sans doute dit au prince que c'était Soubhi qui avait construit le fameux arc de triomphe. Ce fut du moins ce que déduisit le toubib, à voir la façon dont le prince lui serra la main et bien qu'il n'eût pas entendu les propos des deux hommes.

Le prestige du toubib s'affirma et surpassa même celui de tous les Harranis, quelques minutes après la première tournée de café. Le directeur de l'école avait proposé de se charger du discours de bienvenue de la communauté. Il brûlait de le faire et avait tenté divers stratagèmes pour convaincre le suppléant de l'émir à cet effet. Mais suite à de longues négociations à la municipalité, ou plus précisément, grâce à l'intervention de l'émir Khalid en personne, on avait décidé que le directeur lirait une introduction et répondrait aux questions qui pouvaient être posées pendant la visite, mais que ce serait le toubib qui parlerait au nom des Harranis. La décision fut prise sans autre explication ni justification. Le directeur, qui s'était plié avec rancœur à ce rôle secondaire, partit pour une longue envolée, plus disert qu'un maître de cérémonie, ce qui troubla le toubib et le décontenança, car l'homme anticipait sur ce que lui-même s'apprêtait à dire. Mais cela ne dura pas, surtout lorsque sa voix puissante résonna dans la vaste salle de la municipalité et la tente qui y avait été accolée.

Le docteur Soubhi n'était pas un homme ordinaire, mais "le plus grand médecin du Proche et du Moyen-Orient", comme disait son assistant, à qui cette mystérieuse terminologie géographique plaisait beaucoup, bien qu'il ignorât quels pays et quelles régions cela représentait, et qu'il se fût interrogé et eût interrogé le toubib et bien d'autres sur le sens de cette expression, sans parvenir à aucune conclusion. Pourtant il s'entêtait à l'employer, surtout pour épater et provoquer son auditoire.

Nul ne disputait au toubib cette qualité, mais son talent d'orateur, son aptitude à mémoriser les poèmes et les citations, et à conter fables et anecdotes d'une voix puissante et claire, ce talent-là, on ne le lui connaissait pas, et nul ne l'eût soupçonné. Et lorsque le docteur Soubhi harangua la foule comme s'il était seul au monde, même le directeur, qui avait brièvement cité son nom dans son introduction comme s'il voulait le rabaisser, s'en étonna et exprima sa surprise en hochant la tête, geste qui n'échappa à personne. Le prince Khaz'il n'était pas habitué à de tels discours et préférait les contes et la poésie à ces "prêches de derviches", comme il les appelait, sarcastique, dans l'intimité. Mais il tomba bientôt sous le charme, envoûté par la verve du toubib, surtout lorsqu'il prononçait son nom et son titre de "bras droit du sultan et prince héritier", en insistant avec emphase sur chaque syllabe.

Son discours ne fut pas assez long pour être ennuyeux, ni trop court pour qu'on pût penser qu'il avait été une corvée. Le toubib lui avait choisi la longueur idéale. Il incluait trois vers et un proverbe, et il s'achevait ainsi : "Harran se souviendra pendant des dizaines et des centaines d'années de ce jour faste entre tous, ce jour où le fils du plus grand des sultans, Sa Majesté le prince Khaz'il, l'a honorée de sa visite, le jour où sa main généreuse a ouvert le pipeline de la prospérité pour en inonder son peuple, répandant sur toute la région son affection et ses bienfaits, et marquant le début de la félicité."

"Au nom de Harran, de ses hommes et de ses femmes, jeunes et vieux, au nom des citadins et des nomades, au nom de l'émir Khalid, qui œuvre pour nous jour et nuit, au nom de tous les présents et en mon nom personnel, veuillez recevoir, Altesse, l'assurance de notre considération distinguée, de notre affection profonde et de notre fidélité. « Dis : Agissez! Dieu verra vos actions, ainsi que le Prophète et les croyants*. » Que la paix et la bénédiction de Dieu soient sur vous."

Quant à ce qui suivit, des manifestations dont fut entourée au cours de l'après-midi l'inauguration du pipeline dans l'enclave américaine, au dîner offert en l'honneur du prince à un nombre limité de personnalités, dont le docteur Soubhi, tout se déroula avec la même pompe et un sens aigu de l'hospitalité. Bien des détails, commentaires et questions, proverbes et légendes, anecdotes et poèmes, rapportés à la municipalité pendant le déjeuner, ou plus tard, dans la petite tente réservée à quelques hôtes de marque, puis la nuit, au camp ou à la résidence de l'émir, bien des détails seraient oubliés,

---

* Coran, sourate ix (Al-Tawba, "L'immunité"), verset 105, traduction de Denise Masson, *op. cit.*

mais ils jetèrent un pont solide, fait de confiance et d'amitié, entre le prince Khaz'il et le docteur Soubhi al-Mahmalji. Le lendemain, au moment du départ du prince, le toubib s'approcha de Zayd al-Huraydi, son plus proche collaborateur, et lui chuchota avec une gêne évidente quelques mots à l'oreille. Zayd éclata de rire et s'écria à voix haute pour que le prince l'entende :

— À lui de voir… mais un cadeau ne se refuse pas.

Le prince se retourna, intrigué, et Soubhi prit des mains de son assistant, qui se tenait non loin derrière, un petit tapis. Il le tendit au prince, dont le regard surpris allait de Zayd à Soubhi, et dit avec humilité :

— Un modeste présent pour Votre Excellence… Il n'aura de valeur que si vous l'acceptez… Ce serait un honneur que je n'oublierais jamais.

Avec un grand rire, le prince, ravi, déploya et examina le tapis, et demanda au toubib s'il était ancien et où il l'avait acheté.

— Mon grand-père l'a offert à mon père, qui me l'a offert, Excellence… Aujourd'hui, je l'offre au plus puissant des hommes… répondit humblement Soubhi.

Ce soir-là, lorsque le toubib et son assistant se remémorèrent les événements des deux jours passés, pour les enraciner et les imprimer à jamais dans leur mémoire, Muhammad 'Id se tourna brusquement vers la pile de tapis que le toubib avait récemment acquis, et ses yeux interrogèrent Soubhi avant sa langue : "On dirait que parmi les tapis que vous avez achetés, il y en a un qui ressemble à celui que…" Mais le toubib anticipa et répondit à la hâte, en évitant de croiser le regard de son assistant :

— Mais ce n'était pas celui-là… C'est vrai qu'il lui ressemble, mais en réalité, c'est le jour et la nuit!

72

Avant l'arrivée de Soubhi al-Mahmalji, Moufaddi al-Jad'an n'était pas seulement le "guérisseur" de Harran, c'était aussi l'homme à tout faire, comme on disait. Quand nul n'avait besoin de son art ou de ses potions, il s'improvisait porteur d'eau et, quand ce métier l'ennuyait, il faisait bien d'autres travaux qui n'avaient ni nom ni attribut précis. Par exemple, il aidait les pêcheurs, les accompagnait pour de courts trajets en barque et ramait pour eux en échange de sa nourriture, ou s'acquittait de toute autre tâche qu'on pouvait lui confier. De retour à terre, il secondait les ouvriers du bâtiment ou les tailleurs de pierre, menait paître les chameaux, ou allait ramasser de l'herbe. S'il se lassait de tout cela, ce qui était fréquent, il traquait le lièvre et la chèvre sauvage, revenait le plus souvent avec tant de gibier qu'il en étonnait plus d'un, et le distribuait de bon cœur, si bien qu'il lui arrivait de ne rien garder pour lui et de ne pas goûter au produit de sa chasse.

Depuis son arrivée, plusieurs années auparavant, il n'avait changé que de manière imperceptible. Il avait gardé ce visage d'enfant, un rire clair et cristallin, un regard insolent, ces grandes dents blanches et brillantes, un long corps mince comme taillé dans le roc ou le bois lisse et dur, et qui le rendait pour beaucoup aussi intemporel que les puits et les dunes de Harran. Les femmes qui l'avaient connu au tout début le regardaient aujourd'hui en marmonnant entre leurs dents : "On dirait qu'il est sevré d'hier… les années ne le touchent pas."

Bien qu'il eût passé longtemps à Harran et comptât désormais au rang de ses fils et davantage, il ne s'était pas marié, n'avait pas de foyer, et ses possessions se résumaient à quelques maigres biens qui pouvaient tenir dans une modeste besace. Il s'agissait surtout de ce dont il avait besoin pour exercer ses fonctions de guérisseur, cautères, instruments pour saignées, et diverses plantes et remèdes qu'il tenait serrés dans de petits sacs qu'il reconnaissait au toucher, sans avoir à les ouvrir, ou à l'odeur, et sans erreur possible, même s'ils avaient la même taille et la même forme.

Plus tard, longtemps après que Harran se fut transformée et qu'un flot de gens y eut déferlé, les hommes s'amusèrent à lui demander, en tirant de l'argent de leur poche : "Si tu me dis combien ça fait, c'est à toi." Moufaddi tournait et retournait la pièce ou le billet entre ses doigts, en examinait les inscriptions avec étonnement, et la rendait à son propriétaire en s'excusant : "Tu veux la vérité ? Eh bien, je ne sais pas." Les gens riaient, renouvelaient l'expérience, et parvenaient au même résultat.

Jamais il ne reçut d'argent, ni ne cacha le mépris qu'il lui vouait. Il ne demandait jamais rien en retour de ses services et se mettait violemment en colère si on faisait mine de vouloir le payer, de quelque manière que ce soit. Les mots fusaient entre ses dents serrées :

— Un jour viendra où vous, les Harranis, vous vendrez même votre eau !

Il secouait la tête avec consternation et ajoutait, les yeux rivés au sol :

— Craignez Dieu et gardez la foi, mes braves…

Parce qu'il était ainsi, les gens le considéraient et le traitaient comme un être à part. Il entrait dans n'importe quelle maison comme s'il était chez lui et n'hésitait pas à demander à boire et à manger. Lorsque ses vêtements ou ses chaussures étaient usés, il s'en faisait donner d'autres sans honte. Il n'agissait pas à la légère, remettait toujours à plus tard, reprisait les tissus et recollait les cuirs, mais lorsque les choses étaient irréparables, il s'adressait aux nantis de préférence et demandait à l'un des sandales, à l'autre un manteau. On s'efforçait de lui éviter de mendier, et le plus souvent Khazna, une rebouteuse qui traitait surtout les femmes et les enfants, s'en chargeait. Khazna mieux que tout autre, malgré ses yeux chassieux, savait quand les vêtements de Moufaddi se déchiraient ou quand ses sandales rendaient l'âme, et elle se mettait en quête du nécessaire. Elle le faisait discrètement, avec une grande habileté, et soudain un nanti réclamait Moufaddi pour une affaire importante, lui disait de passer le jour même et avait préparé pour lui une paire de sandales ou un *thawb*. Et le tour était joué, même si Moufaddi protestait et prétendait que ses atours tenaient encore le coup.

Tel était Moufaddi. Il avait vécu tant d'années à Harran qu'on avait oublié qu'il y était arrivé comme les autres et oublié davantage la raison probable de sa venue. Quant à savoir pourquoi il n'avait ni épouse ni foyer, il garda ce secret profondément enfoui en lui. Khazna raconta un jour, par erreur ou inadvertance, devant l'épouse d'Ibn Naffa' et la mère d'Abdallah al-Sa'ad, qu'une femme l'attendait, que c'était pour elle qu'il avait quitté son pays et sa famille, et qu'il lui reviendrait sans aucun doute.

Plus tard, les deux commères voulurent en savoir plus, mais Khazna éluda leurs questions et passa rapidement à autre chose. Au moment opportun, elle nia avoir raconté une chose pareille et prétendit n'avoir fait là que des suppositions. Mais

Ibn Naffa' alla interroger directement l'intéressé, et quand il lui demanda si c'était à cause d'une femme qu'il était à Harran, Moufaddi pâlit, s'agita et nia catégoriquement qu'un être humain, homme ou femme, l'eût fait venir là. Puis, comme d'habitude, il changea de sujet.

Était-ce là la raison de l'hostilité silencieuse qui opposait les deux hommes? S'agissait-il de haine, d'un simple froid, ou des conséquences d'un mauvais alignement des planètes, comme le prétendait Moufaddi? Pour Ibn Naffa', Moufaddi était impie parce qu'il s'abstenait de jeûner et évitait même de prier s'il le pouvait. Pendant le mois de ramadan, il partait en mer ou disparaissait dans le désert, et quand on lui demandait pourquoi il ne jeûnait pas, il rétorquait à juste titre que les voyageurs en étaient dispensés. Quand venait l'heure de la prière, il trouvait toujours quelque chose à faire pour y échapper, et s'il ne trouvait rien, ses oraisons étaient brèves, et il était le premier à sortir de la mosquée, en regardant derrière lui de peur d'être rattrapé.

Harran ne cessait de se transformer, mais Moufaddi, lui, ne changeait pas. Les nomades du désert qui venaient par la route d'Oujra n'hésitaient pas à recourir à ses services s'ils étaient malades. Ils allaient le trouver ou le faisaient venir quand ils souffraient ou se sentaient patraques. Ils reconnaissaient rapidement les symptômes de leurs maladies et, s'ils ne savaient pas comment les traiter ou n'avaient pas les remèdes nécessaires, ils allaient vite le consulter avant que leur mal empire et les immobilise. Les citadins venus par le même chemin, mais de bien plus loin, et qui n'étaient pas coutumiers de ce genre de traitement, hésitaient, eux, à faire appel à ses services et certains se moquaient de lui. Mais le mal empirant, leurs forces les abandonnant d'heure en heure et de jour en jour, ils n'avaient d'autre issue que d'aller le voir et de suivre ses recommandations. Ces deux clientèles tissèrent avec lui des liens différents. Si les nomades n'hésitaient pas à le consulter et ne se plaignaient jamais, les citadins doutaient des traitements qu'il leur prescrivait, oubliaient rapidement qu'il les avait soignés et guéris, et ne se souvenaient que de ses échecs. Ils l'abreuvaient des pires injures, l'accusaient de folie et de charlatanisme et se disaient plus fous que lui de croire à l'efficacité de ses potions amères.

Quant à ceux qui venaient d'au-delà des mers par la mer, ils n'avaient jamais entendu parler de Moufaddi et ne s'en préoccupaient pas, car ils débarquaient avec leurs médecins et leurs médicaments, et les plus pauvres apportaient dans de petits flacons multicolores ou des sachets bien fermés les drogues dont ils avaient besoin. Les rares fois où ils voyaient Moufaddi administrer des pointes de feu au souk, près de la mosquée ou du four d'Abdou Muhammad, ils détournaient les yeux, véritablement effrayés, et fuyaient sans demander leur reste. Certains disaient même que des cauchemars où ils s'imaginaient entre les mains du guérisseur hantaient leurs nuits depuis qu'ils l'avaient vu à l'œuvre.

Khazna al-Hassan exerçait avec talent le même difficile métier que Moufaddi, même si, quelques années après l'arrivée du guérisseur, on la jugea moins efficace. Elle traitait les femmes et les enfants dans les limites de son savoir, et faisait office de sage-femme, surtout depuis que Harran avait connu tous ces bouleversements. Elle veillait aussi les moribonds, leur rappelait leur profession de foi, humectait leurs lèvres et n'hésitait pas ce faisant à leur réciter les courtes sourates du Coran qu'elle connaissait. Elle psalmodiait d'une voix basse et inintelligible, et Ibn Naffa' prétendit plus d'une fois qu'elle ne savait même pas la Fatiha*, et que c'était pour

---

* "L'ouverture", première sourate du Coran, récitée au début de chaque prière et en de multiples occasions, par exemple lorsqu'on se recueille sur la tombe d'un défunt.

ça qu'elle marmonnait entre ses dents, pour qu'on ne distingue pas le vrai du faux. Cependant, on lui pardonnait et on oubliait rapidement ces erreurs, car le seul fait d'invoquer Dieu au chevet des mourants suffisait à les soulager et à les aider à passer paisiblement dans l'autre monde, l'esprit serein et peut-être même lavés de leurs péchés.

Khazna n'hésitait pas à demander à Moufaddi des remèdes ou son avis dans certains cas, et lorsqu'elle se sentait incapable de guérir un malade, elle retirait ses mains de rebouteuse et affirmait avec conviction que seul "notre célèbre frère" – comme elle l'appelait – pouvait intervenir, ce qu'il faisait volontiers la plupart du temps. Mais les femmes récemment arrivées et dont on ignorait si elles étaient bédouines ou citadines se montraient réticentes, et il l'aidait alors de manière indirecte, en donnant à distance les explications et conseils nécessaires. Khazna n'exerçait ce métier que pour avoir prêté serment de soulager son prochain, depuis que son fils avait disparu, c'est-à-dire depuis qu'il s'était embarqué et que les jours, les mois et les années avaient passé sans qu'elle eût de nouvelles de lui. Elle avait juré de faire tout ce qui était en son pouvoir pour soigner les gens jusqu'à son retour, et elle continuait donc de prodiguer ses soins et de l'attendre.

*

Les deux "médecins" de Harran, Moufaddi al-Jad'an et Soubhi al-Mahmalji, purent aisément cohabiter, car les gens ne cessaient d'affluer, jour après jour, et la plupart des clients de Moufaddi ne songèrent jamais à aller trouver le nouveau venu, ni à requérir ses services. Ceux qui accueillirent Soubhi à bras ouverts, aussi heureux que s'il s'agissait du messie, s'étaient détournés du guérisseur longtemps avant l'arrivée de son concurrent. Et bien des nantis qui l'avaient généreusement chaussé et habillé par le passé s'étaient lassés de lui, car Moufaddi, qui ne connaissait pas la valeur de l'argent, qui n'en demandait pas et le méprisait, ne se préoccupait pas de savoir si les autres étaient du même avis. Or, dès que l'argent se mit à affluer entre les mains des Harranis, Moufaddi changea de manière surprenante, et plus Harran s'enrichissait, plus cette métamorphose s'accentuait. Lui qui avait appris à se taire de longues années durant ne se maîtrisait plus. Khazna al-Hassan, qui s'était aperçue avant tout le monde et mieux que personne qu'il glissait sur une pente dangereuse, était persuadée que l'issue en serait fatale. On finirait par le tuer, car ceux qu'il insultait et menaçait étaient plus forts que lui. Elle ne s'expliquait pas ses égarements. Elle supposait vaguement qu'il n'en pouvait plus et que le chagrin d'amour, qu'il avait si bien caché qu'on l'avait oublié, était plus violent qu'on ne l'avait imaginé, et était sans doute à la clé de ce brusque changement.

Elle lui dit un jour en le voyant blessé, la tête bandée :

— Ce bâtard de Dahham n'épargnerait pas son père. Il a tué Ibn al-Rashid, et il est allé raconter qu'il était mort de sa belle mort… Et tu voudrais te battre contre lui et les autres ! Laisse tomber, mon ami…

Puis, ne sachant s'il opinait en signe d'approbation ou pour réfléchir au second round, elle reprit, perspicace :

— Jusque-là, tu as eu de la chance… Tourne-toi vers Dieu, veinard !

Moufaddi eut un rire railleur et ne répondit pas.

Cela, c'était après que Dahham l'eut fait rosser par ses hommes parce que Moufaddi avait eu l'audace de dire que l'homme volait tout le monde, volait les Arabes et les Américains, comme il volait les vivants et les morts. Une autre fois, on l'avait tabassé au souk, et on n'avait jamais su qui, de Salih Al-Dabbassi ou Mouhi Eddine al-Naqib, en avait

donné l'ordre, car il les avait insultés tous deux, furieuse-
ment. Une troisième fois, on lui avait volé sa besace, qu'on
avait retrouvée près de la mosquée, tout son contenu, fioles
et herbes, répandu et roulé dans la poussière.

Ce ne fut pas tout. Il fut accusé par des gars qui venaient
d'arriver d'Oujra, qui travaillaient pour Dahham et ne l'avaient
jamais vu, d'avoir fomenté la mort de Tourki al-Mouflih.

Moufaddi entendait ces ragots et ouvrait de grands yeux
terrorisés et stupéfaits, incapable de concevoir que les nantis pussent s'abaisser à tenir des propos aussi mensongers. Et
au lieu de faire marche arrière et de se tenir sur ses gardes, il
fonçait comme un taureau : "Mes braves, qu'on se le dise,
Ibn al-Jad'an n'a pas changé, il ne trompe ni ne trahit personne. Il ne possède rien en ce monde et ne craint que Dieu…
Mes frères, l'argent en a corrompu d'autres. Il a corrompu des
nations et des royaumes entiers. L'argent asservit et enchaîne…
Il ne fait pas le bonheur, vous le verrez bientôt de vos propres
yeux. Regardez Dahham, Ibn Dou'aij et Ibn Farhan, regardez
Al-Naqib, Ibn Sayf et Al-Salami, ils dévoreraient leur propre
père, et tueraient leur mère et leur frère… Mais tout passe,
et bientôt ce sera leur tour… demain, vous le verrez de vos
yeux… Dieu! Faites que je puisse les poursuivre et maudire
jusqu'à leurs ancêtres… Eux ou moi, c'est l'avenir qui le dira !"
Les gens l'écoutaient fulminer, et ne trouvaient ni raison ni
explication à ces accès de folie.

Tel était Moufaddi al-Jad'an lorsque arriva le docteur
Soubhi al-Mahmalji : plein de haine, de colère, mais aussi de
perplexité. Il ne comprenait pas que les maisons puissent se
construire, les terres se vendre et les poches se remplir si vite.
Il pensait, sans en avoir la preuve, que bien des gens ne faisaient que voler, volaient quand ils achetaient, volaient quand
ils vendaient, et lorsqu'il vit le toubib s'entourer de riches – ces
bandits – et sut qu'il était là pour rester, et comptait mettre

un prix sur la mort et la maladie, il n'en crut pas ses yeux. Quand Soubhi ouvrit son cabinet, reçut ses premiers patients et leur distribua ses boîtes multicolores en les faisant payer un prix inconcevable, il clama qu'un nouvel escroc venait de se joindre aux autres. Et pour contrecarrer ses plans, il fit le guet près de la clinique, en espérant pouvoir agir. Le toubib, qui voulait frapper fort dès le début, décida que débarrasser la rue de la vermine et chasser ceux qui représentaient une menace pour la communauté serait une de ses priorités. Il n'hésita donc pas à traiter Moufaddi de charlatan et se mit à comploter contre lui. Finaud, il se moqua sans le nommer de "ceux qui tuaient les gens en prétendant les soigner". Il parla de microbes, d'infections et de bien d'autres choses, et même si ses interlocuteurs ne comprenaient pas la moitié de ce qu'il disait, ils opinaient, puisque c'était Moufaddi qu'on incriminait, et ils ajoutaient sans vergogne de l'eau au moulin.

Jamais le docteur Soubhi ne se livra ouvertement à cette guerre. Il se contenta de suggérer, d'insinuer discrètement le plus souvent, car il était convaincu que les guerres nobles se livrent entre ennemis du même rang, qu'elles sont les seules à être honorables, même pour le perdant, et que dans un combat à armes inégales, le vainqueur est aussi vaincu. Cela, il se le répétait sans cesse, et ajoutait en souriant lorsqu'il entrevoyait Moufaddi al-Jad'an : "Quand on a des sbires, inutile de se salir les mains !" Il songeait à tous les enragés qui voulaient se débarrasser du guérisseur, souriait et poursuivait ses insinuations.

Mais avec le temps, Soubhi oublia ou s'efforça d'oublier Moufaddi, et lorsqu'il le rencontra lors de la visite du prince Khaz'il et de l'inauguration du pipeline, il l'ignora parfaitement, bien qu'ils fussent face à face. Ils avaient d'abord été côte à côte, et Muhammad al-Sayf s'était exclamé : "Un pas de plus, toubib, et Moufaddi vous saigne ou vous brûle au fer!" Le toubib avait tourné à demi la tête vers lui, avait éclaté d'un rire railleur et s'était éloigné. Plus tard, lorsque Moufaddi se vit refuser l'honneur de saluer le prince et qu'on le rembarra avec beaucoup d'autres, Soubhi se sentit doublement supérieur, sentiment qui s'affermit lorsque, deux ou trois mois plus tard, il reçut en cadeau du prince une voiture verte! Ce cadeau marqua le début de la vraie mort de Moufaddi al-Jad'an.

Le toubib, qui s'était méfié, même sans se l'avouer, du guérisseur, et avait activement comploté contre lui, l'oublia tout à fait alors, absorbé par d'autres projets plus importants. Car sur le vaste terrain qui appartenait à Al-Salami, sur la route de l'enclave américaine, côté nord, se construisait un drôle de bâtiment. On commença par dire qu'il appartenait à la compagnie, mais lorsqu'on y vit à plusieurs reprises le docteur Soubhi parader et clamer des ordres à voix haute, on comprit qu'il le concernait directement. Et on en eut confirmation lorsque apparut, au croisement de la route du camp et de la municipalité, un panneau où était inscrit "Hôpital Al-Shifa'", avec une flèche indiquant le nord. On n'eut alors plus aucun doute, le bâtiment était à lui. À cette époque, le toubib partit deux ou trois fois en voyage, sans qu'on sût où, mais il en revint un jour avec plusieurs hommes qu'on supposa être de sa famille tant ils se ressemblaient. À peine quelques semaines plus tard s'ouvrait la "pharmacie Al-Shifa'", et un peu plus loin, le docteur Wasfi al-Agha ouvrit un cabinet dentaire. Le directeur de l'école affirmait que Wasfi n'était pas dentiste, qu'il l'avait connu à Alep où il n'était qu'assistant, et qu'il était impossible qu'il eût complété ses études à cinquante ans passés! Mais malgré ces allégations, le "docteur Wasfi" reçut au début de l'hiver ses premiers clients, et parmi eux l'émir Khalid, dont le dentier en or fit tourner bien des têtes!

À cette époque, plusieurs riches se remarièrent, à peu près tous au même moment, plus exactement au cours de l'hiver, comme s'ils s'étaient mis d'accord, alors qu'à Harran on parlait d'habitude de ces choses longtemps auparavant, en les entourant d'anecdotes et de rumeurs. Mais cette fois-ci, ce fut différent, et à peine l'hiver entamé, les mariages commençaient. Il s'agissait pour la plupart d'amis de Soubhi, l'émir en premier. On s'étonna de voir que ces noces avaient lieu sans grand tapage ni festivités, contrairement aux précédentes, ce qui n'empêchait pas les gens d'en discuter longuement en privé et de gloser sur la relation de cause à effet qui liait le phénomène au toubib.

Encore à cette époque, Jawhar revêtit l'uniforme. Cela sembla si étrange qu'on crut d'abord à une farce. Le petit homme arriva dans une voiture verte, suivi de deux soldats dans un pick-up, deux ou trois mois après la visite du prince Khaz'il. Il demanda avec un respect craintif la municipalité et on flaira une surprise. On apprit le lendemain que la petite voiture verte était un cadeau du prince au toubib, et que le pick-up bâché contenait tout un tas d'uniformes et de décorations, de cordons, d'écharpes multicolores, de médailles et bien d'autres choses. Les trois hommes avaient pour mission d'implanter une unité militaire, dont le nabot serait le responsable administratif, les deux soldats étant chargés d'attribuer les "ressources nécessaires" à la municipalité, selon les instructions officielles, puis de les redistribuer au "régiment de province", c'est-à-dire aux hommes de l'émir. Et au bout de trois jours de labeur et d'efforts continus qui ne cessaient qu'à la nuit, le fameux régiment naquit.

On passa sur le spectacle des soldats à l'entraînement, mais quand ils revêtirent les uniformes de parade, ils en devinrent ridicules et provoquèrent la stupéfaction générale. Les galons, les épaulettes, les décorations et les lourds godillots gênaient leurs mouvements, et on aurait dit des acteurs ou des enfants balourds. On eut pourtant confirmation de leur nouveau rôle le troisième jour, lors de la cérémonie dite "des attributions de fonctions", soirée officielle à laquelle assista l'émir.

Cette soirée, on en parla longtemps. Les hommes s'étaient entraînés depuis l'aube en grand uniforme clinquant, et Jawhar les devançait, fier comme un paon dans son habit brodé trop grand pour lui, une rangée de médailles et de galons accrochés sur sa poitrine, et sous le bras une matraque dont on ne savait si elle faisait partie des "ressources", si elle lui avait été attribuée comme le reste, ou s'il l'avait trouvée par hasard. Lorsque la cérémonie battit son plein, et que dans un parfait silence tous les yeux se tournèrent vers l'entrée de la municipalité et attendirent l'arrivée du régiment, la matraque de Jawhar lui échappa, et, au comble de l'embarras, il ne sut s'il devait la ramasser ou continuer sa marche vers l'émir. Lorsqu'il décida enfin de la ramasser, il le fit si vite et si gauchement qu'il s'empêtra dans son habit et tomba. La tension était à son comble, et on ne sut pendant quelques instants s'il fallait rire ou le plaindre, mais il se releva, l'uniforme trempé de sueur et maculé de poussière, se tourna vers son régiment qui se bousculait dans le plus grand désordre, et aboya, exaspéré, comme enragé :

— En avant… marche !

Il s'efforça de réorganiser la colonne, de lui redonner forme pour faire bonne figure, et lorsqu'il fut à demi satisfait, il clama comme un muezzin :

— Soldaaaats… arrêt… repos… gaaaarde-à-vous… régiment… en avant… marche !

La colonne exécuta ses ordres puis repartit, et quand ils furent à deux pas de l'émir, il hurla, plus fort que jamais :

— Arrêt… salut !

Bras et mains se levèrent pour saluer l'émir, qui se fendit d'un large sourire et exhiba son étincelant dentier en or.

Contrairement aux instructions, le nabot s'avança pour lui serrer la main, et quand l'émir se pencha pour l'embrasser, Jawhar colla son visage contre sa poitrine, et sa matraque se dressa derrière l'émir comme s'il allait l'abattre sur son dos. Lorsqu'il se redressa, plusieurs de ceux qui se tenaient près d'eux entendirent l'émir s'exclamer : "Ta matraque, c'est comme le bâton de Moïse!" L'assemblée sourit, avec Jawhar. Il recula, replaça son arme sous son bras en la serrant vigoureusement, et quand il fut de nouveau à quatre ou cinq pas, il cria :

— Régiment... demi-tour... droite!

La colonne se retourna comme un seul homme et tout le monde applaudit, y compris l'émir. Ce jour-là prit forme l'"armée du désert".

*

Un peu plus d'un an plus tard, Moufaddi al-Jad'an songeait, en se remémorant cette journée du fond de son sombre réduit sous l'escalier: "Dieu du ciel, le monde est étonnant, bien plus étonnant que les fils d'Adam l'imaginent... Tout change, mais ce qui change le plus, c'est l'homme." Il secoua la tête, porta la main à sa poitrine et caressa sa blessure, et comme elle le faisait cruellement souffrir, il soupira : "Et ce qui change l'homme plus que tout, c'est l'uniforme, l'argent et..." Il faillit continuer, mais la pudeur l'arrêta.

Moufaddi se remémora Jawhar, le jour où il était arrivé avec l'émir Khalid, le jour où il était tombé malade et où il lui avait administré des pointes de feu, et celui où il l'avait saigné. Il se remémora le jour où il avait pansé sa plaie à la jambe, et se souvint que le toubib albanais n'avait pas daigné attendre que le traitement fasse effet. On lui avait raconté que Soubhi l'avait insulté et blâmé, et qu'il s'était écrié en examinant le patient : "Il faut couper la main de celui qui l'a soigné et le jeter en prison pour le restant de ses jours. Sans moi, cet homme serait mort et, même s'il avait survécu, il aurait fallu l'amputer…" Il se souvint aussi de Jawhar en grande tenue, armé de sa matraque. Au début, il parlait à tout le monde, s'asseyait au café ou dans les boutiques. Il souriait aux enfants qui admiraient son uniforme et il permettait à certains adultes de tendre la main pour toucher du doigt ses galons multicolores et ses médailles. Il bombait le torse avec fierté et supériorité, pour les laisser palper et soupeser ses décorations, et tendait sa matraque à ceux qui voulaient voir s'il s'agissait de métal ou de bois. Il commença ainsi. Puis il changea. "À cause de ce putain d'uniforme…" songea Moufaddi. Au fil des jours, son visage se ferma, il ne parla presque plus. Et quand il venait au café, ce qui n'arrivait plus souvent, il promenait avec arrogance un regard haineux ou railleur sur la clientèle, et ne s'attablait plus qu'avec un groupe bien défini de riches ou de notables triés sur le volet. "L'uniforme l'a pourri, complètement pourri… On dirait un âne bâté…" Quand il arpentait le souk, il ne regardait plus les gens en face, et lorsqu'il rendait un salut, c'était raide et bref. Il se mit à aboyer, n'hésita plus à frapper, et quand une aile de la municipalité fut assignée à l'armée du désert et qu'il y élut domicile, les choses changèrent radicalement. Les plus jeunes troufions, ceux qui venaient à peine de prendre l'uniforme, l'imitèrent. Ils paradèrent dans les souks, la matraque à la main, et frappèrent pour un oui, pour un non. Quant à Jawhar, plus personne ne le vit. Il passa le plus clair de son temps au "siège", comme il appelait les quartiers de l'armée du désert, et lorsque la caserne fut achevée, près de la municipalité, il la baptisa la "base". La base était un bâtiment à deux étages avec un entrepôt au sous-sol, desservi par un long escalier sombre que Moufaddi avait déjà emprunté deux fois.

Moufaddi al-Jad'an fut le premier prisonnier de Harran. Il est vrai que le suppléant de l'émir avait voulu boucler Hajim et son oncle quelques années plus tôt, mais il n'avait trouvé nulle part où les enfermer. Aujourd'hui, dans ce sous-sol obscur où s'entassait une foule de choses – ravitaillement, pneus de voiture, planches, bidons –, on avait fait de la dernière pièce sur la droite une cellule de prison.

La première fois qu'il fit arrêter Moufaddi, Jawhar parut gêné. Il resta assis à son bureau, tête nue, et ne le regarda qu'une ou deux fois. Il déclara, les yeux rivés au sol, qu'il avait ordre de l'emprisonner et qu'il devait obéir. Moufaddi, qui le dévisageait avec insistance et aurait voulu qu'il levât les yeux, sourit en entendant ces mots, et lorsque deux soldats l'entraînèrent au sous-sol, Jawhar lui dit en se levant :

— Dans quelques jours, si Dieu veut, l'affaire sera classée…

Moufaddi ne dit rien et continua de sourire. La boutique de Rida'i avait été cambriolée, et deux de ses employés avaient affirmé avoir vu Moufaddi tourner autour deux jours de suite, la veille du larcin. Mais l'affaire que Jawhar souhaitait voir classer en quelques jours – chef d'accusation : présomption de vol, accusé : Moufaddi al-Jad'an – en prit quarante à dénouer.

La deuxième fois qu'on l'incarcéra, dans cette même pièce, ce fut suite à une altercation avec Salih al-Dabbassi. On l'arrêta, lui, mais pas son adversaire. On l'accusa d'avoir provoqué Salih, malgré les bleus et les blessures dont il était couvert, et l'œil au beurre noir qu'il garda longtemps. Au bout de trois semaines, Salih accepta enfin de le faire relâcher, et Ibn Naffa' s'en porta garant. Ce jour-là, Jawhar lui dit, plein de colère et de haine :

— Tu dépasses les bornes, Ibn Jad'an. Tous les jours une effraction… Si on te relâche aujourd'hui, c'est grâce à Ibn Naffa', mais la prochaine fois, on te laissera croupir jusqu'à ce que tu moisisses.

Moufaddi n'en crut pas ses oreilles, et comme il ouvrait la bouche pour répondre, Jawhar détourna la tête et lança avec mépris, en agitant la main :

— Terminé, tais-toi… Si tu dis un mot, tu redescends…

Puis, s'adressant à Ibn Naffa', qui n'en perdait pas une miette :

— Si ce n'était pas pour toi, Abou Osman, ce fou ne serait pas remonté.

Aujourd'hui, Moufaddi se retrouvait là pour la troisième fois, dans cette même pièce, la dernière sur la droite, accusé de "vagabondage"! C'était le mot qu'avait employé le docteur Soubhi al-Mahmalji devant l'émir, lors de l'inauguration d'une aile de l'hôpital Al-Shifa'. Il avait évoqué ses souvenirs, depuis le jour de son arrivée à Harran, et dit : "À cette époque, il n'y avait là que ce « vagabond » dont le nom m'échappe, qui assassinait les gens avec ses potions, et s'était mis à pester et jurer contre la médecine moderne que je pratiquais… Aujourd'hui, Harran est débarrassée de ce genre de vermine. Cet hôpital en est la preuve." Le mot "vagabond" avait plu à l'émir, et à peine trois jours plus tard, lorsqu'il entendit dire au café d'Al-Halwani que Moufaddi accusait l'Albanais, c'est-à-dire le toubib, d'avoir fait fortune de façon malhonnête, et que les malhonnêtes, il fallait les brûler ou les noyer, lorsque donc ces rumeurs parvinrent aux oreilles de l'émir, il donna ordre à Jawhar d'arrêter ce "vagabond" qui n'avait rien de mieux à faire que d'insulter les gens. Et bien que Jawhar ne connût pas ce mot et eût été bien en peine d'en deviner le sens, il exécuta l'ordre en moins d'une heure et avec le zèle attendu, puisqu'il chargea ses hommes de rosser Moufaddi avant de le ramener à la base. Les soldats le comprirent si bien que lorsqu'on incarcéra le malheureux, il était entre la vie et la mort. Il avait reçu tant de coups de poing, de coups de pied et de blessures que même un jeune homme aurait déclaré forfait. Mais il avait souffert en silence, car il était perspicace, et savait mieux que ses bourreaux pourquoi on l'avait rossé. Un mois plus tard, lorsqu'il comparut devant Jawhar, les mains liées derrière le dos, il entendit des mots dont il n'imaginait même pas que ce dernier pût les connaître ni les lui dire. Puis on le renvoya dans sa cellule. On ne le laissa pas ouvrir la bouche ni placer une question, et quand il s'y risqua, une volée de coups de fouet s'abattit sur ses épaules et son dos, et le fit crier de douleur. Puis on le poussa dans les escaliers, et il s'affala en hurlant comme un animal blessé : "Les maisons des tyrans s'écrouleront… Riez, fils de putes, vos maisons s'écrouleront… Au diable vos pères, le père de Jawhar, et le père du gars qui lui a collé l'uniforme!" Et il continua de jurer et de vitupérer, longtemps après qu'on eut fermé la porte derrière lui.

Six mois et quelques jours plus tard, on le relâcha. Ibn Naffa' s'était porté garant une seconde fois. Jawhar ne le vit pas. Il délégua un de ses sbires, un jeune citadin rasé de près et à la mine efféminée, qui se contenta de lui dire en détachant ses mots :

— Tu as une semaine pour te faire embaucher aux carrières ou quitter Harran.

Puis il se tut. Il le tança d'un regard noir et hostile, anxieux de le voir partir au plus vite. Moufaddi, que ses yeux faisaient terriblement souffrir et qui voyait à peine, ne savait que répondre. Ses pensées étaient confuses, et il se sentait à bout, proche de l'anéantissement. Le regard d'Ibn Naffa' allait de ce jeune homme qu'il ne connaissait pas et n'avait jamais vu à Moufaddi, qui paraissait vieux et usé, ravagé par les longs mois passés dans son réduit obscur. Il ne savait que faire.

Après un silence qui leur sembla à tous trois une éternité, le jeune homme reprit :

— Alors, que dis-tu ? La carrière ou l'exil ?

Moufaddi resta coi, et pour mettre un terme à ce jeu cruel, Ibn Naffa' déclara :

— C'est bon… je me charge de lui… Aie confiance en Dieu, mon fils, tout ira bien.

Moufaddi sortit en trébuchant, soutenu par Ibn Naffa' qui lui prit le bras pour ne pas qu'il s'effondre.

73

Moufaddi al-Jad'an n'irait pas travailler aux carrières et ne quitterait jamais Harran. Tout le monde en était sûr et lui aussi. Même Jawhar, qui avait ordonné à son assistant de lui faire choisir entre les carrières ou l'exil, savait qu'il n'obéirait pas. Ibn Naffa', qui fut convoqué par le même jeune homme trois jours plus tard et interrogé sur les intentions de son protégé, s'écria avec colère :

— Mes frères croyants… mes braves… vous aviez dit une semaine, et ça ne fait pas encore trois jours aujourd'hui !

Le jeune freluquet rasé de près sourit d'un air provocateur :

— Tu t'es porté garant. Si les ordres n'ont pas été exécutés en fin de semaine, vous serez tous les deux de passage chez nous !

— Mon garçon, ne te moque pas… Nous sommes tous de passage ici-bas.

— Les ordres sont les ordres.

— Remets-t'en à Dieu, mon brave, l'affaire est entre ses mains.

— Très bien. On verra ça bientôt…

Or il se passa cette semaine-là plus de choses que toute autre semaine. Après être resté un jour au lit, Moufaddi se leva transformé. Il se lava, enfila les nouveaux vêtements qu'Abou Osman lui avait donnés et s'assit dans la cour pour recevoir les gens. Ceux qui ne savaient pas qu'il était sorti, ou ne purent venir ce jour-là vinrent le jour suivant. Et ceux qui, les trois premiers jours, l'avaient trouvé pâle et fatigué, aveuglé par l'éclat du soleil, ne tardèrent pas à remarquer qu'une force inhabituelle l'habitait ; il se mit à parler haut et clair, avec aux lèvres un immuable sourire de défi.

Au bout de trois jours, Moufaddi reçut des visites d'une autre sorte. Ibn al-'Ajil, qui avait vendu tous ses terrains à l'ouest de la municipalité pour payer ses frais de clinique, puis d'hôpital, au docteur Soubhi, et dont le mal empirait, lui fut amené par ses fils, et en quelques heures, avec quelques pointes de feu et quelques potions, il put remuer et se lever, puis en deux jours, marcher en s'appuyant au mur.

Al-Dabbassi, qui souffrait de douleurs dans toute la jambe droite, de la hanche au talon, à qui tous les médicaments du docteur Soubhi n'avaient rien fait, qui était si angoissé que sa langue en était nouée et qui commençait à souffrir de la main gauche, Al-Dabbassi vint trouver Moufaddi. Il prétendit venir voir Abou Osman et feignit la surprise en découvrant le guérisseur, mais quelques heures plus tard, il était étendu dans une pièce, et Moufaddi le saignait et le massait. Il malaxa la chair de l'aine aux testicules, et malgré la douleur et le cri bref qui lui échappa, Al-Dabbassi affirma ce soir-là, en sortant de chez Ibn Naffa' appuyé sur sa canne, qu'il avait beaucoup moins mal et pas au même endroit. Quelques jours plus tard, il marchait comme un jeune homme, n'était la canne qu'il avait gardée.

Hamdan al-Ra'i était venu chaque jour voir Moufaddi, radieux mais muet, de joie peut-être ou parce qu'il avait perdu l'habitude de parler et que quelque chose l'empêchait de s'exprimer. Lorsque Moufaddi apprit que son silence était dû à la maladie de son chien, il n'hésita pas à le lui faire amener, et Abou Osman, qui d'ordinaire chassait ces bêtes et ne les laissait ni approcher sa porte ni renifler dans les coins, accepta de le laisser entrer pour le faire soigner. Moufaddi s'y employa et, quand il eut fini, il lui ouvrit la gueule et y cracha. Le chien éternua, se releva, partit en gambadant et retrouva bientôt ses forces.

Les trois ouvriers que Soubhi avait refusé d'hospitaliser parce qu'ils étaient à l'essai, que la compagnie ne couvrait pas leurs frais, et qui n'avaient pas d'argent pour payer le toubib, se tournèrent vers Moufaddi al-Jad'an, leur dernier recours. Il fit des pointes de feu à l'un et donna aux deux autres des herbes que Khazna al-Hassan lui avait procurées, et bientôt deux d'entre eux se sentirent mieux, et le troisième ne put dire si son état s'était amélioré ou s'il était stationnaire.

Tout ce qui se passait dans la cour d'Ibn Naffa', quelle qu'en fût l'importance, se savait en un éclair, et les Harranis rapportaient chaque jour les exploits de Moufaddi. Même les malades alités à l'hôpital Al-Shifa', certains depuis de longues semaines, et dont aucun endroit du corps n'avait été épargné par l'aiguille de Muhammad 'Id, même eux auraient voulu s'enfuir et aller trouver Moufaddi. Ils préféraient la douleur passagère des pointes de feu ou de certains massages au mal qui les rongeait et ne cessait d'empirer, puisqu'ils étaient allongés jour et nuit et ne bougeaient que lorsque l'assistant venait les tourner et les retourner pour savoir quelle fesse il pouvait encore piquer.

Moufaddi dispensait ses soins avec une joie qui grandissait de patient en patient, ainsi qu'à chaque mot et chaque injure qu'il prononçait à l'endroit de Jawhar et de ceux qui lui avaient fait endosser l'uniforme. Ces insultes passaient de bouche en bouche, mais variaient selon l'interlocuteur, et ce qui parvenait aux oreilles de Jawhar ou à la municipalité était tout à fait anodin et sans réelle importance. Ceux qui devaient délier leur langue devant l'émir ne disaient que le strict nécessaire, et ils avaient beau entendre des choses qui les faisaient hurler de rire, ils se taisaient ou ne se laissaient aller à évoquer les pitreries du guérisseur que dans l'intimité.

Depuis le retour de Moufaddi, Khazna n'avait pas quitté la demeure d'Ibn Naffa'. Elle paraissait plus grosse et plus ravagée qu'avant, comme si elle avait pris vingt ans, et elle avait tant pleuré d'attendre son fils que ses yeux semblaient plus chassieux que jamais. Mais retrouver son acolyte la transforma, elle reprit des forces, et certains affirmèrent même l'avoir vue rire. Elle ne cessa de lui rendre service de mille façons, et lui donna tous ses remèdes et ses onguents. Elle s'occupait de certains malades et les tançait rudement s'ils avaient peur ou se montraient réticents. Amina, la fille d'Ibn Naffa', une petite qui n'avait pas encore dix ans, l'assistait dans sa tâche. Elle courait chercher l'eau chaude, le bois ou les serviettes et regardait travailler Moufaddi avec une admiration mêlée d'effroi, surtout lorsqu'il administrait des pointes de feu. Sa mère, Sabha al-Abdallah, restait à l'écart et se mouvait comme une vieille chatte, indifférente à ce qui se passait autour d'elle, préoccupée seulement du nombre de bouches à nourrir et du nombre de pains à cuire. Si la petite lui demandait ce dont Khazna et Moufaddi avaient besoin, elle semblait perplexe et montrait la pièce exiguë où tout était entreposé.

Les collines septentrionales restaient à l'affût de ce qui se passait, surtout sur les collines orientales, et plus précisément dans la cour d'Ibn Naffa'. Jawhar écoutait les ragots et attendait la fin du délai d'une semaine, et bon sang, si Ibn al-Jad'an était encore parmi eux, on entendrait parler de lui ! Il souriait et se disait qu'il lui couperait le nez et la langue… il l'empalerait sur sa matraque jusqu'au gosier, et le Seigneur lui-même ne pourrait le sauver ! Et plus il entendait parler des prouesses d'Ibn al-Jad'an, plus sa rage grandissait.

Lorsque le docteur Soubhi, qui avait complètement oublié Moufaddi et l'avait remisé au rayon des vieux souvenirs, sut qu'il était sorti de prison et qu'il avait guéri Al-Dabbassi parmi d'autres, il dit avec dépit au docteur Wasfi, qui était venu le voir à l'hôpital :

— Je suis dans le pétrin, et vous aussi...

Comme Wasfi, étonné et perplexe, l'interrogeait du regard, il reprit comme à part soi :

— Les gens d'ici, mon frère, sont des Bédouins... des ânes... On leur montre un taureau, et ils parlent de le traire !

Puis, sur un autre ton :

— Même les riches sont des ânes, Al-Dabbassi le premier... On s'est tué à le soigner, tous les jours une piqûre, des soins quotidiens... Mais vous savez ce qu'il en est, c'est fini pour lui, il n'y a plus rien à faire. Après tous nos efforts, il est allé trouver ce fou, un Bédouin de trois sous qui lui a fait des pointes de feu et Dieu seul sait quoi d'autre...

Le docteur Wasfi secoua la tête avec un rire sarcastique, l'air à la fois désolé et incrédule, et demanda :

— Mais le gouvernement... comment le gouvernement peut-il tolérer tant de sottises ?

— On leur en a parlé cent fois, on les a prévenus, mais, mon frère, ce sont tous des ânes, du haut jusqu'en bas !

Nul ne sut ce que le docteur Soubhi raconta à l'émir, mais quand Ibn Naffa' fut convoqué une seconde fois, le cinquième jour, par le jeune freluquet, il n'y eut pas d'erreur possible, on voulait l'intimider et réaffirmer qu'aucun délai supplémentaire ne serait accordé.

— Le mal est partout... dit-il à Moufaddi et Khazna à son retour.

Tous deux le regardèrent, mais il baissa les yeux et demeura un bon moment silencieux. Enfin, il reprit :

— Ils nous tiennent à la gorge... Ils seraient même capables de demander aux hommes de répudier leurs femmes... *tfou* !

— C'est après notre âme qu'ils en ont, Abou Osman...
Raconte-nous ce qui s'est passé, le pressa Khazna.

— C'est simple : ils veulent que Moufaddi s'en aille...
qu'il dégage... qu'il quitte Harran ou qu'il aille trimer aux
carrières... C'est toute l'histoire, du début à la fin.

— Eh bien, ils ne vont pas être contents! répondit Moufaddi en riant.

Et peu après :

— Tout ce qui tombe du ciel, la terre le reçoit, et il n'y a
pas plus laid qu'un singe... Après la prison, il ne reste plus que
la mort. On a vu quel accueil Jawhar et son chef, Khalid al-
Mishari, m'ont réservé. Reste à voir l'accueil que Dieu me fera.

— Écoute, cousin... Cette maison est la tienne, tu le sais.
Je n'ai pas peur d'eux et ils ne me feront rien, mais j'ai peur
pour toi, pesta Ibn Naffa'.

— Mon Dieu! s'exclama Khazna. Des étrangers nous gouvernent et décident à notre place de ce qui est bien ou mal...
Mieux vaut être sous terre qu'ici!

— Aie confiance en Dieu, ma sœur, le monde n'en est qu'à
ses débuts...

Ainsi répondit Moufaddi, aussi guilleret qu'un enfant.
Tout son visage riait, et il aurait voulu danser, ou passer la
tête à la porte de la municipalité et les insulter, crier et peut-
être cracher au visage de Jawhar et des autres.

— Ils ont dit une semaine, et il ne reste que deux jours...
fit tristement Ibn Naffa'.

— C'est long pour eux, Abou Osman!

— Et court pour nous, mon garçon.

— Ne t'en fais pas...

— Quoi que tu choisisses, je suis avec toi.

— Que dirais-tu si je partais, Abou Osman?

— Partir de chez moi? Partir de chez toi? Dieu nous
garde du diable!

Khazna intervint :

— Allez voir l'émir, parlez-lui… Il pourra peut-être régler le problème ?

Amina déboula soudain, courant derrière la gazelle qu'on leur avait donnée un mois plus tôt. Elle y était très attachée et elle la soignait, la nourrissait, essayait sans cesse de la porter, mais dès que l'animal était dans ses bras, il se sentait prisonnier, se débattait en couinant tristement et ne tardait pas à s'enfuir, malgré tout l'amour que la fillette lui témoignait.

— Laisse-la, mon enfant, lui dit son père. Elle a bien assez d'être en captivité, inutile d'en rajouter !

La petite regarda tour à tour son père et la gazelle. Elle mourait d'envie de l'attraper, de la serrer contre elle, mais elle n'osa pas. Elle resta là à attendre, mais dès que l'animal s'élança vers la cour, la fillette courut derrière.

Les trois restèrent silencieux, comme s'ils ne trouvaient rien à dire, ou qu'ils se laissaient entraîner dans le flot intarissable des pensées et des souvenirs. Ibn Naffa' et Khazna avaient l'air abattus, mais Moufaddi souriait comme un enfant heureux, l'œil plein de défi et brûlant de se battre. Le silence s'éternisant, ils revinrent à la réalité, Moufaddi le premier, qui s'exclama, railleur :

— Ne vous en faites pas, mes amis, ils sont comme tout le monde, et demain ils appartiendront au passé…

— Mais ce qui compte, c'est aujourd'hui ! objecta Khazna, sarcastique elle aussi.

Puis elle se détourna et ajouta, comme à part soi :

— Faut que tu tiennes jusqu'au printemps, vieille carne…

La conversation aurait pu se poursuivre ou prendre un autre tour, ou le silence retomber, pesant, si Ni'ma Dakhlallah n'était apparue, éplorée et gémissante, accompagnée d'un jeune garçon. Elle raconta à travers ses larmes qu'elle avait montré l'enfant à tous les médecins d'Oujra, de Harran et de la région, même au toubib syrien et à son Albanais d'assistant, qui lui avaient donné une multitude de remèdes, et des sirops rouges et verts, qui n'avaient eu aucun effet. Elle remarqua soudain la présence de Khazna et elle la salua en lui tapotant l'épaule avec un mince sourire :

— Khazna sait toute l'histoire, du début à la fin, et que Dieu lui soit généreux, elle a fait tout ce qu'elle a pu…

Khazna expliqua qu'on avait jeté un sort au petit et que, depuis ce temps-là, il ne parlait plus.

L'enfant les considérait d'un œil terrorisé, prêt à éclater en sanglots ou à fuir, et Moufaddi, qui hochait la tête pour signifier qu'il comprenait, dit à voix basse :

— Si ce n'est pas aujourd'hui, ce sera demain…

Ce jour-là, il ne se passa rien, mais le matin suivant, lorsqu'un malade se présenta et que Moufaddi décida de lui administrer des pointes de feu, il fit revenir l'enfant. Contrairement aux fois précédentes, il fit une grande flambée, y mit tous ses fers à chauffer et, quand ils eurent rougi, il les essaya sur un morceau de bois dur avant de les tremper dans l'eau. Ce faisant, il épiait l'enfant du coin de l'œil et surveillait ses réactions. Puis il murmura à l'ouvrier de crier de douleur aussi fort qu'il pouvait, et l'homme, perplexe et alarmé, faillit prendre ses jambes à son cou. Mais Moufaddi l'éclaira en deux mots, et à peine le plus grand fer effleura-t-il sa cheville qu'il poussa un hurlement, un cri sincère jailli du cœur, aigu et strident, qui se mua en un long gémissement. Dès qu'il eut fini, Moufaddi se tourna vers l'enfant, remit les fers à chauffer dans le brasier, ainsi que le tisonnier et d'autres tiges métalliques, puis il s'écria, des étincelles plein les yeux :

— Attrapez-le ! Amenez-le-moi !

Il saisit violemment l'enfant, qui, terrifié, se débattait et frétillait comme un poisson entre ses mains, poussait et cognait, mais lorsqu'il s'aperçut que la poigne de Moufaddi était plus forte que lui, et sentit la chaleur du brasier sur ses joues, il poussa un cri perçant… Moufaddi le repoussa alors sur le divan et dit en s'écartant du feu :

— C'est fini, emmenez-le… Espérons que ça ne lui reprendra plus…

On en était alors à l'aube du sixième jour. Ibn Naffa', tourmenté et de plus en plus nerveux, ne savait ce qu'il ferait ni comment affronter Jawhar si Moufaddi n'avait pas quitté Harran, ni n'était allé se faire embaucher aux carrières avant la date échue. L'épreuve était cruelle et inédite ; il ne s'imaginait pas devoir un jour régler contre son gré des problèmes qui le dépassaient. Que lui voulaient Jawhar et les autres ? Que leur importait que Moufaddi fût ici ou ailleurs ? L'émir était-il au courant, et si oui, pourquoi se taisait-il ? Incapable de demeurer là plus longtemps sous peine d'exploser, il sortit de chez lui en soupirant :

— Il faut avoir connu la peine pour apprécier la joie…

Nul ne sut jamais ce que Moufaddi fit ce matin-là. Nul ne sut où il alla ni qui il voulait voir, mais dès qu'Ibn Naffa' partit, Moufaddi sortit. Il dit à Amina qu'il reviendrait avant la nuit, rien de plus. La petite hocha la tête en silence et resta là à le regarder jusqu'à ce qu'il disparaisse au coin de la rue en direction du souk.

Pourquoi Moufaddi alla-t-il au souk ? Voulait-il se rendre au café ou à la municipalité, ou songeait-il à quitter Harran ? Était-il arrivé au souk, s'y était-il arrêté, avait-il parlé à quelqu'un en particulier ?

Chaque pas, chaque geste, chaque minute qui suivit le moment où la fillette perdit Moufaddi des yeux, alors qu'il dévalait la colline orientale, s'entacha de mystère. Pourtant, tout le monde à Harran affirma l'avoir aperçu, même de loin, avoir entendu sa voix, ou avoir senti sa présence. C'était un fait indubitable. Et les ouvriers des carrières qu'on interrogea ce soir-là affirmèrent aussi l'avoir vu. Il gravissait la colline et venait lentement vers eux. Ils l'avaient salué en levant haut leurs pics ; deux ou trois l'avaient même appelé.

Trois hommes de retour d'une longue nuit de pêche dirent l'avoir croisé dans une barque blanche. Il était loin au large, seul. Et lorsqu'il s'était approché, il avait levé sa rame en souriant pour les saluer, puis il avait continué. Ils l'avaient appelé, mais il s'était retourné sans s'arrêter. Les ouvriers du camp, ceux qui travaillaient à l'extrémité du pipeline ou au chantier numéro quatre, l'avaient tous vu de leurs yeux. Il s'était arrêté, leur avait souri, leur avait parlé et les avait rapidement quittés. Ceux qu'il avait tirés de leur sommeil ne lui en avaient pas voulu, au contraire, ils étaient heureux de le voir et lui avaient serré la main. Et quand il leur avait dit de se recoucher et qu'il les retrouverait plus tard, ils avaient juré avoir assez dormi.

Au souk, dans les rues principales ou dans les ruelles, on l'avait vu déambuler, s'arrêter dans les échoppes, sourire, bavarder, taquiner les gamins. Et au café, tous les clients du matin affirmèrent l'avoir croisé ; il avait même parlé quelques minutes avec Abou As'ad, et on raconta qu'il avait salué Dahham, qui passait par là, et plaisanté avec lui.

Les femmes, même celles qui vivaient loin sur la colline orientale, dirent l'avoir vu marcher à grandes enjambées, et, s'il ne s'était pas arrêté ni ne leur avait parlé, il avait agité la main en souriant.

La base pendant ce temps bouillonnait d'inquiétude, en pleine effervescence. Jawhar trépigna, jura et vitupéra jusqu'en fin d'après-midi, imité par son assistant et les autres. Deux soldats dirent à leurs comparses qu'ils avaient vu Moufaddi approcher d'un pas lent, et qu'arrivé à leur hauteur, près de la citerne, il leur avait souri, bien que l'un d'eux l'eût tabassé quand il était en prison.

Incapable de tenir en place, Ibn Naffa' était sorti, mais comme il était encore tôt, il ne put aller ni au souk, ni au café, ni à la mosquée. Il décida finalement de rentrer chez lui et passa près de la citerne. Fut-ce la fatigue ou l'écho d'un gémissement qui guida ses pas ? Le fait est qu'il s'y arrêta, regarda sur sa gauche et découvrit Moufaddi. Il était face contre terre et geignait faiblement en grattant le sol de la main. Un filet de sang coulait au niveau de sa taille dans la poussière. Au début, Ibn Naffa' n'en crut pas ses yeux. Il pensa qu'il rêvait ou que sa vue le trahissait, mais en s'approchant, il reconnut le dos, la main et les vêtements du guérisseur. Il le retourna ; un pâle sourire éclairait son visage.

Moufaddi s'efforça de se faire léger lorsqu'on le souleva, et il remua plusieurs fois les jambes, mais lorsqu'il arriva chez Ibn Naffa', qui l'avait porté avec trois autres hommes et avait fait quérir le docteur Soubhi, il ouvrit de grands yeux étonnés, comme s'il voulait savoir où il était, puis il les referma.

Khazna était impuissante. Ses mains tremblaient, ses larmes ruisselaient, et la fillette, debout loin de la chambre basse, serrait sa gazelle contre elle et pleurait sans s'en apercevoir. Ibn Naffa', qui était monté trois ou quatre fois sur la terrasse pour voir si le toubib arrivait, bouillait de colère, et on l'entendit égrener de si viles injures que nul ne put les répéter plus tard sans l'offenser. Quant à Sabha al-Abdallah, qui cuisait son pain lorsqu'on avait amené le blessé, elle avait accouru et ses galettes avaient brûlé.

Les deux hommes qui étaient allés chercher le toubib revinrent bredouilles. On leur avait dit que le médecin était en salle d'opération et qu'ils devaient transporter le blessé à l'hôpital. En entendant cela, Abou Osman se mit involontairement à pleurer, et Khazna soupira : "Laissez cet homme dormir en paix. – Il faut l'emmener à l'hôpital avant qu'il ne soit trop tard !" insista l'un d'eux, et la fillette essuya plusieurs fois ses larmes sur le dos de la gazelle. Sabha, elle, était à bout. Elle poussa un cri strident qui fit fuir l'animal, effrayé, et déséquilibra l'enfant. La gazelle alla renifler Moufaddi, et les larmes d'Ibn Naffa' redoublèrent lorsqu'elle se pencha sur lui. "Si on ne l'emmène pas tout de suite, il mourra!" le pressa un des hommes, et Khazna soupira : "Laissez dormir ce malheureux…"

À midi, un pêcheur et une foule de gens, aussi bien au souk qu'au camp, dirent avoir été pris de violents tremblements. Deux ouvriers assurèrent en avoir laissé tomber leur pic, et Abou As'ad al-Halwani fut si secoué que le plateau qu'il tenait lui échappa et que tous les verres se brisèrent. À midi, très exactement. Ni'ma Dakhlallah éclata en sanglots quand elle entendit son fils dire qu'il avait faim et qu'il voulait manger, et elle pleura de joie et de tristesse à la fois. Le chien de Hamdan, qui sommeillait jusque-là, se réveilla brusquement et se mit à hurler à la mort. "Tais-toi… tais-toi!" lui cria son maître. Mais comme il ne se taisait pas, il lui jeta un caillou, qui l'atteignit à la patte avant gauche.

Lorsque les hommes résolurent enfin de transporter Moufaddi à l'hôpital, Ibn Naffa' se résigna ; mais le blessé était glacé, et ils hésitèrent. Khazna les supplia en sanglotant de le laisser dormir – le sommeil lui ferait peut-être du bien. Mais Salman al-Zamil et deux autres hommes arrivèrent, alertés par les rumeurs du souk, et quand ils virent Moufaddi, Salman se pencha sur sa poitrine et prit sa main. Elle était si froide qu'il la laissa tomber et se releva sans mot dire.

Plus tard, Ibn Naffa' s'approcha du blessé, vit son regard aveugle et s'accroupit pour lui fermer les yeux. Il resta ainsi jusqu'à ce que Salman le relève en bredouillant d'une voix altérée par les larmes :

— Dieu te sera reconnaissant, Abou Osman. Dieu te le rendra.

Le soir même, on enterra Moufaddi al-Jad'an. Tout Harran lui fit escorte, et la municipalité envoya même un de ses hommes pour représenter l'émir. Le cortège funèbre alla de la maison d'Ibn Naffa' à la mosquée, puis au cimetière. On raconta qu'en traversant la rue Al-Rashidi, près de la clinique du docteur Soubhi al-Mahmalji, le brancard fut secoué comme si le mort se réveillait, et ceux qui le portaient affirmèrent qu'ils avaient failli le lâcher. On raconta aussi qu'à cet endroit-là, Ibn Naffa' était sorti de la foule pour aller pisser. Mais d'autres nièrent et jurèrent qu'il était allé vomir.

En s'endormant ce soir-là, Harran sut que de sombres jours l'attendaient.

Cette même nuit, la gazelle mourut, plongeant la fillette dans une profonde tristesse. Elle pleura tellement que sa mère, effrayée, finit par la gifler pour la faire taire.

Quant à Khazna, son chagrin redoubla. Elle attendait désormais le retour de deux hommes, son fils et Moufaddi. Quelques mois plus tard, ses yeux s'éteignirent et elle perdit la vue, mais elle affirma sans regret qu'une lueur laiteuse la guidait, et elle continua de tenir son foyer comme elle le faisait depuis vingt ans.

Pour Ibn Naffa', la vie continua, mais il sombra dans un profond silence.

Et pendant des années et des années, les Harranis se souviendraient de Moufaddi al-Jad'an, et de ce jour-là en particulier.

74

Moufaddi mourut le jeudi midi et fut enterré le jeudi soir. Lorsque la nuit s'installa, la tristesse s'installa aussi et emplit Harran tout entière, une tristesse viscérale et tyrannique qui déferla sans attendre dans les foyers. Elle n'en épargna aucun et n'eut de cesse de s'infiltrer dans chaque cœur. Elle s'abattit comme s'abattent les ténèbres, cascada, turbulente, comme l'eau vive dans les crevasses, différente de toute autre fois et de tout autre chagrin. Les gens se sentirent soudain plus à plaindre qu'ils ne l'imaginaient, et pour mille et une raisons. Lorsqu'ils se réunirent chez Ibn Naffa' pour réciter ensemble la prière du soir puis dîner, ils s'aperçurent qu'ils n'avaient envie ni de boire ni de manger. Ils tendirent une main lourde et molle vers la nourriture, trouvèrent au riz un goût de larmes et à l'eau un goût amer. Quand ils eurent fini, ils restèrent assis en silence, sans voir le temps passer, ni comprendre, lorsque Khazna surgit, pourquoi elle était là. Lorsqu'elle les vit ainsi, elle s'écria d'une voix rauque, bouleversée :

— Vous avez du sang sur les mains… le sang de Mou-faddi… tous autant que vous êtes !

Les yeux se tournèrent vers elle, puis revinrent se poser sur les mets à peine entamés. Les hommes n'osaient pas s'entre-regarder ni se parler. Mais quand Al-Dabbassi soupira : "Dieu te récompense et t'accueille en sa miséricorde, Moufaddi…", ils se levèrent ensemble, comme un seul homme, et dès qu'on eut débarrassé et que le café fut servi, la conversation reprit. Deux ou trois hommes s'interrogèrent : Comment avait-on tué Moufaddi, où l'avait-on trouvé, qui pouvait être le coupable? C'était un murmure confus, de courtes phrases anxieuses, et, sans que son nom fût prononcé, l'ombre de Jawhar planait sur l'assemblée. Sûr qu'il n'avait pas agi lui-même, ni ouvertement, mais il n'y avait pas d'autre assassin possible. On évoquait le personnage, on se rappelait ce qu'il avait été deux ou trois ans plus tôt, ce qu'il était à présent, et on évoquait Moufaddi.

Tard dans la nuit, lorsque la plupart des hommes furent partis, et parmi eux les délégués de la municipalité et ceux de la province, et qu'il ne resta plus que Salman al-Zamil, Fawaz al-Hadhal, Abdou Muhammad, deux proches d'Ibn Naffa' et Ibn Naffa' lui-même, Abdou Muhammad soupira et dit d'un ton fébrile :

— Si je ne te venge pas, Moufaddi, je ne m'appelle pas Abdou.

— Il n'y a pas qu'un assassin… fit lentement Salman.

Ibn Naffa', qui gardait les yeux fermés la plupart du temps, les ouvrit soudain, attentif, et l'interrogea du regard.

— Oui… il y en a plusieurs… Moufaddi est mort deux fois.

Tous les corps et les yeux se tournèrent vers lui, aux aguets.

— Il n'y en a qu'un seul, objecta Ibn Naffa'. Et il est là-bas… c'est gros comme une montagne, tout le monde sait qui c'est.

— Qui que ce soit, il n'échappera pas à la poigne d'Abdou! s'écria le boulanger.

Salman continua, indifférent aux remarques des autres :

— Les premiers à l'avoir tué, c'est les gars de l'émir au dentier doré. Le deuxième, c'est l'Albanais. Jawhar et sa bande trempent dans son sang. Ils l'ont traîné près des citernes en pensant qu'il avait son compte, et ce qu'ils n'ont pas fini, l'Albanais s'en est chargé avec son compère, ce bâtard de toubib, qui ne fait rien d'autre à Harran que de soutirer de l'argent aux gens et de caresser les couilles de Son Excellence. Quand on l'a envoyé le chercher, il a dit qu'il opérait, qu'il était occupé, comme si Moufaddi n'était pas un homme, comme s'il n'était qu'un chien.

— C'est bien vrai! fit un des proches d'Ibn Naffa'. Si le toubib était venu, il aurait pu le sauver.

— Arrêtez vos sornettes! s'écria Ibn Naffa' avec colère. C'est les Américains qui ont tué Moufaddi. Ils sont la raison et la cause de cette catastrophe.

— Bien parlé, Abou Osman...

Abdou Muhammad avait parlé d'une voix désabusée, et il ajouta d'un ton dur, en sifflant entre ses dents :

— Bon Dieu, si j'étais tout seul, sans personne autour, je lui réglerais son compte, à ce fils de pute de Jawhar.

— Du jour où ils sont arrivés, du jour où ils ont rasé Harran, on n'a plus été que de la pisse de chameau, tous les jours un pas en arrière... reprit Ibn Naffa' en pointant du doigt le camp des étrangers. Je vous l'ai dit à tous, sans exception, c'est la faute des Américains, ce sont eux qui nous ont mis dans ce pétrin... Ce qu'on a vu n'est rien par rapport à ce qui nous attend, et demain, quand je serai mort, vous direz que j'avais raison.

Ces mots, à peu de chose près, firent le tour des foyers et du campement des ouvriers. Les hommes tempêtaient et juraient, tandis que les femmes écoutaient en silence et laissaient couler leurs larmes. Les enfants, d'abord intimidés, oublièrent leurs réticences et se mirent à louer les talents de Moufaddi : il courait plus vite que les gazelles qu'il poursuivait ; il passait des jours dans le désert sans manger ; il n'avait peur de rien ni de personne. Lorsqu'il relevait ses manches pour appliquer les fers, il pouvait tenir seul le plus costaud des hommes entre ses cuisses... On disait même qu'il avait ressuscité plus d'un patient, juste avant qu'on les enterre, et on affirmait que Moufaddi reviendrait – personne ne pouvait le tuer. Lorsqu'on évoqua ce qui s'était passé au café et aux carrières à midi exactement, heure à laquelle Moufaddi avait rendu l'âme, les gamins renchérirent : certains avaient vu une grande gazelle plonger dans la mer, et quand les gens avaient couru vers la maison d'Ibn Naffa', ceux qui revenaient de l'école par la colline orientale s'étaient arrêtés en entendant un cri, et un vol d'oiseaux blancs, plus grands qu'ils n'en avaient jamais vu, s'était envolé par la fenêtre et la porte d'entrée. Quant aux moineaux perchés sur le mur de la cour, ils s'étaient abattus d'un coup, et les chiens, qui aboyaient bizarrement, s'étaient jetés dessus pour les croquer.

Personne à Harran ne fut en reste ce soir-là pour évoquer Moufaddi. Et le docteur Soubhi, qui avait appris la nouvelle en fin d'après-midi, chargea Muhammad 'Id de leur annoncer qu'il partait le lendemain et de leur donner sa version des faits :

— Redis-leur que le toubib était en salle d'opération, une opération délicate, mais qu'il leur a tout de suite fait dire : "Amenez-moi le blessé." Il les aurait bien suivis, mais l'opération... son patient n'y aurait pas survécu. Plus tard, l'opération finie, il s'est changé et a préparé sa mallette pour y aller, mais...

L'assistant objecta, narquois :

— Il faudrait se mettre d'accord sur le nom de l'homme que vous opériez, docteur !

Le toubib éclata de rire :

— T'inquiète ! Qui viendra vérifier ? Laisse tomber et oublie ce chien... Inutile de se faire du mauvais sang pour une histoire pareille.

Si Harran dormit cette nuit-là, ce fut d'un sommeil lourd et entrecoupé, peuplé de cauchemars. Les mères s'étonnèrent de voir leurs enfants se réveiller plusieurs fois, les plus grands réclamant à boire alors qu'ils allaient d'habitude se servir tout seuls, et les plus petits sanglotant toute la nuit, comme s'ils avaient peur ou souffraient de quelque mal obscur.

Le lendemain matin, un vendredi, Abdou Muhammad fit plus de pain que tout autre jour et le distribua gratuitement en déclarant, laconique et d'un ton résolu :

— Aujourd'hui le pain est pour l'âme du défunt.

Il ne pouvait se résoudre à prononcer le nom de Moufaddi, mais les gens se passaient de l'interroger. Une mystérieuse connivence s'était installée, et exprimait leurs sentiments et leurs pensées.

Ce que fit Abdou, Abou As'ad al-Halwani le fit aussi, sans qu'ils se fussent donné le mot.

Comme ils avaient plusieurs heures devant eux avant la prière de midi, les hommes qui n'avaient pas coutume de fréquenter le café trouvèrent le temps long et allèrent y passer un moment. Un bon nombre y retourneraient plus tard après la prière du soir et celle du coucher du soleil, si bien que le café ne désemplirait pas. À midi, ils se levèrent tous comme un seul homme, mus par une force obscure et le vague désir, pour quelques-uns, de guider les pas des autres et de leur montrer l'exemple. Ceux qui avaient l'habitude de se défiler se surprirent à se lever avant tout le monde, si enthousiastes que certains demandèrent même s'il convenait d'aller tout de suite à la mosquée ou d'attendre un peu, alors qu'ils s'irritaient d'ordinaire d'y être invités.

Bien que les Harranis aillent rarement au cimetière, Khazna s'y rendit sans même réfléchir. Dès qu'elle s'assit près de la tombe, qu'elle avait trouvée sans qu'on la lui indique, peut-être parce que la terre était encore humide ou grâce à d'autres indices, à peine donc était-elle assise que deux femmes la rejoignirent, Ni'ma Dakhlallah et Sabha, l'épouse d'Ibn Naffa'. Aucune ne demanda aux autres pourquoi elles étaient là – la question était inutile. Khazna se mit à psalmodier à sa manière, récitant des passages dont les deux femmes doutaient, sans en avoir la preuve, qu'ils pussent être dans le Coran. Tard ce soir-là, Sabha confia à son mari qu'elle avait écouté Khazna prier sur la tombe de Moufaddi, et elle lui demanda, après un court silence, si une des sourates du Coran s'en prenait vraiment aux rois et aux princes, et les accusait de ne semer que la désolation. Abou Osman lui assura que oui, mais Sabha resta perplexe, car il lui semblait impossible que le Saint Livre pût contenir le genre de grossièretés qu'elle avait entendu Khazna débiter et qu'elle était en peine de répéter. Abou Osman, aussi surpris fût-il que sa femme fût allée au cimetière, ne s'offusqua pas de cette initiative, alors qu'il lui arrivait de se mettre en colère pour bien moins.

La nuit précédente, les gens avaient veillé longtemps, mais ce soir-là, ils n'en avaient plus le cœur et ils allèrent se coucher peu après dîner, heureux de s'allonger enfin. Ils le regretteraient plus tard, car les cauchemars les taraudèrent et s'abattirent sur leur poitrine comme une volée de pierres, se succédant d'heure en heure, plus ils s'enfonçaient dans le sommeil. Certains dirent s'être levés dans des ténèbres épaisses, au plus noir de la nuit, pour aller prier. D'autres racontèrent qu'ils avaient trouvé la mosquée silencieuse et déserte, et qu'ils avaient dû attendre de longues heures l'appel du muezzin qu'ils avaient cru imminent. Quant à Abdou Muhammad et Abou As'ad al-Halwani, ils s'étaient tous deux étonnés de voir bien avant l'aube affluer les clients.

Le samedi fut une journée bizarre. Peu avant midi, la municipalité annonça laconiquement qu'après enquête sur le meurtre du Bédouin Moufaddi al-Jad'an, "camelot" de son métier, il avait été établi que la victime avait de nombreux ennemis hors de Harran, et après un examen scrupuleux de l'affaire, aucune accusation n'avait pu être portée. Son Excellence l'émir avait donc ordonné de clore le dossier, faute de coupable présumé.

Ce même jour, la compagnie annonça à vingt-trois ouvriers qu'elle n'avait plus besoin d'eux et leur demanda de se présenter au bureau du personnel pour toucher leur indemnité. Un avis fut placardé à plusieurs endroits, stipulant qu'au cas où de nouvelles possibilités d'emploi se présenteraient, il serait accordé aux personnes susnommées et récemment licenciées la priorité.

Les ouvriers demandèrent à Ibn al-Hadhal de leur lire l'avis à voix haute. Il le fit deux fois, en deux endroits différents. La troisième fois, un des ouvriers s'avança et déchira l'affiche, mais certains n'en revenaient pas d'y voir figurer leur nom. Ils suivirent Ibn al-Hadhal de placard en placard, lui demandèrent avec insistance de s'assurer qu'il lisait juste, lui firent même indiquer du doigt chaque nom et en épeler chaque syllabe. L'annonce avait été faite dans la matinée, alors que d'ordinaire les avis étaient placardés très tôt, avant le départ de l'équipe du matin. On avait attendu la première pause, et lorsque le coup de sifflet de dix heures et demie en marqua la fin, seule une minorité d'ouvriers retourna sur le chantier. Plusieurs responsables du bureau du personnel s'en mêlèrent alors, bousculèrent et menacèrent les récalcitrants, et déclarèrent que ceux qui ne reprenaient pas leur poste sur-le-champ rejoindraient la liste des licenciés. Mais personne ne leur obéit. Plus tard, cinq employés de la municipalité intervinrent, vilipendèrent à voix haute tous les ouvriers sans discrimination et tentèrent par tous les moyens de les convaincre de se remettre au travail.

Lorsque Jawhar apprit la nouvelle, il était en train de dicter à un de ses assistants un mémorandum stipulant que tout demandeur d'emploi à la compagnie devait auparavant se présenter à la "base" pour obtenir son accord. Il avait l'intention de le faire afficher à la mosquée, au bureau de Désert Voyages et au café d'Abou As'ad al-Halwani. En apprenant l'incident, il eut un choc et fut presque pris de panique, mais il n'en laissa rien voir, se maîtrisa et déclara avec un large sourire :

— Si tu sympathises avec un Bédouin, si tu lui dis : "Bienvenue, mon frère!", il croit que tu as peur de lui! Des bâtards, ces Bédouins, de vulgaires profiteurs… et leurs femmes et leurs gosses ne valent pas mieux qu'eux… Il faut leur briser le crâne.

Sans plus attendre, il fit préparer une voiture blindée, désigna sept soldats pour l'accompagner et dit un moment plus tard à son assistant :

— On dirait qu'ils ne connaissent pas Jawhar ou qu'ils n'ont jamais eu affaire à lui.

Il sourit avec assurance, rajusta sa mise, abattit sa matraque sur le rebord de la fenêtre et reprit :

— On va voir si ce sont des hommes et s'ils ont quelque chose dans le ventre…

Il demanda d'une voix sèche et furieuse où étaient les soldats, bien qu'ils fussent déjà alignés, fin prêts, devant le véhicule blindé, puis il les passa en revue en leur jetant un regard bref et presque hostile, d'un œil dur et perçant. Satisfait, il les harangua :

— Je veux que vous leur fassiez voir la mort, la mort rouge… et que vous leur brisiez les os… Envoyez-les au diable, eux et leurs ancêtres… et soyez sans pitié!

Ces mots mystérieux les galvanisèrent. Ils ne comprenaient rien aux propos de leur chef, mais ils sentaient que leur mission était cruciale et dangereuse, que Jawhar comptait absolument sur eux et qu'il avait entière confiance en leurs capacités. Aussi, lorsqu'ils sautèrent dans les voitures blindées, six dans l'une et Jawhar dans l'autre, avec son assistant et le septième soldat, un grand Noir baraqué, on aurait dit une meute de loups affamés. Ils bouillaient de férocité et de l'envie folle de cogner, de détruire. Quand les véhicules démarrèrent, ils saluèrent, poing levé, les autres soldats – l'aventure commençait.

Jawhar donna à sa virée une allure innocente. Il prétendit effectuer une de ses tournées d'inspection routinières. Il se rendit d'abord au souk, emprunta la rue Al-Harithi, puis se dirigea vers Rashidiya et le campement des ouvriers. Il ne s'y arrêta pas, mais ordonna au chauffeur de rouler au pas, et lorsqu'il croisa trois hommes qui revenaient de l'enclave américaine, il les toisa d'un regard méprisant mâtiné de haine, mais ne leur posa aucune question. Il continua vers l'entrée du personnel, passa près du portail, mais ne s'y arrêta pas non plus. Il se dirigea vers l'entrée principale, pénétra dans l'enceinte. Il n'avait encore pris aucune décision. Il voulait choisir le moment opportun, trouver le point faible. Il n'était pas pressé. Il n'avait aucune obligation. Il était persuadé qu'il aurait la peau des fauteurs de troubles et était sûr de son autorité. Il connaissait ces Bédouins, il savait comment et quand leur tomber dessus. "Gueuler n'est pas toujours un signe de puissance. Et les meneurs ne sont pas toujours les plus forts, ni les plus courageux… Les Bédouins sont des fils de pute… jamais facile de deviner ce qu'ils pensent… Même les avortons, si on leur fait du tort, si on les pousse à bout, ils se changent en vipères… les pires des diables… Ce qu'il faut, c'est savoir quand et qui cogner!" Ainsi songeait-il en passant le portail de l'entrée principale, après avoir dévisagé tous les ouvriers qu'il croisait.

— Si on lâchait nos hommes ici pour qu'ils leur règlent leur compte, chef? demanda soudain l'assistant.

Jawhar sourit et répondit en lui jetant un regard en coin :

— N'aie pas peur, ils vont en prendre pour leur grade et même plus… Mais si on frappe, faut que ça fasse mal…

Il fit une pause, puis reprit :

— Je veux coincer le meneur, cette vipère… Et quand je cogne, même Antar Ibn Shaddad se protège le crâne en appelant le Prophète au secours !

Les Américains avaient déclaré que le licenciement des ouvriers était une mesure routinière, que cela avait déjà eu lieu plusieurs fois et que la chose n'avait rien d'exceptionnel. Le refus de certains employés de reprendre le travail et les troubles qui en avaient résulté étaient principalement dus au fait qu'ils ne savaient ni lire ni écrire, et n'avaient donc pas su s'ils étaient concernés ou non. À l'avenir, et pour résoudre ce problème, les noms seraient communiqués très tôt et annoncés à voix haute avant d'être placardés. En attendant, les ouvriers licenciés devaient se présenter au bureau du personnel pour toucher leur indemnité.

En sortant de là, Jawhar était perplexe. Devait-il retourner à la base avant d'agir ? Devait-il rapporter à l'émir que la mesure prise par les Américains, mesure dont il ne savait plus comment ils l'avaient appelée, ni en quoi elle consistait précisément, n'était qu'une mesure comme les autres ? Que ces Bédouins qui quelques années plus tôt n'avaient pas un bout de pain à se mettre sous la dent jonglaient avec l'argent depuis que la compagnie les employait, et voilà que maintenant, quand ils s'arrêtaient ou quand on leur disait : "Arrêtez-vous !", ils se rebellaient ?

Il repassa près de l'entrée du personnel. Les grévistes étaient toujours là. Il s'arrêta à bonne distance et fit signe à certains d'approcher. Le geste était clair, mais les ouvriers hésitèrent, manifestement réticents.

— Toi… et toi… venez ici ! cria Jawhar d'une voix dure.

Les hommes s'entre-regardèrent et regardèrent autour d'eux pour savoir à qui il s'adressait.

— Toi, viens là… Oui, toi…

Soulayman al-Zamil s'avança, suivi de deux autres. Deux gars de la municipalité affectés au poste de garde situé un peu plus loin les imitèrent.

— Et alors? Vous n'avez rien à faire? Qu'est-ce que vous attendez, debout, là?

Toute une troupe approcha alors et encercla le véhicule. Les soldats descendirent pour les repousser. Jawhar les dévisagea avec attention et vit dans leurs yeux la rage et le défi. Il changea de ton et s'adressa à Soulayman, narquois :

— N'aie pas peur, petit… parle… raconte un peu…

— Ils ont renvoyé des ouvriers.

— Renvoyé des ouvriers?

— Ils leur ont dit qu'ils n'avaient plus rien à faire là, qu'ils devaient se chercher un travail ailleurs.

— Et toi… toi? Ils t'ont renvoyé?

— Non, moi, non… mais ils ont renvoyé mes frères.

— Et en quoi ça te regarde?

— Mes frères, je vous dis…

— Occupe-toi de tes affaires. Le reste ne te regarde pas.

— Dieu du ciel! Mes frères ne me regardent pas?

Un concert de protestations s'éleva. Les soldats repoussèrent les ouvriers qui affluaient, de plus en plus nombreux, autour des véhicules. Jawhar éclata de rire :

— Mes braves, ayez un peu de jugeote et ne vous mêlez pas d'histoires qui vous attireront des ennuis…

Il fit une pause, puis reprit d'un ton paternel :

— Allez… tous au boulot!

Quelqu'un cria de loin, sans que Jawhar puisse savoir qui :

— Et ceux qui ont été renvoyés? Ceux qui n'ont pas de boulot?

— Du boulot, y en a à la pelle.

— Ils nous ont renvoyés sans aucune raison et sans aucun droit.

— N'élève pas la voix, Bédouin, et remercie le Seigneur d'avoir de quoi manger…

Jawhar s'était mis à trembler et sa voix s'altéra :

— On vous dit d'avoir un brin de jugeote et d'arrêter vos fadaises… Si vous ne comprenez pas, on peut s'y prendre autrement…

Il fit une nouvelle pause, soupira bruyamment en considérant les visages qui le cernaient et poursuivit :

— D'ici ce soir, ceux qui auront compris, on leur fichera la paix. Mais ceux qui s'entêtent et renâclent, que Dieu leur vienne en aide!

Avant même que les véhicules aient disparu, les rebelles avaient enfoncé le portail du camp, déchiré les placards et saccagé les panneaux d'affichage. Puis ils remplirent des tonneaux de sable et bloquèrent l'entrée principale et celle du personnel. Joum'a essaya de s'interposer, protesta, cria, menaça de son fouet, et ils finirent par l'attacher à un des piliers du portail, où ils l'abandonnèrent après l'avoir désarmé. Quant aux gardes de la municipalité, ils s'étaient éloignés dès que les voitures avaient démarré et avaient filé au début de l'insurrection, sans demander leur reste.

À midi, les ouvriers quittèrent le camp et marchèrent sur Harran, sans qu'on sût qui en avait eu l'initiative. Quand ils approchèrent, beaucoup d'hommes les avaient rejoints, ceux qui campaient en bord de mer depuis de longues semaines et de longs mois, ou depuis quelques jours à peine, ainsi que de nombreux Harranis. Les gamins, ravis, couraient dans toutes les directions, et quelques-uns allèrent annoncer à la Harran arabe, sur la colline orientale, que tous les grévistes descendaient sur Harran. Bientôt, toute la population du bourg et tous les marchands du souk se joignaient à eux.

Quand ils passèrent près du café, tous les clients se levèrent pour applaudir et leur emboîtèrent le pas. Et en un rien de temps, la foule atteignit la mosquée.

Na'im al-Sha'ira, le Perroquet, traduisit en tremblant à l'émir les recommandations de Hamilton :

— Il est impératif de ne pas laisser les rebelles approcher des chantiers de la compagnie.

Comme l'émir opinait, il continua :

— C'est nous qui avons envoyé des soldats convaincre les ouvriers de descendre sur Harran au lieu de revenir au camp pour tout casser et tout brûler…

Hamilton s'interrompit, visiblement soucieux, puis reprit :

— Nous sommes convaincus que cette affaire dépasse le licenciement des vingt-trois ouvriers. La compagnie a déjà renvoyé des employés sans susciter aucune réaction. Elle les a d'ailleurs réembauchés par la suite, du moins certains d'entre eux… Aujourd'hui, l'enquête préliminaire révèle des motifs et des éléments de révolte qui n'existaient pas les fois précédentes et qui n'ont sans doute rien à voir avec la compagnie.

L'émir écoutait en silence et hochait la tête, mais il ne comprenait pas bien le discours de Hamilton. Certes, l'interprète traduisait, il l'avait fait de nombreuses fois de manière satisfaisante, mais ce qu'il racontait là n'était pas clair du tout.

— Vous dites que ce sont vos hommes qui leur ont suggéré de descendre sur Harran ? demanda-t-il.

— Quand les troubles ont empiré, que les ouvriers ont démoli le portail et cassé les vitres et qu'ils ont parlé de mettre le feu au chantier, nos hommes ont activé le plan d'urgence, applicable à toute révolte menaçant la compagnie, et ils ont incité les rebelles à descendre sur Harran pour les détourner du camp.

Tandis qu'ils parlaient, une rumeur lointaine montait du bourg. L'émir saisit sa longue-vue et découvrit un spectacle étrange. Les ouvriers avançaient dans un parfait chaos, ruisselants de sueur, poings levés, certains gesticulant, juchés sur les épaules des autres, jurant ou criant sans doute, comme il le supposa, indécis.

Il aurait pu les observer ainsi un long moment, mais la voix de Hamilton résonna de nouveau :

— Qu'en pensez-vous, Excellence ? Y a-t-il des motifs qui nous échappent ?

— Des motifs ? Quels motifs ?

— La compagnie s'interroge. Le palais ou la municipalité ont-ils reçu des informations indiquant qu'une telle rébellion était prévisible ? Croyez-vous que la grève soit due au licenciement des ouvriers, ou à autre chose ?

L'émir était perplexe et ne savait que répondre à ces questions compliquées. Il haussa les épaules pour afficher son ignorance, et éluda en portant son regard au loin :

— Qui sait ? Dieu seul le sait…

Hamilton planta ses yeux dans les siens, menaçant :

— Y a-t-il un rapport quelconque entre ces troubles et Mut'ib al-Hadhal ? Ou avec les troubles de l'année passée ?

— Mut'ib al-Hadhal ? Non, mes braves, Mut'ib al-Hadhal, c'est de l'histoire ancienne !

— Alors, y a-t-il un lien avec l'homme qui a été tué il y a deux jours ?

— Qu'est-ce que la compagnie a à voir avec Moufaddi al-Jad'an ?

— Rien du tout… Elle ne l'a même jamais employé.

— Ce Bédouin n'était qu'un faiseur d'histoires… Tous les jours une effraction… Personne ne sait qui l'a tué.

— Et ce meurtre… par rapport aux ouvriers ?

— Quoi, par rapport aux ouvriers ?

— La compagnie se demande si ce meurtre a affecté, ou révolté, les ouvriers.

— Comment savoir?

La conversation prit alors un autre tour. Hamilton pria l'émir d'assigner des soldats à la surveillance des chantiers. Il en réclama vingt, que la compagnie nourrirait et logerait, et dont la tâche serait d'assurer la sécurité des installations pétrolières et d'empêcher quiconque d'en approcher, en collaboration avec l'unité d'urgence américaine stationnée au camp. Il conseilla à l'émir de ne pas s'en prendre aux grévistes, et l'assura que, s'il n'y avait pas d'accrochage dans la journée, le calme reviendrait progressivement et tout rentrerait sans doute dans l'ordre. Il proposa aussi d'établir une cellule de crise pour gérer le problème, cellule composée de cinq personnes, deux Américains, deux hommes de la municipalité et un représentant des commerçants influents de Harran. Ils pourraient se réunir deux fois par jour et, si nécessaire, rester en contact permanent, surtout dans un premier temps. Hamilton ajouta enfin, en se préparant à partir :

— Nous avons choisi nos hommes. Ils sont prêts à agir, Excellence. Na'im viendra dans deux heures recevoir vos instructions relatives à la première réunion de la cellule de crise, ou à toute autre chose.

La proposition emballa l'émir ; les Américains avaient pensé à tout, ils étaient prêts à tout. Hamilton se leva :

— Il me semble que nous sommes d'accord, n'est-ce pas, Excellence?

Les pensées de l'émir étaient chaotiques et confuses :

— Ayons confiance en Dieu et tout finira pour le mieux… marmonna-t-il.

*

L'émir demanda à voir Jawhar. On lui dit qu'il était allé au souk avec trois soldats, avant que les ouvriers n'atteignent la mosquée, et qu'on s'attendait donc à le voir revenir d'un instant à l'autre. L'émir résolut alors, en accord avec son suppléant, de ne prendre aucune décision avant son retour, et se mit à surveiller de loin le souk et la foule, sans oublier la plage et l'enclave américaine.

Jawhar était descendu tôt au souk, dès qu'on l'avait informé que les ouvriers marchaient sur Harran, et il se vit obligé, pour ne pas affronter la multitude, de gagner les bureaux de Hassan Rida'i.

Au début, il était très sûr de lui et visiblement en colère. Il pestait et vitupérait, et jurait qu'un tel méfait ne serait pas sans châtiment, un châtiment sévère. Il songeait avec amertume : "Ah ! si je tenais le fauteur de troubles, si on me disait qui il est, je le réduirais en bouillie et j'éparpillerais sa chair sur toutes les collines de Harran !"

Hassan Rida'i tenta vainement d'apaiser sa rage en disant que ces troubles étaient passagers, que les gens exprimaient simplement leur mécontentement, que cela finirait comme cela avait commencé… Mais lorsque la foule approcha, la colère de Jawhar se mua en peur. La rumeur enflait, se précisait, et il songea soudain qu'on pourrait bien le découvrir et le mettre en pièces. Il en fut d'autant plus grossier et nerveux avec les soldats qui l'accompagnaient. Il leur demanda plus d'une fois où était garée la voiture, si quelqu'un les avait vus monter dans les bureaux de Rida'i, et quand il aperçut par la fenêtre le véhicule stationné juste devant l'immeuble et comprit qu'il serait immanquablement découvert, il tempêta :

— Où peut-on la cacher pour ne pas que ces fous la brûlent ?

On se dépêcha de sortir du garage une des voitures de l'agence et de rentrer celle de Jawhar, mais celui-ci fut soudain pris de doute et pensa qu'il commettait peut-être une grave erreur, la foule qui approchait ayant forcément remarqué ce remue-ménage et pouvant mal l'interpréter.

— On ne fera jamais rien de toi, ne pas cacher la voiture à un moment pareil! tança-t-il le chauffeur qui revenait.

L'homme resta silencieux.

— Eh bien... quelqu'un t'a vu?

— Non, monsieur.

Bien qu'il eût lui-même surveillé la manœuvre, Jawhar ne se calmait pas. Chaque avancée de la foule, chaque pas qui la rapprochait de lui aiguisait sa peur. Hassan Rida'i, terrorisé, arpentait le bureau comme un fauve en cage et finit par dire, dans un moment de faiblesse :

— Il vaut mieux qu'on aille dans l'autre pièce, Abou Soultan...

Et il s'y réfugia, sans attendre la réponse ni l'accord de Jawhar, qui n'hésita d'ailleurs pas à le suivre.

Il s'agissait plutôt d'un débarras, encombré de valises, de dessertes à dossiers, de malles en métal, et, avec sa porte en fer et ses murs épais, malgré son exiguïté, Hassan Rida'i s'y sentit en sécurité.

Il y entra et referma la porte derrière lui. Par la fenêtre longue et étroite, qui ressemblait à une fente dans le mur, derrière un épais rideau, la rumeur puis les cris de la foule montèrent jusqu'à eux. Leur terreur grandissait à chaque instant, et Jawhar, qui voulait paraître fort et stoïque, ne tarda pas à sentir son cœur battre la chamade et son souffle se raréfier.

— On aurait dû fermer la porte en bas... fit-il, angoissé.

— Toutes les portes sont verrouillées, répondit Hassan avec un faible sourire.

Lorsque la foule déferla sous leur fenêtre, Jawhar eut l'impression que tous les visages étaient identiques, comme s'il ne s'agissait que d'une seule personne cent fois répétée, et le lourd martèlement des pas résonna à son oreille comme le claquement sourd d'une main experte sur la pâte à pain. Les voix rauques répétaient à tue-tête après Soulayman al-Zamil :

> *Dis à tes chefs, Jawhar,*
> *Qu'on est les lions du pipeline*
> *Et qu'on défendra nos droits,*
> *Les ricains n'y toucheront pas.*
> *Ce pays est notre pays.*

Le soir tombé, Jawhar, aux cent coups, raconta à l'émir :
— Ils sont fous, Abou Misfar, tous aussi capables les uns que les autres de tuer leur propre père, complètement perturbés, de vrais chameaux sauvages… Ils courent comme des sloughis… On ne sait même pas ce qu'ils veulent et, sans l'aide de Dieu, ils m'auraient égorgé !

L'émir éclata de rire et se tourna vers Rida'i, qui avait raccompagné Jawhar en voiture :
— Les Bédouins sont lunatiques, aussi capricieux qu'une averse qui passe… Si on les laisse faire, ils s'entretueront.
— Si on les laisse faire, ils nous mettront en pièces ! rétorqua Jawhar, encore terrorisé.
— Tu les connais, Jawhar…
— Je les connais, ces fils de pute, Excellence. Si on ne leur casse pas le nez, il faut s'attendre au pire.
— Les Américains disent de laisser faire.
— Qu'est-ce qu'ils en savent, les Américains ? protesta Jawhar en secouant la tête d'un air désespéré.

Puis, avec rage :
— On les connaît mieux qu'eux, Abou Misfar.
— Qu'en dis-tu, toi ? demanda l'émir à Hassan Rida'i.
— Au souk, on aurait dit des fauves… Ils auraient brûlé et rasé tout Harran… Si on les laisse faire, Dieu sait ce qui arrivera.

L'émir éclata de rire :

— Ayez confiance, mes braves… Ces Bédouins, on les connaît bien… Donnez-leur un ou deux jours, et tout sera fini, comme s'il n'y avait jamais rien eu.

— Mais, Abou Misfar… Excellence… il n'y a pas que les Bédouins. Il y a aussi les gars de la ville, tout Harran est avec eux, et les mouchards du camp des ouvriers disent que Mut'ib al-Hadhal n'est pas loin… Si on les laisse faire, je crains qu'il faille s'attendre au pire !

Le suppléant de l'émir intervint alors et proposa d'attendre le lendemain, pour voir si les troubles reprenaient avec la même force, ou cessaient comme ils avaient commencé. On l'approuva. Lorsque Na'im al-Sha'ira revint pour la seconde fois ce soir-là, on le chargea d'informer les Américains, comme Hassan l'avait suggéré, que l'émir était en contact permanent avec les autorités, et on lui dit de revenir le lendemain à onze heures pour être averti des mesures jugées nécessaires et adéquates.

Peu après le coucher du soleil, le calme revint. Harran se détendit et s'apaisa. La foule qui avait envahi les rues fondit comme du sel dans l'eau, car toutes les portes du souk et de la colline orientale s'étaient ouvertes pour accueillir les ouvriers, et pas un Harrani n'était rentré chez lui sans deux ou trois de ces "invités du ciel", comme on les appela ce soir-là. À ceux qui insistèrent pour passer la nuit à la mosquée ou au café, on porta à boire et à manger. Et bien qu'il y eût suffisamment d'eau et qu'il fût inutile d'aller en chercher ailleurs, un groupe de pauvres gens insistèrent pour aller en tirer et la distribuèrent sans rien demander, en répétant tristement : "Pour l'âme de Moufaddi, qui donnait à boire à tout le monde."

Cette nuit-là fut aussi longue que celle où mourut Moufaddi. Les gens sentaient le malheur ramper vers eux et la peur les cerner. C'était une sensation vague, mais impérieuse.

Chacun songeait peut-être que si Moufaddi était mort ainsi, ils pouvaient eux aussi mourir sans raison et sans qu'on connût le coupable. Chacun pouvait subir le sort des ouvriers licenciés ce jour-là et qui ne savaient que faire ni où aller. Jawhar leur avait dit de s'estimer heureux d'être en vie et d'avoir de quoi manger, mais aucun d'eux aujourd'hui ne savait s'il resterait longtemps vivant et mangerait à sa faim ! Certes, pour l'instant la compagnie payait, mais ce qu'ils recevaient d'une main, ils devaient le rendre de l'autre le lendemain. Les prix grimpaient de jour en jour, et peu de gens s'enrichissaient. La promesse qu'Ibn al-Rashid leur avait faite deux ans auparavant, et qui les avait amenés d'Oujra ou d'ailleurs, promesse de trouver à Harran un foyer et d'y vivre heureux, cette promesse s'était évanouie avant même qu'il ne disparût. Le bureau du personnel avait promis de construire des logements pour les ouvriers, afin qu'ils puissent faire venir leur famille et rentrer chaque soir auprès de leurs enfants. Mais les années avaient passé, l'une après l'autre, sans qu'une seule maison fût construite, et c'était toujours dans ces maudites baraques, de plus en plus chaudes et crasseuses, qu'ils s'entassaient à la nuit tombée.

Les ouvriers se souvenaient de ces promesses et pensaient à leur famille, broyés par l'amertume. Les Harranis les regardaient, se regardaient, considéraient leurs visages chagrins et soucieux, et devinaient la raison de ce désarroi. Ils s'en attristaient et s'en alarmaient tout à la fois. Mais cette tristesse, cette peur les poussaient à dire des choses qu'ils n'auraient jamais osé dire. Pourquoi eux vivaient-ils ainsi, et les étrangers autrement ? Pourquoi leur interdisaient-ils de s'approcher de leur enclave, de jeter un coup d'œil à la piscine, ou de faire halte un moment à l'ombre d'un arbre ? Pourquoi les Américains leur aboyaient-ils de bouger, de déguerpir immédiatement, et les chassaient-ils comme des chiens ? Même Joum'a n'hésitait pas à les fouetter s'il les surprenait dans les "zones interdites".

Ils avaient planté des pancartes un peu partout pour les tenir à l'écart et avaient même mis des barbelés en mer pour les empêcher de franchir une certaine limite.

Pourquoi les Américains les forçaient-ils à faire certains travaux dont aucun d'eux n'aurait voulu se charger? Pourquoi n'étaient-ils jamais contents et ne songeaient-ils qu'à les faire trimer, alors qu'ils se taisaient et obéissaient à tout?

L'émir était-il leur émir, l'homme qui se battait pour eux et les défendait, ou l'émir des Américains? Quand il était arrivé, c'était un autre homme. Il n'hésitait pas à descendre au souk, et beaucoup allaient boire le café sous sa tente. Mais il s'était laissé envoûter par les instruments que Hassan et les autres lui avaient offerts, et avait confié tout pouvoir à Jawhar. Et ce Jawhar, quel genre d'homme était-ce? Avec les Américains, c'était une vraie brebis. Il les écoutait poliment, en silence, et disait oui à tout. Avec Na'im le Perroquet, il bavardait et riait comme s'ils étaient frères ou meilleurs amis. Mais s'il se retournait et apercevait des Arabes, il n'hésitait pas une seconde à les insulter, surtout devant les étrangers, et avait même plusieurs fois joué de sa matraque sans raison aucune. Les ouvriers se souvenaient d'un incident bizarre. Un jour, il s'était arrêté près d'eux au cours d'une de ses tournées, quelques mois après avoir endossé l'uniforme, et il s'était mis à bavarder, à leur demander leur nom, d'où ils venaient, depuis combien de temps ils travaillaient pour la compagnie, tout cela d'un ton débonnaire. Mais un Américain s'était approché, curieux peut-être, ou parce qu'il voulait lui parler, et dès que Jawhar l'avait aperçu, il s'était mis à invectiver les hommes réunis autour de lui et à distribuer des coups de matraque en leur ordonnant de filer et de retourner travailler, sinon il les mettrait au trou!

Les ouvriers en étaient restés stupéfaits, incapables d'expliquer sa volte-face. Une autre fois, il avait fait venir des hommes à la municipalité un jour férié pour aider à construire un mur. Il leur avait affirmé qu'il n'y en avait que pour une demi-journée, et s'était montré détendu et guilleret. Mais ces travailleurs venus là de bon gré eurent la surprise de le voir changer du tout au tout lorsque Na'im arriva soudain. Il se mit à hurler et ordonna aux soldats qui l'accompagnaient d'arrêter trois d'entre eux et de les jeter en prison, ne les relâchant qu'au bout d'une semaine, et seulement grâce à l'intervention personnelle de Na'im !

On n'en finissait pas de gloser à son sujet. Les anecdotes se multipliaient de semaine en semaine, et si les gens étaient plutôt cléments et enclins à pardonner, leur indulgence n'était pas sans limites. Dès qu'ils avaient appris la nouvelle du meurtre de Moufaddi, tous leurs griefs avaient refait surface, et ils s'étaient sentis plus injustement opprimés qu'ils n'en pouvaient supporter. Plus tard, lorsque Soulayman al-Zamil grimpa sur le mur de la mosquée et clama que les Harranis n'avaient rien contre personne et ne voulaient que deux choses, que les ouvriers licenciés soient réembauchés et qu'il y ait une enquête sur la mort de Moufaddi, lorsqu'il dit cela, les gens applaudirent et crièrent : "Dieu est grand ! Dieu est grand !" Et ils inventèrent aussitôt des slogans. Le premier disait :

Tu seras vengé, Moufaddi !
On le jure, nous les Harranis
Et toi là-haut sur ta colline
Écoute et obéis, l'ami !
Tu seras vengé, Moufaddi.

Et le second :

Pierre par pierre, on a tout construit
Le pipeline est aux Harranis

Et toi la compagnie
Ne viens pas nous dire : c'est fini
Des droits, tu n'en as pas
Les nôtres sont pérennes et ils nous appartiennent
On les fera valoir au péril de nos vies.

De même que, par l'étroite fenêtre du débarras, Jawhar distinguait mal les visages des manifestants, il peinait à entendre ces mots qui lui parvenaient comme une rumeur confuse aux sonorités indistinctes, un roulement de tonnerre étouffé. Quand ses hommes lui rapportèrent, tard dans la nuit, que tous les Harranis s'étaient joints aux grévistes et qu'ils revendiquaient deux choses, une enquête et l'annulation des licenciements, Jawhar entra dans une si violente colère qu'il se mit à les insulter, à les traiter de lâches et à jurer qu'il se vengerait d'eux !

Ce soir-là, l'émir, qui avait jugé bon de remettre toute décision au lendemain, se réjouit de la visite de Hassan Rida'i. Cet homme l'apaisait et élargissait sa vision du monde, car outre les merveilles scientifiques qu'il lui avait fait découvrir, l'intarissable récit de ses voyages de par le monde et de ses nombreuses expériences ne cessait de le fasciner. Lorsqu'il eut observé scrupuleusement Harran à la longue-vue et se fut assuré que tout était calme, il alluma la radio et se mit à écouter la BBC avec Rida'i et son suppléant. Cela fait, il se sentit sûr de lui, presque exalté, car il avait à cœur ce soir-là de débattre avec son hôte d'une affaire cruciale.

Il évoqua de nouveau les événements de la journée, et déclara avec un large sourire confiant que les Américains avaient pensé à tout et l'avaient assuré que tout finirait bien, ce dont il était lui-même convaincu.

Puis il demanda à Hassan Rida'i d'approcher – il voulait lui confier un secret dont il ne s'était encore ouvert à personne –, fit signe à son suppléant d'approcher aussi, et, leurs trois visages se touchant presque, murmura :

— Dans quelques jours, nous allons recevoir une chose merveilleuse qui va résoudre tous nos problèmes.

Hassan Rida'i le regarda sans comprendre, interloqué, en tâchant de dissimuler son ignorance. L'émir hocha la tête avec assurance, certain que la nouvelle importante que lui avaient confiée les Américains quelques jours plus tôt dépassait l'entendement de Rida'i. Il se réjouissait de voir qu'il en savait plus que lui, et sans plus attendre, il se leva et sortit avec précaution de sous une pile de coussins la merveille en question. Il la porta comme un père porte son premier-né et la déposa doucement devant Rida'i, qui s'exclama soudain en riant :

— Ah! je vois… je vois… un téléphone!

L'émir en resta pantois. Il lui demanda s'il avait déjà vu un tel appareil et où, et quand Hassan lui répondit qu'il en avait déjà vu plusieurs à divers endroits, l'émir, stupéfait, voulut tout savoir de l'étrange instrument. Comment fonctionnait-il? Pouvait-on s'en servir jour et nuit? Se fatiguait-il et fallait-il qu'il se repose? Pouvait-on grâce à lui communiquer avec tous les absents, vivants ou morts?

Hassan Rida'i s'efforça de tout expliquer, et se lança dans un discours confus dont l'émir saisit l'essentiel, et retint que cette chose pouvait abolir les distances et rendre service à l'homme – il ne lui restait donc plus qu'à révéler son secret :

— Le chef m'a promis que dans deux semaines, un mois au plus tard, la municipalité et le camp seraient en contact permanent, et pourraient communiquer nuit et jour grâce à cette merveille.

L'émir se mit à manipuler l'appareil : "Allô, j'écoute… Allô, opérateur… répondez…" Il utilisa tous les termes qu'il avait entendus lors de sa visite à l'enclave américaine, une semaine auparavant. Lorsque Hamilton lui avait assuré que tout était en place pour installer la ligne qui les relierait, il avait jubilé de bonheur. Il brûlait d'être réveillé une nuit par la sonnerie, sonnerie qui lui semblait tout aussi importante et mystérieuse que l'appareil lui-même, même si elle avait quelque chose de "chrétien", disait-il avec un certain regret. Il voulut savoir comment elle sonnait toute seule et si les musulmans pouvaient remplacer ce bruit par la phrase "Dieu est grand".

L'émir passa la soirée entière à parler de ce merveilleux appareil, imagina les possibilités infinies qui s'ouvraient à l'homme grâce à cette fameuse invention et assura à son suppléant que, si elle arrivait jusqu'à Harran, elle rendrait mille services à la municipalité, et que ce que la longue-vue n'avait pas pu faire, elle le ferait :

— La voix… oui, la voix, Abou Rashwan, c'est ce qui compte le plus… Ce que les gens pensent, ce qu'ils disent, et non pas ce à quoi ils ressemblent… c'est le plus important.

Il lui avoua qu'il était tombé amoureux de plus d'une femme à la radio, et ajouta en s'allongeant, détendu et apaisé :

— Parfois, l'oreille aime avant l'œil !

Si l'émir était obnubilé par son téléphone, Jawhar au même moment était accaparé par d'autres problèmes : comment écraser la rébellion ? Comment mettre la main sur les responsables des troubles ? Lorsqu'on l'informa que c'était Soulayman al-Zamil qui avait harangué la foule à la mosquée et inspiré les fameux slogans, il tenta de se représenter le personnage. Il se souvenait de lui, il s'en souvenait très bien, mais son visage se fondait parmi les autres et s'évanouissait. Il dit aux quatre hommes qu'il avait fait appeler :

— Alors… vous attendez que ces fils de pute mettent le feu aux poudres ? Eh bien, c'est nous qui allons le faire… et au diable leurs pères et leurs grands-pères ! Vaut mieux ça que de se laisser surprendre et de les entendre nous dire : "Fais ci et ne fais pas ça…" On va leur tomber dessus… on va les tirer de leur trou… et cet Ibn al-Zamil, je le veux vivant. Dites-lui de vous suivre et que tout ira bien, et dès que je l'aurais attrapé… terminé!

Les hommes qui l'écoutaient ne savaient ce qu'ils devaient faire ni ce qu'on attendait d'eux, et dévisageaient Jawhar en échangeant subrepticement des regards interrogateurs.

— Soyez à la mosquée dès l'aube, avant l'appel à la prière. Et avant que quiconque ouvre la bouche, avant qu'un mot ne soit prononcé, criez à tue-tête : "La compagnie et toute sa clique… faut la brûler! Qu'elle aille au diable, c'est tout de sa faute!" Et ne vous occupez pas du reste.

Jawhar répéta plusieurs fois ses instructions et, quand il fut certain qu'ils avaient compris, il ajouta d'un ton ferme :

— Cette nuit, ne dormez pas… Veillez, c'est tout ce qu'on vous demande.

Puis il alla s'occuper des soldats qui monteraient la garde le long des barbelés, près de l'entrée principale et de celle des ouvriers. Il y déploya toutes les unités de l'armée du désert, à l'exception de la garde personnelle de l'émir.

Ce fut une grande nuit où personne à la municipalité ne dormit. Jawhar, qui avait demandé au garde noir de le réveiller à l'aube, n'avait pu fermer l'œil. Il s'était tourné et retourné dans son lit en imaginant qu'ouvriers et Harranis avançaient ensemble vers le camp, que ses hommes se heurtaient aux manifestants et que le sang coulait. Il avait aussi rêvé que les Américains, l'émir et tout Harran venaient le voir et l'encenser, et le supplier de mettre fin aux troubles. Il se sentait d'autant plus sûr de lui qu'il était bien renseigné et il prévoyait d'arrêter une poignée de grévistes et d'en faire des boucs émissaires.

L'affaire était trop grave pour qu'il la laissât lui échapper. Il avait dû se terrer dans une pièce exiguë, écouter insultes et menaces, voir parader ceux qu'il avait torturés, injuriés et rabaissés plus bas que terre, et c'était plus qu'il ne pouvait tolérer. Les Américains ne connaissaient pas les Bédouins aussi bien que lui. L'émir était obnubilé par des choses qui le dépassaient et parlait pour ne rien dire. Non, il ne pouvait laisser l'affaire lui échapper. Il était chargé de la sécurité et le seul à pouvoir agir. S'il ne le faisait pas, personne d'autre ne le ferait. S'il réussissait à arrêter les fauteurs de troubles, tout le monde le remercierait. Harran se passait d'une telle racaille, et lui ne pouvait plus les laisser faire. Comment osaient-ils vouloir venger Moufaddi? S'il ne les châtiait pas, demain ou après-demain, ils réclameraient n'importe quoi. Ces Bédouins étaient plus affamés que des loups… Non, il ne les laisserait pas filer… C'était des lâches… si les meneurs tombaient, les autres se tairaient, ils seraient doux comme des agneaux, personne ne piperait mot, aucun n'ouvrirait la bouche.

De leur côté, ouvriers et Harranis dormirent profondément. Même les plaisantins qui aimaient faire les quatre cents coups et semer le chaos au dernier moment se retinrent. Les ouvriers furent logés chez l'habitant et à la mosquée, et ceux qui avaient d'abord pensé rentrer chez eux changèrent d'avis, car la route était longue, et chacun se voulait prudent.

*

Soulayman al-Zamil, qu'Ibn Naffa' avait accueilli avec Ibn al-Hadhal et deux autres, parut soucieux après dîner, en sirotant son café, contrairement au reste de la journée où il s'était démené et avait crié à tue-tête. L'assurance qu'il avait exhibée en haranguant les gens du haut du mur de la mosquée avait fait place au doute et aux questions : Où était Jawhar? Pourquoi n'avait-il pas attaqué les manifestants? Ferait-il pareil le lendemain? La compagnie céderait-elle et réembaucherait-elle les ouvriers, ou resterait-elle à l'écart, sourde et muette derrière ses barbelés ?

La perplexité plus que le doute le tenaillait. Il avait besoin des autres, de les entendre, de les interroger et de mettre ses convictions à l'épreuve avant d'aborder l'étape suivante. Ibn Naffa' lut dans ses pensées :

— Écoute, mon garçon... écoute et essaie de comprendre. Dès qu'un chameau s'égare ou qu'un Bédouin trébuche, de Mayasim à Jouwayrid, ou d'ici en Égypte, ces fils de pute sont au courant...

Soulayman, devinant qu'il parlait des Américains, l'interrompit, goguenard :

— Et Jawhar, Abou Osman ?

— Qui c'est, ce bâtard ?... Un moins que rien... un misérable... Il ne vaut pas un noyau de datte.

— Et qui a tué Moufaddi ?

— Dieu du ciel ! C'est toi qui me demandes ça ?

— Ce ne serait pas Jawhar, par hasard ?

— Si, c'est lui... mais il n'est rien sans eux.

— Et que fais-tu de notre vengeance, Abou Osman ?

— On en a plus d'un à venger.

— Et tu nous conseilles quoi pour demain et après ?

— De redemander ce que tu as demandé à la mosquée : que les ouvriers soient réembauchés et qu'on nous dise qui a tué Moufaddi.

— Et s'ils ne nous écoutent pas ?

— Ils nous écouteront, mon garçon... oui... ils nous écouteront. Même les pierres finissent par entendre... Il suffit de rester unis... Serrez-vous les coudes et ne vous en laissez pas conter par ces bâtards... On est tous avec vous.

75

Le dimanche ne fut pas un jour comme les autres. Les vieux, qui avaient l'habitude d'être seuls à la mosquée pour la prière de l'aube, se retrouvèrent ce matin-là en minorité au milieu de la foule qui les avait précédés. Ceux qui avaient dormi là s'étaient contentés de quelques heures de sommeil, et avaient passé le reste du temps à bavarder et à plaisanter, à prier aussi, cédant volontiers leur place à ceux qui étaient arrivés plus tard. Ce fut Ibn Naffa' qui dirigea la prière, l'imam étant malade ou prétendant l'être, et il n'hésita pas à les sermonner longuement, avant et après. Au groupe qui faisait cercle autour de lui et ne cessait de s'agrandir, il dit avant la prière que Harran vivait son heure de gloire, comme leurs ancêtres lors de l'avènement de l'islam, et que si prier était une obligation pour le musulman, s'élever contre la tyrannie en était une autre, ainsi que protéger son frère de religion, défendre sa terre et son droit. Il dit que rester unis ferait leur force, que des hommes liés par l'amitié et la fraternité étaient invincibles, alors que si leurs intentions et leurs désirs se mêlaient et se heurtaient, ils étaient perdus. Ibn Naffa' en dit bien plus. Mais les versets qu'il choisit avec soin et psalmodia d'une voix claire pendant la prière atteignirent les fidèles en plein cœur et les émurent si bien qu'ils en furent transformés, comme neufs, pétris d'une autre argile.

Par la suite, beaucoup affirmèrent avoir senti tournoyer des anges au-dessus de leurs têtes, et d'autres, qu'une lumière blanche, aussi crue et éblouissante que l'éclair, avait inondé la mosquée tout entière quand Ibn Naffa' avait dit : "La paix, la miséricorde et la bénédiction divines soient avec vous." Plus tard, les hommes se séparèrent et se rendirent par petits groupes au souk ou au café d'Abou As'ad al-Halwani, pour se promener ou se détendre, non sans se promettre de se retrouver dans la matinée… à la mosquée.

À part les boulangeries et quelques échoppes, Harran était fermée et silencieuse. Le bus qui partait pour Oujra tous les matins à six heures n'eut pas un client. Même ceux qui avaient leur billet et avaient prévu de voyager ce jour-là annulèrent. Dans la matinée, lorsque des ouvriers, en chemin vers la mosquée, demandèrent au chauffeur qui s'affairait autour du véhicule s'il comptait partir, l'homme répondit sans lever la tête :

— Le bus est en panne, et la réparation prendra au moins deux ou trois jours.

Abou As'ad, qui avait décidé de faire grève lui aussi et dit aux clients qui arrivaient qu'il les laissait entrer mais ne les servirait pas, ne tarda pas à changer d'avis et s'écria joyeusement :

— Ça fait cinq… non, six ans, que je sers les Harranis, alors si vous voulez boire quelque chose, voilà ce que je propose : tout est là, le thé, le sucre, le café… Ce qu'il faut, c'est qu'y en ait un qui retrousse ses manches! Parce que aujourd'hui Abou As'ad n'est pas de service… en clair, il fait grève.

Dans un concert de cris excités, quelques gars prirent sa place, mais les maladresses qu'ils commirent et le tohu-bohu qui s'ensuivit incitèrent rapidement le cafetier à renfiler son tablier et à se remettre à servir!

*

Tous les stratagèmes déployés pour inciter les Harranis à la violence et la confrontation échouèrent. Ils s'en tinrent strictement à demander la réembauche des ouvriers et l'ouverture d'une enquête sur la mort de Moufaddi. Lorsque certains suggérèrent de brûler une des voitures de Rida'i, une majorité s'y opposa : "Brûlez une voiture, et tout Harran brûlera, dirent-ils. Jawhar n'attend qu'une étincelle pour faire partir l'incendie!" Et quand un Bédouin s'écria qu'il fallait attaquer la compagnie, enfoncer les portes et tout casser, Soulayman al-Zamil planta ses yeux dans les siens et rétorqua :

— Écoute… tu vois le portail là-bas? Vas-y seul et dis-leur que les ouvriers les attendent à Harran.

Le Bédouin argua de plus belle, mais Fawaz al-Hadhal le saisit au col et lui dit avec colère :

— On t'a montré le portail… Cette fois, on veut que ce soit la compagnie qui vienne à nous… et il faudra qu'elle vienne.

Rien ne changea à Harran, et la journée s'écoula comme la veille, jusqu'au soir. La foule partit en procession de la mosquée, fit le tour des trois rues principales et revint à son point de départ. Quelques mots avaient été ajoutés aux slogans et certaines expressions avaient été remaniées, pour les rendre plus clairs et percutants. Al-Dabbassi servait d'émissaire entre Harran et la municipalité, et transmettait les déclarations et recommandations de l'émir : "Les ouvriers licenciés seront sans doute réembauchés. Les autres doivent cesser de faire grève et reprendre le travail. Quant à Moufaddi, il est mort, c'est terminé pour lui, et personne ne sait qui l'a tué."

Al-Dabbassi rapporta ces paroles avec tristesse et amertume, et, après deux visites à la municipalité, une le matin et une l'après-midi, il fut certain que poursuivre ses interventions ne servirait à rien, et qu'une des deux parties ne manquerait pas de le lyncher s'il essayait une troisième fois. Aussi, après son second rapport, il ajouta avec dépit, comme à part soi :

— Y a que les femmes, l'émir et les gosses pour croire que tout ira bien…

Comme les ouvriers le regardaient sans comprendre ni savoir où il voulait en venir, il sourit tristement et reprit :

— À la fin, c'est à vous de décider… Vous connaissez bien la situation, et moi, tel que vous me voyez, j'ai l'œil perçant mais le bras court.

Il aurait voulu les encourager à résister, à persévérer, et ses yeux lancèrent des éclairs quand l'un d'eux lui lança : "Et Moufaddi, qu'est-ce que tu en fais, Abou Salih ?" Mais il ne pouvait tenir un tel discours, car cela irait directement à la municipalité, on le chasserait de Harran, et il n'avait ni l'envie ni le courage d'affronter l'émir. Il était perplexe et déchiré, car autant il tenait à ses relations avec la colline septentrionale et à son amitié avec l'émir, autant il trouvait que le meurtre de Moufaddi était injustifié et que le coupable devait être châtié.

Le silence tomba. Lourd et inconvenant. Al-Dabbassi n'avait rien à ajouter et sentait même qu'il était vain d'argumenter. Les hommes, qui avaient attendu avec optimisme son retour de la municipalité, comprenaient soudain que la situation était trop compliquée pour être promptement résolue, et à leur avantage. Ils ne trouvaient donc rien à dire. Al-Dabbassi se leva en prenant appui sur sa canne et demanda à Soulayman et Fawaz de s'approcher. Ce faisant il s'avança, trébucha et faillit perdre l'équilibre, mais il se raccrocha à Soulayman et s'appuya sur les deux hommes en murmurant :

— Mes enfants, c'est tout ce que je peux faire… pour eux…

Il montra les grévistes du doigt et ajouta avec douceur :

— Si vous avez besoin de quoi que ce soit, venez me voir… vous entendez ? Venez d'abord trouver Abou Salih et personne d'autre… Que Dieu nous donne des forces…

Puis, en baissant la tête et d'une voix triste :

— Dieu nous protège du démon…

Peu avant onze heures, Na'im se rendit à la municipalité pour discuter de la proposition de Hamilton concernant la mise en place d'une cellule de crise. En apprenant qu'il était là, l'émir s'alarma, comme surpris de sa visite. Il aurait voulu pouvoir utiliser le téléphone, ce merveilleux appareil, s'entretenir longuement et à son gré avec Hamilton, Rida'i, Jawhar et les autres, avant de répondre à toute question ou requête. Ainsi vagabondaient ses pensées, tandis que son secrétaire tâchait de deviner ce qu'il convenait de dire à Na'im.

— Et Jawhar… où est Jawhar ? demanda enfin l'émir.

Lorsque Jawhar fut là, l'émir ordonna, avec une fausse assurance :

— Toi et l'interprète… prenez Najm et Abou Sadiq, et allez parler aux hommes… Voyez ce que vous pouvez faire.

Plus tard, Na'im lut à haute voix la traduction d'un texte que Phillip, un des représentants de la compagnie au sein de la cellule de crise, avait rédigé :

— La compagnie refuse d'accéder aux revendications des grévistes et ne cédera pas à la pression et aux menaces. Un tel précédent nuirait à son prestige et encouragerait les ouvriers à faire d'autres demandes. Ça, c'est le premier point. Le deuxième, c'est que la compagnie ne souhaite pas avoir recours à la force, car la situation ne le justifie pas. Elle promet de réexaminer l'affaire, à condition que les grévistes reprennent immédiatement le travail, et elle souligne qu'elle embauchera en priorité les ouvriers licenciés si des postes se libéraient. Le troisième et dernier point, c'est que la compagnie pressent, sans en avoir la preuve, que la grève n'est pas simplement due au licenciement d'une poignée d'ouvriers.

Jawhar faisait mine d'écouter attentivement, mais il ne saisissait pas toutes les expressions employées, et son esprit s'égara plus d'une fois. Tous les yeux se tournèrent vers lui, comme pour l'inviter à parler, à dire quelque chose. Troublé et se sentant cerné, il abattit brusquement sa matraque sur la table et dit sèchement :

— Si on ne leur éclate pas le crâne et si on ne leur brise pas les os, ils continueront de se foutre de nous !

Lorsque Na'im traduisit, Arnold éclata de rire et Jawhar reprit confiance, persuadé que les Américains l'approuvaient.

— Ce sont nos hommes... on les connaît, reprit-il. On les gifle, ils pleurnichent. On les rosse, on les passe à tabac, et tout rentre dans l'ordre.

— Est-ce qu'il y a un lien entre la grève et le meurtre du Bédouin ? s'enquit Phillip.

Na'im traduisit, et Jawhar demeura stupéfait. Il se troubla, pâlit et répondit sèchement :

— Rien à voir... Faut pas tout mélanger.

Comme sa réponse était vague, les yeux restèrent rivés à lui.

— Mes braves... reprit-il. Ce sont ses jérémiades qui ont tué Moufaddi. Il est mort et enterré... L'histoire des employés de la compagnie n'a rien à voir avec ça.

— Et pourquoi n'y a-t-il jamais eu de grève auparavant ? Pourquoi n'ont-ils pas protesté il y a deux mois, ou quand le pipeline a été fini et qu'un bon nombre d'ouvriers ont été licenciés ?

— Faites tinter deux verres et les danseuses accourent ! Il leur fallait une excuse, et ils l'ont trouvée.

— Le phénomène que nous observons aujourd'hui requiert d'être examiné et résolu à deux niveaux, reprit Phillip en lisant ses notes. Le premier, le plus urgent, c'est la grève. La compagnie ne doit ni céder, ni avoir recours à la violence. Le second, c'est la situation des ouvriers. Il faut l'étudier en détail pour en identifier les ramifications profondes : y a-t-il des implications politiques ? Des groupes définis ? Des agitateurs ? Des motifs qui ne relèvent pas de la compagnie, ni du travail des ouvriers proprement dit ?

— Bien parlé, opina Hassan Rida'i. La situation n'est pas courante, c'est certain… pas courante du tout. Il faut être très prudent et penser à l'avenir.

Jawhar, qui ne les écoutait qu'à moitié, intervint, furieux :

— Vous ne connaissez pas les Bédouins… de vraies ordures… Un Bédouin à lui tout seul est pire qu'Ibliss !

— Tu as raison… des ordures… oui… de vraies ordures, admit Hassan Rida'i. Capables de te sourire tout en te piégeant et, s'ils t'attrapent, de t'égorger sans un frémissement de paupière !

Le regard de Jawhar allait de Rida'i aux Américains. Il voulait s'assurer que tout était bien traduit. Phillip reprit la parole :

— Vous les connaissez mieux que nous, et pour l'instant, tout ce que nous voulons, c'est faire cesser la grève.

— Laissez-moi faire ! s'écria Jawhar.

— D'accord… dit Phillip. À condition de ne pas avoir recours à la violence, du moins dans un premier temps.

La réunion prit fin sans que rien de précis eût été décidé. Rida'i proposa de suivre de près l'évolution de la situation pendant la journée, et de se réunir dans la soirée ou à une heure qui conviendrait à tous.

Jawhar était persuadé que personne n'était mieux placé que lui pour résoudre le problème. Les Américains avançaient des choses compliquées, qui n'avaient rien à voir avec ce qui se passait. Ils étaient d'accord un moment, pas d'accord le suivant, et ne savaient pas de quoi il retournait. Ils ne connaissaient absolument pas les Bédouins et les prenaient pour des gens simples et pacifiques… Ils ne comprenaient rien à rien !

Il décida d'agir vite, surtout quand il se rendit compte que ses incitations à la révolte, le matin même à la mosquée, avaient échoué, et que les ouvriers voulaient manifestement éviter toute confrontation.

76

Ce fut en fin d'après-midi, avant le coucher du soleil. Les hommes se reposaient à l'ombre de la mosquée ou des échoppes voisines, après avoir défilé une seconde fois dans Harran, jusqu'au bout de la rue Al-Harithi. Ils jouissaient d'une courte sieste avant le troisième et dernier round, qui marquerait la fin d'une longue et épuisante journée, ou attendaient le retour de ceux qui étaient allés chercher deux ou trois choses au camp. Ce fut à ce moment précis que résonnèrent les coups de feu. Un crépitement lointain et étouffé qui montait de l'enclave américaine.

— C'est ce fils de pute de Jawhar! s'écria Soulayman al-Zamil.

— Dieu nous vienne en aide! répondit Ibn Naffa', qui était en train de haranguer un petit cercle d'hommes.

Plusieurs d'entre eux se précipitèrent aux nouvelles, et un silence dur et tendu s'installa. Mais quand une autre salve crépita et qu'on vit un groupe d'ouvriers se profiler au loin et courir vers Harran, on fut certain qu'il était arrivé quelque chose de grave.

Les Harranis, qui jusque-là riaient et plaisantaient, plutôt indulgents, sentirent au fond d'eux-mêmes leurs tripes se serrer. Ils ne pouvaient plus tenir en place. Les mots d'Ibn Naffa' ou de ceux qui l'entouraient se perdirent ; on ne les entendait plus. La force et le sang-froid que certains arboraient d'habitude fléchirent. Quelques minutes plus tard, trois ouvriers déboulèrent, pantelants, les traits livides, l'œil égaré. Aux quelques mots brefs et sans suite qu'ils prononcèrent, on comprit que deux ouvriers avaient été blessés, peut-être tués, et que d'autres s'étaient réfugiés entre le générateur et les premiers baraquements, qu'ils étaient acculés et qu'ils avaient besoin d'aide sinon ils seraient massacrés.

Les mots résonnaient à leurs oreilles comme des roulements de tambour, se répercutaient et sifflaient comme un ouragan, attisant à chaque écho leur rage et leur colère, et ils sentaient le sang marteler leurs tempes, tandis que leur regard allait de ces messagers haletants au générateur près duquel leurs compagnons avaient été cernés.

— Votre heure est venue, les gars! s'écria l'un d'eux en brandissant une barre de fer.

Il s'élança, et bien des hommes s'élancèrent à sa suite, armés de ce qui leur tombait sous la main, tuyaux, bâtons, pierres, bouts de bois. Ils galopaient comme des chameaux de course, en chantant à tue-tête un vieux chant retrouvé, cédant à un brusque désir qui les éperonnait soudain, et l'emportait sur tout discours, toute émotion, tout sentiment.

D'où déferlèrent ces vagues humaines et comment se regroupèrent-elles? Comment les Harranis arrivèrent-ils si vite et comment les femmes devancèrent-elles les hommes en route vers le camp?

Ce fut presque un tour de magie. Ibn al-Zamil hurlait pour tenter de les arrêter, jurait et attrapait au vol qui il pouvait, mais ses cris se perdaient. Ceux qu'il avait agrippés le tancèrent d'un drôle de regard, et il relâcha sa poigne, perplexe et indécis, puis se mit involontairement à courir à son tour et finit par dépasser le groupe. Ibn Naffa' avait saisi sa canne et la faisait tournoyer en l'air tout en chantant avec les autres, et, bien qu'il ne fût plus très jeune et ne pût ni courir ni marcher très vite, il sentit sourdre en lui une force invincible et s'étonna lui-même d'atteindre le camp aussi rapidement. Khazna, qui rentrait à la Harran arabe avec une galette de pain, après avoir passé la journée près de la mosquée et arpenté le souk, lançait à tous ceux qu'elle croisait : "Dieu vous donne la force et la victoire!", et lorsqu'elle attaqua la côte, elle entendit claquer les premiers coups de feu. La citerne la dominait comme un énorme rocher et il lui sembla qu'un nuage noir l'enveloppait. Elle se retourna un bref instant, puis dévala la pente et revint en courant vers la mosquée. Beaucoup dirent qu'elle chantait et stridulait tour à tour, et qu'elle pleurait sans qu'on sût si c'était de chagrin ou de joie. Mais bien qu'ils fussent nombreux à l'avoir devancée, son chant était clair, vibrant et émouvant, et tous ceux qui la virent courir en furent exaltés et revigorés.

La foule se mouvait d'un bloc, son cri s'élevait et se déployait, couvrait le crépitement des balles et les hurlements qui résonnaient au loin.

Voici comment les choses s'étaient passées. Dès que Jawhar avait atteint l'enclave américaine et appris qu'on avait permis à quelques ouvriers d'entrer après les avoir fouillés, il avait hurlé comme un loup :

— Et vous les avez laissés faire, fils de putes?

Les soldats avaient baissé la tête sans répondre, et il avait tempêté de plus belle :

— Maudits soient vos ancêtres! Je vous briserai le crâne avant de passer au leur!

Il s'était rué sur un des gardes les plus proches et lui avait asséné un coup de matraque :

— Où sont-ils? Où se cachent-ils? avait-il rugi.

Il n'avait pas pris la peine de pénétrer dans l'enclave. Il avait donné l'ordre de tirer et, pour qu'il n'y eût ni hésitation ni confusion, il avait dégainé son pistolet et s'était mis à tirer. En quelques instants, la place était occupée et les balles pleuvaient. Les trois hommes qui avaient réussi à franchir les barbelés et à fuir jusqu'à la mosquée n'avaient pu raconter que le début de l'incident. Mais lorsque ouvriers et Harranis atteignirent le camp, un seul cri emplissait l'espace : "Dieu est grand! Dieu est grand!"

Où était passé Jawhar? Que mijotait-il? Qu'était-il arrivé aux ouvriers assiégés?

Profitant d'un bref instant de silence, Khalid al-'Issa interpella les soldats qui, de derrière les tonneaux, pointaient leur fusil sur eux :

— Laissez partir les ouvriers et rendez-nous les blessés!

Un des hommes rétorqua d'une voix angoissée :

— Un pas de plus et on tire!

— On n'a pas peur de la poudre, mon brave. La poudre est le parfum de l'homme! Vous feriez mieux de libérer nos gars et de nous rendre nos blessés.

— Un pas… un seul pas, et on tire!

Ibn Naffa' s'avança et cria :

— Écoute, petit, garde-toi du Malin! Relâchez nos hommes et livrez-nous les blessés!

Au loin, d'une voix féroce et étouffée qui semblait sourdre d'une caverne, l'ordre claqua :

— Tirez!

Les coups de feu, dit-on, se mêlèrent étroitement aux youyous de Khazna, qui stridulaient comme s'il s'agissait d'un mariage, et ce furent eux que les hommes entendirent, indifférents aux balles. Mais quand Ibn Naffa' vacilla doucement sur sa canne, puis glissa et s'effondra, ils se figèrent un instant, effarés. Ils le virent alors brandir sa canne en l'air, comme s'il jouait avec, et l'entendirent mugir d'une voix rauque :

— Il m'a eu! Le pantin des Américains…

Puis, avec un sourire forcé :

— Mais ne vous en faites pas…

Les hommes surent qu'il était blessé. Il remua avec difficulté, lourdement, et la douleur tordit ses traits. Quand il se retourna et qu'un filet de sang coula sur son dos, ils entendirent Khazna chanter :

La mort mourra… mais tu ne mourras pas,
Abou Osman,
Tu es le plus puissant, le fleuron de nos hommes,
Abou Osman,
La mort mourra… mais tu ne mourras pas,
Abou Osman.

Quel vent de folie souffle sur l'être humain dans un moment pareil ? Quelle force engendre-t-il ?

Comme la tornade secoue les arbres, comme les vagues cognent les rochers, la colère souffla sur les cœurs et balaya la peur qui tenaillait les rebelles assemblés près de la mosquée et du souk. Ils furent soudain le feu et la tempête. Ils ne craignaient plus rien et plus rien n'avait d'importance. Jawhar, qui continuait de hurler "Tirez ! Tirez !", n'en revint pas de les voir attaquer comme une nuée de sauterelles, et de voir ses soldats armés reculer et prendre la fuite.

Les piliers de béton furent secoués comme de vulgaires roseaux et arrachés comme des troncs morts. Les barbelés disparurent sous le sable et le flot humain déferla. On dit que Fawaz al-Hadhal et son frère Mouqbil, arrivé à Harran quelques semaines plus tôt, s'envolèrent comme des oiseaux de proie, en criant : "Nous voilà, père… on est là !", et que Fawaz fut le premier à repérer les blessés. On dit qu'il souleva tout seul Ibrahim al-Dawsari, alors qu'il était bien plus lourd que lui, et qu'il fut le premier, ou l'un des deux premiers, à trouver les quatre ouvriers cernés et à leur porter secours. Jawhar, qui voyait la foule charger et tout raser sur son passage, et ses hommes refluer, n'attendit pas longtemps pour fuir. Il courut vers l'enclave américaine, mais avant qu'il n'atteignît le portail, Ibn al-Hadhal lui sauta dessus, lui agrippa la jambe et le fit trébucher, et si Jawhar n'avait pas violemment refermé ses dents sur la main de son assaillant, lui infligeant une blessure dont celui-ci porterait longtemps la cicatrice, il n'aurait pas pu s'échapper.

Ceux qui déboulèrent peu après racontèrent qu'ils avaient vu de loin un homme monté sur une chamelle blanche poursuivre les soldats en leur tirant dessus, près du portail principal, et qu'ils avaient cru reconnaître Mut'ib al-Hadhal. D'autres affirmèrent avec une conviction qui ne cessait de croître qu'ils avaient vu un fantôme, une forme humaine qui les survolait et ressemblait à s'y méprendre à Moufaddi al-Jad'an. Les soldats, terrorisés, soudain hystériques, avaient tiré sur ce spectre, dont la tunique, assuraient certains, avait été trouée de balles.

Une fois les quatre hommes libérés, les rebelles auraient pu poursuivre leur offensive, mais Khalid al-'Issa les harangua du haut de la citerne où il avait grimpé :

— Suffit, mes braves... Pour l'instant, sauvons les blessés!

Ils obtempérèrent, après une brève hésitation. Et ceux qui n'avaient pas vu Moufaddi al-Jad'an au moment de l'assaut, ou lorsque Jawhar et sa clique avaient été mis en fuite, ceux-là purent le voir alors, ou du moins sentir sa présence. Car les blessés semblèrent vouloir leur échapper et volèrent, légers comme des plumes ou même comme l'air, et d'innombrables mains invisibles aidèrent leurs sauveteurs à les transporter.

On alla quérir le médecin, mais Muhammad 'Id glapit de derrière la porte :

— Le toubib est en voyage… Il ne revient que la semaine prochaine.

Et le fils d'Al-Dabbassi, que son père avait dépêché chez les Américains pour leur demander d'accueillir les blessés, s'entendit répondre sans équivoque :

— La compagnie peut dispenser les premiers soins sur place, mais seulement si l'émir est d'accord. Ils devront ensuite être évacués sur Oujra ou n'importe où ailleurs.

Salih al-Dabbassi argua que deux des blessés étaient dans un état critique qui nécessitait un traitement immédiat, mais l'Américain, qu'il voyait pour la première fois, rétorqua sèchement, par l'intermédiaire de Na'im :

— C'est absolument impossible avant le retour de Hamilton et de son assistant. Ils sont en mer depuis l'aube, et on ne les attend pas avant minuit.

Personne n'avait espéré d'aide du docteur Soubhi al-Mahmalji ou de Muhammad 'Id, alias la Piqûre. On ne comptait pas sur eux. Quant à la démarche du fils d'Al-Dabbassi auprès des Américains, beaucoup s'en offusquèrent et la critiquèrent violemment.

Ibn Naffa' avait été transporté à la mosquée, où Khazna avait aidé deux hommes à nettoyer les plaies de ses jambes, puis on l'avait ramené chez lui. Cette nuit-là, lorsque Al-Dabbassi vint le voir et s'excusa de l'échec de son fils auprès des étrangers, il se récria :

— Tu ne nous souhaiterais pas ça, Abou Salih! Si Dieu décide qu'on doit mourir, il vaut mieux qu'on meure chez nous, parmi les nôtres, plutôt que chez eux, comme des chiens.

Bien que leurs plaies ne fussent ni profondes ni mortelles, les deux hommes qui avaient été blessés au début de l'assaut étaient affaiblis par l'hémorragie, et Khazna, qui se trouvait inutile, se lamentait en se mordant les lèvres jusqu'au sang :

— Où es-tu, frère des veuves et père des orphelins?

Raji, qui avait bandé serré l'épaule d'un des blessés et arrêté le sang, déclara :

— Je les emmène à Oujra. On y sera dans une heure ou deux, et là-bas on s'en occupera.

On pansa le second blessé et Soulayman al-Zamil alla trouver Al-Dabbassi pour lui emprunter son camion.

— Dieu maudisse le jour où la première pierre a été posée à Harran, et celui où j'y suis arrivé… On n'a récolté que des ennuis… soupira l'homme tristement.

Puis, après une courte pause, d'un ton désabusé :

— Même l'argent y est noir et ne rapporte rien !

Le véhicule prit la route quelques instants plus tard. Il ne fit halte ni au kilomètre 110 ni au kilomètre 160. Ghanim, qui le vit venir et lui fit signe de la main, crut que Raji plaisantait et s'arrêterait un peu plus loin pour faire demi-tour. Mais comme le camion poursuivait sa course sans ralentir, il s'écria, médusé :

— Il aurait mal tourné pour fuir comme un voleur ?

Il secoua la tête avec perplexité :

— L'absent a toujours une excuse… Celui qui voyage aussi…

Moins de deux heures plus tard, le bolide entrait dans Oujra. C'était l'heure de la prière du soir, et il se dirigea tout droit sur l'Hôpital national.

Les deux hommes qui accompagnaient Raji et les blessés s'exclamèrent :

— On a cru mourir cent fois ! Le camion ne touchait pas terre et volait littéralement… Mais le fantôme d'Abou Ya'koub nous a menés à bon port…

Khazna acheva de panser le troisième blessé. Tout le monde l'y avait aidée, même la petite Amina, qui s'affairait dans la mosquée comme si elle y avait toujours vécu. En plus de l'eau chaude et des bandages, elle lui avait même apporté une couverture de laine dont personne ne sut où elle l'avait dénichée.

Sa tâche accomplie, Khazna retroussa ses lèvres sur ses dents de devant, en guise de sourire :

— Grâce à Dieu et à qui vous savez, dit-elle, vous voilà gratifié d'une nouvelle vie.

Elle parlait bien évidemment de Moufaddi. Cette nuit-là beaucoup le virent aller de la mosquée à la Harran arabe, vêtu de sa tunique trouée de balles. Trois hommes, un ouvrier et deux Harranis, affirmèrent en avoir palpé l'étoffe, et avoir vu les traces de brûlure sur le pourtour des trous. Ils en étaient restés pantois, et Moufaddi, qui les avait regardés faire, avait éclaté de rire et dit qu'il méritait des habits neufs !

À Oujra, les deux compagnons de Raji avaient été mis en garde à vue, le temps d'enquêter sur les circonstances dans lesquelles les victimes avaient été blessées et de chercher le coupable, tandis que lui obtenait, après avoir longtemps parlementé et rouspété, qu'on le laissât dormir auprès des blessés. Il affirma plus tard que Moufaddi lui était apparu à deux reprises, une première fois pour remonter la couverture d'un des patients, et une seconde pour porter à boire à un malade à l'autre bout de la salle commune.

À Harran, quand la nuit s'acheva, il n'était pas homme qui n'eût vu Moufaddi. Il leur avait d'abord semblé fourbu, peut-être épuisé par sa longue journée laborieuse, mais après avoir bu le thé chez Ibn Naffa' – le blessé était allongé à l'entrée de la pièce sur un divan –, il s'était levé avec détermination, avait défait le bandage, approché une lampe pour y voir plus clair, puis, rassuré, avait re-pansé la plaie en disant que Khazna l'avait mieux soignée qu'il ne l'aurait fait. Puis il avait pris congé en s'excusant – il voulait aller voir les autres blessés disséminés dans le village. On lui avait demandé s'il reviendrait, mais il s'était contenté de hocher la tête en riant et avait disparu.

L'émir Khalid jouait avec son téléphone lorsqu'il entendit les coups de feu, entre la fin d'après-midi et le coucher du soleil. Il fut pris d'un étrange malaise, qui n'avait rien à voir avec la peur, il en était sûr. Il leva les yeux ; son suppléant caressait un chat noir, ce qu'il prit pour un heureux présage. Les salves se mêlèrent aux miaulements du chat, et l'émir crut voir au même instant deux éclairs lumineux comme des rayons de soleil jaillir des prunelles de l'homme et de l'animal, suivis d'une volute de fumée bleue. Ce fut ce qu'il expliqua au médecin pakistanais qu'on avait fait venir d'urgence avant le dîner pour l'examiner.

Son suppléant confia plus tard à Hassan Rida'i et à Al-Dabbassi, qui avaient appris la brusque indisposition de l'émir et étaient venus lui rendre visite : "Ça fait deux jours qu'Abou Misfar n'est pas dans son assiette…"

Il secoua tristement la tête et reprit :

— Avant-hier, tout allait bien, il bavardait et riait, comme vous avez pu le constater. Hier, quand Abou Sadiq est parti, il m'a dit : "J'ai mal là et là" en montrant son cou et l'arrière du crâne. Je lui ai dit : "Vous êtes fatigué, Abou Misfar", et il a répondu : "Je ne crois pas que ce soit de la fatigue… Quelque chose me vrille à cet endroit, ni plus haut, ni plus bas, comme une pointe de feu." Je lui ai conseillé de dormir – au matin il n'y paraîtrait plus –, il fallait qu'il se repose. Mais il m'a dit : "Je crois que je ne me réveillerai pas…" Je lui ai dit de s'en remettre à Dieu, et je suis resté à son chevet jusqu'à ce qu'il s'endorme… Aujourd'hui, il n'est pas brillant, Abou Salih en est témoin… n'est-ce pas, Abou Salih ? Il a l'œil fixé au plafond, l'air égaré, et il n'a ni bu ni mangé… Quand il a entendu les coups de feu, il s'est écrié : "C'est la fin", et il s'est jeté sur son téléphone : "Allô, allô… répondez… j'écoute…" Et : "On ne peut pas faire confiance aux Américains… ils n'ont ni Dieu ni maître…" Puis, en se tournant vers moi : "La fumée… Elle te sort des yeux et du nez, Abou Rashwan… une fumée noire, une fumée bleue… de la fumée partout…" C'était la fièvre. J'ai pensé : "La fièvre le fait halluciner", et j'ai envoyé chercher l'Indien. Il ne lui a pas dit où il avait mal, il ne lui a parlé que de fumée. De la fumée par-ci, de la fumée par-là. Le médecin a voulu l'examiner, mais il a refusé, il ne l'a pas laissé le toucher. L'Indien a dit : "Donnez-lui ce remède. S'il le prend, il dormira et se reposera, ça lui fera du bien." Mais – que Dieu lui montre le droit chemin – il n'a rien voulu savoir. Il a demandé qu'on fasse venir l'assistant du toubib syrien et qu'il apporte un stéthoscope. Et le gars est venu!…

Tel fut le récit que le suppléant de l'émir fit aux deux hommes, tandis que de la pièce voisine s'élevait un concert de voix entremêlées, parmi lesquelles on reconnaissait celle du malade qui donnait des ordres ou délirait : "Allô… opérateur… répondez…" Ou, dans un hurlement : "Plus haut… un peu plus haut… non… plus bas… sur la droite… un peu plus à droite…"

Hassan Rida'i interrogea Al-Dabbassi du regard. Pouvaient-ils voir l'émir dans un tel état sans enfreindre les règles de la bienséance, ou leur suffisait-il de lui souhaiter par l'intermédiaire de son suppléant une prompte guérison, avant de s'en aller? L'homme avait besoin d'eux. Il voulait qu'ils le soutiennent en ce moment difficile et qu'ils restent à ses côtés, mais il appréhendait du même coup la réaction de l'émir s'il les voyait, ou s'il apprenait qu'ils étaient venus mais n'étaient pas entrés.

— Il n'y a de force et de puissance qu'en Dieu… soupira Al-Dabbassi d'une voix lasse en frappant le sol de sa canne.

Puis, après une courte pause :

— Quand les ennuis débarquent, c'est un déluge… Aucune chance de surnager.

— Si tout se passe bien dans les jours qui viennent et que l'émir guérit, on s'en sortira, dit Hassan Rida'i.

— Je n'y crois pas… murmura Al-Dabbassi comme à part soi.

Le brouhaha redoubla derrière la porte. Suivi d'une rafale de cris et d'insultes. Le suppléant regarda les deux visiteurs avec perplexité.

La porte s'entrouvrit et l'émir apparut, le *thawb* ouvert sur sa poitrine nue, le stéthoscope au cou, les yeux rougis, l'écume aux lèvres. Apercevant les trois compères, qui, penchés les uns vers les autres, semblaient comploter, il s'avança vers eux d'un pas lent et prudent, et les dévisagea avec aux lèvres un mince sourire hostile.

— On n'est en sécurité nulle part… dit-il.

Ils le regardèrent avec appréhension et un rien de pitié.

— Vous vous sentez mieux, Abou Misfar ? demanda le suppléant, mal à l'aise.

L'émir poursuivit sans lui prêter attention :

— Les Américains ont envoyé l'Indien en lui disant : "Finissez-en, on ne veut pas qu'il passe la nuit…" Et maintenant, c'est votre tour… Vous venez me faire la peau, hein ?

— Ayez confiance en Dieu, Abou Misfar… On est de tout cœur avec vous et on préfère que vous guérissiez maintenant plutôt que demain, répondit Al-Dabbassi avec amertume et désillusion.

— Je suis en pleine forme… et, comme vous le voyez, aussi vigoureux qu'un chameau !

Il avança et se planta juste au-dessus du suppléant, qui eut un mouvement de recul effrayé.

— Tu es malade, Abou Rashwan… Dis-moi où tu as mal ?

Il se pencha un peu plus, saisit le stéthoscope et reprit :

— Allons, où as-tu mal ? N'aie pas peur… dis-moi… Ne t'occupe pas du reste… Je m'en charge.

Les trois hommes parvinrent avec difficulté à le faire retourner dans l'autre pièce. Ils y trouvèrent, tremblant de peur dans un coin, le teint pâle, Muhammad 'Id, et de l'autre côté, deux des gardes de l'émir. À peine étaient-ils tous entrés et tâchaient-ils de convaincre l'émir de se reposer et de dormir que celui-ci se tourna vers Muhammad 'Id et rugit à voix basse, d'un ton plein de haine :

— En voyage, hein ? Et il revient quand ?

Muhammad 'Id bredouilla quelques mots confus, mais l'émir éclata de rire et continua sans attendre sa réponse :

— Ce fils de pute me croit assez fou pour avaler les poisons qu'il me donne… Eh bien, non… non… il rêve ! Je les ai enterrés dans le sable et j'ai pissé dessus !

— Abou Misfar, supplia Hassan Rida'i, il vaudrait mieux que vous vous reposiez une heure ou deux.

L'émir se tourna vers un de ses hommes :

— Viens ici… toi !

L'homme s'avança, aux cent coups. L'émir lui montra Muhammad 'Id du doigt :

— Celui-là ressemble à son maître, il ment comme il respire et ne connaît rien à rien… Mais toi, dis-moi, toi, ce que cette chose nous dit.

Et il retira le stéthoscope pour le mettre aux oreilles du garde, qui, terrorisé et mal à l'aise, regardait tour à tour l'émir et son auditoire stupéfait.

L'émir s'allongea sur le lit et lui fit signe de poser l'instrument sur sa poitrine. Le malheureux ne savait que dire ni que faire et en était pitoyable, tandis que ceux qui l'entouraient demeuraient perplexes et désemparés.

Après plusieurs tentatives, émaillées de prières et de supplications, et en usant d'une certaine fermeté, lorsqu'on eut fait sortir Muhammad 'Id et les deux gardes, on réussit à convaincre l'émir de s'étendre et de se reposer, sans doute parce qu'il était épuisé.

Avant minuit, il avait sombré dans un sommeil profond. Son suppléant et Hassan Rida'i avaient pu lui arracher le stéthoscope qu'il avait absolument voulu remettre à ses oreilles, et l'avaient posé à son chevet. Al-Dabbassi, quant à lui, était parti un peu plus tôt, pour aller voir Ibn Naffa' avant de rentrer chez lui.

77

Jeudi. Peu après le lever du soleil, ceux qui sortaient de la mosquée dirent avoir vu passer six voitures de la municipalité, dont celle de l'émir. Elles s'étaient arrêtées un moment dans la rue Al-Rashidi, devant les bureaux de Hassan Rida'i, puis avaient pris la route d'Oujra. On affirma avoir reconnu l'émir, le stéthoscope au cou, et à la main un objet noir indéfinissable, comme un manche incurvé ou une grosse cuillère qu'il portait à la bouche en vitupérant et en gesticulant, tandis que Hassan Rida'i tâchait de le maîtriser et de le calmer. Jawhar était dans la seconde voiture, étendu à l'arrière – on le vit relever la tête quand le cortège passa devant le cimetière –, et on remarqua que son garde noir, assis à côté du chauffeur, se retournait de temps à autre en jetant un œil par-dessus son épaule. Les autres véhicules emmenaient les gardes et les employés de l'émir, ainsi que plusieurs membres de sa famille.

Abdou Muhammad raconta qu'une voiture de la municipalité était arrivée au fournil trois heures plus tôt que d'habitude, et que les deux soldats chargés de rapporter le pain avaient été obligés d'attendre un bon moment avant qu'il soit prêt. Il avait compris en les écoutant parler que plusieurs personnes se préparaient à quitter la municipalité, mais il n'avait pas su qui, ni combien elles étaient.

Les voyageurs arrivés d'Oujra ce matin-là dirent avoir croisé les six voitures au kilomètre 160. Elles avaient fait halte quelques instants près du café, peut-être pour permettre à leurs occupants de se reposer, mais ils avaient dû se raviser au dernier moment, et elles avaient repris la route. Les passagers du bus avaient bien reconnu l'émir avec son stéthoscope au cou – il avait levé la main pour leur rendre leur salut –, mais ils affirmèrent n'avoir vu dans la seconde voiture que le garde noir de Jawhar.

Khazna, qui ce jeudi-là priait depuis l'aube sur la tombe de Moufaddi, raconta qu'elle s'était assoupie un bref instant et l'avait vu en rêve, lui ou un autre – elle n'avait pas pu distinguer ses traits –, la repousser, tenter de lui échapper et de s'enfuir. Elle en avait pleuré d'effroi. Cependant, en y repensant le soir venu, elle y avait vu un signe et la preuve que les "fils de pute" – comme elle appelait l'émir, Jawhar et les soldats qui avaient tiré sur les ouvriers –, les fils de pute étaient partis pour de bon.

Jeudi fut une journée pesante et difficile, pleine de rumeurs confuses, bien différente des précédentes. À ceux qui vinrent le voir dans la matinée pour lui conter les derniers événements, et lui rapporter les témoignages des hommes qui étaient sortis de la mosquée à l'aube, et les propos des passagers du bus, Ibn Naffa' répondit sans les regarder :

— Ils sont partis, c'est sûr, mais on ne sait pas s'ils reviendront ou non…

Puis, sur un tout autre ton :

— On en a vu s'en aller d'autres, mais ceux qui les remplacent ne valent pas toujours mieux… On pourrait bien les regretter !

— L'important, c'est d'être débarrassé de cette vermine, Abou Osman ! s'écria Ibn 'Assaf sans pouvoir contenir sa

joie. De vrais poisons… j'ai bien cru qu'ils nous extermine-
raient avant de crever!

— Le poison… celui qui nous ronge… tu sais très bien
à qui on le doit.

— À Jawhar et à sa bande, Abou Osman!…

Puis, quelques instants plus tard, en éclatant de rire :

— Mon Dieu, cette route d'Oujra… elle nous aura donné
autant qu'elle nous a pris!

— La mer aussi! renchérit Soulayman al-Zamil.

Ibn Naffa' s'agita dans son lit et s'éclaircit la gorge :

— La seule route qui compte, mes braves, ce n'est ni
celle d'Oujra, ni celle de la mer, mais celle que nous pre-
nons ensemble…

Et devant leur silence, il ajouta comme à part soi :

— Je vous l'ai déjà dit, le vrai poison et la cause de tous
nos malheurs, ce sont les Américains…

À midi, un communiqué de la municipalité annonçait
sommairement :

"Son Excellence l'émir Khalid a quitté Harran ce matin
pour raison médicale. Son Excellence demande à tous les
ouvriers de reprendre le travail, la compagnie ayant accédé à
leurs requêtes. Son Excellence a ordonné que soit constitué un
comité d'enquête pour établir la responsabilité des parties dans
les événements des jours précédents. Le conseil de la municipalité invite chacun à coopérer de son mieux pour réinstau-
rer l'ordre et la raison, au service des citoyens et dans l'intérêt
national. « Dis : Agissez! Dieu verra vos actions, ainsi que le
Prophète et les croyants*. »"

---

* Coran, sourate ıx (Al-Tawba, "L'immunité"), verset 105, traduction de
Denise Masson, *op. cit.*

— Tu as promis que Moufaddi serait vengé, Abou Osman...
rappela Khazna à Ibn Naffa' tout en pansant sa plaie.

L'homme éclata de rire :

— Venger Moufaddi! Mais Khazna, c'en est fini de lui!

— Fini?

— Tu ferais mieux de t'inquiéter de la prochaine victime!

— La vie est longue, et on en a vu d'autres, Abou Osman...

— Elle est longue... et courte à la fois.

— Aie confiance, mon ami... L'avenir nous sourit.

— Ça reste à voir...

Et avec un rire triste :

— Il faut être optimiste... mais l'avenir, qui le connaît?

FIN

Hiver 1983

OUVRAGE RÉALISÉ
PAR L'ATELIER GRAPHIQUE ACTES SUD
REPRODUIT ET ACHEVÉ D'IMPRIMER
EN SEPTEMBRE 2013
PAR NORMANDIE ROTO IMPRESSION S.A.S.
À LONRAI
POUR LE COMPTE DES ÉDITIONS
ACTES SUD
LE MÉJAN
PLACE NINA-BERBEROVA
13200 ARLES

DÉPÔT LÉGAL
1ʳᵉ ÉDITION : OCTOBRE 2013
N° impr. : 133496
(Imprimé en France)